大秦帝国之

赵姬传

王凤翔 著

中国文史出版社
CHINA CULTURAL AND HISTORICAL PRESS

图书在版编目（CIP）数据

大秦帝国之赵姬传 / 王凤翔著. -- 北京：中国文
史出版社, 2020.12

ISBN 978-7-5205-2703-3

Ⅰ.①大… Ⅱ.①王… Ⅲ.①长篇历史小说—中国—
当代 Ⅳ.①I247.5

中国版本图书馆CIP数据核字（2020）第245499号

责任编辑：梁玉梅

出版发行：**中国文史出版社**

社　　址：北京市海淀区西八里庄路69号院　邮编：100142
电　　话：010-81136606　81136602　81136603（发行部）
传　　真：010-81136655
印　　装：北京新华印刷有限公司
经　　销：全国新华书店
开　　本：16开
印　　张：23.5
字　　数：372千字
版　　次：2021年4月北京第1版
印　　次：2021年4月第1次印刷
定　　价：68.00元

目录

第一章 恶豪逼婚 赵姬脱险情

　　一个平常而又古老的日子，由北方刮来的一股股凉风伴随着细蒙蒙的雨丝，纷纷地向苍茫大地飘洒着。华北平原上的一片片金黄色已经渐渐消失，处于春秋多事的农家百姓总算把庄稼抢收回家。霜降即将来临，北方微凉而短暂的秋天就要过去了，那严寒漫长的冬天将要到来。

　　邯郸——赵国京城在这种风雨交加的气候中，也显得十分冷清和萧条。如果没有什么紧要事情要办，人们宁愿在家里一整天足不出户。因而，大街小巷比平时少了许多喧闹。珠宝行、绸缎庄、布料铺、铁器店等店铺几乎没人光顾，有时会偶尔走过来一两个，也只是在店铺前停望一下，又匆匆离去了。石板街上行人寥寥无几，到处漫溢着肮脏的污水。冷风照样吹刮着，雨丝依然飘落着。唉！古都邯郸变得死气沉沉，一片灰蒙蒙。

　　然而，在邯郸东大街的一家绸缎庄的后院却是一番热闹景象。这是公元前261年秋末的一天，绸缎庄的掌柜张氏正在为在外从军的丈夫赵凯举行诞辰庆典。整个院落搭起了席棚，棚内设有二十多张桌几，几上摆着美酒佳肴，两百多位宾客围坐在桌几前。靠近棚壁正端悬挂着一条横幅，上边缀有几个醒目大字："赵凯五十大寿诞秩庆典。"四十八岁的张氏，跑前跑后，招待客人。那些用人也跟随主人忙忙活活，侍前侍后。站在横幅大字下边的一个高个子男人，正在指挥坐在矮几前的记账先生收纳礼银。这位男子身穿蓝色锦缎长袍，头上绾着黑白相掺的发髻，年龄已过五旬。有的客人认识他，称他"张先生"。还有的人叫他"财升兄"。张财升是赵凯的大舅哥，是东大街另一家绸缎庄的掌柜。但他只会做生意，不善于交际。这一天，前来张氏门庭为其丈夫赵凯祝寿贺喜的宾客，全是张氏平日善于交际、为人厚道所至。不过，张氏开设的绸缎庄，全凭兄长张财升的亲手扶植和大力支持。否则，她家绝没有这般红火。

须臾，满面春风的张氏走了过来，对张财升说了一句："兄长，客人基本到齐了。"

"好，知道啦！"张财升答应着。他望了望众人，高声喊道："诸位来宾好友，我受妹妹委托，对你们冒雨前来参加妹丈赵凯五十大寿庆典，表示热烈的欢迎和诚挚的谢意！"

众人听后，纷纷道贺。张氏亦转向众人，含笑屈身，缓缓施拜。

大家将目光移向张氏，只见她身着绛紫色锦缎罗裙，头上绾着微环青丝发髻，并有一缕长发垂落于肩后，尤为显眼的粉红色簪佩别于发顶；她面容白里透红，弯眉细目，朱唇淡抹，两耳垂悬耀眼的翡翠硬玉耳环；体形不胖不瘦，额部稍有微细皱纹，仍不失美人风采，看上去要比她的实际年龄年轻许多。大家深知她性情刚毅，争强好胜。她的丈夫赵凯在她三十一岁时就从军服役了。当时，张氏和她唯一的未满周岁的女儿相依为命，多亏张财升鼎力相助，经过十几年的煎熬，才搞起了这个不大不小的绸缎庄。人们心中暗暗钦佩这个女人。

这时，由棚门入口处响起一阵阵惊心动魄的"噼里啪啦"的爆竹声。

诞秩庆典正式开始了。

爆竹声过后，棚内趋于平静。张财升又一次以主人身份出现，劝诸位宾客举起酒樽，开怀畅饮。

一时间，整个席棚内人声鼎沸，热闹非凡。一开始，客人们还围绕"赵凯从军，张氏经商"这个话题，不断地发出感慨。酒兴浓时，客人们干脆无所顾忌，随意谈起了当时的形势。有的桌几谈起了廉颇、蔺相如"将相和好"的往事；有的桌几谈起了秦、赵之间多年交战给国家带来的厄运；还有的桌几指名道姓地痛骂秦昭王和赵王，连年作战，祸国殃民。

站在一旁的张氏，听了客人们的议论，心里害怕，唯恐惹出麻烦。她赶紧拉过兄长，各自端起一樽美酒，走到一个个桌几前，以劝酒为名，打断了客人们的谈话。

但是，每当客人们请张氏和张财升饮酒时，张氏都谢绝了，虽三让亦未尝沾唇，她总是请兄长代她回敬，并对客人们说："诸位先生光临寒舍，蓬荜生辉。夫君赵凯在前线奋勇杀敌，而先生们置百忙于不顾，前来为他祝贺诞秩，在此，我代表他向诸位致以深深谢意！"

由于张财升至每一桌几前主动端樽敬酒，而张氏又如此谦恭，宾客们就不忍心让张氏饮酒了，便自觉地端樽感谢张氏的一片盛情。

酒过三巡，众人情绪高涨，有说有笑，心情无比舒畅。

当张财升、张氏兄妹走了一圈向诸位先生敬献了陈酿后，有一位性格活泼的中年客人忽然站了起来，兴高采烈地向大家提倡道："各位先生，赵氏千金，能歌善舞，邯郸城内，无人不晓。让我们大家欣赏一下赵家姑娘的舞姿和歌喉，好不好？"

"好！"众人异口同声应道。

张氏一看诸位宾客如此喜欢自己的女儿，心里当然高兴。不过，她知道女儿已经年满十八岁，但还从没有见过今天这样的场面，一旦让她出场表演，她会不会临场怯阵呢？她犹豫了。

众人一看张氏站在那里未动，再三相邀。

张财升见此僵局，马上走到张氏跟前，告诉她无论如何也要给大伙点面子。张氏微笑着点了点头，随之命一位仆人去叫女儿。

"承蒙诸位先生对小女一片厚爱，我一定满足大家的要求！"张氏心情非常激动，谦恭而又诚恳地说道，"小女长年守在闺房，见人害羞，表演难免出现差错，诚望诸位先生见谅！"

不多时，一个十一二岁的小女孩陪着一位光彩照人、如花似玉的漂亮女孩走进席棚。众人见后无不惊叹，赵凯和张氏竟然生了这么一个俊俏姑娘，美得简直像天仙一样！

那小女孩名叫张煜，十二岁，是张财升的女儿。她的面容也很俏丽，两只眼睛水灵灵的，长得就像花骨朵一般。她本来是在屋里陪着表姐玩的，一听仆人说客人们要请表姐跳舞，便把表姐拉到席棚内。她很懂事，悄悄地闪到父亲和姑母身边。

大一些的女孩名仲媛，因为生得太美，人呼赵姬。她偕表妹一步入席棚内，就察觉到人们都在盯着她。她只感到耳根发热，脸颊发烧，所以，目不敢斜视，头不敢高抬，只好伏首飘入席棚中间。她停下脚步，稍稍整理了一下衣裙，便慢转身躯，向周围宾客们趋身施拜。人们目不转睛，一直盯着这位姣美的女孩——

她穿着翠绿色交领宽衣袍衫，外加粉红色半臂制短衣；腰系悬挂着耀眼的佩玉坠儿的紫色宽带；袍内长裙蔽膝，亦呈翠绿色；从长裙下沿可看到高头云履。服饰虽不华丽，但颇有生气，足可呈现出少女的风韵和活泼。然而，她半羞半掩，举止端庄，一双明眸恰似两潭深水，两条细眉犹如弯曲新月，双鬟高髻而油黑发亮，面容丽质且赛过花蕊，那修长而又柔软的身躯，更加妩媚迷人。风流俊雅，倾城倾国，仿佛昔日西施之美态！

不知什么时候，张氏派仆人请来了乐师们。

乐曲伴奏声在欢乐的气氛中开始了。

赵姬翩翩起舞，好像嫦娥飘出玉盘。她无比兴奋，也非常思念父亲，一边起舞一边由衷唱道：

> 生父壮年征战兮，
> 驷马金甲度关山；
> 秋忽忽其将冬兮，
> 雁阵南归怨北寒！
> 生父诞秩五旬兮，
> 宾客相聚祝酒欢。
> 舞绵绵而多情兮，
> 仆夫上征图相安！

一曲唱罢，客人们为赵姬那悠扬而多情的歌喉所感动，不住地发出一声声赞叹。

这时，只见张氏默默地淌下泪珠，悄悄地掏出手帕拭泪。无疑，她是因听到女儿的吟唱而思念起丈夫来了。

场上的赵姬，随着乐师们的钟磬鼓缶节奏的加速和琴箫笙笛旋律的激扬，奔腾、旋转得令人眼花缭乱。她奔腾起跳时，如同凤鸟展翅；她旋转快跳时，恰似游龙绕池。宴几生风，席棚颤动。乐器铿锵作响，声声动人心弦。赵姬用她那纯熟而高难的舞姿，仿佛把大家带到奔腾澎湃的情境中去。

当大家观赏兴致正浓时，赵姬舞步戛然而止，她那绵软的身姿以卧鱼式停于尘上。

众人啧啧赞叹一番。

赵姬欠身站起，向客人们屈身一拜，然后急匆匆地朝着站在横幅下边的母亲和表妹走去。

没想到赵姬刚刚走到母亲身边，就见八九个男人气势汹汹地闯了进来。

原来赵姬早就发现这几个陌生人。

张氏和张财升赶忙迎了上去。一看这些人虎视眈眈，毫无礼仪，兄妹俩心里当然不快，但是为了少惹麻烦，也为了不破坏这种祥和的气氛，况且眼前还有这么多宾客在场，他们急忙施礼，满脸赔笑。张财升向前一步道："诸位先生，里边请！"

"你是何人，是这家掌柜吗？"一个中等个儿男人翻了一下白眼，阴阳怪气地质问道："先生请谅解！他是家兄。"张氏走了过来，仔细打量来者，全是豪绅打扮，心想这些人惹不得，便尽量耐着性子，和蔼而谦让地说："诸位先生赏脸光临，寒舍蓬荜生辉，请里边坐，吃杯酒！"

"这位女掌柜说话很中听嘛，这还差不离。"一个瘦高个儿摇晃着脑袋，向身旁的两个家丁挥挥手，"走，去那边饮酒！"他带着家丁朝着立于横幅下边的赵姬走去。但没走几步，就觉得身后伸过一只粗壮的大手抓住了他的左肩膀，回头一看，原来是张氏的家兄张财升。

他停住脚步，冷冷地说："怎么，你活腻了？"

"不敢，不敢。"张财升立即松开了手，强忍怒气，连忙改赔笑脸，双手抱拳，道，"先生，请您谅解，有话好说。"

"刚才女掌柜说，请我们里边吃酒，还有什么好说的？"瘦高个儿说着，继续走向赵姬。

"站住！"一个矮胖子厉声叫道。

瘦高个儿闻声吓了一跳。他转过身来，故意慢条斯理地说："廉将军，咱们井水不犯河水，您何必跟我过不去？"

"放肆！"矮胖子说着大摇大摆地走到瘦高个儿跟前，挖苦地说，"西门风，你不就是一个商人嘛，你有什么资格到此以商欺商？"

"你，你……"那个被称作西门风的被对方噎了回去，不知怎样回答才是，停了好大一会儿，方说，"我去吃酒啊——"

"先生，吃酒到这边。"张财升边说边用手指了指席棚里侧。

众位宾客早就停止饮酒，"哄"的一下，不约而同地笑了起来。

西门风自知奔向赵姬有些荒唐滑稽，脸"唰"的一下红了。

"西门风，有酒大家一起饮，干吗这么性急呢？"中等个儿似乎带有解围之意，眯缝着一双鼠眼，笑了笑，看着矮胖子。

西门风朝着中等个儿翻了一下白眼，心里暗暗骂道："龟孙子！真会讨好。"

"淳于先生说得对，咱们有事好商量嘛！"被称为廉将军的矮胖子表面上无所谓，但心里很讨厌这俩人。然而他的眼睛一直盯着赵姬。

听了这三人的对话，饱经风霜的张氏已经判断出他们的身份：瘦高个儿是西大街的商豪西门风，中等个儿是北大街的土豪淳于地，矮胖子是南大街的将豪廉厉——赵国廉颇大将军的胞弟。他们仨是邯郸城著名的恶豪，欺行霸市，抢男霸女，为所欲为，无恶不作。她心想，他们今天是找碴儿，闹不好都是为了打女儿的主意。

当她抬起头定睛观看时，哥哥张财升正在席棚里侧谦让几位豪绅去饮酒，几个侍从尾随在他们身后。宾客谁也没有端樽饮酒，而是提心吊胆地注视着。她感到很内疚，豪绅们的闯入，影响了大家的兴致，但自己又无法劝阻。于是，她勉强面带笑容，道："先生们，真对不起。来，大家端起酒来，我敬诸位一杯。"众人相继端起酒樽，席棚间再次有了生气。

赵姬偕张煜蹑手蹑脚地走到张氏身后，轻声轻语地提醒道："娘，你可要小心，那帮家伙不怀好意呀！"

"嗯，知道啦。"张氏转过身来，看了看赵姬和张煜，马上催促道，"快，你们姐俩快到外边躲一躲！"

"娘，那怎么行呢？"赵姬担心母亲，不忍心离去。

"快，快去。不要管我！"张氏先是看了看席棚内的动静，见没有人出来，便赶紧往外推女儿和侄女。

赵姬一步一回头地看着母亲，很不情愿地拉着表妹走出席棚正门。

张氏看到宾客们的情绪恢复了正常，女儿和侄女又躲到外边去了，这才放下心来。随后，她命令仆人照顾好客人，自己便走入席棚里侧，悄悄隐身于屏风后面。

席棚里侧是一个小客厅。这里临时摆设了两桌酒席，一桌前坐着西大街的商豪西门风、北大街的土豪淳于地、南大街的将豪廉厉和家兄张财升；另一桌前坐着这三位豪绅的侍从和家丁们。

张氏刚刚探头观看，就见三个流氓各持一份帛书，相互争论得面红耳赤，张财升在不停地劝解，但是无济于事。她仔细听了一会儿，才辨清了豪绅们所争论的话题。

原来是他们仨在同时下达迎娶女儿的聘书，各人强调各人的理由，各人叙说各人的长处。张财升感到十分为难，再三恳求那三位流氓给予谅解，暂且收回聘书，别再因此争吵，今日只管饮酒，来日再作商议，但是，三位豪绅霸气十足，怎么也不听张财升的劝解，也没有心思饮酒，说着说着，他们仨就朝着张财升骂起来了——

"去，去，去，滚一边去！"西门风极端傲慢，摆出一副恶霸的架势。

"你又做不了主，干吗硬装大头蒜？"淳于地毫不客气地挖苦道。

"你在这里算什么东西？你本来是一位舅爷，连你外甥女的婚事都不敢当家，还觍着脸劝我们！"廉厉虽然是以激将的口吻说话，但是语调包含着辱骂。

张财升的脸红一阵白一阵。张氏胸中早已涌出怒气。她见哥哥遭受辱骂，恨不得马上把这些豪绅骂出去。但转念一想：不行。他们有钱有势，心狠手辣，什么事都能做出来。再说，今天是大喜日子，怎能还让大伙扫兴呢？唉！她长叹了一声，说什么也要忍下去。但是，这些地痞还在不时地抖着自己手中的聘书，并且再次逼问张财升，到底把赵姬许配给谁？张财升还是难以回答。张氏想过了，辱骂可以忍受，怒气可以咽下，唯独女儿不能嫁给这些王八蛋。她从屏风后边走了出来，微笑而殷勤地说："各位先生，快饮酒啊。"

"好，东家来得正好。"廉厉一看张氏走了进来，便抛开张财升，转向张氏逼迫道，"你是赵姬的亲娘，你有权许配自己的姑娘，你说吧，你想把赵姬嫁给谁？"说完便把聘书掷于张氏怀中。

"对！东家你可得把眼睛长正了，看看我们仨谁比较合适？"淳于地说着也把聘书扔向张氏。

西门风几乎与淳于地同时把聘书抛向张氏。

张财升十分紧张，两眼直盯着妹妹。张氏不慌不忙，将三份聘书放在桌几一角，脑子里一直盘算着如何谢绝他们。只见她不露声色，温和地说："诸位先生，你们看中我家女儿，前来下达聘书，我并不反对……"

"好好好，不反对就行！"廉厉一听张氏这句话，心里当然高兴。

站在一旁的张财升觉得这样说不适合，白了妹妹一眼。

"但是，我只有一个女儿，各位先生都是明白人，你们总不能让我去做一女嫁三夫的事吧！"张氏的一双眼睛来回打量着三位豪绅。

廉厉、西门风、淳于地亦感到一女嫁三夫实在不妥，他们仨谁也不吱声了。

"各位先生，你们先回去，待我同女儿商量，看看她的态度如何？我再给你们回话。"

"不行！张掌柜，你不要愚弄我们。"廉厉当即意识到她的托词乃是缓兵之计。他吃力地欠起了又胖又矮的身体，摆动着短粗的右臂，说："你在邯郸城里打听打听，我廉厉是赵国大将军廉颇的胞弟，且又是京城卫尉，聘娶你的女儿是对你的高抬，你怎么不识好歹？"

"你既然是将军门第之男儿，也应该明白事理呀！就是我同意把女儿嫁给你，也要看我女儿是否同意呀！"张氏并没有被对方吓住。

"不成！我是邯郸城内第一号大商家，家有积财万金，完全有资格聘娶张掌柜的女儿。商家对商家，门当又户对，请张掌柜深思！"西门风抻着细长脖儿，摇着小脑袋，一双鼠眼盯着张氏。

"哟嗬！你们二位也太小看人了。"淳于地亦站起身来，对廉厉、西门风进行公开挑战，当然，也自我炫耀地说，"廉大将军、西门风，你们不会没听说过，我的曾祖父淳于天是赵国著名的大土豪吧？当年，他给赵王献出了半个邯郸城。如今，邯郸城的大街小巷，几乎都有我们淳于家族的汗水与心血。我淳于地作为他的曾孙，虽然没有他那么多土地，但是尚有耕田五百顷之多，园林二百亩有余。请问，难道我就没有条件迎娶赵姬吗？"

张氏不再作声了。

"淳于地你也太嚣张了！你拥有万顷土地，于我何干？"廉厉气得火冒三丈，转向他的两个差人，吼道，"去，快去，快把聘礼抬来！"

"是！"两个差人放下酒杯，应声后立即跑出客厅。

西门风也向他的两位侍从悄悄递了个眼色，暗示他俩赶快去抬聘礼。

西门风的两个侍从起身跑了出去。

这时，桌几前还坐着淳于地的两名侍从。

"还愣着干什么？"淳于地朝着自己的两个奴才嚷了一声。

他俩闻声一惊，立刻欠身。

"唉，唉，这怎么行呢？"张财升一见他们都去抬聘礼，这不是向妹妹施加压力吗，便急忙上前阻拦。

这两个侍从本是淳于府中的家丁，性情鲁莽，粗野无礼，他俩猛一伸臂，将张财升推倒在地，亦快步穿出客厅。

三个恶豪不肯离去。张氏知道自己的愿望难以实现，她想了又想，决定把这件事公之于众，一边示意哥哥去外边拦截聘礼，一边走出客厅。

廉厉一看，马上跟了出来。

西门风、淳于地紧紧跟在廉厉后边。

张氏很快就步入席棚内。她故意提高嗓音："诸位先生！请大家吃好喝好！"

众人听到张氏的说话声，立即将目光移向张氏。

走在张氏前边的张财升，已在席棚中间的过道上拦住了三位豪绅的侍从和家丁。六位侍从和家丁放下了肩抬的三个红色木箱。

"烦请各位差人，将聘礼抬回去！"张财升拱手恳求道。

"你算什么？闪开！"廉厉的一位差人厉声呵斥道。

"你们不能……"张财升欲上前辩理。

"兄长。"张氏心里清楚，跟这些人讲理根本无用，她打断了张财升的话，继续说道，"三位既然让他们的仆人把聘礼抬进来，那么就先放在这里。"

张财升着实不解，又要开口，被张氏制止了。

张氏决心当着众人的面揭露三个豪绅的丑恶嘴脸，或许大家能够阻止他们。她转身面对廉厉、西门风、淳于地问道："三位先生，你们各自送来一份聘礼，但不知让我将女儿许配给谁呀？"

"当然是我！"廉厉毫无掩饰地接过话茬。

"那怎么行呢？难道我西门风就没有资格迎娶赵姑娘！"西门风没有丝毫退让之意。

"廉将军、西门风，在邯郸街面上，我淳于地也不许任何人小瞧我，娶不娶赵姬事小，给不给我颜面事大！"淳于地说着转向张氏，带有威逼口吻地说，"张掌柜，你可得想好了，可不能后悔呀！"

宴席上，众人大哗！

"诸位先生，你们这不是难为我妹妹吗？"张财升实在憋不住了。

"三位先生，你们在邯郸城内乃属头面人物，说出话来、办起事来，应该讲个道理，绝不能拿着不是当理说！"张氏对他们不再抱有希望，只有向在座的宾客们讨个公道。她抬头环视了一下众人，大声问了一句："请问各位来宾，我只有一个女儿，一女能嫁三夫吗？"

一些性格倔强的客人，异口同声地大声喊道："不行，一女不能嫁三夫！"

还有一些正义在胸的客人，当场表示反对。

廉厉、西门风、淳于地三个恶豪，听到众人一片反对声，好似木雕一样，呆呆地站在那里。

"三位先生，你们都听到了，众人才是公道的！"张氏一看这么多人支持她，心里更加有了底气，于是，她理直气壮地说，"三位先生，请你们让仆人把聘礼抬回去！"

"没那么容易！"廉厉不想就此让步，霸气十足地说，"我也不会同意你的一个女儿嫁给三个男人，但是，嫁给我廉厉总算可以吧！"

"不行，你凭什么娶赵姑娘？"淳于地没有把廉厉放在眼里。

"是啊，这要看张掌柜的态度！"西门风唯恐张氏忘了他。

土豪遇到恶霸，谁也不会退让！张氏早就看透了他们的丑恶行径。她毫不退缩，以理争辩："我这个当娘的，对孩子的婚姻大事，不能包办代替、私作主张，还得要看女儿的态度如何。各位先生，你们先回去，给我们一个商量的机会！"

"张掌柜，你也太不知好歹了。我廉厉乃堂堂大将军，想娶谁就娶谁，谁敢说个'不'字。今天，你也得来个痛快的，到底同意不同意？"

"无耻！"赵姬携带张煜由席棚门口处走了进来，她厉声嚷道。

"仲媛。"张氏嗔怨地喊了一声。心想，仲媛，你也太傻了，你不是已经躲出去了吗，怎么在这个节骨眼儿上还返回来呢？这么一来，你岂不是羊入虎口吗？

众人一齐把目光移向赵姬。

静。场上静极了。

廉厉、西门风、淳于地听到赵姬的骂声，不禁怒容满面。三个恶豪的目光射向赵姬，好似豺狼看见了羔羊。

然而，赵姬没有丝毫惧色，她似乎已经做好一切准备，镇定自若，隐含愤怒，准备迎接一场新的挑战。

她举步向前，一步一步地走向席棚中间，身后跟着张煜。

宾客们屏住呼吸，无人吭声，心里都为赵姬担忧。

她走近三个红色木箱，藐视地看了看，而后转向三个恶豪，圆睁杏目，怒斥道："你们太霸道了！谁让你们抬来聘礼，赶快抬回去！"

"赵姑娘，你何必想不开呢？"廉厉说着走了过来，带着贪婪的目光盯着赵姬，但想到众目睽睽，没敢造次，只是苦苦哀求道，"我廉某堂堂男子汉，乃一国之将军，欲向赵姑娘求婚，你就答应了嘛。今生今世，我绝不会亏待于你。再者说，你也应该给我个面子！"

"胡说！婚姻大事，岂能是面子！"赵姬当即反驳，并再一次说，"请你们把东西抬回去！"

"赵姑娘，你不能这样固执。"廉厉说着凑近赵姬。

张氏、张财升非常担心赵姬的安全，又气又急地喊了一声："廉将军！"

廉厉没有理会，继续靠近赵姬。

赵姬看到廉厉一步步走向自己，那双色眯眯的眼睛让她感到恶心而又恐惧。她又一抬头，只见西门风、淳于地也随后走了过来。她警惕地往后退缩着。

众人十分担心，紧张地注视着。

廉厉加快脚步，猛一伸手，抓住赵姬的衣裙，赵姬向后一闪，只听"嘎吱"一声，赵姬的衣裙被撕坏了。

赵姬又羞又气，"啪"的一声，打了廉厉一记耳光。

廉厉一下子愣住了。

西门风、淳于地也一下惊呆了！他俩停住了脚步。

"打得好，打得好！"众人异口同声地喊道。

廉厉用手摸着自己又疼又烫的腮帮子，心里有说不出的懊丧，他猛一转身，"啊"的一声，飞起双脚，吭！吭！吭！连续踢翻了三张桌几，几上的杯盏碗筷砸碎于地上，一个个酒坛也都破裂了，米酒顺着摔碎的坛沿流淌着。

"廉将军，你怎么能这样？"张氏大声质问道。她欲上前制止。但她没有防备，竟然被廉厉手下的一个差人推倒在地。

张财升赶紧上前，去搀扶妹妹。

赵姬一见廉厉无礼，特别是看到母亲摔倒，心里受到极大的触动和刺激，一股无名之火立即涌上心头。她快步走到一张桌几前，顺手抄起一个沾满油腻的空瓷盘，"嗖"的一下，朝着廉厉的头部扔去。

只听廉厉"唉呀"一声，险些跌倒。廉厉用手捂着被砸伤的前额，那殷红的鲜血沿着手指缝流出来。

"好，砸得好！"众人齐声喊道。

西门风、淳于地一看到廉厉被砸，也都吓得无所适从。但他俩心里暗想：活该！谁让你急不可耐呢？

廉厉被砸得晕头转向，两眼冒着金星，不知所措。他停了一会儿，定了定神，眨了眨眼，只见他的两个侍从走了过来，欲给他擦拭额头上的鲜血，他厉声吼道："去，快去，快去抓住她！"

"是！"两个侍从闻声领命，像饿狼似的扑向赵姬。

"仲媛，快跑！"张财升朝着外甥女大声喊着，"仲媛，快，快跑啊！"

赵姬望着刚刚站起的母亲，不忍离去。

"孩子，不要管我，快跑啊！"张氏心里万分焦急，大声催促着女儿。

"快，快，快离开这里！"众人也很焦急，不断地催促赵姬。

说时迟，那时快，眼看着两个差人靠近赵姬。

这时，只见那位性格活泼的中年客人一个箭步蹿了上来，挡住两个侍从的去路，好言劝阻道："二位，咱们都是赵国人，怎能互相斗殴呢？"

"少废话，快闪开！"其中一个侍从横眉立目，用手推搡中年客人。

"唉！当今大敌当前，秦军经常袭扰我们，万万不可自相残杀！"中年客人没有让步，而是坚定地站在侍从对面，继续劝道，"你们是将军府上的差人，不应把矛头指向老百姓！"

张煜吓得早已哭成了泪人，恨不得马上离开这危险的地方。她伸出一双小手，使出全身力气，拉着赵姬朝席棚门外跑去。

一群宾客掩护着赵姬，站在中年客人身后，准备抵挡恶豪们的横行。

两个侍从见赵姬已脱身，没能完成使命，恐怕无法向主子交代，便死死地抓住中年客人不放，准备拿他交差。

谁也没有料到，中年客人有一身好功夫，飞起一只脚，一连两下，将两个差人踢倒在地。

"哎哟！哎哟！"两个侍从疼得直叫唤。

廉厉一看他的侍从被人踢倒，顿感身单力薄，且眼前人多势众，不敢轻举妄动。但是，满腹怨气未能发泄，越思越想越不能忍受，便不顾前额伤痛，飞起双脚，又一连踢翻了三张桌几。

席棚内，一片狼藉。

第二章　滏阳河畔　结识吕不韦

当天下午，赵姬随同表妹张煜跑出家门。她俩边跑边商量奔向何处。原打算跑到舅父家中，让舅妈将她藏起来，因为舅父家也住在东大街，往北一拐就是。但是赵姬一想，不行。一来舅父还没回来，如果舅妈一见她俩如此模样，可能会吓坏；二来舅父家离自己家比较近，恶豪廉厉一旦追出来，她们很可能被他抓获。于是，赵姬向表妹建议，跑到城外躲一躲，等到天黑再说。张煜觉得表姐的主意不错，便点头表示同意。

她俩穿过一条条胡同，绕过一条条小巷。

街上的过往行人，用惊异的目光望着奔跑不停的两位少女。

她俩拼命奔跑，没有停歇，累得满头大汗。不一会儿，东关城门楼出现在眼前。城门虽然敞开着，但是城门楼上站立着持戈握矛的卫士们。

赵姬用手拉了一下张煜，告诉表妹不要再跑了，前边就是城门，不要引起守城卫士的怀疑。她俩放慢了脚步，各自掏出手帕擦拭额头上的汗珠。

她俩又惊又累，心几乎要蹦出喉咙。但她俩故作沉着镇静，若无其事地穿过东关城门。庆幸的是，守城卫士尽管用不解的目光注视着她们，但并没有呵斥阻拦她们。

她俩出城后，朝城北拐去。秋末，城外的旷野宽阔无垠，绿草早已枯萎，野花更是不见。有一股股冷风在吹动，沁凉而袭人。

她俩走了有十余里，来到城北的滏阳河畔。此时，被汗水湿透了的衣裙已经被凉风吹干，身上渐有一丝丝暖意。

天上的浮云散去，西斜的秋阳露出。滏阳河波光粼粼，静静地流淌着。河岸两旁的柳枝随风摇曳，枝条上挂着的半绿半黄的叶子虽然没有春夏时那般鲜活，但是也给秋末的荒野和河流带来了生机。

姐妹俩走到河岸的一个缺口处，这里垒砌着一个个长条石阶，一直铺设到河床底部。赵姬让表妹站在岸上警视来往行人，自己去洗沐一下。

她撩起衣裙，一步步地走下台阶，在接近水面的台阶上停了下来。她蹲下身体，用双手捧起清冷冷的河水，撩到脸颊上，立即感到一阵冰冷，她赶紧边撩水，边磨搓，脸上和身上的寒意才似乎消除了些。随之，她拿出手帕擦拭一下脸上的水珠，站起身来准备上岸。这时，一阵猛烈的凉风吹过河面，河心荡起一层层涟漪，紧接着，伴随着唰啦啦的响声，一片片枯黄的落叶飘落在清清的水面上。顿时，赵姬心里涌出难以言表的惆怅和迷惘。

她转过身子，撩起裙带，沿着台阶走上岸来。她告诉表妹，快到下边用水洗洗脸上的汗渍，自己在岸上等候。

张煜微笑着点点头，快步沿阶走了下去。

赵姬边等表妹，边四处张望。这时，只见一位男子带着书童徜徉在垂柳掩映的河堤上。她想马上躲藏起来，但怎么也找不到隐身之处。她只有伏身低首，装成一副找东西的样子。

这位男子名叫吕不韦，二十九岁，祖籍阳翟，原本是韩国大商人，现为邯郸南大街珠宝巨商。他身边的那位书童名叫吕童，刚满十五岁，头一年冬天探家时，父亲吕伯把吕童交给了他，让他带到邯郸，供他朝夕使唤。

吕不韦早已发现了赵姬，只是见她到河面洗沐，故意藏到垂柳后边，待她洗完了脸，才携吕童走了过来。

他仔细打量眼前的丽人——

只见她身着翠绿色交领宽衣袍衫，因一阵阵疾风席卷而使薄纱衣裙紧裹着身躯，呈现出的曲线美极为醒目。她刚刚洗沐的脸颊，粉中透红，眉若远山，好似刚刚出水的芙蓉，自然美貌，胜过仙子。

吕不韦惊呆了！

"少主。"吕童上前拽了一下他的袍衫。

吕不韦醒悟过来，但他脑海中又浮现出往日的一幕景象。

两年前初夏的一天，阳光灿烂，微风拂面。吕不韦只身到邯郸大街联系推销珠宝之事，忽然看见一辆豪华的马车上，除了摞放的几匹绸缎外，还坐着一位身穿粉红色罗裙的少女，一双眸子美丽动人，浑身上下透着妩媚，简直令人心慌意乱。

他真想追上去同这位姑娘说上几句话，但碍于街上行人不断，不便于开口，只好痴望着那辆载坐丽人的马车离去。

现在，他发现眼前的这位姑娘与那位少女非常相似，神态、举止、面容、眼睛几乎一模一样。是她，是她，绝对是她……

他鼓足勇气，向前迈了几步。

赵姬听到了这位男子的脚步声，看到了他脚上的云履。但是她不敢抬头，那颗心怦怦地跳着，她紧闭双唇，咬紧牙关，现出一副难以自拔的窘态。

"姑娘，在下吕某向您施礼！"

她用眼睛的余光看见他正在抱拳躬身，心里紧张而纳闷，男女有别，互不相识，施的是哪家的礼呢？她一时不知所措，过了好大的工夫，才默默欠身施拜。

他见她虽未吭声，但是终于还了礼，心里似乎受到慰藉。他继而安慰道："姑娘，请不要怕。在下是邯郸南大街珠宝商人，名叫吕不韦。"

她默不回声，但静静地听着。

"姑娘，我吕不韦原本是韩国阳翟人，因少年读书受到干扰，兵荒马乱，战事不止，故随父学习经商，四海奔游。现独自漂泊于赵国，以售卖珠宝谋生。然而吕某安分守己，仁义待人，从不欺骗他人。请姑娘尽管放心！"

她仍是默默地听着。

张煜已经洗完了脸。当她转身拾级而上的时候，听到岸上一位男人的说话声，便停下脚步。"姑娘，我吕不韦更不是那种不仁不义之人！"

她还是低头不语。

"姑娘，你一定有满腹心事，如磐石般沉重压在心头，然而却不愿向他人倾诉！如果您相信我的话，何不说出来以解心中烦闷？或许在下能为姑娘尽些微薄之力。"

她一听这话，"哇"的一声大哭起来。

张煜听到赵姬的哭声，急忙沿着台阶跑了上来，扶着她的胳膊安慰道："表姐，表姐，表姐……"

赵姬用手帕捂着泪眼，仍在啜泣。

吕不韦也慌了。没想到自己的一番话，竟然刺痛了她的心，一时间不知怎样安抚她。

"表姐，表姐。"懂事的张煜继续劝解她，"你不要哭了，咱们不是逃出来了嘛！"

吕不韦一听这位小姑娘的话，心里不禁暗自揣摩，看来她确实有满腹心事，大有可能她遇到了什么不幸，而且涉及个人安危。他想，大丈夫应该助人行义，不应该见人之危而袖手旁观。于是，他向前跨了一步，向她的表妹询问道："小姑娘，请问你和你表姐尊姓大名？你们遇到了什么麻烦？何不讲出来让我听听，或许我吕某能够为你们化解几分忧愁！"

张煜松开双手，转过身来，看了看对方，眨了眨眼，带着半信半疑的语气道："我叫张煜，表姐姓赵，名仲媛，人称赵姬。有权有势的人欺负表姐，你能有什么办法帮助我们？"

"你不妨实言相告于我，我会想办法的。"吕不韦急切地催促道。

张煜见这位公子态度真诚而恳切，面容可亲，自己年幼的心灵里不觉产生了一种依赖感和信任感。她随即眨着那双充满智慧的眼睛，简明地述说了西门风、淳于地、廉厉等恶豪到表姐家无礼逼亲的事情，以及她俩冒着生命危险、拼命离家逃走的经过。说完后，再三恳求这位相公给予帮助。

吕不韦听完后，凝神思索。

赵姬已经停止哭泣，用手帕擦了擦泪水，偷偷地看着吕不韦——

只见他面容清秀，眉峰紧锁，一双大眼透着睿智的光芒，高高的鼻梁挺直，瘦削的身材极为洒脱，看不出半点商人模样。头戴黄色缁撮，身穿交领宽松大袖的深衣，腰束紫色大带，足蹬白色云履，手中握着一卷竹简，看来此人有到郊外散步阅读的习惯。他有文士神态，且举止典雅。

她从心底产生了几分敬慕之情。

此时，吕不韦的心情也不平静。尽管他在家乡有一位温柔多情、善良温顺的妻子田氏。他到邯郸又结识了一些美貌女子，但是他对眼前的这位姑娘却有一种更深更广更浓的爱怜，觉得赵姬身上充满着更加迷人、更加神秘的气质。他暗下决心，要千方百计地帮助赵姬脱离险境。

突然，他心中萌发出一种无比强烈而又无法抑制的感觉：这个女子将会与他共同度过辉煌的一生！为此，他愿为她付出一切！

为了使事情做得更加稳妥，他先追问了一句："赵姬，请不要见怪，吕某多有不雅，敢问姑娘是否婚嫁？"

赵姬听了吕不韦的问话，羞涩地低下了头。

"唉，我表姐还没定亲呢！"张煜嗔怨地回答道。

"请恕在下冒犯！"吕不韦急忙致歉。心想，这下可好了。原以为凤已求凰、名花有主，没想到如花似玉的赵姬尚且独居闺房。他更加坚定了信念。于是，他接着刚才的问话："既然如此，赵姑娘没有什么牵挂，依吕某一孔之见，赵姑娘还是应该及早逃出邯郸城，不应该留在城内。"

赵姬想了想，觉得这样不妥，因为母亲和舅父还不知道她的去处，且自己又是一个柔弱女子，即使乡下有几户亲友，但他们离邯郸城比较遥远，怎么去找他们呢？她无奈地摇了摇头。

"我知道，你家里有亲人，令你难以割舍，但你可以让他们护送你到乡下！"吕不韦深知赵姬的心事，便把自己的主意告诉了她。

她静静地听着。

"今天晚上，你必须赶回城里，同亲人们仔细商量一下，而后趁夜深人静之际，及早逃出虎口！"

赵姬神情忧郁地望着邯郸城。她十分担心，由于秦、赵之间连年作战，赵国都城邯郸长期处于戒严状态，到了夜晚，各个城门禁止通行。她着实感到失望。

"姑娘，请不要多虑。"他已经猜出她的心事，便先把手中的竹简递给吕童，然后从怀中掏出一块刻有"赵都邯郸"字样的月牙形玉佩，递向赵姬，"给！拿着它，就可以出城。这就是出城的凭证！"

"吕公子，多谢了！"赵姬终于开了口，向前屈体一拜，伸手接过玉佩。

"这下可好啦，您真是救命恩人！"张煜天真的目光注视着吕不韦，感激地说道。

"岂敢，岂敢，姑娘言重了！"吕不韦听后摆了摆手。

赵姬撩起衣裙，准备屈膝施礼告别。

"姑娘不必如此。"他急忙上前搀扶制止。之后，他又从怀中掏出一串闪烁着光辉的珍珠项链，双手递于赵姬，"赵姑娘，这是我吕不韦的一点心意，请你收下！"

"不，不，不，这不行。"赵姬连忙推辞，不肯接受。

"赵姬，今日吕某结识，实乃三生有幸，你又何必这样见外呢？"他态度坦诚而又恳切。

"表姐，既然吕公子这般客气，您就收下吧。"张煜在一旁劝道。

"小孩子，你懂什么？"赵姬瞥了张煜一眼。

"什么懂不懂的！反正人家吕公子是真心相送，你想那么多干什么？"张煜上前从他手中接过项链，一下子就塞到她的怀中。

"表妹，你……"赵姬一手拿着月牙形玉佩，一手握着珍珠项链，感到左右为难。她知道，这珍珠项链并非一般礼物，很可能是一个定情信物，即使他是珠宝商行的掌柜，也不会轻易将这种珍贵的东西送给一位素不相识的女子。如果轻易地收下它，那将意味着什么呢？况且父母不知，将来一旦被发现，又有谁来为自己做主呢？可是，他的态度那样诚恳，他的心肠那样善良，他的谈吐又那样非凡……她站在那里，踌躇不定。

张煜先是不解地看了看赵姬，后来又好奇地看了看这位多情的公子，看你这位大相公怎么办？吕童早已看到这尴尬的场面，但又不敢说什么，心想：你怎么不说话呀？赶紧让人家走嘛！

吕不韦不知见到过多少美女，但从没有一位少女像他今天遇到的这位令他倾心，难以自拔。

月牙形玉佩，是他多次与赵国平原君赵胜坦诚交往才弄到手的。赵胜见他经商有道、举止非凡，为了使他更好地促进韩、赵两国之间的珠宝生意，终年来去自由，畅通无阻，才把这块具有特别通行证作用的月牙形玉佩赠送给他。

珍珠项链，是他母亲黄氏给他的。当年，他才十二岁，母亲把这件传世之宝交给他的时候，郑重地叮嘱他，一定要把这件宝物交给自己最心爱的人。他到十七岁时，娶了正室夫人田氏，但也没有舍得把此物交于她。虽然他以售卖珠宝为生，见过各式各样的项链，但没有一个可以与他这件光芒四射、奇特无比的祖传珍珠项链相比。

这一天，他将这两件对自己至关重要的东西连同自己的一片真心献给了赵姬。

"赵姑娘，时候不早，请快启程吧！"他一边说着一边叮嘱道，"姑娘无论如何，要把手中的两件东西保管好。"

她满面羞红，仍然呆立在那里。

"赵姬，还是尽早启程吧，办事要紧哪！"他不情愿地督促道。

"吕公子，您对仲嫒的知遇之恩，望来日相报！请公子珍重，仲嫒向您告辞！"赵姬再次屈身施拜，向这位好心人依依不舍地告别。

吕不韦和吕童向她俩频频招手。

赵姬、张煜急步朝着东城门奔去。

夕阳烧透西边地平线上的云霭，光华显得支离破碎。那种猩红色的光线渐渐缩短，而她俩的身影越拉越长。滏阳河畔的鸟儿在夕阳里张开两翼飞翔，像大风中的旗帜猎猎地飘扬，它们的叫声渐渐远去。

她俩一边抬头张望，一边快步奔跑。

夕阳刚刚没入西方的山谷，她俩就穿入东城门。这时，只见守城卫士把两扇带有若干青铜铆钉的硕大红漆城门关上了。

母亲的安危牵着赵姬的心。赵姬带着张煜先赶回自己的家中，可是仆人告诉她，母亲到舅妈家中找她去了。她一听，马上拉着表妹折回舅妈家。舅父舅妈住在东大街北侧的第三条胡同里。她俩刚一拐进这条胡同，就看见舅父、舅妈和母亲正站在大门外焦急地等待。两个女孩子终于回来了！三位老人快步迎上去，把她俩拉入家门，进到堂屋，问长问短。

舅妈周氏是个手脚麻利的人，把饭菜早已准备好了。大伙儿围着桌子一边吃饭一边合计，如何逃脱这场灾难。

张氏心里装着事情，根本吃不下饭。可抬头一看，赵姬、张煜狼吞虎咽，刹那间放下了碗筷，心想：仲嫒哪，你真是个孩子！

张财升、周氏一见妹妹没心吃饭，都在旁边不停地劝说。但是，张氏仍然皱着眉头，垂着双手，没有动碗筷。夫妇俩也是心事重重，因此也没怎么吃饭就放下碗筷了。

赵姬心里早已打好了算盘。这个晚上，无论如何也要逃出邯郸城。所以，她并不像她母亲那样思前顾后，一筹莫展，而是做好一切准备，不管遇到多大的困难，也要千方百计地去克服。她填饱了肚子，用手帕擦了擦嘴，说："母亲，舅父、舅妈，我知道你们的心情，为了我一个人，让你们操了不少心，但是也不能因为我的事而不吃饭哪！"

三位老人看赵姬很懂事，心想：傻孩子，你哪里知道，要想逃出去，谈何容易。

他们已经议论了大半天，见没有什么结果，所以也不再说什么了。

"你们快吃饭，今天夜间还要靠你们帮我，空着肚子怎么行呢？"赵姬说话的语气很爽快，似乎胸有成竹，"你们吃完了，我就告诉你们怎么办。"

三位老人乍一听，感到莫名其妙，你一个小丫头能有什么好主意呢？但也不知她葫芦里装的什么药。

"如果你们不吃饭，那我就不告诉你们。"赵姬心里很焦急，走至窗前，不断地望着外边。

张氏心里清楚，女儿从小就任性，如今已长成了个大姑娘，但脾气一点也没有改，如果不依着她，她心里的想法就不会告诉你。想到这里，张氏端起碗来胡乱吃了几口。

张财升夫妇也拗不过外甥女的倔强劲，只好陪着妹妹吃了一碗饭。

赵姬转过身来，见三位老人把碗里的饭勉强吃了，心里感到一些慰藉，便凑上前，直截了当地说："今天夜里，我必须逃出邯郸城。特别是那个廉厉，无耻到极点，一旦行动迟缓，我可就羊入虎口了。"

"她姑妈，孩子说得有道理，这事可不能再犹豫了！"周氏催促道，"先让孩子到乡下躲一躲，等风声平静了再接回来。"

张氏当然同意，但是能把女儿送到乡下什么地方去呢？她心里火烧火燎，皱了皱眉，说："让我想一想，看去谁家比较合适……"

周氏明白小姑在考虑去自己的亲戚家里，那样会方便一些。尽管周氏的娘家也在乡下，但她没有急于说出来。张财升知道妹妹的选择，不是去孩子的姥姥家，就是去孩子的姨妈家，因为这两家是他们靠得住的亲戚。不过，这两处距离邯郸城都比较远。他没有急于拿主意，想看看妹妹是什么态度。

是啊，山高路险，难以抉择。张氏心里也是这么想的——如果出东关城门，直接向东八十里路，就可以到孩子的姥姥家杨林镇，那里离馆陶不太远，但途中多是山谷道路，崎岖难行；如果出南关城门，向东南行一百余里，跨过漳河，路经大名，才能到孩子的大姨家安子店，那里离韩国的边界很近。张氏想了又想，一时半会儿拿不定主意，便向张财升、周氏询问道："仲媛的姥姥家杨林镇，大姨家安子店，离邯郸城都比较远，但不知去哪里较为合适？兄长、贤嫂，我实在不好决定，想听听你们的意见！"

张煜早就憋不住了，一听姑妈提到杨林镇，马上插嘴道："让表姐去杨林镇吧，我也跟着去，我要看看奶奶哩！"

"你怎么能去？乱插嘴！"周氏白了女儿一眼。

张煜"哼"了一下，噘起了小嘴儿，把脸背了过去。

张财升闷了一会儿，考虑后才建议道："去杨林镇的话，山路虽然多一些，但路途比较近；而去安子店，还要走水路，那条漳河还不知好不好过，并且路也比较远，天亮之前难以到达目的地。我看，还是去杨林镇吧！"

"妹子，我看你哥说得对，我也同意把仲媛送到杨林镇。"

张氏思索一会儿，下了决心说："行，就这么定了。"

"母亲、舅父、舅妈，我也同意。"赵姬在一旁已考虑多时，觉得去杨林镇姥姥家还是合适的。说完后，她看了看张财升，恳求道，"舅父，你就送送我吧。让母亲、舅母看着家，咱们两家还有买卖哩！"

"这没说的，当然由我来送你。"张财升痛快地答应下来。但是，说话间又皱起了眉头，非常忧虑地说，"今天夜间走没问题。可是四关城门紧闭，一旦出城被卡，那可就麻烦啦！"

"这没事，我这里有特别通行证。"赵姬说着从怀中掏出了月牙形玉佩，递向舅父。

张财升接过这块玲珑剔透、精致秀美的玉佩，左看看，右瞧瞧，只见上面还镌刻着四个篆字：赵都邯郸。心想，手持这个东西能够出城吗？仲媛是从哪里得来的呢？赵姬看出舅父半信半疑的神态，只好陈述了在滏阳河畔遇见邯郸南大街珠宝巨商吕不韦的经过，但是，她只字没有透露吕不韦赠给她珍珠项链的事情。说完，给了表妹一个眼色。张煜很聪明，也只是帮助表姐强调玉佩的重要作用。

张财升听了赵姬、张煜两人的一席话，掂了掂手中的月牙形玉佩，说："好啦，太好啦！有了这东西，我们就可以顺利出城了！"

"财升，事不宜迟，赶快行动。你快去准备车辆，我给仲媛打点衣裳。"周氏心里紧张起来，边督促丈夫，边站起身。

"不，我去家里给仲媛取衣服。"张氏说完欲欠身往外走。

"那怎么行呢？"周氏急忙向前，拉住了张氏，说，"你回家不安全。这里还有我年轻时穿的衣裙，有的还从没有沾过身呢，凑上几件完全够仲媛穿了！"

"这……"张氏转过身来，不好意思说，"太麻烦贤嫂了！"

"不说这些。"周氏说完朝里屋走去。

张财升匆匆走出屋门，直奔厩棚。不大工夫，周氏怀抱一大一小两个包裹，走出里屋，来到堂屋。赵姬、张煜赶忙上前接过包裹，赵姬和张氏不住地说些感激的话。

随后，张财升急步进入堂屋，非常焦急地说："快，快走！马车已停在后院大门外。"

周氏马上又折回里屋，取出两件衣衫，分别扔给张财升和赵姬，着急而又关切地说："你们爷俩快穿上，夜里别着凉！"

张财升、赵姬一边穿袍衫，一边走出堂屋。周氏手提大包裹，张煜拎着小包裹，一前一后紧紧相随。张氏迈出堂屋门槛，转身拉上门扇，而后快步追了出去。兄妹两家人急匆匆地来到后院大门外，直奔已经备好的单马敞篷车前。车仆一见主人张财升夫妇走来，马上迎过来，从赵姬、张煜手中接过两个包裹，转身放入车厢后边。

张氏、周氏悄声低语地催促赵姬赶快上车。赵姬在表妹张煜的搀扶下，纵身上了车。赵姬面朝车前，坐稳身子，让母亲、舅妈、表妹快回家，以防被人发现。

张财升走到离车不远的槐树底下，牵过一匹备好鞍鞯的枣红色骏马。他机警地向四周看了看，没有发现任何动静，于是向车仆说道："走吧，奔东关城门！"

"驾！"车仆抖动缰绳，驱马驾车。为了安全无声，没敢挥鞭。

"咯吱吱……"车轮启动，亦发出动人心弦的响声。

"放心吧，你们快回去！"张财升面对妹子、妻子、女儿悄声说着，而后搬鞍上马，抖了一下缰绳。随之，"呱嗒，呱嗒"马蹄声起……

张氏、周氏、张煜默默地挥手，目送离去的亲人，直到车辆、马匹消失在黑暗的街道上，才返回家去。

单马行车、枣红骏马开始向北，走至钟鼓楼前，后又拐向正东，朝着东关行驶。他们行至东关城门楼底下，车与马都停了下来。张财升翻身下马，仔细注视前方。只见城门紧闭，鸦雀无声。但是，城门两侧站立着数名卫士，他们人人手持兵刃。其中，有一名卫士还手提一盏灯笼，他就是带班的伍长——丁一。

丁一从役已有十五年了，因秦赵之间大战不止，赵国平时也不得安宁，所以他一直身着戎装，未能退役。如今，他算是老兵了。由于他为人和善，且又尽职尽责，虽然不识几个字，但他还是当上了伍长。

邯郸城的夜晚是非常宁静的。丁一早就听到城内传来的车轮声、马蹄声，立刻命令卫士们提高警惕，观察动静，自己则提着灯笼向马车的方向走去。

张财升见有一卫士向这边走来，心里紧张得怦怦直跳。

出于礼节，他没有牵马向前，而是把缰绳交于车仆，独自朝着灯笼走去。

漆黑的夜晚，灯笼所闪烁的光亮极为耀眼。两个人影相对行进。谁也看不清对方的面孔，更摸不清对方的来意。特别是张财升，心里十分担心。一旦守城的卫士硬是不准百姓夜出城门，那可就难了。他不由自主地摸了摸怀中的月牙形玉佩。心中暗想：但愿苍天保佑，以此能够顺利过关！

两个人终于靠近了，双方几乎同时停住了脚步。张财升还没等那卫士询问，马上有礼貌地先开了口："军爷，您辛苦了！"

"先生，天这么晚，您要去哪儿？"丁一客气地询问着。

"我准备回家乡杨林镇，去看望我的母亲。我三年没回家了，家里人来信说，母亲病重，危在旦夕，我实在放心不下……"张财升说着，不禁鼻孔有些发酸。

"那怎么行呢？即使你的母亲患病，需要你回家探望，也得等到天亮再说。"丁一劝止道。

"不不不！等到天亮走，恐怕就晚了。"张财升据理力争，但语气中恳而迫切，"母亲仅有我一个儿子，我三岁时没了父亲，全凭母亲勤劳度日，省吃俭用，将我拉扯大。我如果回去晚了，母亲若是有个三长两短，我怎么能对得起……"

丁一没再吭声，而是向着马车走来。

张财升紧紧跟在卫士身后，进而解释说："车上坐的是我女儿，她从小在奶奶身边长大。她要跟我一块儿去看看老人。"

丁一用灯笼照了照车箱，发现车上确实坐着一位少女。赵姬急忙用手遮住灯光，不愿在生人面前暴露自己的面容。

丁一放下灯笼，转身面对他说：

"先生，您说的情况我相信，但我实在为难，请您谅解！"

张财升经过一番苦求，不见成效，他不得以掏出那块月牙形玉佩，还没等让对方查看，对方居然迈步朝城门走去，他赶忙追上前，恳求道：

"大人，请您看看这个！"

丁一停下脚步，伸手接过月牙形玉佩，在灯笼下面仔细查看了一番，看到了"赵都邯郸"清晰的字样，知道这是一件特别通行证，但他还是摇了摇头，把月牙形玉佩交还于他，无可奈何地说："先生，这种特别通行证，在邯郸城大约有十几块，只能是上卿大夫使用，一般人具有的话，只有平时使用有效。但现在是战时，前方长平大战正在持续，任何人在夜晚也不得使用。上司如果发现使用这种通行证夜出都城，一旦怪罪下来，我可担当不起呀！"

"大人，卫士大人……"张财升听罢守城卫士讲了这番话，如同一瓢凉水浇在头上，浑身上下感到透心凉。他想了想，决定进行最后一次乞求，他一个箭步，跨在这个卫士前面，"扑通"一声，双膝跪在地上，哀求道，"大人，您，您就行行好吧！我张财升，今生今世就求您这一次，您的大恩大德，我永世不忘啊……"说完后，他伏地连连叩头。

"哎，哎，您不能这样。"丁一放下灯笼，赶忙伸手去搀扶张财升。

张财升双手撑地，站起身来。

丁一猫腰拾起灯笼，照了照他的脸颊，惊奇地呼道：

"啊！您，您是张掌柜哪！"

"您，您是……"张财升一下子蒙住了。

"我是丁一。您忘了，您当年搭救过我！"丁一提醒道。

"哦，哦……对，对！您是丁一！"张财升极力回忆往事……

五年前，丁一的老家山东大旱，粮食颗粒无收。父亲病饿而死，母亲携带儿媳和一个只有三岁的小孙子沿村乞讨，经过千辛万苦，来到邯郸寻找儿子。在大街上，丁一看见母亲、妻子、儿子，面黄饥瘦，衣裳褴褛。全家人抱在一起，哭成一团……张财升路过此处，看到这样情形，从怀中掏出三百钱，周济丁一全家，还从家里搬来两匹绸缎，使他们安然度过灾年，顺利地返回家乡。临分手时，丁一再三询问掌柜贵姓、住在何处？张财升只说了自己姓张，但没告诉家庭住址。

五年后，两人万万没有想到，在邯郸东关城门楼下相遇了。

于是，张财升如实而简短地向丁一说明了一下情况和原因。

丁一听后，答应立刻放他出城。

不料，就在此刻，从城里传来一阵阵马蹄声。

"有情况！"丁一下意识地说。

"怎么办？"张财升担忧地问了一句。

"这里您不用管，有我呢！快，快去叫马车，准备出城！"丁一说完后，提着灯笼朝城门楼跑去。

张财升跑到马车前，命令车仆立即驱车，迅速出城。他牵过骏马，翻身乘骑。丁一跑到城门前，先是命令卫士打开城门，后又提起灯笼朝着城门楼上边的卫士晃了三圈，以示放下吊桥。

刹那间，两扇镶嵌着一排排青铜铆钉的硕大红漆城门随着"嘎吱，嘎吱"的响声打开了。紧接着，一个巨大的木质吊桥伴着"嘎嘎嘎、嘎嘎嘎"的响声由城门外放了下去。

车仆驾着马车，张财升驾着骏骑，飞快地穿过城门、踏过吊桥，继而发出滚雷般的巨响……张财升在马上转身回头，向城门内的丁一摆了摆手；丁一随之高高举起手中的灯笼，以示他快走。

此时，城内传来的马蹄声越来越清晰了。

随着一通震人心弦的响声，吊桥掀起，城门关闭。

张财升协同车仆，护着赵姬，沿着东去的大路飞速驰去。

车轮声、马蹄声划破了寂静的夜空。

第三章　侍从丧命　廉厉遭严惩

丁一指挥卫士们拽起吊桥、关上城门，就听到马蹄声越来越近了。他告诉大家严守岗位，并叮嘱了一句："各位兄弟！今天夜晚发生的事情，不管谁来盘查，都不许说。就算我拜求各位了！"

"请丁伍长放心！"兵士们态度坚决，抱拳表示。

丁一安排好城门前的卫士们，又手提灯笼登上城楼。这里的卫士们，一见丁伍长上来，马上拥到他身边。

这时，一列骏骑朝东关城门下驰来。

丁一已经猜测到，十有八九是廉厉他们追赶赵姬来了。

可是卫士们心里不清楚到底发生了什么事情，他们凑到丁一跟前，非常担忧地问长问短。"弟兄们，不要怕，有我呢。大家看我的眼色行事！"丁一的目光一直注视着前方。

霎时，一列骏骑赶到城门下。侍从们人人手持短刀，大有一股锐不可当之势。果然，带头人矮胖子就是廉厉，鹖冠前沿的额头伤口处还缠着白布条儿。

十余匹骏骑停了下来。马上的廉厉朝着城楼喊道："哪位是带班的？"

"我，我是带班的！"丁一高高举起手中的灯笼，大声喊道。

"你是何人？"廉厉大声喝问。

"你是干什么的？"丁一故意反问对方。

"少废话！这是京都卫尉，难道你不认识？！"与廉厉并辔的一位亲随侍从喊了一句。

"哦！廉将军，对不起，天黑夜深，看不清啊！"丁一赶忙致歉，并自我介绍道，"我是东关守城卫士带班伍长，名叫丁一。"

"丁一，我来问你，今天夜间，可曾有人从你东关出城？"廉厉单刀直入地追问他。

"什么？您说什么？"丁一假装没有听清。

"丁伍长，廉将军问你，是否有人夜间出城？"还是廉厉旁边那位亲随侍从在说话。

城楼上下的卫士们，都在为丁一伍长担心。

"廉将军，请您放心。没有特别通行证，我绝不会放人出城的。"丁一留有余地地回答对方。

"什么？特别通行证？有特别通行证也不能出城。"廉厉对丁一的回话不满意，往死里砸了一句，"没有我的指示，有特别通行证也无效！"

"是，廉将军，我一定奉命行事！"丁一又含糊其词地说了一句。

"丁一，如果你回话有差错，我回来还要找你，唯你是问！"廉厉郑重地向他提出警告。

"廉将军，小人不敢！"丁一好像是很虔诚地回话，其实旨在让他们赶快离去。

这时，只见廉厉命令他的侍从们掉转马头，朝城内驰去。

顶头上司的盘问，总算蒙混过去了。守城的卫士们松了一口气。

但是，丁一的那颗心还在悬吊着。他心里清楚，廉厉绝不会放过他，还会带着人马卷土重来。他这样做，只是为了暂时拖住廉厉，让张财升、赵姬他们走得离城更远一些。帮人帮到底嘛！更何况受人之惠，滴水之恩，当涌泉相报。

想到这里，他心里很踏实。于是，他将城楼上的卫士们叫到一起，告诉他们廉厉还有返回的可能。卫士们一听，心里着实有些紧张。他安慰大伙儿不要害怕，并诚恳地表示：他决不连累大家！说着，他从衣兜掏出一包钱，交给一位平日同他要好的卫士，让这位卫士转给他山东老家的母亲，他准备去廉厉将军府中受刑。在场的卫士们受到莫大的触动。

果不出所料，过了有一个多时辰，一阵急促的马蹄声传来。

廉厉率领侍从们又返回到东关城门楼下。

"丁一，你撒谎，赵姬明明从你东关城门逃出城去，你偏偏说没人夜出城门！"廉厉一边手指城楼上的丁一谩骂，一边数落丁一对他的戏弄，"丁一，你这个龟孙子，你害得我好苦！我带着人马，从东关到西关，从南关到北关，全城追了个遍，连个赵姬的影子都没发现。你坏了老子的大事，看我不收拾你！"

"廉将军，恕小人无知。我确实不知道谁叫赵姬，更不知道大人找赵姬有何等大事？"丁一假装自责。

"丁一，你小子少给我绕圈子，时间这么晚了，什么事都给我误了。"廉厉说着回头向他的爪牙们下达命令，"快！快快上前，拿获打开城门的卫士，还有放下吊桥的卫士。"

"慢着！"丁一举起灯笼，厉声喊道。

侍从们闻声，未敢上前，看看这位带班伍长会有什么行动。

"一人做事一人当，这件事与他们无关！"丁一义正词严，回话铿锵有力。

廉厉并没有听丁一的回话，而是猛一挥手，向身边的爪牙下达命令。

众侍从翻身下马，如虎狼般地扑向守护城门的卫士。

丁一一看大事不好，城楼下的弟兄们要受牵连，心想，我绝不能连累这些弟兄。他提起灯笼，飞步跑下城楼。

丁一跑到城门楼下，只见八名守护城门的卫士都被这群爪牙捆绑了。他快步行至廉厉马前，放下灯笼，双膝跪地，朝着廉厉叩了三个响头，苦苦恳求："廉将军，请您放了他们。今天夜间，是我让他们打开城门的，因为人家有特别通行证。我是带班伍长，他们只是服从我的命令，与他们没有任何关系，一切都应该由我负责！我丁一行事，并非与他人密谋。要杀要剐，只要对我丁一一人，我心甘情愿！廉将军，请您高抬贵手，还是放了他们吧！"

"不行，连你也得拿下！"廉厉不肯应允，根本没有把丁一的话放在心上，而是挥手下令。

"且慢！"丁一圆睁双眼，大喝一声，侍从们都吓得往后退缩。他撑地欠身，朝着廉厉的马前走了几步，而后从后背上抽出短刀。

廉厉那匹骏马被这闪光锃亮的兵刃惊得扬起前蹄，"咴儿咴儿"直叫。廉厉不禁打了个寒战，惊吓地喝问："你，你……你要干什么？"

"廉将军，请您不要害怕。"丁一沉着而镇静地说，"廉将军，如果您还不放他们，在这几步之内，我丁一要把脖颈里的血溅在大人的马腿上，叫您弄不清今夜开城放人的原因，一旦事情非您以为的那样，其后果可就由您负责了！"说完后，他将短柄刀刃放在脖颈下边。

"别，别，别这样！"廉厉反而紧张起来。因为他对于赵姬持谁的特别通行证心里还没底数，如果丁一自杀，这件事可就麻烦了。廉厉制止了丁一后，马上命令侍从们释放那些守城卫士。

丁一看见弟兄们被放后，安全地回到城门下，便双手高高举起兵器，等待缴械。廉厉命令身边的侍从收缴了丁一的短柄佩刀，并捆绑了他的双臂。

城楼上下的卫士们，高声喊道："丁伍长——丁伍长——丁伍长——"

丁一背着被捆绑的双臂，没有回头，而是随同廉厉朝城里走去。

夜深人静。沿街道两旁的灯盏几乎全都熄灭了，天上的点点繁星不住地闪烁。

人们"嚓嚓"的脚步声被嘚嘚的马蹄声淹没了。丁一在这群爪牙的监视下默默地走着。他知道，此一去凶多吉少，恐怕再也见不到亲娘、妻儿了。想到这里，他的鼻孔一阵酸楚，眼睛有些模糊了。

他们刚进入东大街，忽然传来一阵马蹄声。

廉厉感到很奇怪，这深更半夜，怎么还有人胆敢到街市上骑马奔驰呢？廉厉命令他的侍从们停止前进，靠在大路两厢观察动静。丁一同几个侍从躲在路边的行道树内。他蹲下身子，警惕地注视马蹄声响的方向。

瞬间，只见七八匹骏骑由南向北奔来。

对方可能发现了这里的马匹。他们一手握着短刀，一手猛勒缰绳，一匹匹骏骑停在大路中央。那匹领头的骏马被主人拽缰拽得扬起了前蹄，发出一阵"咴儿、咴儿"的叫声，马上的主人高声叫道："你们是干什么的？快出来！"

廉厉乍一听，还以为他们是夜间巡逻的，可仔细一看，他们人人穿着便衣，没有一个穿着兵服。心想：龟孙子，一会儿老子就收拾你们！

"怎么，还藏着？"那人向大路两旁看了看，威胁道，"如果你还不出来，我就让人朝树丛里放箭了！"

廉厉已经听清了，喊话的是北大街土豪淳于地。淳于地十有八九是为赵姬而来。仇人相遇，冤家路窄，无名大火，涌上心头。廉厉朝着行道树旁的侍从们高声喊道："上马！"侍从们听到命令，立即扶鞍跨骑，并从腰间抽出兵刃，做好迎战准备。

廉厉乘骑持刀来到大路当中，与淳于地面对面地喝问道："淳于地，深更半夜，你等前来做甚？"

"哟嗬！廉大将军，深更半夜，您大概不是夜间巡逻吧，一定是夜追娇娘赵姬哩！可惜她已经逃出城去，你本想捷足先登，却未能如愿。"淳于地顺口讽刺道。

"混账东西！你竟敢同老子争夺赵姬，真是吃了豹子胆！"廉厉越说越气，立即命令手下的侍从们，"弟兄们，给我上！"

众侍从听到他们的主子一声令下，立即催马向前，挥刀杀了过去。

"伙计们，持刀回击！"淳于地也命令他的家丁们投入激战。

蹲在树下的丁一，看到将豪与土豪之间开始血战，心里暗暗称快。杀吧，杀得越多越好！

人马相对，刀刃搏击，发出一片铿铿锵锵的厮杀声，双方展开一场鏖战。

廉厉手持双斧，驱马向前；淳于地手握双刀，奋力迎击。二人大战，大约战了三十回合，双方未见高低。廉厉由于体胖臂短，砍杀时间一长就感到力不从心了。淳于地在挥刀砍杀中亦感到廉厉之双斧力度减弱，于是愈战愈勇。廉厉心生一计，掉转马头朝着宽阔而明亮的大路驰去。淳于地以为廉厉败逃，便紧追不放。待淳于地暴露在显眼的路面当中后，廉厉猛一转身，投出一柄利斧，恰好砍在淳于地的额头上，只听淳于地"唉呀"一声，跌落于马下，当即命断。

淳于地的骏马见主人横躺在路面上，立刻哀鸣嘶叫。北大街土豪的侍从家丁们发现主人栽倒于马下，知道其必然废命，随之军心大乱，无心再战。

廉厉持单斧于马上，大声吼叫道："杀——"

接着，杀声冲破夜空，刀声响彻街巷。

不多时，北大街土豪的侍从家丁们死伤大半，只有三名家丁乘骑夺路逃去。

廉厉以胜利者的姿态，喊道："收兵！"

侍从们停止追杀，向他们的主子靠拢过来。

廉厉点了点人数，发现少了五名侍从，他长叹了一声："唉，不上算！"

"廉将军，我们杀了一只'头羊'，也就可以了，何况我们还杀了他们五个家丁！"那位亲随侍从讨好地说。

廉厉刚要指挥侍从们收兵回府，突然想起俘获的伍长丁一，遂喊了一声："丁一，丁一在哪儿？"

"在这儿，丁一在这儿！"丁一赶紧站起身来，背着被捆绑的双臂，钻出行道树丛。

"走，跟我们走！"廉厉向丁一挥了挥手。

廉厉带领剩下的五名侍从和丁一朝城内走去。他们行至钟鼓楼前，听到"当，当，当"三声钟鼓，已是午夜时分。他们又折向正南，朝南大街将军府奔去。

不一会儿，他们到达将军府。廉厉，还有那几名侍从，都分头休息去了。丁一却被关在后院的一间黑暗潮湿的小屋里。

这天夜间，廉厉没去大老婆房间住宿，也没去那几个小老婆处过夜，只是在自己的书房内躺下。他认为，自己的大半生由于有胞兄廉颇这个大靠山，没有办不成的事，没想到在赵姬的问题上碰了壁，在赵凯家的宴席上，当着那么多人的面儿栽了跟头。他摸了摸头上的伤口，心里感到不是滋味，但一想到赵姬的美容与娇态，心里就不怎么恨她了。廉厉躺在床上，翻来覆去，说啥也睡不着。

他在思索着：难道还有容貌比自己好，地位比自己高的？掂量来，掂量去，还是觉得无人能与他廉厉比。说实话，自己除了干些伤天害理、缺德少义的事情外，没有什么大缺点。这年头，哪里有纯粹的好人？没有，绝对没有。刚才在大街上，不就是杀了几个人嘛！如今兵荒马乱，在战场上战死的人不计其数，这算得了什么！

可是，他心底还是堵得慌：不行，我必须将赵姬的去向追查出来。明天一早，我先拿那个守护城门的伍长开刀，而后再去找赵姬的母亲算账，无论如何，也得让他们交代出来。

廉厉的坏主意已经打定！他合上眼睛，准备入睡。蒙眬之际，觉得有什么东西压在自己的身上。他睁眼一看，原来是他的大老婆、正室夫人赵氏给他送来一床被子。他心里清楚，真正关怀他的还是他的大老婆。赵氏就是爱叨叨，对他总是不放心，叮三嘱四的，使他感到心烦。而那几个小妾，倒是不说他，只要他去过夜，她们当中没有一个不向他要这要那的，早就把他掏空了，什么珍珠瑰宝、金银首饰，都飞进小妾们的珠宝箱里，他一无所有了。想到这些，他对小妾们真有些厌烦了。但他还是离不了她们，谁让他这么贪色呢！他紧紧地合上双眼，等赵氏蹑手蹑脚地走出书房后，又瞪大了双眼。这一夜，他失眠了。

第二天一大早，廉厉还没有起床，舍人廉达就匆匆走进书房禀告，丞相府来人捎来平原君的口信，请他立刻去相府议事。廉厉一听平原君、丞相赵胜请他，心里当即"咯噔"一下子。坏啦！这个老东西一定是为了昨天夜间的事情找我，肯定让我过不去。赵国君臣百姓，无人不知平原君的铁面无私，不论是谁，只要让他抓住过错，就别想逃出他的手心。我的大老婆是平原君的大妹妹，但是平原君这位大舅子从不给我留面子，更不袒护我。平原君这个人，真是天下奇有。

战国末期，以养"士"著称的有齐国的孟尝君、赵国的平原君、魏国的信陵君和楚国的春申君，人称为"战国四公子"。在赵国诸多公子中，平原君赵胜最为贤德有才、好客养士，相继担任赵惠文王和赵孝成王的宰相，曾经三次离开宰相职位，又三次官得原职，封地在东武城。

廉厉起床后，简单地洗了洗脸，没顾得上用早膳，就带领舍人廉达，各乘一匹快骑去相府。

如今，平原君赵胜已年过五旬，身躯修长而挺拔，神情威严却又富有涵养。此刻，赵胜正在相府后花园的曲径小路上踱步。

廉厉被相府舍人赵全引到相府后花园。

甭看廉厉也是将军，来到赵胜身旁心里照样打怵。赵胜的背影，似乎如往常一样豁达、豪放而又从容、悠然，殊不知，此时的平原君，面目十分严峻。他望而却步，不敢上前去打扰这位内兄……

不多时，赵胜忽然转过身子，与廉厉面面相对。廉厉没敢正面看赵胜，而是急忙伏地参拜。赵胜挥手让他平身。廉厉欠身站起后，又以亲属礼仪，询问赵胜兄嫂及全家安好。赵胜点了点头，表示全家皆好。

廉厉垂着双臂，站在那里，等待赵胜的问话。

赵胜早有耳闻，京城邯郸有三霸：南大街将豪廉厉、北大街土豪淳于地、西大街商豪西门风。这三霸都有来头，有的靠权势压人，有的靠钱财欺人，尤其是妹丈廉厉，恶习成风，无人敢惹，人人都知道他有大靠山，一是廉颇老将军，二是赵胜这位丞相。可赵胜并不想给他当靠山，因为这样将会毁了自己的荣誉。他一直想惩罚廉厉，但又感到此事棘手，关键是担心大妹妹将来的生活，至于廉颇的面子，他倒不给。昨天一整天，接连有人来报告：三位恶豪大闹赵家宴席，为的是争夺丽人赵姬。其详情，吕不韦做了详尽汇报。昨夜间，又有巡逻卫士禀告了廉厉与淳于地血战争斗的情况。

赵胜本想直截了当地质问廉厉，但又一想，既然邀请他来相府议事，还是先讨论一下政事。于是，赵胜平和地问道："廉卫尉，你对我军参加的秦赵长平大战，有何政见？"

廉厉张口结舌，难以回答。

"长平大战，我军能否取胜？"赵胜又提出一个问题。

廉厉不住地摇头。心想：我哪是干这个的料。

"长平大战，我军一旦失败，赵国国都邯郸会是什么局势？"赵胜再一次问道。廉厉一问三不知，活像一只呆头鹅。

赵胜的克制力已经达到极点，他再也不能忍受了，他怒不可遏地吼道："廉厉，你置国家大事于不顾，整日整夜地游手好闲、为非作歹、贪酒恋色、吃喝玩乐，你愧对将门，愧对祖先！愧对妻子儿女……"

"丞相，我廉厉罪该万死！"廉厉被赵胜呵斥得浑身颤抖。

"廉厉，我来问你，昨天夜间，死了多少人？你怎样向死者的父母、亲属交代？你又应该受到何等惩罚？"赵胜用手指着廉厉，像连珠炮般地发出一串串质问。

廉厉扑通一声，双膝跪地，用手打自己的嘴巴："我廉厉罪该万死，死有余辜！"

赵胜没有拦阻他，让他自己臭打自己一顿也是应该的。

赵胜沉思片刻，考虑了一个惩治廉厉的方案，极其严肃地说："廉厉，你与淳于地之间的争斗，虽然互相都有责任，淳于地的死乃是自食其果，但你俩给手下的弟兄造成很大损失。现在，淳于地已不在人世，只好拿你惩罚！如果你不接受，那就交有司查办！"

"不，不，不，还是请丞相做主！"

"那好，你听着！第一，你要立即拿出一百两黄金，作为你方五名无辜死者的家属抚恤金；第二，你还得拿出三百两黄金，交于国家军需仓库，供前线官兵作战使用，以此作为罚金；第三，念你年岁已大，虽次子年幼，尚在读书，但长子已长大成人，限三日内送长子到军中从役，去前方作战、报效国家。上述三条是对你的惩戒，不知能否接受？"

"丞相，您决断正确，我一定逐条落实。但请大人多宽容几日，可否待我同家人商量后再办？！"廉厉心疼银子花得太多，故想拖延时间。

"胡说！既然决断正确，还回家商量什么？"赵胜当即驳回，斩钉截铁地说，"胆敢违令，要你的人头！"

"是，是，末将一定照办！"廉厉再次施过大礼，而后起身，倒退着离去了。

回到府中，他先是让廉达安排五名死去侍从的厚葬之事，而后派人给死去侍从的亲属们送去抚恤金。这样，他把手头的个人积蓄全部花光了。那三百两黄金的巨额罚金，一下子难住他了。因为府中理财的是他的夫人赵氏，赵氏勤俭持家，世人皆知。何况是为这类不仁不义之事。再说，让长子去前方服役，赵氏更不会痛快地答应。

他在书房内踱来踱去，愁得不知如何是好，脑袋几乎膨胀得快要炸了。一会儿，一个侍从走了进来，向他请示，丁一应该如何处置？他哪有这个心思，一挥手把侍从呵斥下去。

大约到了中午时分，仆人向他转告，夫人请他用午餐。

在餐厅的饭桌前，刚刚接到并阅完平原君写来亲笔书信的赵氏，顿时惊愕了。她双眸流下了凄惶的泪水……完啦，什么都完啦！大半生积攒的钱财全都抛了出去。长子还得去前方从役作战，九死一生，恐怕再也回不来了……她抽泣着，哽咽着，心里怨恨和咒骂该死的廉厉，怎么惹下这样的大祸呢？

廉厉走进餐厅，一看妻子手中拿着信，满面泪痕，抽抽搭搭。啊，一定是平原君写来的信，妻子什么都知道了。他刚刚坐下，惭愧地垂下头，就听赵氏"哇"的一声大哭起来。他不知所措。

待妻子哭了一大阵后，他欠身走过去，扶着妻子的臂膀不住地安慰，还掏出手帕欲给妻子擦拭眼泪。没想到，一向善良温顺的赵氏，猛一抬头，死劲挥臂，"啪"的一声，狠狠地打了他一记耳光。他手中的绢帕掉在地上，两眼冒着金星，只是用手抚摸被打过的脸颊。他没了脾气，呆呆地站在那里。

"你，你这个该死的老色鬼，你又看上了哪家的赵姬？"赵氏哭着，喊着，骂着，"你这个老东西！你自作自受，你去想办法，承受丞相的责罚。要钱，我没有；要我儿子，我不给！呜呜呜……"

廉厉急得团团转，面对妻子的哭号，他无言以对。停了好大的工夫，方劝说妻子："夫人，我承认，是我的过错，是我闯下的大祸！但是，平原君给我的惩处，我必须接受，况且他又给你写了信。否则，我是过不了他这一关的！夫人，你就想开些，照人家说的办吧！"

赵氏止住了哭声，仔细琢磨丈夫的这番话。她深知哥哥的为人，对待国法、家规从不含糊。平原君——"战国四公子"之一的光荣称号，世人有口皆碑，无论是他人，还是家人、亲友，谁敢随便玷污呢！一旦违抗哥哥的指令，其后果是不堪设想的！又一想，这种塌天大祸是丈夫无端制造的，她越想越气，越想越恨。

廉厉一看妻子仍不表态，事情没有结果怎么行呢？他狠了狠心，"扑通"一声，双膝跪地，苦苦哀求道："夫人，你就答应了吧，以后我再也不干这类事情了。夫人，往后你说啥是啥，我决不让你失望！"

赵氏透过泪眼，看见丈夫跪在地下，心里有些难受，从结婚到现在，已有三十年了，丈夫以前虽也犯过大错，但是从未向她低过头，认过错，更没向她下过跪，求过饶，今天可是头一回。她的那颗善良的心，又软了下来。但转念一想，丈夫一贯言过其实，不守信用，尤其是贪恋女色，简直成了一种嗜好，说啥也改不掉。这回，得让他彻底反省一下，万一能够改邪归正呢！她绷起了面孔，像审问犯人似的问道："你给我说实话，从今往后你还贪色不？"

"不啦，我一定改！"廉厉立刻回答。

"你给我发个誓，如果还偷着寻花问柳，那么你是什么东西？"赵氏不放心，进而追问。

"我如果还去偷着搞女人，我就是乌龟王八蛋！我一定不得好死，必定遭受塌天大祸，五雷轰顶！"廉厉好像大有悔过自新的决心，一下子把话说到顶。

"好啦。老爷，请起来吧。"赵氏走上前，伸手搀扶起丈夫。

"夫人，刚才说的事情……"

"照办就是了。"

"夫人，谢谢！"

"行啦，只要你往后学好就行。"

说完后，夫妇俩胡乱吃了点午饭。

这场风波总算过去了。廉厉和夫人一面派人把三百两黄金送到国库，一面送长子去前方从役。他打心底感激妻子，若不是妻子通情达理，说不定平原君还会怎样收拾他呢？

一连数日的折腾，使得整个卫尉将军府变得冷冷清清。廉厉这个被全府上下一贯尊崇的将军大老爷，忽然间声威一落千丈，甭说那些小妾不愿理睬他，就是丫鬟侍女也都躲着他。只有大老婆赵氏还关注他的起居饮食，有时见他在书房里住下，主动派人给他送去热茶和水果。他心里明白，这些小老婆见他没有钱了，哪里还对他有兴趣？这些娘儿们没有一个不是贪财的！想到这里，他决心不再去理她们，干脆住在书房。

但是，他哪里有那样的克制力？有时，他想去南关锦香院绕上一趟，同那些青楼女子寻寻欢，作作乐，可手头财物紧缺，无法应酬，实在是腰空掉价。算啦，还不如抢一个便宜的女人，反正自己手下还有卫士打手。想来想去，又想到了赵姬，赵姬才是仙子佳人！

这，这能行吗？产生这种邪念，距跟妻子跪着求情发誓才七天！

这天上午，他正在犹豫不决的时候，那位侍从又一次来到书房，向他请示是否放了丁一？他没急于表态，而是认真思考着。只要不把丁一怎么样，出不了人命，就不会暴露什么问题，万一经过审问，丁一真的交代出赵姬的下落和去处，岂不是可以解决心中之焦渴吗？他向侍从挥了挥手，道："走！咱们一块儿去看看！"

侍从在前边带路，廉厉在后边跟着，一同奔往后院的那间黑屋子。

丁一在黑屋子里住了七天七夜，每天有廉厉的亲随侍从负责给他送饭送水，但真正把他锁在屋子里的时间只有前三个昼夜，近几天来他享有充分的自由，白天只要后院里没人出入，他就可以出来散心，有时练练拳术，有时晒晒太阳。由于秋后天凉，别的花卉已经枯萎，只剩下那一盆盆秋菊可供观赏了。不过，这绝不是廉厉的仁慈，而是廉厉的亲随侍从对他的特殊照顾。

那是他刚被关进黑屋子的第三个晚上，将军的亲随侍从给他送来晚饭，并告诉他平原君惩罚了将军，若不然早就来收拾他了。丁一一看，揭这个将豪老底的时机到了，马上列举了廉厉抢男霸女、肆意横行的大量事实，还特意叮嘱，一定要格外小心，做事要与人为善，不能上这个恶霸的当，跟着为非作歹、为虎作伥，到头来牵连自己，连累全家。这位侍从听了丁一的一席话，心里很是感激。两人越谈两颗心贴得越近，丁一得知，这位侍从姓李名忠，两人还是山东老乡哩！李忠终于被丁一说动了心，给了丁一特殊照顾。

这天早饭后，丁一走出又黑又潮的房子。他看了看，后院没人来往，便走到马厩左侧的茅房前边，挥臂踢腿，练起拳术来。他正练着，眼睛的余光忽然看见廉厉和李忠踏进后院院门，就赶紧收住拳脚，站直身体，假装从茅房刚刚出来，用双手系裤腰带。

"丁一，快过来！"廉厉到后院没走几步，就发现了他，一边朝着关锁他的黑屋子走来，一边大声喊着。

"是，来啦，廉将军！"丁一应声后，快步跑入囚室。

廉厉在李忠的陪同下，走进这间临时囚室，一股潮湿而又难闻的气味扑入鼻孔，呛得他实在是难以忍受，再一细看，没有床铺，连个坐的地方也没有，只在地面上铺着些茅草。于是挥了挥手，焦急难耐地说："快，快，快到院心吧！"

"是，廉将军！"丁一待廉厉、李忠走出后，也跟了出来。

廉厉来到院心，长出了一口气，立即有了轻松感觉，但一看丁一那种毫不在乎的神态，顿即满脸愠怒，质问道："丁一，你来将军府这么多天，想好了没有？赵姬到底去什么地方了？"

"廉将军，小人确实不知。这么大的事情，谁敢隐瞒哪！"丁一早已拿定主意，说啥也不能说出实情。

"丁一，胆大包天，竟敢如此无视老子！"廉厉停住脚步，转身对丁一厉声呵斥。

"小人不敢。"丁一知道这个老东西心狠手辣，赶紧跪在地上。

"不行！按老规矩办事。"廉厉向李忠下达命令，"去，你去执行！"

李忠心想，这下子可坏啦，丁伍长非吃苦头不可。于是拉了一把丁一，无可奈何地说："走吧，去那边儿！"

丁一跟着朝马厩走来。

他们走到这里，谁也没说什么，李忠就用绳子把丁一吊在马厩的棚脊上。

丁一心想，这顿刑罚还是没有逃过去。

廉厉伸手从厩棚的柱子上摘下马鞭，交于李忠，咬牙切齿地说："打，狠狠地打！"

李忠的心里非常矛盾，不忍心拷打这位正义的卫士伍长，但又拗不过霸道的主子，只好伸过颤抖的双手，接过这条沉甸甸的马鞭。

丁一倒着头看到山东老乡的为难样子，悄声地安慰道："打吧，尽管打！"

李忠心里明白，世上哪个人愿意活活地挨打，丁一无非是出于安慰和理解。唉！这真是太难为我了。

"快点儿！他妈的，咋这么慢腾腾的？"廉厉在一旁催逼谩骂着。

李忠狠了狠心，咬了咬牙，高高举起马鞭，但是轻轻击落于丁一身上。然而丁一合上双眼，身体一缩一缩的，假装被击打疼痛的样子……

抽打了几下之后，李忠开始问话："丁伍长，你说不说？"

"我不知道，你让我说什么？"

"赵姬去哪儿啦？"

"我真的不知道！"

廉厉发现李忠心慈手软，挥鞭的样子不对劲，一把夺过马鞭："照你这个打法，他一辈子也不会说。"

"廉将军，您……"李忠心里暗想，这下可糟啦，丁一非皮开肉绽不可。

廉厉挥鞭如雨，直打得丁一"唉呀"呼叫，但是丁一忍着剧痛，硬是什么也没说。李忠急得直打转，不知怎样才能搭救丁一。他见丁一的衣裤被马鞭抽烂了，身上露出一道道青红血印子，忽然大喊一声："廉将军！你这样暴打，要出人命的！"

"啊?！"廉厉一听"人命"二字，不由心头一震，随即住手，"啪"的一声，将马鞭扔在地上……

第四章　群威群胆　攻打将军府

这又是一个漆黑的夜晚。

由西北方向刮来一股股凉风，宛如一曲曲哀伤的歌，刺得人心紧缩而冰寒。满天的星斗顿时消失了光亮，不知是没入云层还是被风吹灭。邯郸，这座古城在幽暗的灯光下沉浸在迷蒙之中。每一扇窗棂被冷风叩打得呼呼作响。人们不禁打起寒战，谁也不愿意在这样的秋末深夜踏出家门半步。

然而，夜幕的垂落却可遮掩那些灭绝人性的兽行。

廉厉率领众侍从又出发了。

前些日子，廉厉在李忠的劝说下，停住那双毒辣的手，终于放走了一问三不知的丁一。可没过几天，廉厉又魂不守舍，仍在挂念赵姬。但至今赵姬藏在哪里还是一个谜。于是，廉厉决定去东大街赵姬家中，去询问赵姬的母亲。

廉厉还特意叮嘱舍人廉达，万万不可走漏风声，尤其是不要让夫人赵氏知道他们的行动。廉达领命后，不仅注意观察赵氏和其侍女丫鬟的行踪，而且注意提防其他仆人，简而言之，将军府立即变成一级警戒状态。

子夜时分，廉厉和众侍从来到东大街。街面上万籁俱寂，没有行人。大街两旁的房门紧闭，窗棂黑暗，没有一丝灯影，偶尔可以听到路旁大树的枝叶发出窸窸窣窣的响声。他们行至赵姬家门前——临街的一幢门市房。廉厉命侍从们停奔下马，注意观察街上的动静。

众人翻身离鞍，不敢向前。廉厉让李忠上前敲门，但不可惊动左右邻居。李忠自从结识丁一后，思想深处发生了很大的变化，打心底讨厌主子的所作所为，但是，作为侍从，怎敢不听从主子的调遣？

李忠轻手轻脚地接近赵姬家的临街房门，便举起右手，"啪，啪，啪"地敲了起来，敲了好大的工夫，听不到一丝动静。

其实，打更的仆人听到有人敲门，但黑灯瞎火的不敢贸然开门，而是警惕地靠近房门，一双眼睛贴近门缝，往外一瞧，啊！这么多人，他们每个人一手牵着马匹，一手握着兵刃，坏啦，主人的绸缎布匹一定要被这些歹徒抢走。这位仆人不敢怠慢，马上转身去内院，向主人报告情况。

廉厉一看，敲门无效，便又命令两个侍从去摘下门房上边的匾牌，准备彻底砸掉赵家的绸缎买卖。

两个侍从抬头望了望，匾牌挂得比较高，紧挨着房檐下侧，实在难以够着。他俩回头去牵坐骑，而后各自踩在自己的马背上，双腿战战兢兢，伸手去摘头顶上的匾牌。费了好大工夫，才摘下了写有"赵记绸缎"字迹的匾牌。

廉厉正在命令另外两个侍从上前去接匾牌的时候，忽然听到"嘎吱、嘎吱"的声响，门扇打开了，驮着手持匾牌的两个侍从的骏马骤然扬起前蹄，"咻儿咻儿"直叫，一下子跑开了。只听两个侍从"妈呀"一叫，随之跌落于马下，手中的匾牌脱落了，"啪嚓"一声巨响，匾牌摔成两半儿，斜歪于地下。

"废物！"廉厉骂道。

"哎哟……"两个侍从疼得直叫唤。

"快，快点，快捡起来！"廉厉又命令身旁的李忠去捡匾牌。

只见李忠怀中抱着被砸坏的"赵记绸缎"匾牌，向廉厉走来。廉厉令其抱进打开的房门。

两个仆人各持一盏灯笼，站立于房门两侧。一位长者模样的老仆人吃惊地问道："怎么，你们把我们掌柜的字号给摔坏了！"

"少啰唆，这是便宜你们的！"李忠说着，"啪啦"一声，把怀里的匾牌扔在墙脚下。

"这么点儿事，还值得大惊小怪?！"站在门外的廉厉听到了门内的对话声，马上骂了一句。

一直站在门旁的李忠心里憋着一股怒气，暗暗骂道：仗势欺人，真缺德!

两个仆人知道跟这些兵匪无理可讲，只好把怨气咽了下去。

"你们东家呢?"廉厉先踏入房门，无拘无束地坐在门房的木椅上。

"我们东家身体欠佳，她让我俩开门迎候你们。但不知您尊姓大名，深夜到此有何贵干？”那位老仆人毫不畏惧，上前说话。

"哟嗬！你好像见过世面，但怎么连老爷我也不认识！"廉厉歪着脑袋，说话极为狂妄。

"老伯，我们多有打扰。"李忠赶紧踏入房门，抱拳施拜，以代主人赔礼道歉，"他是京都卫尉廉厉廉将军。廉将军深夜来到贵府，有件急事想找到你们的东家，当面磋商一下。请老伯转告。"

"请你们稍候。"老仆人说完后离去了。

不多时，老仆人转来，向廉厉深深一躬："廉将军，我家东家正在客厅等候。但是东家说，廉将军只可携带一名随从，其他随从不得进入，也不准围拢在我家门前，否则，她拒不接待。廉将军，请您谅恕。"

廉厉听后，似乎不太情愿，犹豫地看了看亲随侍从李忠。

李忠看出主子的犹豫神情，马上进言道："廉将军，我看可以。反正人多也没用，人少谈话更方便。"

"好。就依你说的办，你留下。"廉厉采纳了李忠的建议，遂又命令道，"去，你去通知大伙儿，立刻骑马回府。"

廉厉和李忠，在老仆人提灯的引路下，直接奔向客厅。

客厅左右两侧各摆设一张矮脚案几，正面竖立一个折叠屏风，屏风两头各置有一个铜制高腿仙鹤烛台，上面燃着耀眼的蜡烛。整个厅室一片光明。

张氏穿着蓝色锦缎衣裙，肩披一件绛紫色丝绒披风，仪表严肃，神态从容，坐在左侧案几前，等待这个恶棍的到来。

作为京都卫尉的廉厉，虽有李忠的陪同，但被一个老仆人领路，深夜来到一个普通绸缎庄的女掌柜家中，且女掌柜又未出门迎接，而是坐在客厅等待，廉厉感到非常别扭。唉，谁叫咱第二次又来求婚呢！

他们一见面，他就愣住了。

他没想到，张氏见他进来，并没有像上次那样温和热情，而是面带矜持，甩了一句："夜猫子进宅，无事不来！"真让他下不了台。他本想发火，李忠在一旁拽了一下他的衣襟，他忍了忍，没有发作。

廉厉感到尴尬，独自在客厅中间绕了一圈儿，盘算着如何开口询问赵姬之事。

张氏心里清清楚楚，廉厉这个坏蛋仍是为仲媛而来，他痴心妄想，白日做梦！但是，自己和家里的这场厄运恐怕是摆脱不了啦。

廉厉无趣地走到右侧案几前，默默地坐了下来。

客厅内一片沉寂。

李忠、老年仆人各侍立于自己的主人身后，他俩都为张氏担忧。

廉厉终于忍耐不住了，乜斜着一双鼠眼，质问道："东家，你不会不知道我的来意吧？"

"你心里的事，别人怎么会知道！"张氏反唇相讥。

"别装蒜啦，"廉厉猛地站起身，原形毕露，"你把你的女儿藏到什么地方去了？快说！再不说，我就要你的命！"

"廉将军……"李忠喊了他一声，提醒这位主子熄火，不要惹出人命关天的大祸。廉厉欲言又止。

张氏心底燃烧着难以遏制的愤怒火焰。她猛地站起："廉厉，你出身将门，身为卫尉，主掌京城警卫大权。然而，你目无军纪，无视国法，横行霸道，为所欲为。你家中占有三妻六妾，无数美女，你破坏了多少家庭，坑害了多少人命，你可曾于心不忍？你为了抢占我女儿，三番两次跟我这个老太婆过不去，我的夫君为了保卫国家和百姓，一直在前方浴血奋战，而你看我家没有人手，势单力薄，趁火打劫，你是不是感到丧尽天良？我的女儿仅仅十七八岁，还是一个未成熟的孩子，而你却要强行霸占，你太卑鄙无耻了！如果你还有点良知的话，请你立刻离开我家！"

这一天的张氏，同数日前的张氏相比，判若两人。廉厉心里纳闷，今天这个老太婆说话咋这么锋利呢？简直让他无话可答。哼！不给她点儿颜色看看，她是不会开口的。想到这里，他决定先回府去。他发出一阵狞笑，半嘲半讽地说："哼！好一张利齿，让人佩服，佩服！"

"少废话，要杀要剐，随你的便！"张氏已经做好思想准备，"赵国有你这种坏人当道，好人就别想安生。我知道，你是不会放过我的。你说吧，怎么办？"

"算你说对了。"廉厉一双鼠眼喷着凶光，一步一步地逼向张氏，阴森森地说，"跟我们走一趟吧。"

"好吧！你先走，我随后就到，我得收拾一下。"张氏从容不迫地答道。

"将军府。"

"知道。"

廉厉向李忠一挥手，二人快步走了出去。

老仆人跟在他俩身后，将他俩一直送到大门外。

张氏回到卧室，女佣王氏秉烛帮忙，帮她打开衣柜，挑选了几件随身穿的衣裙，她很快用一个包袱皮包了起来。然后，她又打开另一个衣柜，取出一个精制木盒，递于王氏，道："这里边是金银珠宝首饰，请你藏起来，待有机会转交给仲媛。"

"请东家放心，我一定办好这件事。"王氏含着泪珠，接过精制木盒。

老仆人返回来了。

张氏让老仆人提着包裹，送她去将军府。老仆人一手提着包裹，一手拎着灯笼，陪着相处多年的女主人，离开家门，朝南大街将军府走去。

一路上，张氏默然无语，脑海里一直翻腾近日来家中接二连三发生的事情。

主仆二人在快到将军府门前的时候，停下了脚步。张氏让老仆人赶快回去，提醒他要特别注意家里的安全，还告诉他第二天一大早去请张财升，帮助料理一下绸缎买卖。老仆人频频点头，一一记下，将手中的包裹递给了主人，请她一定要多多保重。

老仆人站在那里，没有急于离去，而是默默地望着。

张氏拎着包裹，转身向前，朝着将军府大门口走去。

张氏被一位守门卫士领了进来，穿过一条长长的院心，行至二门外。舍人廉达上前见过张氏，又领着她踏入二门，绕过前厅，拐向左边的一条石板路，径直奔向接待客人的餐厅。

张氏独自进入餐厅。她举目一看，这里到处点着红烛，室内一片辉煌。正中摆着一张长方桌几，几上堆满了美酒佳肴，正面靠墙处，左右各延伸着一个画有美人图的巨型屏风；东西两侧墙脚下，还摆放着一盆盆鲜艳的花卉。她看后非常不解，廉厉到底要什么花招呢？

不一会儿，廉厉走了进来。他假装热情地寒暄道："张掌柜，您不顾夜深天寒，能够大驾光临，我廉某深感荣幸。请，请里边坐！"

张氏未动声色，没有搭腔。但她还是走向桌几，在右侧木椅处坐了下来，并把手中的包裹放在身旁的矮脚案几上。

廉厉端起酒坛，先给张氏倒了一樽酒，后又给自己一连倒了三碗酒。他放下酒坛，手捧酒碗，面对张氏故作热心地说："张掌柜，端起酒杯，来，咱们干一杯，给您压压惊！"

张氏知道他在演戏，哪有这个心思。她摇了摇头。

"张掌柜，您不要见外，我廉某一向好客，请您放开些，赏个脸，来，干一杯！"

张氏的两只手仍然垂放在自己的双膝上，只是用藐视的眼光看了看他。

"俗话说，先喝为敬。我先喝干了，然后您再喝。"廉厉捧着酒碗，"咕咚咕咚"地将碗中的酒全喝光了。

张氏假装没看见，默默地坐在那里。

"怎么，您还不赏脸？"廉厉见张氏仍没有端樽，自觉无趣，于是端起第二碗酒又独自喝光了。他的脸色开始红涨，不满地说："哼，看来你是想让我下不来台呀！"

张氏觉得他很卑鄙，向他投去了憎恨的目光。廉厉端起第三碗酒，又喝光了。之后，他端起酒坛，又给自己倒了满满一碗酒。但这次他没有喝，思索片刻后说："人活着，干吗跟自己过不去？俗话说，船顺风而行快之，人顺耳而听安之。我实在不明白，您是怎么想的，咋就不知道成人之美呢？"

"笑话，真是天大的笑话！"张氏冷笑着，"你妄谈成人之美，难道说抢占无辜民女，拆散他人家庭，也是成人之美？！你这混账想法，敢对世人讲吗？难怪圣人讲，口行善，身行恶，乃国之妖也！"

"我不懂得什么国之妖，我就知道人就是人，人不为己，天诛地灭。人生在世，哪有一个不是为了自己的？就说你和你的家人，难道不是为了自己活着？！"廉厉恬不知耻地讲道。

"胡说八道！请问，我的夫君赵凯去前方杀敌，浴血奋战，出生入死，是为了自己活着吗？你说，你说呀！"张氏理直气壮，据理反驳。

廉厉一下子被噎住了，噎得半天说不出话来。

过了好大工夫，廉厉好像什么都明白似的说："张掌柜，你敢说你活在世上不是为了自己？我也问你一句：你生儿育女为了什么？说穿了，养儿防老嘛，绝不能说，养儿与己无关！"

"废话！谁能说生儿育女与己无关，生儿育女乃父母之义务，子女成人不但要孝敬老人，还要报效国家。你怎么能说，养儿仅仅是防老呢？！"张氏又一次反驳他。

"张掌柜，就算你站得高，看得远，可现在你的女儿抛家失业，远走他乡，不用说她已经无法孝顺你这位母亲，就是她和你这位母亲见见面，说说话，恐怕也是非常困难的。张掌柜，我看你还是为你们母女之情想一想吧！"廉厉端起酒碗，一口气喝下了第四碗酒。他只觉得头重脚轻，眼冒金星，厅内的一束束红烛都晃动起来了。

廉厉的一席话严重地刺激了张氏。她听后觉得有些伤心，但没有流泪。她知道，这时候她不能难过，这地方她不能流泪，她怎么能在廉厉这个恶豪面前示弱呢？无论如何，好人在坏人面前要挺直脊梁，不弯腰，不低头，不流泪。她俨然坐在那里，那种心绪烦乱、内心伤感反而荡然无存了。

这时候，廉达手捧一壶热茶走进餐厅。

廉厉喝酒喝得东倒西歪，晃晃悠悠，一见廉达走入，挥了挥手，问道："你来干什么？我，我要赵姬……我要赵姬……你，你给我出去！"

廉达没有答话，默默地给主子、给张氏各倒了一杯热茶。这位舍人摇了摇头，无可奈何地转身离去了。

张氏一看，廉厉已经喝得不像样子，两只眼睛浑浊带泪，渗出红血丝，嘴里喷着缕缕酒气，并且吐着不知羞耻的言语，她欠身站起，拿起包裹，迈步欲离开餐厅。廉厉急步向前，踉踉跄跄，一把手抓住了张氏的衣襟。

"廉将军，请你放开我，你不能这样，你要自尊些！"

"张掌柜，张掌柜，你既然不能交出你女儿，不告诉我你女儿……在什么地方，那么就请你，留下来嘛……"廉厉一手拉着张氏的衣襟，一手又去拽住张氏的胳膊。

张氏心里又急又慌，猛地用力一甩，"咯吱"一声，衣裙被撕开一个长长的口子。她羞怒难忍，挥起手臂，"啪"的一声，打了廉厉一个嘴巴。

"哎哟……"廉厉叫了一声，当即松开了手。

张氏快步向外走去。

"张掌柜，你急于回家，有什么用呢？"廉厉挨了一记耳光后，似乎被打清醒了，接着又补充了一句，"你现在回去已经晚了！"

张氏刚刚迈出餐厅门口，听到廉厉这句话后，不由得心头一震，两脚停下了。待镇静后，想到家里可能发生什么意外，于是迈动双脚，朝大门外跑去。

她离开南大街将军府，发疯般地奔跑，跑向自己的家。这时，天刚蒙蒙亮。街道已经看得清了，但还看不到行人，只是大路两旁勤劳的店铺商家开始打开门房护板。她跑得上气不接下气，两眼冒着火花，额头上早已沁出一颗颗豆粒般大的汗珠。

她跑到了东大街朝前一望，家门快到了，门前站着她的女佣和老仆人，正在向她张望。她想一想，家里一定出了大事。因心急脚乱，再加上体力不支，她只觉得眼前一黑，摔在了地上。

她睁开眼睛时，两个仆人已经把她架了起来。老仆人拾起包裹，女佣搀扶着她，她亦步亦趋地走向自己的家门。

她进入临街的一幢门市房，还没走几步，就看到正面两张衔接的长条柜台被砸个稀巴烂，几只木尺也都被折断了，货架上的几百卷绸缎不见了，整个店铺荡然一空。她的心就像被蝎子蜇了一般，痛煞难熬。

她低头一看，那块"赵记绸缎"匾牌被摔成两半，斜躺在墙脚下。她双手颤抖着，猫腰拾起摔坏的匾牌，气得嘴唇直打哆嗦。王氏走到她近前，从她手中接过残破的匾牌，放在墙旮旯儿。

之后，老仆人、王氏又陪同她到后院，去查看库房。库房的两扇铁门是被铁锤砸开的，歪歪扭扭地窝曲在墙根下。她走了进去，趁着晨曦的映入，看清里边已被抢劫一空，几百匹锦缎绸布全都不见了。她多年积累的家产全在这里，但是都被强盗夺去，化为灰烬……她只觉得头部"嗡"的一下，眼前一黑，摔倒在地上。王氏赶紧上前搀扶，大声呼唤着："东家，东家，东家！"

过了好大一会儿，张氏苏醒过来。多少年的奔波和劳累，多少年的汗水和心血，全都付之东流了！她怎不心疼，怎不痛恨，怎不失望！王氏、老仆人不住地安慰和劝解她，让她一定保重身体，万万不可过于悲愤，只要有个好身体，将来什么都会有的。她摇了摇头，这般辉煌的家业恐怕再也看不到了！

她的两条腿软绵绵的，勉勉强强地站立着，好似踏在一个数丈高的棉花垛上，那颗心不住地往下沉。

老仆人和王氏担心她的身体支撑不住，劝她赶快回自己的房间休息。她在他俩的搀扶下，离开这空洞洞的库房，来到院心里。她仰望苍天，长叹一声："天哪，我可怎么活呀！"

院里站满了左右邻居，还有她雇佣多年的伙计。大家同情这位善良而正直的女人，但又不知如何帮忙，只能安慰几句。有一个中年壮汉子说，应该找这个恶豪去算账，让全京城的人都知道，恶豪抢劫，官逼民反。

"对，应该这么办！"张财升高声应道。

"哥哥！"张氏听到兄长的喊声后，马上扑了过去，"哇"的一声，大哭起来。

张财升抱着哭得死去活来的妹妹，心如刀割，悲痛难忍。他，一个五尺高的汉子，也流下了泪水。

张财升早就来到妹妹家中。他查看了所有房间，包括仓库，看到妹妹的家财被强盗洗劫一空。经向老仆人询问，知道这一切全是恶豪廉厉一手造成的。这口气，非出不可。说什么也不能便宜廉厉这个王八蛋！他下了决心，准备同廉厉大干一场。

张氏哭成了泪人。张财升看到妹妹的身体非常虚弱，需要回房休息。他一转身，看到妻子也来了，便让妻子和女佣把妹妹搀到她的房间去。

周氏立即上前安慰小姑子，并同王氏一起把她搀送到卧室。张氏躺在床上，思绪翻腾。虽然兄嫂都站在床前安慰自己，但自己遭受的巨大损失，几乎是到了倾家荡产的地步，怎么能承受得了呢?！她这一口气，实在咽不下去。她满腹悲愤，拉住了张财升的手说："哥哥，我恨死了廉厉那个坏种！"

"妹妹，别急！"张财升知道妹妹的心思，更知道妹妹的性格，但在这种情况下，不能把自己的打算告诉妹妹，若不然，她也会拖着衰弱的身体跟着去声讨廉厉。何况妻子也在这里，她听了也会担心的。

"哥哥，您……"张氏满腹愤怒不知如何消除。

"妹妹，"张财升打断妹妹的话，"你的家产，由为兄帮助你恢复。什么家业都是人创建起来的。"

"哥哥，我不是说这个。"张氏纠正兄长的话。

"我知道，我知道。你先静养身体，不要想别的！"张财升说着给妻子递了个眼神，暗示妻子帮他安慰妹妹。

"她姑妈，还是你哥哥说得对，身子要紧，有了好的身体，什么都可以去做。"周氏伏下身体，抚摸着小姑子，不住地安慰。

多年来靠"忍"字度日的张财升，今天再也忍不下去了。他把妹妹安顿好后，立刻转身走出。

往院里一看，啊！百十名弟兄站在那里等候着他这位"最高指挥者"。他们人人手持铁锹、镢头和棍棒，个个义愤填膺，两眼喷着怒火。他们是同情者、支持者和战斗者，是一支百姓自发的武装队伍。他看后，受到莫大鼓舞。他为这种不畏强暴、不怕牺牲的勇敢精神所感动，他为自己和妹妹平日为人的公正无私而得到这么多人的支持感到欣慰。他激动得两眼闪着泪花，不住地点头致谢。

"张掌柜，你就发话吧！"还是在院里首先提出找廉厉算账的那个中年汉子急切地催促道。

这个人原籍河南，从小失去父母，少年跟人学艺打铁，后来逃荒到邯郸，在东大街开了一个铁器铺子，仍然以打铁谋生。他姓尤，名叫铁蛋。因他身高体壮，性情耿直，人们都叫他"尤大耿"。

张财升告诉大家，此去南大街攻打将军府，主要有三件事，一是帮助他妹妹讨还廉厉抢劫的布匹和财产，二是公开揭发廉厉抢男霸女、为非作歹、横行霸道的丑恶罪行，三是抵抗廉厉及其爪牙的暴力镇压。他又叮嘱大家，同仇敌忾，互助互救。之后，张财升把弟兄们分成三组，并且指定了各组组长。他还宣布：所有人员，由尤大耿指挥。

尤大耿听后，马上从人群中走了出来，命令三个组长站在前面，各组人员随组长排成两列纵队，接着，举起手中的那条铁棍，带头宣誓："决一死战！"人们也都举起手中的武器，跟着尤大耿高声宣誓。

张财升面对尤大耿："出发！"

尤大耿又转向众人，大声命令："出发！"

张财升、尤大耿率领众人离开院心，穿过门市房，来到大街上，浩浩荡荡地朝着南大街走去。

太阳升起来了，一缕缕橘红色的金光洒在大道上，一团团障人眼目的晨雾开始逐渐被驱散。大街小巷亮亮堂堂，明明快快。这支非常大军连跑带颠，如追赶逃敌般地冲向南大街。顷刻间，他们来到南大街将军府门前。府门前的四名卫士发现这么多人涌来，不知道他们要干什么，立即紧张起来。

张财升和尤大耿两人合计了一下，决定先把廉厉叫到府门外谈判，谈判成功则罢，如若不成，立即攻打将军府。

随即，张财升带领两名弟兄朝将军府大门口走来。守门卫士人人手握挂在腰间的短刀刀柄，十分警惕地注视来人。

张财升握拳搭躬，烦请卫士进府报告，就说有人请廉将军到府门外叙话。

一名带班卫士没敢怠慢，转身向府内走去。

尤大耿心里明白，找廉厉这个恶棍谈判，决不会有好结果，最终还得用武力解决。于是把队伍调开，做好迎战准备。第一组就位于府门外广场中央，第二组、第三组分别置于第一组的两侧，整个队伍对将军府大门形成包围态势。尤大耿让大家拿好手中家伙，随时注意听候命令，准备狠狠打击廉厉和他的爪牙们。

那个矮胖子廉厉终于随带班卫士走出来了。但是，廉厉身后还跟随着八十多名卫士和打手。廉厉踏出府门，站在台阶上，朝门前广场上看了看，嗬！这么多人，来势好凶啊，人人手中还拿着家伙，真有一股锐不可当之势！心想，坏啦，今天有麻烦，闹不好还得死人！死几个人倒没关系，但是惹不起平原君啊！不过，也得看事态发展，说什么当官的也不能怕百姓。

廉厉知道对方的来意，望着张财升，假装不知地问道："张掌柜，你来做甚？"

"廉将军，别装糊涂，你派人抢夺我妹妹那么多布匹和财产，怎么还有脸问我？"张财升强压怒火，反问道。

"何以见得此乃廉某所为？"廉厉妄图推托，拒不认账。

"廉将军，你干了这么大的坏事，还想抵赖？！"张财升说着转向第一组的弟兄们，大声问了一句，"你们谁看到了？站出来回答这位将军！"

"我！"

"我！！"

"还有我！！！"

相继有三个人随着喊声从第一组的队列中走了出来。他们当中有一个年轻的弟兄声讨道："廉厉，你太卑鄙了！你派侍从和几十名打手，到赵家绸缎庄去强行抢劫，抱走了所有绫绸布匹。我当时在场，因为我是赵家掌柜的伙计，当我上前劝阻的时候，你的手下人公开说是廉将军的命令，他们一手握着兵刃，一手抱着布匹，明目张胆地抢劫，怎么你还不承认呢？！"

廉厉的脸红一阵白一阵，哑然了。

这时来了几百名过路人，围观倾听，都感到气愤。

"廉将军，请你把抢夺的东西都交出来！"张财升直截了当地说。

"嘿嘿，没那么容易！"廉厉不得不默认自己的抢劫行为。

"那就别怪我不客气了！"张财升说完，登上台阶，走向府门，站在离廉厉不远的地方，而后转向府门门前广场，面对弟兄们和围观百姓大声喊道，"各位父老，各位弟兄，京都卫尉廉厉，一贯骄横，抢男霸女，掠夺民财。这次，他要抢占我的外甥女，我家妹妹不应允，他便指使手下卫士和打手，将我家妹妹开办的绸缎庄抢劫一空！这不是欺人太甚了吗?！"

街邻听后立即喧哗起来。

"廉厉依仗权势，坏事干绝。"张财升继续揭露道，"据我所知，还有不少人冤死在他的将军府！"

广场上的弟兄们，举起手中的家伙，疾声高呼："欠债还钱！杀人偿命！"

廉厉又羞又气，但不敢答言，而是缩进府门，命令卫士和打手们冲出门开战。

卫士和打手们手持长矛短刀，一窝蜂似的冲向广场。

张财升早已来到广场，与尤大耿一起指挥弟兄们反击。

广场上一片厮杀声。长矛与铁锹、短刀与锄头的相撞和搏击，发出铿铿锵锵的震耳欲聋的响声，同时，闪烁着刺眼的火星。廉厉手下的爪牙们虽人数不多，但武器精良。张财升的弟兄们虽然使的全是劳动工具，厮杀不利，但人数较多，士气旺盛。双方激战不多时，都有损伤和死亡。

尤大耿两手各握一把利刃，凭着他的勇敢和力气，一连砍倒了三名卫士，敌人身上的鲜血溅了他一身。

张财升身高臂长，且又使用一根长条铁棍，也一连击倒了三名打手，打得他们头破血流。

激战中，张财升被六名手握长矛的卫士围住，因腹背受敌，实感力不从心。正在危急时刻，尤大耿挥刀杀人，帮他解了重围。但是，尤大耿左臂膀被一个卫士用长矛刺中，鲜血直流，左手中的菜刀"当啷"一声落在地下。然而尤大耿并未怯战，仍然右手挥动菜刀，奋力追杀敌人。

敌我双方杀红了眼，喊声、杀声、刀棒撞击声响彻云霄。一个个躯体横七竖八地躺卧在广场上，一股股鲜血沿着大地弯弯曲曲地流淌着。

这时，张氏手握一根又粗又长的竹竿，飞步跑入广场，径直奔到将军府大门前。她身后跟着两个年轻伙计，也手持竹竿冲向将军府门。

守门卫士一见张氏等人来势凶猛，马上躲闪两旁，未敢还手迎战。

不怕死不要命的张氏，第一个登上台阶，跑到府门。她双手用力举起竹竿，将府门上首悬挂的刻有"京都卫尉"字迹的匾牌一下子挑落了，"啪"一声摔在地上，匾牌摔碎了。而后，她同两个年轻伙计跑下台阶。

藏在府门内的廉厉，听到匾牌摔落的声音，手拿弓弩，追向门口。

"老爷，老爷你不要这个家啦！"赵氏跑了过来，紧紧地抱住廉厉的双腿。

然而，廉厉没有听从妻子的阻拦，照样端起弓弩，拉弦放箭，只听"嗖"的一声，那尾雕翎箭正射中张氏的后背。

她"啊"的一声，趴倒在地上。

张财升看到了，他拼命地跑向张氏，凄厉地喊道："妹妹——妹妹——"

第五章　父母双亡　仇恨埋心底

张氏家中后院心里，搭起了硕大灵棚。灵棚正中央停放着张氏的遗体，紧靠遗体头部摆着三个香炉，每个香炉燃烧着三炷香，香炉两边各蹲着一只刚刚买来的祭魂老公鸡，除此之外，还供有瓜果、点心和酒食。地板上放着一个乌色陶盆，盆内点燃了一卷烧纸，冒着火苗和黑烟。

现在，张财升、周氏、张煜一家人哭咽着。哭得最伤心的是张财升。张氏是他唯一的妹妹，也是他最亲的人。兄妹俩很小的时候，父亲就病逝了，全靠母亲一个人抚养他们。当时，家庭生活极度困难，吃了上顿没下顿。妹妹虽然年幼，但是非常懂事，考虑他是男孩子，将来要支撑这个家，所以她宁可少吃，甚至于不吃，也要把自己碗里的饭食节省下来，让他多吃一些。有时兄妹俩互相谦让，双方都流下了眼泪。后来，为了减轻母亲的负担，他十二岁，妹妹十岁那年，两人就说服了母亲，离开了杨林镇，来到了赵国都城邯郸，谋生度日。这么多年，兄妹俩朝夕相处，患难与共，还一直没有分离过。如今，妹妹永远离去了！再也不会回来了！他失声大哭，悲痛欲绝……

他恨死了廉厉！廉厉害死了妹妹，逼走了外甥女，害得妹妹家破人亡，廉厉害苦了平民百姓，抢劫他人财产，霸占良家妇女，害得东大街弟兄们受伤惨死，深仇大恨，一定要报！

三三两两的吊丧人员拥到灵棚内，这些人除少数人是张氏的亲朋好友外，大多数是做生意的同行和左右邻里，还有一部分是张财升的朋友和客户。不多时，周氏、张煜的眼睛都哭肿了，嗓子也哭哑了。张财升一面让伙计们给妹妹买来一口棺材，放入灵棚内，一面派妹妹家的年轻伙计们去郊外挖掘墓穴。

眼下，主要任务是安排好妹妹的后事。特别是得赶紧去杨林镇接来外甥女，这种大事，妹妹的亲生女儿不到场，是无法处理的——张财升这么想着。

所以，他趁空把妻子叫到一边，商量去接仲媛的事。妻子也早就想到了这事，她当即同意，让他马上出发，这里由她负责料理。

张财升走出灵棚，和车仆驾着敞篷马车，驶出邯郸朝杨林镇奔去。

太阳偏西，张财升家中的仆人带着八名伙计，从西关大街买来了一口柏木棺材。他们抬着沉甸甸的棺材，进了赵家张氏后院。周氏赶忙迎了出来，围着柏木棺材绕了一周，仔细观看，用手抚摸，明光锃亮，柏木质地又厚又重，可属上等棺材。她心里稍感欣慰。

张氏墓地选在邯郸城北靠近滏阳河畔右侧的一个小山包上。岭上，生长着一棵棵绿油油的小松树；坡上，布满了一层层半绿半黄的野草。这里空旷而幽静，给人一种安谧的感觉。

刨挖墓穴的八名小伙子，有的使铁镐，有的使铁锹，他们虽然轮流掘挖，但是早已累得汗流浃背，气喘吁吁。因为山包里面石多土少，非常坚硬，刨挖起来也就非常困难了。尽管如此，他们一想到张掌柜平日待他们不薄，临来之前还给了他们每人五十钱，所以也就不觉得累了。

日薄西山，天色已晚，一个长方形的墓穴终于挖成了。他们跳出墓穴，拍了拍身上的沙土，扛起工具，连跑带颠地离开小山包，奔向邯郸城。

他们刚刚跑进东关城门，就听见背后吊桥拽起的声音和城门关闭的巨响。他们心里暗暗庆幸，多亏跑得快，若不然非被这些守城卫士关在城门外不可。

这时候，夜幕渐渐降临，烛影陆续上窗。

他们很快走进东大街，快要来到"赵记绸缎"门市房的时候，就听到由南向北传来的一阵阵急促的马蹄声。

转眼间，一群骏马奔驰而来。

他们刚要进门，只听有人厉声吼道："站住——"

他们停下了。

"你们是干什么的?！"坐在马上的廉厉大声质问道。

"我们是张掌柜的伙计！"一个高个儿小伙子爽快地回答。

"那好，我们正要找你们东家算账！"廉厉说着翻身下马。

随之，那三十名侍从也都翻鞍离镫，并从腰间抽出短柄佩刀。

"怎么，你们还要找我们的东家算账？"一个微胖的中等个儿小伙子着实不解地反问道。

"是的，她让她哥哥带领那么多人，打死打伤我将军府的二十八名卫士和家丁；她还砸坏了将军府的匾牌！这笔账，怎么能不算呢？！"廉厉飞扬跋扈地说。

"廉将军，小人也告诉你，东家带领的队伍，也有不少弟兄受了重伤，甚至于也被你的卫士所砍杀！这个账该怎么算呢？！"中等个儿小伙子认出对方是京都卫尉廉厉，不但没有畏惧这个将豪，而且据理争辩。

"闪开！"廉厉无话可答，蛮横无理地挥了挥手。

"不行。没把话说清楚，谁也不许往里进！"中等个儿小伙子紧握铁钎，两腿叉在门前，勇敢地横在廉厉对面。

其他几个小伙子也都手持工具，分别站在大门两侧。

廉厉再次呵斥道："再不闪开，我就不客气了！"

"你们敢？！"中等个儿小伙子两手举起铁钎，理直气壮地说，"你们也欺人太甚了！如今东家，她，她，她……"

"她怎么样？"

"她已经死啦！"

"啊？！"廉厉和众侍从听后大吃一惊。停了好大的工夫，"你在说谎！"廉厉思索片刻，并不相信对方的答话，"我亲眼看到，姓张的被你们的人抬回来了，她根本没有死！"

"廉将军，你怎么这样讲话？你射出的那支毒箭，一下子射中东家的后背，穿进前心，东家当时是活着，可当我们往回抬的时候，她就断气了！"中等个儿小伙子向廉厉道出了真情。

"不信？你看！"高个子小伙子举了举手中的铁镐，"我们去给东家打墓穴，刚刚回来。"

廉厉听了他俩一番话，犹豫了。

"廉将军，我们现在可不能再去赵家啦。"李忠走到他身旁，再三劝阻，"人已经死了，如果我们还要算账，那我们也太不仁不义了。"

廉厉又看了看其他几个小伙子，他们手中确实拿着锹镐，看样子是刨挖墓穴刚回来。他不再吭声了。

"廉将军，咱们回去吧。"李忠仍在一旁劝说。

"好，回去。"廉厉挥了一下手，便搬鞍跨镫，掉转马头，奔往将军府。众侍从也都蹬上坐骑，紧跟着廉厉身后，挥鞭驰去。

祸根子就是廉厉这个恶霸，刨挖墓穴的小伙子们心里跟明镜似的。张掌柜明明丧命在他的手中，他反而又来登门算账。天下哪里还有这样的公理?! 他们越想越生气。

他们直接穿过门市房，又拐入后院心，把手中的工具堆放在一个墙角处，随即进入灵棚向他们的临时主人做了简要汇报，然后步向厨房吃晚饭去了。

作为这里的临时主人，周氏一方面向他们道谢表示感激，一方面叮嘱他们提高警惕，严防廉厉等强盗制造事端。待他们离去后，她又派人把张氏生前极为信任的老仆人和贴身女佣找来，做了详细嘱托，确保小姑后事安排顺利进行。

女佣按照周氏的安排，找到几位做事一贯尽心的伙计，让他们夜里辛苦些，带上工具或棍棒转转，负责整个院内的安全，尤其是后院心的灵棚安全。

老仆人去东大街北头巷子里找到尤大耿，向他叙说了刚才在门市房前廉厉带着人马蓄意闹事，转达了周氏的安排，请他立即组织一些人力，负责前门和后院子外边的安全，特别是警惕廉厉那帮坏蛋的骚扰和破坏。尤大耿立即答应，马上动身。

张家虽然处于这种极度悲愤的状态，但是院内门外还是加强了防范。

万幸，这天夜里没有再发生什么意外。

第二天凌晨，张财升和车仆驾着马车把赵姬载回来了。

赵姬在杨林镇姥姥家里，突然见舅父来接她，说是她母亲病了，特别想念她。她二话没说，便立即登上马车往回赶。

赵姬下了车，看见门市房前站着几个手持工具的街坊，但因为牵挂母亲心切，顾不上想，也顾不上跟人打招呼，便跨门进入。

赵姬快步穿过门市房，直接奔向母亲的住房，根本没有发现这里已经被抢劫一空。她走进母亲的卧室，但母亲不在，室内空荡荡的。衣柜的两扇门子锁着，梳妆台上的那块铜镜却翻倒在案几上。

与母亲卧室相接的是她的卧室，也是空荡荡的，母亲还是不在。她注意到自己梳妆台上的变化，同母亲那里一样：那块铜镜也翻倒在案几上。

她不禁打了一个寒战，这是不祥之兆！从古至今，民间传统是，只有人死了才把铜镜翻扣起来。

她一回头，看见舅父和母亲的贴身女佣王氏站在门外，默默地望着她……她什么都明白了！从他俩中间穿了过去，飞也似的跑向后院。

一个硕大的灵棚横在眼前，就像一座山似的压在她的心头。她喘不过气来，简直到了窒息的状态。她发疯般地跑进灵棚，定睛一看：啊！娘躺在那里，娘直挺挺地躺在那里！

她往前移动着脚步，只觉得两条腿特别沉，沉重得无法迈步。她的一双眼睛直瞪瞪的，眼眶内渐渐地涌出了晃动的泪水，她的神经几乎凝滞了，脑子里一片空白，什么也不知道了。

但只见她猛地跑了过去，一直跑到母亲的遗体旁。她揭开母亲头上的白布，仔细端详着，又用那颤抖的双手抚摸母亲的脸颊，"哇"的一声，大哭起来："娘，娘，你怎么这么快……就离开我呀，我不能没有你呀。娘，你常对我说，父亲在外杀敌，咱们母女相依为命。娘，你还对我说过，咱们还要等着父亲回来，全家团聚！娘，娘，你怎么走得这样快呀。你让我怎么活呀，娘……"这哭声撕人肝胆！

周氏、张煜在一旁陪着哭泣，泪珠一串串地滚落腮下。

王氏一边帮着守灵仆人点燃烧纸，一边饮泣吞声。

张财升站在妹妹遗体旁边，泪流满面，但默不作声，只是不时地擦抹脸上的泪滴。

赵姬想起母亲为了她的安全才把她送到乡下，可母亲却离开了她，她没能在母亲临终之前说上一句话，感到无限痛悔。她越哭越伤心。

赵姬哭了足足有大半个时辰。周氏和女儿张煜上前把她搀起，劝她不要再哭了。她俩把赵姬扶在木椅上坐下，周氏拿着手帕给她擦拭眼泪，让她爱惜身体，并说要好好安葬她的母亲。

赵姬止住了哭声。她开始向舅父、舅妈询问，母亲是怎么死的？母亲患的什么病？张财升这才一五一十地向她讲述了她母亲被廉厉害死的过程。

赵姬听后，似当头挨了一棒。她的头部顿时"嗡"了一下，两条腿似乎再也站不住了。

张煜急忙上前搀扶，连声叫道："表姐，表姐，表姐……"

赵姬清醒后，感到肺都要气炸了！廉厉这个狗强盗，竟然用毒箭射死母亲！她切齿怒恨，"呼"的一下，欲冲出灵棚，去找廉厉给母亲报仇。

周氏急步上前，双手紧紧地抱住了外甥女，大声劝阻地说："仲媛，仲媛，你不能这样！"

张财升和张煜赶忙追了过去，也在一旁劝阻。

赵姬口口声声要杀了廉厉，还说要豁出自己这条命。

张财升早有思想准备，仲媛内心的不解和悲愤之情不是三言两语就能劝说得住的，但是无论如何也得把她拦住。他先向她把道理说破：一个姑娘赤手空拳，去找恶霸辩理和拼命，不是白白送死吗？！仇是要报的，但不能莽撞，不能以卵击石！昨天上午，左右街坊和两家绸缎庄的弟兄们就已经去南大街声讨廉厉抢劫的罪行，结果死伤了十多个弟兄。如果咱们还去硬拼，弟兄们必然也去帮忙，到头来岂不是连累大伙儿？！

赵姬觉得舅父的话确实有道理。她长吁一口气，愤愤地说："今生今世，我若杀不了廉厉，誓不为人！"

张账升、周氏看到仲媛逐渐平和下来，心里踏实了许多，松了一口气。

早饭后，开始举行入殓和告别仪式。

在一片唢呐、锣鼓声中，赵姬、张财升、周氏、张煜和二十多名仆人、伙计，身穿白色孝衫，跪伏在张氏遗体前面，大放悲声，哭泣不止。

前来帮忙的人们，打开棺材上盖，抬起张氏遗体，放入棺材，而后又封上棺材盖。其中一个木工，一手拿斧子，一手拿木楔，朝着棺材盖四周缝隙边钉边说："东躲……东躲……西躲……西躲……"跪在地上的人们，知道这是为了让死者的灵魂躲闪斧头的击砸和木楔的挤刺，嘴里也不停地跟着木工复述"东躲"和"西躲"。

棺材盖封好后，仆人们又把"张氏夫人千古永存"的灵牌竖在棺材正脸前边，并供上香火和果品。

赵姬更是悲痛欲绝。

入殓完毕，张财升趁着送葬之前的空隙时间，悄悄走出灵棚，找到自己的仆人，带上鼓囊囊的钱袋，去看望被廉厉一伙强盗伤害的弟兄家属，替死者张氏及其亲属表示谢意。

尽管如此，他心里还是觉得对不起他们，若不是因为妹妹受劫，他们何必抱打不平而去拼杀，而受到这样无法挽回的莫大损失呢！在危难之时，受到他人帮助，这是千金难买的。待将来有机会，还得要好好报答人家。午后还得要送葬，他心里牵挂着，加快脚步往回赶。

他来到妹妹家的后院门口时，看到尤大耿正站在门旁等候他，他心底立即涌出一种难以言表的感激之情。还没等他开口，尤大耿就从身上掏出一个沉甸甸的蓝布包儿，塞到他的怀里。他用手一攥，知道里边装着铜钱，遂将蓝布包扔还给对方，再三推辞，拒不接受，并且说："你帮助我出了那么多的力，冒了那么大的风险，我还没有感谢你，怎么能收你的钱呢？"

尤大耿向他讲了自己的想法，看到他妹妹的财产被强盗抢劫一空，人又死了，抛下一个女儿，实在是让人同情，谁见了都会伸出援助之手。说完后，尤大耿又将这蓝布包儿塞到他手中。张财升拗不过他一片慷慨之情，只好硬着头皮接受了。尤大耿又不住地推他，让他赶紧去处理妹妹的丧事。

他回头看了看，尤大耿没有离去，仍然在门前帮助他应酬来人。

他怀着感激的心情走进了灵棚，把剩余铜钱和这个蓝布包儿交给了妹妹的贴身女佣，嘱咐她收藏起来，将来转交给仲媛。然后，他转身去餐厅吃午饭。

餐厅内，人们都已经吃过午饭，只剩下他一个人了。他心里有事，只是胡乱吃了一碗。他正要离开餐厅，只见尤大耿带着一个陌生人走了进来。他仔细打量，这个陌生人身穿普通袍衫，满脸汗渍，浑身沙土，手里拿着一根马鞭，看来是从远方乘骑而来。

尤大耿指着陌生人，对张财升介绍说，这是从长平刚刚回来的信使，有要事通报。他顾不上让座，马上询问信使，前方到底发生了什么事情？

信使向他简要地通报了秦赵长平大战的概况，秦军获胜，赵军失利，赵国有好几万将士都被秦军活埋。信使还补充说，赵国正处在危急时刻，赵王和平原君正在研究对策，号召全国上下马上行动起来，进入紧张的战备状态。

他听后毛骨悚然，深感事态严重。但此时他最担忧的是妹丈赵凯的安危，还没等信使说完，便打断对方的话，急切切问道："信使大人，我家妹丈赵凯怎样？"

"张先生，我正是为了此事来的。前方我军大将遵照赵王旨意，正着手处理战后之事，命令数十名信使，通知将士家属……"信使从怀中掏出一份布帛信函，递于张财升，恳切地说，"张先生，请您以国事为重，好好安抚赵凯的家属！"

他听了信使的一番话后，心里已明白八九分，两手接过信函，抖得帛书发出了声响，急急忙忙地展开阅视，文字简短，一下就看完了——"赵凯前线阵亡，为国牺牲，功在千秋！"

这又是一棒，击得他头昏脑涨，眼冒金星。妹妹的丧事还没处理完，妹丈的丧事又摆在了眼前，妹妹这个家不是彻底被击垮了吗?! 现在，妹妹家中只剩下一个刚刚成年的外甥女，怎么向仲媛讲呢? 这对她来说，岂不是雪上加霜吗?!

这一切把他脑子都弄炸了! 他愁得团团转。

多少年来，张家和赵家，大事小情，都得他亲自去处理。

反正，没有过不去的河! 他冷静下来以后，让尤大耿陪着信使在这里吃午饭。自己出餐厅，奔灵棚，找仲媛和妻子去了。

灵棚外边站着八名准备抬灵柩送葬的小伙子，一见张财升走过来，便一齐迎上前，询问何时起灵抬柩，张财升沉重地说:"等等。"

午时已过，临近未时，按照原计划到了起灵抬柩和送葬的时刻。人们都在等候张财升这位主事人的到来。一会儿，张财升随老仆人走了进来。

赵姬、周氏看见张财升那副焦急而不安的样子，料到可能发生了什么事情，她俩拥到他身旁，询问，是不是又有人来捣乱?

他摇了摇头，叹了一口气。

性急的赵姬，恨不得让舅父一句话说清到底出了什么事，她不住地晃动舅父的胳膊。她越焦急，他越觉得难以开口。

周氏也很着急，也在一旁催促丈夫快说，到底发生了什么事?

他想:事情到了这步田地，怎么遮盖也是不行的。这类大事，就像火山爆发一样，灼热滚烫的岩浆必然要迸发出来。干脆，说吧! 他也像信使那样，首先讲了秦赵长平大战的情况，而后才告诉仲媛，她的父亲英勇杀敌，牺牲了。

又一噩耗传来，又一五雷轰顶!

赵姬这样一位少女，在这么短的时间内，接连失去两位最亲的人，她再也顶不住了，只觉得周身血液停止循环，大脑近乎崩裂状态。她，眼睛一黑，身子一晃，一下子晕倒在母亲的灵柩前面。

张财升一面呼叫"仲媛，仲媛……"一面将她抱到旁边的木椅上。张煜见状吓得直哭叫:"表姐，表姐……"周氏倒是冷静一些，她一边呼叫，一边立即用大拇指去掐她的人中。

少顷，赵姬从昏厥中苏醒过来。她面容憔悴，嘴唇发青。

王氏还端来一碗热水，让她慢慢地喝下。

老仆人手拿一条拧过的热手帕，给她轻轻地擦拭额头和脸颊。

张财升夫妇见仲媛的神智恢复正常后，又劝慰了一番，鼓励她要面对现实，树立信心，勇敢地生活下去！

张财升为了让她从心底承受父亲阵亡这一沉重打击，告诉她，准备延长三天时间为她父亲举行悼念活动，并要把她父亲的灵牌连同她母亲的灵牌、灵柩安葬在一起。

她透过泪眼，望着舅父，感激地点了点头。

张财升这才向大家宣布更改送葬时间，待三天后的下午再举行。

张氏灵牌旁边，并列竖起"赵凯壮士永垂不朽"的灵牌。

灵牌下的陶盆内再次燃烧起厚厚冥钱的火焰。

这时，赵姬和众人都已经跪伏于地，面对张氏、赵凯的灵牌一连叩了三个头，而后大声哭号起来。

这天夜间，令人感到意外的是，廉厉的夫人赵氏在两个贴身丫鬟和李忠的陪同下，来到张氏的后院门口，准备吊唁张氏。

一直站在这里负责接待的尤大耿，一看是京都卫尉廉厉的家眷前来吊丧，心中的怒气不打一处来，大手一挥，挡住去路，不但不让他们进去，而且厉声谴责廉厉！

赵氏没有生气，再三表示自己特意给张掌柜吊丧，就是为了替廉厉赎罪。

尤大耿一听这话，更是不让赵氏进院了。

李忠急忙上前帮助解释，把赵夫人的为人处事讲了一遍，恳求尤大耿让她们进去。尤大耿半信半疑，但还是进院禀告去了。

过了一会儿，张财升随尤大耿来到后院门外。在黑暗中，张财升仍然向赵夫人搭躬施礼，并一再表示歉意。赵氏听尤大耿说，他是张氏的胞兄，便立即施拜还礼，口里还说深感愧疚，当面谢罪。

张财升挥手，请赵氏进门，带领赵氏一行人步入灵棚。

赵氏走到灵柩前停下脚步，在昏暗的长明灯下，看到张氏、赵凯两块灵牌并列竖立着，知道他们是夫妇，特别是从赵凯灵牌字迹上看，知道赵凯是去前方打仗、刚刚战死的义士。赵氏心里反复思忖，这一对夫妻死得不同，丈夫是为国捐躯，而妻子是被人害死，是被自己的丈夫害死。赵氏心中沉重极了。

赵氏分两次吊唁，一次是在张氏灵牌前，一次是在赵凯灵牌前。她虽然没有像其他人那样哭丧号叫，却默默地流下了一串串泪珠。

赵姬、周氏一直陪着赵氏跪伏于尘，悼念两位亲人，但不认识来者是何人。经张财升介绍，才知道原来这位前来吊唁的是京都卫尉廉厉的夫人赵氏。

赵姬一下子惊愕了！

张财升、周氏夫妇俩对赵氏早有耳闻。赵氏乃平原君、丞相赵胜的胞妹，从小受过严格的家庭礼教，特别是平原君对这位胞妹给予极其深刻的影响和教育，使其养成正义、善良的性格，对丈夫廉厉的恶行一直有警觉，有争吵，但一个女人的力量总是有限的。为此，赵氏十分苦恼，也曾想过自杀，多亏平原君的劝说，才活了下来。

赵氏见赵姬那副惊诧的面孔，知道这是一个无辜而可怜的姑娘，是丈夫廉厉害得她家破人亡。

赵氏万分愧疚地上前拉着赵姬的手，难以启齿地说："赵姑娘，对不起！"

赵姬的手猛一挣脱，怒恨地嚷了一句："你给我滚出去！"

"仲媛……"张财升、周氏急忙走过来，齐声劝阻地喊道。

赵氏向张财升夫妇摆了摆手，示意他们不要制止她。

"你，你怎么来吊唁我的父母！"赵姬的一双眼睛喷着怒火，恨不得烧掉这个女人，"廉厉抢走了我家财产，害死了我的母亲，你却假仁假义地来我家吊唁！你，你……你给我滚！"

"仲媛，你不能这样！"张财升大声制止。

"仲媛，你实在是不了解赵夫人。"周氏在一旁不住地劝阻，"赵夫人是邯郸京城有名的贤德女人。仲媛，你知道不？她是平原君的胞妹呀！"

赵姬虽然年少，但对平原君、丞相赵胜早就听说过，那是赵国著名的贤臣。平原君秉公执法，除暴安良，天下人无不敬仰。但对其妹丈廉厉，为什么不惩治呢?！她着实不解。

"赵姑娘，我理解你的悲愤心情，你打我、骂我，我都愿意。但是，廉厉终归是廉厉，我怎能左右得了他?！"赵氏不得不说出自己的苦衷，"赵姑娘，你有所不知，那天事情发生后，我就派人去丞相府，向平原君如实报告了。不巧的是，当时平原君家中也发生了一件令人不愉快的事，还没等把事情彻底处理完，赵王又下达紧急谕旨，命他去朝中商议政事，安排长平大战之后的国事去了！"

张财升、周氏听后，点了点头，心里暗暗赞佩赵夫人。

赵姬听后，不再言语，默默地看着母亲的灵柩。

赵氏说完，便让李忠掏出一包铜钱，作为吊唁礼钱，递给张财升，告辞离去。

三天后的未时，送葬开始了。

在一片唢呐声、锣鼓声和恸哭声中，八个身强力壮的小伙子抬起灵柩，走出灵棚，穿过后院心，进入东大街。后边是赵姬和周氏、张财升、张煜及两家的仆人、伙计们。

这时，空中滚过一阵雷声。送葬队伍刚走出东关城门，天空中夹杂着零星雪花的雨丝飘洒下来。参加送葬的人一个个被雨雪淋湿了，踏着泥泞的道路，艰难地向张氏墓穴那里行进。

第六章　复仇心切　投身锦香院

安葬后的第七天，是给死者烧送冥钱的"头七"纪念日。

这天早饭后，赵姬拿着冥钱，张煜拿着水果和点心，走出家门，准备去墓地纪念她的父母。

本来张财升要给赵姬备马车，陪她一起去给她的已故父母送冥钱，但她说什么也不答应，非要自己步行去不可。张财升拗不过这位倔强的外甥女，只好让女儿张煜陪着她去了。

张财升并不完全理解赵姬的心情。赵姬不是不知道坐车要比步行轻快得多，而是由于过多地想念两位老人，特别是母亲为了维护做人的尊严付出了鲜血和生命这样惨重的代价，使得她心情无比沉重，实在是不能装着这颗破碎的心而坐在车子上边承受颠簸，她希望静静地行走，静静地怀念，静静地思考。

这是一个风雪天，但是，稀疏的雪花随着初冬的冷风而慢慢飘落。大地没有冻结，还隐藏着秋后收获的低温，飘洒的雪花刚一落地便自行融化了。

赵姬和表妹步出东关城门，默默地朝北走着。

这时，苍穹传来"嘎——嘎——"叫声。

她抬头仰望，啊！原来是一只孤雁掠过长空，朝南方飞去。

她不由得一阵凄楚，鼻孔有些发酸，身上打了一个寒战。只觉得自己饱尝人世间的孤苦和失去父母的辛酸，那种女儿孤身单影的处境，不知如何自处！无情的风雪吹打着她的面颊，她落下苍凉的泪滴。

"表姐，咱们还没到墓地哩，你怎么就落泪了？"张煜劝道。

赵姬右手挎着盛冥钱的竹篮，左手掏出手帕拭泪。可是没走几步，赵姬又落下泪珠。

"表姐，如果你还哭，脸上的泪水不干，小心被风雪吹裂了！"张煜仍在劝阻和安慰，"表姐，我常来看你，不会让你感觉冷清的！"

赵姬听了表妹的这句话，哭得更厉害了。

"我爹怕你冷清，我妈怕你孤独，都劝你搬到我家来住，你就不会孤单了。可你就是不肯。"张煜埋怨地说。

赵姬摇了摇头。心想：小孩子你知道什么，搬到你家去住，是长久之计吗?!

张煜忽然想起了姑妈生前的那位贴身女佣王氏，觉得这个人不应离去，完全可以陪伴表姐，所以嗔怨而惋惜地说："表姐，你怎么把王氏也打发走了？那是个多么好的人哪，实在是应该留下！"

赵姬何尝不愿意留下她呢？多年来，她对她已产生了深厚的感情，只是她现在已经一贫如洗，哪里还有能力雇用这个女佣？

赵姬长长地打了一个唉声，脑海里像开了锅一般。

七天前，舅父舅母和众人帮她安葬了父母后，她回到了自己这个破乱不堪的家。她在自己的人生道路上，第一次感受到贫困交加和孤独凄苦。

她一岁那年，正在学语的时候，父亲参军去了，家中只剩下母亲和她。当时，母亲靠缝纫制衣维持生计，有时，一连数日没有活计，母女俩吃饭都成了大问题，一方面母亲拿着空口袋去向街坊借点粮食，一方面她挎着柳条筐子去郊外挖野菜。那种糠菜半年粮的生活，确实也曾给她们母女造成很大的苦恼。母女俩并没有因为衣不蔽体、食不饱腹而落过泪。她最大的欣慰，是享有人间莫大的温暖——母爱！

如今她却成为一只孤雁。

由于舅父诚挚的帮忙和母亲多年的奋斗，她的家业逐渐兴起，特别是开设了"赵记绸缎"布行之后，资财不断增加，母亲的腰杆挺得更直了，她的人格力量也显得更强大了……万万没有料到，作恶多端的廉厉使得她家破人亡、无家可归，只落得孑然一身，再也不会看到最亲最爱的人了。

令她心情不安和悲痛难抑的是，她刚安葬完了父母，走到自己的卧室时，母亲生前的贴身女佣王氏捧给她一个精制木盒，说是母亲留下来的，无论如何让转交给她，以此作为她的日后生活费用。她伸出双手，接过这个盛有金银珠宝的沉甸甸的粗制木盒，眼泪"吧嗒、吧嗒"地滴落在木盒上……

木盒内的财产，她不忍心花掉，因为这是她母亲的汗水和心血，也是她母亲给她留下的唯一遗产，她恨不得有朝一日将它埋葬在母亲和父亲的墓穴里。

舅父舅母已经猜透了她的心思，她将来即使碰到再大的困难，哪怕是吃不上、穿不上，也不会变卖母亲给她的这份遗产。于是舅父在完成她父母安葬仪式的当天晚上，给她送来两吊钱、五匹绸缎以及十多件崭新而美丽的袍裙，并说还要帮助她重创家业。她全然拒绝了。因此，她的确是一无所有，所以才果断地把家里的仆人和伙计们全部打发走了。

此时，张煜理解她的心情，破败的家境给她的心灵带来巨大的创伤，她永远也不会忘记的。干吗向她提到妈妈的贴身女佣被她打发走的事情呢？这不是捅她的心窝子吗？

张煜年龄虽小，但聪颖懂事，不再向表姐问长问短，只是默默无声地跟她往前走。她俩已沿着滏阳河畔走了一大段，抬头望见右侧的小山包，父母的坟墓坐落在那里。她俩走了过去。

一座崭新的坟丘堆满了新土，新土四周洒下了淡淡的雪花，而坟头上插着的那根白幡已经折断，只有那些白色帛带随风摇曳，一簇簇白色帛花被风撕扯得半断半连。不过那块长方形石碑还牢牢地矗立在坟前，上面镌刻的"父亲赵凯、母亲张氏永世长存"的碑文十分醒目。

坟头的新土裹住了她的两位亲人。

她刚走到坟前，眸子里的泪珠就扑簌簌地滚落下来。

站在她一旁的张煜，一见这座坟丘，立即想起了熟悉而慈祥的姑母，鼻子一酸，眼泪大颗大颗地顺着两腮滚下。

她俩放下各自手中的竹篮，从篮内取出水果和点心，放在石碑的底座上，并供上了两樽酒，而后，赵姬拿出一团团冥钱，放在石碑前面的鼎炉内，又取出一块火石和一块铁块，以及一小块丝棉，两手用力击磨，"嚓"的一声，一束火苗冒了出来，她赶紧把冥钱点着了。

她面对石碑，掌心相对，伏首施拜，一连给父母叩了九个头。

她"哇"的一声哭开了，她的表妹也随之大声哭了起来。

她哭着哭着，爬起身来，又抱着石碑痛哭不已："娘，娘，您死得好惨哪！难道说，您就白白地死去吗？不，不，绝不能这样……含冤九泉之下！我一定给您报仇，替您杀了廉厉，哪怕是粉身碎骨……"

"表姐，你，你可不能……去冒这个险哪！"张煜听了马上打断她，劝解道，"我爹不是说了吗？此仇一定要报，但不能太急了！"

赵姬继续哭诉着："娘，我要像您那样无比刚强，不能把自己看成一个软弱女子，而要像男人一样敢于顶天立地，不准任何人欺辱！我知道，在这个世界上，命运属于自己的，谁硬……就是谁的！娘，我一定给您报仇……雪恨！"

"表姐，我怕……"张煜急得直哭，伸手去拽她的衣裙，恳求地说，"表姐，你不能这样想，如果你出了事，那可怎么办哪？！"

赵姬理解表妹那颗幼稚而纯真的心，唯恐她去报仇而招来杀身之祸，所以一再劝阻她。她只好不在坟前哭诉了。她掏出手帕，边给表妹拭泪滴，边安慰道："表妹，放心吧，我不会瞎拼的。"

张煜眨了眨那双机灵的大眼睛，放心地点了点头。

上完坟，赵姬和张煜各自挎起空竹篮，离开墓地，走下山包，准备返回城里。这时，风停雪住，长空中的几块浮云渐渐飘散，灿烂的阳光又重新普照大地。滢阳河的水面上微波荡漾，闪烁着耀眼的碎金光芒。岸上的垂柳枝条虽已甩掉了枯黄叶片，不再发出窸窣响声，但仍然垂浮于水面，好像在同源源长流的滢阳河水喃喃细语。她俩沿着滢阳河畔的大堤朝南走着，忽然看见对面有两个男人向北走来。她俩放慢脚步，仔细观察。

啊，原来是吕不韦、吕童！

赵姬停了下来，呆呆地望着吕不韦，那颗眷恋的心怦怦跳着。若不是上次在这里结识这位吕公子，主动送给她一块月牙形玉佩，她根本就没有办法当夜逃出城去，说不定就被廉厉擒获了。他送她珍珠项链，更是对她寄予无限深情，使她眷恋难忘。想到这里，一种亲人般的感情涌入她的脑际……联想到数日来自己和家里所蒙受的莫大灾难，一串串委屈的泪水流了下来。

张煜也发现了对面的来人，特别是看到表姐的神态，似乎悟出了什么。于是，从表姐手中取过空竹篮，一手一个篮子，悄悄地从堤岸缺口的台阶上溜了下去。

赵姬想过了，同他重逢，不能把家里的遭遇告诉他，也不能让他看到自己的悲痛，更不能同他谈起复仇的想法，这个艰巨的任务一定留给自己去完成。她赶忙掏出手帕，擦干脸上的泪水。

吕不韦也发现了赵姬她们，遂让吕童在岸边等候。他一个人向赵姬走来。

这些日子，吕不韦外出到韩国，选购了大批珠宝，一直到昨天才运回邯郸。傍晚，他让老管家吕锦去邀请几位朋友，到他家里做客。

酒宴上，他最好的朋友赵全也出席了。赵全已过而立之年，现在是丞相府的舍人，在平原君赵胜手下做事。因为赵全经常到南大街珠宝商行办事，为平原君的夫人和小妾们购置金银首饰、珠宝玉器，一来二去就和这位年轻的珠宝巨商混熟了，并交上了朋友，所以赵全见了他无话不说。

饮酒当中，赵全将最近在邯郸城里发生的事情全都告诉了吕不韦，包括廉颇残害"赵记绸缎"庄张掌柜的事情。吕不韦听后大吃一惊，询问道："平原君可否知道此事？"赵全回答说："平原君在肇事的当天晚上就知道了，是平原君的妹妹赵氏派人禀报的。"他又追问："平原君可曾处理此事？"赵全只好把平原君连日来忙于处理家事和国事的情况说了一遍，并说平原君公开宣布：以国事和大局为重，其他琐事一律不予办理。

吕不韦非常担心赵姬的处境。

这天早晨，他派吕童去打听赵姬的情况，知道赵姬到邯郸城北的父母墓地祭奠"头七"来了。于是，他带吕童出东关城门，朝城北走来，要与赵姬会面。

他看到赵姬后，便加快了脚步。

当他走到赵姬近前时，亦窘迫难言，不知怎样安慰她。

赵姬见到吕不韦，心中立即注入一股暖流。那种别后重逢的喜悦和满腹愁肠的苦衷不由自主地搅在一起。她多么需要向人倾述衷肠啊！她望着他，似乎他就是她的亲人！

她的眼睛早就湿润了，眸子里的泪水不住地晃动着。她还是没有抑制住，嘴角抽动，鼻子发酸，潸然泪下。

"吕公子……"她万般思念地呼叫了一声。

"仲媛……"他无比亲切地叫道。

他和她手拉着手，伫立良久。

吕不韦掏出手帕给赵姬拭泪，看到她身穿深蓝色袍裙，脚蹬一双白色布履，头部青丝发髻上别着一束白色绢花，整个一副为父母守孝的打扮。他问了一句："仲媛，你是不是给父母烧送冥钱去了？"

她点了点头，而后反问道："你，你怎么知道？"

"我什么都知道啦！"他说到这里，朝远方望去。

她沉默下来。精明的吕不韦当然知道她在想什么——父母双亡，孑身一人，日后的孤苦生活将怎样煎熬？家境破败，财产被劫，面临的艰难困苦将怎样克服？特别是母亲惨遭杀害，深仇大恨何日才能得报？！……这最后一个问题，恐怕是她处心积虑想要解决的。她是一个柔弱女子，要报此冤，取下廉厉的人头，谈何容易？！这不是以卵击石吗？！这万万使不得。他考虑再三，还是先从关怀她的生活入手，让她有一个好的归宿，这恰好是他收留她的机会，也可了却他多年来的夙愿。

于是，他以无限关怀的口吻说："仲媛，我知道你现在的生活很苦。一个女子支撑这么一个空荡荡的家，需要付出多么大的艰辛哪！生活太难了，精神负担也太重，吕某实在是放心不下。"

赵姬听了吕不韦这番亲切的话语，心中受到莫大的慰藉，她的一双秀眸闪动着感激的泪花。

吕不韦见她深受触动，知道自己说的这番话已经打动了她，她一定需要他的帮助和支持，更需要他的关怀和体贴。他无比坚信，向她求婚的时机到了，她，可是女中之魁呀！吕不韦又一次拉住她的手，急切而渴求地说："仲媛，我有个想法，你不能一个人住下去了，我得把你接到我家来。我那里还有一个空院，院内的房舍是新建的，你我可以单独生活在一起，不受任何人干扰！仲媛，不知你意下如何？"

赵姬倏的一下缩回手。她不由得向后退了几步，脸涨得通红。对此，她没有一点思想准备。尤其目前，她怎么能去嫁人呢？母亲的血海深仇未报，一个月的守孝时间还未满，作为亲生女儿能够这样匆匆忙忙去嫁人吗？！她满腹心事，低下了头。

"仲媛，我一天也离不开你，明天我就派人接你，不，我派人用花轿去娶你，做我的新娘子！"吕不韦急不可耐地恳求道。

赵姬摇了摇头，默然无语。心想：如此聪明的吕不韦，难道说就不知道我在想什么？！善解人意之人，真是太难求了！

吕不韦见她摇头不语，心里有些不解。难道说我的一片好心她不接受？还是我的人才和家资配不上她？忽然，他问道："仲媛，你让我等多久？你到底为什么？难道你还舍不得你那个空空如也的家吗？！……"

"舍不得，舍不得，舍不得！"赵姬顿然生怒，几乎是歇斯底里。

她的一双杏眼瞪得圆圆的，直盯着吕不韦。吕不韦被她的怒声怒语吓蒙了，一时不知所措，不住地往后退缩着。这时，只见她用手指着他，厉声质问道："我知道，我那个家已经是个空壳，一无所有。难道说你不知道为什么？你不是说，你什么都知道了吗？"

吕不韦惊呆了！她不想往下说了。因为她不想让他替她去报仇，她压根儿就没有这个想法，再说他是一个商人，是一个书生气十足的商人，怎能去干杀掉将豪廉厉的那种危险事呢？！只不过他应该理解她此时此刻的心情——杀母之仇未报，此乃天大之事也！

她转过身来，望着坐落在右侧山包上的墓地。

他看了看她，恍然大悟！啊，她还是思念被害的生身老母，仇敌廉厉未除，她永不心甘！他走到她跟前，歉疚地说："仲媛，请你谅解！刚才说的话，是我对不起你。尽管我是出于好意，但是时机不对，我相信，将来你会同意的！眼下，你思念母亲的心情，我完全理解，不过，你急于想报杀母之仇是不切实际的，此事应该暂缓，待机再办不迟！"

她一听这话，心情趋于平静，他终于理解了她，意中人还算得上是知心人。她感到刚才说话的语气太重了，不好意思地向他点了点头。

"仲媛，报仇之事不可过急，廉厉的势力很大，不用说他管着那么多兵马，就是他家里——将军府内还豢养不少家丁走狗哩！"他唯恐她性急去冒险，再三劝说，"今天早晨临来之时，我还看到廉厉带着十多名侍从去锦香院了！"

"噢？锦香院？！"她一听廉厉去锦香院了，那颗心不由得一震。看来在那里，就可以见到廉厉这个恶棍……但是，见到廉厉又有什么用呢？关键是怎样干掉这个强盗！

她望着南边的邯郸城，默默地出神。

刚才，她同他发脾气的时候，正在台阶下边有意躲避的张煜听见了，便提起两个空竹篮赶紧跑了上来，但没有马上靠近他们。等他俩的情绪缓和后，张煜走到她的身后，悄悄地说："表姐，咱们走吧。"

"嗯，走。"她说着转向吕不韦，屈身一拜，"吕公子，我们先走一步，告辞了。"

"好，慢行。"他抱拳还礼，又说，"仲媛，过几天我去看你。"

赵姬、张煜沿着河堤大道向南走去。

她俩回到城里，走进了东大街。在街中心碰见了三三两两的少女，她们身穿红袍绿裙，面色半羞半喜，兴冲冲地朝着通往钟鼓楼的胡同走去。有的少女就住在东大街的里弄，她还认识。路旁，一群正在玩耍的小男孩见她们穿着一致、行动拘谨的样子，马上猜测出她们去干什么，"唉！唉！"顽皮地起哄。一个年龄大些的男孩，嘴里还在念叨："她们又去参加选美了，人家平原君看不上，可她们还要去，真不害臊！"他说完了，孩子们又是一阵嬉笑声。

孩子们的猜测是对的。位于钟鼓楼附近的丞相府大门前，经常有身穿红着绿的少女们到那里接受选美，只是承担选美任务的宫役们十分挑剔，一般少女是过不了关的，可以说是"百里挑一"，甚至于"千里选一"。即使容貌艳丽、姿色超群的少女初步被目测选中后，到了府上还要经过一次极其严格的裸身查选，很可能被淘汰。

这些，赵姬早就听人说过，但一直不知道是真是假。可今天确实有身穿红袍绿裙的少女们，先后奔往钟鼓楼方向，闹不好确有其事。难道平原君也是这种贪色之人？！唉！在这个世界上，男人有几个好东西！

她原来想过，平原君是四公子之一，才华横溢，品德高尚，且又主张正义、无私无畏，如有机会，她会向他申诉廉厉惨杀自己母亲的冤屈。可是平原君有那么多的美妾，还在公开选美，这种人能够办理正事吗？

她犹豫了。她怕舅父舅母惦记，从表妹手中接过两个空竹篮，让表妹回去了。她独自一人朝家门走来。

刚走到自己的家门前，她突然看见母亲生前的贴身女佣王氏站在那里，心里立刻产生见到亲人般的感觉，又惊又喜地说："姨妈，您回来啦！"

"小姐，您的心意我明白。"王氏从赵姬手中接过那两个空竹篮，而后掏出手帕给她掸身上的沙土，坦率而真诚地说，"您把我打发走了，我怎能放得下心呢？！小姐，我回到乡下，把家里安顿好了，又回来了，我还是同你生活在一起。不管多苦，我都能受得了！"

"姨妈，这太难为您啦！"她非常不安地望着王氏，打心底愿意留下这位长辈。

"小姐，您就甭客气了。"王氏一手提着空竹篮，一手拉着赵姬，跨入门槛，走进院子。

"姨妈，从今天起，您就不能再称我小姐啦，就直称我仲媛好啦！"

"那怎么行呢？您是少东家，我若直呼您的名字，外人听了会笑话的。"

"我说行就行，与外人何干?!"

"那……"

"甭想别的，就这么叫，叫我仲媛!"

"好！我听你的，谁让咱娘俩知心呢!"王氏满心欢喜地答应下来。

主仆二人间的距离拉近了。赵姬心里当然也很高兴，她孤身一人，多么盼望有一个贴心人哪！

赵姬先来到自己的卧室。王氏放下竹篮后，给她端来一盆热水，让她先洗洗脸，而后忙着做饭去了。这天，她接受了王氏的侍奉和照顾。她洗完了脸，赶忙去厨房，同王氏一起吃午饭。

第二天起，她改变了以往的生活方式。她和王氏一起上街购粮买菜、在家烧水煮饭，有时她还给王氏端水端饭。一次，王氏病了，她主动找来郎中，并帮忙煎汤熬药。当她把熬好的汤药端给王氏的时候，王氏感动得流下热泪。王氏病愈后，仍然像从前那样勤俭，将生活料理得井井有条，说啥也不让赵姬过多地分心。

在如此破败一空的家境里，生活秩序如常，特别是吃饭问题居然能够顺利解决，这使赵姬感到很奇怪。因为她谢绝了舅父舅母的一切帮衬，准备立即给母亲报仇，把廉厉这个凶犯送上西天，而后就去乡下生活。

一天晚上，她们吃完晚饭后，来到赵姬的房间。两人坐在一起聊天，当她询问这段时间的生活时，王氏哭了，领她到后院的库房里看了看。这里，早就被洗劫一空，什么都没有了。王氏用手打开铺在地上的木板，下面埋着三口大缸，缸内盛着满满的粮食。王氏告诉她，这还是东家生前为了备荒留下的。她看后心想：难怪有人说，瘦死的骆驼比马大哩！

就在这天夜里，发生了一件惊心动魄的事情——

夜半三更，她俩在各自的房间睡下。忽然，后院门外传来一阵敲门声。王氏的住房离后院大门比较近，听到这突如其来的叩门声，心里紧张，马上披好衣服，来到后院门前。

"咣！咣！咣！"又是一阵急促的敲门声。

王氏心里不免有些害怕，不敢开门。

"快开门，快开门，再不开门就把门砸了!"门外传来一个男人的说话声。

王氏赶紧上前打开大门，仔细一看，门外站着三个男人，其中一位年长的，是廉厉府的舍人廉达，另外两位腰挎短刀，是他的随从。王氏认识廉达，于是问道："廉舍人，您有何事？"

"不要怕，我也是奉命行事。"廉达向两个随从一挥手，三个人踏进门来。而后，他转身把两扇大门虚掩上。

"廉舍人，您到底想干什么？"王氏站在对面，不想让他们往院里边走。

"深夜打扰，多有失敬！"廉达说着往院里走了十几步，在一个墙角处停了下来，悄声低语地说，"我跟你说，你不能嚷嚷，别让我那两个随从听见。"王氏警惕地朝身后看了看，那两个随从仍在大门口处，没有走过来，她又向前挪了几步，靠近了廉达。

"廉将军还惦记着你家姑娘，催了我好几次，我一直拖着不想来，今天夜间是他逼着我来的。"廉达说话的声音很低，语气也很温和，但比较严肃，"你看，赵姑娘能否同意？如果不同意，你们可要有个思想准备，闹不好他可能还要……"

"这不是明摆着的吗？小姐的母亲刚刚被廉厉害死，她满肚子的怨恨还没有消除呢，怎么会同意这门婚事？！"王氏如实回话，但她心里嘀咕，恐怕灾星还要降临。

"好啦，我回去啦！将军府如果有人来问，就说我已经来过。"廉达临来之前就有思想准备，根本就没想把这件事办成，仇人成亲，岂不荒唐！

"廉舍人，我记下了。"王氏应声后，屈身施一拜礼。

廉达通晓事理，从不拗着主子。前不久，他奉赵氏之命，曾悄悄出府，去平原君那里告发男主人廉厉残害张掌柜的罪行；今天夜里，他又被廉厉逼迫来办事，尽管是违心的，他还是照办未误。

"反正事情办了，爱成不成，不关我的事。"廉达的那颗心总算踏实下来了。他向王氏告辞，转身走出后院大门，去找那两个随从，准备回府交差。

王氏把他们送到门外，关上大门，便急急忙忙地走向赵姬的卧室。

赵姬听到窗外的动静，马上穿好衣服，点燃蜡烛。她一看王氏神色慌张，赶紧询问："姨妈，出什么事啦？"

"仲媛，还是原来那事儿。"王氏坐在赵姬身旁，忧心忡忡地说，"唉！这个该死的廉厉，又派他的舍人廉达来逼婚。廉达还算是个好人，没一再狠逼，反而告诉我们，要当心廉厉。这又要碰到麻烦啦！"

"廉厉——我和他拼了！"赵姬"噌"的一下，跳下床。

"仲媛，这万万使不得！"王氏赶忙下地拦住了她，苦苦劝止道，"咱不能白白送死，更不能用人命去换狗命！君子报仇，十年不晚！"

赵姬恨不得马上飞到京都卫尉府，杀了廉厉。

"光急不行，咱们还得想想办法。"王氏拉起她的手。

她们两个想来想去，也没想出什么好办法。最后，王氏提出，让她明天躲一躲，等过一段时间再回来。

她摇了摇头，没有同意。她躲到哪里，廉厉那个狗东西还会追到哪里。

为了安全起见，王氏没有回自己的房间，而是和赵姬住在了一起。

她俩迷迷糊糊，似睡非睡。忽然听到窗棂发出"哧啦、哧啦"的响声，又有一种烟熏味直呛喉咙！她俩几乎是同时睁开眼睛，失声惊叫："啊，不好啦！"一条条赤色火舌从窗口喷吐进来，一股股黑色浓烟夹杂着火苗席卷而入。

她俩顾不上穿外衣，赶紧跳下床，找到水桶和脸盆，手忙脚乱地端水救火。

在一片忙乱中，王氏忽然想起赵姬的衣柜内藏有她母亲留下的珍贵遗产，马上闯入火堆，顶着烟熏火烤的疼痛，打开衣柜，抓住精制木盒就往外跑！

王氏将木盒放置到张氏生前居住的房间内，迅速折回院心，操起脸盆又开始舀水救火。

赵姬提着水桶，一桶接一桶地拼命浇泼。她的周身汗水早已湿透了衣衫。

大约有两个时辰，她俩终于把这场人为的纵火熄灭了。

"廉厉这个混蛋，缺八辈子德啦！"赵姬断定这是廉厉指使人干的。

"狗强盗，不得好死！"王氏亦气得直咒骂。

大火烧后的破烂景象不堪入目——床上的被褥被烧毁了大半，满室的污水到处流淌。她俩一边收拾杂物，一边骂不绝声。

这场火确实是廉厉派来的两个侍从干的。廉厉听了舍人廉达的回话，知道赵姬已经铁了心，决不嫁他，他便使了坏招，想把赵姬活活烧死。幸亏这两个侍从胆小怕事，没敢到处点火，只在赵姬的窗口处放了一把火，就迅速越墙逃走。

天亮了，赵姬和王氏把房间收拾干净。两人没心思做早饭，坐在这个敞篷般的房间里，呆愣愣地望着窗户。

一会儿，张财升、周氏、张煜走了进来。他们一大早就知道了，是廉厉的亲随侍从背着主子悄悄告诉他们的。

王氏赶紧给她们搬来木椅。周氏、张煜拉着赵姬的手，问长问短。

张财升仔细查看着，只见窗棂全都烧光了，窗框一片焦黑，整个窗口大敞着。他看完后，告诉外甥女准备修理窗户，让她去母亲的房间里休息。

赵姬在众人的劝说下，走进自己母亲生前的房间。她看到摆置在案几上的精制木盒，百感交集，思绪翻腾，那种思念母亲的心情越来越沉重。

经她和舅父商量再三，决心把母亲留给她的这份遗产埋入父母的坟墓里。张财升说服不了她，只好按她的意见办。午饭后，张财升悄悄提上木盒，带上铁锹和镢头，走出东关城门，一直向北，奔往赵姬父母坟茔。

张财升夫妇俩再次劝说外甥女，搬到他们家去住；张煜也在不停地劝说表姐，同她住在一起。但是，赵姬说啥也不肯，非要住在自己的家里不可。

傍晚，窗户做好了。赵姬又回到了自己的房间。王氏怕她孤单伤感，又和她住在一块儿。

她面对红烛，沉思良久。她决心掌握自己的命运！

第二天早饭后，她没有陪着王氏刷洗碗筷、清扫厨房，而是回到卧室，坐在铜镜前面，抓紧梳妆打扮……她把近期守孝的衣裙叠放起来，找出鲜艳夺目的裙衫，穿戴齐整。

王氏回来一看，嗬！这是怎么啦？

只见赵姬面如芙蓉，眉似远山，一双秀眸清澈而有神，一头秀发往上拢结于顶，再反绾成双刀欲展之势，所谓"双刀髻"，髻中别有骨簪，簪上缀有五彩玉珠，两耳垂挂着蓝宝石耳坠。她的衣裙亦很新颖，上身穿藕荷色宽口短袖，盘领与直领分别缀有红线、黄线纹饰，映衬得白嫩脖颈别有一番风姿；下身穿绛紫色蔽膝长裙，上俭下丰，曳地三四寸，足着饰有分梢的高头云履；身后披着一件红表黑里的锦缎披风，飘飘洒洒，曳地拖行，腰中系的那条彩绳长带缀有浅绿色玉佩，与披风、长裙辉映相衬，尔雅大方。

好一个仙子重返人间！

王氏几乎看呆了，好半天才醒悟过来，好奇地问道："仲嫒，你这是干啥？"

"姨妈，您不懂。"赵姬莞尔一笑，极为神秘地说，"我今天要出门啦，您得送送我。"

"仲缓，你去哪儿？"王氏着急地问道。

"锦香院。"赵姬脱口答道。

"什么，锦香院？"王氏一听赵姬要去青楼，心中十分不解。

"对，就是那个地方。"赵姬又重申了一句。

王氏呆住了。

"姨妈，您别再顾虑，将来您会知道的。"赵姬的态度非常严肃。

王氏望了望赵姬，似乎在揣摩她的心思……她是为了躲避灾星？还是为了卖身求荣？王氏一时间堕入五里雾中。

"我走之后，这个家就交给您了。说不定，将来您还得帮我一个大忙。"赵姬说着转身走出房间。

王氏一听更是疑惑了，摇头叹气，默默无语，亦迈步踏出房间。

赵姬在前，王氏随后，离开她的深宅大院。

她俩穿过东大街，拐入南大街，默默地朝锦香院走去。

第七章　敢用贤才　赵都方解围

秦赵长平大战的前几年，尽管赵国的政治、经济、军事等状况不如强秦，但秦国也不敢藐视赵国。因为赵惠文王时期，文有蔺相如，武有廉颇、赵奢等人，他们能够高瞻远瞩，精诚团结，将个人利益置于国家利益之后。平原君赵胜也是一位了不起的政治家。

赵胜，乃赵武灵王之子、赵惠文王之弟，是赵国的一位乱世之佳公子。赵惠文王元年，他就出任丞相；到赵孝成王时期，他仍然担任丞相。但是，在这漫长的岁月里，他曾经三次离开丞相职位，又三次官复原职。

平原君赵胜的最大特点，就是好客养士，收拢人才，投奔他府上的门客有几千人。

平原君的妻妾是比较多的，作为当时一国之丞相，这并不为过。但是，他还是把她们单独安置在一个大院里，有事可以出来，无事不准随便乱窜，特别是不准随便出入丞相府。其中，平原君的一位美妾住在距离民宅不远的一座二层小楼上。平常，这位美妾感到无聊时，就到平台上散步闲望。可有一天，发生了一件令人心惊胆战的事情。

这天，她走出卧室，登上二楼平台，居高俯首看望，只见民宅中有个跛子，挑着水桶一瘸一拐地出外打水。她看罢觉得新鲜好奇，哈哈大笑。

跛子听到女人的嬉笑声，心中十分恼火，但他知道这是平原君的姬妾，不想搭理她，就急忙朝前走去。她看他走得越快越难看，瘸拐得更不像样子了，直笑得前仰后合，眼眶内流出了眼泪。

跛子受到羞辱，气愤难抑，就放下扁担和水桶，愤愤地说："你这个人，怎么这样无理？我小时患病落下这残疾，本来就很痛苦，你，你，你竟然还嘲笑我！"她不但没有收敛，反而笑得更厉害了。

"你凭着姿色取得平原君的欢心，你本身就是人家的玩物，难道你不觉得可耻？你，你等着，我有处去说理！"

"哈哈哈哈……"她毫不在意，又是一阵大笑。

跛子肩挑水桶，满腔怒气，闷闷地朝前走去。

第二天，这位跛子去找平原君。舍人赵全将他领到客厅，让他等待平原君的接见。少顷，平原君来到客厅，一见来者是位跛子，马上给他赐座并让赵全给他倒茶。

跛子很受感动，连连致谢。

"先生来到我这里，不知有何赐教？"平原君诚恳地问道。

"主公，小人受宠若惊，我本来一无才、二无貌，主要是前来拜访主公。"跛子双手抱拳，恭恭敬敬。

"有话请讲。"

"您的名声，世人皆知。我听说，您喜爱士人，士人不远千里而归附您的门下，皆因您看重士人而鄙视姬妾啊！"跛子有意引入他要讲的话题。

平原君一听，感到对方话中有话，遂问道："先生，难道我府上的贱妾有什么不当？"

"我本来不愿打扰主公，可这口气实在咽不下去。"跛子说话中打了一个长长的唉声，"我儿时得过一场病，腿脚致残，我心中非常苦恼。昨天我出外担水的时候，您的姬妾却在高楼上耻笑我……"

平原君听后，非常气恼，截断对方的话，说："竟有这等事情，我一定严加管教！"

"不，我不是这个意思。"跛子说着站起身来，面对平原君恳求道，"主公，我希望得到耻笑我的那位姬妾的人头！"

平原君听罢，哈哈一笑，道："好吧。先生，您先回去，待我处理。"

跛子向平原君搭躬告辞，朝府门外走去。

等那位跛子离开后，平原君又笑了一阵，自言自语地说："观此竖子，乃欲以一笑之故杀我美妾，岂不是太过分了吗？"

平原君原打算找那位姬妾，教诲一番，但一听跛子的请求，心中不快，于是就把这件事放下了。

平原君终归没有杀那位姬妾。

过了一年多，平原君府内的宾客以及有差使的食客陆陆续续地离开了多半。一次，平原君将留下来的宾客士人召集在客厅，向大家询问道："诸位先生，现有一事不明，向大家请教：我赵胜对待诸君一向彬彬有礼，未曾敢怠慢，但不知何故，离我而去的人如此之多，诚请各位多加赐教！"

在场的宾客听到这样的问话，顿感语塞，无人答话。

平原君见众人不语，又催问一句："诸位先生，尽管讲来。"

这时，只见一位门客走上前去，躬身施礼，带着激将的口吻回答说："主公，因您不杀耻笑跛子的那个姬妾，大家以为您喜好美色而轻视士人，所以士人就纷纷离您而去了。"

"好，说得好！"平原君点了点头。

众人几乎都知道平原君有一个大毛病，就是图虚荣、好美色，但一考虑既然不远千里投奔于他，何必去挑剔这种位高爵显的人所具有的常病呢？！

平原君见大家无有异议，再次表态："好！我听先生的指教，马上处理这件事。"

士人们离去了。

平原君离开客厅，回到自己的书房。他踱步思考，对那位爱妾是杀还是留，平原君思想斗争异常激烈……杀掉未免太重，且又是自己非常喜欢的姬妾；不杀也很难办，宾客士人拭目以待，闹不好人心涣散，还有可能纷纷离去。

他的决心定了！当天下午，平原君来到那位姬妾的卧室。美人一见平原君主动会见她，高兴得不得了，又是端茶倒水，又是递上水果，那股殷勤劲儿，就像蝴蝶一样飞来飞去。他一时难以启齿，默默地坐在那里。

她发现他的面色着实严峻，心里有些紧张，于是试探地问道："大人，您是不是有什么心事？"

他闭上嘴，咬了咬牙关。

"大人，您有话就说嘛！"她又催问一句。

"好吧，我说。"平原君狠了狠心，猛地站起身，极其威严地说，"我今天到此，就是为了取汝之人头！"

"啊？！大人，您不是在说胡话吧？！"她大惊失色。

"不，是真的！"平原君坚定地说。

"大人，我，我犯了什么罪？大人，您可不能听信谗言哪！……"她又惊又急地流下了眼泪。

"难道你忘了，一年前你曾经在这座楼的平台上，肆意妄为地耻笑过一个跛子，大大辱没了我平原君的名声！"他如实地提醒道。

"大人，我，我错了！我向您认错，我一定改！"她扑通一声跪在地上，连连叩头。

"现在已经晚了。你知道吗，由于你无故羞辱跛子，不用说跛子本人恼恨你，就是府上的其他人也都怨恨你。我的几千名门客，为此都对我产生了成见，现有一多半纷纷离我而去，这是多么大的损失啊！"他说到这里，一双怒恨的眼睛逼视着她。

"大人，我承认，这是妾身的过错，但是……也不至于治妾身死罪呀！"她感到委屈，一边哭，一边辩解。

"不要再说了，你先准备一下后事吧！"他不听申辩，毫不动摇。

"大人，大人，妾身陪了您快三年啦！难道您就一点也不念夫妻之情……"她哭得死去活来，跪爬到他的身旁，伸手拽住他的衣袖，苦苦哀求道，"大人，您就饶恕妾身这一回吧！我再也不敢玷污……您的名声了。大人，大人，我求您啦！"

他横下一条心，猛一甩袖，愤然离去。

她扑倒在地上，哭号着："大人——大人——大人——"

当天晚上，平原君命人斩下耻笑跛子的那个爱妾的头，亲自登门献给跛子，并借机向跛子道歉。

平原君的此举传扬出去了。从此以后，原来离去的门下客人又都陆陆续续地回来了。平原君心里亦感欣慰，总算没有白花这血的代价，门客们的情绪比较高涨，议事比较主动，同时对他愈来愈尊崇了。

从而，他决心坚持这样一个信条：治国要严，治家更要严。

但是，往往他身边的人，并不能从严约束自己，常常是"丞相府的奴才七品官"，背地里做些违犯法律的事情。

当时，平原君赵胜家拥有三千顷土地，并且是肥沃良田，每年产粮四百多万斤，其中，应缴纳田租税四十余万斤。然而，当田部吏赵奢派人去平原君的家里征收田租的时候，他的大管家、二管家等当权管事的九个人，串通一气，联合抗租。赵奢接到此消息后，马上依法处置，会同有司，斩杀了平原君家九个当权管事的人。

官职卑小的赵奢，不唯上，不唯书，秉公执法，使朝廷内外大为震惊。

平原君赵胜闻讯后，勃然大怒，立即命令卫士们去捆绑赵奢，准备当面问罪。赵奢背着被绑缚的双臂，被卫士们押解到平原君府上。站在二门外等候的平原君，怒容满面，圆瞪二目。他的身后站满了门客士人。

赵奢见到平原君，双膝跪于尘埃。

平原君质问赵奢，是不是杀害了他府上的九个管事。赵奢承认此事，但说是依法斩杀，而不是无故杀害。

平原君马上命令卫士们，将赵奢推出斩首。

胸装正义的赵奢，心中不服，看了看旁边的那些士人宾客没有一个出来说话，不禁替平原君感到可悲，遂起身问道："赵大人，您应该如何对待谏臣？"

"此话怎讲？"平原君反问道。

"谏臣上奏，应知无不言，言无不尽。您应该听下官把话说完，再斩杀愚臣不迟。"

"讲。"

"赵大人，您可能也听说过——您的先祖赵简子给赵定公当正卿的时候，明辨是非，善听逆耳之言。所以，家臣周舍才敢于直言进谏，周舍死后，简子每当上朝处理政事之时，常常不高兴，随之大夫们请罪附应。简子见此情景说：'你们无罪，我听说千张羊皮也不如一只狐的腋下皮毛。大夫们上朝，只听到彼此恭敬顺从的应答声，听不到周舍那样的争辩之声了，我为此而忧虑呀！'赵大人，对此不知您有何感想？您的府上有这么多的宾客，可对您的当权管事人的违法抗租却无人问津，您不觉得可怕吗？！您的先祖简子开明，能使赵地的人顺从，并使晋人也归向于他。而您应该如何呢？！"赵奢极为动情地讲述道。

平原君认真揣摩赵奢的一番谏言，觉得大有道理。身旁的门客士人仍然缄口默言，有的人长长地叹了一口气，自惭形秽。

赵奢又进一步剖析道："赵大人，今天若放纵君家而不奉公则法削，法削则国弱，国弱则诸侯出兵侵犯，诸侯出兵侵犯则赵国就会灭亡，国家灭亡您焉能保有这些财富？！请赵大人三思！"

平原君听罢深受感动，挥手命道："快快松绑，给赵先生赐座！"

"谢赵大人不斩之恩！"赵奢伏首道。

卫士们急忙上前给赵奢松了绑绳，并给他搬来一把椅子。

赵奢活动了一下胳膊，然后搭躬谢座。

平原君根据赵奢的一番讲话，认为此人很有才干，说道："赵先生颇有才华，且又有胆识和能力。赵某欲将你推荐给赵王，请求赵王任用你管全国赋税，不知赵先生意下如何？"

"赵大人过誉！小臣才疏学浅，能力有限，实不敢当！"赵奢知此任重，而行使权力又很艰难，所以一再推辞。

"先生不必过谦，此乃国家重任，汝不肩负而又由谁来肩负呢？！"平原君主意已定，认真说服赵奢。

"好吧。小臣承蒙赵大人一片好心，在此多谢了。"

"好，赵先生，请候佳音。"

在平原君的鼎力推荐下，赵惠文王任用赵奢治理全国赋税。从此赵国民众富足，国库充实。

后来，平原君又向赵王推荐，赵奢还能带兵打仗。赵王只是点了点头。

不久，秦国进攻韩国，军队驻扎在阏与。赵王召见廉颇商议，可否援救？廉颇认为路途遥远，艰险而狭窄，很难援救。赵王又召见乐乘问这件事，乐乘的回答和廉颇的一样。赵王把赵奢招来试问，赵奢回答说："道远地险路狭，就譬如两只老鼠在洞里争斗，哪个勇敢哪个得胜。"赵王一听很有道理，当即决定派赵奢领兵，去援救阏与。

赵国军队离开邯郸三十里，赵奢就在军中下令说："有谁来为军事进谏的，处以死刑！"命令全军就地安营扎寨。秦军驻扎在武安西边，秦军击鼓呐喊的练兵之声，几乎震动了武安城的屋瓦。赵军中的一个侦察人员请求急速援救武安，赵奢立即把他斩首。

赵军坚守营垒，停留二十八天不向前进发，反而又加筑营垒。秦军间谍潜入赵军营地，不慎被俘，赵奢用美酒佳肴热情款待后把他遣送回去。间谍把侦察到的情况向秦军将领报告，秦将大喜，说："赵军离开国都三十里就停止前进，而且还增修营垒，阏与不会为赵国所有了。"

赵奢遣送秦军间谍之后，就令士兵卸下铁甲，轻装快速向阏与进发。两天一夜到达前线，又下令善射的骑兵离阏与五十里扎营。赵军营垒筑成后，秦军知道了这一情况，立即全军赶来。

赵军中一个叫许历的军士请求就军事提出建议，赵奢说："让他进来。"

许历说："秦军本没想到赵军会来到此地，现在他们赶来对敌，士气很盛，将军一定要集中兵力严阵以待，否则，必定要失败。"

赵奢说："我接受您的指教。"

许历说："我请求接受死刑。"

赵奢回答说："等回邯郸以后的命令吧！"

许历请求再提个建议，说："先占据北面的山头得胜，后到的失败。"

赵奢同意，立即派出一万人迅速奔上北面山头。

秦兵后到，与赵军争夺北山但攻不上去，赵奢指挥士兵猛战，大败秦军。秦军四处溃逃，于是阏与的包围被解除，赵军凯旋回国。

赵惠文王赐给赵奢封号马服君，并任许历为国尉。赵奢于是与廉颇、蔺相如地位相同。

四年以后，到公元前 265 年，赵惠文王去世，太子孝成王即位。

又过了四年，到公元前 262 年，正当秦伐韩之野王时，韩国上党守将冯亭因迫于上党道绝，大有失守之危险，遂派使者到赵国。

使者见了赵孝成王，说："韩国不能守住上党，就有被秦国吞并的危险。当地的官吏百姓都愿意归属赵国，不愿归属秦国。上党现有城邑十七个，愿拜归入赵国，大王如何向官吏百姓施恩，请您速速裁决。"

孝成王闻之大喜，让使者门外等候。

使者退去后，孝成王召见平阳君赵豹商议，赵豹回答说："圣人恐祸，不受无故之利也！"

孝成王说："上党官吏百姓被吾王恩德感召，怎说是无故呢？"

赵豹详细解说："秦国蚕食韩国，从当中断绝，不让两边相通，本以为唾手可得上党，而韩国所以不愿意归顺秦国，意欲嫁祸于赵国。大王您想，秦国出兵付劳，赵国却白白受其利，虽强大不能得之于小弱，小弱反倒得之强大，这怎能说不是无故之利呢！况且秦国利用牛田的水道运粮蚕食韩国，用最好的战车奋力作战，分割韩国领土，其政令已经施行，不能与它为敌，此利万万不可接受！"

孝成王点了点头，但没有完全接受赵豹的谏言。

赵豹出去后，孝成王又召见平原君赵胜。平原君回答说："出动百万大军进攻，费时一年也得不到一座城，如今人家白白地送给我们十七座城邑，此大利，切切不可丢掉！"

孝成王听罢说道："好！"于是派平原君赵胜去接受土地。

平原君随同使者奔往上党，与守将冯亭会面。冯亭交出上党全部属地，被赵国封为华阳君。赵国于是发兵占领上党。廉颇领兵进驻长平。

秦国一见赵国轻而易举获得上党，万般仇恨，准备伐赵。

公元前 261 年，秦赵长平大战爆发！

秦军与赵军在长平对阵，那时赵奢已死，蔺相如也已病危，赵孝成王派廉颇率兵攻打秦军，秦军几次打败赵军，赵军坚守营垒不出战。秦军屡次挑战，廉颇置之不理，以耗敌之士气。这时，秦军间谍到赵国散布谣言，说："秦军所厌恶忌讳的，就是怕马服君赵奢的儿子赵括来做将军。"

赵王轻信谣言，临阵易帅，以赵括为将军，取代了廉颇。

蔺相如带病上奏，说："大王只凭名声来任用赵括，就好像用胶把调弦的柱粘死再去弹瑟那样不知变通。赵括只会读他父亲留下的书，不懂得灵活应变。此人不可重用。"

但是，赵王还是命赵括为将。

赵括的母亲听说赵王任命赵括为将领，心中非常恐慌。

等到赵括将要起程的时候，他的母亲去宫内上书给赵王，说："大王，您可不能让赵括做将军。"赵王问道："这是为何呢？"他母亲回答说："当初我侍奉他父亲，那时他父亲是将军，对人十分慷慨，把大王和贵族们赏赐的东西全都分给士卒和僚属，从接受命令的那天起，就不再过问家事。而现在赵括一下子做了将军，就面向东接受朝见，军吏没有一个敢抬头看他的，大王赏赐的金帛，他都带回家收藏起来，还天天访查便宜的田地房产，可买的就买下来。大王您看，他哪里像他父亲？父子二人的心地不同。而且他只会高谈阔论，不懂得实际用兵，希望大王不要派他为将领兵。"

赵王听后说："赵夫人，您就把这事放下别管了，本王已经决定了。"

赵括的母亲接着说："大王一定要派他领兵，如果他真的不称职，我能不受株连吗？"赵王答应了。

赵括代替廉颇之后，把所有的规章制度都改变了，把原来的军吏也都撤换了。秦将白起了解到这些情况，便调遣奇兵，假装败逃，又去截断赵军运粮的道路，把赵军分割成两半，赵军士卒离心。过了四十多天，赵军饥饿，赵括出动精兵与秦军搏斗，秦军射死赵括。赵军在长平战败，四十五万大军被秦军全部活埋了。

赵王闻知赵军长平战败的消息后，又惊又怕，又恨又悔。他后悔自己不听平阳君赵豹的意见，因此才招来长平大战之祸；他后悔自己不听蔺相如和赵奢夫人的谏阻，错用将帅，因而才落个长平大败的惨局！赵王由于赵括的母亲有言在先，终于没有株连她。

赵国及其都城邯郸陷入危难之境！

平原君赵胜更是悔恨交加。他一方面向赵王提出辞去丞相职务，一方面向赵王建议，由他去楚国请求援兵，以解邯郸之危。赵孝成王同意了。

平原君返回到他的府邸，让舍人赵全通知几个年长的士人，赶快到客厅内议事。首先，平原君向几位长者士人传达了赵王的允奏——赴楚国、求救兵，拟推楚国为盟主，订立合纵盟约，联兵抗秦；而后，他提出由本府门下选拔有勇有谋、文武兼备的二十名士人，组成一个谋士团，由他率领去楚国谈判。他把议事的要旨说完后，征求意见。大家一听，一致赞同平原君的主张。不过，楚国离赵国路途比较远，又与秦国结盟不久，而赵国与魏国乃是姻亲，且一向交好，关于楚、魏、赵之合纵盟约，恐怕楚国不一定会顺利同意。所以，他们建议平原君，一定要选拔才高胆大、克己奉公之人赴楚。

平原君认真思考后，态度极其坚决地说："此次赴楚，任务繁重。谈判成功则罢，要不然，要挟制楚王在大庭广众之下把盟约确定下来，确定了合纵盟约才能回国。同去的文武之士不必到外面去寻找，从我门下的食客中选取就足够了。不知各位先生还有何建议？"

几位长者士人觉得平原君的赴楚计划可行，没有其他异议了。他们在离开之前，只是希望平原君在选拔人才上要把好关。

平原君抱拳致谢，长者们离去了。

就在这个时候，舍人赵全将一个人引入客厅。这个人年岁比较大，满脸汗渍，神色慌张。

平原君一下子认出来了，此人是京都卫尉府的舍人廉达。前几天，妹妹就派廉达来过一次，揭发廉厉杀害张氏的罪行。眼下，兵败国危，十万火急，救国救民，刻不容缓！他心中万分焦虑，一见廉达，很不耐烦，但还是忍了下来，看其为何而来。

廉达急忙上前，跪伏于尘，参拜平原君，并转达了赵氏的问候。而后，代表赵氏，控告廉厉派人到张氏家中纵火欲烧死其女儿赵姬的野蛮行径。平原君听罢非常恼火，恨不得狠狠地惩治廉厉一顿，但是，如今国家形势紧张，他实在腾不出手来，只好告诉廉达，待日后办理此案。

廉达知道平原君重任在肩，不敢督催此事，于是欠身搭躬，告辞离去。

平原君府内，人声鼎沸，立即开展了选拔赴楚之士的活动——

平原君此次选人条件苛刻，出访谈判的士人仅仅二十名，但人人必须文武兼备，能说善辩，无私无畏，视死如归。他的门下宾客士人虽有三千多名，真正符合条件的寥若星辰。有的通文武差，有的文精武缺，还有的只武不文，也有的半文半武，选了大半天，勉强选了十九名。

对此，平原君大伤脑筋，他感慨万端地说："看来养士容易，得士很难！从古至今，腹有良策，胸怀大志，身有绝技，卓然超群者，无有几人呀！"

选来选去，剩下的人实在没有可再挑选的了。一直到午后，还是那十九人。平原君心想，难道就凑不够二十人？他坐在客厅里，正在犯难。

这时，一位三十岁左右的壮汉走了进来。

平原君仔细打量，见此人中等身材，剽悍敏捷，浓眉大眼，满脸胡须，腰间挂着一把短剑，但是衣冠不整，袒胸赤足，其神态又骄又傲，带有猖狂之气。平原君难以揣摩此人来意，问道："先生，您这是……"

"主公，我来找您！"壮汉抱拳搭躬，侃侃说道，"我听说您奉赵王旨意，即刻要到楚国去，请楚国做盟主，订下合纵盟约，并且约定和选拔门下食客二十人，现在还缺少一个人。主公明察，像臣这般模样，可否充个数额，补到二十个，随您一起去楚国？！"

平原君见此人很陌生，便问道："先生尊姓大名？"

"多蒙主公高抬，小人名叫毛遂，乃魏国大梁人，现客居君之门下，小小门客也。"

"先生寄附吾之门下已有几载？"

"回主公的话，我到贵府至今整整三年。"

"凡有才华之贤士，生活在世上，就如同锥子放在口袋里，其锋尖立即会显露出来。今先生处胜之门下已有三载光景，但我的近臣和左右从未称赞或推荐过你，我也未有所闻，就连先生的姓名我都不知，恐怕毛先生文武无所专长，你不能去，还是留下来为好。"

"主公，今天我毛遂就算请求您，将我放入您的口袋里，假若早就放入的话，不仅是锥尖脱颖而出，恐怕是整个锥锋都已尽脱而出！"毛遂说罢，举目看着平原君的神态。

平原君听后，认为此人出口不凡，不住地点头赞许。而平原君身后的那十九个人，互相递传眼神，藐视中带着嘲笑，险些发出声来。

"好吧，我同意。"平原君终于同意毛遂一同赴楚谈判。

"在下多谢主公，慧眼识人才。"毛遂自荐获得成功，急忙伏身叩拜。

"毛先生，你要换一下衣服，并要穿上袜履。"平原君遂叮嘱道。

"是，主公。"毛遂抱拳应道。

"诸位先生请过来。"平原君转身叫道。

"主公，请吩咐。"那十九个士人走到平原君面前。

"现已选足二十名贤士，明日一早出发。各位今天夜晚要做好一切准备。"平原君最后又叮嘱一番，"大家到达楚国之后，一定要忠则尽命，见机行事，必须取胜。"

"请主公放心。"二十名士人踌躇满志，抱拳施拜，说完后转身离去。

次日凌晨，天刚蒙蒙亮，平原君率二十名士人，各乘一匹骏骑，离开赵都邯郸，朝着楚都陈城奔去。

他们到达楚国后，平原君赵胜先去拜见他的好友——楚国丞相、春申君黄歇，并说明此次来意。春申君热情款待他们后，把他们安排在舒适的驿站里。

晚上，毛遂跟那十九个人谈论、争议天下局势，大家各抒己见，畅所欲言。那十九个人发现毛遂果真才华横溢。

第二天黎明，在春申君黄歇的带领下，平原君一行跟随入朝，拜见了楚考烈王。相互礼毕，平原君同楚王和春申君坐在殿上开始议事，二十名贤士立于朝外阶下等候。

平原君开门见山地向楚王讲了联盟抗秦之事，还特意提出立楚国为盟主的建议。可是，楚王提出种种困难，百般拒绝平原君的主张。从早晨就开始谈判，一直到中午还没有定下来。平原君急得坐不住了，欠起身来到殿堂内踱步。春申君虽倾向于平原君的主张，但说啥也改变不了楚王不愿出兵的初衷，看到远方来的朋友那种为难而又心焦的神色，心内着实不安。

站在阶下的贤士们等得不耐烦了，以为是楚王固执己见，故意刁难平原君，他们非常气愤，商量对策。那十九个人鼓动毛遂说："先生登堂，胜券在握！"

"好！借诸位吉言，在下前往！"毛遂早就盼望的这一神圣时刻终于来到了。他说完后用手紧握剑柄，一路小跑，登阶到了殿堂上。

楚王见来人莽撞，不讲礼仪，怒容满面地问道："此人是干什么的？"

"启禀大王，他是我的随从家臣。"平原君说道。

"我是在跟你的主人谈判，你快下去！"楚王厉声呵斥道。

"大王息怒！他是我带来的门客毛遂先生，是同我一起来到楚国，与大王商榷合纵盟约抗秦的。"平原君在一旁劝解楚王，以给毛遂创造说话的机会。

楚王碍于平原君的面子，没再说什么，但脸上的怒气还未消。

毛遂两眼看了看楚王，毫无惧色，而是紧紧握住剑柄，从容不迫地走向前去，据理说道："大王敢呵斥我，不过是依仗楚国人多势众。现在，我与你相距不足十步，十步之内的大王是依仗不了楚国的人多势众的，大王的性命控制在我的手中！"

"你，你想干什么？"楚王吓得站起身来，往后退了几步。

"我的主公就在面前，你怎么能当着他的面这样呵斥我呢？"毛遂继而说道，"我听说商汤曾凭着七十里方圆之地统治了天下，周文王凭着百里大小的地方使天下诸侯臣服，难道是因为他们兵多地广吗？实际上是因为他们善于掌握形势，而奋力发扬自己的威力。如今楚国领土纵横五千里，士兵百万，这是争王称霸的资本。楚国如此强大，谁也不能阻挡它的威势。至于秦国的白起，不过是毛孩子而已，他带着几万人的军队，发兵与楚交战，一战就攻克鄢城郢都，二战烧毁夷陵，三战毁掉陵庙，使大王的祖先辱没难逝。此乃楚国百世不解之怨仇，连赵王都感到羞耻，可大王却不觉得羞愧。合纵盟约不是为了赵国，而是为了楚国。楚王，你为什么这样胆怯呢？"

楚王听了毛遂这番述说，大受震动，立即改变了态度，说："是，是，的确应像毛先生说的那样，我一定竭尽全国的力量履行合纵盟约。"

"合纵盟约算是确定了吗？"毛遂进一步逼问道。

"确定了。"楚王回答说。

于是，毛遂用命令式的口吻，对楚王的左右近臣说："你们把鸡、狗、马的血取来！"

楚王的左右用陶盘、铁盘、铜盘端来鸡、狗、马等三种血浆。

毛遂先从近臣手中接过铜盘，再用双手捧至楚王面前，说："大王，应先吮血，以示确定合纵盟约的诚意，下一个是我的主公，再下一个是我。"

楚王不得不先吮下马血。

平原君、毛遂和那十九个贤士，也都分别吮下血浆。

就这样，赵楚两国在楚国的殿堂上确定了合纵盟约。

当晚，平原君一行乘骑返回赵国。

平原君回到赵国后，向赵王复命。赵王听后，大喜过望，不住地赞扬他们。但平原君摇头叹息，深感内疚。他慨叹地说："为臣迂腐，实在是不敢识别人才了。我选拔和识别人才多说上千，少说几百，自以为不会遗漏天下贤能之士，但竟然把毛先生给漏下了。毛先生头一次到楚国，就使赵国的地位比九鼎大吕这一传国之宝还尊贵。毛先生能言善辩，竟比百万大军的威力还要强大！往后，我不敢再识别人才了！"

于是，平原君把毛遂尊为上等宾客。

这时，秦国大军急速地围攻邯郸。兵临城下，邯郸告急。

赵国官吏百姓尚未从哀痛中解脱出来，又沉浸在生死危亡的恐慌之中。

朝中一片慌乱！赵王心焦如焚——楚国派春申君黄歇带兵赶赴救援赵国，可是还没有赶到。

最痛心疾首的就是平原君了。他已经派了仅有的五万兵力分头把守京都四门，但这部分将士精神不振、信心不足。而楚国离赵国路途较远，援军尚未到达，国家危在旦夕，他坐卧不宁，心急如焚。

此时，邯郸宾馆吏员的儿子李同走进平原君府，直言劝道："赵大人，您不担忧赵国灭亡吗？"

"赵国灭亡，我平原君就要做俘虏，怎能不担忧呢？"平原君忧心忡忡地说。

"邯郸的百姓，拿人骨当柴烧，交换孩子当饭吃，可以说危急至极！可赵大人您的姬妾侍女数以百计，仍然穿戴丝绸绣衣，享用精美饭菜。百姓困乏，兵器用尽，有的人削尖木头当长矛箭矢，可赵大人您的珍宝玩器、铜钟玉磬照旧无损。如果秦军攻破赵国，您怎么还能有这些东西？如果赵国得以保全，您又何愁没有这些东西？"

"李先生说下去，吾愿听教诲！"

"赵大人，您果真能命令夫人以下的姬妾、美人、丫鬟、卫侍、仆人等所有成员，编到士兵队伍之中，分别承担守城劳役，再把家中所有珠宝资财，分发给将士享用，将领和士兵正在危急困苦之际，他们必然感恩戴德、殊死奋战！"

"好！好！就依李先生高见。"平原君很痛快地采纳了李同的意见。

果然，平原君得到敢于冒死的士兵三千人。李同也加入了三千人的队伍之中。他们赫然出城，奔赴秦军决一死战。秦军被击退了三十里。这时，恰巧楚国的救兵到达，一起追杀秦军。

秦军被迫撤走，邯郸得以解围。

李同在同秦军作战时阵亡，他的父亲被赵王赐封为李侯。

平原君赵胜被赵王重新恢复了丞相职务。

第八章 智杀廉厉 只身去自首

夜晚，赵姬刚刚送走了看望她的女佣，便独自登上锦香院三楼的平台，眺望这黛色的苍穹——数不尽的繁星微微闪亮，镰刀形的弯月闪耀着清冷的光辉，那条倾斜的天河流泻着清晰的褐色光芒，一缕缕烟雾般的浮云默默地飘向天际……刹那间，她似乎感到苍穹越来越高远，宇宙越来越宽广，在这片似明非明的黑暗中，难以捕捉永不消逝的东西。世间，最孤独的是自己，最悲惨的也是自己。杀母之仇给她带来的内心绞痛，何时才能像那片烟云被凉风驱散？

她凭着超群的姿色和艳丽的服饰，被锦香院正式录用，成为一名合格而又风流的歌妓。刚来锦香院的第一天，鸨儿钱氏一见她，就情不自禁地说："老天爷开恩，把摇钱树栽到我家来了！"

但是，她向这位人称"钱妈"声明，只演唱歌舞，不卖身陪夜。钱氏一听，愣了一下，而后笑了笑说："你这位姑娘，咋这么想不开呀？卖身方能赚大钱！你再好好想想，究竟咋办好？"

她果断地回答说："你不接受，我这就走！"她说完就拉着王氏往外走。

钱氏急忙拉住她的衣裙，满脸赔笑地说："姑娘，别走哇。我依着你！不过，这价码可不一样，卖一次身，可得三十钱，而卖一次唱，只能得十钱。"

"没关系，这个我不在乎。"就这样，她就留在了锦香院。

钱氏把她安排在第三层阁楼上，住在一所宽敞的三间卧室，室内设有缎床、屏风、案几、墩座；案几左侧置有梳妆台，右侧的矮脚木架上摆着一架古琴。这里可以演唱，也可以接待客人陪聊。两旁的几间卧室，只有钱氏和几个侍候丫头居住。

钱氏告诉她，其他姐妹们都住在第二层阁楼上，但每人只住一间；一层是一间硕大的房间，是供一般客人欣赏演唱的场所。

至于饮食，一日三餐全是美食，就连早膳都是糖枣米粥，中午和晚上皆是美酒佳肴，除了吃不上燕窝粥、人参汤之外，其他吃喝如同在后宫生活一样。钱氏对她还有格外照顾，只要她演唱一次，就给她单独加两份菜。但是，她哪里吃得下、喝得下呢？

这时，锦香院大门外传来一阵阵男人们的说笑声和鸨儿钱氏的殷勤寒暄声。她的思绪被打断，收回远眺而思考的目光，朝大门外观望。

嗬！好不热闹！那些公子哥不顾天气渐寒，好像赶集镇、逛庙会一般，争先恐后地拥入锦香院。唉！在这个世界上，女人们就是供男人们享乐的玩物。

人世间，不知道何年何月、哪朝哪代产生了青楼女子？而锦香院又是何时建立的呢？

她刚住下时，鸨儿钱氏就向她介绍了——锦香院，位于邯郸南大街中段，这是一个最繁华的地带。锦香院，已经有一百多年的历史了。烈侯太子赵章即位时，开始定都于邯郸。从那时起，敬侯同他父亲烈侯一样，非常喜欢音乐，不仅在皇宫里经常举行宴乐会，而且号召民间推广音乐歌舞。在京都邯郸，掀起了普及音乐的热潮。于是，敬侯派人在南大街建起了锦香院，供京城一般官吏和普通百姓到此集中欣赏筝、瑟、琴、箫等各种乐器的演奏。但是，当时这里还没有青楼生意。敬侯十一年，赵、魏、韩联合一起，共同灭亡晋国，瓜分了它的土地。赵国攻打中山国，又在中山地区交战。十二年，敬侯去世，他的儿子成侯赵种即位。因国家征集兵员，从外地调入京城培训的一些将士，不能携带妻室，于是成侯就想了这么一个办法，在京都东、西、南、北四大街建起了青楼，以解决这部分将士的夜生活问题。锦香院除音乐歌舞外，也和其他青楼一样，增设了女郎陪夜的新项目。从此，锦香院在这繁华的闹市区更加引人注目了。

听了这些，赵姬的那颗心紧缩着。唉！有多少好女子都被男人们糟蹋在这里呀！

她来锦香院的当天夜里，护送她的王氏刚刚离去，她正准备入睡，就先后听到二楼的两个女人被她们接待的男客打得哭天喊地，那"妈呀、妈呀"的哭叫声，悲惨凄厉。第二天，她从三楼下到二楼去询问，才知道这两个女人一个叫玉儿，一个叫月儿，因为她们身体不适，不想陪男客过夜，这两个商贩出身的男客认为自己花了钱，于是拳打脚踢，将她俩打得皮开肉绽。为这事，赵姬曾去找鸨儿钱氏论理，可钱氏却说："我花了大钱，她们必须给我去挣小钱。她们不接客，怎么行呢？"

她一听这话，怒上心头，回击道："你这话不对！她们也是人，总不能带着病去行事，把自己的命搭上吧！"

钱氏一看她恼了，担心她一气之下离去，赶紧强装笑脸，解释道："赵姑娘，您说的不是没道理，人嘛，都是爹妈生的，有了病确实应该歇着，只是我这里拉了好多账，到现在还没还清呢！就拿玉儿和月儿来说，我给玉儿的赌徒父亲带走了三百钱，给月儿的患病母亲捎去了五百钱，除此之外，我还给她俩购置袍裙和首饰，这钱总得要还上吧！我一个老婆娘，能有什么办法啊！"

她听到这里，不想和这位鸨儿争论了，心里只是默默地为玉儿和月儿哀怜。她们何时才能跳出火坑啊？

正在她思前想后、忧心忡忡之际，忽听一个丫鬟叫道："赵姑娘，天不早了，夜深风凉，钱妈让我招呼您，该回房歇息了！"

赵姬抬头一看，可不，弯月已经西沉，三星升到头顶。她转身随同丫鬟步下平台，走进自己的房间。

她没有急于卸妆入睡，而是坐在桌案前，在红烛下翻看《左传》。当她看到颍谷封人颍考叔为了劝说郑庄公与生母姜氏和好一节时，发现颍考叔把庄公留他吃饭的肉块儿放在旁边不吃，庄公问他什么缘故，他直言不讳地答道："小人家中有老母，小人的食物她都尝过，可是她没尝过君王的肉羹，请允许我把肉羹留给我的高堂老母！"看到这里，她想起《诗经》上说过的话：孝子的孝道是没有穷尽的，永久把孝道给予孝子。这大概说的就是颍考叔孝敬老母的情况吧！她越看越想念自己的母亲，自己刚刚成人，母亲就被廉厉用弓箭给杀害了。母亲再也回不来了，她只能祈祷苍天，愿苍天保佑并给她一次替母报仇的机会，也算得上为九泉之下的母亲尽一次孝道！

她的心久久不能平静。

红烛的火苗发出"哧哧啦啦"的响声，烛泪簌簌地滚落在烛台上。她思念母亲的泪珠大颗大颗地滴落在书简上。

好长时间，她的思绪平稳下来，确实该入睡了，便合上《左传》帛书，放到桌案一角，准备脱衣卸妆。

她解下佩玉佩绶，脱掉宽袖袍衫，就走到梳妆台前，坐了下来，对照铜镜，开始摘卸头上的玉簪、步摇等各种首饰。

头饰卸毕，她猛然间望着这一锃光明亮的铜镜出神发愣。

这面铜镜，大而又圆，质地纯正，是上等青铜。这是舅妈在她来到锦香院之后，特意为她购置送来的。为了这面铜镜，舅父还跟舅妈发了一顿脾气。

她投身锦香院的第一天晚上，舅父、舅妈和表妹就追来了，非要她回去不可，舅父列举了大量事例——卖身到锦香院的若干女子没有一个逃脱出悲惨境遇，他再三表示，他和舅妈就是她的亲人，吃喝穿戴决不让她犯难，表妹有啥她就有啥。舅妈也一再让她放宽心，并大包大揽地要给她准备将来结婚时的嫁妆。她很受感动，连声感谢二位老人的爱护，但就是不提回去的事。表妹见她不表态回去，急得流下了眼泪。她告诉表妹，将来长大了就会明白她的心思。舅父舅妈知道她的想法，可是到锦香院又怎样为母亲报仇呢！二位老人猜不透她心。最后，他们无可奈何地离去了。

第二天上午，他们又来了。还是劝她离开锦香院，她的决心已定，当然不会改变。眼看着舅父的心情非常沉重，一见她执意不肯回家，他难过得眼睛湿润了。

第三天傍晚，舅妈和姨妈几乎是脚前脚后来到锦香院。这次，她俩主要是来看望她的，谁也没有提出让她回家。尤其舅妈还给她送来了刚刚购买的这块亮晶晶的铜镜。她爱不释手，不住地抚摸，打心底感谢舅妈。她正在同舅妈、姨妈谈论这块铜镜的美观漂亮时，忽然看见舅父气呼呼地闯入室内，后边还跟着表妹。她还没来得及给舅父让座、倒茶，舅父就朝着舅妈大发雷霆，好一顿数落和谴责，抱怨舅妈不会办事，不该往这里送铜镜，应该劝她回家才是。当时，舅妈下不来台，脸红一阵白一阵的。她已经听明白了，舅父舅妈全是好意，只是各自的心思不同，舅父怨恨舅妈给她送来铜镜，是想让她离开锦香院。而舅妈背着舅父给她送来铜镜，是考虑她既然不回去，那么在生活上就应该尽量体贴她、关怀她，但这绝不是让她在锦香院永远待下去。她理解两位老人的心情，所以，她一边劝解，一边致谢。王氏没敢多言语，因想到自己是佣人出身，只是默默地给他俩倒茶水、削苹果。舅父、舅妈各自说了一番心里话，也就不再吭声了，闷闷地坐在那里……

这场小小的风波总算过去了。

她看了看铜镜，欠起身来走到床前，拉好了被子，就上了床。

她睡不着，思绪翻腾不止——也不是全思念死去的母亲，而是非常思念一直钟情于她的吕不韦。第一次在滏阳河畔相见时，他就给她留下了深刻印象，巧妙地送给她定情物——珍珠项链，而且诚心诚意地帮她脱险，又送给她出城的特殊证件——月牙形玉佩，特别是他举止文雅，谈吐不凡，句句话能拨动她的心弦。第二次，在滏阳河畔邂逅时，她母亲刚刚去世不久，处于极为悲痛之际，她很不冷静，恶语伤害了他，而他却能够大度容人，耐心地安慰和开导她，使她由衷地感到，他就是她的亲人。回想起那时情景，她心里很内疚，真有些对不住他。

她来锦香院的第三天晚上，吕不韦携带吕童前来看望她。吕不韦痛心疾首地说："我真后悔，迟来一步。我，我，我不能让你在这里生活！"她理解他，但摇了摇头。他着急地说："不，不行！仲媛，你得跟我回去，你的一切由我负责！"

他说完后，让吕童递过一个大红缎包裹。他用手解开了，里面露出黄澄澄的铜钱，说："这是二十吊钱，完全够你的赎身费了！"

她苦笑了一下，没作声。他急了，吼道："难道你要在这里毁掉自己吗?！"

她随后也吼了一声："我的事不要你管！"

他一气之下，提起包裹，就和吕童离去了。

她心里很懊悔，自己的脾气也太暴躁了，人家发火是为了她好，干吗这样对待人家呢！恐怕他再也不会来了。翌日，钱妈来到她的卧室，找她商量演唱的事。商量结果是，每隔一天演唱一次，规定每月单日晚上到一楼大堂演唱。

这天晚上，就该她演唱。她刚一登场，就发现吕不韦和吕童坐在观众席上。这时，人们头一次看到这样超凡脱俗的丽人，立即爆发出热烈而又经久不息的欢呼声。有的还发出叫好声。吕不韦没跟着呼叫，但他的两只手使劲地鼓着，脸上浮现出激动兴奋的表情。她看到这种场面，尤其是吕公子也坐在下面，心里也是异常激动，似乎忘了这里是锦香院。她原来打算只演唱一首《冬雪》，没想到众人一再鼓掌，说啥不让她下场，她只好又一连演唱了《春云》《夏日》和《秋风》等三首。好家伙，众人拍手叫绝，赵姬真是十年不鸣，一鸣惊人哪！人们掌声如雷，狂呼乱叫，还是不让她下场。干脆，她来了个绝技，跳了一个《采桑姑娘》。嘿！这下子她更火更红了，人们的赞颂声、呐喊声，几乎炸开房顶，可谓"山崩地裂"！有些富贵的少年公子，高兴得直往台上投掷铜钱。

表演下来后，鸨儿钱氏笑得合不上嘴角，眼睛眯成一条缝，当即向她表态：每演唱一场，由十钱增加到二十钱，同陪夜的那些女郎一个价码了。她的卖身费，原给了一千五百钱，这次又给她增加了五百钱。从那天夜间开始，每轮到她演唱的时候，吕不韦逢场必到，一直到演唱结束……

半个月以后，赵姬又面临着一个演唱的夜晚。她暗暗庆幸，她来锦香院一个月光景，还没碰到过一次麻烦事。至于偶尔遇见一些鸡毛蒜皮的小事，她也毫不在意，有的甩过两三句话，有的忍让一下，也就过去了。这天，她吃过晚饭，开始梳妆打扮，穿裙系带。她正准备下楼去一楼大堂时，忽然见钱妈走进卧室。钱妈告诉她，有个临时改动，今晚楼下演唱没有她了，让她在自己的卧室里给一位有钱人单独演唱。她不答应，因为有言在先，不能破坏规矩，再说，提出单独听唱观舞的男人，一定存有邪念，心怀歹意，所以她一下子给顶了回去。钱妈气得没有话说，转身走出房间。

额外的要求，弄得她很不愉快。她坐在梳妆台前，面对着铜镜出神。

过了一会儿，门外传来重重的脚步声，继而响起"砰、砰、砰"的击门声。

那个有钱人来了！她一听，很生气，但并没有丝毫恐惧。遂起身去开门，打开门扇一看，啊！是他——西门风！

"哈哈哈，没想到吧，赵姑娘！"西门风嬉皮笑脸地走了进来。

"西门风，是你用拳头砸我的门，你想干什么？"赵姬态度十分严肃。

"你是明知故问吧！"西门风歪愣着脑袋，恬不知耻地反问道，"这黑沉沉的夜晚，男人们来到锦香院，你说说看，是来干什么的？"

"不知羞耻！"

"笑话！锦香院的女人就是供男人玩乐和睡觉的。"

"要睡觉，你到楼下去！"

"大爷只要进门花了钱，想找哪个女人睡觉就找哪个女人睡！"

"放屁！这三楼可不是供你们睡觉的地方！"

"嘿嘿嘿！你骂我，我倒觉得很舒服。不过，赵姑娘你可不能白骂，既然骂了我一句，就要陪我住上一宿。"西门风说着往前凑了几步，两只色眯眯的眼睛贪婪地望着她。

"你，你要干什么？"赵姬着实有些紧张。

"你不要再问了，今夜良宵美景，相会机会难得。赵姑娘，你就给我吧！"西门风伸出那双手。

"啪"的一下，她将西门风的手打了下去，厉声说道："西门风，你要放尊重些！"

"你说这话没用。"西门风伸手去解赵姬的衣裙。

"啪，啪，啪，啪！"她两手左右开弓，一连狠打了西门风四个耳光。

西门风的两眼直冒金星，两腮骤然红肿。他用手一摸，脸上觉得火辣辣的疼痛，牙床上的血顺着嘴角流了出来。

他愣住了！她警惕地往后退缩着。退到床沿后，刚要伸手去摸褥子下面的那把剪刀，只见西门风像一只猛兽般地扑了过来，一下子把她搂住，并把她摔倒在地板上，然后凶怒至极地"咣、咣、咣"踢了她三脚。

她"啊"的一声，昏了过去。当她醒来时，睁眼一看，自己仰卧在床上，西门风那禽兽般的面孔出现在眼前，一双魔爪正在撕拽她的内衣。她明白过来了，便用尽全身力气，连手推带脚踢，把他翻到床下。而后，她厉声吼叫："快来人哪，快来人哪，快来人哪——"

他爬起来，再次扑在她身上。她已经翻身坐起，一边用手撕抓抵抗，一边大声呼叫："快来抓坏人哪，抓坏人哪，抓坏人哪——"

正在危急时刻，"哐啷"一声，门扇猛地被推开，鸨儿钱氏带领两名丫鬟闯了进来，只听钱氏厉声喝道："住手——"

西门风吓了一跳，立即停下手来，似乎觉得有些难堪。

"西门公子，我不是跟你说了嘛，三楼的赵姑娘不陪客，你要来她这儿，她只能给你唱一两首歌，或者给你弹一两首琴曲。可现在闹得……"

"我，我是花了钱的。"西门风顿觉语塞。

"西门公子，你可不能胡搅蛮缠，你那钱，只能够听小曲，我可没答应你干别的！"钱氏赶忙反驳，那双眼睛不住地看着赵姬，唯恐她不愿意而翻脸。

果然，只见赵姬厉声厉色地说："钱妈，你不守信用，明天我就离开这里！"

"哎哟！我的姑奶奶，我不是也跟你商量了吗？就破例这一回，在你屋里演唱一下，这有什么呀！"钱氏一听赵姬要离开这里，担心这棵摇钱树会搬栽到别处去，所以再三解释，一个劲儿地说好话，"姑奶奶，你就给我这一回面子，下不为例，不管是谁来，我也不让他单独到你的房间来。姑奶奶，你就原谅我这一次吧！"

"不行！原来我就没答应你破例。"赵姬执意不肯原谅钱氏。

钱氏一看赵姬忍着疼痛下床的样子，立即意识到西门风可恶可憎，转身面对西门风呵斥道："西门风，你走，你走，你快给我走！"

西门风自觉无趣，讪讪地离去了。

赵姬拖着受伤的身体，开始整理衣物，准备离开锦香院。

鸨儿钱氏急坏了，不知道怎样劝说她才好，恨不得给她跪下，忽然，钱氏大声喊道："姑奶奶，以后我一定听你的！"接着，"啪、啪、啪"钱氏自己打了自己一通耳光。

她停下手，愣住了！

不知什么时候，钱氏和丫鬟已经悄悄走出房去。

这又是一个不眠之夜。她忍着疼痛躺下了，但怎么也睡不着，翻来覆去，思绪奔腾。西门风的龌龊行为深深地教育了她。以弱对强，弱者是永远战胜不了强者的，弱要胜强，弱者必须用智慧才能达到战胜强者的目的，同时，弱者还应该具有不怕死的精神，一句话，智勇双全，才能战胜邪恶！

她欲起身，但顿感臀部和两腿一阵剧痛，心里暗骂：西门风，你个混蛋！过了很长的时间，疼痛稍减，她才爬起身，伸手从褥子底下摸出那把闪亮锋利的剪刀，左看看，右瞧瞧，长出了一口气，又把剪刀放回原处。她艰难地躺下了。

一晃七八天过去了。她的伤势基本痊愈，答应钱妈今晚可以接受演唱任务。在养伤的这段时间里，舅父、舅妈和表妹都来看过她，姨妈王氏每天都来这里，他们还给她买了好多水果和糕点。当然，他们这次更有了劝说她回去的理由，只是见她的态度同以前一样坚决，没一再强求她。而吕不韦根本不劝说她离去，也没给她送来吃的东西，却给她送来《周易》和《尚书》两部帛书，让她抽暇阅读。当时，她就对吕公子产生了一种异样的感觉。

在烛光映照的大堂内，赵姬像往常一样，一连给众人唱了数首小曲，众人报以一阵又一阵的欢呼声。当她向大家屈身下拜准备离场时，突然发现廉厉也坐在观众席上，只是默默地沉着脸。她的心猛一震，恨不得立即杀掉他。但她迅速平静下来，稍微迟疑了一下，然后假装平静地走下表演台。

夜已经深了。她登上三楼，回到自己的卧室。她坐在梳妆台前，没有急于卸妆，满脑子是仇人廉厉，真是欲杀不能，欲罢不休。她暗暗警告自己：沉着冷静，切忌莽撞。运用智慧加勇敢，在没有遇到机会的时候，说啥也不能盲干。

这时，门外传来鸨儿钱氏的说话声："赵姑娘，在屋吗？"

"在屋！"赵姬欠身应答，并和蔼地招呼道，"没关门，进来吧！"

钱氏推门走了进来，手里还提着一个黄布包。

"钱妈，有事吗？"她向前走了几步。

"这个你先收下。"钱氏提起手中的黄布包。

"什么东西？"

"二百钱。"

"我怎么能无故收你的钱呢？"

"这是我的钱，你先收下嘛！"

"不行。你把话说清楚，而后再说收不收。"

"唉！是这么回事……"钱氏坐在椅子上，把铜钱布包放在桌案一角，长吁短叹地说，"廉厉给出了一个难题——他也要单独观赏赵姑娘的演唱。我再三劝阻，可廉厉不听，并说胆敢不答应，就砸烂锦香院。赵姑娘，我的确万般无奈，实在推卸不了。廉厉这家伙，可不比西门风，谁都知道廉厉权大势大，依仗他胞兄廉颇的威望，他为所欲为，无人敢惹。赵姑娘，您就答应了吧，这二百钱，就算我拜求您的答谢费！"

赵姬推了推钱氏手中的铜钱布包，站起身来，若有所思地说："这个我不要，你让我想一想……"

钱氏心想，还是赵姑娘明理，真给她这位鸨儿脸面，而且十有八九不要这二百钱，天助我也！

钱氏眼巴巴地等着她表态。

她在室内的地板上来回踱步，思绪不宁。忽然她停下脚步，说："行！"

"唉呀，太好了！"钱氏乐得手拍大腿，从桌上提起铜钱布包就往外走。

"等等！"赵姬一挥手，截住了钱氏。

"啊！你要这个！"钱氏又把铜钱布包递向赵姬。

"不！这钱你拿回去。"

"那你……"

"我有一个条件。"

"好，你说。只要你答应，多少条件都行。"

"在演唱之前，我要和廉厉畅饮一番，不能干坐着呀！"

"这个好办。咱这里的美酒多着哩！"

"那好，你就多端些酒来！"

"没问题。我还给你们多烧几个菜。"钱氏说着就急着往外走。

"酒菜没预备好，不要让廉厉上来。"赵姬冲着钱氏的背影又补充一句。

"全照办，放心吧！"钱氏回头应声，急急忙忙地走出门去。

不足半个时辰，来了四名侍女，端来了三坛酒、八盘菜和两双碗筷。

她们刚刚离去，钱氏就把廉厉领来了。

钱氏看了看漂亮超凡的赵姬，又看了看桌几上的美酒佳肴，便对廉厉说了些讨好献媚的话，而后乐颠颠地走出房去。

廉厉仔细打量赵姬，觉得这个女人确实勾人心魄，但她是一朵玫瑰，花美好看，却刺多扎手。不管怎样，今夜就在这里入芙蓉帐，会会这位娇娘，也不枉来人世一场！他痴呆呆地望着……

赵姬一见仇人廉厉，怒火在胸中立即燃烧起来。

她恨不得痛痛快快地大骂他一顿，而后将他碎尸万段。但她心里很冷静，思想上早已做好准备，决不能干那种冒险的事。

美人计——杀人刀矣。

她面带微笑，挥手示意，道："廉将军，请这边坐。"

"好，好。我坐，我坐……"廉厉目不转睛，边看她边入座。

赵姬走到桌几前，主动给他斟了满满一碗酒，又往自己碗里倒了些酒。她端起酒碗，热情而大方地说："廉将军，来吧，咱们干一碗！"

"赵姬，我廉某在此谢您了！"廉厉端起酒碗，一饮而尽。心想，今夜的赵姬大大变了！

赵姬比画着用嘴唇沾了沾碗边，但没有饮，遂将自己的酒碗放下。她又给他倒了第二碗酒。廉厉见她如此热情，没等她说话，又端碗饮下。

这次，第三碗酒是廉厉自己倒的。赵姬端起酒碗，像原来一样，又陪着廉厉饮下第三碗酒。她故意奉迎地说："将军好酒量，性豪爽，名不虚传！"

"赵姑娘谬奖，廉某不敢当！"廉厉抹了一下嘴角的酒滴，拿起筷子，夹上一块肉，放在嘴里。他一边嚼着，一边望着赵姬说："我，我，我一连饮下三大碗酒。现在，该你给我演唱了……"

赵姬见廉厉说话有些迟钝，但思维还比较清楚，远远没达到醉意，于是答道："廉将军，我一定满足你的要求。不过，你必须再连饮三碗酒，我才能够给你演唱。"

"这个好说。你给我端坛倒酒，我保证喝。"

"一言为定！"

她倒他饮，他果真又一连饮下三大碗酒。

这下可不得了！他六碗酒下肚，火烧火燎，天旋地转……他的一双眼睛模模糊糊，看到无数个赵姬左栽右晃。他不再要求唱歌了，而是要求她跳舞。

赵姬只好舞动宽袖，旋转玉足，给他跳起了舞蹈。

廉厉欲伸手抓她，一把抓住她的裙衣，"嘎吱"一声，她的裙衣被撕扯了。

她没生气，而是向后闪了闪。

"你，你，你不能穿这么多裙衫，最好，不穿裙衫……"

"那好，我自己脱。"赵姬故意表示服从他，解下佩玉佩绶，脱去外面的宽袖袍衫，露出里面的紧身红色内衣。

"美，美，太美了！看你那儿，多好哇……"廉厉用手指着她那内衣裹着的隆隆突起的胸部，渴望而心切地说，"快，快给我脱光了，让我，好好，看看……"

"将军，你饮着美酒，看着美人，岂不更好吗！"赵姬挑逗着，并唆使他饮酒。

"那，那是为什么？"廉厉那双手胡乱比比画画。

"饮酒看裙衩，诗情方更能！"赵姬旨在让他醉到底。

"好，我这就，去饮……"廉厉摇晃着身子，回到座位上，双手捧起另一只酒坛，"咕咚、咕咚"地大喝了一阵，他的嘴唇已经合不拢了，酒浆往外直流淌，胸前全部湿透了。

廉厉一看赵姬，这红衣佳人简直就像仙子临凡，令他陶醉，不可自拔。他恨不得马上把她搂在怀里，但不知为啥，两条腿不听使唤，只是一点一点地挪动。

赵姬一见这个色狼要过来，马上退缩在自己的床前，做好一切准备。但她的内心很紧张，似乎能够听到自己心脏的跳动。正在她紧张慌乱的时候，他"呼啦"一下，猛向她扑过来，她赶紧往后一闪，坐在了床上。

只见他一个趔趄，摔倒在地上。

床头的红烛火苗被他们身体带的一阵风刮得忽忽悠悠。

她慢慢地走了过去，猫腰查看他的神色。他睁开了眼睛，她吓了一跳！但他又合上了眼睛。她不敢轻举妄动，只是静静地等待。

不一会儿，他睁开了半闭半合的眼睛，伸手乱摸一气。他一下子看见她坐在床上，那颗贪色之心似醒非醒，驱使他拖着又肥又重的身体朝床前跪着爬行。

这个肥胖如猪的仇人——廉厉爬上床来。霎时，他打起了呼噜，睡着了。

嗯，他酩酊大醉。她一看时机已到，立即从裤子下面摸出那把剪刀。她右手握着剪刀，背在身后，伏身细瞧廉厉的面容，忽然间，他嘴角咧了咧，睁开了那无神的眼睛，望着她呼道："美人，你快点……快点过来……"

她不由得一惊，往后退了退。他一翻身，趴在床上，又呼呼地睡着了。

她心里默默地说："母亲，女儿今夜就要给您报仇了！"

一不做，二不休；心要狠，手要准。她右手举起剪刀，朝着他的后背刺去——"噌、噌、噌"一连刺了数下，那鲜血汩汩流出，溅了她满手满身。

只听他"啊、啊"两声，身体痉挛了一下，彻底咽了气。

她终于完成了神圣的使命！

"咣啷"一声，她将那把带血的剪刀甩在地板上。

她洗了洗手，换了换衣服，便坐在桌案上，铺上帛布，拿起毫管，给姨妈王氏和舅舅张财升写了两封信，让他们收下她积攒的三吊钱，其中一吊钱作为她的安葬费用。她在信中，特别向姨妈强调说，她死后，她的房产就全归姨妈所有，但是请姨妈协助舅父、舅妈把她安葬在父母的墓地那里。

写完后，她把两封信件都塞在装钱的包裹内。同时，还把《周易》《尚书》和《左传》包了进去。

除此之外，她还拿出一条白色帛布，手持毫管写了几个大字："杀死京都卫尉廉厉者，赵姬也！"之后，她将这条帛布放在廉厉的尸体上面。

逃走是不可能的，她早就想过了。但必须赶快离开这里，找到处理这个案件的官府，才能把她杀他的原因和真相公布于世，哪怕是以身抵命，她也死而无憾。

她准备去报官自首。但自首之前，应找到赵夫人，主动讲明情况，否则赵夫人还以为她杀人逃跑了呢！忽然，她看到桌案上的钱财包裹，计上心来。

这时，天已经亮了。她拿起包裹，踏出门槛，转身把两扇门带好，并上了锁。恰巧，她看见钱氏正准备下楼，便追了过去，喊道："钱妈，钱妈。"

钱氏回头一看，原来是赵姬，便装作关怀的样子，说了句半真半假的话："赵姑娘，昨天夜里过得还好吗？"

"钱妈，别取笑了。"赵姬追到楼口处。

"赵姑娘，你这是干啥去？"钱氏发现她手里提着一个沉甸甸的包裹，不解地问道。

"钱妈，我跟你请个假，想把这钱送给我姨妈，让她替我还一下欠的外债。"赵姬说着注意对方的表情。

钱氏停顿了一下。

赵姬马上捧起包裹，说："如果不行，您就替我跑一趟，把这钱交给我姨妈！"

"这可不行！这么多钱，还是你自己去吧！"钱氏不住地手推包裹。

"那好，我就去了。"

"唉！廉厉他不是还没走吗？"

"他睡着了。昨天晚上睡得晚，您让他多睡一会儿！"

"你可得快点回来！"

"我一会儿就回来！"赵姬说完，提着包裹，抢先下了楼梯，直奔锦香院大门。她决定先把钱送回家里，然后只身去京都卫尉府。

第九章　巧妙报丧　赵氏明大义

黎明后的苍穹呈现出暗褐色，忽而亮一阵，忽而暗一阵，那颗启明星早已不见了。初冬的寒风由西北方向刮来，席卷得一层又一层浮云相互追逐而滚滚流动。整个大地虽然披上淡淡的白霜，但是尚未显现光明，仍处于无限的冷清和极端的沉寂。

此时的京都邯郸沉默无声，仿佛还在熟睡未醒。这可能是因为秦赵长平大战之后，赵国大伤了元气。不用说，官吏们的政治信仰颓废，就是百姓们的生活勇气也不像从前那样足了。所以，全城一片疲惫，没有一点生机。大街上，看不到几个行人；房顶上，也没有几处炊烟。

这样的清晨，反而对赵姬穿街走巷极为有利，既没有人阻截她，也没有人查问她。现在，她已经把钱和那几部帛书送回家中，交给了姨妈，返回到东大街的大路上。

她准备先到南大街京都卫尉府，尽快向赵氏讲明情况，而后再去平原君府，主动向平原君投案自首，看他如何处理。

少顷，她路过钟鼓楼时，忽然看见几个妇女各自带领一个孩子，正站在写有"八卦占卜郭半仙"的长条帛布幌子下面，倾听那位占卜人讲述。

她凑在她们身后，悄悄地观看占卜情况。

"大约在八百年前，也就是商朝末期和周朝初期，诞生了一部奇书《周易》。老朽认为，此书已隐隐约约透露，'伏羲画卦，文王做辞'。然而，圣人根据这张图拟订了八卦。"郭半仙说着从布袋中取出一份"阴阳鱼画图"，他又解释道，"请看！这就是太极图。外面大圈范围内的空间，称之为太极，里面黑色部分代表月亮、夜晚、秋寒，也代表阴私等事物；里面白色部分代表太阳、白昼、春暖，还代表光明等事物。两个黑、白圆点，意思是阴中有阳，阳中有阴。大圈外的符号有八种，这就是八卦，同时标有八个字，以此命名为：乾、兑、离、震、巽、坎、艮、坤。它们分别代表天、泽、火、雷、风、水、山、地。千余年来，从李聃的八卦炼丹炉到孙子的八卦阵，从河图洛书到八卦、六十四卦，太极图已延伸到各个领域，真乃神秘善藏、博大精深、囊括古今也！"

几个妇女听了似懂非懂，但不时地发出一声声赞叹，觉得这位占卜人太神了。而那几个男孩、女孩早已听烦了，不过看着那张太极图挺新鲜，有的干脆伸手去抓摸。

郭半仙唯恐孩子们给抓坏了，随即收起了太极图。然后又拿出一张"六十四卦"图，两只手提着，给大家边看边讲："在八卦的基础上，每二卦相重，就可以得六十四卦。请看，这就是'无极生太极，太极生两仪，两仪生四象，四象生八卦，八卦演成六十四卦'的具体内容。每一卦的卦号和卦辞，这上面写得很清楚。大家抽签之后，就可知你个人占卜的吉凶情况了。"

赵姬听后，觉得这位郭半仙确实造诣匪浅，因为她翻阅过《周易》，"系辞上传"一节已有明文记载，同他所述基本吻合，八卦占卜术绝非邪术。她眼下碰到了这么多的凶险之事，的确也应该占卜一下。她等候着。

郭半仙说罢，把"六十四卦"图放在桌子上面，拿起盛有数十支卦签的竹筒使劲儿摇了几下，而后，让她们每人抽一签，再分别交还于他查看并测定。

她们照办了。

郭半仙根据这些求卦者所抽的签的卦号，一一找到相对应的卦辞。他看了之后，卦辞基本一致，但很不理想。他不住地摇头，似乎不想向她们说明白。

她们看出占卜人窘口难言的样子，猜测出占卜的结果一定是不如意，但是她们一再要求占卜人给她们讲清楚。

"来，就先说说你抽的这支签吧！"郭半仙面对第一个抽签的瘦高挑妇女说，"你抽的是'否'卦，乾上坤下。乾为天，坤为地，天在上，地在下，'天地不变'虽符合常理，但属于静止状态，事物不会上下交感易位，也就是说将失去运动变化，则趋于死亡。正如《易经》中所记载：'象曰，天地不变，否。'这就是凶卦。你的家中，肯定遭受了大的不幸！"

瘦高挑妇女打了个长长的唉声。

郭半仙又转向其他几位妇女，直率地说道："你们几位占卜的卦，有的是未济卦，有的是睽卦，有的是噬嗑卦，但也只是静态的绝对平衡，所以都是凶卦。"

她们听完占卜结果，每人掏出几纹钱，扔在桌子上，而后拉起自己的孩子，转身"呜呜"地哭着离去了。是啊，她们的命运是很悲惨。她们的丈夫都是在长平大战中被秦军活活坑杀了，至今落了个孤儿寡母的下场。

这里，求卦者就剩下赵姬一个人了。郭半仙举目一看，嗬！怎么来了这样一位丽人！似有仙子之风采，特别是她那双眼睛，闪烁着一种别样的光芒。于是，惊呼道："大福大贵，仙子下凡也！"

赵姬看了看这位占卜人，摇了摇头。

"怎么，你不相信老朽？"郭半仙用手指着她的眼睛，进一步解释道，"你的眼神透露着富贵。"

她苦笑了一下。

"天地之宏大，托日月以为光。日月之光泽为万物所鉴；眼目之神乃人身之日月也。"郭半仙又先从眼目讲了一番，而后分析她的目光之灵，"姑娘，您的确是，目光如电，贵不可言；目似凤鸾，必定高官。"

她听后虽然觉得他言过其实，但是她的初次审相竟然如此吉利，非常感激，连忙施一拜礼："多谢大师！敢问大师尊姓大名？"

"不怕姑娘见笑，老朽姓郭，从小父母双亡，以占卜为生，但还没有一个名字。卜幡上说郭半仙，您就叫我郭半仙吧！"

"我还是称您'郭大师'吧！"

"不敢当不敢当，请问姑娘尊姓大名？"

"小女子姓赵，名仲媛，人们都叫我'赵姬'。"

"好吧，我称您'赵姑娘'。"

"大师卜艺超群，但对人如此谦逊，小女子实感佩服。"赵姬说完，目光落在桌上的"六十四卦"图上。

"赵姑娘，您一定对此有所研究！"郭半仙笑道。

"哪里，我只是粗略地翻阅过《周易》，一知半解，岂敢狂谈！"赵姬抬起头，尊敬而谦恭地说，"大师对《周易》颇有研究，小女子望尘莫及。您刚才向那几位大姐说，此书已隐约透露'伏羲画卦，文王做辞'，请问，这种说法，可否作为定论？"

"赵姑娘，您问这话的意思……"

"郭半仙，请不要误会。小女子绝没有深究考问之意，只是真心请教，以便弄清占卜的真实来源和准确程度。这样，我可以决定是否求卦于您！"

"那好，我向赵姑娘谈谈自己的一管之见。"郭半仙因年愈半百，站得两腿有些酸困，便坐在一个木凳上，向她讲述，"关于《周易》是不是'伏羲画卦，文王做辞'，依老朽浅识，伏羲氏作八卦大有可能是神话传说，而文王作卦倒是十分可能。因此书成于周文王时代，所以，《周易》之'周'，与周文王干系甚大。周文王既要称臣，又要谋反，既要催耕劝农，又要操戈从戎，其辛酸矛盾可想而知。他在位五十年，历经大灾大难，有段时间，曾被商纣王囚禁于羑里，险些送了命。在艰辛的岁月里，他不忘寻觅贤士，他周围的文贤墨客，完全可能著作《周易》。此书袋括《经》和《传》两部分，而《经》主要由六十四卦和三百八十四爻组成。虽内容繁多，但总结精辟，占卜最终所预示的无外乎'凶吉'两字，其准确率大约折半也就足矣。老朽一家之言，正确与否，尚待赵姑娘教正！"

赵姬听罢茅塞顿开。没想到这位长者对《周易》理解得如此深刻，对其掌握得如此纯熟，心想：这位大师可谓贤人，将来一定是用得着的人！她屈身施拜，不胜感激地说："多蒙大师一番赐教，小女子施礼拜谢！"

"谬奖，谬奖。还是请赵姑娘斧正！"

"郭大师，我请您也给我占卜一卦。"

"行，行！"郭半仙应声后，马上操起竹筒摇了摇，递向赵姬，"请姑娘抽一支签吧！"

赵姬伸手抽出一支签，而后递给郭半仙。

郭半仙看了看签的卦号，迅速找到了相对应的卦辞，用手指点着"六十四卦"图，兴奋地说："赵姑娘，您看，您抽得的卦签，占卜后为'泰'卦，'泰'卦是地在上而天在下，与自然现象正好相反。这样，天所具有的阳气必然要上升，地所属的阴气必然要下降，阴阳两气就会在上下对易时发生交感作用，使事物引起动荡。赵姑娘，您要明白和坚信，凡是在动荡中发生变化的事物就会亨通，'履而泰，然后安'，因而'泰'卦是吉卦，您一定会有好的运气或命运！"

"多谢大师神占仙卜！"赵姬激动不已。

"老朽在此祝贺赵姑娘好运连连！"

"谢谢，谢谢。"赵姬连声致谢。

"神灵在天，苍天有眼，何必谢我。"

"请问大师，府居何方？"赵姬真诚地询问道。

郭半仙转身朝西南方向指了指，说："老朽寒舍就在华山。"

"大师，人常说，富贵在天。但小女子真若是富贵临身，命运吉祥，我一定去往华山，当面致谢。"

"岂敢，岂敢！"

"大师，小女子因有急事，没来得及多带钱，身上只装着这点散钱，请您笑纳。"赵姬说着掏出十钱，放在桌上。

"老朽仅出微薄之力，让您破费，实感惭愧。"

"大师，告辞了。"赵姬向他深深一拜。

"赵姑娘，老朽期待您的佳音。"郭半仙双手抱拳，施礼回拜。

赵姬转身朝南大街的方向走去。

路上，她反复思考求得吉卦的情况，联系自己和家庭蒙受的祸患和灾难，似乎觉得不可思议。然而，占卜的过程和结果毕竟来自圣人撰写的奇书《周易》。特别是听了郭半仙那满怀激情的长谈和富有哲理的雄辩，她增添了生活下去的勇气。

她进入了南大街，加快了脚步，连续穿过三条小巷，来到一条宽阔的大路上。京都卫尉府的飞脊刺天门楼矗立在眼前，门楼下面是那个大广场。

一股怨恨怒气和一缕悲愤情绪涌入她的胸膛。慈祥的母亲就是在这里被廉厉杀害的！

她心里无悔而踏实。正要步入广场的时候，她发现舍人廉达踏出府门，步下台阶，朝她迎面走来。

两人相见，廉达奇怪地问道："赵姑娘，你怎么来到这里？"

"我有点事，来找赵夫人。"赵姬平和地回答后，又反问道，"廉将军，您这是去哪儿？"

"我家将军去锦香院了，昨夜没回来。我准备去看看他。"

"我看您还是别去了。您领我去见赵夫人，而后我再告诉你们廉厉的情况。"赵姬说话的语气不冷不热。

"行，行！"廉达口中答应着，心里揣摩主子可能发生了什么事情。

她随他跨入府门，直奔赵氏的卧室。

赵氏刚刚用过早膳，正在同贴身侍女收拾自己的房间。见廉达领赵姬走了进来，赵氏惊讶地说："赵姑娘！"

"赵夫人。"赵姬屈身一礼。

"赵姑娘，你就甭客气了，快坐下。"赵氏放下手中的抹布，洗了洗手，转身对贴身侍女说，"你快给赵姑娘沏茶来！"

"是。"贴身侍女放下笤帚，应声离去。赵姬坐在圆凳上没急于说话，环视了一下赵氏的卧室。

"赵姑娘，能够光临我的府上，我真不知道说啥好！"赵氏心中一直装着丈夫杀死张氏的事情，总觉得惶恐不安。

"赵夫人，今天我到府上打扰，没事先禀报，请您多加谅解！"赵姬看了看善良的赵氏，不知从哪儿说起。

"看你说的，怎么是打扰呢？"赵氏坐在她对面，仔细端详着赵姬，不无愧疚地说，"赵姑娘，你是不知道，我这心里……"

赵姬刚要接着赵氏的话茬往下说，便停了下来。原来是贴身侍女端着茶盘走了进来。廉达急忙上前接过茶盘，那位贴身侍女自动离去了。

他端起茶壶，分别给赵姬、赵氏倒了一杯茶。

"赵夫人，我知道您的心思，更知道您的人品，若不然我不会主动登门找您的！"赵姬打心底佩服赵氏，所以才表达心语，"您是个大好人，您家舍人也是个大好人！"

"哎呀！我们可不敢当啊！赵姑娘，我家给你家造成多大的不幸啊！"赵氏极其惭愧地说。

"是啊，这是再也无法弥补的……"赵姬的双眸涌出了泪珠，声音颤抖地说，"家境破坏事小，可我的亲生母亲，再也回不来了……"

赵姬的泪声泪语像一棒棒重槌敲打着赵氏的心弦。

"这都是廉厉亲手造成的！"赵氏不得不恨怨自己的丈夫。

"母亲已经被他杀害了，他还不罢休，对我这个小小女子，也不放过！他接二连三地一次次逼我，他还狠毒地派人去放火，想把我烧死！他哪里还有半点人性……"赵姬泪珠滚下。

"廉厉即便身遭千刀万剐，也是死有余辜！"赵氏对丈夫恨之入骨。

赵姬闻听此言，止住哭声。她两眼噙着泪水，殷切地望着赵氏，有意试问道："赵夫人，您刚才讲的是心里话吗？"

"赵姑娘，你以为我在说假话呀，事实摆在这里，只要把心放在当中，就得这么讲，到什么时候我也不会愚弄你！"赵氏进一步向她表明态度，但又很为难地说，"唉，只是我拿廉厉没有办法啊！"

"那好！赵夫人，我告诉您。"赵姬欠身站起。

"赵姑娘，请讲！"赵氏心里着实紧张，不知她要讲什么，遂也站起身来。

"我已经把廉厉杀了！"赵姬直言相告。

"啊?！你……你怎么能这样?！"赵氏惊愕地又一屁股坐了下来。

"夫人，夫人！"廉达也吓了一跳，急忙上前安慰道，"夫人，您一定要保重！"

"赵夫人，您听我把话讲完。"赵姬向前走了几步，愤慨而激昂地说，"廉厉逼得我走投无路，上天无梯，入地无门，我被迫投身锦香院，卖唱谋生，但不卖身。而廉厉知道后，昨夜又来逼我，我当然不会应从。就这样，他死在了我的床上！"

"天哪！他死了？我怎么办哪？"赵氏的双眸滚下了泪珠，无所适从地说，"这，这让天下人……怎么看我呀？"

"夫人，您要想开些，廉将军闯祸横死与您有什么关系呀？"廉达在一旁劝慰道。

"唉！他毕竟是我的夫君啊！"赵氏拍了一下桌子，仰首长叹道，"唉，这是上天之报应啊！"

"赵夫人，廉将军，请你们立即报官，小女子情愿守法抵命！"赵姬正气凛然，无所畏惧。

"唉！那可不行。"赵氏倒不怪罪她，"他的死，他个人应负全部责任！"

"不！廉厉终究是我杀的，我绝不能当一名逃犯。再说，您已经够大度的了，丝毫没有责怪我，我不能对不起您。赵夫人，您就押我去官府吧！"赵姬临危不惧，决心去官府自首。

"这个案子不立则罢，如若真立的话，哪个官府敢料理呀？"赵氏已经想过了，没人敢断此案。

"请你们把我送到平原君府，请赵相国处理此案。"赵姬执意投案自首，说啥也不逃脱。

"不不不！赵姑娘，你还是远走高飞，今生的路还长着哩！这种悲剧，廉厉自作自受，谁让他一直作恶而不悔改呢？"

这时，贴身侍女走进来，告诉赵氏，公子和小姐准备给母亲请早安。

赵氏答应了，但是让他们迟来一会儿。贴身侍女应声后，转身离去了。

赵氏和廉达硬是把赵姬推到里屋，让她躲一躲，不想把廉厉的事马上告诉儿女，等考虑成熟后，再向他们说明。

对于儿女的成长，尤其是他们的性格和为人乃至爱憎，赵氏非常重视。赵氏心里清楚，女儿廉珏、儿子廉岩，现在都长成了大人。女儿喜武，儿子喜文，由于廉厉不学无术，文武皆差，所以只好给他们分别请来师傅，加以传授。两个师傅人品不一，教授女儿习武的师傅注重人品修养和仁义道德，可教授儿子习文的师傅只注意读书，忽视世事和品行。这样，在他俩的心灵深处就打上了不同的烙印。当然，他俩也知道自己父亲的一贯为人，不只是疏远，而且是反感。不过一旦知道自己的父亲被人杀死，他们也不会听之任之的。

女儿廉珏、儿子廉岩进来了。

赵氏坐在靠近床前的椅子上。廉达在一旁垂手侍立。

躲在里屋的赵姬，用手将门帘挑起一个缝儿，偷偷向外屋观看——

一对青年儿女向他们的母亲躬身施礼，问候早安。赵氏若无其事地回答孩子们，一切尚好，不必挂念。

母子们交谈了几句话，儿子就发现母亲神色不对，便询问母亲的身体状况，赵氏摇摇头，但打了个唉声。廉珏亦开了腔："廉岩，别问了。母亲还不是因为父亲，父亲整宿整宿地不在家……"

"廉珏！"赵氏打断了女儿的话，不愿意孩子们再提起丈夫。

"这也太不像话了！"廉岩生气地甩了一句。

"大人的事，你不要管！"廉珏不让弟弟说下去。

"姐姐，你这话说得不对，如果母亲病了，你我又不在跟前，父亲又长年在外，出了问题谁负责？"廉岩继续说着。

"病了！"赵氏听了这两个字，不由得心头一震。好，就以夫君患病为由，来解说夫君之死。

赵氏说了些"难得孩子们一片孝心"之类的话，就让他们回自己的房间学习去了。

赵姬从里屋走出来了。

"赵姑娘，这件事请你不要忧虑，由我来处理。"赵氏虽然心绪极其烦乱，但仍在安慰她。

"人命关天，非同小可！"赵姬深知，这种杀人要案是难以草草了事的。

"千难万难，难在我一个人身上，我能够承担；你一个年轻女子，怎么能承担这么大的事情？赵姑娘，你就甭说了，一切听从我安排吧！"赵氏又对廉达吩咐道，"廉达，你快把赵姑娘领到后院的磨坊里，让赵姑娘在那里暂时隐蔽一下，等到天黑之前，将老爷的遗体运回府中，咱们再想办法把赵姑娘送回锦香院。"

"那怎么行呢？我一天不回去，钱妈必然怀疑我，如果知道廉厉被我杀死，还要骂我给锦香院带来灾难。赵夫人，你们还是押我去自首吧，免得给你这里，还有锦香院造成麻烦。"赵姬恳切要求投案自首。

"赵姑娘，廉厉不是死在你屋里了吗？"赵氏问了一句。

"那没错！临来之前，我把门锁了。我怎么能敞开门就走呢？"

"我猜对了。"赵氏又转身向舍人廉达，说，"你把赵姑娘安排好后，马上回来，带上衣服，赶紧去锦香院，整理好遗体，再公开宣布：老爷患急病而死！这样，我就可以派人去给他收尸了！"

"夫人，您想得够周到的。"廉达表示同意。

"赵姑娘，请你把你屋门的钥匙留下。"赵氏伸出右手。

赵姬不是十分情愿，但还是掏出钥匙，非常不安地说："赵夫人，这……"

"你就放心吧！不过，今天可委屈你了。"赵氏收起了钥匙，对廉达、赵姬催促道，"你们快去吧，不能再犹豫了！"

"好，我们走！"廉达向赵姬一挥手，两人快步走出房去。

他俩走后，赵氏赶忙打开衣柜，翻找出一身内衣和一件蓝色袍衫，又找出一个黄色包袱皮儿，把这些东西包了起来。

一会儿，廉达匆匆地回来了。

廉达看见赵氏正望着桌上的黄布包裹发呆，没马上惊扰她，而是站在门旁等候。

是啊，失去丈夫的妻子，心里怎么能不难受呢？

赵氏为了安慰赵姬，生生把痛苦藏到心底，生生把泪水吞到肚里，那颗善良的心犹如被扎上一把刀，痛煞难熬。赵氏望着自己亲手给丈夫收尸而打点的包裹，心里难受极了！从前，自己也曾亲手为丈夫外出预备过包裹，那是何等难舍的心情啊！如今，丈夫落了一个这样的悲惨结局，怎不令人痛心哪！往后，自己就过上寡居的生活，那种孤独与凄苦、失落与悲惨将要永远伴随自己，直至终身。想到这里，赵氏不禁潸然泪下……

为了挽救丈夫，赵氏也曾做过无数次努力。多少次，赵氏良言苦劝丈夫改邪归正；多少次，赵氏亲自或派人去找哥哥平原君，企图对丈夫给予管教，可都无济于事。廉厉迷恋奸邪而不务正，才把自身送上绝路。悲哉，悲哉！赵氏以泪洗面，悔恨不已。

"夫人，时候不早了，我该走了。"廉达轻声提醒道。

"啊，东西准备好了，带上吧！"赵氏闻声后，用手指了指桌上的黄布包裹。

廉达走至桌前，提起包裹。赵氏又从衣袋内掏出赵姬交给她的那把钥匙，递给廉达，并叮嘱道："你要尽快处理，并要谨慎从事，千万不能让锦香院的人知道。要记住，以老爷患急病作为死因，对大家都有好处，就是对他个人也没有什么害处，尤其是考虑他的名声。"

"夫人，您放心吧，我都记下了。"廉达告别了主人，去执行这一艰巨的任务。

赵氏的大脑急剧翻腾着……有生以来，还是第一次处理这样的丧事，特别是丈夫这种令人作呕的丧事。人固有一死，可丈夫的死竟然与常人的死有着这样的不同，真让她大伤脑筋哪！赵氏想了好大工夫，终于在脑海里拟出了一个京都卫尉廉厉丧事安排计划，把运尸体、买棺材、搭灵棚、设灵位，以及找吹鼓手和请哪些亲友等方方面面，几乎都想到了。总之，丈夫的遗体不能停放时间过久，以免露出破绽，被人发现。

然而，这件事操作起来并非看起来那么简单。

是啊，一个女人要处理这么一件重大丧事，是多么不容易呀！

一个多时辰之后，舍人廉达急急忙忙地跑回京都卫尉府。

他奔走相告，边跑边说："老爷患病而亡！老爷患急病而死！"

霎时间，全府上下全都知晓，满府满院乱成一窝蜂。

他一口气跑入赵氏卧室。他身后相跟着廉珏、廉岩和一些侍女、仆人。

赵氏正坐在床上，同贴身侍女整理刚刚晒干的衣服，见舍人廉达满头大汗地跑进来，便向他询问发生了什么事情。廉达气喘吁吁，既悲又痛地报告了主人廉厉因患急病而身亡的消息。

赵氏假装大惊失色，昏倒在床上。

廉珏、廉岩急忙上前搬扶母亲，边哭泣，边呼叫。

廉达也赶忙跑到床前，呼唤他的女主人。

贴身侍女抱着女主人哭喊着。

其他仆人和侍女慌作一团，不知所措。

这时，李忠闻讯赶来。不过，他对男主人的突然病亡，感到非常奇怪——廉将军怎么会暴病而亡呢？李忠默默地站在地上，并未上前劝慰女主人。

赵氏睁开双眸，眼泪大颗大颗地滚落下来。尽管她事先知道事实真相，但廉厉毕竟是她多年的丈夫。只要有人提起这个不幸的消息，她就会痛心伤感而落泪。她的女儿廉珏、儿子廉岩已经是满脸泪水，泣不成声。但是，他俩还不能光顾着自己哭泣，还要劝说母亲，让母亲忍痛止悲。于是，他俩恳切地安慰母亲多多保重。

众人对廉厉早就憎恶，而今听到廉厉死在锦香院，心里有一种异样的感觉，所以他们只是劝慰女主人，不怎么提及死去的男主人。

可是，廉珏和廉岩却与众人不同。他俩见母亲止住哭声，便开始思考父亲突然病死的原因。当看到父亲的贴身侍从李忠站在面前时，就向他打听父亲的身体状况。

李忠摇头不语。姐弟俩继续催问。

李忠皱了皱眉头，只是摇了摇头，还是什么也没讲。

赵氏发现这一情状，唯恐女儿、儿子深究他们父亲的死因，把事情搞坏，赶紧打断他们的问话，对廉达和李忠说："来，你们俩过来，咱们一块儿商量一下老爷的丧事问题。"

"是，夫人。"廉达和李忠应声走了过来。

女儿、儿子也一同向母亲围拢过来。

一个事先拟订好的京都卫尉廉厉丧事安排，已是赵氏成熟的腹稿。所以，这个丧事计划经过她逐一叙说，大伙很快通过了，都认为赵氏遇事不慌、胸有成竹。尤其是一双儿女，更是佩服，母亲不愧是大家出身！大家赶紧分头行动。

临近晌午，赵氏让膳房师傅给她送来几块烙饼。她把烙饼偷偷塞在怀里，悄悄地去往后院磨坊里，看望赵姬。

赵姬一见赵氏送来午餐，伸出双手接过热气腾腾的烙饼，激动得两眼闪动着泪花。不过，赵姬哪里吃得下，把烙饼放在一旁，还是一个劲儿地要求赵氏把她押送到平原君府。赵氏当然不肯，又劝说一番，并向她表示：宁可拼上老命，也要保护她的人身安全！赵姬心里无比激动。现在，承受和处理这种大事，如同千斤重担全都压在赵氏一个人肩上。赵氏如此深明大义，勇于忍受痛苦，甘心搭救他人，怎不令赵姬感动呢！赵姬望着这位慈母般的长者，双唇抖动，两眼含泪，一下子扑在赵氏的怀中，动情地呼道："夫人……"

赵氏双眸亦滴下泪珠。

处理丧事，时不可待，赵氏又嘱咐了赵姬几句话后，就赶快离去了。

刚过中午，一切准备就绪。

灵棚早已搭起来了。棺材、灵位安置在灵棚内；廉厉的尸体停放在棺材旁边，靠近头部摆着香炉和供果；地板上设有一个圆形陶盆，里面的一团团冥钱呼呼地燃烧着。

这时，头扎白色孝带的赵氏领先跪拜哭悼。

接着，身穿白色孝衫的廉珏、廉岩跪伏在母亲身后，亦大声哭号。家臣、侍女、仆人们也都按序跪伏在灵前，边哭泣边悼念。

继而，灵棚内响起了一阵锣鼓声、一片唢呐声。

当然，在这片哀祭声中，真心思念和哭喊廉厉的是少数人。除了廉厉的女儿、儿子或者赵氏外，其他人恐怕不会诚心落泪的。最为明显的，是跪伏在人群后边的廉厉的十几个小老婆，几乎没有一个落泪的，她们可算得上"干打雷，不下雨"，只是干号干叫。廉厉生前的人品可想而知了。

悼念仪式结束后，准备入殓。

还是女儿廉珏想得周全，唯恐母亲看见父亲遗体，引起过度悲痛，于是就和舍人廉达一齐劝说母亲，硬是让贴身侍女把母亲拉回房间去了。

午时过后，开始入殓。

这是赵氏预先决定的，并向担任主事的京都卫尉府府吏和两个孩子打了招呼。至于守灵和埋葬的时间或迟或早，无关紧要。尽快入殓才是关键。

主事府吏高声宣布："午时已过，准备入殓——"

随即，唢呐奏起，锣鼓齐鸣。木工们迅速打开棺材盖，而后各自操起一把斧头，登上棺材两侧的长条木凳，等待入殓封盖。

这时，主事又喊道："抬遗体入殓，廉将军归天——"

早就站在廉厉遗体两旁的四名仆人，闻声后提起停放遗体褥子的四个边角，缓缓地向棺材那里移动。

忽然，廉珏、廉岩哭喊着跑上前，他俩用手不住地抚摸父亲的遗体。

抬送遗体的四名仆人只好止住脚步。

舍人廉达一看他们姐俩跑到廉厉遗体跟前哭泣，还不住地用手抚摸，担心会露出破绽，于是也追了过去。果不其然，廉岩哭着哭着，用手拍打遮盖遗体的白色帛布，当拍到遗体的胸部时，白色被单显现出一小块红色痕迹。

廉达首先发现，心想这下可坏了，一定是胸部伤口处的鲜血没有堵住，透过袍衫，濡湿了帛布。他赶紧抻了抻被单。

最担心的事情果然发生了！廉岩透过泪眼，发现了这一小块红色斑迹，当即停止哭泣，马上对身边的廉达，严肃地质问道："廉达，这是怎么回事？"

"少主，这是奴才的过失，库房里的白布与朱砂放在了一起，没加小心，弄脏了白布。"廉达沉着而从容地回答道。

"啊！"廉岩半信半疑。或许他泪眼模糊，看不太清吧，没再追究什么。

就这样，四名仆人将遗体沿着棺材尾部放了进去，而后又把棺材盖抬了上来。

左、右两侧的木工们，开始封钉棺材盖，他们各自一手拿木楔，一手举斧头，一边钉，一边喊："东躲……东躲……西躲……西躲……"

接着，主事人又大喊一声："哭灵——"

于是，众人再次哭号了一阵。

转眼间，入殓结束。舍人廉达松了一口气。

入殓哭灵完毕后，下一步就是等待安葬了。

灵棚内，除了留下守灵的廉珏、廉岩和几个仆人外，其他大多数人都可以回到自己的房间休息了。人们很快离去了。谁也不愿意在这里多待一分钟。

不知什么时候，坐在灵棚旁边的廉岩不见了。一直在灵棚内的廉达发现这一情况后，立即到外边去寻找。因为他最担心的是廉岩寻隙闹事。

他赶紧跑到赵氏的房间内，寻觅廉岩的身影。赵氏的脸色很不好，一副忧心忡忡的样子，原来是廉岩来过了，母子俩发生了一场口角，确实是因为廉厉遗体露出的红色斑痕而引起的争论。

当然，赵氏以种种理由驳斥，可是廉岩拂袖而去。赵氏把刚才发生的事情如实告诉给廉达，认为廉岩一定是去锦香院了。

廉达分析，锦香院不知道底细，但大有可能把赵姬供出来。

"糟糕！"赵氏担忧地说。

"千万不能让少主找到赵姬。"廉达亦很担忧。

"如果廉岩找到赵姬，赵姬肯定承认事实。"赵氏知道赵姬早已下了投案自首的决心，她不会被廉岩的逼问所吓倒。但是原来的打算就要落空，岂不又害了赵姬吗？于是，赵氏吩咐道："廉达，你快去看看赵姬。"

"是，我马上去。"廉达领命快步走出房去。

他来到后院，奔向磨坊。他大吃一惊：赵姬不见了！

第十章　投案免死　被判三年刑

刚毅而聪颖的赵姬，急急忙忙地逃离了京都卫尉府，直接跑回东大街自己的家中。她是从府院后门走出来的。幸亏看门的老翁去小解，没有任何人盘三问四和阻挠，所以，她离开廉家还是很顺利的。

说实在话，不辞而别，她心里很不安宁。如果不是因为事态发展严峻的话，怎么也应该找到赵夫人打声招呼再走。赵夫人的仁慈、大度，给她留下了难以忘怀的印象。

王氏见她从京都卫尉府回来，又是高兴，又是担心，生怕那里的人刁难她，甚至于虐待她，或者让她给廉厉偿命。可是，听了她的讲述，尤其是赵夫人识大体、懂大理、明大义的言行，王氏也非常感动。但是，赵姬没能说服赵氏押她去平原君府投案自首，只能自己去了。王氏一想到她去自首受煎熬，眼泪就扑簌簌地流了下来。

王氏给她准备好了衣服，并在她的要求下，取出了《周易》《尚书》和《左传》三部帛书，系了一个大包裹。王氏还要送她去平原君府，她不愿意王氏亲眼看到那种受拷问和判罪的严酷场景，说什么也不让老人家去。

她一个人提上包裹走出家门。

夕阳已经西斜，凉风阵阵刮来。瞬间，一轮猩红的夕阳沉没在西边天际的千山万壑之中，如血的余晖映红了大半个天空。

路上，宁宁静静，迷迷茫茫。她如同离开亲人而走失多年的孩子，萌生了独立闯荡、欲求新生的念头。

她不时地仰望天空，看看那种漾动火焰般的云光，不禁觉得这血红颜色给心灵深处的创伤罩住一层暗影。昔日的痛苦和亘古的积怨,又一次涌现于脑海,人的尊严开始呼唤,人的命运全靠自己。她抬起了昂然的头颅,去迎战,去抗争。

她越过钟鼓楼西侧大道,来到平原君府大门外的广场上。

这时,只听南边大路上传来骏骑的蹄声。

她停下脚步,警惕地回头张望——

果然不出所料,京都卫尉府的李忠和一位少年各乘一匹快骑追奔过来。

她转身迈步,欲向平原君府走去,只听身后那位少年喊道:"站住——"

她停下来了。

"你是赵姬吗?"喊话的那位少年问道。

"你要干什么?"赵姬沉着而冷静地反问。

"赵姑娘,你不要害怕,他是我们京都卫尉府的少主廉岩。"李忠早就认识赵姬,但是廉岩怀疑其父廉厉之死与赵姬有关,所以只好陪同廉岩前来追赶赵姬。

"赵姬,我来问你,你在锦香院的时候,我父亲是不是和你在一起?"坐在马上的廉岩,一双怒目逼视着。

"你问这话是什么目的?"赵姬又一次反问道。

"你是明知故问。你知道不,我父亲死在了锦香院?"廉岩怒容满面,厉声质问。

"你父亲死了,与我何干?"赵姬矢口否认。

"赵姬,你,你怎么这样讲话?"廉岩听后很是生气,遂又质问道,"我父亲的遗体明明是从锦香院运回来的,怎能说与你无干?"

"他死了,我有什么办法?"

"你,你,你竟敢如此抵赖!"廉岩坐在马上,气得浑身颤抖。

"没有证据的谴责,则是诬陷!"赵姬心里已有章程,说啥也不能当着廉厉儿女的面,承认这种事情。

是啊,赵姬并没有像赵氏估计的那样,承认自己杀死廉厉,因为那样太愚蠢了。岂不是等于杀人后而被抓获吗?哪里还谈得上投案自首呢!

"你既然不承认,那就请你跟我们走一趟,到京都卫尉府把事情说明白!"廉岩面对赵姬,严肃而威胁地说。

"我看没有这个必要。"赵姬望了望廉岩,态度极为蔑视。

"带走！"廉岩转身对李忠命令道。

"你们敢?！"赵姬横眉冷对，毫无惧色。

"带走！"廉岩再次下令。

"看你们谁敢动我?"赵姬大声喊道。

"少主，你先别急，咱们还是再问一问。"与廉岩并辔勒缰的李忠，不是很赞同这种做法。

廉岩根本听不进李忠的建议，遂又命令道："少废话！带走！"

"赵姑娘，您就跟我们走一趟算啦！"李忠无可奈何地说。

赵姬仍站在那里不动。她在思考脱身的方法。

这时，从南边路上又飞来一匹骏骑。

马背上坐着一位少女，这是京都卫尉府的姑娘廉珏。临来之前，母亲讲述了赵姬杀死其父亲廉厉的情况，以及复仇的原因。开始，廉珏听到其父被杀丧命，心里既痛苦又愤恨，恨不得立刻杀死赵姬给父亲报仇。可是，听到母亲详细叙述了其父害死赵姬母亲乃至屡屡谋害赵姬的经过，消除了怨气，感到不安。于是，奉母亲之命，搬鞍跨骑，挥鞭急奔，前来追赶和阻拦弟弟廉岩。

廉珏追至广场上，勒缰停奔，马上制止他俩，传达了母亲之命，让他俩立即回府，听从赐教。

可是，廉岩哪里肯听，仍然命李忠去绑缚赵姬。

李忠在廉岩的再三逼迫下，翻身下马，手拿绳索，朝赵姬走来。

赵姬心里有些紧张，一步一步地往后退缩着。

李忠一个箭步跨了上去，一把抓住赵姬，说："赵姑娘，请你相信我，我不会绑你的。但是，请你跟我走！"

"住手！"廉珏已经跳下马背，飞步跑了过来。

"廉小姐……"李忠深感无所适从。

"我已经向你们讲了，请你不要这样对待赵姑娘。快松开她，一切有我呢！"廉珏上前劝阻。

李忠的右手还在抓着赵姬的胳膊。廉珏朝着李忠的右手腕猛地飞起一脚，"啪"的一声，李忠疼得一咧嘴，松开了赵姬。但他未敢还手。

"不要听我姐姐的，你要执行我的命令！"廉岩还坐在马背上，朝着李忠嚷了一句。

廉珏瞪了弟弟一眼。心想，好，你等着瞧！于是，走到廉岩坐骑的屁股后边，"啪、啪"挥动手中皮鞭，只抽打得那匹马向后尥了几下蹶子，向南疾驰而去。廉岩吓得面如土色，不住地喊着："吁……"紧接着，廉珏、李忠急忙跑到各自的骏骑前，搬鞍跨镫，追了上去。

赵姬看着三匹骏马像离弦的箭，飞向南边大道。

霎时，只见廉岩的身体一歪，栽下马来。廉珏、李忠乘骑追到廉岩身边，赶紧下马，上前去搀扶。

赵姬看得清清楚楚，这是正义在胸、武功满身的姐姐，不仅以理劝阻弟弟，而且捉弄弟弟。不问便知，一定是那位深明大义的赵夫人，将廉厉之死的真相全部告诉了女儿，同时责令女儿来搭救她。她对赵氏不只是感激，而且由衷敬仰，天底下竟然有这么一个好女人！

天空渐渐变暗，晚风阵阵袭人。赵姬不由得打了个寒战。她赶紧迈动双腿，向平原君府大门走来。没走几步，只见府门外台阶下面的两个吏役在比比画画地望着她。她感到有些别扭，便放慢了脚步。

"咱俩在这儿等了三天三夜，来来往往的女子也有百十多个，可没碰到一个像样儿的，那些主动要求选美的少女，也没有一个入眼的。"大个子吏役遗憾地摇了摇头，气得骂了起来，"妈的！连个嫩皮肤也没长出来！"

"喂！老兄，你看那个妞儿长得怎么样？"小个子吏役用手指了指赵姬。

"当然行啦！"大个子吏役早已发现了她，那双眼睛不住地张望，遂又指她，"万中挑一！"

"她若是接受我们选美，咱俩就好交差了。闹不好平原君得奖励我们两三吊钱。"小个子吏役盼望及早遴选一个美少女，以便得到一大笔资财。

"别做美梦了，谁能知道人家是干什么的？"大个子吏役说。

"看看人家这妞儿，再瞧瞧我的老婆。唉！简直是一个天上，一个地下。我若是娶了这妞儿，哪怕是一天给她叩三遍头都行！"小个子吏役眯缝着眼睛，晃动着脑袋，贪婪地说着。

"嘿嘿……"大个子吏役冷笑了一声，用手指点着小个子吏役，挖苦道，"你也不照照镜子，看看你那模样，小鼻子小眼儿，再看看你那个头儿，还，还癞蛤蟆想吃天鹅肉啊！"

"你小子长得也够人瞧的，高粱秆儿似的，晃晃悠悠，一阵风就能把你吹倒。你老婆看你不中用，经常背着你去风流，但你那王八心也没死，还不是隔三岔五地去锦香院找那些漂亮的女人？"小个子吏役不服气，恶狠狠地揭露对方。

"你够损的，把我老婆也连上了。看我不揍你哩！"大个子吏役举臂握拳欲打对方。

"唉唉唉！你看那妞儿……"小个子吏役哪里敢和大个子吏役对打，一边往后退缩，一边指着站在那里的赵姬。

大个子吏役一看，可不是，赵姬正在观瞧他俩。大个子吏役放下拳头，说："今天先便宜你一回，看你再瞎说！"

赵姬等了一会儿，见两个吏役不再说什么，便向府门走来。

她没有理睬那两个选美的吏役，直接面向守门的卫士们请示，说有要事求见平原君。其中一个卫士以天色已晚为由，拒绝了她。她又说有重大案情禀报，必须见到平原君。那个卫士只好转身离去，进府禀报。须臾，那个卫士从府内回来，但还是不准她进入，让她去找当地郡县报案，并说丞相府不理民辞。

她万般无奈，无精打采地离开平原君府。可是，没走多远就停下了。她担心今晚发生意外，一旦廉岩找到她，岂不又要出麻烦，那可就悔之晚矣！

她举步不前，徘徊不已。

两个吏役一直在盯着她。几天来的选美辛劳，没有任何成果，唯有她才是中意的目标。但遗憾的是，她不是参加选美的，而是专程来告状的。现在，能否上前询问一下呢？

他俩正在犹豫之际，忽然看见舍人赵全走出府门。

赵全兼管平原君的选美重任。因为长平大战之后，秦军曾一度兵临城下，为了击退围城秦军，平原君已把夫人以下的姬妾、美人们编充到守城劳役队伍中去了。战后，有的美人已经为国捐躯，有的美人悄悄离去，府内的美人寥寥无几了。所以，平原君又委托他的舍人赵全开始重新选美。

两个吏役急忙上前报告情况，叙述了几句劳而无获的苦衷后，便用手指着站在那里的赵姬，面向他们的上司说："赵大人，那个妞儿长得确实非凡，不过她是来平原君府告大状的。如果她要是同意的话，咱们这个差事可就圆满成功了！"

赵全知道这一情况，是守门卫士先找到他，他又去禀报平原君而遭到拒绝。但至于这位姑娘长相如何，状告何人，他还不清楚。于是，他让大个子吏役把她招呼过来。

大个子吏役领命后，快步跑了过去。

这时，夜幕已经降临，但一钩弯月挂在天上。

大个子吏役引赵姬至舍人赵全跟前，介绍说："姑娘，这是我们平原君府舍人赵大人。"

"赵大人，小女子向您施礼！"赵姬屈身施拜。

"免礼，免礼。"赵全趁着夜月之光，仔细打量对方，这位姑娘长相非凡，楚楚动人，举止端庄，但不像是以姿色求荣华的女性，所以没有马上提出选美之事，而是很有礼貌地问道，"姑娘，请问您尊姓高名？"

"岂敢！回大人的话，小女子姓赵，名仲媛，人们都叫我赵姬。"

"哦！赵姑娘……"赵全一听来者是赵姬，马上想起一个月前，他同好友吕不韦饮酒时，吕不韦曾经提及赵姬，并说今生今世无论如何，哪怕是舍出最大的代价，也要得到这个女人。但还谈到，赵姬的最大威胁者便是京都卫尉廉厉，廉厉不仅杀害了她的母亲，而且还挖空心思地打她的主意。对了，她所讲的有重大案情申报，一定是控诉恶豪廉厉。赵姬的事情，也是朋友吕不韦的事情。这个忙应该帮啊！想到这里，赵全便直截了当地问了一句："赵姑娘，你所说的申诉重大案件，是不是关系到京都卫尉廉厉？"

"赵大人，您果真是慧眼明察。"赵姬听后激动地说。

"天这么晚了，你先回家去吧，明天早饭后你再来，我一定带你去见平原君大人！"赵全和蔼地对她说。

"不，我不能回去。"赵姬早已想过，回家后很可能被廉岩抓走，那就谈不上投案自首了，所以她不肯回去。

"那，那是为什么呢？"赵全不解地问道。

赵姬想了想，委婉地说："赵大人，我回家很不安全，想求您帮个忙，今天夜晚能否让我在贵府借住一宿？"

赵全明白她的意思，可能是担心京都卫尉府的人找她的麻烦，于是考虑留她住在什么地方。

两位选美吏役走了过来。

"赵大人，问问这姑娘同意选美不？"小个子吏役上前问道。

"赵大人，这样对她打官司也有利。"大个子吏役亦帮腔道。

还没等赵全表态，赵姬就拒绝了。

可赵全灵机一动，何不让赵姬今晚住在平原君府的选美房间里，等明天见了平原君再去申冤。

赵姬听了这位舍人的建议，没再争论什么，便同意了赵全的安排。

第二天清晨，她起床后，抓紧梳洗，用罢早膳，就独自到二门外等候。

一会儿，舍人赵全踏出二门，向她走来。她惶惶不安地走向赵全，忘记了施礼，急切询问："赵大人，平原君答应了吗？"

赵全点点头，说："平原君允许你进见。赵姑娘，这是你的福分，我们平原君从不直接同百姓会面，也从不直接审理民事案件，但一听此案与京都卫尉廉厉有关，便马上答应召见你。"

"多谢赵大人周旋！"赵姬屈身施一拜礼。

"赵姑娘，免礼。"赵全挥了挥手说。

"赵大人，我向您提个要求，不知可否？"赵姬试探地问道。

"行啊，请讲。"赵全热诚地说。

"您一定替我说话，替受冤的百姓说话。"赵姬担心平原君断案不公允，所以要求舍人赵全给予协助。

赵全听后笑了，向她诚恳地表态："对！我要把你的意图变成平原君的决心！"

"赵大人，我永远记住你的大恩大德！"赵姬听后非常感激。

"赵姑娘，我实在不敢当啊！"赵全谦逊地连连摆手，而后又说，"你要相信平原君，他会秉公执法的！"

赵姬放心地微点额首。

他俩说罢转身跨入二门，直接奔向丞相府的大堂。

平原君、丞相赵胜已端端正正地坐在堂上的硕大案几前。但是，堂前没有吏役，也没有卫士。这是因为平原君听了舍人赵全禀报后，知道此案关系重大，牵扯着京都卫尉廉厉，况且廉厉又是大将军廉颇的胞弟，还是他的妹丈，所以把所有应该侍立在堂前的吏役、卫士全部打发走了。

赵姬随舍人赵全步入大堂。她见平原君严肃地端坐在前面，便在离桌案不远的地方跪了下来，伏首三拜，并向这位享誉天下的平原君问安。

平原君让她欠身站起。她又一次施拜，方站起身来。

平原君问过她的姓名之后，又问她因何来到丞相府，到底状告何人？同时还叮咛她，不要有任何畏惧和担心。

她那种惶恐不安的情绪渐渐消除了。

她终于敞开心扉，向赵国这位最高辅佐大臣诉说自家的悲惨遭遇。

她从给父亲庆祝五十诞秩讲起，列举了廉厉强行逼婚、大闹筵席、掠夺家财等野蛮行径，讲到廉厉用弓箭射死母亲，直至又派人放火欲烧死她的恶毒行为……她说到这里，已泪流满腮，泣不成声。

平原君听后，气愤难抑，掌击桌案。长平大战前后，他曾听到京都卫尉府的舍人廉达禀述过廉厉的罪行，但当时因国事当头，无暇顾及。可没想到廉厉恶行愈演愈烈，竟然纵火害人。法网恢恢，天理难容！平原君大声命令道："赵全，立即通知五官署，逮捕廉厉归案！"

"是，小人马上传命！"赵全搭躬施礼，转身欲走。

"等等！小女子还有一份帛书，请大人过目！"赵姬又跪伏于尘，双手举起临来前写好的长条帛书。

"呈上来！"平原君命道。

"是！"赵全应声后，走至赵姬面前，双手接过帛书，转身至案前，呈递给平原君。

平原君手展帛书，很快浏览一遍。他吸了一口凉气，唉！这是一份投案自首书。廉厉已经被她杀了，这该让他怎么办呢？他站起身来，走到桌案前面，来回踱步，思绪不宁……

"赵仲媛，你知道吗，杀人要偿命的？"他忽然说了一句。

"赵大人，小女子情愿偿命。"赵姬爽快地回答。

"你不怕死？"他又问了一句。

"不怕！"她毫无畏惧地答道。

平原君心想，朝中命臣，如果犯了国法，应该由国家惩治。而私人所为，那将是不允许的。赵姬尽管投案自首，但毕竟杀了人，罪责是不轻的。可这案情复杂，廉厉不仅杀了人，而且又去逼奸赵姬，落个丧命的下场，可他又是上卿廉颇将军的胞弟，如若判处不公，那么将要引起朝中上层官员的争执，甚至发生混乱。平原君一时难下决心……

"赵大人，小臣有句话，不知该讲不该讲？"赵全躬身请示道。

"讲！"平原君允诺。

"赵大人，杀人者固然应该偿命，但应该对被杀者的所作所为和一贯表现具体分析。廉厉本身是凶犯，且又一贯作恶多端，理应受到严惩。如今，廉厉自食其果，即使赵仲媛不杀他，他也应该被斩。只不过廉厉之死，不应该出自赵仲媛之手罢了。赵大人，依小臣拙见，万万不可判赵仲媛死刑，况且她又主动投案自首，所以应该从轻酌处！"赵全和盘托出自己的想法和建议。

平原君沉思不语。这时，一位守门卫士入堂禀报，说廉岩求见。

平原君一听，马上分析到，外甥一定是为其父被杀而来，有心暂时不予接待，但又考虑违反常理，于是答应卫士，让廉岩进见。

卫士施礼后，转身离去了。霎时，廉岩哭喊着走入大堂，诉说父亲死得不明不白，胸部尚有血迹，又说母亲不让开棺验尸，口口声声请舅父给他做主，并指出赵姬大有可能是凶手！

平原君只是倾听，没有表态，也没有安慰外甥。

忽然，廉岩发现赵姬站在堂上，便冲过去欲厮打对方。

赵全急忙向前，将廉岩拉在一旁。

平原君大怒，厉声呵斥，命赵全把廉岩逐出大堂。

赵全只好一边劝慰，一边拉廉岩走出大堂。

平原君想过了，此案尚不能草草了断，还应该仔细推敲，最好能够听听有关方面的意见，而后才能决断。

待舍人赵全返回大堂后，平原君宣布退堂。

赵姬伏首施拜，欠身站起。

她退出大堂后，便被赵全押送到平原君府的冷房内。

午后，平原君携舍人赵全一起乘坐车辇，奔往上卿将军府，去见廉厉的胞兄廉颇。

廉颇在长平大战即将开始之际，就被赵王免职，由赵括取代其前线大将职务。等到赵军在长平遭到惨败后，赵括也被秦军前线将领白起射死了，赵王这才重新恢复廉颇的官职。因而，廉颇的心情一直不好，除了自己在仕途上忽上忽下、不太如意外，国事和战事将他缠绕得心绪繁乱，郁闷不振。

平原君和赵全进入上卿将军府后，被廉颇谦让到客厅内。

廉颇生性直率、豪爽、热忱，确实具有大将之风。当听到平原君叙述了廉厉所犯罪行以及被杀的过程后，当即表态，支持平原君办理此案，并说"王子犯法，与庶民同罪"。平原君深受感动，胆气更壮了。

平原君和赵全告别了廉颇，离开了上卿将军府。

他俩刚刚回到府中，吕不韦来了。

平原君在客厅接待了吕不韦。两人对座饮茶，畅叙友情。吕不韦是平原君近三年来结交的一位挚友。吕不韦不仅是豪富，而且具有敏锐的政治眼光和分析时局的判断能力。所以，他受到平原君的青睐。

赵全是吕不韦的好友。不过只要吕不韦来平原君府，赵全从不和吕不韦坐在一起，这是主子在场的缘故。但是赵全主动上前，代替仆人，给他俩端茶送水，侍上侍下。

不久前，吕不韦在探望平原君的时候，曾责备他因贪占韩国上党属地而招来秦赵长平大战，这是其他任何人也不敢说出口的，令平原君追悔莫及。

楚、魏、赵三国军队联合击退围城的秦军之后，吕不韦又来平原君府，赞扬平原君起用毛遂赴楚谈判，建立楚、魏、赵三国联合抗秦盟约的英明之举。平原君不好意思地说："吕先生，我这是将功补过啊！"吕不韦亦深有感触："圣人亦有过。过之，人皆有之，改之，人皆仰之！"

今天，吕不韦主要是想了解赵姬杀人一案。

平原君觉得奇怪，遂问道："吕先生，你怎么也知道这件事？"

"赵大人，这种事不光我知道，就是老百姓也知道了。所以，请赵大人要谨慎办理此案！"吕不韦有意提醒平原君。

"那是自然。"平原君点头道。

"赵大人，您可能听说过，京都卫尉廉厉依仗仗权势，横行霸道，光天化日之下竟然杀害了赵仲媛的母亲。廉厉本来就应该受惩被斩，可是至今逍遥法外，无人问津。赵仲媛此举，无非是替您提前动了手。"吕不韦对案情做了认真分析。

"对，说得对！"平原君连连点头。

"当然，至于如何依法办案，赵大人明鉴！"吕不韦又非常谦恭地补充一句。

"吕先生，你能否说得具体些？"平原君虽然心中已有盘算，但还是想听听这位朋友的意见。

"晚生不敢，尚请赵大人明断！"吕不韦相信平原君的品格，就此打住。

"好吧，我赵胜虽洗耳恭听，但也不强人所难。"平原君知道吕不韦的为人，一贯谨慎从事，多余的话是不会讲的。于是，用手指了指茶杯，热情地说，"请吃茶。"

"谢谢。"吕不韦站起身来，双手搭躬，"赵大人，告辞。"

"赵全，你代我送送吕先生。"平原君亦欠身离座。

"是。"赵全躬身听命，遂与吕不韦转身离去。

三天后，到了丞相府议政的日子。

平原君坐在堂上。他的左侧侍立着舍人赵全，右侧坐着一位掾属，等待记录。大堂两侧站立着二十余名役卒和卫士。

不一会儿，两位役卒将赵姬押上堂来。

赵姬举目一看，今日丞相府的大堂好不威严！平原君端坐堂上，仪表严肃；大堂两旁站满了身带兵器的役卒和卫士，他们个个横眉立目，都在注视着她这样一个女囚犯，好歹现在还没有给她上枷锁，但是她不禁打了个寒战。

她默默朝平原君走来，走到桌案前跪了下来，屈身伏首，深施拜礼，道："赵大人，小女子向您叩头。"

"免礼。"平原君挥手道，"赵姬，你且站立一旁，听候本官对你的发落！"

"是，赵大人。"赵姬又施一拜礼，遂欠身站起。

"赵仲媛，为了审理你的案情，近日来吾已派人到东大街、锦香院和京都卫尉府做了详细调查，认为报案属实，情节确凿，廉厉罪大恶极。但是，你无视国法，将廉厉刺死。杀人者偿命，本应判你死刑，但念你主动投案自首，且又是无辜受害者，故免除死刑，从轻量刑，现判你五年刑役，劳作苦耕……"平原君说完正要把判决书交于她画押时，只见一位守门卫士急步进入大堂。

还没等平原君询问，守门卫士就躬身禀道："赵大人，京都卫尉府的赵夫人求见。"

平原君一听是妹妹来了，马上请进。

舍人赵全深知赵夫人的身份——赵武灵王的女儿。公主到了，岂敢怠慢！赶忙从屏风后面搬来一把太师椅，放在桌案左侧。赵夫人步入丞相府的大堂，行至案前，屈身施拜，参见这位贤才超群而又一向敬重的兄长。

平原君急忙欠身，摆手示意，请妹妹免礼入座。

兄妹二人彼此寒暄问候一番后，赵氏控诉了丈夫廉厉坑害赵姬全家的罪孽，分析他给邯郸城百姓造成的恶劣影响，讲到赵姬因走投无路，刺杀还击廉厉。说到这里，赵氏再三恳请平原君，为了大局可否将赵姬释放。

平原君为妹妹的识大体、顾大局、明大义而深受感动，点头赞许，思索后则说："妹妹扪心自省，大度容人，颇受世人敬戴！"

"兄长过誉，实不敢当。"赵氏谦虚地说。

"吾已对赵仲媛所犯国家之刑律，反复分析案情，判刑扣押五年。但今日见妹妹登堂作保，虽不能释放，但可适当减刑。"

"多谢兄长良苦用心。"赵夫人极为明理，没有提出异议。

平原君拿起毫管，重新改写了一下判词，面对赵姬，说："赵仲媛，你再仔细听着。因廉厉妻室前来大堂作保，现将原判役五年，改为三年，望克己执法，服从教管。"

"多谢赵大人宽恕小女！"赵姬伏身叩拜。

"让她画押！"平原君手拿判刑帛书，面对赵全命令道。

"是！"赵全从平原君手中接过帛书和毫管，送至赵姬跟前。

赵姬画押后，屈身向平原君施拜。而后欠身站起，行至赵夫人面前，感激得双眸涌出泪珠，"扑通"一声跪在地下，哭泣地说："赵夫人！"

"仲媛，快，快起来！"赵氏赶紧搀扶起赵姬，体贴地说，"孩子，你受委屈了！"

赵姬脸上的泪滴"吧嗒、吧嗒"地滚落地上。

她一回头，只见两个役卒手拿木枷走了过来。

自己果真成为一名囚犯！她的脖颈和一双手被套锁在木枷之内。她的脑子嗡嗡作响。

不知什么时候，平原君和赵氏已经退堂离去。

堂上，只剩下四名役卒在等候押解她去京城以北三十里处的监狱。

赵姬在四名役卒的押解下，走出平原君府。其中，一名役卒还给她提着那个大包裹。

她和役卒们穿过一条条街巷，直出东关城门，向北走去。

这是一条多么熟悉的道路啊！……她曾经为躲避廉厉、同表妹张煜一起逃出城外而走过这条路，又曾经给母亲送葬、烧送冥钱一次次走过这条路。

今天，她又因犯法判刑去往监狱而踏上这条路。

人生之路，命运多舛。她尚在豆蔻年华，居然成了一名女囚。现在，她不禁想起几天前郭半仙给她的神相与占卜，说她大福大贵、命运吉祥，可与这脖颈上套着的枷锁是多么不协调。唉！人生坎坷恐怕才是命运的规律。她回顾郭半仙的雄辩词语，联系《周易》记述，她的眼睛忽然一亮——宇宙万物，变化无穷，这否泰荣辱何曾一定呢？

她和役卒们刚走到城北的行道树林中，只见舅父、舅妈、表妹和王氏等人正等候在这里。她不由得愣住了！张财升、周氏、张煜和王氏一下子围拢过来，扶着她颈下的木枷，摸着她的脸颊，惊讶地问长问短。随之，舅妈、表妹和王氏见她如此遭遇，不禁都流下了眼泪……

赵姬的眼眶内湿润了，但她没有掉泪。

她安慰大伙不要为她难过，并说自己很值得。

他们哭得更厉害了，连舅父也落泪了。

她理解亲人们的心情，更感激亲人们平日对她的关怀。在这送行之际，她给他们跪下了。亲人们见她身戴刑具，还跪伏于尘，心里就像针扎一样疼，于是赶忙上前将她搀扶起来。

这时，役卒们以赶路为由把他们拉开了。

亲人们向她挥手告别。她在役卒们的押解下，踏上北去的道路。

当来到滏阳河畔的时候，她抬头看见了东北方向山包上的父母坟茔。她向役卒们提出去父母坟前祭奠的要求，并恳请役卒们给她打开枷锁。

役卒们答应了，立即给她打锁开枷。她再三致谢，屈身施拜。

安眠在九泉之下的父母，一直牵挂着她的心。父亲为国捐躯，母亲被人害死，活生生的二老离开了她，一个温馨的家庭再也看不见了。为此，她不知哭了多少遍，流了多少泪。特别是母亲给她的抚爱和关怀，使她终生难以忘怀。结果，母亲惨死在恶豪廉厉之手，这巨大的打击险些让她发疯。如今，这血海深仇总算得报，她心灵深处的创伤也算愈合了。所以，她今天来到父母坟前，内心平静了许多。

她从怀中掏出一卷冥钱，放至石碑下面，用火石点燃了。之后，她伏地叩拜双亲，并祷告母亲安然闭目。她心里默诵着——女儿没有辜负您的养育之恩，终于给您报仇雪恨了！

她离开墓地，回到大路上。四个役卒正坐在路旁，等候着她。这里，一边靠着哗哗流淌的滏阳河，一边是阡陌纵横的大旷野，沿岸生长着一棵棵垂柳，岸边豁口处的石阶一层层地延伸到水底。啊！旧地重游，触景生情！这里，不正是她和吕不韦几次相逢的地方吗？

她站在路旁，沉思良久。

役卒们正要给她戴木枷时，从南边京城方向飞来两匹骏骑。

赵姬一看，原来是吕不韦和吕童骑马而至。

吕不韦把马鞭与缰绳甩给吕童，向她急步走来。

她的一双秀眸闪动着晶莹莹的泪花，嘴角不住地颤抖着，似有千言万语倾吐，但什么也说不出来。

"仲媛。"吕不韦先叫了她一声。

她"呼"的一下扑到他的怀里，泣声泣语地叫道："吕公子。"

"仲媛，我料到你会走到今天的地步。不管怎样，你完成了一件大事……你的母亲在九泉之下可以瞑目了！"他由衷地赞扬她的胆识。

她抬起头来，感激地望着他，说："吕公子，在我们相识的几个月中，你对我的帮助太大了。这次，赵全告诉我说，你为了我，又专程去找平原君。我真不知道该怎样感激你呀！"

吕不韦摇摇头，遂又锁起眉峰，为她现在的处境和苦衷思考着。

"你不用惦挂我，三年很快就会过去的。"她反而安慰他。

"对，应该这样想。"他惦念她是毫无疑问的。但眼下还不能说什么，因为迎接她的是一场苦役，过早地许愿是无益的。

几个役卒手拿木枷走了过来。

吕不韦转过身来，从腰中取出一包铜钱，客气地递向他们："各位兄弟，你们一路辛苦，看在她是一个姑娘的分上，多多给予关照。来，拿着。"

"好吧，谢谢公子。"一位领头的役卒明白他的意思，一边接铜钱一边说，"我们得赶路了，这木枷就先不戴了。"

"谢谢各位大哥！"赵姬屈身一拜。

"仲媛，多多保重。"吕不韦又叮嘱道。

"放心吧，吕公子。"赵姬依依不舍地回头望着他。

他挥手示意，让她赶路。她和役卒们一起向北走去。

第十一章　牢狱艰辛　人生受磨砺

梆鼓敲过四更响声，一轮苍白明月西沉，启明星刚刚挤上西天的时候，睡梦中的监狱吏役们就听见后院西北角处传来一阵石磨轰隆隆的响声。

这是赵姬在磨坊里磨面。自赵姬被平原君判处三年刑役来到狱中那天起，这声音就天天搅动着这个阴森恐怖的牢房。

磨坊内，寒风袭人，四壁挂满白霜。可是，推动硕大磨盘的赵姬早已脱去衫子，只穿着夹衣短衫，脸颊和脖颈渗出了一串串汗珠。

她在这样的艰苦环境中生活，有生以来还是第一次。

开始的头一个月，牢房里不论是男犯人还是女犯人，都先后新奇地跑到磨坊门口观看这位丽人磨面。像她这样出身富豪人家而且长相如此漂亮超群的女人，竟然能够杀死廉颇的胞弟廉厉将军，简直让人感觉不可思议。

当大伙看到她能够吃这般大苦，对她更是赞不绝口。她的到来，突然间给牢房里带来一片生机。

她刚来牢房的那段日子里，正赶上男女囚犯们收秋后拉运谷草，她也被女吏役派到这支劳动队伍中来。男囚们负责赶车运输，女囚们则负责从园垛上拆搬。每当她往车前扛来一捆谷草时，车旁的男囚们就情不自禁地起哄，有的高喊"漂亮"，有的还嗷嗷乱叫，也有极个别的干脆解开裤带假装小解。她羞臊得满脸通红，真不知道该怎样对待这群"野狼"，放下谷草，扭头就跑。她心里暗暗骂道："该死的东西，将来让你身首异地！"

地头上，站着几位腰挂兵刃的役卒，他们只负责看守囚犯，其他方面的事情一概不管。

她已经做好了思想准备。这次，她又扛来一捆谷草，朝车前走来。男囚们的嘴里又开始对她说些不干不净的话。她说啥也不能总忍受这种奚落，但又不能回骂，于是放下谷草，可手中还攥着预先准备好的长长柳条，转身就抽打那几个多嘴多舌的男囚。男囚们疼得一边躲闪一边叫唤，还不住地向她求饶。

打那以后，他们再也不敢招惹她了。

当天晚上，女吏役便让她去磨坊推石磨磨面，并告诉她，这里就是她日后的劳役场所，再也不用去下地了。不管是哪些男囚围观她磨面，谁也不敢当面羞辱她，只是一览美色、饱饱眼福罢了。

不过，有的男囚学乖了，嘴上不再吐那些肮脏话语，但心里总是放不下这位凡间少见的女子，为了讨好和亲近她，实在没啥东西给她，干脆为她献出一身力气，哪怕是白天干活累了一天，晚上也要偷着摸着到磨坊里帮她推石拉磨。她想过了，反正是干活，有人帮助总比没人帮助强得多。再说，磨坊外边还有女吏役来回走动，什么事情也出不了。因此，她从不拒绝男囚们的帮忙。

可是，时间一久，闲话出来了。特别是女牢房院内，那些女囚开始嚼起舌根。有的指着她的囚室说："嘿！谁也比不了赵姬哟，人家坐牢享清福，有不少主儿们帮助出力气！"也有的故意在她走过之后，指着她的脊梁骨说："唉！人家靠脸蛋儿就能磨出面来！"

她气急了，转过身来骂了一句："混蛋——"

"哎哟！这妞儿这么厉害呀！"她们讪讪地离去了。

她这一声痛骂，还真管事，那些扯老婆舌的女囚再也不敢放肆了。

但是，她受的刺激和打击也够大的。以前，有不少女囚出于关怀之目的到她的囚室看望她，现在，几乎没人与她来往了。她的心情很沉重，没想到坐牢还受囚犯们的气。

满肚子的委屈无处倾诉。有时，舅父、舅妈、表妹和王氏探监看望她，询问生活有什么困难，她总是摇摇头，至多苦笑一下，啥难事也不讲。即使吕不韦来了，她也不谈论任何愁苦事。因为她知道，她的处境已经给亲人们造成很大的痛苦，她不忍心也不愿意将自己的痛苦再告诉他们了。

她默默无声地吞下苦水，任劳任怨地从事劳役。为了彻底消除这些污言秽语，她把那些帮她磨面的男囚统统赶走了。同时，她还向女吏役提出要求，把磨面的时间调整为起早和白天。这样，晚上她就可以安安全全地在囚室里度过了。那些男囚也就无隙可乘。

尽管如此，女人坐牢还是不得安宁的。

一天夜里，冷风撕扯着窗棂子，"噔噔"作响，周围墙壁似乎钻入了许多冷空气，灶内的柴草早已燃尽，整个囚室寒气逼人。躺在被子里的赵姬没有脱衣服，也被冻得蜷缩着躯体，头顶感到一阵冰凉，她索性抻了抻被子，蒙住了头。她尽管闭着眼睛，可怎么也睡不着。

忽然，只听"咣、咣、咣"一阵敲门声。

她猛一惊，翻身坐起，忘记了寒冷。敲门声仍在继续，但越来越轻。她感到很奇怪，这是谁呀，会不会是她们的女看守有事来找她？

她跳下土炕，穿上鞋履，悄悄地走到门前，但没有急于开门，而是机警地从门缝朝外观察……啊！是一个男人，肯定是那个男囚强奸犯。平日劳动时，女囚们都躲着他。他还来过磨坊几回，每回都让她给骂跑了。今天夜里，这个该死的东西一定是翻墙过来的。不行，说啥也不能开门。她飞快地思考着。

她轻步离开门，伸手从墙旮旯儿操起一条木棍，又跳到炕上，面对着窗户，大声喊道："快来人哪！捉坏人——"

门外的男囚一听她喊叫，吓得扭头就跑，一口气跑到东南方向的墙角处。

"快来人哪！捉坏人！"她仍在室内高声喊着。

霎时，女吏役和女囚们来到院落里，她们人人手里拿着铁锹或锄头，警惕地寻觅坏人。那个男囚已经翻墙溜走了。

"吱"一声，赵姬打开门扇。

大伙儿呼啦一下，围拢过来。只见她吓得浑身颤抖，但手中还拿着那条木棍。还没等人们向她询问情况，就听她"哇"的一声哭开了。

此次，她和女囚们的感情又像原来那样融洽了。她打心底感激这些姐妹，在危难之中，她们还是肯于帮忙的。

女囚们也对她热情起来，因为她是一个正派人。

入冬不久，男女囚犯们不再下田劳动了。赵姬还得照常去磨坊里磨面，特别是在天寒地冻的日子里，推石拉磨，就显得更为艰难。她没有想到，那些好心肠的女囚竟然轮流主动给她帮忙，一天的活计，往往半天就完成了。她非常感激。

大年三十到了。舅父、舅妈、表妹和王氏，还有吕不韦和吕童等人，他们提着酒和菜，相继来到牢房，与赵姬一块儿过年。

在女吏役的帮助下，赵姬在膳房里把酒与菜温热了，而后又端回自己的室内。她与亲友们围坐在一起，心潮涌动，感慨万千。首先，她斟了两杯酒，连续泼到地上，表示对九泉之下父母的悼念。而后，她又给大伙的酒杯分别斟满酒。最后，她往自己的杯中也斟了些酒。

这时，舅父张财升端起酒杯，带头提议："来，让我们共同举杯，预祝仲媛早日获释，重见光明！"

"干杯！"众人亦随声道。

张财升遂率先饮下。接着，其他人也一饮而尽。

但见表妹张煜嘴唇挨了挨酒杯，并没有喝下，眼眶内涌出泪珠，心事重重地说："表姐，我心里好怕呀……"

"哦，表妹，你说！"赵姬伸手拉着身旁的张煜。

"我昨晚做了个梦，梦见了你，在狱中病倒了，一直倒在这炕上，谁也不理睬……"张煜说完，两行泪珠扑簌簌地滚落下来。

"这孩子尽瞎说，你表姐不是好好的嘛！"周氏赶紧打断女儿的话，"大过年的，不准说不吉利的话。"

"是啊！仲媛，不要听你表妹胡说。"张财升也在安慰外甥女。

"舅父、舅妈，看你们说的！我怎么会相信呢？"赵姬笑了笑，对张煜说，"表妹，你是不是太想我了？"

张煜不好意思地点点头。

"唉！这就对啦！"王氏笑着说了一句。

"亲人做梦，盼福担忧嘛！"吕不韦担心赵姬对此梦犯疑，遂解释道。

众人互相看了看，随后便哈哈大笑起来。

就这样，赵姬在狱中同亲友一起过了年。

亲人们离去了。按规定，她只能送他们到女囚牢房的院门口。但这次过年破例，她将他们送到监狱大门外。

她返回囚室后，先收拾了一下屋里，又洗了洗衣服，而后打开包裹，翻找出《尚书》开始翻阅……这次，她不想再阅读《周易》了，因为她认识到人的命运要靠人自身去抗争，去主宰。

过了正月初三，她得按照牢房规定去磨坊里干活儿。不幸的是，初四早晨她怎么也起不了床，只感到浑身发冷，四肢无力。她，果真病倒了。

女吏役发现后，马上叫来狱医给诊治。经狱医诊断，她患的是周身风湿症。狱医把女吏役拉到门外，指出她所患疾病的危害性——周身风湿容易导致全身瘫痪。女吏役听后，心内一惊，焦急万分。咋也没想到，赵姬会得下这种危险病症。现在女吏役才明白，赵姬冒着严寒，身穿单衣，推石拉磨，汗流浃背，将身体累垮了。这姑娘年纪轻轻的，如果瘫痪那还了得！所以，女吏役再三恳求狱医，想方设法给她治愈。

"好吧，我那里有一个治疗风湿的药方，但恐怕有些药抓不全，不妨试试看。"狱医终于表了态。

"太好啦！你去取药方，我派人去京城抓药。"女吏役着急地督催对方。

女吏役忙着去找狱卒，安排抓药的事情。

囚室内的赵姬已经昏迷了大半天。天到晌午，她才苏醒过来，但觉得浑身无力，四肢酸疼，一动也不能动。她强打精神，睁开眼睛，看见女吏役、女囚们，还有吕不韦站在床前。她感到一阵温暖，两行委屈的泪水顺着眼角流淌到枕边。吕不韦从女吏役手中接过一碗姜水，递到她的唇边，她勉强喝了一口。她知道，她已经病了，病得还不轻。但是，怎么没给她喝药呢？

她哪里知道，狱医室内架设的药壶里已经放入了抓来的草药，但还没有煎熬。因为缺少关键的一味药——灵芝，然而这种药只有华山可采摘，其他地方是难以寻找的。

狱医正站在自己的房门前犯难呢，一个监狱门卫走来了。

"小兄弟，有事吗？"狱医不解地问道。

"烦请医师到门外走一趟，有位占卜半仙找您！"门卫抱拳禀道。

"好，我去看看。"狱医应声后，跟着门卫走向监狱门口。

狱医踏出门槛，只见门外果真站着一位占卜老头，他的肩后竖立着长条白布幌子，上面写有"八卦占卜郭半仙"七个大字，遂上前施礼，询问道："敢问先生，不知您找我有何事？"

"在下郭某，打扰医师。"郭半仙抱拳打躬，"刚才我在京城药铺门前，恰好碰见你们的一位兄弟去抓药，经打听方知，他给一个名叫赵仲媛的女囚购买草药，但缺少灵芝，故前来赠送！"

"郭半仙，您这是雪中送炭哪！"狱医大受感动。

"岂敢岂敢，不成敬意！"郭半仙从布袋中取出一包灵芝，递给狱医说，"在下寒舍就在华山，那里采摘灵芝比较方便。"

"郭半仙，您在此暂时等候，我去给您取钱！"狱医接过灵芝，转身欲走。

"不必啦！刚才我说过，这是赠送。"郭半仙说毕，搭躬告辞，转身离去。

午后，狱医煎药之前，掰了一块灵芝放入药壶内，而后点燃炭火开始煎熬。大约用了两个时辰，才熬好了这壶汤药。

狱医提着药壶，拿着陶碗，来到赵姬的囚室。当狱医告诉大伙这汤药内已经加入了灵芝时，大伙的情绪立即高涨起来。女吏役接过药壶和陶碗，赶紧倒了一碗热气腾腾的汤药，递到赵姬面前。

赵姬侧卧着身体，一口一口地喝下了这碗汤药。瞬间，她的额部和脸颊沁出了一颗颗晶莹的汗珠。之后，她静静地睡着了。

众人见她入睡，便悄悄地走出房间。

一个月后，赵姬病情好转，基本痊愈，精神振作多了。她不止一次地向女吏役和狱医表示感谢，并说日后一定报答。她还向狱医询问灵芝的来历，狱医这才把郭半仙亲自来到监狱门口赠送灵芝的经过讲述一遍。她心里受到莫大震动，不仅仅是感激郭半仙，而且还消除了对郭半仙占卜的怀疑，尽管当初郭半仙占卜说她大富大贵，现在自己却循法坐牢，但是可以看出郭半仙是一个求实而又善良的人。况且郭半仙还讲过，占卜只有一半灵验。

赵姬的身体恢复健康后，照旧开始了劳役生活。她每天一大早，就到磨坊里推石磨磨面。她周身汗水不干，付出的劳动量还是那样大，但她仍不叫苦叫累。这大概除了执行劳役体罚外，还包含着对囚友们的感激。她多流几身汗，囚友们就能多吃几次面。

狱中受管制而又超负荷的劳动，更加锻炼了赵姬的意志。每当她来到磨坊干活看见狱卒用异样的眼光监视她的时候，她的那颗心总是不由得紧缩一下，隐隐作痛。有时，个别狱卒还故意用淫秽语言亵渎她，她感到又羞又气，但她还是忍吞下去。谁让自己是囚犯呢？自尊受到伤害必然走向自强，这是她内心世界逐渐发生变化后所悟出的一个道理。

现在，她很少流泪。就连吕不韦看望她时，她也不像以前那样，见面就泪湿衣襟，而是有意识地锻炼自己，谈笑风生，毫无伤感。吕不韦也感到惊奇，赵姬什么时候变得这样顽强了呢？尤其使他难以理解的是，她从不向他提出狱的事情。幸好，她被判处的三年刑役是平原君决定的，任何人也不准去说情或更改，当然，他一直在想办法，在等机会。

他尚且不知，她早已决定把自己的一生托付给他了。因为她决心在自己的人生道路上踏出宏伟的痕迹。如今，她深刻地认识到，女人要想完成男人所要完成的伟业，必须首先完成男人所不能完成的事情。她想好了，只要能够结束狱中难熬的劳作，获得人生的自由，就嫁给资厚才深的吕不韦，从而去攀登女人的权力殿堂。

两人都没有把各自的心事吐露给对方。他们在默默地期待着。

狱中的赵姬，对外边发生的事情一无所知。

此时，秦国军队将领仍是白起。秦将白起因慑于楚、魏、赵三国军队联盟抗秦，慌忙组织将士们撤退了。后来，秦国知道楚、魏两国军队已经撤离赵国京城，便又派大将白起率领军队进攻邯郸。

这时，赵王命令官复原职的廉颇重整旗鼓，率军抵抗。可是，赵国军队因长平大战的失败，兵源极度匮乏，且国库资金短缺，给这次抵御秦军侵略造成很大的困难。赵王又把征兵之事和筹措粮草的重任交给了平原君。平原君领受王命后，立即发动全国上下广泛征兵，踊跃参军。征兵这项任务很快完成了，但粮草难以筹措，特别是国库已经空虚，资金出现赤字，实在是让这位相国为难了。廉颇又每每催问，弄得平原君焦头烂额，坐卧不宁。

吕不韦一看，机会来了。

平原君府的客厅里，平原君和吕不韦谈得投机。别看吕不韦是商人出身，谈话的内容尽是关系国家命运和政治前景的大事，他提醒平原君要以富国强兵作为治国根本，方可对付好战不休的强秦，并着重指出，政治腐败必然影响经济繁荣，经济衰竭必然导致军事落后。平原君欣赏吕不韦的才识，认为他说的确实是正理，但治国大计并非一朝一夕就能落实，俗话说，长治才能久安。可眼下打仗没有资金怎么办？

平原君向他提出了这个问题。

吕不韦就是为了这件事而来的。当然，更重要的想法是为了解决赵姬出狱的问题，但他不会这样愚蠢地直接向平原君提出此事，而是借用回答平原君提出问题的机会，迂回地实现其愿望。他按照临来前的思想准备，回答道："目前困难当头，应该动员全国官吏和百姓，有钱的出钱，有人的出人，团结抗敌！"

"好，吕先生说得好！我现在就草拟奏章，请赵王批准。"平原君采纳了他的建议。

"为了广开财源，还可以释放一些囚犯。"他随后又提出一条建议。

"释放囚犯怎么可以广开财源呢？"平原君不太明白他的想法。

"谁若有肯于出钱保释被囚禁的亲友，就可以答应他出狱。这样，一来可以减少敌对之人，二来可以扩大国家财源。"吕不韦开诚布公，讲了实施这条建议的理由。

"嗯，这又是一个好主意！"平原君点点头说，"我告诉有司呈办。"

这时，吕不韦单刀直入，切入正题，向平原君提出花钱保释赵姬的请求："赵大人，晚生不仅为了个人利益，而且为了国家利益，现向您恳求：愿意出重金保释监狱一女囚，不知当说与否？"

"哦！但讲无妨。"平原君貌似很有兴趣。

"吾愿出五百斤黄金，保释歌女赵仲媛出狱！"吕不韦说完后，两眼盯着这位执掌国家重权的平原君。

平原君一听便站起身来，紧锁着双眉，思考着……赵姬犯有杀人之罪，况且是杀了国家重臣，即使该杀也不允许她来杀，所判三年刑役，本来时间不长，如果提前释放，那会不会引起人们特别是宫中那些人的非议呢？平原君一时难下决心。

吕不韦小心翼翼地盯着这位相国，看出对方为难的神态，但他心里早就分析到，国家处在危难之际，钱财将起到不可估量的作用。平原君不会轻易放弃五百斤黄金而宁可拘留一个与国家无关紧要的歌女。不过，对此事不能表现出急切和强求，否则，平原君会认为他纯属为私事而来。所以他假装不在意地将了对方一军，说："赵大人，您不必为此事勉强，我看就算了吧！但晚生也会出一些钱财，以资助国家渡过难关……"

"不！等一等。"平原君挥手打断他的话。他的请求虽然过分了一些，但所出的价码确实可以给国家解决实际困难，尤其是廉颇将军抗秦御敌，急需钱财，补充军备和给养。再加上舍人赵全也曾提过，赵姬是吕不韦最可心的人，吕不韦大约追求她已经一年有余，这是个顺水推舟的人情，何乐而不为呢！平原君想到这里，便转身对吕不韦说："吕先生，这件事我答应了，马上就可以办理。"

"好。多谢赵大人。"吕不韦双手搭躬，"回府后，我立即派人将黄金如数送来。"

"不，你把黄金送到国库去，让有司过目，免得我再转送。"

"遵命，告辞。"吕不韦又一次抱拳搭躬，转身离去。

吕不韦走后，平原君回到自己的书房，立即铺帛操毫，给赵王起草筹资救国的奏章，以便向全国发布命令。

赵王很快批阅了奏章，一场集资筹款、参战救国的紧急动员令下达了！

全国上下积极响应，掀起了救国的热潮。在这抵御秦军的关键时刻，由于军备充实、全民参战，不仅使得廉颇受到安慰和激励，而且使得守城将士受到极大的鼓舞，增强了必胜的信心。秦将白起及其所率秦军，连续攻城半月有余，但迟迟不能攻下，结果损伤惨重，疲惫不堪。

吕不韦在离开平原君府的当天下午，就派大管家吕锦和车仆赶着马车，载着五百斤黄金，送往平原君指定的国库。他请有司过目查证后，给开了一份收条。而后，他带着收条又到平原君府，向平原君复命。平原君更是一个痛快人。看过收条，立即挥毫，给狱吏写了一份释放赵姬的指令。

吕不韦极其兴奋地装好了平原君的亲笔手令，说了些感激话语，而后深深搭躬，告辞离去。

第二天一大早，旭日还未升起，朝霞刚刚映出，穿戴一新的吕不韦和吕童各乘一匹骏骑，驰出京城，朝城北监狱奔来。

头天晚上，吕不韦和大管家吕锦一起走到马厩，挑选了两匹高头骏马和最近新购的一辆载客双轮车，作为到狱中迎接赵姬之用，同时让吕锦和一位年轻精干的车仆完成此任。他们大约在这天午前赶到城北监狱。

从京城到城北监狱约三十里的路程，吕不韦和吕童的两匹乘骑不足一个时辰就到了。

今天，吕不韦感到格外轻松，一种从未有过的轻松。他望了望监狱门，监狱大门像个老虎嘴似的张开着，门旁站立着四名持戟握矛的卫士，一副副凶神般的面孔，一双双恶狼般的眼睛，注视着探监的人们。

他大大方方地走了过来。

因他探视过多次，卫士们都认识他了，可谁也没有主动向他打过招呼。但他根本不在意，每次来到这里，总是满脸带笑地向他们搭躬施礼。这次，他仍不例外。卫士们还以为他是来探视赵姬的，没再多问什么，就放他进去了。

吕不韦直接去见监狱的主管狱吏。他把平原君释放赵姬的亲笔手令呈递给狱吏，并告诉狱吏，他是来接赵姬出狱的。狱吏遵照平原君的指示，给他开了一份释放赵姬的出狱令，让他再去找女吏役，方可领赵姬回家。

他手里拿着出狱令，一溜小跑到女牢房院内，高兴得忘记了敲门，一下子闯入了女吏役房间。女吏役吓了一大跳。吕不韦再三致歉，不住地赔礼。而后，他赶紧递上释放赵姬的出狱令。女吏役看后，异常高兴，立刻引他去赵姬的囚室。可赵姬不在自己的卧室，而是还在她的磨坊里。她累得满头大汗，身上的衣衫早已被汗水湿透。然而她咬紧牙关，仍在默默地坚持着。

当她听到女吏役向她宣读出狱令时，她一下子愣住了！这意外的喜讯，从天而降。她，连想都不敢想，一双眼睛还在呆呆凝视着墙壁。

"仲媛，这是真的。"吕不韦望着她，激情满怀地说。

她听到吕不韦在呼唤她，思绪立刻被拉回到现实中来。双手松开磨杆，两眼望着对面的吕不韦，但不知何时，女吏役已经走出了磨坊。不知是兴奋，还是委屈，不知是感激，还是思念，她百感交集，两行泪水夺眶而出，猛地迈步向前，一下子扑倒在吕不韦的怀中。

她喃喃地说："吕公子，你为了我……操了多少心哪！我一辈子也忘不了你。"

"仲媛，这是我应该做的……"吕不韦紧紧地抱着她。

此时，他心里受到莫大慰藉。因为他已经意识到，他确实像个真正的男子汉，担负起搭救这位恋人的责任。他终于完成了计划的第一步，将她捞出监狱。第二步计划就是把她迎娶到吕府中来，这个时间说啥也不能拖得太长，而是应该越短越好。两人住在一块儿，睡在一张床上，将是终生的幸福。他抱着她，憧憬着美好的未来，但又不敢直接向她提出。

"吕公子，咱俩……成亲吧！"她极为动情地说，好像没有一点羞涩之感。

"仲媛，我一直盼着你呀，出了狱我就娶你！"他没有想到，她会这么快地向他表白，真是让他喜出望外，不知如何是好。他更加紧紧地拥抱住她。

他突然想起，他已经在吕府的后花园为她单独建了一所漂亮的住宅，那里将是他俩欢度新婚的天堂。同时，他还为她准备好了屋内的所有设施，以及被褥和帷帐等生活用品，就等着迎入她这位新人了。于是他又对她说："仲媛，我为你……一切都准备好了！"

"吕公子，谢谢你！"她心底涌出一股股幸福的暖流，感激的泪水扑簌簌地滴落在他的前胸。

此情此景，令他终生难忘。他终于彻底征服了她。

他猛然间发现她身上还穿着劳动的单衫，想起了他两相依在磨坊里，于是岔开话题，说："仲媛，咱们该走啦！"

对呀，我该出狱啦！她心里忽然想起这事，便离开他的怀抱，说："你先等一下，我把这磨坊收拾收拾！"

"我帮你！"他走到磨盘前，拿起炊帚欲扫麸子。

"唉，这活儿挺脏的，给我吧！"她伸手从他手里夺过炊帚，麻利地清扫着磨渠，只见一股股麸子顺着磨渠漏口流淌到漏口下端的袋子里。之后，她又把磨盘上端疏散的麦粒扫在一起，还把磨好的几袋面很有规则地提放到墙根下。他看她干活干得很起劲儿，磨面简直就像行家里手。心想：人到啥时说啥话，穷富焉能永扎根！他还进一步想到，牢狱生活将对她今后的人生奠定一块坚实的基础。

她用围裙擦了擦手，又看了看这个劳动将近半年光景的劳役场所，艰辛和痛苦给她的心灵深处打下了难以磨灭的烙印。啊！马上就要和这里告别了。从今往后，再也不用受这奴役之苦了。现在，她的周身和内心真正感到无比的轻松。

她和他走出磨坊。她把磨坊门带好，并上了锁。她高兴地喊道："走吧，自由啦！我再也不被人看管啦！"

磨坊外面的狱卒们，见她发疯般地喊叫，也都禁不住地笑了。

她拉着他的手，朝着她的囚室跑去。

女吏役和女囚们正站在她的囚室门前，等待送她出监狱。

不知为什么，她一见到她们，那种兴奋劲儿荡然消失了。

她的脑海里，立即映现出和她们朝夕相处的一幕幕情景。

——往日里，她们劳动之余，都曾到磨坊里协助她推石拉磨。

——夜晚时，她们见她愁闷，都曾到她的囚室里找她促膝相谈。

——她患病的那段日子里，她们和女吏役日夜轮流看守和伺候她，使她很快地得到痊愈。

在狱中，姐妹之间的感情不断加深，患难与共的友谊更加令人难忘。可赵姬一想到自己马上就要出狱，就要永远地离开她们，她心里不是滋味儿，总觉得有一种难舍难分的牵挂。因为她们还要在此忍受煎熬，苦度时光，所以她就难以放下心来。她不禁痛楚涌上心头，眸子里一阵温热，泪珠大颗大颗地滚落下来。这些和她同甘共苦的姐妹，理解她的心情，虽然舍不得她走，但又想到她是被释放出狱，重见天日，还是非常愿意她离开这里，哪怕是将来再也见不到她，因而一再劝她不必伤感，并祝贺她好梦成真，尽情地去享受人间的幸福和太平。

这时，女吏役从她的囚室里提出她的大包裹，交给了吕不韦。同时，还嘱咐她出狱后，一定要多加保重。她连连点头，并屈身拜谢。

众人催她赶路回家，她向她们施拜告辞，依依惜别。

吕不韦和赵姬转身离开女牢房院落，朝监狱大门口走去。

早春二月，乍暖还寒。但是她和他的两颗心已是滚热滚热。

大管家吕锦和年轻车仆驾驭着双马双轮新车，载着刚刚被释放的赵姬，朝京城邯郸方向奔去。吕不韦与他的书童吕童，分别乘着骏骑，护卫着车辆上的赵姬，一起向南奔驰。

吕不韦跨坐的骏马比较性急，稍一挥鞭磕镫，就跑到车辆前面去了。他为了多看看车子上的赵姬，索性放松双脚，不再磕镫，把马鞭横放在马背上，故意将骏骑的奔跑速度缓慢下来。这样，他的骏马不离车辆左右，才有了同她俩俩相望和说话的机会。

车厢内的赵姬看到这一切，脸上不时地露出幸福的笑，心潮涌动，随着行进车子的颠簸，荡起了一缕缕甜蜜。

车马行进很快，邯郸城郭即将在望。

吕不韦用手指了指邯郸，告诉她这是个多灾多难的城市，她点头称是。这时，他才把秦军又来围攻赵都、赵王下达救国谕旨的情况告诉了她。她长长地叹了一口气，说："秦赵之战，何时休止？"

"唉！每次大战都有许多赵国人丧命！"他亦忧心忡忡地说。

她的心情又一次沉重下来，不由得想起了为国捐躯的父亲。

车马驶驰到滏阳河畔。靠近河岸的一棵棵垂柳尚未吐露新芽，整个河面上还结着一层薄冰。河心刮来的一阵阵凉风，吹拂着岸边上的枯枝柳条。他们顿感凉意，不禁打起了寒战。

像往常一样，只要途经滏阳河畔，赵姬总是不由自主地向东边的山包上眺望，因为父母的坟墓矗立在那里。今天释放出狱归来，她更加思念九泉之下的父母。啊?！在父母坟墓的上首丘陵处怎么多了一座坟茔？她心里"咯噔"一下，仿佛坠上了一个重重的铅块。

她的面孔这一惊诧，吕不韦发现了，于是勒马停奔，扭头朝东望去。

她叫车仆停住了车辆，跳下马车，飞快地向东跑去。

新的坟茔顶端插着一支完好的白幡，坟前一堆冥钱灰烬已被风吹散。灰烬里侧矗立着一块长条石碑。

她的心悬吊着——千万不要是自己的亲人坟墓。

慌乱的心，慌乱的脚，她跌跌撞撞、连滚带爬地爬到坟墓南侧的石碑前。她扶着石碑，观看碑文，但一双眼睛闪着金星，怎么也看不清。她屏住呼吸，使劲儿眨了眨眼，再仔细辨认墓碑上的碑文——

爱国救京城百姓得安宁

张财升先生英灵千古

邯郸东大街百姓

赵成王伍年立碑

啊！原来是舅父去世了！她的大脑立即"嗡"的一下，眼前一片漆黑，什么也看不见了。她晕倒了，头撞在了石碑的底座上，殷红殷红的鲜血由额部流出，滴淌在坟前。

"仲媛，仲媛，仲媛——"吕不韦将她抱起，大声呼唤，"仲媛，仲媛——"

她醒过来了，睁眼一看，自己躺在吕不韦的怀里，只听他仍在焦急地呼唤："仲媛，你醒醒啊！"

她已经恢复神智，立即坐起，从他的怀中挣脱出来，又跪爬到墓碑前，拼命地哭号起来："舅父，你怎么走得这样快呀！舅父，你为我……操碎了心！你为我……忍受了多少委屈！你为我们全家……尝尽了人间的痛苦！舅父，舅父，我对不起你……舅父，我还没孝敬你，你就走啦！舅父，你永远地走啦，你再也回不来了！舅父，我可怎么办哪……"

他唯恐她哭坏身体，赶忙上前把她拉起来，不住地劝她节哀。

她还是抽抽搭搭。她感激舅父的恩德，敬佩舅父的品格，遂向眠于地下的舅父施跪拜大礼，欠身站起，又从脚下捧起一把把新土，连续撒在了新坟的周围。

然后，赵姬强忍悲痛，方随吕不韦离开墓地，朝滏阳河畔的大路走去。

第十二章　新婚燕尔　劝夫谋大事

春天即将来临。

蔚蓝色的天空像被海水洗过一样，显得既澄澈又清净。暖融融的朝阳升起在东方，橘红与蓝色交相辉映，富有浓烈的诗情画意。解冻的大地变得湿漉漉的，在栗色激流中开始苏醒过来。那一棵棵梧桐树，那一行行杨柳树，它们的枝条上泛起了数不清的幼芽，一束束绿色正渐渐扩展。尤为带来春天信息的，是那由南向北飞来的人字形雁阵，长空鸣叫。

在邯郸城外的土地上，经受住了无数次战火洗礼，战事的罡风瘦削，岁月的雷暴沉重，致使草不发芽树不扎根，而是打上了秦、赵两国将士血肉之躯的烙印。

幸亏，秦军已经撤回咸阳。但邯郸那些幸存的官吏和百姓，尽管灾难频频，但国家尚存，人们也就拥有了生活的渴望和灵魂的希翼。他们祈祷苍天：驱除灾祸，就像温暖的春天赶走严酷的冬天那样，任何势力也不可阻挡！

城内，人们开始重整家园，维修城墙，备荒备战；郊外，人们平整土地，运送粪肥，准备春耕。在这样一个弱小的国家里，无处不显示出人们追求生活的强烈愿望。

吕不韦也和赵国人一样，在战火熄灭的初春，盘算着自己的生活。若不是这次秦赵大战，赵姬刚一出狱，他就可以把她娶进吕府来了。这可倒好，他一方面等待秦军撤离赵国领土，一方面等待赵姬为其牺牲的舅父守孝期满一个月，才可以操办他和她的婚事。

梦寐以求的这一天终于到来了！

吕不韦按照原来的计划，将倾慕已久的赵姬娶进吕府后花园新建的一所新颖而别致的住宅内。他的这一举措并不是遮掩和回避吕府众人的耳目，而是为了满足这位新人的希望。谁人不知，他不仅在京师各大街设有自己的珠宝分行，拥有车船难以载尽的珠宝和金银，而且在硕大的吕府中拥有上百名妻妾，并且都是少见的美人。不用说，这里众多的小妾没有人胆敢忌妒他迎娶新的美人，就是老家阳翟的妻室田欣也从来不计较他占有多少美妾。其实，像田欣这样的女人恐怕已算少见，但是吕不韦对女人的追求和渴望，品位越来越高。他从认识赵姬那天起，就被她的姿色打动了，她身上有着超乎一般女性的魅力，有着一般女性难以达到的修养，总之，赵姬是他寻找的真正的女人。

所以，吕不韦像初婚那样，宁肯舍出一切，花大钱出重金，以浩大的声势和隆重的仪式，完成他和赵姬的结婚庆典。

作为少女的赵姬，有生以来第一次嫁人，就嫁给了这位赫赫有名的珠宝富商，享受到了"黄金砌壁、白银铺地"的殊荣。尽管她也是富商人家出身，亦曾见过大世面，但与吕不韦相比，真可谓"小巫见大巫"了。

她坐在新房内，仔细打量室内的陈设——

香气四溢的象牙床雕龙刻凤，床的里侧摆放着华丽的丝绸被褥；绛紫色的锦缎帏帐掀挂在床头两侧；绘有美女图的硕大屏风围拢着睡床；床头上放置两个高腿仙鹤造型的铜制烛台；两个烛台中央还设有一个盛装炭火的圆形铁盆，盆内的红红炭火驱逐着室内早春的寒气；一个紫漆油过的檀木梳妆台靠放在窗户下面，梳妆台上还斜放着一个明光锃亮的殷商铜镜，经阳光辉映刺得人睁不开眼；两把古香古色的椅子分别置于闪闪发亮的桌案两旁；墙壁四周镶嵌着一块块带有壁画的木板；特别引人注目的是，在那排长长的木格架上，摆置着一个个稀有的珍玩古董……整个新房被吕不韦装点得温馨而舒适，漂亮而雅致。

举行结婚庆典的吕府宴会大厅，布置得更加豪华隆重。几百名亲友和宾客已经围坐在数十张酒席桌前，观看吕不韦与赵姬这对新人大拜天地的热闹景况。他俩频频举杯，向众人敬酒致谢。并在大伙儿的再三要求下走向舞池，踏着丝竹班子演奏的乐曲，双双飞步，翩翩起舞，人们大开眼界：一个是名流公子，一个是窈窕淑女，他俩表演得既娴熟又精彩，给这次婚礼增添了意想不到的热烈气氛。

酒席宴开始后，赵姬和吕不韦退出大厅，来到一个小餐厅。这里的饭桌上同样摆着美酒佳肴，舅妈周氏、表妹张煜和王氏正在等候她和吕不韦共进午餐。席间，赵姬看出舅妈忍着失去舅父的痛苦，强装笑颜，说这说那，不愿意她发觉什么。舅妈越是这样，她心里越是难过。她不由得想起舅父生前对她和母亲的关怀和帮助，鼻孔一酸，眼泪夺眶而出，大颗大颗地滴落在桌上。张煜看到表姐伤心落泪，知道她是为何，自己不禁想起为国牺牲的父亲，一双眼睛被泪水模糊了，但她懂得今天是表姐的大喜日子，不应该给她添忧愁，故意笑着往表姐碗里夹菜，说些贺喜的话。王氏心里也不是滋味，深知她们内心的想法，但也只能默默地坐在那里。吕不韦看到了这一切，也不好直接劝慰她们，但又不能不开口，他便一面给大伙往杯中斟酒，一面再三说些感激话，尽量活跃席间气氛。

太阳偏西，亲友和宾客都陆陆续续离去。

喜庆的婚宴就这样结束了。

赵姬在吕不韦送给她的贴身侍女吕佳和吕静的陪同下，离开大院，来到后花园。她一眼就看见午前在这里已经坐过的新房，深黄色的琉璃瓦房顶，飞脊刺天；黛青色的方形砖墙面，古朴浑厚；红绿相参的木格窗棂，生机勃勃；两扇桐木房门，半遮半掩。整个房舍坐落在后花园北端，它的前面是一块空地，空地两边各设有一个红柱绿瓦的六角形凉亭；而它的西侧则是一个硕大的花圃园地，几个花匠正在栽花种草。

这真是修身养性的好地方！

她心里不住地发出感慨。原来室外比起室内来别有一番风趣！

她和吕佳、吕静朝着这座房舍走来，心里荡起喜不胜喜的激情，从今天起，她就是这里的主人了，再也不用过那种东躲西藏、无家可归的生活了。

她走入新房卧室，稍坐片刻，准备洗沐。吕佳和吕静帮她卸去头饰，脱掉袍衫、长裙，而后把她领到浴室。

浴室内的一个圆形栗木浴盆，已经倒入温热的清水，散发着氤氲的蒸气。

她见她俩站在跟前，不好意思脱衣服，只是伫立在那里，吕佳、吕静看出来了，两人互相瞧瞧，扭头欲离去。

但她马上叫住了她俩。因为她在这里洗沐是第一次，确实不习惯，唯恐被别人看见，当然主要是怕吕不韦闯进来，她让吕佳在浴室门旁给她做伴，让吕静去房门外面守卫。

吕佳、吕静点头应是，分头照办了。

赵姬放心地脱去外衣、内衣，并脱去外裤、内裤。她看了看自己这年满十九岁的美丽的胴体，不禁感到一阵羞臊，面烧耳热。她把衣服放置到衣架上后，赶紧跑向浴盆，钻了进去，将自己的身体浸没在温热而舒适的水里。眼前是一团团热气缭绕，什么也看不清了，就连站在浴室门旁的吕佳的身影也看不见。她低首将满头秀发浸泡在水中，两手揉搓了好大一会儿，才把头发甩在肩后，又用纤巧的手指拢了又拢。接着开始用手搓摸身躯，只觉得浑身上下光光滑滑的，不知为什么，她好像第一次触摸自己的身体，心内产生一种惶惶不安的感觉。她躺卧在水里，脖颈以下全部没入水面，一双眸子微闭着，两手胡乱搓着，一边思念着将要与她同床的吕不韦，一边体味着自己青春情欲的感觉。

热水的温度逐渐下降，蒸腾的热气亦渐驱散。她睁开了眼睛，不想再洗了，只听"哗啦"一声，她站起身来。

吕佳猛地看到赵姬赤裸裸地露出水面，只见她一头乌发像黑色的瀑布一样，水淋淋地垂落在身后；那又滑又嫩的肌肤闪闪发亮，一行行水珠很快地顺着胴体滑落；修长的玉体白皙皙的，显示出少见的三围之美；尤为漂亮的那副容颜——眉若远山、眸似清水、鼻像悬胆、嘴如樱桃，胜过临凡仙子。毫不夸张地说，她的的确确像一朵刚刚出水的芙蓉！

她跳出浴盆，看见了贴身侍女吕佳，便羞羞答答地光着身子走到衣架前。吕佳手拿长条绢巾，给她擦干身上的水痕，并从衣架上取下衣服，帮她一件一件地穿好。然后，她快步走向自己的新房。

天色傍晚，夜幕渐渐地垂落下来。

新房内，一束束红烛闪烁着光亮，照耀得满室熠熠生辉。炭盆内的炭火燃烧着，发出噼里啪啦的响声，烘烤得室内暖融融的。

赵姬坐在桌几前，脸颊热辣辣的，心田也热辣辣的。

吕佳提着一壶开水走了进来，给她沏好了一杯热茶。转身又从床头的衣架上摘下紫红色的锦缎披风，给她披上。吕静一见赵姬洗沐归来，就自动地从门外撤回，笑吟吟地进入新房，给吕不韦、赵姬这对新郎新娘清扫床单、铺好被褥。

赵姬饮着香茶，看到两位贴身侍女忙上忙下，心里觉得有些不自在，便热情地招呼她俩坐下来歇歇。她俩摇摇头，笑了笑，继续整理新房，并拉上窗帘，而后悄悄地离去。坐在桌几前饮水的赵姬，急切地盼望吕不韦的到来，与她一起入洞房。他怎么这样沉得住气呢？她心里有些怨恨他了。

她哪里知道，吕不韦早就来过了。她刚脱掉衣服洗沐，他就朝着后花园的新房快步走来，结果被站在房门外的侍女吕静挡驾。无奈，他只好返回吕府大院去等候。他刚走进自己的书房，就见他的一个小妾哭哭啼啼地闯了进来，经询问得知，这个小妾是因为大管家发给她的三月份的俸银不足才又哭又闹的。眼前碰到这些家庭琐事，吕不韦就感到烦劳，但又不得不过问，于是把大管家吕锦找来，当面对证，才把这事了结。这样，他耽搁了一个多时辰，总算得以脱身，方才急匆匆地赶回新房。

新房外面传来又急又快的脚步声。

赵姬眼睛一亮，倏地站起身，朝房门张望着。

吕不韦推开虚掩的房门，走进来了。

"不韦——"赵姬第一次这样称呼他。

"仲媛——"吕不韦头一回听到她呼唤自己的名字，他知道这意味着什么，从这一天起，他与她就是夫妻了，所以他激动地喊了一声她的名字，张开双臂等待她。

她"呼"的一下跑了过去，披风甩落在地下，她扑在他的怀里："不韦，你，你怎么才来呀？"

"你呀，你怎么忘了，你不是派人到房门外，专门防守我吗？"吕不韦抱着她回话。

她明白了，不好意思地说："对不起，太对不起了！"

"看你说哪儿去了，这我还不理解呀！"他用嘴唇吻着她的脸颊，又激动地抚摸她的全身。

"你，你……你急什么呀？"她语不成句，呼吸急促，瘫软在他的怀中。

他明白她的意思，便抽回手来，像抱着小绵羊般地将她抱到床上。

洞房花烛，他和她共同度过一个美好的良宵。

在后花园内的新房里，吕不韦与赵姬朝夕相处，两人似乎都感到，他俩的结合才是人生莫大的幸福。对赵姬，吕不韦寸步难离，哪儿也不想去了，只要守着她，什么事情都可忘记，都可不办了；对吕不韦，赵姬缠缠绵绵，情深意浓，他是她最可心的男人，他，就是她的灵魂，就是她的精神支柱。一个女人拥有一个既有才识又有情义的男人，是多么难得的幸福啊！

是啊，两人有说不完的话，有道不完的情。特别是谈到当前国家形势时，两人也有共识，一致认为强秦必能吞并所有诸侯国家，包括赵国在内。战事不断，经济衰退，那么政治必然崩溃。赵国就是这样的国家。谈到这里，他俩不寒而栗，因为他俩生活在赵国。

战乱的时代，未来的前景，既可以说并不美好，又可以说光辉灿烂。这就要看人的本事大小了！吕不韦和赵姬经过一番交谈，深深领悟了这个道理。赵姬希望丈夫到外边闯荡闯荡，好好干一番事业，争取大有作为。吕不韦理解妻子的心意，但是，他现在还舍不得离开赵姬，他还是想和她尽情地享受这个人生难得的蜜月。

转眼之间，一个月的新婚光景过去了。

在这段时间，他和她沉浸在如胶似漆的夫妻生活中。然而，吕不韦的脸颊瘦了一圈儿，两边的颧骨明显地突露出来。赵姬心里很是惦念他，唯恐他累垮身体。想到这些，她不禁自责，如果还这样任他放纵，那么岂不是害了他吗？左思右想，想出了一个好主意。

不几天，赵姬在后花园散步的时候，不经意地走到花圃那儿，观看花匠们移植栽种花卉，只听他们议论秦国异人在赵国京师受到折磨的许多怪事——异人的生活经费日趋减少，少到连吃饭都成了问题。除此之外，客馆里的掌柜还向异人索取住宿费，只弄得异人格外拮据。最令异人不堪忍受的是，两个守吏还押着他这位秦国王孙去廉颇将军府去打扫马厩，多亏廉颇胸怀大度，尽管痛恨好战的秦昭襄王，但不愿意侮辱他的嫡孙，所以还是把异人打发走了。目前，异人仍过着受人欺凌的苦日子。

让丈夫去找异人打开政治上的突破口，这就是赵姬迸发的灵感。

一天早饭后，赵姬和吕不韦对坐几前饮茶聊天，仍然谈论他们共同关心的事情——力争在政治舞台上拥有一席之地。借此机会，赵姬向丈夫讲述了嬴异人近期的情况。她劝丈夫暂时离开这个新婚乐园，到外面跑一跑、转一转，打听打听嬴异人的住处，争取通过嬴异人登上仕途的云梯。吕不韦连声赞许。

他伸了伸双臂，抖了抖精神，告别了赵姬。

他先到大院的账房里，向管账先生了解了近期珠宝生意的收入情况，又去各珠宝分行查看经营和销售现状，纯利润明显低于战前，尤其在他和赵姬的新婚时期，珠宝行的生意基本处于停滞状态。他心里清楚，责任在他身上，所以他谁也没指责，而是把存在的问题一一记录下来，待有机会抓紧处理和解决。没有经济做基础和后盾，那么政治就是虚无缥缈的东西。所以，他决定一面抓经营，一面奔仕途。

经过几天时间，他理顺了珠宝买卖，使经济收入又有了显著的提高。

之后，他按照赵姬的建议，去寻找驻赵国的嬴异人。

在一个酒馆里，他巧遇他的老朋友——平原君舍人赵全。赵全正和几个守吏饮酒，一见他走入，便热情地招呼他也坐下来一块儿喝几杯。好意难却，他顺从地坐在一个空座位上，同赵全他们端杯畅饮起来。

酒过三巡，醉意浓浓，他们无话不说。

几个守吏开始说了几句感谢赵全款待的话，后来竟然提起了嬴异人，一个说他有天生受苦的命，秦昭襄王在秦国把持国家重权，而把这个嫡孙送到赵国受罪，真是咄咄怪事；一个说他不来赵国咋行，不用打听，他的母亲肯定不受太子柱宠爱，所以他的父亲太子柱也就不会在秦王面前给他说好话；又一个说他不识时务，明明是到异国他乡当了人质，同劳役和流放没有什么两样，可还摆起了臭架子，谁吃他这一套！

吕不韦早已放下酒樽，全神贯注地听着。

听罢几个守吏一席话，赵全笑了笑，没说什么。

可是，他们其中一个守吏却冒出了这么一句："如果嬴异人还穷摆谱，非揍他一顿不可！"

"兄弟，这就不对了。"赵全终于开了口，但态度很和蔼，语重心长地说，"你们要知道，十六年前，秦赵两国会盟渑池之后，决定互留人质于对方国都，嬴异人就是在这种背景下被派到赵国来的。异人本身就是对方国王的后代……"

"管他呢，揍他一顿他爷爷也来不了！"那个守吏打断赵全的话，又一次表示要整治嬴异人。

"不行不行，这可使不得！你们不是平民百姓，你们是赵国的守吏，肩负着国家使命，干这种事是要惹大乱子的！"赵全担心外人听见，有意压低声音，"秦赵两国都有人质，如果我们在邯郸虐待嬴异人，那么秦国就要在咸阳折磨赵国的人质，还大有可能发兵进犯赵国。我今天把弟兄们请来，就是为了让你们以礼相待异人，这也是平原君大人的命令，拜托各位认真执行！"

赵全说完后，两手抱拳，不住地施礼。

几个守吏听完后，连连点头，也都抱拳还礼。

吕不韦听明白了。他肯定了赵全的做法，并说理解弟兄们。因为他已经弄清几位守吏的职责——他们就是负责嬴异人起居饮食的，吕不韦便向他们提出，想拜访嬴异人。

几位守吏没有意见。他们认识吕不韦，平日还享用过吕不韦赏给的酒钱。但是，他们没有马上表态，而是用请示的眼光看了看顶头上司赵全。

赵全当然同意，但不知吕不韦因何要去。不过，出于礼貌，他没有询问吕不韦，只是要求吕不韦一个人前往，同时还把异人的住址告诉了他。

吕不韦当即向赵全、守吏们抱拳致谢。

饮完酒之后，吕不韦把酒馆掌柜叫到跟前，准备支付酒钱。赵全不肯，一再坚持自己付款。但吕不韦已经掏出铜钱，硬是付了酒钱。

吕不韦向诸位抱拳告别，转身走出了酒馆，直接返回吕府。他有一个习惯，凡是准备和正在做一件大的事情时，不去同那些小老婆过夜，就是新婚不久的赵姬那里也不去，防止她们的干扰，使自己更加专注。

头几天，他都是住在吕府大院的书房内，这天也不例外，他仍住进书房。他思考了一下第二天怎样去见嬴异人，见到嬴异人又应该说些什么。而后，他走到书架前，抽出最喜欢的一部帛书《左传》，转身回到桌几处，秉烛翻看起来。第二天一大早，吕不韦用过早膳，腰揣两百钱，独自去见嬴异人。

他按照赵全告诉他的地点，来到嬴异人居住的客馆门前。警卫正是头几天同他一块儿喝酒的几位守吏，一见他来了，马上热情地向他打招呼。他赶紧抱拳施礼。守吏们知道他的来意，其中一位立刻转身去客馆内通禀，他站在门前等候。

可是，他等了好长时间，也不见那位守吏出来。他仍是耐心地等待回音，什么也没讲。但是那几位守吏气急了，望着门内不住地大骂嬴异人。

那位守吏终于出来了，脸上还带着未消的愠怒。

他赶忙迎上前去，询问情况。

那几位守吏猜测可能又是嬴异人出难题，故意刁难人。

那位守吏气呼呼地说："这小子假装有病，不想见吕公子。"

"如果嬴异人果真患病，那么我就不见他了，等改日再来。"吕不韦很客气地说。

"什么患病！我不是说了吗，他是装的。"

"请问，嬴异人到底同意不同意我去见他？"吕不韦问道。

"他不同意能行吗？我把平原君的舍人赵大人都搬出来了，异人一听是赵大人引荐的，就改口说同意相见。"那位守吏又督促道，"吕公子，你快进去吧！"

"好！多谢兄弟帮忙！"吕不韦搭躬抱拳，转身向客馆里走去。他心里直嘀咕，看样子今天与嬴异人相见不会太顺利，十有八九要碰壁。他想过了，去求人，就不要怕栽面儿。

一间客房普普通通。一张木床上叠放着陈旧的被褥；一张木桌的油漆已经剥落，桌子前面放置一根没有涂过油漆的长条木凳；里面摆着一个矮腿儿圆形旧木凳，嬴异人就坐在上面。

吕不韦踏入室内，向嬴异人搭躬施礼，并问候身体状况。异人端端正正地坐在那里，纹丝不动，看上去好像小时候受过专门训练，极为注意保持王孙的尊严，对吕不韦的到来无动于衷，只是不冷不热地用手示意他坐在长条木凳上。

吕不韦又一抱拳，转身落座。

嬴异人仍端坐在那里，目视前方，两手垂放在腿上，根本没有看吕不韦。

吕不韦仔细端详对方，只见嬴异人头扎一块黄方巾，由于洗过多次，其颜色已不新鲜了；身穿的那件蓝布袍衫不够宽松，紧紧地裹挟着瘦弱的躯体；下肢穿的那条灰裤子也很瘦短，两条小腿裸露着一大截。其面庞消瘦，肤色发白，明显缺乏营养，但五官端正，眉清目秀，尤其那文雅的神色，颇有王孙之态。

今天，吕不韦只想说些温暖的话语，再赠送金钱，给嬴异人留个好印象。

开始，吕不韦询问嬴异人来赵国多久了，嬴异人只是嘴角动了动，并没有回答。接着，吕不韦又说了些同情对方处境的话，嬴异人不仅没有表示感激，而且皱起了双眉，似乎对吕不韦产生了反感情绪。后来，吕不韦把话拉到关心对方身体上来，嬴异人竟然用鼻子哼了一声，表现出一种不屑一顾的轻视。

他还不太了解这位嬴公子的心态。嬴异人作为秦国送到赵国的人质，已经十六个年头了。只要秦赵之间发生一次战争，异人就要受到赵国一次虐待，至少在饮食费用上被苛刻地扣减一次，有时还要受到侮辱和打骂。从来还没有得到过任何人的真诚帮助和关怀，即使有人来到客馆看望，也是带有奚落和讽刺之意，令人难堪。因此，愈是有人来访，他愈是更加生厌。

吕不韦已经看出来了，嬴异人没有患病，而是精神不好，完全以排斥的态度对待他。不论他说什么好听的话，对方也不会理睬的。在这种气氛中，交谈无法再进行下去了。

但是，他考虑到嬴异人的生活还是相当困难的，实在是需要有人帮助，至于其他情况可在日后逐渐了解。遂站起身来，从腰中掏出两百钱，放在嬴异人对面的桌子上，说："公子，这是吕某的一点心意。"

这时，只见嬴异人的一双眼睛怒视着桌上的钱财包裹，猛地抓起，"啪"的一声，掷于地下，愤愤地嚷了一句："请你不要怜悯我！"

吕不韦惊愕住了！恰巧，几个守吏走过来，看到这一窘况，都非常气愤。其中向嬴异人通禀吕公子求见的那位守吏，一边拾起包裹，交还吕不韦，一边痛骂嬴异人不知好歹。

吕不韦不仅感到难堪，而且下不来台，像这样关心别人而不被理解、反受羞辱的情况，恐怕是他有生以来的第一次。他摇了摇头，不无遗憾地说："看来公子真不给我留面子！难道我的好心你都不理解？"

守吏们知道吕不韦是邯郸城内的珠宝巨商，也是市面上有头有脸的人物，可是这天在嬴异人的客馆里，却弄得如此狼狈不堪，这也太不像话了！几个守吏恨不得揍嬴异人一顿，给吕公子出出气，但一想到赵全有言在先，便忍了下去。可还是憋不住心中的怒火，只好你一言我一语地数落嬴异人。

嬴异人不加辩解，但默默地落下悲凉的泪珠。

吕不韦向守吏们摆了摆手，以示劝止，而后仍然恭恭敬敬地向嬴异人深鞠一躬，告辞离去。

首次与嬴异人相会，弄了个不欢而散。吕不韦当然心中不快，甚至感到窝火和懊丧。他一路走着，思考着。他回到吕府大院书房，把钱财包裹甩在桌几上，无精打采地扶着太师椅坐了下来。

吕童一见主人回府，马上提着茶壶走进书房，给他沏了一杯热茶，便悄悄地退出去。他呷了几口茶水，离开太师椅，在地上踱步思索。

作为秦昭襄王嫡孙的嬴异人，虽然身处困境，但与其他穷人相比，其意识有着本质的不同。嬴异人满脑子装着王孙的意识，而不会轻易放弃那种王孙的自负，恐怕天底下的王孙无不如此。那卧薪尝胆的越王勾践，只能是世间罕见的人物了。想到这里，吕不韦的心胸豁然开朗。他找到了问题的症结，也就找到了解决问题的方法。

这天中午，他的胃口很好，吃了不少菜，喝了七八两酒，并且还吃了两碗米饭。酒足饭饱，他走出小餐厅，就回到书房午睡去了。

他一觉睡到日头西斜。吕童走入书房，向他禀告，赵全来了。

在客厅里，吕不韦接待了好友赵全。他俩隔几对坐，饮茶交谈。谈话的主题是吕不韦拜见嬴异人的情况。赵全听了几位守吏的汇报，知道吕不韦碰壁受挫，扫兴而归，故前来安慰。赵全了解吕不韦，他是一个满腹经纶而又胸怀大度的人，一般事情是不计较的，但这次情况比较特殊，所以赵全把临来之前谴责嬴异人的情况告诉了他，同时还向他再三致歉，后悔自己没有陪着他一块儿去见嬴异人。吕不韦感激赵全的一片心意，并叮嘱赵全不要再难为嬴异人了，对待这样一个内心痛苦和无限伤感的秦王嫡孙，应该给予理解和体谅。这还不算，吕不韦竟然说自己对嬴异人缺乏真正的尊重，没有使嬴异人感到作为秦国的王孙，即使在异国他乡也应受人爱戴。赵全认为，吕不韦认识问题更深一层，更尖锐一些，吕不韦微笑着点点头，没有反驳他，而是祝愿他下次拜见嬴异人成功。

赵全走后，吕不韦没有马上去见嬴异人，他要给嬴异人足够的思考时间。

三天后的一个傍晚，吕不韦带领书童吕童去嬴异人的客馆。他让吕童在门外等候，自己再次拜见嬴异人。

这次，吕不韦空手而来，没带钱财，也没带任何礼物。他见嬴异人仍然像上次那样端坐在桌几前，面对着红亮的烛焰，一声不吭。不过，他向嬴异人施礼问候晚安的时候，嬴异人将目光移向了他，还示意他坐下，但没有还礼，也没有给他倒茶喝。

他不在意这些，而是按照几天来的思想准备，围绕嬴异人的祖先及其所创立秦国强盛的概况，诚恳地说："秦本为地处偏远西北的一个部落，其远祖多以驯兽驾车见长，从虞舜到周代屡屡有功。伯益佐禹治水，舜赐姓嬴氏；费昌为汤驾车败桀于鸣条，中滴在西戎为殷保西部边境，造父为周穆王驾车，日驱千里以救周乱，其族由此为赵氏；周宣王时秦仲为西陲大夫，襄公救周难，又率兵护送周平王东迁，被封为诸侯，建立了秦国。秦国的发展与强盛，起关键作用的是有几代励精图治、开明精干的君主，如缪公、孝公、惠文王，还有嬴异人的祖父昭襄王，等等。他们广招贤才、知人善任，使本为西方一个小国，逐步发展为强国。出身于这种家庭的王孙，确实值得骄傲和自豪！"

吕不韦侃侃而谈，但谈到这里突然停顿下来，看了一下嬴异人的表情——

嬴异人为吕不韦的渊博才识和绝妙口才所折服，特别是对王孙出身的秦嬴家庭，给予充分肯定，他心中受到莫大触动。嬴异人不住地点头，脸上确实显露出那种王孙的自豪，主动给吕不韦倒了一杯热茶，放到他面前。

吕不韦的讲述，就像扎针一样，找准了穴位。他继续对嬴异人说："当前是群雄角逐的时代，各国互相猜忌，又互相利用，因此，各国之间互派王族子孙作为人质，旨在确保彼此的信任。在下吕某冒昧地讲一句，嬴公子不会甘当一辈子人质！"

吕不韦将了这一军，嬴异人坐不住了。

"吕公子，快喝茶！"嬴异人激动地欠起身，将茶杯递给吕不韦。

吕不韦很有礼貌地欠身站起，双手接过茶杯，饮了一大口，又放回到桌上，而后抱拳道："多谢了！嬴公子，告辞！"

"吕公子，你……"嬴异人还想挽留吕不韦，继续听他赐教。

但吕不韦已经转身走出房去。

嬴异人亦快步追到客房大门外，两眼一直望着——

吕不韦和吕童远去的身影，消失在夜幕之中。

第十三章 回家探母 同父议权势

星斗缀满苍穹，闪烁的微微亮点辉映着茫茫大地。春夜的凉风吹来，夹杂着潮气，但并不寒冷。

吕不韦和吕童走出客馆后，穿行在京师的街道上。沿路两旁的家家户户已是烛影上窗，熠熠的光辉投射在黑暗之域的路面，无形中指引着路上行人顺利前进。

吕不韦的心情格外愉悦。他带回同嬴异人洽谈的初步收获，下定决心，无论如何要帮助嬴异人东山再起，闯出困境，大展宏图，自己这一生要绘出气势磅礴而又辉煌壮丽的历史画卷。

他两脚轻松，疾步向前。年少的吕童几乎是一路小跑，跟在主人后面。

不用细问，他今夜肯定是去往赵姬处。吕童抢在他面前，飞步引他奔往吕府后花园。

是啊，新郎去新娘那里过夜是无限甜蜜的事情。他心里早就盘算了，只要所做的大事有了眉目和进展，就赶紧把好消息告诉她，同时还要和她重温良宵，共享激情。

居住在吕府后花园新房的赵姬，也在日日夜夜思念丈夫。他与她分别只有六天，但她觉得好似离别半年之久。她惦挂他的事业，更惦挂他的身体，尤其夫妻之间那种蜜一般的情感，使她无法放弃和忘却。她明明知道丈夫不会到新房住，并且也是她把丈夫打发走的，但是每到夜晚她就站在房门外的空地上苦等。有时等到深夜，吕佳、吕静呼唤她好几次，她才依依不舍地离开这静静的院落，回到房间休息。可是，她躺在床上怎么也睡不着，翻来覆去地思啊想啊念啊盼啊……她尝到了新婚离别的苦涩，也尝到了新婚离别的苦恋，更尝到了独守空房的苦熬。今天夜间，她没吃晚饭，就独自走到后花园门口，默默地等待着丈夫。

啊！丈夫真的回来了！

她听到后花园门外的说话声——吕童向主人告辞，吕不韦让吕童回府休息。之后，吕不韦踏入后花园门内。

她躲在门内的一棵玉兰树下，轻轻地喊了一声："不韦。"

他听到这熟悉而又柔嫩的喊声，不由得心头一阵惊喜，立即判断出是妻子仲媛在呼唤他。他一边寻找，一边呼叫："仲媛，仲媛。"

赵姬从树干后面闪了出来，激动地扑向了丈夫："不韦。"

"仲媛。"他紧紧地抱住了她。

两人在后花园的石板路上，披着星光夜色，冒着初春夜风，如饥似渴地亲吻起来。

吕佳、吕静惦记女主人，怕她受风寒，一人拿着披风，一人提着灯笼，朝后花园门口走来。走着走着，忽然发现通往园门的石板路上有两个交缠在一起的人影。她俩停住脚步，犹豫了，马上折回，赶忙去给主人准备饭菜。

吕不韦和赵姬亲吻了好长一阵子，双方激动得热血奔涌……尽管夜风还带着寒意，但他俩谁也没感觉出来。

吕不韦和赵姬只顾得亲热了，谁也没说一句话。但他俩内心有一个共同的想法：天空和大地是永恒的，爱情和幸福也是永恒的！

再深的恋情也要间歇下来，即使亲吻和抚摸也不能没完没了。他俩终于松开了手，长长地出了一口气。

他先开口问道："仲媛，你怎么知道我今晚回来？"

"心有灵犀一点通嘛！"她似乎不假思索地回答道。

"哈哈哈哈……"他一听她的答话，便笑了起来。

"怎么，你不相信，你啥时候去吕府大院，啥时候回到后花园，我都能猜得到。"她说得神乎其神。

"好一个鬼精灵！你敢保证：只今天夜间到后花园门口等我，前几天夜晚从未到后花园院落里等过我？"

"去你的！"她用手推了他一下。

"嘿嘿！露馅儿了吧。"他说着又走过去拉住她的手。

夫妻俩相互依偎着朝新房走去。

在这荒芜的后花园里，由于还是早春时节，花匠们栽植的一片片花草还只是刚刚泛青，叶片上被湿润的春夜滴上了微细的水珠，散发着沁人的潮气。而在石板路的两旁，生长着一棵棵辨认不清的桂花树、苦楝树，因为这些树的枯枝上还没有长出任何细小的花朵。唯有那几棵玉兰树适应早春气候，现已在高大的枝头上长出一朵朵白色的玉兰花，散发着诱人的馨香。

崭新而漂亮的小餐厅被烛光照耀得满室生辉，圆形的餐桌上摆好了四盘热菜、四盘凉菜，还有一坛尚未启封的陈酿米酒。他俩一踏入这间小餐厅，就立即闻到佳肴的扑鼻香味。

吕佳、吕静殷勤地侍候两位主人入座，并启开酒坛，给他俩往樽里倒酒。

他推了推酒樽，说："今天午间，我已经喝过了。"

"那怎么行呢，这些日子我一直盼望你回来，这酒就是为了给你接风的。"她把那只酒樽又推回到他面前。

"少主，这酒你可得喝，夫人在你离开新房的当天，就拿出钱，专门派人去酒店里买回这坛陈酿。"吕佳替女主人说道。

"少主，你可能还不知道吧，夫人每天晚上都让我们把酒坛端出来，还让我们预备两只空酒樽，她常常看着酒樽忘了吃饭。"吕静又补充了一句。

吕不韦顿即呆愣住了！万万没有想到少妻竟然这样思念他，在生活的细微之处倾注了她的一片真情。他心内涌动着感激的思潮。

"来吧，别看我了。"她的一双秀眸也在望着心爱的人，但手里端起了酒樽，期待着他。

"仲媛，谢谢你。"他举起了酒樽，一口喝了下去。

她随之一口饮尽，放下酒樽，就往丈夫碗里夹菜。

两人一口气连续对饮了三杯。他看到少妻满脸通红，耳朵也红了，立即打住，说："行啦，不能再喝了。要喝，我自己喝。"

"那好，不韦，我给你斟上。"她说着给他又倒了一樽酒，那酒眼看就要溢出来了。

这时，吕不韦发现两位侍女已经退出餐厅，这里只剩下他俩了。他没有继续饮酒，而是开始和少妻谈正事。

她当然关心丈夫的大事，不仅注意倾听，而且催促丈夫快说。

开始，他简要地谈了前几天解决珠宝生意亏损的情况，还强调说，没有资金来源，没有经济后盾，大事是难以完成的。接着，便谈起寻找嬴异人的事。他把嬴异人怎样站起来递茶和送他到门外的情景仔细描绘了一遍。两个人对说一阵大笑一阵。最后，他还讲了准备将嬴异人请到家里做客进而详谈的打算。她听了后点头同意，认为这是个好主意，什么时候请嬴异人由他自己决定，她负责让膳房预备好酒菜。

他俩谈得很热烈。赵姬确实认识到吕不韦很有才干，她下定决心，竭尽全力支持丈夫完成"大事"。

高兴之际，赵姬又陪着丈夫喝了一樽酒。吕不韦怕她喝多了，就劝止她不要陪他了，只让她陪着一块儿吃菜，而自己又单独喝下两樽酒。

赵姬也怕丈夫贪杯而影响身体，赶紧提出结束晚餐。

他俩几乎都带着浓厚的酒劲儿，回到卧室去了。如胶似漆的感情，促使这对新婚不久而又小别重逢的夫妻，不约而同地钻进被窝。

第二天早饭后，吕不韦和赵姬一起走出新房，散步于后花园，初春的空气格外新鲜，裸露的土地不见了，被一片片花草的绿色覆盖着，各类树的枝头上挑挂着新生的嫩绿叶片。

他俩的心绪舒展，精神愉悦。正在他们兴致未尽的时候，大管家吕锦手里拿着一封信，急匆匆地踏进后花园。

吕不韦一看这封信，是父亲吕伯从阳翟寄来的家书，他赶忙拆开阅览，不禁锁起双眉，脸上立刻涌起郁悒的神情。

赵姬发现丈夫的神色不对头，问他到底发生了什么事情。吕不韦把家书递给了她，长长地叹了一口气。她很快地浏览了一遍。

原来是吕不韦的母亲黄氏病重，催他见信火速回老家。

她见丈夫还呆呆地站在那里，便掖了一下他的衣襟，催促道："还愣着干什么，赶快准备启程吧！"

"哦……对！"他拉回惦记母亲的思绪，转身面对大管家嘱托道，"吕锦，这里的一切就拜托你了。"

"少主，放心吧。您尽管回家探望老夫人，我会尽全力料理的！"吕锦说完后，转身离去。

她把他拉回到卧室，赶紧给他打点起程的衣服和钱财。而后，她又派吕佳把吕童找来，让吕童带上行李、钱财包裹，并嘱咐他一路上好好照顾吕不韦。

吕不韦谢过了少妻，和吕童各牵着一匹快骑，走出马厩，来到大街上。

赵姬携吕佳、吕静，一直将他俩送到邯郸城外。

吕不韦和赵姬依依惜别后，便同吕童一起搬鞍上马，向南驰去。

回程的路上，吕不韦的思绪不宁，往事一幕幕涌现在脑海里。

阳翟，是韩国的一个不大的村镇。父亲和母亲结婚后，靠做小生意维持生计，家庭生活还是相当贫困的，阳翟的富户们根本瞧不起父母。记得，他在六岁那一年，就想上学读书，但家里没有钱，交不起念乡学的学费，更请不起先生来教他。他正在犯难的时候，发现邻居是个财主，给小儿子雇了一个先生，早晚教学，辅导念诵，他就登上自己家的房顶，再爬到邻居家的房顶上，偷偷地聆听先生教书。一天、两天、三天……十天过去了。后来终于被那个吝啬的财主发现了，指着他大骂："穷鬼小子也想读书！踩坏了房顶你老子赔得起吗？小穷酸你给我滚下来！"从那儿以后，他再也不敢爬房顶偷听了。可是，父亲被这一口恶气窝囊坏了，整整病躺了一个月，多亏母亲精心侍奉，热心安慰，他才得以痊愈。

为了改变家庭的贫困状况，能够尽快地供他读书，特别是为了不再受他人侮辱，父母一块儿商量，决定把做小生意改做珠宝生意。没有本钱，两位老人就四处奔波，找亲友们暂借，没有经营场所，两位老人就舍出脸皮，托亲靠友去租赁。一个小型的珠宝行开业了。但是，挣钱不是那么容易的，不是采购的珠宝不合适，就是珠宝的进价过高，销售十分困难，再加上当地财主富户较少，能够买得起珠宝玉器的人家寥寥无几。生意不很顺利，半年不见效益。父亲心里很着急，但又不能就此停业，若不然积压的那么多债务什么时候才能还清？只能硬着头皮干下去。母亲心里更急，总想给这个破家烂业出把力，除了帮助父亲料理生意外，还利用夜晚给别人做些浆洗缝补活计，挣些零花钱，以弥补家庭生活用度。可是，他一时半会儿还是上不了学。

过了好长时间，他偷爬房顶听书好学的事被财主家的教书先生知道了。一天，那位先生到他家来了，先生告诉父母，已经替他给财主付了钱，可以过那院同财主的小儿子一起读书了。起初，父母再三推辞，不好意思领受先生的馈赠。但是，先生的心意诚恳，苦苦劝说，父母深受感动，便答应了。

他高高兴兴地到财主家院里上学了。即便，他仔细研读这些"四书""五经"，但也极为不感兴趣，每天坐在那里不是出神走思，就是打瞌睡，任凭先生怎样讲，就是听不进去，当然，学业成绩也就谈不上了。没有想到，这位慈善的先生还有凶狠的一面，操起棍条朝着他的身上就是一阵猛揍，只打得他皮开肉绽，鲜血直流。但是，他没哭一声，也没掉一滴眼泪，因为他不仅知道自己的过错，而且理解先生的苦衷。先生并未罢休，还把这事告诉了父母。先生走后，父亲怒不可遏，又倒攥着笤帚狠狠地抽打他的屁股，母亲不住声地劝说讲情，父亲才作罢了。儿子连着母亲的心，母亲把他拉到一旁，给他擦拭伤痕，却悄悄落泪了。这时，他也痛心疾首地哭开了。第二天，他带着伤痛去财主家上课，向先生认了错。对于"四书""五经"还是学不进去，不过，他尽量坐在那里耐心听先生讲解，说啥也不能再惹先生生气了，也免得给父母带来烦恼。尽管经过努力，但学业勉强过关，先生见他不求上进，无可奈何地长吁短叹。

又隔了一段时间，令先生感到惊讶的是他学读《左传》，几乎看不到他如何苦学，但是他对每一章、每一节都能背诵得滚瓜烂熟，对书中每一个人物、每一个事件也都能分析得入情入理。而那个财主的小儿子，经常被先生考问得张口结舌，背诵也是磕磕绊绊。先生改变了对他的态度，逢人便说："不韦这孩子记忆力非凡，能够把十多万字的《左传》学得这么深透，世间罕见。"父母听后，高兴极了，宁肯省吃俭用，也要供他好好读书，让他能找个好出路。但他当时没有这个想法，只是喜欢《左传》，敬重《左传》的作者，暗暗发誓也要写出像《左传》这样的不朽之作。

"不韦"，则是先生给他取的名。意思是希望他不要违背师长和父母的心愿，刻苦读书，锐意进取，力争功成名就。

当时的吕不韦，偏偏令人失望，违背了先生和父母的心意，于十二岁那年，他辍学不读了，硬是跟随父亲从事珠宝生意去了。

将近六年时间的苦读苦学，使他掌握了不少知识。在做生意的过程中，他仍然坚持读书，且又聪明、机敏，遇事豁达，善于周旋，其经营之道不断拓宽，能够往返韩、赵、魏等国贱买贵卖珠宝玉器。由于经营的路子畅通和经营的经验丰富，珠宝生意兴隆发达起来。他家里的资金不断累积，以至于他又另辟新径，到赵国京师邯郸开设了一个个珠宝分行。从而，他的"珠宝巨商"声誉传遍各国，他也就成了社会上的一代名流人物。

目前，他的所有亲人几乎都在老家阳翟，除了父母之外，还有妻子田欣和一个刚满十岁的儿子吕强。田欣长相不是十分俏丽，但肤色白嫩，生就两只水灵灵的大眼睛，文静善良，勤劳朴素，同时还有一个宽阔无比的胸怀。他在外奔波多年，纳娶小妾多房，田欣不但不忌妒，照样坚持坐守空房，热心侍奉公婆，耐心抚养儿子，并督促儿子用功学习。他只是因为田欣不善读书，不够机灵，缺乏一种女人特有的魅力，所以不怎么喜欢她。他和田欣结婚时，母亲曾多次催他将那条珍珠项链交于田欣，可他说啥也没拿出来。最终，他还是把珍珠项链赠给了他最可心的女人赵姬。现在，他想起这件事，心里就觉得对不起田欣。想当初，他和这位正室夫人也是在非常甜蜜的巧遇之中结合的——

十一年前的酷暑盛夏，他受父命去往洛阳选购珠宝，一路上顶着骄阳暴晒，踏着大地蒸烤，路两旁的庄稼叶子被晒得耷拉下来，路边的野草蔫蔫巴巴，有的半枯半黄，整个大地就像要窒息一般，憋得人喘不上气来。好不容易走到一个硕大荷塘的柳荫处，一簇簇鲜艳的荷花盛开着，水面上刮来清新的凉风，岸边上的柳梢开始摇曳飘动。他想，干脆，钻到荷塘里洗个澡。他离开柳荫处，走到荷塘岸边的一个隐蔽地方，放下肩上的包裹，脱下被汗水湿透的单衣单裤，随手又把包裹和衣服放入灌木丛中，啊！他一下子愣住了！——灌木丛中还有一套红衣绿裤……

他的心如同被蝎子蜇了一下，赶紧抓起包裹和衣服，惶惶不安地站起身来左顾右盼。啊！荷塘里竟然有一位姑娘赤身裸体地洗澡，正在半遮半掩地将身子没入水中，但那张挂满水珠的脸庞望着他微笑，一双秀眸在注视着他的窘态。他下意识地看了看自己，嘿！他也是赤身裸体呀！藏也没处藏，躲也没处躲，急得他团团转。忽然，听到水中传来姑娘"咯咯"的笑声。他好像明白过来了，索性把包裹和衣服一甩，赤着身子，"扑通"一声，就跳到水中！

这一男一女全是未婚之人，在一个池塘里裸体洗浴也够难为情的。男的不敢游向女的，女的也不敢游向男的，两人在各自的一小块水域里游动，唯恐游到浅水处，倘若游到浅处，上半身就要裸露出水面，所以，他们尽量只露脖颈以上。可是水塘是有浮力的，每个人的身体不可能总停留在一个地方，所以他和她那种露露蹲蹲、蹲蹲露露的现象不时发生。两个人的目光看似互相回避，其实都在互相偷看。异性的裸体吸引，谁也控制不住，尤其被这清澈塘水浸没的异性裸体，更加使人产生一种莫名的亢奋。空中的骄阳虽然还在喷射火一般的光芒，但他由于泡在水里，早就感到凉爽多了，不过，心里就像开了锅的热水似的，沸腾不止。怎么出水穿衣服呢？不管是谁去岸上穿衣服，也得光着身子啊！他一时想不出办法来，心里着实后悔，不该到这个荷塘里洗澡。

忽然，只听"哗啦"一声，姑娘游到浅处猛地站起，上半身裸露在水面之上……他闻声一转身，抬头一看，啊！她咋这么美呀，太美啦！只见姑娘的两只大眼睛忽闪忽闪的，长长的睫毛一上一下地挑动得额前水珠向两颊滚落，那长长的秀发湿漉漉地紧贴在白嫩嫩的肩后，特别是刚刚脱出水面的两个乳房，颤颤悠悠，一个丰腴多姿的女性身体展现在他面前。他有生以来第一次看见这样一位漂亮卓绝而又一丝不挂的女人，只觉得眼花缭乱，不敢顾盼。

"别难为情了，你把脸背过去，我去穿衣服！"姑娘勇敢地向他开言道。

"那，那……那好……"他的心怦怦地跳着，随即将头转向荷塘深处。

不一会儿，她上了岸，走向灌木丛，来到堆放自己衣服的地方，先抽出那条白色绸巾，擦了擦身上的水痕，后又穿上内衣内裤，正要准备穿红衣绿裤的时候，忽然听到"嘎啦啦"一声，空中惊雷炸响，她抬头张望，浓重的乌云翻卷到头顶，不由自主地朝荷塘里看去——只见他已将头转向岸边，可能是看她只穿着内衣内裤，猛一转身又将头朝向荷塘深处，她着急地大声喊道："喂！快上来吧，天要下雨了！"

他知道要变天了，又听到她的喊声，赶紧转身朝岸边游来。他光溜溜地爬上岸来，顾不得许多，跑到灌木丛前，就手忙脚乱地穿上衣裤。他举目一看，不好意思地垂下了头。

姑娘一直站在他的身旁，她看到了他的全身，那张秀丽的脸颊羞得通红，却又带着笑容。

这时，空中落下稀疏的雨滴。

"我家就住在单父，离这里很近，我叫田欣。"姑娘说着，用手指了指前面的村镇，"如果你不嫌弃的话，就请到我家避避雨。"

他先是点了点头，但又半推半就地说："我，我姓吕。那，那行吗？"

"有啥不行的！"她已经拾起他的包裹，拉着他的手就奔向通往单父的大道。

头顶又滚过一阵雷声。雨滴越来越密集了。

他和她手拉着手，朝着前面的村镇飞跑起来。

不多时，他俩跑进家中。这里是一个仅有三间房的独立小院。院内清静，房间整齐，但没有其他人。他俩相继去卧室内换下淋湿的衣服，她让他上炕休息，自己去烧火做饭。

她手脚麻利，不一会儿就端来一小盆儿热气腾腾的面，又拿来碗筷。两人盘腿对坐炕上，一边吃着一边拉起了家常，他弄清了姑娘的身世。她很小的时候，父母就患病身亡了，是外祖母把她拉扯大的，她以在荷塘里养藕为生。她现在十七岁，而他比她年长一岁。

外面的雨越下越大。

她深情地望着他。他那英俊而刚毅的面孔，拨动着她爱恋的心弦。她动容地说："吕公子，今晚就住下吧！"

"这……"他一听她真诚地挽留他，心田立即荡起甜蜜的涟漪。

她从衣柜里抱出一套崭新的被褥，放在炕头上，紧挨着她的那套被褥，并指着新被褥说："你就盖这个！"

"田欣，这，这不合适吧。我，我还是睡地上吧！"他难为情地推辞道。

"不。地下怎么行呢，弄脏了被褥还不算，你若是睡病了，我，我这心里……"说到这里，她停了下来，过了好一阵子，才果断地说出自己的心里话，"你和我，就住在一起！"

这天夜里，他和她睡在同一炕上，两人都初次品尝这种人生从未有过的快感。

他俩的心连在了一起。

他去洛阳选购好了珠宝，很快地回到家中，就和父母谈了结识田欣的事情，两位老人当即应允他们的婚事。

一个月后，他把她从单父娶回阳翟。

现在，妻子田欣一定守候在母亲的病床前，煎汤熬药，体贴侍奉。

吕不韦和吕童乘骑急奔，昼夜兼程，连续两天一夜，赶回老家阳翟。

他到家一看，年近六旬的老母躺卧在病床上，父亲吕伯、妻子田欣、儿子吕强等全家人都围拢在母亲身旁，病床旁边已经摆上寿衣，床头上还放着没能服下的一碗满满的汤药，他不由得心内一缩，浑身打了个寒战，难道母亲病得真不妙啦？他伏下身子，仔细观瞧，母亲确实病入膏肓，奄奄一息了。他见母亲闭着眼睛，艰难地喘息着。他将嘴巴对着母亲的耳朵，轻轻地呼唤着："母亲……母亲……"

母亲强睁了一下双眼，看见了儿子，嘴角微微地颤了颤，好似要说什么，但没发出声来。母亲又闭上双眼，两颗苍凉的泪珠顺着眼角滑落下来。

他的心难受极了，抑制不住惦念母亲的内心酸痛，鼻孔一酸，泪珠"吧嗒、吧嗒"地落在母亲的胸前。

父亲、妻子的泪痕还没干，一看他落泪，也都忍不住哭了。

懂事的儿子，一边呼唤奶奶，一边流出泪珠。

他的脑子不住地回想着，母亲为了这个家，起早贪黑，忙忙碌碌，为了教育自己成才，操碎了心，为了抚养孙子成人，出尽了力，硬是协助父亲，干起了珠宝生意，改变了从前受人欺辱的状况，终于把日子过得红火起来。可是，还没来得及享福，就病倒了。他长年在外，很少回家，没怎么孝顺母亲，母亲就要离开人世，他觉得对不起母亲，想着想着，便含着眼泪，用拳头捶打自己的头部。父亲、妻子、儿子都上前去拉他的手，劝他不要这样伤感和悔恨。父亲告诉他，已经千方百计地寻医找药给母亲诊治，但因为患的是伤寒病，实在是难以治愈。

他还对母亲抱有一线的希望，决心从死亡线上把她抢救回来。他到家的当天下午，没顾得上吃饭和歇息，就和吕童骑着马到外边寻找医生和购买良药。

连续三天的紧急抢救，什么名医都找过了，什么贵重药物也都买来了，但是，母亲的病情越来越恶化，终于在第三天夜晚离开了人世。

全家人陷入极其沉痛的哭号声中。吕不韦越是哭泣，越是悔恨自己对母亲不孝，甚至捶胸顿足，咒骂自己。年逾花甲的父亲本来最关心母亲，最悲痛伤心了，但看见儿子如此哭号并谴责自己，就停止了哭悼，而去安慰儿子，并说人生寿命是天意所定，任何人也没有能力更改。田欣和儿子怕他哭坏身体，也在一旁哭着劝他。

在一片悲号之中，全家人将母亲安葬了。

一连数日的奔忙，他还没顾得上跟妻子交谈，也没和妻子住在一起。这天夜里，他来到妻子的卧室。妻子一见阔别很久的丈夫走进她的房间，似有千言万语要倾吐，眼眶里盈满了泪水。儿子看到父母相见的悲喜神态，似懂非懂——因为他仅仅十岁，但还是笨手笨脚地提起水壶，给父母各倒了一杯热茶，就悄悄退出房间，同爷爷一起做伴睡觉去了。

这次，他和妻子相隔五年了。离别的愁苦和思念与相聚的欢乐和幸福交织在他俩的心与心之间，怎么能不令他俩百感交集呢！她扑在他的怀里哭开了，他也落下一串串泪珠。他知道妻子的苦衷和辛酸，结婚十一年来，她勤勤恳恳，任劳任怨，侍奉公婆，抚养儿子，尽管家中生活不像以前那样悲苦，但仍然是省吃俭用，把富日子当穷日子过。身上穿的这件袍衫还是五年前他探家时给她购置布料缝制的，她头上的首饰更是简朴，只有一个牛角发簪别于头顶，根本没有什么步摇和凤钗。她，同赵姬比较起来，不知要寒酸多少倍呢！想到她，这么多年，一直坐守空帷，独自生活，任凭美丽的青春光华随着岁月流逝，两鬓已经长出丝丝白发，两只眼角也出现了条条鱼尾纹，可她从来没有发过牢骚呢，更没有当面抱怨过他，吕不韦越想心里越不安，越想心里越觉得对不起她，流下了惭愧和内疚的泪水……

她依偎在丈夫的怀里，好像是有生以来第一次享受到这样甜蜜的幸福。她，满脸的泪痕，满心的欢喜，满身的温暖。突然，她感到丈夫一颗颗滚热的泪珠滴落在她的脸颊上，泪水与泪水流在了一起，泪痕与泪痕印在了一块儿。她抬起头来，看到丈夫哭得如此伤心，便用她那经常干活的粗糙手掌，去擦拭丈夫的眼泪，并哭泣着安慰丈夫："别，别这样。不韦，你，你对我够好的啦！不韦，我，我一辈子也忘不了你！你也不容易呀！"

"田欣，我对不起你！"吕不韦一听妻子这番哭诉，心里就像刀剜了一下，痛煞难熬，"哇"的一声，大哭起来了。

泪水引出了泪水。她被丈夫哭得更伤心了，但不敢哭出声来，只是默默地流泪，唯恐被公爹听见，若不然老人深更半夜过来还得劝他们。

她抽泣着，不住声地劝丈夫："不韦，你不能太悲伤了！你还得……保重身体！全家还仰望着你呀。为妻这里，什么都不用你担心，只要你好好的，我就放心了……"

他停止了哭泣。他深深感到妻子的贤淑与善良，乡村的女人同样有着令人尊敬的高尚品格和难忘的朴素情操。他感谢妻子，赞美妻子，家中生活的好转，不仅有父亲的辛劳忙碌，而且有妻子的付出奉献，尤其是母亲患病期间，妻子一直陪伴床前，端药送水，侍上忙下，替他尽了大孝。此恩此情，终生难报！无论如何不能让她再守在家里受苦了，也不能让年迈的父亲再去为珠宝生意奔波操劳，应当把全家人都接走，将在阳翟的房产和田地交给亲友们。他把这个打算告诉了妻子。

她理解丈夫的心意，但没马上答应他。因为婆母刚刚去世，公爹肯定不会同意现在就离开阳翟，至少也得一年以后再说。可丈夫一片好意，为了她和全家，说啥也不能让丈夫扫兴，她委婉地提到她和孩子还要为母亲守孝，等过一段时间，一定让全家人去丈夫那里。

其实，他自己也不是没想到给母亲守孝的问题，只不过他看到妻子的悲苦和孤单，有些于心不忍。如果几天后他离开阳翟，家里琐碎生活的担子还要落在她一个人肩上，父亲忙活生意，儿子年龄又小，谁也帮不上她。从结婚到现在，他和她还没有正经八百地在一起好好生活过，甚至连一番心窝子里的话也没有从从容容地掏过，他总是来去匆忙，长期跑外，为家里刚刚起步的珠宝生意东奔西走。说实话，就是把全家人接到邯郸，他也不能整天整夜地陪伴她，何况那里已经有了百十名小妾，最近又有了让他难以舍手的赵姬，更重要的是，他不想长期坠入儿女情长之网，而是准备在政治上进行一种新的追求。尽管如此，邯郸的吕府家大业大，人手众多，说啥也得让父亲和妻子享享清福，轻闲轻闲。可是，妻子谈到了为母亲守孝的事，这不能说不是实际问题，父亲也大有可能为此拒绝去邯郸，看来这次接全家人去往赵国的条件还不成熟。他不想和父亲谈这件事情了，免得给父亲为思念九泉之下的母亲造成新的伤痛。

他同意妻子的请求，为了给母亲守孝，全家人可以暂时不去邯郸。

更鼓敲过三下，已是子夜时分。

二十多天过去了。按照葬礼后的风俗习惯，吕不韦和全家人在"三七"那天，给黄泉路上的母亲烧送了冥钱。

近期的守孝任务完成了，他和吕童告别了亲人，正准备返回邯郸时，忽然看见韩国一位税吏闯进他的家门。父亲赶忙迎了上去，双手抱拳搭躬，不住地施礼，恳请税吏大人到屋里坐。

没想到，那位税吏指着父亲的鼻梁破口大骂："混蛋！光知道挣钱，上个月的税钱为啥不交？"

"税吏大人，请您原谅！"父亲连连作揖，"这几个月生意实在不景气，过段时间我吕伯一定把税金补齐。"

"好吧，容缓你几天，如果再不守信用，我就罚你双倍税金！"那位税吏说完后，大摇大摆地离去了。

吕不韦见父亲被税吏气得浑身颤抖，赶紧走过去劝慰父亲，并和妻子将父亲搀扶到室内，吕童和吕强也都跟了进来。

"父亲，请您不要生气了。"他给父亲端过一碗热水，继而分析道，"看见了吧，有钱的不如有权的，有权的可以任意欺负有钱的。人常说，权势权势，可没人说钱势哩！"

"唉！一个税狗子，有这么屁大点儿权，有啥值得猖狂的！"父亲打心眼儿里憎恨税吏，但又对人家无奈，一回头看到吕强站在旁边，不无抱有希望地说，"咱们吕家好好供我孙子读书，说不定我孙子将来满腹经纶，拜为上卿，也就不受人欺了！"

"爷爷，我一定好好读书。"吕强说了句让爷爷开心的话，伸手把那碗热水捧到爷爷唇边。

吕伯高兴地点了点头，接过水碗，呷了口热水。

"父亲的话说得很对，吕强必须好好学习。"他说着，又看了看妻子，嘱托道，"你这当母亲的，也要多操心哪！"

田欣面对丈夫点点头，说："放心吧，我要教育孩子记住你们的话，还要经常督促他努力学习。"

"父亲，我们要彻底弄清这个道理——有了权势就有了一切。"他从刚才这件小事上，看到父亲意识到无权无势的苦头，但父亲对权势这个问题不一定认识很深刻，遂又引申一下，并想激发父亲的念想，"但眼下我们已经拥有一定的资财，究竟应该怎样对待和解决这个权势问题，咱们父子俩是否……"

"不韦，别说啦！"吕伯当即打断儿子的话，不想被"权势"二字纠缠住，干扰他们父子多年来用心血浇灌起来的珠宝生意，于是叮嘱道，"你要记住，咱们本是穷苦人家出身，好不容易把生意搞起来，你在邯郸比父亲闹得还好，都能够进出赵国的王宫了，一旦由于胡思乱想，出现了意外闪失，岂不前功尽弃，全家人跟着倒霉嘛！"

"父亲，不会的……"

"不要探讨这件事情了。你回到邯郸后，还要尽心竭力地经营珠宝生意，万万不可去干冒险的事情！"

吕不韦还有好多心里话，想说给他的父亲，一直找不到合适的机会，可在临走之前，碰到父亲受到税吏辱骂的场面，满以为能够借此理由说服父亲，同意他下一步为权势而努力的计划，但没有想到，父亲的认识同他的想法竟然有这么大的差距，一时半会儿是难以劝服的，就不再勉强了。若不然，临走之前还要惹老人生气，母亲又刚刚去世，还是说些安慰的话吧。

　　"父亲，请您不要着急，我一定按您说的去做！"他违心地表了表态度。

　　"好，这就好！"吕伯脸上露出了笑容。

　　这时，他提出动身登程，让吕童去牵马匹。

　　吕伯、田欣、吕强等全家人一直把他俩送到阳翟村头。

第十四章　异人觉醒　盼登太子位

一个风和日丽的上午，嬴异人向看管他的守吏请了假，准备去找那位负责从赵国到秦国传递信件的信使，把写给母亲夏姬的第三封信再发出去。过年以来，嬴异人给母亲寄过两封信，但均石沉大海，杳无音信。嬴异人确实坐等不住了，担心母亲患病。所以他又怀着惶恐不安的心情，给母亲写了这封信，但是在信中没有再提及自己的内心苦闷和悲惨遭遇，只是询问母亲的身体状况。

嬴异人只身来到繁花似锦的大街上。街市上，人声鼎沸，熙熙攘攘。

在这春暖花开、阳光明媚的季节里，经历过战争创伤的赵国京师，也处于祥和与温馨、愉快与轻松之中。然而，嬴异人认为这些与他没有任何关系。他只是关心自己的处境，虽然也和赵国人一样痛恨秦昭襄王，但是出发点截然不同，他怨恨爷爷把他作为人质送到赵国。五岁那年他就被送到异国他乡，一别秦国本土和母亲十六年。在这漫长的岁月里，爷爷对他不管不问，只是忙着东征西战、扩大疆土。他的父亲——安国君太子柱，也令他憎恨，把幼小的亲骨肉舍了出去，难道他就一丝一毫也不留恋吗？父亲在太子宫里拥有众多姬妾，过着花天酒地的生活……可是，他却在赵国受尽欺凌，不得自由。思想起来，他心里不禁一阵阵凄楚和悲凉。

前不久，在赵国客馆里，与吕不韦两次相见，嬴异人第一次领略到这位异国珠宝巨商的才识。尽管他对吕不韦不甚礼貌，冷淡对之，但吕不韦毫不计较，大度容人，以其能说善辩的口才，几句话就拨动了他的心弦，尤其是给他点燃起秦王嫡孙应该奋进的心火。他本想继续和吕不韦好好聊聊，但再也没能见面，使他感到惋惜和遗憾。

说句实在话，嬴异人在很大程度上，是一个被秦国抛弃的嫡孙，且又生活在敌国，没有半点政治地位，经常遭到心胸狭隘的百姓的奚落和打击，使他变得意志消沉、萎靡不振。所以，要想改变这种处境，还必须付出极大的努力和代价。然而，他一个人力量有限，孤掌难鸣。这也是他心情郁闷的原因。

这些日子里，嬴异人经常想起吕不韦。吕不韦，外表具有从商的胆量，内心颇具从政的气魄，这是一般人无法比拟的。可惜呀，这个人所处的地位不行，仅仅是个商人，本事再大又能如何呢？此人若是遇到机会，大有可能干出一番惊天动地的事业。不过，找吕不韦请教一些重大政治问题，让他指点迷津总是可以的。嬴异人想到这里，恨不得马上见到吕不韦。他听人说，吕不韦和信使都住在邯郸南大街，他准备把信件交给信使后，就去找吕不韦。

满腹心事的嬴异人，只顾低着头朝前走，不敢顾盼左右行人，唯恐被人认出他是秦国嬴异人。因为他客居赵国京都多年，有些百姓已经认识他了，他在街市上经常被人指指点点，弄得不敢抬头，窘口难言。他心里默默地念诵：好心的赵国人，千万别让我再难堪了。

嬴异人来到了南大街。到现在为止，还算平安，嬴异人还没遇到麻烦事。他很快地找到那位信使的住处，把写给母亲的信件呈递于信使，叮嘱对方无论如何把信件当面转给母亲。信使答应尽力去办。

他又回到街上，想找人询问吕府在什么地方，但又怕被人认出他是嬴异人，一直也不敢开口。

他走到锦香院大门前的空阔街道上，发现一位耍猴儿的民间艺人正在敲锣叫喊打场子："快来看，快来看，不愿看的不要钱！愿意看的圈儿外站，捧场赏钱靠自愿！"接着，艺人又敲响了一阵锣声。

过往行人不断地向这里涌来。

艺人放下锣槌和铜锣，牵着那只穿戴服装的小猴，沿着画好的半圆形白线直立奔跑。

不一会儿，围观的人们自动地站成大半圆圈儿。

嬴异人没有心思观看这种热闹，只是想从围观的人群中寻觅一位信得着的人，以便打听吕府所处的位置。可是，人们都在观看那个又蹦又跳的猴子，根本没人注意到他的存在。他在人圈儿外边绕了绕，几次想询问，都没好意思张嘴。

他怨恨自己。他是一个自尊过分的人，也是一个缺乏勇气的人。眼前，就这么丁点困难，都不想去克服，还能去干什么呢！

嬴异人踌躇良久。

他正要准备离开这里时，只见从围观的百姓中闪出四个小伙子，快步向他冲来。他抬头一看，其中两个人他认识，一个叫袁二，一个叫常三，是邯郸城里著名的地痞。他想，坏了，今天非要吃亏不可。他转身拔腿就跑。

"站住——站住——"袁二大声喊着。

"你再跑，把腿给你打断了！"常三威胁地喊了一声。

四个人一齐追了过去。

嬴异人知道他们人多，来势凶猛，自己再奋力奔跑，恐怕也难以逃脱。他停下脚步，站在那里了。

"唉！这就对啦！咱们谁也别白费力气。"袁二喘着粗气凑到嬴异人跟前。

"异人，别站在这儿了，跟我们回去。"常三抓住嬴异人的衣领子就往回拖。嬴异人扭不过这个粗野的小子，只好顺从地跟跟跄跄走着。

四个人就像押犯人一样，把嬴异人拽到围观耍猴的场子中间。

观众立刻惊讶了！一些人认识嬴异人，觉得他更有看头，这是秦昭襄王的嫡孙，看他比看耍猴儿还有价值。

唯独那位民间艺人不怎么高兴。还没来得及端着铜锣向观众要钱，就被这意外的情况给搅和了。艺人收拾锣鼓和道具，牵着那只小猴儿准备撤离场地。

常三赶忙迎了过去，截住那位民间艺人，笑呵呵地说："嘿嘿嘿！师傅，别走啊。"

"你们这儿有事，我得赶路啊！"民间艺人皱着眉头，焦急地说。

"别着急，今天需要你配合一下，一会儿就让你走。"常三扬了扬手臂，似带有命令的口吻。

"那……"民间艺人摇了摇头，没再说什么，把锣鼓、道具又放在地下。那只小猴机敏地躲在主人身后。

袁二已经松开了手，但用手一边指点着嬴异人，一边喊着："各位父老、各位兄弟、各位姐妹，你们快来看，他就是客居我们赵国的秦嬴异人！他的爷爷秦王，是发动秦国军队攻打我们赵国的罪魁祸首！他是龟孙子，他是狗崽子！他……他不是什么好东西！"

听罢袁二这番话，在场的人们更是气愤嬴异人有这么一个残暴的爷爷秦昭襄王，没有一个人上前给他说好话，也没有一个人去阻拦袁二、常三。

袁二的话更是激起了两个青年对嬴异人的仇恨。他俩不约而同地冲了过去，朝着嬴异人就是一顿猛烈的拳打脚踢。

嬴异人被打得鼻青脸肿，鼻孔处流下了殷红的鲜血。但他没有掉泪，也没有求饶，被打倒了又挣扎着站起来。

"告诉大伙儿，揍嬴异人，是有原因的！"常三拉长了音调高喊着，又指了指那两个青年，向围观的人讲述道，"他，叫张弦，他，叫钱硕，他俩的父亲——一个是在长平大战中，被秦军坑杀了，一个是三年前守卫京师邯郸时，被秦军射死了！"

围观的百姓发出了一阵阵慨叹声、惋惜声。

一位穿长袍的老叟好不容易从人群中挤到圈内，语重心长地劝说道："四位小兄弟，你们的心情，老朽很理解。但是，老朽向你们提醒一句：秦王发动任何一次战争，与这位嫡孙嬴异人都没有任何关系。嬴异人还在很小时，就被秦国送到赵国作为人质了，十六年来，他还没有回过一次秦国，他怎么能左右他的爷爷呢?！小兄弟们，你们还是年轻人，度量要大一些，眼光要远一些，听老朽劝告，把嬴异人放了吧！"

张弦、钱硕两位青年听了这位长者的话，向他深深一躬，转身离去了。

"喂，喂！别走哇！"袁二朝着张弦、钱硕的背影喊了一句。

但他俩没有回头，穿过人群，朝市里走去。

"你老的心意我们领了。但是，你已经给我们撵走了两个弟兄，不要再说了！"常三心里很不满，嗔怨地说。

"小兄弟，我也是好意呀！"老叟叹息道。

"哼！"常三朝老叟白了一眼，转向袁二一挥手，"开始！"

袁二点点头，朝着身后的民间艺人走去。围观的人群多了起来。人们注视着袁二、常三，同时为嬴异人捏了一把汗。

这时，吕不韦、吕童乘骑由老家阳翟赶回到赵都邯郸。他俩行至南大街锦香院大门前，发现路旁围了一大圈人，便翻身下马，迈步朝这里走来。

在快要接近人群的时候，忽然听到人们的起哄声、笑喊声。吕不韦把缰绳交于吕童，独自挤入人群，踮起脚后跟，朝里张望。

啊！那不是嬴异人吗?！是他，绝对是他！他怎么手里牵着一只小猴儿，向着观众直转圈儿呢?

吕不韦已经看明白了,嬴异人又一次受到前所未有的侮辱。

那位老叟实在看不下去了,抱着双手搭躬,几乎是拜求地说:"二位兄弟,就算老朽求你们了,放了这位异人吧!"

"去去去!没你的事。"常三不耐烦地向老叟直摆手。

嬴异人手里牵着那只小猴来回走着,但他的头低得再也不能低了。

吕不韦步入表演圈内,走向那两个痞子长吁了一口气:"嘿!袁二、常三,你们俩怎么干这种事儿啊?"

"哟!吕公子!"袁二一看是吕不韦到了,赶紧抱拳施拜礼。

"吕公子,您好。"常三笑眯眯地也上前搭躬,不好意思地搪塞道,"我们只不过是随便玩玩。"

吕不韦手指嬴异人,劝阻道:"快让他停下。这若是让平原君知道了,免不了要收拾你们俩!"

常三心里惧怕平原君,赶忙走向异人那里:"喂!嬴异人,停下吧!这回是吕公子讲情,饶了你啦!"

嬴异人如释重负般地把缰绳甩在地下。

那只小猴儿拖拉着缰绳,欢蹦乱跳地跑向民间艺人。

吕不韦从怀里掏出些许铜钱,分别塞给了袁二、常三。两人点头哈腰,笑呵呵地离去了。围观的百姓也陆陆续续地散去了。

嬴异人抬头一看,是吕不韦进入场内救了他,他愣住了!

"嬴公子……"吕不韦亲切地叫道。

嬴异人深受感动,只有吕不韦这样称呼他。他激动地抖了抖双唇,两个眼眶涌出了热泪,马上扑了过去,喊了声:"吕公子——"

"嬴公子,请你不要这样,抬起头来。"吕不韦不愿看到秦王嫡孙如此伤感,因为在不久的将来还要靠他干一番伟业哩!

嬴异人用手掌擦了擦眼泪,不再哭泣了。

吕不韦为了激发他的人生斗志,又甩了一句铿锵有力的话:"有道是,壮士知耻而后勇!"

嬴异人闻听此言,精神陡振,随即昂起了他那颗王孙的头。

吕不韦见嬴异人恢复了他本来就应该有的心气,心里很高兴。接着,诚恳地请他到吕府坐一坐。

嬴异人很痛快地答应了，并说，他正准备找吕公子哩！

吕不韦让吕童将两匹骏骑牵回吕府马厩，自己陪着嬴异人去往吕府后花园的新居。

在嬴异人的青少年时代，没有谁比他更难熬了。他不仅没有父爱和母爱，就是生活也没有保障。尤其令他难以忍受的，就是刚才在众人面前被戏弄。对此，吕不韦给他做了中肯分析，在多事多战时期，不只是秦、赵两国之间互派人质，在其他诸侯国家之间，也都采取了类似的方法，所以说这是一个社会历史问题，不应该有什么想不开的。再说，一个人贫富交替、沉沉浮浮也是正常的，世上没有一竿子支到头儿的船！

吕不韦的一番话，使嬴异人茅塞顿开，他感慨万端，不住点头。

他俩来到吕府后花园新居的客厅。吕佳、吕静早已为他们准备好了热茶和水果。

吕童向赵姬禀告了吕不韦已经返回京城和接来嬴异人的情况，赵姬听后高兴得不得了，让他去膳房通知师傅们准备酒菜，既为丈夫接风，又为款待嬴异人。

客厅内，吕不韦热情地寒暄，请嬴异人喝热茶、吃水果。嬴异人心里颇为不安，为上次的慢待不恭而致歉。吕不韦大度地摆摆手，不打不相交嘛！说完后，他俩都笑了起来。过了一会儿，两人又奔向小餐厅。餐桌上摆满了香喷喷的菜肴，还有两壶陈酿米酒。

吕不韦不由得想起心爱的少妻赵姬，知道这一切都是赵姬准备的。但从阳翟回到这个新家后，还没见到少妻哩。

他俩还没入座，正在谦让之际，赵姬从门外闪了进来，激动地喊了一声："不韦！"

吕不韦闻声，转身一看是少妻，兴奋而又急切地说："仲媛。"

嬴异人看见了被吕不韦称呼"仲媛"的这位丽人，他的心内狂跳着。

啊！绝代佳人，光彩照人！他的一双眼睛看呆了。

若不是嬴异人站在旁边，吕不韦和赵姬早就跑到一起拥抱了。两人只是深情地望着对方。突然，吕不韦意识到嬴异人正在看他俩，转身把嬴异人向妻子做了介绍，同时也把妻子向嬴异人做了引荐。

嬴异人与赵姬互相施礼参见。不知什么原因，赵姬一见这位秦王嫡孙并不感到陌生，似有一种说不出来的同情和亲近。但只是心里揣摩，不敢正眼相视，双手施拜后一直低着头。嬴异人就和她不一样了，一见到她，就对她产生了一种难以言表的倾慕，眼睛还不时地望着她。

赵姬说了些让丈夫陪好嬴公子的客气话后，转回玉体，飘然离去。

他俩入座，开始饮酒。但是，嬴异人并没有急于喝酒，因为他腹内空空，还从没见过这么多香气扑鼻的美味佳肴，他狼吞虎咽般地吃着。吕不韦见他吃得这么香甜这么急切，自己反倒不怎么吃了，就劝他慢点吃。嬴异人不好意思地笑了。但他仍然风卷残云般地将各盘菜一扫而光，几乎撑得肚皮有些发疼。

吕不韦又给嬴异人斟酒。

嬴异人一连喝下三杯酒。他满脸红光，酒足饭饱，用那长期劳作的粗糙手掌擦了擦嘴巴上的油腻，感慨万千地说："吕公子，多谢了！在下吃饱了，也喝足了。不怕你见笑，我来赵国十六年了，第一次享用这么好的酒菜，第一次吃得这么饱。我，我终生难忘啊！"

吕不韦也放下了酒樽，微笑着说："嬴公子，言重了！我吕不韦知道你的情况太晚了。往后，只要有我吕不韦在，你的衣食住行就不会有问题。"

"唉！惭愧，惭愧！"嬴异人长叹了一声。

"嬴公子，你有满腹心事，何不讲出来，也可让我为您分忧啊！"吕不韦一看详谈的时机到了，主动询问。

"从上次你离开客馆后，我一直想找个机会跟你好好谈谈。我也看出来了，你是我流落到异国他乡遇到的第一个知心人，只有你把我当人看，当王孙看，我愿意把心里话告诉你。"嬴异人将身靠在椅背上，陷入沉思之中。

吕不韦没再吭声，等待他的倾诉。

嬴异人忆起往事，不由得涕泪交加，悲苦难抑。他回顾了那年因为秦赵两国会盟渑池之后决定互派人质于对方京都的情况，他当时仅有五岁，爷爷秦昭襄王和身为父亲的太子柱安国君决定让他到赵国做人质，他和母亲夏姬不得不生死离别，至今想来，仍然心肝欲碎……

吕不韦听人说，安国君有二十多个儿子，便问嬴异人，为什么偏偏派他来呢?

嬴异人直言不讳地讲述了生母夏姬不受安国君宠爱的内幕。他和母亲分手时，母亲哭着告诉他说："娘救不了你，而你的父亲又指名让你落实爷爷的谕旨——充当秦国去赵国的人质……"叙说到这里，他哽咽得说不下去了。

"嬴公子贵为秦国王孙，却背井离乡流亡到赵国，的确让人痛心啊！"吕不韦亦落下伤感同情的泪珠。

嬴异人的伤心有悲也有愤。他怨恨爷爷和父亲根本不顾及在赵国还有做人质的子孙，屡屡发兵入侵赵国，有几次他险些被赵王杀掉，每每多亏丞相平原君赵胜的上书劝谏，方使他得以活命。他虽然活了下来，但赵国对他的生活费用苛刻扣减，那些守吏经常让他饿着肚子去王宫御花园拔草浇水、运土填坑。他简直就像犯人一样，被监视劳作。十六个冬春过去了，现在还是如此境遇，他无限忧愁，何时才能重见天日啊?！

"嬴公子，我听说秦王七十岁了，在王位上不会很久，如果你的爷爷寿终正寝，那么你的父亲太子柱安国君大有可能即位。到那时，又有谁能够登上太子的宝座呢？"吕不韦试探地问了一句。

一句关键性的话，问住了嬴异人，这句话可能刺激性太大了，他听了几乎有些后怕。他不愿意琢磨这个问题，因为距离他太遥远，但也不愿意其他人登上父亲坐过的太子宝座。他尽量控制自己内心的冲动，不想把自己的隐言甚至情绪透露给吕不韦，免得让人讥笑他狂妄。他假装平静地回答道："父亲有二十多个儿子，那就看他最喜欢谁了！"

"是不是排在首位的儿子，被赐为太子的可能性最大？"吕不韦按照当时诸侯、国王选拔继承人的惯例，进而问道。

"不排除这种可能性，但也不完全这样，还是要看诸多儿子各自的条件，谁的条件优越有利，谁被立为太子的可能性就大。"嬴异人答道。

吕不韦点了点额首，遂又问道："嬴公子！您知道从楚国到秦国的那位华阳夫人最受安国君宠爱吗？"

"世人皆知！"嬴异人脱口而出。

"可是，华阳夫人未生一子，也未生一女。"吕不韦又进一步分析道，"你知道吗，华阳夫人为此十分苦恼，万般忧愁？"

"这个我也知道。但不知吕公子意欲作何打算？"

"我想办法让你登上王位！"

嬴异人一个劲儿地摇头，不敢置信。

"怎么，您不相信我的话？"吕不韦注意观察他的神态。

嬴异人擦干了泪痕，没有答言。但他心里想过，谁不愿意当王子王孙哪？

可这是多大的难题呀，你一个商人能有此能力吗？于是，他苦笑了一下说："吕公子，我看你还是先光大自己的门第吧！"

"您说早了，但我的门第是要仰仗公子才能光大！"吕不韦讲得诙谐幽默，并且婉转地倒出了自己的真实想法。

嬴异人听后觉得吕不韦话中有话，带着疑惑的眼光看着吕不韦，说道："吕公子，嬴异人愿闻其详。"

吕不韦见嬴异人为己所动，还是愿意过上那钟鸣鼎食的生活，便咳嗽一声，清了清嗓子，这才低声讲出一番道理："在下平日虽然经商，但颇为留心秦国的政情。刚才我已经讲过，目前秦王已年逾七旬，你的父亲安国君待老王千秋万世，荣登大宝之期已经不远。安国君宠爱的正妃华阳夫人却又无子，你们兄弟有二十余人之多，在诸子之中，子傒居长，又有士仓辅佐，颇有贤声，初露头角，被树立嫡嗣的可能性极大。而你嬴公子在诸多兄弟中，排行居中，且又久为质子在他乡异国，长年未能接近你的父亲，所以你的父亲也就不可能和你有什么特殊感情，在秦国内部，尤其是王宫里的人，没有谁能够站出来替你说话，一旦安国君即位，恐怕你还得长期过着食不饱腹、衣不遮体的生活。但是，嬴公子如果想改变目前的处境，那么就看你我的合作情况怎么样了。"

吕不韦这一深入浅出的分析，嬴异人不觉被深深打动，惶惑地问道："你我怎样合作，请予赐教。"

"岂敢赐教呢，我只不过为公子出谋划策，旨在为你谋取太子继承人的尊位！"吕不韦停顿下来，等待异人的反应。

异人目不转睛地看着吕不韦，屏息谛听这一震撼人心的大胆设想。

吕不韦看到了嬴异人那种急不可耐的神情，心里很高兴，便把自己的计划和盘托出："谋取太子宝位的方案可分三步，第一步，鉴于嬴公子现在的处境，缺乏资财，又质居赵都，不仅无力侍奉父亲，而且无力结交宾朋，我可以捐赠您一些资财，助公子尽快改变这一处境；第二步，鉴于华阳夫人无子之现状，我可携带重金前往秦都咸阳，争取敲开华阳夫人的宫门，将嬴公子归附于她，她必然向太子柱安国君保荐你，立你为嫡嗣；第三步，如若接到安国君和华阳夫人的函告，认你为嫡嗣，那么你我即可一同前往秦国京师，嬴公子见了华阳夫人后，一定以真挚的感情，像对待亲生母亲一样，尊重和侍奉这位太子正妃。上述具体实施方案，不知是否可行，尚请公子定夺？"

这是一个多么周密的方案哪！嬴异人听罢非常佩服吕不韦，同时也激动不已，他倏地站起身，心潮起伏地说："恩公，您的足智多谋，您的大恩大德，令我终生难忘。日后此事的完成，还得仰仗恩公的鼎力相助！"

"公子，请尽管放心，只要有我吕不韦在，就是倾家荡产，也要想办法帮助你完成这件大事！"吕不韦下了最大的决心，像下了赌注般地准备把前半生所花费的心血赚来的金钱全部用在异人东山再起的宏大事业上。

"恩公——"嬴异人激动万分地喊了一声，眼眶中涌出热泪，只听"咕咚"一声，他双膝跪于地上，声音颤抖地说，"恩公，您就是我的再生父母！您的恩德无量，我，我一辈子也报答不完！"

吕不韦没有急于搀扶他，而是趁他下跪盟誓的机会，问了一句："嬴公子，我不让您报答一辈子，但我想听听您有何心意？"

"一旦计划实现，吾必有厚报——将来你我共分秦国之所有，把一半江山留给我自己，把另一半江山如数给您！"

"哈哈哈哈！"吕不韦一边大笑着，一边将嬴异人搀起，爽朗地说，"公子，我绝不要你的江山，我还要辅佐你完成治理天下的大业呢！"

嬴异人破涕为笑。他万万没有想到，吕不韦既为他点亮了前进的航标灯，又为他甘当一名顶风冒雨的舵手。他也暗下决心，一定同吕不韦合作到底。

"我准备奉献公子五百两黄金，明天夜里就派人秘密送上，作为公子结交宾朋之用。"吕不韦还对异人叮嘱一番，"公子要记住，不但要多结交有机会来赵国的秦国各方显贵人物，还要有意识地多结交各国包括赵国在内的各方显贵，礼贤下士，造成贤声。除此之外，公子要时常在世间大造舆论，也要有行动，表现出对安国君和华阳夫人的万般思慕之情，尤其对秦王宫派来的吏使更要表达出你的这种心意，他们回去后必定为你广为传颂，这对你的将来极为有利。等过一段时间，公子蜚声各国，我再秘密地进行我们下一步的计划。"

"吕公子敬请放心，您的话我都记下了。"

他俩的宏伟蓝图就这样描绘出来了。

嬴异人这才抱拳告辞。

吕不韦一看天已经黑了下来，马上命吕童提着灯笼，将异人送回客馆。

异人走后，吕不韦全身感到无比的轻松，披着满天的星斗在后花园漫步，想到自己本来是一个商人，偏偏要涉猎政治，踏入仕途，没料到就这样与秦王嫡孙嬴异人在政治上达成了交易，异人"奇货可居"，自己也一脚踏入政治。吕不韦不自觉地陶醉了。

吕佳、吕静来了。她俩一直跟在吕不韦的身后没敢打扰，待吕不韦停下脚步后，才上前轻声轻语地请这位刚从阳翟回来的男主人回房歇息。

吕不韦抬头一看，赵姬的卧室已经烛影上窗，她的倩影在窗棂前飘动着。吕不韦的愉悦心情油然升起，急步奔向卧室。

政治上的重负、生意上的压力，迫使吕不韦不敢懈怠。第二天，吕不韦就赶紧去吕府账房，找到大管家吕锦，了解和处理近日来珠宝生意出现的问题。同时，吕不韦还通知账房，准备五百两黄金。

夜深人静。大管家吕锦遵照主人的吩咐，带领四名武士，陪同车仆驾驭着马车，给嬴异人送去了五百两黄金。

黄金所到之处，立即光芒万丈，照亮四堂。多年来一直贫困交加的嬴异人，一下子得到这么多的黄金，顿时眼花缭乱，惶惶惑惑，他的那条干涸的生命河流顿即注入源源不绝的清泉。从此，他尝到了生活的甘甜和美好，恢复了那种王孙的尊严。

首先，他拿出一些黄金，除了改善自己的衣食生活条件外，还专门打点了身边的几个守吏，包括管辖他多年的平原君府舍人赵全，甚至连为他做饭的膳房师傅们也都有所表示。不大工夫，他的身价高出几倍，也显示出了王孙的人格力量。他的住室被赵全调整到大房间，几位守吏见他则满脸堆笑，阿谀奉迎，主动给他当用人，侍上忙下，跑前跑后，那些室内活计更是全包下来了。看来，钱的作用之大，是其他任何力量不可替代的。

而后，他又拿出一些黄金，购买了古玩珍宝，装在一个精制木匣内。他把这份珍贵礼物交给了赵全，让赵全再转呈平原君，以此答谢救命之恩。

后来，他不仅宴请赵国的一些上层人物，还结交了社会名流志士。并且，将各国驻赵的使节及夫人也都召集在一起，一边饮酒一边交谈，尤其听到秦国使臣谈及安国君准备在四月初八为华阳夫人庆祝诞辰之事，他在心里暗暗记住太子正妃的诞秩之日，还借此机会一再表示思念父亲安国君和母亲华阳夫人，说话期间，流下了怀念亲人的泪水。

嬴异人在广为结交的日日夜夜中，朋友越来越多，见识越来越广，他的名声在潜移默化中越来越大了。

四月初八这一天来到了。他在客馆里的大堂内,为华阳夫人举行了庆祝诞辰的大型宴会。他请来了几百名宾客,还有各国的使臣,那位秦国使臣也被邀请来了,吕不韦当然也在宴请之中,并且坐在他的身旁。宴会开始了,他举杯站起,向大家提议,为祝福母亲华阳夫人寿辰愉快和幸福而干杯,众人也都纷纷站起,和他一起端樽饮下。接着,他大声赞扬了父亲安国君和母亲华阳夫人的品德,由衷表达对父亲和母亲的万般思念之情。说话间,他的眼泪流了下来,哭诉道:"我嬴异人……把华阳夫人看成天一般!日夜哭泣,思念父亲和华阳夫人!"

人们为异人对父母的孝敬所感动。

一个具有特殊意义的盛大宴会就在这种氛围下进行着。

第十五章　保护胎儿　将来成大器

当一轮皎洁的明月从东方升起，越过东关城门楼，越过钟鼓楼，将柔和的光芒如清水般地洒在整个京师邯郸的那阵儿，就到了家家户户进入安谧甜睡的时候。然而，唯有蕴藏着无限青春活力的青年男女，尚不能入睡，正在互相倾泻着极其饱满的情与爱。

仍然可以称得上新婚的吕不韦和赵姬，尽管已经洗沐完毕，但还没有进入香馥馥的帷帐，而是对坐几前，饮茶畅谈——

吕不韦像制订一份战略计划一样，描绘出一个政治远景规划。实施规划的主角是嬴异人，而展示这场威武雄壮的戏剧的导演则是他吕不韦。异人已经开始表演，完全按照计划在前进，并且收到了比较好的效果，这使吕不韦非常满意。计划—金钱，金钱—计划，凝聚着吕不韦的汗珠和心血，当然，他比任何人都珍惜。他心里很清楚，实施这份政治远景规划，将是毕生的奋斗目标，成功意味着什么，失败意味着什么，必须谨慎从事，万万不可大意。所以，在进行第一步计划期间，他极为关注嬴异人。这良好的开端，让他认为异人是很好的合作者，但进行第二步计划的火候还没到来，尚且可暂等一下。

丈夫的精明和才思，早已打动了赵姬。这样的宏图大略，她还从来没有听过，更没有亲眼看过，这不亚于东周列国那些传奇式的故事，可不可以说，无限风光在险峰呢?! 一旦美好的愿望实现，丈夫则成为载入史册之人，而自己的人生也就不同凡响，今生今世，没有白活。她看到丈夫叙说实施规划时那种眉飞色舞的神态，自己的心潮也是起伏难平，恨不得也立刻加入他们的行列，随之一起奋斗，一起攀登高峰。此时，她羡慕丈夫，也羡慕嬴异人，甚至于羡慕人间所有的男人。似乎男人是顶天立地的大丈夫，男人才能够完成历史上的伟业。她满腔热情地鼓励丈夫，大胆地实施美好的规划，并诚恳地表示，她将全力以赴地支持和协助丈夫去完成大业。

吕不韦为拥有这样豁达贤能的少妻而自豪。

他和她上床后，放下了帏帘，但为了欣赏那动人心魄的身体，并没有熄灭红亮亮的烛光。他总是让她平躺在床上，从上到下，仔细打量一番，尽情地欣赏她的美丽的胴体，接着便开始吻她的前额，吻到她的双唇，吻遍她的全身……她还像初次那样，羞得满脸发烫，她的周身正在战栗的时候，忽然喊了一句："你，你轻点儿！"

他吓了一跳，双手撑起身体，小心翼翼地离开了她，侧身坐在她的旁边，惶恐地问道："仲媛，你，你这是为啥？"

"人家已经有了，怕你给碰坏了！"她不好意思地笑了笑。

"真的！"他惊喜地叫道。

"谁还骗你！前几天就应该来月红，可，可就是没来……"她的脸忽的一下又红了。

他兴奋极了，将耳朵轻轻贴于她的小腹部，半猜半想地说："听到了。里边有动静……"

"胡说吧，才一个月。"她爱怜地抚摸着他的脸颊。

他抬起头，"哈哈"地笑了起来。

她见丈夫笑得这么开心，也"咯咯"地笑了起来。

"但愿是个男孩儿，将来要像你一样。"她发自内心地说。

"没错儿，会是男孩。"他顺着妻子的话。

"只要是个男孩儿，咱俩得好好教育，让他成为一个顶天立地的男子汉！"她心里有许多悲酸，盼望有个儿子，将来好给她出气，好给她撑腰。

"放心吧！有其父必有其子。"他满怀信心，无比自豪。

"但愿如此！"她心里像吃了蜜一般的甜。

"从明天起，你就不要乱动了，什么活计都交给侍女仆人。"

"瞧你说的，我又不是泥捏的。"

"反正你要给我保护好。"他还是有些不放心。

"放心吧。"她微笑着回答道。

他给她盖上了被子，而后他跳下床，吹灭红烛。

这几天，她腹内的孩子成了他俩话题的中心。

大姑娘结婚怀孩儿，头一回。赵姬对此也很担心，肚子里的胎儿将要怎样成长，胎儿又将如何影响母体，而母亲又应当注意哪些事情，这些生活常识本来就是女人应该掌握的，可她结婚后，从没有向其他女人询问过这类事，只顾高兴度蜜月了。这也难怪，哪个大姑娘在结婚之前能够拉下脸打听这些事呢！以前，她听母亲和舅母在闲谈中扯过类似事情，只是简单地一说而过，有时笑着说上一句：姑娘结婚到时候啥都懂了。

男人就是男人。丈夫在从事经商、社会交往等方面，确实有才识。可在女人生理问题上，他很少研究，有些还一窍不通。不过，他倒知道要小心。

一次，他笑着对她说："仲媛……往后，我不能沾你身了吧？！"

"瞧你说的！至于吗？！"她用食指点了一下他的前额。

他知道自己说得有些离谱了，不好意思地笑了。

"不过，对怀孕后的一些生活常识，我也不明白。如果你有机会的话，给我找一本这方面的书来。"她直截了当地向丈夫提出要求。

"没问题，我现在就去外边查找。"他说完，转身走出房去。

当天下午，吕不韦就回来了，找来了一本关于妇女妊娠的书。

她捧过这部帛书，看了看书名，又掀看了几页，粗略地翻了翻，点了点头，说："对！有了这本书，就好办一些了。"

"你仔细读读，尽量掌握书中提供的道理。"他指着书本，认真叮嘱赵姬。

她先是微点额首，后又嘱托丈夫不要向外人透露她怀孕的事情，就是嬴异人也不能告诉。她准备祈祷苍天和神灵，盼望生个儿子。他满口答应下来。

这天下午，吕不韦刚离开新居，周氏、张煜、王氏都来看望赵姬这位出阁的闺女。她心里高兴极了，赶紧让吕佳、吕静端来香茶、水果、点心。她和两位贴身侍女一样，忙活着接待她们。

娘家的亲戚登门，自然亲切而随便。她们从赵姬结婚以后，仅仅一个多月时间，就看望她三次了，每次她都是在卧室里接待她们。自打母亲、舅父离开人世后，她们就更是她的亲人了，所以，她只要和她们相见，立刻感到有一种说不出来的温暖，彼此之间有说不完的话。

突然，舅妈发现桌几上摆着一部关于妇女妊娠的书，顺手拿起看了看，而后又端详了一下赵姬，似乎有些惊喜，说："仲媛，你怀孕啦！"

"没，没有。"赵姬被这突如其来的话问得面红耳赤。她不是不好意思，而是不愿意舅妈她们知道她怀孕的消息，因为尚未祈祷神灵，唯恐盼望生儿的"天机"被泄露。她惶惶不安地说："我，我只是随便翻看一下。"

"很有必要，应该读读这类书。女人结了婚，迟早要怀上孩子的！"周氏见外甥女羞涩难言，便直率地说。

"是啊，看看有好处，免得将来大人、孩子受影响。"王氏在一旁鼓励她。

赵姬感激地朝她们点了点头。

说话间，舅妈长长地叹了一口气，脸上涌出忧郁的神情。

过了好长时间，舅妈才倒出了埋藏多年的心里话。原来是叹息自己没能生下一个儿子，给张家顶门立户。很显然，现今的母女俩，生活的力量也很单薄，即使张煜将来长大成人，一个姑娘也难以完成一个小伙子所要干的事情。舅妈的目光落在了女儿的身上……

张煜懂得母亲的苦衷，知道自己肩上的生活担子很重，眼下依靠母亲，但将来必须承担起抚养母亲的重负。她向母亲诚恳地表示，长大了也不结婚，一辈子和母亲生活在一起，一辈子留在家里侍候母亲，养老送终，竭尽孝心。

周氏感动得眼眶里盈满了泪水，一把将女儿搂在怀里，但不赞成女儿不结婚的想法，男大当婚、女大当嫁是天经地义的。否则，遭人非议事小，个人的终身大事抛弃了，那才事大呢！依偎在母亲怀里的张煜，点点头，没再说什么。

这次，舅妈、表妹、王氏来看望赵姬，赵姬也改变了以往接受她们馈赠钱物的做法，而是分别向她们赠送一些钱财和古玩，以表谢意。

她们感到欣慰，高兴地离去了。

与异人合作，落实政治规划，是丈夫的首要大事，而怀孕盼子，则是赵姬的头等大事。尤其看到刚才舅母为无子而生出的郁闷心情，她的内心深处产生了共鸣。她盼望腹内是个男婴，盼望所生之子将来是一个顶天立地、叱咤风云的大英雄。因为她处于诸侯争霸、列强厮杀的战乱时期，特别是在她青少年时期，虽然她衣食不缺，生活富有，但是却饱经忧患，历尽坎坷，甚至遭受恶棍的蹂躏。所以，她万分痛恨那血洗的年代，恨不能立即改变时局。可惜的是，自己是一个柔弱女子，焉能主宰天下大事！为此，她将满腔希望寄托在腹内胎儿上。

关于女人怀孕，对她影响最深的是太任。太任是周代开国君主周文王的母亲，史称太任为"端壹诚庄，维德之行"。当太任有孕在身之时，目不视恶色，耳不听淫声，口不出傲言，以胎教子，生下文王。文王创建周朝，治理天下，名扬四海，确也未辜负母亲的教诲。

于是，她仿学周文王的母亲太任，在孕期一开始，就坚持每天清晨起来，让侍女吕佳、吕静为她点上炷香，默默请求苍天，保佑腹内胎儿是个男婴，将大有为，才气横空。每七天她还去邯郸城西祠庙内，焚香祈祷三皇五帝，保佑胎儿能成大器，整治江山。

然而，她的这一切都是在秘密之中进行的，就连她的贴身侍女吕佳、吕静也不知道。

一天，赵姬派车仆驾驭马车，她坐在车厢内，并携带吕佳、吕静，带上炷香和米酒，去城西祠庙内，祭奠和祈祷三皇五帝。

所谓"三皇"，乃是古代传说中的天皇、地皇和泰皇，他们开辟了宇宙，创造了人类。所谓"五帝"，乃是孔子传下来的《宰予问五帝德》中记载远古传说相继为帝的五个部落首领——黄帝、颛顼、帝喾、尧、舜。他们开创了文明历史，他们的光辉业绩深深扎根于炎黄子孙的心里，几千年来，被当作贤君圣主的楷模历代传颂。

赵姬对三皇五帝格外尊崇，命吕佳、吕静在每座尊像前的香炉内各插上九炷香，而后，她又亲自点燃了八九七十二炷香。在一片香火的烟雾缭绕中，她面对三皇五帝塑像屈体跪下，默默祈祷："三皇五帝，天地神灵；保佑赵女，怀孕在身；生下男婴，执掌乾坤；一统大治，永世太平！"

她默诵完了，屈身施拜，方站起身来。

她向三皇塑像前撒了五谷，又向五帝塑像前泼洒了米酒。

她把内心隐言和夙愿全部默诵给三皇五帝，把美好的希望寄托于天地神灵，只觉得精神爽快多了，浑身上下无比轻松。她转身退出祠堂，携吕佳、吕静走出庙门，准备返回城里。

主仆刚刚走到马车前，就见嬴异人骑马奔来。她不由得心头一震，异人怎么到这里来了？难道异人知道我怀孕的事儿？她冷静地思考后，心里有了结论：不会，绝对不会。她猜测，异人肯定是为自己的事情来祠庙的。她没急于上车，而是站在车前，等待异人。

说时迟，那时快，嬴异人乘骑很快到达车前。

赵姬一看嬴异人直接奔她而来，心里有些紧张，不知发生了什么事情，遂上前问道："嬴公子，有事吗？"

"赵夫人，我有急事找您商量。"嬴异人说着跳下马来。

"哦，嬴公子请讲！"赵姬一看，是嬴异人自己有事，与她怀孕祈祷无关，便放下心来了。

嬴异人看了看吕佳、吕静和车仆，几个人都站在跟前，说话不太方便，于是委婉地说："赵夫人，咱们还是回府好好商量一下。"

"那好，回府后还可以听听夫君的意见。"赵姬看出了对方为难的神色，估计可能有重大事情。

"对。"嬴异人知道吕不韦已经喝醉了，躺在后花园新居，但还不能实言相告，免得赵姬问长问短，问吕不韦因何而醉。

赵姬命车仆准备驾车回城。

嬴异人亦搬鞍跨骑，扬鞭催奔，随着车辆一同返回城里。

他们回到吕府后花园新居。赵姬在客厅里接待了嬴异人，嬴异人也是头一次与赵姬单独相会。

现在，嬴异人与赵姬隔桌对坐，饮茶交谈。交谈中，赵姬知道吕不韦同异人在客馆里饮醉了酒，方才回到卧室里睡觉去了。对于吕不韦的酒量，她是清楚的，一是他不轻易喝醉，二是他一旦醉了也不容易清醒，一睡就是大半天或一整夜。

当赵姬向异人询问丈夫醉酒的情况时，异人的两只眼睛直勾勾地盯着赵姬，一句话也不回答。赵姬虽然同情他，对他有一种说不出的好感，但此时不喜欢他这个样子。可她又不敢看他，只是低着头把他的水杯往他面前推了推。趁此机会，嬴异人一把抓住赵姬的手。赵姬稍稍停顿一下，猛地又将手抽回，轻声轻语地说："你，你还没回答我呢！"

"夫人，你，你，你让我说什么？"异人紧张而慌乱，把赵姬刚才的问话全都忘了。

"你呀，这么个记性儿！"赵姬嗔怨的话语中，透露着爱慕，"亏你还是赫赫秦王嫡孙，对别人的话一点儿也不上心。"

"哦，对，对！你刚才问我，吕公子是怎么喝醉的。"

"是啊，到底咋回事？"

"这些日子，我按照吕公子的交代，一直忙活访朋交友。吕公子也抽空去给我帮忙捧场。今天上午没有接待客人，是我们俩在客馆里一边交谈一边饮酒……"

"啊，就这么醉了？！"她半信半疑地插话道。

"我也奇怪，吕公子喝酒是海量，同往常比，今天喝得并不多。"异人接着往下说，"我们俩正在喝的时候，赵国的一位赴秦信使归来了，直接来找我，告诉我说，已经把我写给生母夏姬的信件交给了太子府，仍是未能见到我的生母。听后，我很失望，因为我很想念生母。当时，吕公子给我递了眼神，暗示让我克制自己。我明白吕公子的用意，马上向那位信使表白，我万分思念母亲华阳夫人、父亲安国君。当时，那位信使向我俩透露一个新消息——安国君的师傅及其夫人今天下午来到赵国京师，私访平原君。信使走后，我和吕公子商量，以我个人名义，于今晚酉时设宴，给我父亲的师傅及其夫人接风。你看，我的打算如何？"

"对，应该抓住时机！"

"这是一件大事，是一件百年不遇的大事。吕公子和你一样，不仅赞成我的意见，而且愿意全力以赴地支持我的行动。"异人说着顿了顿，"不过，为了抓住这次机会，我向吕公子提出一个要求……"

赵姬聚精会神地听着。

"吕公子说，不用说一个要求，多少个要求都行，只要对这次宴会有利，有什么话尽管讲。"异人说到这里，又停顿下来。

"嬴公子，既然不韦答应你，你就应该向他提出来。"

嬴异人欠身离座，站起来了，在地板上来回踱步，回忆着当时向吕不韦提出要求的情景——吕不韦满脸窘态和不悦，险些出尔反尔、跟他闹翻了脸。想到这些，他好似难以启齿了。

"怎么，你没提出要求？"赵姬见异人窘口难言，不知道他什么意思。

"我，我提出来了……"异人的双眸望着赵姬，难以猜测她的态度如何，欲言又止。

"你咋这么啰唆，什么大不了的要求还不敢讲？！"赵姬焦急地催问道。

"我向吕公子提出：他的夫人，陪我去赴宴！"异人终于说了。

赵姬一听愣住了！

她呆了好大工夫，才逐渐恢复常态，但心里不是滋味。她站起身来，走至客厅门前，一双秀眸望着门外，心潮难平……一个名花有主的女人，却被这个没有妻子的嬴异人"借用"，扮作一对假夫妻去陪秦国的一对真夫妇饮酒，这岂不是让人难堪吗？

"夫人，我理解你的心情，猛一听这事是不容易接受，你会感到我这个人……"

"荒唐！"她猛然打断异人的话，表情复杂，仍然望向门外。

"是啊，我承认，这事有些荒唐……"嬴异人瞅着她的脊背继续说着，"吕公子听了我的要求，一直不吭声，只是喝闷酒，一连喝了七八碗。就这样，吕公子才……才喝醉了！"

赵姬听到这儿，弄清了丈夫醉酒的原因，她感到，吕不韦对她还是一往情深的，不会同意她去做这种荒唐事的。尽管是饮酒陪客，也要假戏真唱，若是泄露出去，不仅影响她的声誉，而且伤害夫君的脸面。想到这里，她冷冷地甩了一句："不行。我不答应！"

"唉呀，夫人，这还了得！你若是不答应，你不是要我的命吗？"异人一听赵姬拒绝他，急得直跺脚。

"哪有那么严重？"赵姬满不在乎。

"夫人，刚才我去城西祠庙找您，我不是说了吗，我有急事找您商量……"

"既然是商量，那么我就有选择的自由。嬴公子，你想过没有，这事如果传扬出去，我和吕不韦还怎么在邯郸待下去？赵国人谁还能瞧得起我们？"

"怎么会呢？这件事只有咱们三个人知道，我绝不会往外说的。"嬴异人苦苦哀求，一旦赵姬拒绝和他扮作假夫妻，不出席这个宴会，那么只有他一个人孤零零地去接待秦国那对夫妇了。到头来，他们肯定笑话他，一个二十几岁的秦王嫡孙，连个像样儿的妻子都没讨上，还能有什么作为！他用哀怜乞求的目光望着赵姬……

赵姬不再言语，但也没有吭声。

"赵夫人，你就答应了吧！"嬴异人心里很着急。

赵姬还是没吱声。

"做好这件事，仍是为了实施吕公子拟定的战略。我和吕公子既然达成协议，双方就应该全力以赴，尽心投入。你要看到，我们的成功，直接关系到你的利益！"他对美好未来的憧憬，对强大秦国的向往，更加激发了自己的勇气。

至于赵姬，他有信心征服她，让她跟着自己一起行动。他满怀激情地说，"赵夫人，你要相信我，我热爱我的祖国，我要回到秦国去，我还要登上秦国太子的宝座！赵夫人，你不要思虑过多，我一定尊重你的人格，保护你的荣誉！"

赵姬虽未言语，但在思考着。

沉默。久久的沉默。

他仍然在期待着。

一直站在门口处的赵姬，思想斗争很激烈。陪伴嬴异人做假夫妻固然有失尊容和体面，但这又是政治需要，直接关系到夫君的政治谋略实现与否。全然拒绝，恐怕行不通。否则，夫君也不会醉酒的。这件事，还得同夫君仔细商量，尚不能唐突决定。她又转身面向嬴异人，郑重地说："嬴公子，此事非同小可，我得和夫君磋商后，方能决定。"

"好，太好啦！你要记住，今晚酉时，在我的客馆里，我等你。"嬴异人说完向赵姬告辞，转身走出去了。

赵姬离开客厅，赶忙回到卧室，去看酒醉而卧的吕不韦。

进入室内一看，吕不韦确实酩酊大醉，躺卧在床上打着鼾声，如死一般沉睡着。吕童侍立在床前，一直守护着，吕童告诉她，少主睡了将近两个时辰，还没有苏醒过来。

这怎么行呢，太阳已经西斜，如果夫君还这么睡下去，什么事情还不耽误了！她心里很着急。

她忽然想出了一个主意，派吕童通知膳房，熬一大碗浓浓的绿豆汤，还得准备一小碗醋。少顷，膳房师傅端来一大碗热气腾腾的绿豆汤，吕童端着一小碗醋随后跟入。

她和吕童开始帮助吕不韦醒酒——

她把小碗里的酸醋倒入大碗里的绿豆汤内，两手捧起绿豆汤碗，大声呼叫："不韦，不韦，不韦……"

吕童用手轻轻地抬起吕不韦的头。

"不韦，不韦，你张开嘴，喝点儿绿豆汤。"她继续叫他。

吕不韦似乎听到有人叫他，下意识地张开嘴唇。她伏下身体，小心翼翼地将碗中的绿豆汤灌入丈夫的口中。他"咕噜、咕噜"地喝着，不大工夫，他喝完了这碗加入酸醋的绿豆汤。

她又让吕童拿来一个陶盆，放在床头的地板上。忽然，他一翻身，面对地下的陶盆，"哇"的一声，吐出了大口酒食。赵姬用拳头轻轻地捶着丈夫的脊背。

他一口接一口地把腹内的酒食全都吐出来了。谢天谢地，他的大脑逐渐清醒了。顿时，吕不韦的浑身上下感到一种从未有过的轻松。他看了看赵姬，又看了看吕童，十分歉意地说："仲嫒，吕童，太麻烦你们了！"

"嗨！你都醉成这个样子，还如此客气！"赵姬笑了笑说。

吕童和赵姬见吕不韦欲起身下床，急急忙忙上前搀扶。

吕不韦坐在几前，端起茶杯，大口大口地喝起香喷喷的热茶。

赵姬提起茶壶，往丈夫的杯中倒入了热茶，而后，便问起了丈夫同嬴异人一起饮酒的情况。

吕不韦长长地叹了一口气。她等待他的回话。

"仲嫒，你的想法呢？"他反问她。

"这事你怎么问我，你究竟咋想的？"

"我，我……"

夫妻俩各自满腹心事，但几乎是同样的心情，谁也不愿意失去对方——尽管是暂时的分手。因为这在名义上将会造成很大的损失，其他任何力量包括金钱，也无法弥补。

当然，吕不韦与嬴异人已有约定，共同执行这一宏大的政治规划，两人都对设想的未来承担着某种义务，无论哪一方遇到困难，对方都应该竭尽全力给予帮助。这次宴请和接待秦国御师夫妇，将会把嬴异人送上更高的位置，甚至将其威望带回到秦国，无疑，将使异人在秦、赵两国上层人物那里获得不可估量的影响。

对此，吕不韦已经反复思考过。

他下定决心，同意赵姬承担这一"角色"。

她不再说什么，事情已经发展到这一步，也只好走下去了。

吕不韦拉着少妻的手，叮嘱了一番，要她好好配合异人，认真完成这一任务。但还提醒赵姬，千万不能贪酒。

她点点头，明白丈夫的意思，饮酒那还了得，腹内还有婴儿哩！她让丈夫放心，并说今晚宴会一结束，马上就会回来。

夫妻俩互相拥抱在一起，亲吻了好大一会儿，好像要离别一样，难舍难分。

他为了不影响赵姬的情绪，索性去吕府大院了。

丈夫走后，赵姬把吕佳、吕静叫来，帮她抓紧梳头化妆、穿戴打扮。

傍晚酉时，客馆小餐厅内，烛光辉映，如同白昼。嬴异人为秦国御师夫妇举行的招待宴会开始了。

秦国御师温旭、夫人孟姬被尊让坐在席桌上首，而嬴异人和他的"临时夫人"赵姬坐在下首。他们互相通报姓名，热情寒暄。赵姬既未更姓，也未改名，而是如实介绍姓名。有趣的是，异人越是夸赞他的夫人如何如何，赵姬越是岔开话题，不是劝对方饮酒，就是询问对方国情，这对"夫妇"谈吐很不协调，弄得异人那张脸红一阵，白一阵。温旭及孟姬发现他俩的表情不那么自然，觉得有些奇怪，但也不能说出来，只是互相传递了一下眼神。

嬴异人夸赞"妻子"，旨在炫耀自己。但没想到适得其反，心里有些紧张。

不过，赵姬的出现，确实给嬴异人增添了光辉。尤其她那动人的姿色和超凡的气质，不用说在赵国，就是在秦国也是罕见的。对此，温旭和孟姬都在暗暗惊叹，并为嬴异人感到高兴！

异人不再琢磨"妻子"令他难堪的事了，而是有意地把话引入正题——再三表示自己思念父亲安国君、母亲华阳夫人，离别十六载，怀念十六春，哪年哪月哪天，从未忘记过父母！说完之后，他涕泪皆流，泣不成声。

坐在一旁的赵姬，尽力附和"丈夫"，并说嬴公子过于思念父母，病倒过好几次。

还甭说，这对"夫妇"的表演真奏效。温旭听了不住点头，认为嬴公子是个大孝子；孟姬听了不住落泪，认为他不愧是秦王的嫡孙，既懂孝道，又懂情理。他们表示，回到秦国后，一定把嬴公子的这些情况告诉华阳夫人。

殊不知，孟姬是华阳夫人的姐姐，做姐姐的当然知道妹妹的情况了，华阳夫人从没生过孩子，怎么会有嬴异人这个儿子呢?！当时异人离秦赴赵做人质只有五岁，谁都知道他是夏姬的亲生儿子，而现在，为什么他口口声声称呼华阳夫人为"母亲"呢?……或许，他是一个有心计的秦王嫡孙，想要依附华阳夫人，将来有所作为吧。

然而，孟姬没有泄露自己的身份。

异人和赵姬给秦国夫妇斟酒夹菜，请他俩转告对安国君和华阳夫人的问候。温旭、孟姬点头应下。

作陪中，异人相当热情，一连喝了十多杯酒。可赵姬滴酒未沾，她心里只有一个念头：保佑胎儿，将来成大器。因为她已经向三皇五帝降香祈祷，企盼夙愿实现，一旦由于饮酒而影响胎儿成长，岂不坏了大事？但是她不失礼仪，每次与对方饮酒，都是端樽至唇边，待客人饮完后，才将酒樽放在桌几上。

这次具有特殊意义而且又由特殊人物——假夫假妻举行的招待宴席，就这样在一片欢快的气氛中结束了。

"夫妻"俩将秦国客人送走后，回到了客馆卧室。

这是一个宽敞、整洁而温馨的房间。异人将赵姬让坐在桌几前，又给她倒了一杯香茶。接着，他一边说些感激的话，一边用那双因喝酒而充满血丝的眼睛色眯眯地盯着她俊俏的脸颊。

她发现他的神情不对，不好意思地低下了头。突然，他猛地抱住了她。

她奋力挣扎着，欲挣脱开他的双臂。

但是，她哪里挣脱得开？她又急又气。

忽然，"咚，咚，咚"一阵敲门声传来。

异人惊恐地松开了赵姬。

赵姬赶忙整理了一下袍裙，一双眸子注视着房门处。

嬴异人急忙拉开门闩，打开房门一看——

原来是一位守吏和吕不韦站在门外。

"嬴公子，我接夫人回府。"吕不韦的目光里透射着妒恨和不满。

"哦，好，好……"嬴异人一副窘迫不安的样子。

第十六章　西去秦国　拜求太子妃

正在吕不韦和嬴异人展开政治交易的时候，吕不韦的父亲、妻儿等，从老家韩国阳翟搬迁到赵国京都。他们因遇到战乱，投奔吕不韦来了。

吕不韦和大管家吕锦忙活了好几天，才把家人安顿好。父亲吕伯住在吕府大院的后院正房里，妻子田欣和儿子吕强被安排到吕府大院西北角的一个独立小院内，这里离父亲的住处比较近，便于田欣去照顾老父亲。

吕不韦知道，父亲一生含辛茹苦、勤勤恳恳，最关心的是他的生意，至于仕途之类的政治活动，他不感兴趣，甚至反感。所以，他没有急于向父亲透露他和嬴异人的事情，而是领着父亲查看了南大街珠宝总行和几个珠宝分行，使老人大开眼界，感到欣慰。父亲赞扬他精明强干，能打会算。作为儿子的吕不韦，受到父亲的夸赞，亦觉欣慰。

田欣的守节和勤俭，更是让他钦佩和感激。田欣贤惠，尤其是替他赡养双亲，为他的母亲养老送终，还替他抚养儿子成长，这是多么无私的奉献啊！那些脸蛋儿漂亮的妾，说啥也不会做这些。他对妻子田欣感到非常满意，即使有上百名美妾，甚至拥有天下奇女子赵姬，他也不会厌弃他的原配妻室。正如人们平常讲的：娶妻取德，娶妾取色。

吕不韦非常尊重和关心他的正室夫人田欣，不仅给她安排好了食宿，还给她派去一位男仆和两位贴身侍女，提醒她，往后要保重身体，也该享享清福了。但他没有想到，田欣却全然谢绝了。她提出，自己做饭菜，自己做家务，也就用不着端水送饭的侍女和打扫卫生的男仆。她还主动要求，每天侍奉年逾花甲的公爹。吕不韦无奈，只好依着她。

对于全府的家业积资情况，田欣从不过问，也不愿意听吕不韦介绍。她嘱咐丈夫保重身体，并说她在赡养老人和教养孩子的同时，帮助丈夫和大管家吕锦料理吕府，多干一点是一点，哪个坟头里是累死的呢！

田欣的到来，给吕府带来了新的生机。吕不韦把妻子的想法和打算告诉了吕锦，让吕锦制订一份勤俭持家的方案，特别是对那近百名小妾的生活费用要认真核算，限制她们的人均消费，不得超过正室夫人。

全家人的生活理顺后，吕府上下出现了新气象。人人懂得了要把富日子当穷日子过，谁也不敢铺张浪费了。那些经营珠宝的伙计，起早贪晚，兢兢业业，吕府的收益有了明显的提高。值得欣慰的是，大管家和账房先生认真理财，一丝不苟，对库存资金严加管理。真正做到：既要有挠钱的耙子，又要有盛钱的匣子。

吕不韦让账房主事把积攒的黄金和贵重珠宝认真清点，核实账目，并加强保护。他准备把它派上更重要的用场。

赢异人是吕府资金最大的消耗者，吕不韦赠送的五百两黄金，赢异人仅仅半个月时间就花去了一半多。不过，异人在执行政治策略的第一步，已经取得了显著成效。秦王嫡孙的声誉开始在赵国京师传颂，不仅楚、魏、赵等国的上层人物知道赢异人的声誉，秦都咸阳的名流也对赢异人颇有好评。

谁能料到，昔日的赢异人会有今天呢？

吕不韦成为赢异人的坚强后盾。他认为，执行第二步规划的时机到了，应该去找赢异人商量具体措施。

在此之前，他想探听一下父亲的意见。一天上午，吕不韦来到后院正房看望老父亲。他改变了上次在老家阳翟同父亲谈话的方式，暗示自己有一个有利可图的政治谋划，企图得到老人的理解和支持。

他笑着说："父亲，孩儿有几个问题向您请教一下。"

"噢！你还有啥难事啊，好吧，说说看。"吕伯从炕上蹭到地下，坐在太师椅上。

"耕田力作能获几倍的利益？"

"那要看收成怎么样，如果年成好的话，能获十倍之利。"

"买卖珠宝玉石能获几倍利呢？"

"那要看买主的爱好，如果你会做买卖，可以获百倍之利。"

"如果我要投资帮助一个人，让他取得王位，君临天下，这种定国立君的大买卖，若是成功了，又能获多少倍利益？"

吕伯一听儿子问这话，愣住了！

吕伯见他越问越离奇，一时不知从何答起，于是怒上眉梢："你这是异想天开，才吃了几天饱饭，发了一点财，竟敢想入非非，说什么定国立君的大买卖，简直是胡闹！"

"父亲，您别生气，有话慢慢说。"

"你还是做你的老本行，望你好好生活，别白日做梦啦！"

吕伯气得"呼哧、呼哧"地喘息着。

吕不韦没急于往下说，而是给父亲倒了一杯水，心平气和地劝说父亲不要气坏身体。

吕伯白了儿子一眼，"哼"的一声，背过脸去。

"父亲，孩儿绝不是白日做梦。天下之事就在于智者的谋划，一个终日劳苦的农夫，一年辛苦所得，超不过十倍之利；一个终年奔走的商人，碰上好运气的年份，也顶多获得百倍之利。现在，我看准了搞政治奔仕途这一大事，可以帮助一个人定国立君，当然，这类事不一定成功，还有一定的冒险性，但至多损失点财力，可成功的可能性还是很大的。一旦此事有果，我们便可享尽人间荣华富贵，而且可以泽遗后世，光宗耀祖。父亲，咱家的珠宝生意照常做着，我只是抽暇去碰碰运气。"

吕伯还是接受不了儿子的这番话，认为人活在世上，能够自食其力，或能够过上丰衣足食的日子，也就很不错了，何况自家又有珠宝买卖，这也不亚于王孙那种钟鸣鼎食的生活，何必去冒风险呢！

他慨叹道："人生追求知足富，日月有蚀尽善难！"

吕不韦不顾父亲的慨叹，出府找嬴异人去了。

他到客馆里同异人辞行，准备第二天登程，去往秦国。

当天晚上，他住在吕府后花园新居，把去秦国的想法告诉了赵姬。赵姬当然同意，这是丈夫谋划已久的大事，比其他任何事情都重要。她嘱咐夫君，要随机应变，注意安全。他听了心里热乎乎的，感谢娇妻的一片心意。他还告诉她，如果外人找他，就说他去秦国和楚国做买卖去了，对本府的人也不能实言相告，因为他对父亲、田欣等亲人都没敢讲出实情。她点头应下，让夫君尽管放心。

临行前，他俩躺在被窝里。他用手轻轻地抚摸着她那光滑滑、白嫩嫩的肚皮，嘴里不住地念叨："儿子，我的宝贝儿子……"她幸福地合上双眸，任凭丈夫抚摸。

第二天凌晨丑时末寅时初，满天繁星，凉风袭人。

吕不韦、吕童，还有吕不韦雇请的八名武士，人人跨坐骏骑，腰插短刀，押着满载货物的两辆铁轮马车，驶出邯郸城，向秦国出发。

黎明前的天空和大地全是黑黢黢的，西行的大道也是一片漆黑。车马行进速度比较缓慢。旷野异常宁静，那滚滚向前的车轮声和随车奔驰的马蹄声听起来却异常清晰。

然而，人们肩负重任，非常警惕。

临出发之前，吕不韦就向车仆、武士们作了嘱托，其中一辆车厢内装有黄金，另一辆车厢内装有珠宝珍奇，车厢上面覆盖着厚厚的竹简，让他们看上去是以倒卖竹简为营生的生意人。

但是，吕不韦和吕童不敢掉以轻心，从一出城就格外小心，注意周围各种动静。

天刚蒙蒙亮，马车和骏骑不由得加快了速度。

他们越山过河，晓行夜宿，连续前进。天公作美。车马行进三天三夜，没有遇到风雨天，他们很顺利地走出了赵国境地。

函谷关到了。秦赵两国的界碑就竖立在这里。

他们从函谷关进入秦国境内。

大道两旁的秦国原野与他们刚走过的赵国相比，有着截然不同的景色。赵国的禾苗刚刚没过脚面，一些丘陵和洼地一片荒芜。可一过函谷关，映入眼帘的便是八百里秦川，一望无垠的田野长满了绿油油的庄稼，像硕大无边的绿毯一样，在阳光的照耀下，与蓝蓝的天空辉映，给人一种欢欣舒畅的感觉。

骑在马上的吕不韦，若有所思，强大的秦国如此重视农业，发展生产，确实名不虚传，这是其他诸侯国家远不可追及的。

与吕不韦同行的车仆和武士们，对秦国境内的旺盛庄稼也是赞不绝口，一想到赵国的耕作情况，他们不由得发出慨叹。

在第三天下午，吕不韦带领的一行人到达秦国京都咸阳。

一条由西向东的渭河，像缺月之形半绕着咸阳城。沿河堤岸上生长着如绿色绸带般的垂柳，枝头的鸟鹊声声。夕阳下的缕缕白色炊烟笼罩住城池，隐隐约约，似图若画。

一条横亘西南通往东北的大土冈，纵若蛟龙般地曲卧于咸阳城背后。城内一百余条长街短巷，如经纬线般将房屋楼阁切划成棋盘之布局。二十多万人口就居住在这里。

位居咸阳城北的巍峨秦宫，经过近八百年的陆续扩建和修缮，跃为诸侯国中最宏伟而又最庞大的宫廷楼阁群。

咸阳城规模宏大，热闹非凡，尤其是那一条条街道宽阔整齐，一排排房舍整齐有序。街上熙熙攘攘，车马来往如梭，显得紧张、欢快且又有生机。

吕不韦一进城，就向秦国人询问秦宫所在地址。当地人见吕不韦和他的随行人员虽然着装不像秦国人，但是器宇轩昂、举止不凡，就告诉他们，秦宫位居京城北侧。

他们驱车来到城北，看到这一望无际的宫殿楼阁群，吕不韦又彬彬有礼地向秦国人询问，太子嬴柱所居何处？秦国人告诉他，太子宫设置在秦宫东北隅。

吕不韦挑选距离太子宫不远的一家豪华客栈住下。

他们的两辆马车上面装着竹简，给人的印象，他们是一群竹简商贩。这在客观上让他们有了一定的安全防范。但是吕不韦仍然安排武士们轮流值班，加强警卫，以防万一。

第二天，吕不韦并没有直接去秦国太子宫拜访华阳夫人，而是先派吕童和车仆们以到市面售卖竹简的名义，打探华阳夫人的情况和其他事项。他则和武士们留在客栈里。

傍晚，吕童他们回来了。

吕不韦向吕童等人催问有何新消息，吕童说太子柱宠爱华阳夫人，华阳夫人确实无子嗣，吕不韦听后点头，他第二步计划的"突破口"选择得还是比较准确的。接着，吕童又回禀主人两个新消息：一是太子柱身体衰弱，经常因病卧床不起；二是华阳夫人有个姐姐，名叫孟姬，乃是太子柱师傅的夫人，此人与妹妹华阳夫人关系极为密切。吕不韦一听，心里很高兴，知己知彼，百战不殆。

但他怎么也没想到，前不久拜访平原君的秦国御师温旭竟是太子柱的"一担挑"，而其夫人孟姬恰是华阳夫人的姐姐。他想，这次拜访华阳夫人之前，应该先去拜访孟姬夫人，通过孟姬引荐再去见华阳夫人，办事的效果可能会更好些，遂没有急于睡觉，而是安排第二天去见孟姬夫人的事情。

翌日，吕不韦吩咐吕童和两名武士携带两小箱珠宝珍奇和一个大包裹，同他一起去见孟姬夫人。

他们找到孟姬的住宅——咸阳东大街一所漂亮豪华的府邸。吕不韦走向府门前，向门役抱拳施礼，请求拜见孟夫人。

门役见来者身穿华贵袍衫，操异地口音，知道他们并非秦国之人，顿时警惕起来，再三盘问他的姓名、身份和来由。吕不韦实言相告，说自己是嬴异人派来的，要求叩见夫人。门役听罢，急忙进入府内禀报。

不一会儿，门役从里边走出来，请吕不韦他们进府。

吕不韦他们被门役领到一个华丽的客厅内，等待孟夫人接见。

少顷，走来一位三十出头的贵妇，风姿绰约，举止文雅，粉腮红唇，闪烁光彩。吕不韦举目一看，猜她便是华阳夫人的姐姐，立即躬身施礼，自我介绍道："在下吕不韦，奉王孙之命，特来拜见夫人！"

"吕公子，免礼，请坐下！"孟姬挥手示意，让侍女给吕不韦倒茶。

"多谢夫人！"吕不韦抱拳落座。

"你等千里迢迢来到秦国，一路辛苦。"孟姬热情地寒暄着。

"夫人身体一向安好！"吕不韦亦很有礼貌地问候。

"别无他恙。"孟姬微笑地点点头。

"王孙在赵国一直思念他的父亲安国君、母亲华阳夫人，还有您这位姨妈。可惜上次您去赵国拜访平原君时，他虽然见到您，但并不知道您是姨妈，这次他派我来到秦国，特意叮嘱我，必须先拜见您这位姨妈。"吕不韦态度很诚恳。

"这孩子真懂事。"孟姬说道，可她对异人有些不解，于是问道，"吕公子，异人的生母是夏姬，这在咸阳城内尽人皆知，异人因何说华阳夫人是他的母亲呢？"

这突如其来的问话，使吕不韦心中不由一震。但他的大脑反应很快，面容沉着，不慌不忙地回答道："回夫人的话，我吕不韦不知此详情，恐怕王孙也不会清楚这件事，因为他当年离开秦国时，还是一个幼童，这么多年他也没来过秦国，怎能知道他的生母夏姬呢？可是，他只知道思念父亲和母亲华阳夫人，还有您这个姨妈。每逢太子和华阳夫人的寿辰，他都要举行盛大宴会，为父母庆寿祝福。此举非常感人，也很动心，赵国大臣和百姓都夸赞异人是难得的圣贤和孝子。"

孟姬听了吕不韦这番入情入理的话，遂点头认可。

吕不韦见孟夫人消除疑虑，立即让吕童打开那个大包裹，露出两件油光锃亮的女式猞猁皮长袍衣，抖开给孟姬说："夫人，这是送给您和华阳夫人的。"

孟姬惊喜万分，高兴得两手发颤，急忙从吕不韦手中接过其中一件，不住地用手抚摸油光光、柔软软的皮毛。啊，多么昂贵的皮货呀！

紧接着，吕不韦又让两个武士打开两个精制小木匣，并呈给孟姬："夫人，这是金银珠宝、古董奇玩，全是送给您的。"

"啊！这可是无价之宝。"孟姬把贵重的皮衣放在桌上，赶忙欣赏珠宝珍奇，但见其光华耀眼，满室生辉。她双手抱过两个木匣，惊骇不止，许多珠宝她连见也没见过。她抬起头来，问吕不韦，"王孙献出这么多、又这么重的礼品，那得花多少钱哪？"

"夫人，请您不要多虑，王孙自有办法。只要您开心，我回去转告他，他就心满意足了。"吕不韦谦逊回道。

"吕公子，前几天，我和我丈夫从赵国回到秦国，就把见到嬴王孙的情况告诉了我妹妹，我妹妹听后非常高兴，只是觉得这孩子不是她生的，所以没再说什么。当时在赵国京师，我之所以没有认他这个外甥，也是由于这个原因。我作为姐姐，当然知道妹妹的一切情况了，妹妹确实没有开过怀，至今没有嫡子，这是人所共知的。为这事，妹妹一直很痛苦，常常落泪，有时连饭都吃不下……"孟姬说到这里，停了下来，脸上亦涌出忧愁。

吕不韦同情地连连点头，心想，关键的问题已经摆出来了，我恰好可以说出心底之言，趁势说道："华阳夫人既然没有自己的儿女，而我们的王孙对她又有这样的大孝大敬之心，华阳夫人何不就认他为子呢！人常说，养儿防备老，栽树乘阴凉。无儿的人，更要及早防患，免得将来悔恨和遗憾。华阳夫人只要有了王孙侍奉和孝敬，那么就有希望和依靠了。这可是天作之合、两全其美呀！"

吕不韦一番巧言，打动了夏姬的心。她当然明白异人投靠妹妹的良苦用心，有一个深远的政治目的。不过妹妹的未来也确实需要像异人这样的嗣子，或许认异人为子，能够巩固日后的政治地位。另外，自己只有一个小女儿，也没有儿子，说不定也能借此机会为前途铺路。到那时候，我和温旭上了年纪，不就有人关照了吗？……她沉思了片刻，对吕不韦说："吕公子，你讲的这番话确有道理，也是为我妹妹着想，待我见过她之后，咱们再说。"

"好，夫人费心了！"吕不韦觉得已经说通了华阳夫人的姐姐，她肯定会尽心竭力地去劝说华阳夫人。此行初见成效，吕不韦向她告辞，返回客栈。

午后，温旭回到御师府，孟姬就把吕不韦由赵国来秦国拜见她的情况转告丈夫，还把吕不韦代表嬴异人赠送的猞猁皮长袍衣、珍宝奇玩等递与丈夫看，温旭惊讶不已，深感异人非同凡人，很值得向华阳夫人推荐。但是，当孟姬提出要去太子府面见她的妹妹时，温旭告诉她说，近日来太子柱身体不适，原来的肺病复发了，弄得华阳夫人心情焦虑，精神不振，需要过几天等太子的病情好转才能去。

孟姬细细一想，现在去找妹妹谈的确不合时宜，太子病了哪有心思顾及其他问题。她采纳丈夫的建议，暂时没去太子府。

太子身体患病，自然牵扯华阳夫人那颗眷恋的心。

太子与太子妃居住在名叫龙子阁的太子宫内，这里有九间画阁，每间画阁衔接处矗立九根文杏明柱，他们的卧室设置在当中的三间画阁内。

这次，太子柱患病卧床已经七八天了。经御医诊断，仍是肺病。但是，这回好像比往常严重，他不仅高烧不退，而且咳嗽不止，额头经常沁出虚汗。

一天晚上，太子还没顾得上喝汤药，就又咳嗽起来了。侍奉在床前的华阳夫人，急忙用拳头给太子捶后背。他干咳一阵后，只觉得喉咙眼儿有一股热痰堵得慌，欲咳不出，憋得满脸通红。华阳夫人使劲一捶，他猛地一咳，将那口又热又咸的东西吐在地下……华阳夫人欠身离床，秉烛一看，她吓了一跳，原来是一抹殷红的鲜血！太子问她看见了什么，她摇了摇头，没有回答，但眸子里涌出了泪珠。

她赶忙派贴身宫女把御医找来，再仔细诊断一番。御医切脉观察，认为没有大问题，还是让他继续服药。

御医走后，她命两位宫女端来煎好的汤药。她亲自捧着药碗，让太子柱喝下去。

过了一会儿，太子不再又咳又喘，脸上的虚汗消失了。

两位宫女将药壶、药碗收拾下去，便回房准备入寝休息。

华阳夫人给丈夫端来一碗热水，让他喝下去后，脱掉外衣，也上了床。她一边抚摸他的胸部，一边劝慰他安心静养。

他虽然受到宠妃的关怀，但是心里很伤感，总觉得自己会离开人世，迟早会抛下身边的爱妻。他思前想后，潸然泪下。

华阳夫人用她那柔嫩的手心，给丈夫拭泪，劝说他放宽心，莫伤怀，一定会很快好起来的。

"夫人，你说，人死了会不会变为神仙？"太子柱问道。

"殿下，请你不要说了，你不会死的。"华阳夫人理解他的痛苦，劝止道。

"是啊，谁也没看见活神仙出现在人世间。人死之后，血肉之躯和精神灵魂将全然化为乌有……"太子柱仍忧心忡忡。

华阳夫人一听这话，也很伤心，眼泪扑簌簌地洒落于枕上。

太子一看妻子哭了，便着急地问她："夫人，你为何这样伤感？"

"殿下，你想过没有，你已经妻妾满宫，女儿就甭说了，儿子就有二十多个，你百年之后，你的儿子们则可以延续你的生命。而我就和你截然不同了，我如今无嗣后，谁人不知'母以子贵'这个道理呢?! 假使你真的有那么一天，离开人世，那么我的下场就可悲了，说不定还要招来杀身之祸……"华阳夫人深知王宫女人没有子嗣的危险性。她每当想到自己无子无后，心里就像坠上铅块一样，无比沉重。

太子柱早就了解华阳夫人的内心世界。她三十岁出头，可他已经五十多岁了，而且又有病，说啥他也会死在她前头。那二十多个儿子，待他们长大成人，知道他们的母亲长年累月被太子冷落，而华阳夫人却深受宠爱，他们必将欺负和报复华阳夫人。这的的确确是华阳夫人的后顾之忧。后果严重，不堪设想！

于是，他喘着粗气安慰道："夫人，我的心肝宝贝儿。我，我，我不喜欢那些生了子女的长舌妇。你不必太伤感了。我同意你，过继一个嗣子，等，等将来，我若当了君王，一定让你的过继之子，当太子……"

"殿下，你说的是真话吗？"华阳夫人追问了丈夫一句。

"是真话！你就想办法寻找合适的过继之子吧。"

华阳夫人心里很高兴，她把这事装在脑海里。

又经过几天的治疗和调养，太子柱的病情一天天好转起来，能够下床走动，并能够主事太子宫的日常政务了。随之，华阳夫人的情绪好多了，脸上露出了笑容。

这天早饭后，孟姬来到龙子阁，恰巧太子柱去太子宫殿堂处理事情，室内只有华阳夫人，姊妹俩说话比较方便。

孟姬先是把吕不韦离赵赴秦的前前后后详细地阐述一遍，着重介绍了异人的才华、为人，特别是孝道，而后打开包裹，把异人让吕不韦带来的猞猁皮长袍衣呈递于妹妹。

华阳夫人见到如此稀罕礼物，心内非常喜爱，当时就试穿于身上，对照铜镜，反复欣赏，皮毛油光锃亮，款式新颖大方，且又十分合体。这位太子妃高兴极了，固然什么好东西都见过，但这件质地纯正的上等皮衣，确属罕见。华阳夫人赞叹不止，问道："姐姐，如此华贵皮衣，异人流落异国他乡，哪里来的这么多钱购买呢？"

"你呀，那么聪明，咋就不懂得这其中的奥妙呢？！"孟姬笑了笑道，"人常说，积财不如有才，有才岂愁无财。一个人不管落魄到什么程度，只要个人才干超群，胸怀大志，迟早会发达起来，出人头地。从异人派来的下人吕不韦来看，就可知道异人富比王侯，不愧是秦王的嫡孙哩！"

"嗯，姐姐说得也是。前些日子，我听温御师讲过，你们俩去赵国拜访平原君时，异人还宴请招待你们一番。"华阳夫人说。

"异人是个前途不可估量的王孙。目前，韩、魏、燕、赵等诸侯国的使节，几乎都晓知异人。这些情况，我和你姐夫去赵国时就听说了。"孟姬进一步表扬异人。

"看来，他的能力很强，才干超凡。恐怕咱这里二十多个王孙谁也比不过他。"华阳夫人颇有些心动。

"妹妹的看法很对。异人还有很强的政治眼光，他能够想到并为你和太子举办庆祝诞辰宴会，此次他又托吕不韦转告他的心愿——认你为母，这既是他的品德和孝道使然，又是他有不凡的心计、宏伟的韬略。这说明他不是等闲之辈，将来一定大有作为。妹妹，我们何不将计就计、顺水推舟，干脆认他为嗣子呢？！"

"前几天，太子在病中时，我向他谈了没有嗣子的苦衷，他答应我可以寻觅一个合适的过继儿子。姐姐，我认为将来可以收留异人为嗣子！"

"好，这太好了。有了异人这么一个德才兼备的儿子，就可以巩固你的太子妃，乃至王后的宝座了，这辈子你有享不尽的荣华富贵哩！"

"水涨船高。还有你这位姨妈呢！"华阳夫人一双笑眼望着姐姐。

"这事必须马上动手办。妹妹，你看何时召见吕不韦？"孟姬催问道。

"还是定在明天上午这个时辰，我先会见吕不韦，跟他当面谈妥后，再向太子挑明这件事。"华阳夫人对此事心里也很着急，很痛快地答应了姐姐。

"好吧，我现在就回去，派人通知吕不韦。"孟姬说完后，就向妹妹告辞，回府去了。

次日上午，吕不韦、吕童和肩抬黄金珠宝箱的两名武士来到太子宫。

他们被小黄门领进龙子阁，奔入东侧的客厅内。华阳夫人正在厅内等候，吕不韦上前施礼，拜见这位倾城倾国的丽人，华阳夫人一面让他免礼，一面给他赐座。主宾落座后，华阳夫人举止端庄地与吕不韦寒暄一番，吕不韦谦恭有礼，并替公子嬴异人问候安国君和华阳夫人。宫女们殷勤地沏上香茶。

吕不韦气宇轩昂，口若悬河，主动介绍了嬴异人在赵国十六载的交游情况，以及思念父亲安国君、母亲华阳夫人的感情，特别谈到异人万般恳请华阳夫人认他为嫡子，并誓死忠诚和孝敬双亲。吕不韦还告诉华阳夫人，异人因怀念他们常常落泪，寝食不安，有时由于过分思念，还病倒在床上。

听罢吕不韦极为动情的讲述，华阳夫人心受震动，那双秀眸涌出了滴滴泪珠，天底下哪有像异人这么好的孝子呢?!

吕不韦又去打开武士们抬来的那个精制大木箱，望着华阳夫人，谦虚地说："夫人，这是我们主人秦嬴王孙送给您和安国君的五千两黄金、珍宝奇玩，以表他的一片孝心。"

"唉呀，这还了得!"华阳夫人一看这满箱的金砖金锭、珍奇瑰宝，让四周熠熠生辉，两眼顾及不暇。这在王宫里，也是极其罕见的。她伏下身体，伸手抚摸，只感到这黄金瑰宝无比璀璨。她抬起头来，面对吕不韦说，"王孙已经让你们转送给我一件猞猁皮衣，怎么还送这么多黄金珠宝呢?!那，那他能吃得消吗?"

"夫人，王孙有这个能力，您就不必费心劳神了!"吕不韦很爽快地回答道。

"唉，太难为他了!"华阳夫人于心不忍，深感不安。

最后，吕不韦又向华阳夫人道："夫人，王孙五岁离开秦国，质为赵国十六载，至今已经二十一岁了，但他仍以'异人'被人称呼，到现在还没有一个名字。临来秦国之前，他再三叮嘱我，让我请示您，给他取个名字。夫人，望您赏脸恩赐!"

"怎么，他还没有取名?"华阳夫人着实惊讶。

"是的。"吕不韦点点头。

华阳夫人踱步思考，想到自己是楚国人，应该围绕"楚"字取一个有纪念意义的名字。嗯，就这么取……她想好后，面带笑容地说："吕公子，异人的名字就叫'子楚'吧！"

"好！子楚，好名字。姓嬴，名子楚，就这么定了。回赵国后，我就把夫人您给他取的名字告诉他。"吕不韦十分赞同地说。

"关于将子楚作为我的过继儿子之事，待我和太子商量后再定。"

"好，我等夫人的消息！"吕不韦欠身告辞。

晚上，龙子阁内红烛闪亮，一片温馨。华阳夫人卸去头饰，脱掉外衣，仅披一件薄如蝉翼的藕荷色内衫，坐在床头上等候太子柱。

少顷，太子柱走了进来。

华阳夫人一看太子柱进来，高兴地叫道："殿下！"

"夫人。"太子柱喜出望外地看着心爱的妻子。他的身体的确好起来了，渴求又像以前那般强烈了。他急急忙忙地脱掉外衣、鞋履，快速走至床前。

他将她抱起，放到床当中，帮她褪下那件藕荷色内衫，露出了娇嫩的肩、丰满的胸、雪白紧致的腹。他轻轻地抚摸着，好像首次发现稀奇珍物一样。

夫妻之间十多年的恩恩爱爱从未减退过，这对太子柱来说也是有一定缘由的。太子宫内有几十名姬妾，她们当中也不是没有俏丽的，但令他讨厌的，是她们互相诋毁诽谤、造谣中伤，闲话从未终止过，叨叨得让人心烦。那二十几位生过儿子的妃妾，就更让人无法对付，都以为自己是有功之臣，恨不得把对方一拳打死，自己登上太子妃的宝座。这类女人他是看不上的，经过认真遴选，他才建议父王将华阳夫人册封为太子妃。华阳夫人大度容人，不计较个人恩怨，谁背后说什么，甚至攻击她，她从来不忌恨，而是对待如常。她们当中发生矛盾，她也能够主动帮助协调。他心情不快的时候，她会想尽各种方法帮他排解，使他开心。他当然宠爱她了。

想到这些，他就觉得她的身上有着不同于其他女人的魅力，再加上她从没有生过孩子，那种身体的诱惑力更是独特的，那种情感更是取之不尽、用之不竭了。华阳夫人，正是他所要寻找的女人。

华阳夫人趁太子柱精神最愉悦的时刻，向他谈了吕不韦推荐异人的详细过程，提出认异人为过继之子的要求，并说她给异人取名子楚。太子柱马上同意，异人尽管是夏姬生的，但也是他的亲骨肉，何况华阳夫人的态度又非常恳切。

对待这种大事，华阳夫人想得也多一些。太子尚有二十多个儿子，嘴上说说谁为世子，那怎么行呢？她硬是让太子柱留下字迹，以免将来麻烦。

"着什么急呀！你看，我这里裸臂露胸的……"太子柱说。

"我就性急嘛！你看，我不也是……"华阳夫人羞得满脸通红。

"好，好，好，就依你。"

"唉，这就对了。"

华阳夫人从褥子下面抽出事先准备好的镌刻小刀和一块玉板，递给了丈夫。

太子柱伏在桌上，手持镌刀，开始往玉板上刻字，不多时，镌刻完毕。他把刻好字迹的玉板递给妻子，说："看看，行不行？"

华阳夫人接过玉板，仔细端详，只见上面刻下清晰而工整的字迹："立异人子楚为世子——安国君。"她笑了笑说："好，太好了！这也是你我的盟约玉板。"

"你呀，真够心细的！"太子柱轻轻地拍了一下她的臀部。

"你就知道占便宜！"她笑着收起了玉板。

太子柱正准备上床，华阳夫人拉住了他，说："等等。"

只见华阳夫人掀开桌几旁边的精制木箱和包裹上面的那块红布，并打开木箱、解开包裹，神秘地说："你仔细看看，这都是什么？"

"哎呀呀，哪里来的这么多黄金珠宝，还有这珍贵皮衣？"太子柱大吃一惊，不解地问道。

"这些东西都是子楚让吕不韦带来的，说是孝敬你我二位双亲的。"华阳夫人和盘托出。

"太难为子楚啦，他真是个难得的大孝子啊！"太子柱万般感慨地说。

她盖上木箱，系上包裹。而后，她拉着丈夫的手，一起回到床上。

太子柱猜测异人在赵国一定是一个崭露头角的人物，若不然怎能拥有这么多的财富！

她躺在他的臂肘里，又向丈夫提出一个要求："子楚在赵国很不容易，他个人再有钱，未必是秦国王孙，再者说，咱们父王经常发兵攻打赵国，他难免受赵国人的气。听吕不韦说，赵王几次要杀他，多亏平原君赵胜讲情，才免死得安。我看，咱们还是把子楚接回秦国，你得想想办法，可不能发生其他意外情况！"

太子柱沉思了一下，觉得妻子想得很周到，应该将子楚接回来，于是他向妻子说："这件事我一定办。但是我得先见见吕不韦，摸清详情后，再去找父王，从而提出接子楚回国。"

"那好。你什么时间见吕不韦？"华阳夫人果然是一个性急而麻利的人。

"这几天有事，三天后再说。"

"好。明天我先接见吕不韦，并告诉他，暂且在客栈等候，三天后您准备接见他。"

第十七章　图谋大业　情愿舍美妾

　　吕不韦离赵赴秦，吕府后花园除了赵姬和贴身侍女吕佳、吕静以及几个花匠外，没有任何人出入。这里，虽然是花草泛绿，但却显得冷冷清清。

　　赵姬足不出户，坐守空帷。她既关心丈夫和异人的事业与仕途，又万般眷恋离别的丈夫。她年纪轻轻，精力旺盛，难以忍熬这一天又一天的独居生活，特别是到了晚上，更是坐卧不宁、无着无落……

　　她佩服吕不韦，不仅具有超凡的谋略和胆魄，而且还有顽强的毅力和自我克制能力。她和丈夫在日常闲聊时，丈夫曾经跟她说，一个男人不同于一个女人，女人自古以来，强调修身自己、正心治家，而男人必须创大业于乾坤、留芳名于后世。对于无关紧要、枝枝节节的事情，要有撒有放、有弃有舍。男人，更不能陷入儿女情长之中，贪妻恋子不可大用矣！当时，她听了丈夫这些话，觉得颇有道理，男子汉大丈夫，应该在人世间有建树，有作为。过后，她有时候觉得丈夫似乎冷酷无情、自私自利，但又不敢面对丈夫直说，天底下有哪一个妻子愿意她的丈夫是无能之辈呢?！何况她还不止一次地鼓励丈夫去干一番大事业，到头来不是可以实现夫贵妻荣这个愿望吗?！想到这些，她又理解了丈夫。可是，每当丈夫离去的时候，她的脑海中不时地发生道德与情爱、理智与情欲的冲撞和斗争。在与丈夫结婚后的这段时间里，她经常用道德约束情爱、指导情爱，用理智控制情欲。若不然，丈夫外出而她则不能独守空房了。当然，这其中有她对丈夫的忠贞和爱慕。她不是没有想过，丈夫只要见到她，就爱得死去活来，可丈夫一走，似乎就没什么事儿了。这一点，她是很佩服丈夫的。

　　夜深了，她躺在床上久久不能入睡。她思念丈夫痛苦而甜蜜、激烈而缠绵，恨不能立即把丈夫由秦国召回，将丈夫搂在自己的怀里。可这是空想，难以实现。至于丈夫何时返回，那要看丈夫办事的情况而定了。此时，她对丈夫有些怀恨了。

说实话，她不是没有爱过其他男人。嬴异人曾多次扰乱她的心绪，只要见到这位秦国王孙，她心底就产生一种说不清的是爱是恨是恋是厌的情感。丈夫走后的当天晚上，异人就偷偷摸摸地来到她的卧室；第二天，异人又来到后花园；第三天夜里，异人又闯入她的房间……异人打着吕不韦让他关心照顾她生活的旗号，进出吕府后花园新居，所以仆人和侍女无人敢阻拦他。在这三次相会中，异人却变得规规矩矩，彬彬有礼，从不说污言秽语，更没有动手动脚，除了说些体贴关怀的话语外，还给她带来美颜用品，不过，那双眼睛总是直勾勾地看着她。他心里隐藏着诡秘和贪婪，弄得她心慌意乱。

不知到了什么时辰，她才恍恍惚惚地睡着了。

天亮了。她起床梳洗，化妆佩饰，穿戴整齐，去餐厅用早膳。她刚拿起筷子，吕佳走了进来，向她禀告嬴异人来了，现在客厅等候。她一听，那颗心咚咚地跳了起来。她告诉吕佳给异人沏上茶，让他暂等一会儿，她用罢早膳就过去。

吕佳应声离去。

她心里有事，喝了一碗小米粥就离开了餐厅，转身回到客厅。

赵姬和异人相见，是吕不韦离家后的第四次了。

她和他彼此寒暄后，对坐在桌几前。他提出要和她下围棋，顺便说一说心里话。她同意了，让吕佳端来棋盘和棋子，准备和这位王孙"开战"。

她还叮咛吕佳、吕静到房门外警戒，任何人不得进入——她和异人有要事相议。吕佳、吕静遵照主子的吩咐，各司其职。

棋战开始时，两人都没说什么，只是默默地往棋盘上对子。可是过了不到半个时辰，异人的那双色眼就不时地盯着赵姬那红润粉嫩的脸颊。她觉得脸上火辣辣地烫，但尽力克制自己，回避对方的目光。

异人一看，用眼睛不能说话，必须用嘴才行。于是，他开口道："仲媛，你如果连赢我三局，我回到秦国你要什么我给什么。"

"你说话算话?！"赵姬追问一句。

"君子一言，驷马难追！"他脱口应道。

赵姬两眼盯着棋盘，准确放入棋子，力争步步为营。

但是，异人哪里能够静下心来！他心里琢磨，吕不韦离开赵都赶赴秦国已经半个多月了，再有半个月就该回来了。如果还不赶紧把赵姬弄到手，等吕不韦回到邯郸，即使张口索要赵姬，那成功率也不是很高的。所以，他的精力难以集中，棋阵越摆越乱。

不足一个时辰，异人一连输了三局。

赵姬把棋盘推向一边，抬头看着异人，道："嬴公子，兑现吧。"

"行，你说，你要什么？"异人见自己输了，也只好答应赵姬。但他脑海里只考虑怎样能够迅速地占有赵姬，至于赵姬要什么，那是无关紧要的。

赵姬认真思索，应该向嬴异人要什么呢？金银珠宝不值得开口，吕不韦那里应有尽有。她想了想，宝贵的东西非钱非物，而是那闪烁光辉的政治地位。对，应该从这里问他——

"嬴公子，你如果登上秦太子的宝座，那么你的权力可就太大了。到那时候，你能让我做些啥？"

嬴异人一听，马上明白赵姬的意思，她不是要钱，而是要官。他灵机一动，何不将计就计，给她个"官"呢！他笑了笑，大胆而又真诚地说："仲媛，我嬴异人一旦能够登上太子位，就坚决晋封你为太子妃！"

"你，你……你让我……怎么说呀？"赵姬被嬴异人这掷地有声的话击蒙了！她没有想到，异人竟会来这么一招，只说得她又高兴又激动又羞惭又难言。她不知从何答起，此时虽不好意思接受，但又不敢随便拒绝。她心里清楚，吕不韦再有钱，再有智谋，也不能让她当上太子妃。能够给她太子妃头衔的，只有嬴异人这位秦国王孙了。可是，她现在还不好回答。她的脸一阵红，一阵白。

她正在踌躇之际，只觉得一双男人的手臂紧紧地抱住了她，灼烫的异性嘴唇吻住了她的樱桃小嘴。

烈女怕缠郎。她忠实于吕不韦的道德防线被彻底打破！

他两手稍稍用力，就将她抱起来，走进卧室，放在锦缎床上。

他急切而激动，呼呼地喘着粗气。然而，赵姬的心跳动得很厉害，喘息声也很急促，仰卧着身体，等待着他宽衣解带。

此时，她和他已经一丝不挂。

异人平生第一次看到赵姬这样美丽而动人的胴体，他的那颗童子心就要蹦出胸膛。他像一只恶狼似的猛扑了过去，使劲地抱住他渴望已久的女人。她也激发出无穷的力量，两只手臂同样地用力抱住对方。

她从他的身上感受到一位年轻而又未婚的男人的力量，这种力量罕见而神奇，是吕不韦所不能及的。说穿了，他的身上没有像吕不韦那样沾染其他女人的味道。所以，她感到这种力量才是她最需要的。他被她的多情多姿而又柔嫩光滑的玉体融和着。他多年的饥渴得以满足，如痴如醉，似飘向仙境，如坠入祥云。

嬴异人平生第一次享受到男女情爱的疯狂快乐。可是，他哪里知道，在他最爱的女人赵姬的腹内，却有一个小小的生命悄悄蠕动。

从现在起，赵姬把自己一颗年轻而热烈的心，交给了这个曾经一无所有的秦王嫡孙——嬴异人。他长得并不英俊，但似乎有一股很强的悍性，更重要的是，他的血管里流淌着秦王祖辈的血，将来大有可能由太子登上王位。因此，她觉得，跟上这种男人，即使眼下贫穷一些，也是非常值得的。只要拉着他的手，跟着他往前走，就可能到达光芒四射的地方。

打那以后，异人几乎每两三天就来找赵姬一次。

有时，赵姬静下心来，也有些反躬自省。她这样做，是不是对不起吕不韦？是啊，吕不韦无论是从感情上，还是从生活上，都给了她很大的关怀和体贴。尤其是她坐牢那段时间，吕不韦不仅经常去看望她，安慰她，还去找平原君，花重金将她赎出，使她提前出狱，重见阳光获得自由。吕不韦对她，可谓恩重如山，她没齿难忘！另外，吕不韦的才思和韬略，也是远远高于常人的。吕不韦拟订的政治远景规划，足以说明他是一个成大器、建大业的了不起的人物。想到这些，她心里觉得很不安。至于自己的品德和贞操，她倒没有感到自责，因为这其中不完全是情欲，还有自己的政治抱负。

然而，她对吕不韦的情爱做过透彻而详尽的分析——

吕不韦和其他有权有势的男人一样，很喜欢女人，他拥有上百名妻妾，并且都是经过他认真挑选来的，没有一定的姿色他是绝不会要的。因此，与其说他是一个好色之徒，莫如说他是一个多情种子。这是其一。其二，他对情爱虽然不断追求，但是并不专一。他的结发妻子田欣，是他的初恋，也是他最早娶入家门的女人，论德论色，一般女人是无法比拟的，但他来到赵国做生意，对田欣一扔就是好几年。其三，他对情爱的要求越来越高。随着时间的推移和年龄的增长，他的思想有了变化，对情爱的要求不限于外在的美，而是外在美与内在美缺一不可。当然，她不反感丈夫这么做。自古以来，婚姻和情爱都是讲究匹配的。

她对丈夫尽管做了这么多的分析，并不是要求丈夫对两性感情保持专注，因为这是办不到的事情。不过，她得出这样一个结论：有出息的男人，可以拥有一切，包括女人。

女人有出息、有作为、有地位，为什么就办不到呢？她把这个问题存在脑海里，留给将来去思考。

赵姬对她和嬴异人的情爱还是有所顾虑的。她劝异人一定要克制自己的感情，说啥不能让下人们看到这种见不得人的事情。再说，吕不韦去秦国已经一个多月，也该回来了。如果让丈夫发现他俩的"秘密"，她的麻烦就大了。异人当然知道这事不光彩，不过他内心里已经打好算盘，只是没跟赵姬讲明，等吕不韦一到，他就"摊牌"。诚然，他还要看吕不韦此次赴秦谈判是否成功，如果谈判成功，华阳夫人认他为嗣子，那么他再向吕不韦提出要求就好办多了。

一天下午，赵姬正和异人在客厅里交谈，吕静急急忙忙进入，告诉她说，少主从秦国回来了。

赵姬和异人赶忙站起，急匆匆地迎出门外。

只见吕不韦满脸喜色地跟着吕佳快步走过来。身旁还有不知疲倦的吕童，一边走一边蹦蹦跳跳，手里还拎着一个红缎布包裹。

他们彼此相见，寒暄不止。

众人进入客厅后，吕不韦被赵姬、嬴异人推让到上座，而他俩分别坐在两侧的座位上。吕不韦心里琢磨，现在自己是主人，又肩负重任去到几千里之外的秦国跑了一趟，坐在上座还可以，等将来异人当了太子的传人，自己的地位马上屈于臣子，这上首座位只要异人在场，说啥也轮不到自己。

吕佳、吕静见男主人归来，就像蝴蝶似的飞来飞去，侍上忙下，端来香茶，又去端水果，取点心。

无论是赵姬和吕不韦，还是嬴异人和吕不韦，他们之间都有一种急切的心情。现在，他们为了一个共同的政治目标坐在一起。

此时，嬴异人的心情最焦急。还没等吕不韦喝完头一碗香茶，就拱手询问："吕公子此番赴秦，情况如何？"

吕不韦抿了口热气腾腾的香茶，放下茶杯，笑吟吟地说："成事在天，谋事在人。苍天有眼，助我成功！"

"哎呀！太好啦，太好啦！"嬴异人欠身把座椅往吕不韦跟前挪了挪，急不可耐地催促道，"吕公子，快，快，快说说！"

"不韦，你再喝口茶。"赵姬发现丈夫因多日奔波操劳而消瘦了，心里很是疼怜。

吕不韦在叙说赴秦之前，先告诉他俩，前不久来赵国的秦太子御师夫人孟姬是华阳夫人的姐姐，这使嬴异人惊得张口结舌。

接着，吕不韦把他两次见到孟姬、两次进见华阳夫人、一次被太子柱召见的前后经过，详详细细地说了一遍。异人和赵姬被他那绘声绘色的讲述深深激动着。说完后，吕不韦起身至桌案前，取过红缎布包裹，面对嬴异人，庄严地说："嬴公子，这是您的父亲安国君之封赏，让我转交给您。"

异人早已起身，恭恭敬敬地施拜大礼，双手接过父亲赏给他的贵重礼物。之后，异人打开包裹看了看，里边盛有一套崭新的秦王孙锦缎长袍和一双靴履。异人的心咚咚地跳动，看来父亲果真拿他当秦国的王孙嫡子看待了。

"嬴公子，您父亲之所以能够对你这般宠爱，主要是华阳夫人的功劳。"吕不韦继续说。

"的确是这样。"嬴异人点了点头。

"华阳夫人听了您常常思念母亲，号啕痛哭，有时想念得病卧在床，她一下子感动了，潸然落泪，并给你取了名字，叫'子楚'，以此纪念她这位来自楚国的母亲。"吕不韦进而讲述道。

"哦！我一定遵照华阳夫人的口谕，从现在开始，我就自称'子楚'，你们也这样叫我。"嬴异人欣然接受华阳夫人给他取的名字。

"华阳夫人既深明大义，认你为子，以防后顾之忧，又远见卓识，富有心计，让安国君亲手刻下玉符——'立异人子楚为世子'，确定了你为太子的传人！"吕不韦说得极为中肯。

"难得华阳夫人一片苦心！我子楚只要有朝一日能够出人头地，必将视华阳夫人为亲生母亲，终生侍奉，养老送终！"异人无比激动，慷慨陈词。

"嬴公子，你现在可是名副其实的秦国王孙了，你若得太子之位，可不能忘了我们这些人哪！"赵姬半开玩笑半认真地提醒子楚。

"我若忘了，五雷轰顶，击尸万断！"异人口出誓言，发自肺腑。

"言重了！言重了！"吕不韦连连摆手，制止子楚。

"不！吕公子，还有仲媛，都是我子楚的救命恩人。特别是你，吕公子，为了我的生存，为了我的前途和命运，你肯于抛舍重金，不远千山万水，只身赶赴秦国王宫，游说华阳夫人，上书安国君，终于实现了你我梦寐以求的愿望。今生今世，我岂能忘怀！……"异人热血沸腾，激动不已。

"这是我的第二步计划。"吕不韦谦逊地说。

异人激动得眼泪已经流了下来。

吕不韦这时才把那碗香茶一口气喝了下去。赵姬见丈夫一路劳顿，如此饥渴，亲自给丈夫续了一杯热茶。随后，她又把吕佳叫来，赶紧通知膳房准备酒席，一来为丈夫接风，二来为异人被华阳夫人认为世子庆贺。

吕不韦连续喝了三碗香茶，额头上流出了汗珠，只觉得浑身轻松了许多。

这第三碗热茶是异人亲手给吕不韦斟的。

异人期待恩公继续赐教。

吕不韦清醒地意识到，这仅仅是成功的新开端，但距离所要达到的目的，路程还很遥远。他和异人都不可麻痹松懈，否则，前功尽弃，付之东流。于是，他提醒异人谦虚谨慎。

吕不韦讲述了他同安国君嬴柱临分手时的情景——安国君态度极为诚恳，让吕不韦转告子楚，唯谨处事，虚心好学，保重自己。

安国君还赞扬吕不韦与子楚的交往和友谊，并预拜吕不韦为子楚太傅。请吕不韦尽职尽责，望子楚尊师上进。

异人听罢，再三表示一定遵照父亲的口谕。同时，不再称吕不韦为"吕公子"，而是改口称他为"恩师"了。

宴会开始了。餐厅内，他们仨频频举杯，相互祝贺，感谢苍天赐予的良机。

当夕阳的光辉洒进餐厅的时候，他们已经酒过三巡。吕不韦有海量，看不出丝毫醉意。但异人不胜酒力，脸色就像红布一样，一双眼睛充满了血丝，开始还知道说些感激吕不韦的话，后来竟然以王孙嫡子自居，并且不时地用眼盯着赵姬。

赵姬并没有多饮，只和他俩各碰了一杯，饮完两樽酒之后，就不再饮了，只是坐在那里，看着他俩边喝边说。

她发现异人用那双酒色之眼不住地传情，心里有些慌乱。因为身旁还坐着精明过人的吕不韦，一旦被他看出名堂，岂不是让她难堪吗？她准备找借口离开这酒席桌。

这时，恰好吕佳走入餐厅，告诉她王氏来了。她一看有了理由，遂欠身向吕不韦、异人告辞，提前离开了餐厅。半醉半醒的异人已经失态，踉踉跄跄地追至门口，目送飘然而去的赵姬，久久地站在那里。

吕不韦看出异人喜欢赵姬，但考虑异人多贪了几杯酒，也就没有往别处想。他把异人扶到桌前，准备继续饮酒。

异人的双手有些发颤，但还是端起酒坛，给吕不韦往杯里斟酒，而后又往自己杯里胡乱斟了一些。然后双手捧樽，恭维地说："恩师，这杯酒是我敬您的，请您也端起酒杯，喝完后，我有重要的话跟您说。"

"好！"吕不韦双手捧樽。

只见异人"咕咚、咕咚"地将杯中酒一饮而尽。

随后，吕不韦也把杯里的酒喝光了。

异人放下酒杯，擦拭了一下嘴巴，借着酒胆，双手搭躬道："恩师，吾欲向您索取赵姬，作为正室夫人，不知意下如何？"

"什么？你说什么？"吕不韦大惊失色，随即站起身来。

"吾欲向您索取赵姬，作为正室夫人！"异人态度很坚决。

"你，你……"吕不韦的大脑着实混乱，万万没有想到，异人竟然会提出如此过分的要求，你要什么不行啊，为什么偏偏要我最爱的赵姬呀？！他气得脸色苍白，两只手不住地颤抖。他端坛给自己倒了一杯酒，那酒汩汩地溢到杯外，流到桌面上。他把酒坛放在桌上，然后端起满满的一杯酒，脖子一仰喝了下去。他用酒压了压那激动不已的情绪……

异人好像没有发现吕不韦那不满的神态，看他喝了一杯酒，自己也倒了一杯，喝下去了。

吕不韦当然要顾全大局。他为了实现远大的政治目标，不惜抛舍重金和昂贵珠宝，甚至倾家荡产，他也心甘情愿，好不容易"奇货到手"，钓了一条大鱼，可谓呕心沥血，绞尽脑汁，怎能轻易放掉呢？再说，美人娇妾可以再找，但政治时机则百年不遇。一旦拒绝异人，不献出赵姬，那么必然伤害彼此的感情，很有可能坏了大事，到时候就悔之晚矣！

待情绪稳定下来，吕不韦面对异人，平静地说："嬴公子，你提出的要求，我答应了。"

"多谢恩师。"异人抱拳施礼。

"不过，我还得同仲媛商量一下，取得她的同意，便可尽快将她送给您。"吕不韦貌似诚恳地说。

"好！就依恩师。"异人心里非常高兴，更加感激吕不韦了。

傍晚，吕不韦让车仆驾着马车，把异人送回客馆去了。

他站在后花园大门外，望着远去的马车发呆。

舍此赵姬，他心中的痛怜和惋惜自不必说。最令他疑虑和担心的是，嬴异人回到咸阳，坏了良心怎么办？

古往今来，恩将仇报的不计其数。东周列国时的孙膑，把鬼谷先生密授于他的兵书主要部分讲给庞涓，庞涓却在魏惠王面前谗害他，并用刀剜去他的膝盖骨……诚然，异人不一定这么做。

吕不韦有一种担忧。因为他为异人奉献得太多了，真若是上当受害，他的前半生心血甚至整个生命，将会全部葬送。不过，他也想过，假使异人果真丧尽天良，安国君和华阳夫人大有可能废掉这个不仁不义的"世子"。试想，异人本来就不是华阳夫人的亲生儿子，母子之间的感情不可能太牢固。异人胆敢对恩人无情无义，那么对待华阳夫人就不可能尽忠尽孝。所以说，安国君和华阳夫人绝不会容许那种不忠不孝、无情无义的"世子"存在下去。这么一分析，他认为异人不至于变得那么没良心。

这是吕不韦一贯的特点。他宁愿把人和事分析得最坏，然后再从好处入手，争取实现好的结果，以免将来措手不及，追悔不能。

即使把赵姬送给异人，异人目前也还回不了秦国。因为秦昭襄王还不肯出兵，威逼赵国交出异人。秦王年事虽高，就是驾崩归西，也轮不上异人继位，还有太子柱呢。异人顶多从世子跃为太子。

当然，安国君如能继承王位的话，他会给荣升太子的异人做太傅，荣华富贵、受人尊敬是无疑的。但是，他所需要的不是这些，而是真正掌握大权，辅佐王侯，统治天下。

这种时机到哪年哪月哪日才能到来呢？他盼望安国君及早继承王位，更盼望异人亦登上大宝，可这父子俩的寿命又是谁长谁短呢？这一连串的问题，使他陷入彷徨之中……

天意难违！吕不韦相信这一道理。他不再多想，顺其自然吧。反正自己做了很大的努力，至于实际情况如何，到时候再说吧！

夜幕降临，繁星点点，唯见一钩弯月挂在西天。

这是一个温馨而又冷酷的不眠之夜。

吕不韦带着满腹心事，钻入香罗帷帐，和阔别一月之久的爱妾共眠。但他没有急于提出那个令人寒战的问题，只是说了许多思念和恩爱的话，继而是热烈的亲吻和多情的拥抱。赵姬根本不知道丈夫的心情，只顾如饥似渴地亲昵丈夫，任意让丈夫抚摸，以享夫妻重逢后的欢娱。

她对丈夫此番赴秦所得的辉煌战果打心底佩服，啧啧赞道："不韦，你可真了不起。异人的地位，全凭你的本事给争来的！"

"唉！这也是天意。"吕不韦谦虚地叹道。

"你还谦虚啥？事情的前前后后，我都清楚明了，没有你的智慧和努力，异人绝没有今天。你将来一定是名闻天下的大人物！"

"仲媛，你是一个不寻常的女性哩！"

"我算个啥！怎能和你比呀？"赵姬说着低下头，似乎有些伤感地说，"等你到权力殿堂上，帮着异人显露锋芒的时候，别忘了我就行了！"

"瞧你说的，忘了谁也忘不了你呀！"

"哼！男人有几个好东西？"赵姬不但想起丈夫恃才华爱女色的毛病，而且想起异人趁丈夫不在家一次次找她缠绵不休的情景。

"怎么，你对我也有看法了？看来我不在家，你也没有想我。"吕不韦反将一军。

"你个挨千刀的，真没良心！"赵姬只觉得有些委屈，眼眶里涌出了泪珠，哭泣道，"你出门在外。人家天天想，夜夜盼，而你还这样没情没意，真不知道，人家心里有多苦……"

"好啦好啦，你还当真了，开个玩笑嘛！"吕不韦用手心给她拭泪，还用脸颊贴了贴她那带有泪痕的粉腮，又说了句充满柔情的话，"仲媛，我在咸阳这段时间，梦见你好几次，每次都是我抱着你，咱俩亲个没完没了。"

"去你的！"赵姬破涕为笑，推了丈夫一下。

吕不韦用手抚摸着少妻美妙的胴体，心里有说不出的愉悦，摸着摸着，摸到她的软绵绵的腹部,那只手倏地缩了回来。

少妻的腹内,孕育着一个幼小的生灵,这是他俩的骨血,他俩共同的结晶,他俩生命的继续,他当然十分珍惜,又十分爱护。

少妻一旦生下儿子,他和她将儿子抚养成人,教育成才,儿子必能继承他的志向,干一番大的事业。对于他来说,这是多么大的期望啊!

可是,少妻还不知道,他已经和异人达成口头协议,答应将少妻转送给异人。毫无疑问,这是连同儿子一块儿转送出去。那么将来就意味着儿子姓嬴而不姓吕了,少妻不仅属于异人的,儿子也归于异人膝下。

这种连妻带子一齐抛舍出去的苦果,他实在难以忍吞下去。严酷无情的打击,他的头着实发蒙!

心事重重的吕不韦,流下了苍凉的泪珠。

赵姬发现丈夫神情异样,且又苍然落泪,感到非常奇怪,惊讶询问道:"不韦,你怎么啦?"

吕不韦无可奈何地摇了摇头。

"你一定有心事瞒着我。不韦,你说出来我听听,到底是什么事?"赵姬抓住他的胳膊,再三催问。

"仲媛,我说出来,你可要顶住。而后我再向你解释,是不是合乎道理。"吕不韦唯恐少妻听后承受不了,便预先安慰道。

"不韦,你说吧,不管是什么事,只要是你决定的,我都会听从的。"赵姬对她的丈夫百依百顺。

吕不韦寻思着,赵姬越是说听从他的决定,他越是感到难以启齿。到头来不是成了他把少妻让给人家吗?他在琢磨怎样向赵姬开口。

"说呀,你怎么不说呀?"赵姬着急地催促丈夫。

"仲媛,你看异人怎么样?"吕不韦先从异人问起。

"啊,你让我评价异人?"赵姬乍一听,觉得丈夫的问话没头没脑,干吗在这个时候谈论异人呢?

"是啊,我想听听你对异人的看法。"

"异人嘛,从前是一个最不受宠的秦国王孙,连赵国的老百姓都敢欺辱他……"赵姬一边回忆,一边思考说,"但是经过你一手施舍重金,一手施展谋略,就将他从一个默默无闻、一贫如洗的秦国质子托上了天,眼看就要谋得一国之君的嗣位了。这，简直成了奇人奇事！"

"异人的地位，可真是要显赫了！"吕不韦引导赵姬崇拜异人。

"那还用说，将来我俩都得向他朝拜了！"赵姬深知君臣之礼，异人未来大有可能承袭王位，她和丈夫见了异人，就得顶礼膜拜了。

"怎样才能不向他顶礼膜拜呢？"吕不韦故意盘问少妻。

"不韦，你那么聪明，怎么提这样的问题？"赵姬瞪了丈夫一眼。

"仲媛，这倒不是我的本意，但有人替你想过这件事，就是不让你向他顶礼膜拜。"吕不韦很巧妙地露出话头儿，欲说出心底之言。

"胡说。"赵姬认为丈夫的话不沾边际。

"真的。"

"谁？"

"异人。"

"啊？！"

"异人准备收你为正室夫人。"吕不韦终于说出了难以倾吐的心事。

"这……这不可能！"赵姬惊恐地瞪大了双眼。

"我不骗你，这是真的。异人如果娶你为正室夫人，你就是太子妃，甚至还有可能是他的王后哩！那样的话，你就可以和他平起平坐，用不着向他顶礼膜拜了！"吕不韦貌似轻描淡写、尽量心平气和地跟赵姬解释道。

赵姬将头扭向一边。

对于丈夫转告异人所提出的要求，让她做他的正室夫人，她顿感震惊。因为她没有思想准备，尽管她与异人有过几次欢爱，也曾和异人开过玩笑，但从来没有想过转嫁给异人的事情。况且丈夫和她的感情很深厚，这种感情非金钱所能买到，可以说是在危难之际建立起来的。另外，腹内已经有了丈夫的后代，这是吕氏家庭的根苗，怎能带给秦嬴异人呢？她越想越觉得心里难受。

她猛地扑到丈夫的怀里，"呜呜"地哭开了。

吕不韦心里也很难过，眼眶内亦涌出泪水。他深深地爱着赵姬，更爱着赵姬腹内的婴儿，让他将赵姬活生生地抛舍给异人，怎能受得了呢？

但是，他横下一条心，为了图谋大业，情愿舍出少妻。

他扶起赵姬，给她擦了擦眼泪，耐心地向她讲解答应异人要求的原因——远大的政治抱负，决定我们必须和异人合作到底；答应异人某种要求，决定我们的命运和前途……

当赵姬向他提出腹内婴儿的问题时，他郑重地提出："这就是问题的关键！"他告诉她，儿子继承异人的事业，也就是他吕家的事业。这只有天知、地知、他知、她知。

最后，吕不韦叮嘱赵姬，一定要保守机密。

赵姬默默地点头，心领神会。

她的身体即将嫁给秦嬴异人。

他的政治触角随之伸向秦国王宫。

第十八章　成全凤侣　终于生男婴

春天的晨风掀起了白杨绿柳的微波，吹拂着家家户户的炊烟；飞来的群鸟掠过了数以百计的树冠，唱起了动人心弦的妙曲；橘黄色的霞光洒向邯郸城内，霎时驱散了笼罩在宫脊殿顶上的蒙蒙白雾。赵国京师这片土地，显得多么古老而又多么年轻！

赵孝成王六年，秦赵未战——这是一个祥和安定的年份。

这天清晨，吕不韦趁着大街上没有多少行人，便命车仆驾驭双马四轮车，将按秩大妆、如花似玉的赵姬，悄悄送往西大街异人的住宅。同时，吕不韦和吕童亦分乘骏骑随车送行。

异人已在其住宅等候。

这是一所别具一格的宅院。长长的院落，前后大门都是从门房中间开设；院内建有两排正房，第一排为客厅和膳房，第二排为卧室和书房；前院设有二门、影壁墙；后院设有一个六角凉亭，还有一个花圃草坪。最引人注目的是，所有房顶全是飞脊刺天琉璃瓦。

这所住宅，是吕不韦特意从赵国将军乐乘手中买来送给异人的。

购马尚需买鞍。吕不韦在为异人选购住宅的同时，还给这位秦国王孙派来了侍女、仆人、膳房师傅，并让赵姬从吕府中带来她的贴身侍女吕佳、吕静。从钱到房、从人到物，应有尽有。

异人在吕不韦的筹划下，一步步向天堂迈进。他对吕不韦的感激之情，真是滔滔不绝！

就连吕佳、吕静两位侍女，也感到她们的男主人吕不韦大度，抛舍了不计其数的重金珠宝还不算，并献出了美丽绝伦的少妻赵姬。所以，她俩惊愕之余，又感叹不已。

从这一天起，吕不韦改变了以前对异人的称呼，不再叫"嬴公子"，而是称"王孙"。就是对他的少妻赵姬，也不再呼其名"仲嬡"，立即改称"赵夫人"了。

从此开始，在吕不韦的让渡下，异人和赵姬凤侣鸾俦，但他更加谦恭，从不以功自恃。

他们仨在婚庆酒席桌上，虽然有侍女侍奉，但是吕不韦就像臣对君一样，双手给异人、赵姬捧樽敬酒，并一口一个"王孙"，一口一个"夫人"，把自己降到臣的位置。

这也许是最实际的演练，为将来去秦国做好准备。对此，异人、赵姬这对新郎新娘有些不自在，再三请这位恩公坐下，尽管饮酒，不要如此劳心。

午时过后，婚宴结束。吕不韦就向异人、赵夫人告辞，带着吕童回吕府去了。他不愿意继续逗留，自找尴尬。吕不韦和赵姬本来鸾凤和鸣，如胶似漆，一下子告别分开，各居其处，更何况是他拱手将她让与别人，心里自然像刀剜一样地疼痛。但是谁让他苦苦追求权力、渴望仕途呢？

开始的几个月，吕不韦是最难熬的。他尽最大的毅力克制自己，控制自己的感情，减少去异人宅院看望赵姬的次数。可每隔两三天，还得去一次，因为赵姬也需要看到他。记得有一天上午，他拿着一些饮食来看望赵姬。当时，异人出去了，只有赵姬一个人在卧室。他和她一见面，她"呼"的一下抱住了他，他怕异人回来看见，一个劲儿地挣脱，可赵姬怎么也不松手，死命地搂住他。

不知什么时候，赵姬在他怀里哭开了。

他不住地安慰她，掏出手帕，急忙给她拭去脸上的泪珠。

接着，他发现她突然恶心起来，她到院里去呕吐，好大工夫才回到室内。他告诉她，这是妊娠反应，不要有其他顾虑。他指了指放在桌上的核桃和莲子，让她在怀孕期间适当食用，保护身体。赵姬得到他的抚慰，心里十分感激。

吕不韦不想让异人看见自己和赵姬单独会面，就怀着难舍难分且又苦涩不堪的心情离去了。

赵姬未敢送至大门外，只是站在卧室门前，默默地望着，直到吕不韦的身影消失在二门外，才无限惆怅地返回室内。

吕不韦的心情很不好，沉默寡言。父亲吕伯、妻子田欣早就发现了，开始他们还以为吕不韦做生意遇到不顺心的事情，后来才从大管家吕锦口中得知，他是因为舍出一位名叫赵姬的心上人而感到不痛快。可吕伯、田欣又无法过问此事，吕不韦拥有那么多的漂亮姬妾，何必因为一个赵姬而如此伤神呢？只能提醒他注意身体，不要因为一些小事而自寻烦恼。

即使家里的亲人这般无微不至地关怀，也不能排解吕不韦的苦闷。相当一段时间，他坐不下来。除了思念赵姬，还焦急地盼望咸阳传来宣召异人和他赴秦国的消息，可是音信杳然。

他经常饮酒，靠酒浇愁解闷。有时，他一个人在家喝闷酒；有时，他去街上酒馆，和朋友们一块儿饮酒。

他走在大街上，许多认识他的人都用异样的眼光看着他，认为他是一个"怪物"，他极为富有，累资万金，但为什么偏要资助那个一无所有的秦嬴异人呢？在他的无私帮助下，异人眼看着一步登天，这本来就让人赞叹不已了，可他又把自己钟爱的赵姬献给人家，这到底是为什么呢？

一天下午，吕不韦只身来到大街上，恰巧碰到三个老朋友，一个是平原君府的舍人赵全，一个是平原君府的宾客毛遂，一个是负责守护邯郸东关城门楼的卫士伍长丁一。寒暄一阵后，他把他们仨约到一家酒馆坐下。

朋友相聚，开怀畅饮。饮到兴奋之中，他们之间无话不说。赵全开门见山地质问，把一个贫困潦倒的秦国嬴异人捧上了天，究竟图的是什么？同时，还抱怨他，把不容易弄到手的赵姬让给秦国嬴异人，那赵姬可是平原君想尽办法提前释放出狱的。唉！你吕不韦也太对不起朋友平原君了！

吕不韦听罢赵全一番话，思绪翻腾。赵全提出的问题远不如他的政治谋划重要，怎能为一时一事的得失而影响政治前途呢？他理解赵全的心意，那完全是出自一片好心。可是，他又不能把内心的想法和目的和盘托出。他没有答言，只是违心地点了点头，给赵全倒了一樽酒。

毛遂反其道而行之，他用赞佩的目光看了看吕不韦，继而大加褒奖，说他是天下奇男，将来必干出一番伟业。说完后，毛遂与他一饮而尽。

坐在一旁的伍长丁一，琢磨着赵全与毛遂的不同见解，感觉毛遂的讲话似乎颇有道理，但又说不出所以然，于是给毛遂倒了一樽酒，以示赞同。

吕不韦不知毛遂是不是发自内心地赞同他。当时，毛遂已名扬四海，有胆有识，洞察敏锐，看人看事入木三分。吕不韦认为，毛遂乃不凡之人，或许是英雄所见略同！不过，他假装不以为然，只顾饮酒。

对于赵姬转嫁给秦国嬴异人，吕府上下议论纷纷，都说赵姬命薄福浅，不知好歹，好不容易被少主搭救出狱，重见天日，还专门为她修建了一所豪华新居，不愁吃穿用，跟着少主过一辈子，有享不尽的清福。谁不知道异人连饭都吃不饱，衣服也穿不上，其衣食住行全由少主供给。难道赵姬和异人结婚后还要靠少主没完没了地资助吗？从道义上讲，赵姬也对不起少主。俗话说，好马不备双鞍，好女不嫁二男！赵姬成了什么人啦！

社会上，凡是认识和知道赵姬的，对其无不指责和咒骂。就连锦香院的钱老板，还有那些歌姬，也都痛骂赵姬，说她是假正经、胡折腾，甚至说她在锦香院的那段日子里，只卖艺，不卖身，纯属假话。若不然，她在短短的三个月内，怎么就先后嫁给两个男人呢？

这些坏话，赵姬是不容易听到的。吕佳、吕静早就听到了，但谁也不敢跟她说。

她的舅妈周氏来了。

这是赵姬同异人结婚后的第三次。前两次，周氏看望她时，异人也在家，没有机会说什么，坐一会儿就离去了。这次，恰好异人去外边办事，家里只剩下赵姬一个人，周氏便和她单独会面，拉着外甥女的手说："仲媛，你嫁给吕不韦不是很好吗，怎么又改嫁了呢？"

"舅妈，您不懂！"赵姬撒娇地说。

"什么，我不懂？舅妈已是土埋半截的人了，还没有你懂啊！"

"舅妈！"

"我真不明白，异人哪点儿比吕不韦好？"

"不韦有不韦的优点，异人有异人的特点，他俩不能相提并论。"

"就算异人有特点，但他也比不上不韦。不韦要钱有钱，要才有才，要貌有貌，异人怎能比得了？"周氏的脸上露出了不满神色，松开了她的手，嗔怨地说，"你呀，我看你是好了疮疤忘了疼，你刚刚过上几天安稳日子，就把吕不韦给忘了！"

"舅妈，请您放心，我一辈也不会忘记不韦的！"赵姬离开座椅，给舅妈沏了一杯茶水。

"说得好听！你怎么说甩就甩了人家呢？你如果有良心，就不应该这样做！"

"良心?!"赵姬大笑了一声,而后转向周氏,"舅妈,这种事不能讲良心。"

"好啊,两口子可以不讲良心,跟外人却讲良心,这是哪家子道理?"周氏有些愠怒了。

"舅妈,您别生气。刚才我说的这句话,不是这个意思。如果没表达清楚,那么就算我说错了,请您原谅。"赵姬双手捧起热茶,递向舅妈。

周氏接过茶杯,呷了一口茶。心里直琢磨,赵姬究竟因为什么呢?她怎么跟我绕圈子呢?于是又问道:"仲媛,你能不能把改嫁的真实原因说出来,让舅妈心里明白明白。"

"舅妈,您甭问了,到时候就知道了。"赵姬狡黠地笑了笑。

周氏着实不解,无奈地摇了摇头。

周氏一看,再问她也没多大用,至多是敷衍,干脆算了,爱啥样就啥样吧,于是起身准备回去。

赵姬说啥不让舅妈走,硬是将老人留下来,一起吃了午饭。

下午,吕不韦又来看望她。

这时,周氏已经回家了,而异人外出办事还没回来。他和她又能单独地会面了。

两人分床睡眠已经一个多月了,可赵姬对吕不韦的思念似乎仍像新婚小别那样,眷恋之情有增无减。她一见到他,根本抑制不住内心的渴望,猛地上前拥抱,同他使劲儿地亲吻。

胸怀政治抱负的吕不韦,经过三十多个昼夜的苦煎苦熬,磨砺了一种冷淡色情的意志,决心用理智战胜感情,不能因为男女之欢的小事,而坏了他攀登仕途高峰的大事。因此,他准备从这一天做起,不再像以前那样,难舍难分,缠缠绵绵,而是有意冷却与她之间的关系。

现在,他全是应付,使她感觉到,他是那样的被动,那样的冷漠,那样的无情。她不再吻他了,两只柔软的胳膊也松开了,心底的爱情火苗好像被一盆冷水浇泼了似的,几乎全部熄灭。她忽然恨起他来了,冷冷地问道:"你来干什么?"

"夫人,我来看你呀!"吕不韦心里明白,她一时难以接受他这种不冷不热的态度,只能逐渐地让她理解。

"有什么好看的!我现在才算弄清楚,你把我打发出来,好干你的大事业,免得我碍手碍脚!"赵姬说着,落下泪滴。

吕不韦急忙掏出手帕，欲上前给她拭泪，但她一转身，用手一拨弄，把手帕弄到地上。他猫腰拾起手帕，耐心地劝解：“夫人，请你不要这样，你不是那种普通的女人。你是一个有抱负、有理想、有作为的女子，怎能只顾一时快乐而影响大局呢？你想想看，你我如果长此下去，一旦让异人发现，那将是什么样的后果？你以为我心里就不痛苦吗？我和你一样，甚至更甚，哪一天哪一夜，我忘记过你……我只是为了长远大计，这其中绝对包含着你的前途。我吕不韦衷心地希望你深思、再深思……”

　　赵姬不再哭了。她听了吕不韦这番动情的话，认为句句中肯，自己确实应该注意点，不可任意妄为。她给他倒了一杯香茶，并端来水果，认同地看了看他。

　　误解消除后，他马上和她商量正事。

　　他问她，怀孕的事异人是否知道？

　　她告诉他说，异人刚刚知道了，高兴得不得了。

　　吕不韦点点头，沉思着。

　　赵姬怀胎两个月后，嫁了异人。至今已三个月了，再有不足七个月的时间，到十月下旬就得临盆。可是她跟异人婚后同居时间才七个多月，那将来势必引起异人的怀疑。如果赵姬提前生产，对于赵姬没有多大的影响；如果正常生产，可就麻烦了，这一婴儿将被视为吕不韦的后代，岂不坏了大事！

　　想到这里，吕不韦心里有些后怕。然而，女人怀胎，提前个把月生产也是常见的——这是今天他找她商量的唯一正事。

　　当吕不韦向她询问生产时间的时候，她平静地一笑，反问他：“这还有什么问题吗？”

　　“夫人，你是不是明知故问？”吕不韦对她那玩世不恭的态度感到奇怪。

　　“生产或迟或早，是我个人的事情，难道他异人也要干涉？”赵姬未曾忧虑生产时间的问题，也未曾考虑异人会持什么态度。

　　“夫人，你是不是糊涂了？”吕不韦继续询问他，“你想过没有，你若在同异人结婚后七个月生孩子，那将意味着什么吗？”

　　“我知道！……他可能怀疑孩子是你吕不韦的，不是他异人的。”赵姬指出问题的要害。

　　“是啊，这问题不就严重了吗？！”吕不韦皱起眉头。

　　“吕大公子，你真是多此一举，我这张嘴就光会吃饭吗？”她感到吕不韦的担心是多余的。

"那好，我想听听，你怎么说？"吕不韦不放心地问道。

"如果异人对生产时间有怀疑，我就请他把我送还吕公子！"赵姬故意这么讲。

"唉，那怎么行呢？你这不是拿我们的事业开玩笑吗？"吕不韦不赞同她的说法。

"看把你急的！孩子在我肚子里，你着什么急？"赵姬满不在意，胸有成竹地说，"到时候异人敢问我不三不四的，我有八句话等着他呢！"

"唉！你呀，干吗说那些惹人不愉快的话呢？一旦闹翻了脸，岂不毁坏大计！"吕不韦仍然不放心。

赵姬心里有数。她怀上吕不韦的孩子，仅一个月时间，吕不韦就西赴秦国了。这时，异人就频临她的卧室，即使她如期生产，异人怎能怀疑这孩子就是吕不韦的呢？女人早产半月二十天的事情，不是经常有人说，很正常嘛！如此正当的理由，异人怎敢多嘴质问。再说，异人还在拼命地爱着她呢，何必说那些伤感情的话呢！她觉得她的想法是正确的，但又不能把她和异人婚前的"秘密"如实告诉吕不韦。如果那样的话，吕不韦将会终生瞧不起她。她准备把这段情史带进坟墓，永世也不向吕不韦透露。

她告诉他，到时候需要解释的话，就说这是早产。

他同意了她的说法。

关于赵姬的才思，吕不韦心里是清楚的。她不会被异人质问住，一定会随机应变、巧妙回答。不过，他同她的争论是大有必要的，历史上有多少涉猎政治的人，因粗心大意而被杀头送命啊！

她被他严肃而认真的态度所触动。在吕不韦的精心策划下，政治筹划好不容易完成了前两步。她不仅是一个赞同者，而且是一个积极参与者，每一件小事她都尽力去做。由于她在这样的政治氛围下生活，举止言行非常谨慎，不论是外人向她打听吕不韦的情况，还是亲友向她谈论异人的长长短短，她都能谨言作答，从不泄露半点真情。她相信他说的话，不能让异人察觉丝毫破绽，影响前程。

所以，她送他往外走时，告诉他，他尽管放心。

吕不韦回到吕府后，每天清晨乘骑去城西三皇五帝庙，焚香祈祷上天，保佑赵姬怀胎生产晚一些时间，再晚一些时间。就这样，他整整坚持了七七四十九天。

赵姬嫁给异人已经八个月了。这时间，恰是她怀胎接近临盆。吕不韦提心吊胆，唯恐她如期临产。他几乎每天来一次异人宅院，都悄悄观察赵姬是否有生产的迹象，可异人只要在场，他什么也不能问，只是说些将来回秦国赴政坛的大事。对于他的到来，赵姬心里明白，但当着异人的面，也不便说什么，只是朝着他莞尔一笑，心领神会了。

异人却不然。由于赵姬的腹部已经隆起，这将要给异人将来的生活注入新的血液，增添新的力量。在没有外人的时候，异人总要笑眯眯地抚摸赵姬的腹部，也是盼望她给嬴家生个儿子，并说"只要我当了秦王，儿子就是太子"。即使吕不韦来了，异人也不隐瞒自己的想法，照样指着赵姬的肚子说个没完没了，还盼望她及早生下男孩儿。

吕不韦听到"及早"二字，他的心就像针扎了一样疼。他最怕"如期"，更怕"及早"，因为这样就不是十月怀胎，可能给异人带来怀疑，甚至外人也要为此议论。他听异人讲这些话的时候，只是勉强笑一下，掩饰内心的恐慌。

异人当然愿意妻子及早生下男孩儿。早成家，早得子；早得子，早立业。这是异人被华阳夫人认为世子后，萌发的一种念头。如果华阳夫人及早生下儿子，何必今天确立过继之子呢?！当然，异人不赞同祖父那种做法：祖父当秦王四十多年了，现已七十多岁，父亲也已年过半百，祖父却没把王位让给已是多年太子的父亲。如果是那样，早立子又有什么意义呢?

尽管如此，异人还是盼望及早得子。

一天上午，吕不韦又来看望赵姬，她的身体如常，没有临产前的征兆。吕不韦的心踏实下来。他同赵姬正在交谈的时候，忽然见异人领着一位占卜先生走进客厅。他俩定睛一看，原来是郭半仙，便赶忙欠身上前迎候，嘘寒问暖。

还没等异人给他们介绍，郭半仙就主动向他施礼问安。异人一看，郭半仙同吕不韦和赵姬好像是老相识，感到很奇怪，于是问道："郭大师，您和他们……"

"哦，嬴公子，我认识他们比认识你早得多。"郭半仙说着，哈哈大笑。

"嬴公子，您有所不知，赵夫人遇难坐牢那段时间，曾患过一次病，多亏郭大师闻讯赶到，赠送贵重仙药灵芝，方使病情痊愈。"吕不韦对异人抱拳解释道。

"子楚，大师是我的救命恩人，你也得替我致谢。"赵姬在一旁提醒丈夫。

"区区小事，何足挂齿！"郭半仙连连摆手，豁达谦和。

"郭大师，子楚在此有礼，多谢你恩泽搭救夫人。"异人搭躬握拳。

"嬴公子，不承敬意！"郭半仙亦握拳还礼。

"大师，快请坐。"赵姬挥臂谦让道。

"多谢赵夫人！"郭半仙遂坐在木椅上。

这时，吕佳、吕静给他们端来水果、点心，还重新沏了一壶香茶，给主宾每人倒了一杯。

赵姬让她俩通知膳房，赶快给郭半仙准备酒宴。

客厅内，充满了欢声笑语。

智慧过人的郭半仙，一眼就看出了他们仨之间的关系。现在，秦嬴异人已成为赵姬的丈夫了。这是吕不韦忍痛割爱所导演的一幕政治戏。所以，郭半仙不再询问，以免他们仨窘迫不安。呷了几口香茶后，他转向赵姬，直截了当地说："赵夫人，刚才嬴公子告诉我，您已经身怀六甲，获福有喜，在此，郭某特向您祝贺！"

"郭大师，承蒙您过誉！"赵姬面带羞惭地说。

"夫人，我今天将郭大师请到咱们寒舍来，就是为了给你占卜一下，能否如意地早得贵子。"异人手指郭半仙对赵姬说。

"那当然好了。郭大师乃华山名宿，神占仙卜。客居赵国京师，亦名扬四海，世人皆知。我荣幸受大师仙引，系前世缘分，今生造化！"赵姬不仅患病受恩于郭半仙，而且曾经请其占卜过，因而对他打心眼儿里佩服。

"赵夫人过誉，郭某深感不安！"郭半仙谦逊地说。

"郭大师，请您不必过谦了，还是给赵夫人占卜一下吧！"吕不韦亦很佩服郭半仙，因为以前听赵姬讲过。

于是，郭半仙转身从布袋里掏出那份标有六十四卦的三百八十四爻的白色帛布图，后又拿出一个竹筒，内装几十支竹签。而后，用手摇动了一阵竹筒，筒内竹签发出"哗啦、哗啦"的响声，随之，将竹筒放在桌案上，面对赵姬，指着竹筒内的那束竹签，说："赵夫人，请您抽签吧。"

赵姬欠起玉体，行至桌案前，平静地抽出一支竹签，她看了看签上镌刻的卦辞和爻辞的字迹，知道自己抽的是吉卦，但她没作声，而是把抽出的竹签递给了郭半仙。

郭半仙接过竹签一看，脸上露出笑容，道："赵夫人确实是大福大贵之人，今天所抽卦签乃是吉卦。"

异人、吕不韦一听，心里自然非常高兴。他俩都凑到郭半仙跟前，想听个究竟。

"你们看，赵夫人抽的卦签是既济卦。"郭半仙举了举手中的竹签，又用手指点了一下六十四卦圈中标有"既济"卦的八卦符号，"你们再看，卦辞是'既济'，爻辞是水在上、火在下。《易·系辞》曰：'爻者，言乎变者也。'卦的变化取决于爻的变化，故爻表示交错和变动之意义。从爻辞分析，既然水在上，那么水性则润下，而火在下，则火性炎上，于是水火引起动态相互交应，使发生变化的事物出现亨通。所以既济卦乃是大吉之卦。"

异人、吕不韦听了这番讲述，觉得郭半仙说得头头是道，他俩不住地点头赞许，同时也为赵姬的命运高兴。不过，还不知道郭半仙怎样阐述她的身孕。

"郭大师，你看我的夫人命运如此吉祥，那么她腹内胎儿是男是女呢？"异人提出自己最关心的问题。

"从赵夫人抽出的卦签判断，大吉又大利，贵妇得贵子！"郭半仙似乎很有把握。

"吉星高照，令人如意！"吕不韦亦最关心此事，那颗盼子成龙的心又怦怦地跳了起来。

赵姬、异人内心想的盼的当然也是男孩儿，因为这不仅关系到他们的长远大计，而且直接关系到他们的共同命运。

"郭大师，我的夫人怀胎已八个月了，但不知我能否及早喜得贵子？"异人着急地询问。

"嬴公子，您乃显贵之人。上天赐福于您，会让您早得贵子。我看了夫人的卦象，怕是夫人怀胎九月，您就能见到您贵不可言的儿子了。"郭半仙笑言道，不经意地瞟了一眼吕不韦。

"但愿如此，但愿如此！"异人听后，心里高兴得不得了。

吕不韦听罢精神为之一振，那颗悬吊的心终于落到实处。

占卜如意的赵姬，心里就像吃了蜜一般的甜。她一面说些感谢郭半仙的话，一面给郭半仙端过香茶。

郭半仙点点头，双手接过茶杯。

众人继续交谈。郭半仙除了赞颂《周易》是一部奇书外，还特意颂扬了秦国的政治、经济和军事。异人、吕不韦、赵姬听后，极为感兴趣。因为他们仨准备效力于秦国，愿意秦国比其他诸侯国家更繁荣，更强大。

酒宴准备好了。

赵姬将郭半仙让到餐厅，异人、吕不韦一同作陪。

这次宴请，是赵姬对郭半仙一直想表达的感激之举。她非常热情，一会儿斟酒，一会儿夹菜，把郭半仙作为上宾对待。

郭半仙喝得很痛快，一杯接着一杯。脸上不时地流下汗珠，那酒好像顺着汗水挥发掉了似的。

异人酒力不强，这可能是由于长年当质子、体质衰弱的原因。所以，不敢杯杯奉陪，喝了三杯就停止了。

吕不韦则是海量，同郭半仙一对一地豪饮，毫不怯阵。

饮到兴奋之际，郭半仙滔滔不绝地讲述历史上名王治国治军的纲领，分析了当时各诸侯的政治形势，认为秦国大有可能吞并各国，并认为这只不过是个时间早晚的问题。

像这样的深谈，郭半仙是头一次，他们仨倾听也是头一次。他们的政治嗅觉，好似闻到一股新鲜的空气，他们的政治视野，好像有了一种纵深的开拓。尤其是赵姬这位关注政治和仕途的女性，甚至想到将来一旦有机会，一定重用郭半仙。

未时过后，赵姬盛情招待郭半仙的宴席结束了。

郭半仙背起占卜的布袋，双手抱拳向他们告辞。

临辞行前，郭半仙告诉他们，准备翌日返回故居华山，去探望在那里隐居的师父。郭半仙特意夸赞北地华山，认为那儿风景怡人，实为圣地，华夏先祖就居住雍、梁二州之地，东南华阴，东北华阳，按华山以定限。郭半仙意味深长地说，咱们后会有期！

赵姬记住了郭半仙的话。

吕不韦离开异人的宅院，怀着舒畅的心情，回到了吕府。

余下的日子，他不再担心了。郭半仙带有肯定的口吻，指出赵姬必然逾期生产。这样，他能够腾出手来处理一下珠宝生意上的问题，也能够集中精力坐在书房里读读书，写写字。他那种彷徨不安的情绪，终于不见了。

但是，到了腊月他那颗心立即又悬吊了起来。赵姬逾期生产已成定局，不存在任何怀疑，可究竟是生男还是生女，仍然是一个未知数。如果生男，一切如愿；如果生女，那么他欲占赢氏江山的梦想就要彻底破产，甚至他密谋的政治远景也将成为海市蜃楼。因为历史上就是"母以子贵"，赵姬若生女，将决定她是一个悲剧式的人物，直接影响他的仕途发展。

他从进入腊月开始，几乎又天天跑到异人住宅，察看赵姬的动静。

异人心里也很着急，每天都在自问郭半仙的预测是否准确，赵姬能否给赢家生下男孩。

这两个男人，为了一个女人肚子里的婴儿，耗费了心血，绞尽了脑汁。

赵姬的肚子越来越大了，大得走路都不方便。吕不韦让吕佳、吕静注意关照赵姬，千万不能出现闪失。两位侍女不敢疏忽大意，只要赵姬下床行走，就赶忙上前搀扶。吕不韦还让膳房师傅注意给赵姬加强营养，经常变换花样，但赵姬食欲不佳，吃啥都不香。

吕不韦问她："赵夫人，你想吃些什么，尽管开口！"

"唉！吃啥都没胃口。"赵姬感到嘴里很是乏味。

异人让她每天行走时，注意开始先迈左脚，后迈右脚。因为异人听到"男左女右"的说法，所以便要求妻子行走时要先左后右，为生产男孩子做好准备。她还真注意了，每每起身走路，总要先想到迈动左脚，就连上床睡觉、起床下地，也挪搬左腿了。

这一天终于来到了！

公元前259年正月初一，时近丑时，赵姬腹部开始阵痛，额头沁出微细的汗珠。天刚亮，百余只喜鹊在异人宅院上空久久盘旋，"喳、喳、喳"地叫个不停。

赵姬顾不得倾听喜鹊的叫声，全身心地对付临产前的腹痛。她一直坚持着，默默地坚持着，挣扎了三个多时辰。

在卧室内陪伴她的除了接生婆，还有吕佳和吕静。她们做好了一切接生准备，轮换着拦抱她的后腰，接生婆负责看护她的下身。

一夜未睡的吕不韦，仍在靠近卧室窗前的院子里踱来踱去。

异人更不能睡觉了，始终守候在卧室门外，注意聆听室内的动静。

辰时未半，突然听到赵姬的一声喊叫，她终于在怀胎将近十一个月后临产了。室内，继而传出婴儿呱呱的哭声。那哭声极为有力，那哭声响彻人间。

吕不韦听到婴儿哭叫，恨不得立刻闯入室内，但马上停止脚步，把耳朵贴于窗棂前，悄然而焦急地倾听。异人早就跑进去了。

赵姬双手撑起无力的身体，想看看自己生的婴儿是男还是女。她看到了，是男孩儿！

异人也挤上前看个究竟，随即高兴地大声喊道："男孩儿！是男孩儿！"

赵姬看到丈夫那兴奋异常的样子，脸上亦露出不可名状的笑容。

窗外的吕不韦，听到异人的喊声，确认赵姬生下一个男婴，他心里的一块大石头落了地。他遥望苍天祈祷，不久的将来即可赢来吕氏江山！

这时，满天生辉，霞光普照。

卧室内，亦熠熠生辉，香气扑鼻。

只见这男婴儿，丰准长目，方额长脸，浑身上下长有红色毛茸，脊背上还有一块"王"字龙鳞，其相貌丑陋无比，活像一个小老头儿。

然而，这男孩儿的哭叫好似豺嚎，声音之高亢，声音之尖厉，把赵姬和异人吓得周身打战。

但是，夫妻俩爱子如命，万般疼怜。

当即，夫妻俩商量，由丈夫给孩子取名。异人鉴于儿子乃正月所生，故取名为"政"。

第十九章　秦兵压境　决心离邯郸

转眼间，两个冬春过去了。

又到了正月初一，嬴政诞生的这一天。

初一凌晨，雪落停止，暗褐色天空露出几颗尚未退去的星星，但整个大地一片皑皑白雪，赵国京师银装素裹。人们感觉像是进入了一个纯净的世界，并不感到苍白和孤独，而是品味冬末春初的清爽。

赵姬卧室房顶的碧瓦上亦遮盖了一层玉粉，待那融融春日升起后，房脊白雪融化成滴，顺着瓦沟沿着屋檐流下一串串水线，滴落在房前屋后的地面上。

卧室内，清新整洁，干净利落。

赵姬和异人正在斗耍他们心爱的儿子嬴政。今天，夫妻俩准备给儿子过生日。

两岁的嬴政，已经满头乌发，满口牙齿，鼻子似鹰嘴形，双目又扁又长，说话声音又尖又亮。

嬴政身穿红色缎衣，脚蹬一双虎头鞋履。这是赵姬亲手缝制的。

只见嬴政从床上跳到地下，绕着圆圈，边跑边喊："我要，我要，我要！"

"政儿，你要什么？"异人大声问道。

"我什么都要！"嬴政几乎又是大声喊道。

赵姬、异人听后都大笑了起来。

一家人正在说笑的时候，吕不韦手提一盒点心走进卧室。

赵姬、异人热情地问候吕不韦。吕不韦边向他们祝福，边放下手中的点心，顺手把政抱到怀中。

"政儿，你忘了叫他什么了吧？"赵姬提示道。

嬴政歪着脑袋，斜视了一下吕不韦，毫不迟疑地说："知道，叫伯父！"

"唉！好政。"吕不韦听了政对他的称呼，心里感到一阵酸苦。但还是强装笑颜，亲吻了一下政的小脸蛋儿。

异人看到吕不韦这么喜欢自己的儿子，心里很高兴，笑着朝吕不韦点点头，转身去膳房了。

赵姬看了看吕不韦那张酸楚的脸，面对嬴政问道："政儿，你说给娘听一听，是叫爹亲哪，还是叫伯父亲哪？"

"那还用说，叫爹亲呗！"嬴政歪着头，扭向母亲。

"那，那你就叫他……爹嘛……"赵姬吐了一下舌头，赶忙用手捂住自己的嘴巴。

吕不韦吓了一跳，心想：你疯啦！

"我就一个爹，刚才出屋的那人才是我爹呢！"嬴政挣扎着要离开吕不韦的怀抱。

"对对对！你就一个爹，不能有两个爹。"吕不韦眼睛潮湿。

"我只能叫你伯父！"嬴政的语气还是很坚定的。

"行，行，这就蛮好！"吕不韦颇为难堪地将嬴政放在地上。

"你对我爹好，对我娘好，我才叫你'伯父'。"嬴政眨巴着那双又长又扁的眼睛，窥视着吕不韦的神色，"你对我爹娘不好，我就打你！"

"政儿，不许瞎说！"赵姬急忙制止政。

"哎呀！这孩子不得了，将来成为大器，必敢作敢为！"吕不韦嘴上赞赏嬴政，心里直嘀咕：这孩子怎么这样凶啊！以后是个霸道的主。

"政儿，你过来！"赵姬向政打着手势。

"娘，我又咋啦？"嬴政跑到母亲身边。

"政儿，娘告诉你，这个伯父是个大好人，对爹、对娘恩重如山，把你视如掌上明珠，咱们这个家、这个大宅院都是你伯父给的，你要记住你伯父的大恩大德！往后，你一天比一天大了，你要尊敬你伯父，爱戴你伯父，将来你长大成人，你伯父还要帮助你完成大业呢！"赵姬看出嬴政对吕不韦骄横无理，赶紧对儿子进行教育。

"娘，我记住了。"嬴政点点头，又转向吕不韦，毫不客气地说，"但伯父对爹、对娘必须是真好！"

"那是自然！"吕不韦点头应道。

"伯父，咱俩拉钩儿！"嬴政伸出右手中指，道。

"好啊，拉钩儿！"吕不韦也伸出右手中指，伏下了身子。

"小孩子！"赵姬说着哈哈大笑。

吕不韦没有笑，脸上涌出忧郁的神情。嬴政思维独特，出言霸气，长大了一定能够霸统天下，但是他似乎对自己有一种天生的警惕和厌恶，不是好事！但转念一想，嬴政是自己的后代，实际上姓吕而不姓嬴，将来当了秦王，不管对我吕不韦如何，也是为吕氏门庭君临天下，一统江山。只是日后须加注意，不可粗心就行了。

想到这些，吕不韦拍了拍嬴政的头，说："好孩子，将来必有大志。"

"吕公子，看你说的，现在你就把政儿捧上了天，那将来还能管得了他吗?！"赵姬似乎不怎么赞同吕不韦的说法。

"谈到将来，不是我管他，而是他管我了！"吕不韦拉着长音，风趣地说。

"娘，还是伯父说得对，将来我谁都管，也要管伯父！"嬴政锋芒已露。

这时，为嬴政过生日的午宴准备好了。

吕佳、吕静奉嬴异人之命，请他们赶快去餐厅。

她俩一人抱着嬴政，一人提着那盒点心，跟在赵姬、吕不韦的身后。

餐厅内，飘散着浓郁的香味儿。只见桌面上摆设着陈酿米酒、丰盛菜肴。这是异人亲自到膳房安排的。

他们谦让着，围坐在餐桌四周。

只要吕不韦和异人在一起，就不约而同地谈论何时返回秦国，急切地盼望秦昭襄王发来召回异人的谕旨，及早实现宏图大略，圆梦成真。

可是，一天又一天过去了，一个月又一个月过去了，这种好消息还是没有到来。

然而，一个令人揪心的消息传来了——

公元前257年6月，秦赵两国由于边境谈判失和，又一次爆发大战。

秦昭襄王命大将王龁率兵围攻赵都邯郸。

秦国军队像乌云压顶般地直逼赵国京城西关城门脚下，准备攻克该城。同时，还向南关城门外派去部分重兵，以做全面攻城的策应和补充。

邯郸四门紧闭，赵国军队严密把守。

此次，统率赵国军队的是取代廉颇的大将乐乘。

乐乘是燕国军事家乐毅的同宗后辈。乐毅在燕国时曾任上将军，辅佐燕昭王，提出了中肯的战略主张：联合楚、赵、韩、魏四国，并利用秦国，共同伐齐。于是，燕昭王命乐毅，率五国军队，大败齐军，取得了以弱胜强、报仇雪耻的辉煌胜利。后来，新君燕惠王嫉贤妒能，并为齐国所利用，将战功赫赫的乐毅无端贬黜。乐毅被迫带领全家人和其子乐间，以及同宗后辈乐乘等人逃往赵国。

乐乘从小喜读兵书，注重实践，骁勇善战，并注意分析敌我态势，制定战略方针，成为赵国一员名将。乐乘曾与廉颇合手，率领赵国军队围困燕国，燕国用厚礼向赵国求和，赵军才得解困。赵国封乐乘为武襄君。

此时，乐乘分析，秦赵两国交兵，秦国绝对占优势，赵国不能轻举妄动，否则秦军一旦掌握军事主动权，赵国京城就得陷落。但是，赵国是同四方交战的国家，军队习惯作战，百姓熟悉军事，只要坚守壁垒，以守为攻，从时间上拖延和消耗秦军，赵国就能保住，秦军最后也得撤走。于是，乐乘下达命令：全城戒严，城门紧闭，任何人不得随意出城，违令者一律处斩。

秦国长年好战不休、屡屡发兵攻赵，使得乐乘不得不绞尽脑汁想出路。秦国异人仍然质地于赵国京师，此乃秦昭襄王的嫡孙，那个吕不韦，干吗舍出那么多的重金去无偿援助异人呢？尽管他上下活动，秦国不是照样发兵进犯赵国吗？

乐乘越想越生气，马上派人去叫吕不韦。

中军大帐内，乐乘坐在虎头椅上，厉声质问吕不韦："吕公子，你本是韩国阳翟珠宝商，又客居赵国京都继续经营珠宝，从而累资万金，远近闻名。从去年以来，你肯于日费千金，无私资助异人，后来你又从我手里为异人购买一所宅院。吕公子，你这是何意呢？你到底图的是什么呢？"

坐在帐前的吕不韦，欠身搭躬，不慌不忙地说："回禀乐将军，在下吕某之所以帮助异人，主要因为异人一来老实，二来可怜，三来爱赵如秦。吕某为人一向坦荡，别无他意！"

"如何判断异人爱赵如秦呢？"乐乘追问一句。

"异人五岁那年就离开秦国，质地于赵国，他爱上了赵国，愿意在赵国为民，说啥也不回秦国了，这是其一；其二，每当秦王发兵犯赵，异人总是绝食七天，以此抗议祖父的好战争斗！乐将军，这就是赢异人爱赵如秦之举！"吕不韦竭力袒护异人。

乐乘听罢吕不韦讲了这番话，觉得似乎有些道理，但又说道："赵王有命：京师邯郸城池一旦被秦军攻破，立即杀了秦嬴异人！我不怕你走漏风声，反正你和异人已是瓮中之鳖。"

"乐将军，这万万使不得，我和异人都是无辜的，从没做过损害赵国的事情。无论如何，还是请乐将军上书赵王，恩泽雨露，赦免我和异人一死！"吕不韦装作惊恐之状，苦苦哀求乐乘。

"唉！你慌什么，秦国军队还没有攻下城池，赵王暂时还不会诛杀异人嘛！"

"乐将军，秦军已大兵压境，我是担心……"

"胡说！现有本将军坐镇指挥，焉有那种结局？"

"乐将军，吕某言辞不当，诚请谅恕！"

"好啦，你先回去吧，但不准乱跑乱动。"

"是，是！"吕不韦看了看乐乘身上的武服裲裆有些陈旧，心想，应该对赵军给予资助，这或许能够起到保护异人的作用。于是，他在临走前说："乐将军，吕某回府后，准备给贵国军队献上部分资财，以更换军服和补充给养，恳请您能够笑纳！"

"好啊！吕公子，我替全军将士先致谢意！"乐乘很爽快地答应了。

"多谢将军赏脸！"吕不韦抱拳搭躬，告辞离去。

他先回到吕府，抓紧安排，让大管家吕锦准备五千两黄金，当天下午就送到了乐乘将军的中军大帐。

对此，精细过人的吕不韦仍不放心。他担心赵王有变，一旦赵国军队守不住京师，还有可能威慑异人。即使乐乘能够上书美言，但一个将军怎能左右得了赵王呢？不行，异人还是很危险，必须尽快通知异人，及早逃出城去。

全城戒严给他的行动带来许多不便，每条大街、每个路口都有三三两两的士卒把守，凡有行人通过，都认真盘查询问。

天黑之后，吕不韦让吕童带上银两、提上点心，随他去西大街异人宅院。他俩走出吕府，没有走大路，而是穿小巷、过胡同，尽量躲开重点路卡。但是，走到路口处，还是碰到了几个警戒的士卒。

吕不韦向他们说明情况，去西大街看望病人。接着，吕童提起手中的点心盒子，并给他们呈上散钱。他们一看，信以为真，遂接过钱，乐呵呵地让他俩过去了。

吕不韦和吕童比较顺利地来到异人家里。

异人和赵姬还没有入睡，嬴政已经睡着了。夫妻俩见吕不韦、吕童深夜来访，不由得一惊，以为现在赵军就抓他们了。吕不韦便把白天见到乐乘的情况和赵王的打算讲述一遍，异人听后吓得面如土色，不知如何是好。

"王孙，请不必如此，只要我吕不韦在，您的人身安全就不必担忧。"吕不韦胸有成竹地说。

"恩师，那到底怎么办呢？"异人急切地问道。

"明天深夜，你我逃出城去，去往秦国！"吕不韦直截了当。

"那，那能行吗？"异人忧虑出逃不成功，担心被赵军抓获。

"您不必担心，一切有我负责安排。"吕不韦安慰异人，打消顾虑，还叮嘱道，"到时候千万别慌，注意同我好好配合。"

异人点了点头，但那双忧虑的目光又落在赵姬身上。

"夫人和政儿，您就不用管了。"吕不韦发现异人担心赵姬和嬴政的安危，马上安慰他，"明天天一黑，我就派人驾车将她们母子送到乡下去！"

"王孙，我看吕公子安排得很周密了，用不着瞻前顾后、怕这怕那。事到如今，三十六计走为上，留得青山在，不怕没柴烧。只要咱们活着，什么都不怕！"赵姬欣然接受吕不韦的安排。

"好吧，就这么办！"异人打消了思想顾虑。

安排就绪之后，吕不韦和吕童连夜赶回吕府去了。

这天夜里，吕不韦住在妻子田欣卧室内。

他告诉妻子，他为完成一项严肃的政治任务，准备明天夜里同异人一起逃往秦国，恐怕相当长的一段时间，不能回赵国了。田欣一听，一下子愣住了！她从前一直以为丈夫去秦国是做生意呢，原来都是为了今天的行动去铺路，但她马上又意识到，丈夫将要冒着生命危险去掩护异人出逃，如果能够幸免此灾，那可是上天保佑了。但她还是担心，万一丈夫他们被赵国军队抓获，那么她和儿子，还有公爹，不是要遭受灭顶之灾？！想到这里，她拼命地抱住丈夫，好长时间不松手，那伤心的泪水扑簌簌地流了下来。

妻子的双肩在抽动，吕不韦知道她在哭泣，在担心。他耐心地安慰妻子，不会发生什么意外和不幸，让她相信他的胆量和智慧，不久的将来，他就要把全家人接到秦国去。

当然，她盼望有那么一天。不过，那是多么难的事情啊！简直比登天还难！可她又不能阻止丈夫的行动。她打心眼儿里知道，凡是丈夫认准的事情，非要干到底不可！她抬起头来，望着丈夫，依依不舍，但没有阻拦，而是极为动情地嘱托丈夫千万要保重，全家人期盼他的佳音！

吕不韦深深感到，结发夫妻的感情确实很深。

夫妻俩言犹未尽，彻夜不眠。

第二天清晨，吕不韦去到父亲的房间，同他这位爱戴而又尊重的父亲话别。

吕伯早就知道儿子在干什么。上次儿子去秦国一去就是一个多月，估计就是为了异人返秦的事情；今天，儿子来告别，果然就是为了这件事。吕伯知道儿子的脾气和性格，执着而又固执，如同锥子扎东西，不穿透绝不罢休。但是出于父子之情，还是进行了苦口婆心的劝止和说服——

"伴君如伴虎。"这是吕伯向儿子说的唯一道理。吕伯谈到，殷纣王时，箕子和商容出于爱国，谏奏纣王，皆被贬谪而辞官隐居；东周列国时，苏秦曾一人身佩六国相印，可算得上当官顶了天，八面威风，不可言状，但最后身死齐国朝廷之上。

"开端好不一定结局好。"这是吕伯向儿子讲的又一道理。吕伯仍举出东周列国时的事例："从前，伍子胥的主张被吴王阖闾采纳，吴王带兵一直打到楚国郢都；而吴王夫差拒不采纳伍子胥的谏书，却赐给他马革囊袋逼他自杀，把他的尸骨装在袋子里扔到江里漂流，伍子胥未能预见君王的气量和抱负是那样的狭小，致使被沉入江里而死不瞑目。"

说到这里，吕伯自我慨叹地说："古往今来，多少英雄豪杰，能够建功立业而又免遭杀身之祸呢？"

父亲说的这些血的事实，吕不韦何尝不知道呢！但是他对仕途的向往和对名位的追求是任何人也阻挡不住的。可是他又不能对父亲直言反驳，且父亲是一片好心。他只好委婉地说道："父亲的良苦用心，孩儿非常理解。往后的日月还长着哩，孩儿一定谨言慎行。"

吕伯一听，恐怕再说也是无济于事。

吕伯看了看儿子，心疼地嘱咐道："不韦，好自为之吧！"

"父亲，您也要多多保重！用不了多久，我就会派人把您和全家人接到咸阳去。"吕不韦打心底挂念父亲，不想离舍他和父亲经营多年的这个家。

但是，他早就下了决心，力求万世之名，不能老死床头，一定要挺身向前，攀登险峰。

父子俩各自怀着不同的心情，依依不舍地看着对方。

早饭时，吕不韦和父亲、妻子、儿子一起进餐。全家人心情沉重，默默无语。唯有吕强高兴得不得了，因为还不知道今天夜里父亲就要去秦国了，更不知道这次离别将会是多少年。

吕不韦用手抚摸着儿子的头，带有嘱托的语气，说："吕强，你一天比一天长大了，一定要听祖父的教导，要听娘的话，一定要好好读书啊！"

"是！请爹放心！"吕强很顺从地答应道。

吕不韦看着儿子，眼睛激动地闪动着泪花。

吕伯、田欣看到他们父子俩亲昵的样子，想到吕不韦即将离去，他们的心像针刺一样疼，眼睛里都涌出了泪珠。

这是吕不韦临离开赵国、去往秦国之前，最后一次同全家人共进的早餐。

早饭后，平原君府的舍人赵全急匆匆地来到吕府，传达丞相、平原君赵胜的口谕，让吕不韦立即赶到平原君府。

吕不韦心想，这下可麻烦了，平原君非给他出难题不可，大有可能阻碍他的行动，但平原君官高位显，又是他交往多年的朋友，不去会面是说不过去的。他没敢多言，当即领命，随好友赵全走出自家府邸，急急忙忙地奔往平原君府。

果然不出所料。

平原君一见吕不韦，面孔一沉，当即谴责他不够朋友，不应该胳膊肘往外拐，一个在赵国经商的商贾，为什么这样无私地帮助一个质地赵国的秦国异人呢？

精神紧张而又惴惴不安的吕不韦，唯恐机敏过人的平原君识破他的天机，竭力回避对方提出的问题，只是以减少秦赵大战为由，笼统地讲了帮助秦国异人。

平原君闭上眼睛，摇了摇头。很显然，不相信吕不韦的话。

"赵大人，你我之间的交情和友谊，秦嬴异人怎能比得了呢？我跟他只是萍水相逢，只不过帮他解决食宿罢了！"吕不韦解释道。

"吕先生，难道仅仅如此吗？"平原君目光尖锐，一针见血地指出，"恐怕还有更深的含义吧！"

"这，这怎么可能！"吕不韦一听这话，吓得浑身打了个寒战，平原君确实非凡，看人看事入木三分，难道我和异人的政治图谋真的被他看穿了吗？他假装委屈地恳求平原君，"赵大人，您可不能冤枉我呀，我吕不韦长一百个脑袋，也不敢去涉猎仕途啊！赵大人，恳请您不要这样看待我，我哪里是那块政治材料，我只是一个小小的商贾嘛！"

"哈哈哈哈！"平原君大笑起来。心想，这个吕不韦呀，胆量也不是很大的，谅他也不敢去干政治这一行，顶多想去秦国当一名小官，不会有太高的奢望。为了缓解一下气氛，平原君遂安慰道："吕先生，看把你吓的，我只是跟你开个玩笑。"

"赵大人，您这玩笑我可承担不起呀！"吕不韦知道，平原君之智胜过其他人，他年过五旬，久经政治风云，曾辅佐两个赵王处理过许多军机政务大事，善于捕捉政治动向。因此，自己的计谋很有可能被他识破。尽管平原君说了些缓和的话，但他的疑虑已经无法排除。他不准备解释了，因为多余的话更会引起怀疑。

"吕先生，我想把你留在我的府中，给你创造一个为赵国服务的机会，不知你是否愿意？"平原君试探地问道。

"哎呀！赵大人如此器重晚生，吾实在是受宠若惊！"吕不韦万万没有料到，平原君竟会突然来这么一招，这绝不是发自内心，时至目前，他身上的政治特长尚未被平原君发现，平原君怎么会无端重用他这样一个商人呢？……但心底的揣测丝毫不能外露，平原君是个要脸面的人，若不然，硬着头皮也得把你留下。吕不韦想了个脱身之计，他从怀中掏出韩国和魏国寄来的订货单，呈于平原君，道："赵大人，您看，这是韩、魏两国客商朋友寄来的订货单，过几天我就得亲自送珠宝货物。生意琐碎之事，的确棘手缠身，否则，我巴不得整日在您膝下听从赐教！"

"好吧！我平原君是不会强人所难的！你这位珠宝商确实很忙，哪有时间干我们这行。"平原君把订货单还给吕不韦。

这时，赵全慌慌忙忙地走了进来。

赵全向平原君禀报："赵大人，秦军攻城猛烈，我军奋死抵抗，刚才乐将军派人请您急速去中军大帐议事！"

"知道啦，立即备马。"平原君命道。

吕不韦趁机向平原君告辞，几乎是同赵全脚前脚后地走出客厅。

离开平原君的吕不韦，心急如火，脚快如风，直接返回吕府。

现已接近午时，他顾不上吃午饭，而是把吕锦找到自己的书房，秘密安排今晚的行动，备好车辆和钱物。

掌灯时分，大管家吕锦遵照主人的吩咐，协助车仆驾车，将赵姬和嬴政送往东关城门，逃往乡下杨林镇。那里是赵姬的外祖母家，母子俩居住和生活都比较方便。

吕不韦没能护送赵姬和嬴政，而是和吕童一起留在嬴异人的住宅处。保护异人的安全和出逃，是吕不韦的头等大事，所以他一步也不敢离开异人。当然他和异人一样，也是非常惦念赵姬和嬴政的安全。

他俩坐卧不宁，来回踱步，一会儿从室内走到院心，一会儿从院心回到室内。

吕童一直在大门外警戒，注意街上发生各种意外情况。

当吕不韦和异人又一次走到院心的时候，突然看到吕童从大门口跑了进来，气喘吁吁地说："吕公子，刚才我在大门外，看见西门风带领两名家丁，骑着马朝东跑去……"

"哦，西门风！"吕不韦立即判断出西门风的目的，一定是追赶赵姬去了，马上命令吕童，"快，快骑马赶到东关城门，找到伍长丁一，让他提前准备，绝不允许西门风趁火打劫！"

"是！"吕童应声扭头，欲奔向厩棚。

"回来！"吕不韦从怀中掏出一个铜钱包裹，掷于吕童怀中，"拿着，过路口时要打点士兵。"

"是！"吕童接过铜钱布包儿，转身跑到厩棚，牵过一匹骏骑，走出后院大门口，挥鞭策骑，抄近路驰向东关城门。

吕童机智勇敢，处事敏捷，只要在路口处碰到警戒士兵，就主动勒缰停奔，抱拳施礼问安，并以平原君府下人执行公务为由告诉对方，随手又扔下散钱，而后抖缰踹镫，迅速离去。时辰不长，吕童骑马赶到东关城门楼前。尚好，西门风他们还没有赶到。吕锦、赵姬的车辆也没有驾到。

正在东关城门楼带班的伍长丁一，一看是吕府的吕童乘骑而来，不知发生了什么事情，便迎上前询问。

已翻身下马的吕童，将赵姬今晚欲出城逃灾避难，以及西门风带领人马追来阻截的情况叙说了一遍，恳请丁伍长给予鼎力协助。

丁一弄清了吕童的来由，心里打好主意，准备严惩这个西门风。

吕童见丁一应了下来，心中非常感激，急忙抱拳施礼，并从怀中抽出铜钱布包，呈递于丁一，让其分给各位守城卫士。

丁一摆手拒绝。心想，吕不韦的重托，焉能以沽待价、收取钱财呢！况且，吕不韦又是自己的大恩人，当初，如果没有吕不韦的帮助，恐怕病故的高堂老母就无法安葬。尽管吕童诚恳送钱，丁一说啥也没收下。

交代清楚之后，吕童替主人说了些感激的话，遂握拳告辞，搬鞍跨镫，掉转马头，返回西大街去了。

过了一会儿，从钟鼓楼方向传来一阵马蹄声。

西门风带两名家丁乘骑追过来了。

"站住！"丁一举起手中短刀，大声喊道。

他们仨勒缰下马，走了过来。

"你们是干什么的？"丁一故意问道。

"各位弟兄，你们看见一辆马车载着一位年轻女人和一个小孩儿过来吗？"西门风套着近乎，边向前边询问道。

"胡说！"丁一亦朝前走了两步，厉声谴责道，"全城都在戒严，大人小孩儿都知道，哪来的车辆载人?！"

"唉！我明明看见一辆马车朝东关走来！"西门风辩解道。

"人命关天的事情，谁敢放人出城，你还敢栽赃?！"丁一看到色狼般的商人西门风，心中的怒气不打一处来。

"兄弟息怒，我可没这个意思。"西门风满脸堆笑地说。

"哦！我看出来了，你们黑灯瞎火地想骑马偷偷出城！"丁一诈唬道。

"兄弟，你可不能开这种玩笑！"西门风吓得打了个寒战。

"谁和你开玩笑？"丁一向身后的卫士们一挥手，命令道，"把他们拿下！"

"你们不能这样无理呀！"西门风向后退缩着，大声喊道。

几个卫士手持兵刃，冲上前去，不容辩解，一股脑儿把西门风和两个家丁都捆绑上了。

"去，把他们押到西关城门楼上，参加守城劳役大队。"丁一向两个卫士下达命令，"把他们的马也拉上，一并交于守城将领。"

"是！"两名卫士应声后，押着西门风三位主仆，并牵着三匹快骑，向西关城门走去。

夜深人静。丁一等人仍坚守岗位，注视城内外一切动静。但是，迟迟不见赵姬的车辆踪影。

原来是吕锦和车仆驾车行至钟鼓楼时，突然发现后边有三匹骏骑追来，估计有人追他们，吕锦赶紧让车仆将马车暂时拐向北大街。

车辆刚刚行驶到北大街的丁字路口处，赵姬怀中的嬴政突然被惊醒，哇哇大哭起来。

街上、路口处的卫士们闻声跑了过来。

吕锦急忙跳下来，不住地抱拳搭躬，自我介绍道："各位弟兄，各位弟兄，我们是南大街珠宝总行吕掌柜家的人，准备送一位夫人去乡下看望患病的亲友。"

"秦军大兵临境，全城都在戒严，难道你们不知道？"一位带班的卫士伍长质问道。

"小人确实不知。另外，乡下的病人病得很重啊！您就行个方便吧……"吕锦说着，向这位卫士伍长递过一包铜钱，再三恳求地说："你们行行好，这是我们的一点心意。"

"不行不行！"卫士伍长用手推了推铜钱包裹，极不愿意地说："我们如果受贿放行，要被杀头的！"

"那怎么会呢？这是我个人情愿的嘛！"吕锦又向卫士伍长递了递铜钱包裹。

"说不行就是不行！"卫士伍长坚决拒收。

"那，那我们可怎么办哪？"吕锦急得脸上冒出了汗珠。

"别啰唆了！"卫士伍长看了看车上的赵姬和正在哭闹的嬴政，挥了挥手说："你们回去吧！看你说的是真情，就不扣留车辆了！"

"兄弟，乡下病人还等着我们哩！"吕锦仍然恳求对方。

"你这个人是怎么搞的？咋这样不知好歹！"卫士伍长不耐烦了，用手指着吕锦，"就是我们这些弟兄放你走，现在四关城门紧闭，北关城门你们就能过去吗？！"

"好吧，我们回去。"吕锦回头向车上的赵姬递了个请示的眼神。

赵姬一看事已至此，怎么能强行通过呢？她当机立断："回头！"

吕锦命车仆掉转辕马,驱车返回西大街。

霎时,马车来至西大街异人宅院门前。

赵姬抱着嬴政,跳出车厢,走到门前一看,两扇大门虚掩。她用手推开门扇,朝里走去,急切地想见到异人和吕不韦。

全院一片漆黑。但卧室的烛光闪亮着。

赵姬抱着儿子走入卧室,室内空荡荡的,没有一个人影。子楚、吕不韦他们已经走了,他们能够安全逃出城去吗?他们现在到了什么地方呢?

赵姬顿感无限惆怅。

第二十章　乐云仗义　放子楚归秦

夜晚，大街小巷没有任何行人，只有路口处行走着三三两两的警戒士兵，默然无语。不过，四方不时地传来瘆人的狗吠声，打破了夜空的寂静。

忽然，西关城门楼及其两侧城墙上，战鼓雷鸣，杀声震天。秦军拼死攻城，而赵军殊死抵抗。

赵国京城邯郸立即陷入一片恐慌之中！

吕不韦拉着异人的手，悄悄溜出异人宅院。由东关城门楼乘骑归来的吕童，拴好了马匹，提上了一个沉甸甸的包裹，紧紧地跟在他俩身后。

秦赵两军激战，情况瞬息可变。吕不韦担心赵军守城失利，唯恐赵国派人抓捕嬴异人，故决定提前出城。

吕童的顺利归来，使吕不韦和异人受到很大安慰，赵姬和嬴政安全越过东关城门终然有了保障，西门风的狼子野心不会得逞了。吕不韦心中很是感谢丁一，万万没有想到，一次又一次地得到这位朋友的大力相助。

但是，他们不会想到赵姬他们还会遇到意外，更不会想到他们前脚离开异人宅院，赵姬母子俩竟会后脚跟着返回。至于赵姬在他们逃走之后又将如何生活，更是无法想象。

人世间出乎意料的情况总是不断发生的。

多亏吕不韦来到邯郸多年，对人慷慨大方，许多赵国人，包括一些赵军士兵认识这位珠宝巨商，所以他们仨在通过路口碰到警戒卫士时，只要吕不韦和蔼答话，再甩给人家一些铜钱，卫士们也就放他们过去了。

他们没走西大街，而是穿里弄，越胡同，顺利地闯过少数路卡。但没有直奔西关城门，而是暂时躲避在一家铁器铺店里。

这里距离西关城门比较近，不足一里地。

西关城墙上的战鼓声、喊杀声仍在继续着。

吕不韦想摸清西关城门楼的军事情况后，再决定怎样同异人逃出城去。他先派吕童去侦察一下，自己和异人耐下心来在这里坐等。

机智而敏捷的吕童，从铁器铺店里挑了一担开水，就奔向了西关城门。

在双方激战的时刻，吕童将开水送给了赵军守城将士。负责守卫西关城门的将领，是乐乘将军的儿子乐云校尉。乐云一见吕童满头大汗，冒死支援前线，慰问军队，心中十分高兴，拍着吕童的肩膀，大加赞赏，并问了姓名。吕童报出自己名姓，并且讲是奉主人吕不韦之命。乐云更是兴奋不已，非要见见吕不韦不可。因为他已经知道吕不韦舍出重金给赵国军队更换军服和补充养的事情。

这时，只见赵军士兵押着秦军俘虏由护城河堤岸走进西关城门；赵国军民抬着牺牲人员也跟着走进城门。

乐云见战斗趋于缓和，马上走过来查看秦军俘虏，命令士兵注意看管，不准随便伤害。同时，还查看了牺牲和受伤的官兵。

悄悄跟在乐云身后的吕童，注意观察各种情况，准备回去向主人汇报。

吕童担起那两只空水桶，正要离去时，忽然看见两个平民抬着一名死者走来，死者胸前穿射的雕翎箭随风摇曳。吕童定睛一看，啊，原来是西门风！

吕童心想，西门风这个坏蛋终于在守城战斗中丧了命，赵姬再也不用担心这个恶豪的威胁了。

吕童不敢在此耽搁时间，趁乐云不注意的时候，离开了西关城门。

铁器铺店内，吕不韦和异人如坐针毡，急得团团转，盼等吕童快快归来。尽管掌柜招待热情，端来香茶和点心，但他俩吃不进、喝不下，脑子里只顾盘算逃走的事情。

忽然，外面传来放置水桶和扁担的声响。

吕童回来了！他俩惊喜地迎至门前。

"情况怎么样？"吕不韦焦急地询问。

"全部摸清了。"吕童用衣袖擦了擦脸上的汗珠。

"快，快说！"吕不韦把吕童拉到座椅前。

但吕童没有落座，而是站着向主人倾诉去西关的所见所闻。

异人亦心急地凑了过去。

吕童首先告诉他俩秦赵两军双方将士死亡惨重，而后重点叙说了见到乐云校尉的情况，还讲了目睹赵军押送秦军俘虏的情景，并说西门风已被秦军用箭射死。听完吕童的汇报后，吕不韦和异人马上商量出逃计划。

这时，三更鼓敲响，已临近子时。

吕不韦向掌柜借用了一辆马车，由吕童驾驭。

吕童唯恐周围有人发现他们，没敢挥鞭，只是抖缰催奔，驾驭辕马，载着车辆及其车上的吕不韦、异人急奔西关城门。

一会儿，他们发现城墙上的一束束火把和一股股守城士兵，但战鼓声、喊杀声早已停了下来，激战过后便是一片平静。在城门楼附近的一个胡同拐角处，吕不韦让吕童把马车停了下来。这里僻静无人，没有任何干扰。现在是出城的好时机，必须紧紧抓住。

吕不韦向吕童挥手道："快，快去，快去把乐云请来！"

"是！"吕童应声领命，朝着西关城门楼跑去。

城门楼上，乐云仔细观察了一阵城外的军情，秦军没有任何动静，确实是暂且休战，因为秦军已发出了鸣金收兵的号令。他一面指示军民清理战场，收容俘虏，护送伤员，一面命令将士们加固护城河工事，增备守城军械武器，以防秦军偷袭。

城上城下、城里城外，赵国军民遵照乐云的指示，川流不息，紧张奔忙。

站在城门楼下的吕童，没敢登城打扰乐云，而是一边和众人清理战场，一边等待机会求见乐云。

吕童正在焦急时刻，突然发现从城门外走进两名赵国士兵和一位秦军使者。众人也都在注视着他们。

恰巧，乐云从城门楼上走了下来。乐云接待了秦军使者。两人交谈了一会儿，秦军使者向乐云告辞，转身离去。

吕童再也等不及了，马上跑到乐云跟前，搭躬施礼，禀述主人求见的情况。

这位将军的后代正想见见大名鼎鼎的吕不韦，当即答应了吕童。

吕童高兴得连连搭躬，没想到乐校尉如此平易近人，多少年来，赵国的政军界，乐云真是他碰到的第一个大好人。吉人天相，主人和异人的出城计划大有可能顺利实现。

乐云跟着乐颠颠的吕童，很快来到胡同拐角处。

听到脚步声的吕不韦、异人立即跳下车。他俩一见吕童领着一位身着武祸裆的年轻将军走来，一猜便是乐云，急忙上前施礼问安。乐云亦抱拳还礼。

吕童又向乐云介绍了主人吕不韦和秦嬴王孙异人。

"久仰、久仰！"乐云再次握拳，恭敬地说，"吕公子大名、王孙大名，赵国京师尽人皆知。"

"乐校尉高抬，吕某难以承受！"吕不韦谦恭地说。

"乐校尉在繁忙的军务之中，我等多有打扰！"异人也是异常谦恭。

乐云尚不知他们的心思，以为他们是专程到西关城门楼前看望守城将士，故十分感激地说："唉！王孙何出此言？你们冒着危险来到西关看望全军，我乐云真不知道该如何感谢你们呢！"

异人一看乐云并不知道自己的意图，欲言又止。

吕不韦的脑子反应很快，转身从车厢内取过一个用红布包扎的木盒，双手捧向乐云道："乐校尉，我和王孙的确来慰问守城将士，这是二百两黄金，请您笑纳！"

"不不不，不能再收您的钱了。"乐云摆手拒绝。

"因时间仓促，深夜行动，不便多带金钱，就这么一点点，实在拿不出手，请您见谅收下！"吕不韦恳请道。

"吕公子，您已经慷慨解囊，拿出了五千两黄金资助赵国军队，焉能再收您这用汗水换来的辛苦钱？！"乐云诚恳说道。

"乐校尉，您作为守城将领，临危不惧，殊死战斗，方能统率军民，保住赵国京城，我等对您十分敬仰。这点儿钱，是我和王孙向您个人表达的微薄心意，无论如何您得收下！"吕不韦态度极为恳切，仍在端着那盒黄金。

"好吧，我收下。"乐云一看吕不韦馈赠决心已下，感觉实在不好推辞，只好收下了。

"多谢乐校尉赏脸！"吕不韦抱拳说道。

乐云是一个正直而又坦率的将军后代，从未乱收他人钱财，英武之人，性命置之度外，随时准备为国捐躯，怎能贪婪金银呢？今夜收下这二百两黄金，也绝不装入私囊。乐云掂了掂手中的黄金木盒，意味深长地说："吕公子，黄金有价而义无价呀，你们的心意何止是二百两黄金哪！待我回去后，一定把这钱交于为国捐躯之士的家属，说啥也要对得起吕公子和王孙的一片真情！"

吕不韦和异人一听这话，受到很大触动，打心底敬佩这位年轻将领。

吕不韦感慨万端地说："乐校尉，您不愧为名将乐乘之后。年轻有为，大公无私！"

"赵国有如此爱国爱民之士，何愁不能振兴？！"异人亦由衷敬仰这位年轻人。

"二位过誉，实在是当之有愧！"乐云发自内心地摇了摇头。

吕不韦又伸了一下大拇指，赞叹不已。心里暗想：乐云算得上慷慨义士，今晚借助此人力量，逃出城去，大有可能成功。他琢磨了一会儿，委婉地说："乐校尉，今晚我有一事相求，但看到您军务在身，真不好意思开口。"

"吕公子请讲，只要我乐云能办到。"乐云一听吕不韦有事求助，从心里还是愿意帮忙的。

"唉！我本来不想在秦赵开战的节骨眼儿上办这件事，但这又是关键时刻，实在是不能再拖延了！"吕不韦道出了迫切心情。

"吕公子，我还有紧急军务要处理，您有什么事情需要我办的，就赶紧说吧。"乐云着急地催促道。

吕不韦这时才直截了当地说出了心里话："乐校尉，您可能听说过，嬴公子五岁离开秦国，现质地于赵国十八年了，他万分思念他的亲生母亲，可一直没有机会返回秦国。现在，秦军大帐离这里不远，我想就用我借的这辆车，亲自将王孙送过去。乐校尉，您负责把守西关城门，能否行个方便？！"

乐云一听惊愕无语！

原来是这么一件大事——放他们出城，倘若被父亲知道，一旦怪罪下来，就要落个杀头的下场；可拒绝他们出城，不但伤害了这位珠宝巨商，而且大有可能因秦赵矛盾激化，最终赵国置秦国王孙于死地而后方休！

矛盾的心理使得乐云难以抉择。但权衡杀头与名声，还是名声重要。放行嬴异人，此乃大仁大义之举，既可成全他们母子团圆，又能缓解秦赵两国之间的关系，即使秦王不买账，但对秦国和世人还是有所教益的。

想到"仁义"二字，乐云不再犹豫了，爽快地说道："好吧，我乐云宁肯承担一切后果，负责你们安全出城！"

"乐校尉，忠肝义胆，舍己救人，我吕不韦没齿难忘！"吕不韦抱拳搭躬，施礼感谢。

"乐校尉，您就是我的再生父母，我今生今世一定报答您的宏恩，乐校尉在上，请接受我异人一拜！"异人说罢，"扑通"一声，双膝跪地说，抱着拳头，拉着长揖，一连磕了三个响头。

"哎呀！公子，这还了得，快快请起，快快请起！"乐云急忙上前搀扶异人。

异人的眼眶内已经潮涌般地流出了一串串泪珠，欠身之后，仍在哽哽咽咽地说："乐校尉，我异人……就是死后，在九泉之下，也不忘您的大恩大德……"

"唉！嬴公子，不能说这不吉祥的话，一定要活着出去，回到秦国还要好好地活下去！"乐云见异人如此动情，诚恳地安慰道。

"嬴公子，乐校尉说得对，只有好好活着，才不愧人生，咱们才能报答乐校尉呀！"吕不韦担心异人伤感误了大事。

乐云看了看这辆马车，又围着车子绕了一圈，继而说道："刚才，秦军派来使者，商量交换俘虏之事，我已经答应了，决定在子时末、丑时初交换。吕公子，就使用你们这辆车，准备拉运秦军俘虏！"

"乐校尉，没问题。"吕不韦应道。

"嬴公子，你得受一下委屈，一会儿穿上秦军士兵衣服，和秦军俘虏一块儿坐在这辆车上，方可安全出城。"乐云把想好了的出城主意告诉了他们，"吕公子、吕童负责驾车，一定要注意安全！"

"好！太好啦！"吕不韦感激地点头。

"吕童，你先跟我来。"乐云说罢转身离去。吕童紧紧跟随，并帮助乐云抱过那个黄金木盒。

吕不韦和异人松了一口气，坐在车上等候着。

时间不长，传来四更鼓声。吕童抱着一身秦国士兵军服，奔跑着返回马车前。

遵照乐云的安排，吕不韦和吕童一齐动手，给异人更换服装。霎时，异人穿戴完毕，一个活生生的秦国士兵站在面前。吕不韦和吕童看了之后，觉得有些别扭，在赵国还没面对面地见谁穿过秦国士兵服装。

异人穿上这身秦军裈裆，却觉得舒服合体，俨然像一位秦国士兵。多年的梦想即将变成现实，马上就要回到祖国，异人心里很高兴，但没有在吕不韦、吕童面前表露，只是在车前来回地走了几趟。

还是在吕不韦的督催下，异人停下脚步，赶紧爬到车厢内。

吕不韦一蹬脚，坐在外车沿上。

吕童一手拽了一下辕马缰绳，一手挥动马鞭，启动车辆，朝西关城门楼驶去。眨眼工夫，马车行至城门楼下。

腰挂短刀的伍长和几个持戟握矛的士兵，正押着十二名秦军俘虏，朝着马车走来。

手扶腰间佩剑的乐云，一副严峻的面孔，默默地跟在他们身后。

十二名秦军俘虏，如一窝蜂似的拥到车厢内。

异人见这么多秦军俘虏登上车来，自动地蜷缩在车厢一角。

伍长向守卫城门的卫士们挥了挥手，示意打开城门。卫士们伸手拔出方木门闩，而后分头向两侧打开关闭的两扇硕大城门，一阵"嘎吱、嘎吱"的响声过后，城门大开。紧接着，又是一阵"嘎啷啷、嘎啷啷"的撒放索链响声，"咣当"一声巨响，吊桥搭放在护城河两岸。

只见卫士伍长又向吕童挥手示意驾车。

吕童挥舞长鞭，抖缰驱马，驾驭着满载人员的车辆，驶出西关城门。

车轮碾过吊桥时，发出惊心动魄的雷鸣般响声。

坐在外车沿上的吕不韦，回首观看——

乐云快步走出城门，追至护城河边，挥手送行。

还没等乐云返回城门楼，就见十余匹骏骑由城内急驰而来。

乐云听到奔驰的马蹄声，料想发生了意外情况，立即命令伍长，拉起吊桥。

伍长向城门楼上的卫士们高声呐喊："拉起吊桥——"

城上的卫士们从两侧猛拽绳索，随着一阵"嘎啷啷"的响声，吊桥掀起来了。

吕不韦坐在离城越来越远的车辆上，挺身回首眺望，看见一群奔马追至护城河畔，估计乐云那里发生了什么事情。

驱马驾车的吕童，本已挥鞭不止，车速相当快了，吕不韦又不住声地督促他赶快驾车。吕童挥舞长鞭，猛抽辕马，大声吆喝，驱使车辆飞一般前进。

秦军营寨驻扎在赵国西部的山坳里，距离邯郸西关城门大约五十里地。

飞速行驶的马车，披着星光，掠过凉风，由东向西奔来……

车辆行至中途，唯见一辆秦国军用马车驶来，上面坐着十余名赵军俘虏。

两车迎面相遇，双方都知道这是在交换激战后的俘虏。他们暗暗庆幸苍天保佑，能够活着回到本国军营。

与秦军俘虏坐在一起的异人，也在暗暗庆幸苍天在上、先祖有灵，保佑自己逃此劫难，从今天起，即将结束十八年的质地赵国生活，"异人"的帽子也可随之摘掉，准备踏上新的生活道路。

一直陪伴和保护异人的吕不韦，心里的一块石头终于落了地。同嬴异人的结识和交往，已经三个多春秋、一千多个日日夜夜，无不牵肠挂肚。异人的安危，是他考虑的头等大事，也是他肩负的千斤重担。当载送异人和秦军俘虏的车辆离开西关城门、越过城门外吊桥的时候，他那颗心兴奋得简直要跳出来，如释千斤重负。他哪里是在保护秦嬴异人，分明是在保驾一位未来的秦王安全回国嘛！

丑时已经过半，卯星挂在西天。

载送秦军俘虏和异人的车辆驶入山坳，抵达秦军营盘。

车辆停在营寨门前，吕不韦抢先跳下来，急步行至秦军哨兵跟前，从腰中掏出赵军守将乐云书写的交付秦军俘虏的帛条，递给带班哨兵。

带班哨兵阅后，点头允诺。

吕不韦转身挥手，示意众人下车。

那些秦军俘虏一见本国军队营盘，高兴得不得了，一个个就像网中之鱼被放回水中，争先恐后跳下车去，纷纷蹿进寨门，钻入各自营盘。

异人最后一个跳下车来。

吕不韦再次上前，告诉秦军哨兵，多年居住在赵国的秦国人质子楚在他吕不韦的护送下，也随车赶到。

一位秦军哨兵立即转身进入营寨大帐，禀报去了。

吕童从车厢内取下那个沉甸甸的包裹，交于吕不韦，准备驱车回去。

主仆即将分手，吕不韦心中不是滋味，吕童跟随自己多年，年轻懂事，忠诚可靠，办了许多大事，一下子离别，确实难舍难分，但他没多说什么，只是嘱咐吕童注意安全，回邯郸后等待他的消息。

异人向吕童拱手致谢，并说来日一定报答救命之恩。

吕童深知主人的一片心意，打心窝儿里不愿意离开主人，但知道主人和异人同往秦国去干大事，暂时必须分手告别。他默然无语，"扑通"一声跪在地下，向他俩叩了三个头。

吕不韦和异人上前搀扶，只见吕童默默地流下两行泪。

吕童操起马鞭，掉转马头，启动这辆空荡荡的马车，沿着来时的路线，朝着邯郸疾驰而去。

那位入帐传禀的哨兵回来了，让王孙子楚和吕不韦赶快去中军大帐，大将王龁正在帐内等候。他俩谢过哨兵，急步朝秦国中军大帐走去。中军大帐内，左庶长、大将王龁早就闻知秦国人质子楚和客居赵国的韩国珠宝商吕不韦，所以马上命人预备酒宴接风。

他俩走进帐内，立即伏地，向大将王龁施拜叩大礼。

王龁欠身离座，赶紧上前搀扶，让他俩入座，并告诉王孙子楚，往后千万不可如此施礼，文卿武将，均属臣子，百官大臣遇到君王之家，焉能受宠僭越呢？

他俩欠起身体。但子楚顾不得倾听王龁将军讲解君臣礼仪，看到王龁就好似见到亲人，一下子扑倒在王龁的怀里，放声大哭。

王龁抱着子楚，亦觉心酸。当年一个幼童，离开父母，离开祖国，到千里之外的赵国京城去做人质，一去十多年，终于能够回到秦国，怎不令人百感交集、伤心落泪呢？王龁不住地安慰子楚，回到秦国，都会好起来的。

子楚哭得很伤心，给人一种老实、可怜的印象。初次见面，就使左庶长王龁产生了极大的同情和好感。

对于子楚的表现，吕不韦心里很满意。现在，子楚算是正式回到秦国了，一言一行、一举一动，都要保持秦国王孙的形象，特别是谦逊之品格、纯朴之作风、忠孝之道德、理政之才华，应该给人打下深刻的烙印。今天，是子楚回到秦国京师之前的一次初步演练。并且，演练是成功的。

王龁将军像慈祥的老者，把年轻的子楚劝解得心里热乎乎的。王龁把他俩拉坐在矮脚案几前，一块儿喝茶休息，说长问短。还陪同他俩饮酒压惊。

一路奔波而紧张的子楚和吕不韦，心里受到很大宽慰。

在王龁真心实意的挽留下，子楚和吕不韦在营中休整了三天。

三日后，王龁派出数十名精干侍从，护送子楚和吕不韦的车辆，间道回秦国。

他们很快地穿过函谷关，到达秦国境地。这里是一望无际的平川沃野，一片又一片的高粱长势旺盛，没人头顶，在夏风的吹拂下，哗哗作响，就像奔腾起伏的无垠海洋。

子楚的心陶醉了！多少年来，第一次踏上本国的领土，看到这长势喜人的绿油油的庄稼，神奇而又新鲜的感觉从心头油然升起。啊！我终于回来了，我就要成为这片土地的主人了！

吕不韦是第二次踏上秦国的领土，他的心情也很激动。他所设想的弃商从政的这一天终于到来了；他所盼望的是辅佐这片国土的主人掌管这片国土。子楚啊子楚，现在到了你大展宏图的时刻，你可要为你的祖先争气，为你的幕僚吕不韦争气呀！

回国心盛，回家迫切。子楚和吕不韦坐在双马奔驰的军车上，子楚还嫌车速慢，不时地催促车仆快马加鞭。

护卫车辆的侍从们，亦磕镫扬鞭，催骑猛奔，紧紧跟随。

他们马不停蹄，日夜兼程。

第四天傍晚，他们风尘仆仆地赶到了秦国京城咸阳。

吕不韦和子楚没有急于去见太子柱和华阳夫人。因为他们一路劳顿，满身沙土，且天色又晚，不宜马上去太子宫。吕不韦已经熟悉了咸阳的地形和宫殿，遂建议子楚，暂且居住在咸阳城东北角的一家豪华客馆内，那里离太子宫比较近。子楚欣然同意。

他俩住下后，车仆和侍从们去往驿馆歇息，准备第二天返回前线。

晚餐过后，吕不韦和子楚洗浴一下，就躺下休息。

居住在客馆，临近巍峨的秦宫。夜风袭来，一阵阵吹动宫殿飞角上的檐铎，发出了叮咚悦耳的响声。胸装大事的吕不韦，一时还不能入睡。他在思考第二天的行动，第二天是他把多年推崇的王孙子楚，第一次展现在太子柱和华阳夫人面前。

太子柱和华阳夫人对子楚的印象好坏，将决定子楚一生的命运。无疑，也就直接影响他吕不韦将来的仕途发展。因此，他俩第二天去太子宫，无论如何也要把子楚的耀眼形象树立起来，让太子柱和华阳夫人感到心满意足。从穿戴到礼节、从谈吐到举止，都应该让子楚大方得体、谦恭适宜，尽管长年居住在异国他乡，也不能亚于一直在秦宫生活的那些王孙。对此，他临来之前就有了思想准备，给子楚做好了觐见太子柱和华阳夫人所要穿用的楚国袍衫。

翻来覆去的子楚，也久久不能入睡。他此时的心情，似海潮奔涌，起伏难平……第二天早饭后，就要去太子宫面见父亲和华阳夫人。说实话，他对这二位双亲没有丝毫印象，何况从来没有见过华阳夫人，就连父亲长得什么样也记不得了。少小被祖父、父亲送到赵国做人质，一去就是十八载，在异国他乡过着牛马不如的生活，不仅吃穿没有保障，就是起码的做人尊严也得不到承认，懊丧和伤心、屈辱和愤慨经常在脑海中萦绕。百姓人家，都有父母、兄弟、姊妹之间的亲情和关怀，可自己这么多年连亲生父母的亲情都没有得到过，更谈不到享受家庭温暖了。想起这些，他真是太愤恨祖父和父亲了。若不是吕不韦的鼎力帮助，这种水深火热的艰难生活真不知道要熬到何年何月才能终了。今天之所以不顾一切风险再度投奔这个家族，就是因为有一个最大的向往和美好的追求，不仅能够恢复自己做人的尊严，而且可以得到一般人所得不到的东西。否则，永远不会来到这里，宁肯远走高飞，死在他乡。

第二天清晨，子楚醒来一看，吕不韦已经起床出去了。心想，他一定是为他们进太子宫去做准备。子楚不敢怠慢，赶紧起床。

吕不韦回来时，洗漱完毕的子楚，正坐在餐厅等候。原来吕不韦提前起床办了两件事：一件是给子楚租用了一辆漂亮马车；一件是赶到太子宫门前告知宫门卫士，世子子楚和吕不韦准备在早饭后拜见太子柱和华阳夫人。

他俩一边用早膳，一边商量去太子宫应注意的事项。吕不韦向子楚再三强调了礼节、言谈举止和感情意识。子楚不住地点头。

早膳过后，他俩回到客房。吕不韦从包裹内取出那件紫色锦缎楚国袍衫，并帮助子楚穿戴整齐，而后拿出一双崭新的鞋履和一条黄色丝绸头巾，一并给子楚换上。年轻的子楚，被吕不韦打扮得既得体又潇洒。

之后，他俩走出客房，到客馆大门外等候马车。

不一会儿，两名年轻车夫驾着一辆红色丝绒装饰的漂亮马车走来，它由两匹全身白毛、无一杂色的骏马驾驶。

吕不韦上前打开帘子，把子楚扶上车厢，又把帘子放下。

车夫驾起马车，直接奔往太子宫。手提包裹的吕不韦从现在起，就是以臣子的身份出现在王孙子楚面前，他一溜小跑，紧紧地跟随在马车后边。

坐在车内的子楚，第一次享受这种人上人的待遇。租来的这辆马车，同样可以体现人的身份。他是头一回来到自己的家门——秦国太子宫，固然不是衣锦还乡，可也是在完成自己的政治使命之后探家而归，自己不炫耀谁给炫耀呢！吕不韦的良苦用心，多么感人至深哪！马车后边，吕不韦还在紧紧跟随自己奔跑哩!

透过两侧车帘,子楚左右环顾:咸阳街面井然有序,两旁铺店生意兴隆,车来人往的秦国市民百姓,谈笑风生,谦恭礼貌,无不显示出良好的精神面貌。铺店民宅过后,呈现在眼前的便是鳞次栉比的宫殿楼阁。啊!这就是矗立在咸阳城北的诸国中最大而又巍峨壮观的秦宫楼阁群!

马车拐向咸阳的东北隅,径直地奔向秦国太子宫。

太子宫到了。车夫们将马车稳稳当当地停在宫门前。

一路奔行的吕不韦,手里仍拎着那个重重的包裹,脸上沁出了微细的汗珠。他从腰间掏出散钱,付给雇用的那些车夫。

接着,吕不韦走至车门前,伸手掀开帘子,扶子楚走出车厢。

子楚在前,吕不韦在后,他们行至太子宫门前。

宫门卫士们一听王孙子楚到了,马上走下台阶迎接。

谦和有度、落落大方的王孙子楚,登上台阶,步入宫门。宫门内,早有宫女们恭候,引导先行。

高大的太子宫正殿扑入眼帘,透过两眼余光看到两侧的楼阁和亭榭,子楚的心中立即升腾起无比自豪的感觉,一个曾经在赵国大街上流窜奔行而又无人问津的秦国异人,竟然能够回到祖国,一步登上如此辉煌的殿堂,简直就像做梦一般,从今往后,自己真的就要长期生活在这样美好的地方吗?

不但要生活在这里,而且要成为这里的主人。现实已经告诉子楚,何须忐忑,何须彷徨?

太子柱和华阳夫人得知子楚归国的消息,用罢早膳,匆匆来到太子宫正殿迎候。子楚和吕不韦行至殿门的时候,只见大殿正中端坐着一男一女,目光正对着他俩。吕不韦认识,那男子是太子柱安国君,那女子是太子妃华阳夫人,便悄悄告诉子楚:"那就是你的父母!"子楚点了点头,立即加快了脚步。

身着楚国袍衫的子楚,看清了父亲、华阳夫人后,眼眶内顿即涌满泪水,老远地哭泣喊道:"父亲,母亲。"继而一溜小跑似的走进大殿正中,而后扑通一声,双膝跪于地上,伸臂抱拳,拉起长揖,施三拜九叩大礼。

太子柱和华阳夫人都不由自主地站起身来,不住声地让子楚免礼。

子楚似乎什么都没听到,只是激动不已,感激涕零,还觉得自己的感情没有表达充分,又猛地跪爬到双亲膝下,抬起头来,泪眼迷离,刚一呼叫"父母二位双亲"，就听扑通一声，昏倒在地下……

一直跟着子楚的吕不韦，马上跑了过来，用力抱起了子楚。

太子柱也赶忙伏身，呼叫子楚，担心发生意外。

吕不韦心中有底，知道子楚不会出事，转身面向太子柱说："殿下，请您不要着急，王孙这是因为思念亲人过度，精神过于兴奋和紧张，才导致昏厥，过一会儿就会恢复正常。"

"唉！子楚这孩子，心思也太重了！"太子柱亦很感慨，泪水夺眶而出。子楚毕竟是自己多年来未曾见面的亲骨肉，父子之情，焉能不动人心弦哪？

华阳夫人早已被感动得流下了泪水。

过了不大一会儿，子楚果然醒过来了。太子柱和华阳夫人，见子楚慢慢地睁开了眼睛，满脸是泪水，他们夫妇俩不由得十分心疼这位世子，都劝他坐下来休息。

子楚哪里肯坐，而是站起身来，恭敬地问候二位双亲身体。

这时，华阳夫人发现子楚身穿一件楚国袍衫，觉得有些奇怪，便问一句："子楚，你和吕先生不是从赵国来吗？怎么身穿一件楚国袍衫呢？"

子楚早有思想准备，这是吕不韦的独具匠心之处，他脱口应道："孩儿在赵国非常思念双亲，更是日日夜夜地思念母亲，只要想起慈祥的母亲，我就穿上这件特别的楚国袍服。"

"哎呀呀，我的好儿啊，难得我儿的一片孝心！儿啊，娘的好儿啊……"华阳夫人本是楚国人，一见子楚身穿楚服，当然感慨万千，对子楚也就产生了莫大的好感。她说着，上前把子楚抱在怀里，泪水又淌了下来。

太子柱已经命人在龙子阁内摆好酒宴，为子楚和吕不韦接风洗尘。

第二十一章　赵姬谏言　助赵退秦兵

异人出城时，从赵国京师中军大帐赶到西关门前的三十名骑兵，在护城河内岸将乐云校尉团团围住。

"尔等深更半夜，来到西关前线，不知有何贵干？"乐云问道。

其中一位是在中军大帐前听从乐乘调遣的校尉何猛，他磕镫向前，横刀于马背上，回答道："乐校尉，我等一行奉武襄军之命，前来捉拿秦嬴异人！"

"这里是西关前线，我和守城将士抵抗秦军，浴血奋战，保卫城池，哪里来的秦嬴异人？"乐云矢口否认。

"我等已经去过异人住宅，异人突然失踪，家里只剩下他的夫人和孩子。我等又在全城搜捕，根本没有发现异人的踪影。难道异人插翅飞上天去？"何猛反问道。

"何校尉，照这么说，异人非藏在我这里不可喽。那好，既然你带领这么多人马来了，就在我这西关的城墙上下、城墙内外，仔仔细细地搜上一遍吧！"乐云趁此机会，将对方一军。

"刚才你亲自指挥守城将士，大开城门，铺设吊桥，将一辆载人的马车放出城去，你让我们到哪儿去搜啊？"何猛断定异人已乘车逃出城去。

"哦，你说的是这辆马车呀。对！这是我让将士们放出城去的。但这是执行公务，是我军与敌军交换俘虏，我军派出的车辆，载的是秦军俘虏。请问，这与异人何干？"乐云理直气壮地反驳对方。

乐云与何猛正在交涉时，秦国军车赶到了护城河对岸，车上坐着赵军俘虏。

担任守城任务的卫士伍长，急忙跑向乐云，报告了这一情况。乐云命令卫士伍长："立即迎接我军俘虏，接收入城。"

只见伍长向城楼上的卫士们下达命令，迅速放下吊桥。而后，又与秦军校尉官办理了交接手续。

何猛命令侍从们让开大路，暂靠在两厢。

赵军士兵俘虏，纷纷跳下车，快步通过吊桥，朝城门内跑去。

吊桥随着"嘎啦啦、嘎啦啦"的索链响声又掀起来了。

"各位弟兄，都看到了吧，秦赵两军的俘虏是在同一时刻从对方营盘中出发的，估计我方遣送的秦军俘虏已到达敌方。我所说的难道不是实情？"乐云面对骑兵，反诘道。

"乐校尉，有道是，臣卿忠于君，将士忠于帅。你我都是在武襄君的率领下执行军事任务，捉拿嬴异人本是武襄君的指令，我想你应该知道怎么办！"何猛知道乐云是武襄君乐乘的儿子，所以耐心劝解。

"何校尉，你让我怎么办哪？"乐云坦然自若。

沉默。双方僵持的沉默。

坐在马背上的何猛，感到此事非常棘手，一时难下决心。

乐云一看对方不再说什么，转身迈步走进城门。

何猛向骑兵们挥手示意，一同乘骑跟了进去。

守城将士立即关上两扇硕大的城门。

走至城楼下边的乐云，清楚地知道自己走脱不了，但仍若无其事地准备登城，只听身后的何猛喊了一声："等一等！"乐云只好停止登城。

"乐校尉，你太难为我们了。"何猛将短刀插入刀鞘，手撑鞍鞯跳下马来，耐着性子缓缓地走向乐云。

乐云转过身体，看到何猛和骑兵都已经翻身下马，一步步向他逼近，看来他们绝不会放过他了。乐云沉着冷静，严肃地问道："你们想干什么？"

"乐校尉，我等奉命行事，不得已而为之。"何猛面孔严峻，从腰中掏出一块白玉兵符，举至乐云面前，冷冷地说道，"现有武襄君的兵符在此，请你跟我们走一趟！"

"好吧！"乐云抬头看了看城楼，转向何猛道，"我到城上察看一下军情，随后就来。"

"好，请乐校尉快去快回。"何猛说罢，收起兵符。

乐云登上城楼后，向守城将士做了一下安排，指定一名副将暂时替他指挥，之后走下城楼。

一名守城士兵给他牵来一匹坐骑。

他拽过缰绳，翻身上马，磕镫驱奔，驰向城内。

何猛率领骑兵们抖缰催骑，紧紧押随其后。

坐在中军大帐内虎头椅上的武襄君乐乘，面色威严，虎目圆瞪，望着走进帐内的乐云和何猛。

他俩抱拳搭躬，参拜武襄君。

"怎么，没有捉到异人？"乐乘面对他俩，厉声质问。

"回乐将军，我等三十名骑兵满城搜捕，不见异人踪影！"何猛没有交代西关情况，只是报告搜查的结果。

"噢?！"乐乘听后，立即面向乐云喝问，"乐云，你在西关也没有发现吗？"

乐云急忙上前，握拳禀述："父亲，孩儿在西关扼守，军务繁忙，未曾发现异人。"

"胡说！"乐乘"啪"的一声，拍案站起，大声喝道，"邯郸城内，已经搜遍，毫无异人踪影，难道他插翅飞上天去？"

"孩儿确实不知！"乐云一口否定。

"胆敢嘴硬！"乐乘朝帐外喊道，"来人！"

"呼啦"一声，从帐外闯进四名手持军棍的士兵。

"把乐云拉下去，重打四十军棍！"乐乘挥手命令道。

"是！"士兵们上前扭住乐云的双臂，将其押向帐外。

"乐将军，乐将军……"何猛欲上前劝阻乐乘。

乐乘连连挥手，制止何猛。

不一会儿，遍体鳞伤的乐云被士兵们押上帐来。

作为父亲的武襄君，早已闭上眼睛，不忍心看那遭受毒打的儿子。可是一双耳朵听到了儿子强忍剧痛的呻吟声，心里就像刀扎般地疼痛。

乐云咬住牙关，忍住伤痛，默默地跪伏于帐前。

乐乘侧身坐在虎头椅上，渐渐睁开双目，看到案几上黄布包扎的将军大印，不禁想起赵王赋予自己抗秦的使命，那颗心又硬了起来，转身面对受刑的儿子，又逼问道："乐云，这回你该说了吧，异人现在何处？"

乐云摇了摇头，一声也没有吭。

宁肯对得起武襄君官位，也要舍弃父子之情，乐乘这么想着，也就这么做了。只见乐乘第二次拍案而起，怒声怒色地说："来人哪！把乐云拉下去，再重打四十军棍！"

"乐将军，万万不可！"何猛急忙跨步上前，双膝跪于地上。

"乐将军！"

"乐将军！！"

"乐将军！！！"

大帐两旁的将士们都急忙跨步到大帐当中，双膝跪地，抱拳苦谏。

怒火难抑的乐乘，没想到第二次下达责罚儿子的命令时，竟有这么多的将士跪伏于帐前，苦苦地求情，一时难下决心。乐乘离开虎头椅，走到案几前面，急步徘徊。

不知为什么，乐乘突然停住了脚步，猛一挥手："把乐云拉出帐外，再重打四十军棍！"

那些手持军棍的卫士闻声后，立即拥到乐云身边。

"住手！"帐外忽然传进一个声音。

众人循声望去，只见平原君赵胜带舍人赵全走了进来。

乐乘赶忙迎上前，向平原君施礼。一贯谦恭待人的平原君，论职位和名望都要高于武襄君乐乘，但也急忙抱拳施礼。

乐乘将平原君让到上座。

平原君坐下后，面对乐乘问道："乐将军，一个人如果受到八十军棍毒打，那还能活下来吗？"

"这……赵大人，您……"乐乘对平原君的到来感到意外。

"我有话跟你说，你先让他们回去休息。"平原君说道。

乐乘吸了一口气，极不情愿地转向众人："你们先回吧。"

"谢乐将军！"何猛和其他将士抱拳施礼，起身离去。

"谢丞相！谢父亲！"浑身带伤的乐云，强挣扎起来，在士兵们的搀扶下，一瘸一拐地走出大帐。舍人赵全也悄悄地离去。

中军大帐内，只剩下平原君和武襄君了。

两人沉默无语。

平原君之所以能够及时赶到武襄君的大帐，是因为赵全匆匆禀告嬴异人已经化装逃跑的消息，他料到武襄君必然责难西关守将乐云，如不妥善处理，那将要影响抵抗秦军的士气。

赵全得此消息，来自赵姬和吕童之口。

回城的吕童，本想查看一下异人的住宅，没想到赵姬和嬴政未能出逃，竟然住在家里，于是便将异人和吕不韦如何从西关城门逃走的前前后后讲述了一遍。聪明的赵姬，不仅为了保护自己和孩子，而且想救护仗义的西关守将乐云，当机立断，同吕童一起去往平原君府，向赵全通报这一消息，求助平原君。

乐乘知道平原君向来就是仁义待人，赵王几次想杀掉秦嬴异人，都被平原君劝止了。对此，他实在是令人费解，干吗非要保护异人呢？

乐乘主动开口："赵大人，末将愿听赐教。"

"乐将军，我平原君讲话，你不会反感吧？"平原君试问了一句。

"岂敢，岂敢！大人满腹经纶，韬略过人，末将学习机会难得！"乐乘发自内心地说。

"目前军情如此紧急，秦军大兵压境，你们父子不顾个人安危，率领全城军民殊死抵抗，多次击败敌军攻城，为赵国百姓立下不朽的战功。但是，秦军尚未撤退，可能卷土重来。理应上下一心，团结对外，而你为何在这关键时刻，惩治西关守将乐云呢？何况乐云指挥得力，守城有方，难道你就不怕被敌人钻了空子，后悔莫及吗？"平原君侃侃而谈。

"赵大人所言极是，末将听后颇受教益。但犬子守城失职，异人得以逃脱，故严惩不贷。"乐乘据实说出理由。

"乐将军，就算乐云守城失职，异人化装逃出城去，这又有什么了不起的呢？一来异人不掌握我方军事情报，不会带走军事机密；二来异人无关大局，充其量是一个被秦王派到赵国的人质，况且他在幼童时期就来到了赵国。即使逃赵返秦，又怎样影响赵国呢？"

乐乘边听边点头，可捉拿秦国异人是赵王的旨意，谁敢违抗呢？乐乘清了清嗓子，讲出了难言之隐："赵大人，关于我们乐家的一切，您是清楚的。我的祖辈乐毅曾在燕国受到燕昭王的器重，做了很长时间的亚卿，因指挥赵、楚、韩、魏、燕五国军队大破齐军，并一直追到齐国都城临淄，战功卓著，威震八方，得赐于昌国，被封为昌国君。后来，没想到遭受到燕惠王的排斥，先祖乐毅无奈带领全家人向西逃至赵国，赵国把观津这个地方封给先祖，还封号为望诸君。

至于我乐乘，乃无名之辈，仅以微薄之功，竟被赵王赐号为武襄君。赵王厚恩尚未报答，而今赵王命我捕拿秦嬴异人，此事纯属举手之劳，可是我也没完成任务。思前想后，我乐乘及全家人对不起赵王啊！"

"乐将军，你的心情我完全理解。一个人活在世上，受恩于他人，忘恩岂为人乎！况且人主之恩，更应牢记在心！然而，你却忘了，你身有武襄君尊号，又担负保卫国家安全的将军要职，你想过没有，一旦缉捕秦嬴异人，秦国知道后，必然会更加疯狂地攻击赵国，大有可能使出大部兵力，将赵国夷为平地。到那时，亡羊补牢，追悔莫及，还能报恩于赵王吗？"

"可君王之命……"

"是啊，君王之命难违！……但作为朝廷命官，要善于分析君王之命是否妥当，如果君命有误，必须敢于冒死谏阻，讲清道理，使君王妥当下达御命，以确保国家和百姓的利益。否则，要我们这些卿臣还有什么用呢？"

听了这些真挚而又诚恳的劝慰，乐乘心中豁然开朗。那种怨恨忧悒的情绪荡然逝去了。

"乐将军，请你把乐云的伤势调理好，然后赶紧让他去西关抗敌！"平原君说完后，站起身来。

"末将照办，请赵大人放心！"乐乘亦欠身站起。

"告辞。"

乐乘抱拳施礼，目送平原君走出帐外。

这时，五更鼓敲响，天色亮起来了。

近三日来，西关城门内外，一片宁静安然，好似秦军撤回本国一般，没有任何战争迹象。

奉武襄君之命的何猛，代替养伤的乐云，临时担任守城主将。何猛缺乏作战经验，又不太熟悉军情，唯恐给守城军民造成损失。幸亏秦军还没有反扑，赵军还来得及做一些必要的战前准备。

这几天虽然秦赵双方未能开战，但武襄君很不放心，几乎每天两三次派人到西关检查防务，察看军情。

奉秦昭襄王御旨的左庶长王龁焉敢撤兵回秦？这次攻击赵国京师，是要不顾一切代价。不料，子楚和吕不韦突然逃出赵都邯郸。为了让他俩休息几日，王龁不得不暂时停战。

但山坳里不时地回荡着秦军训练的喊杀声。这是能征惯战的王龁组织军队在休整间隙，进行全副武装的训练。

子楚和吕不韦走后，异人宅院的大门一直紧紧地关闭着。这所院落还是比较安静的，偶尔可以听到嬴政的哭闹声、喊叫声。

院子越是静静的，赵姬的心越是绷得紧紧的。自从那天夜里，子楚和吕不韦离开这儿逃出城去，她的那颗心就一直悬吊着，不但要考虑自己的安全，更是惦念丈夫和吕不韦的安危。

天一亮，她起床的第一件事，就是在卧室的香炉里插上点燃的三炷香，而后双膝跪地，两手掌心相合，靠于胸前，默默地祈祷苍天，保佑丈夫和吕不韦一路平顺，安全到达秦国。

天黑时，她也如此，点上蜡烛，插上燃香，仍然跪拜祈祷。有时，嬴政也悄悄地跪在一旁，模仿她的样子，默默祈祷。

吕童每天晚上来一次，给他们母子送生活用品。赵姬心里受到很大宽慰，这些日子，全城戒严，舅妈和王氏她们仅仅来过一次。

重要的是，吕童还给她带来一些外边的消息。近日来，吕童告诉她，西关前线处于平静状态。她分析认为，秦军停止攻城是暂时的，这是秦将王龁考虑子楚和吕不韦他们赴秦途中的安全问题，短时停战，过不了多久还是要发兵攻赵的。秦军如果再次攻城，赵国的时局就要紧张，那么必然危及她的安危。赵国抗秦胜利，才是解决她安危问题的唯一方式。

她想好了一个主意。

这天晚上，吕童叩响子楚宅院大门。

赵姬闻声后赶紧去开门，原来是吕童给她送菜蔬来了。

她急忙拉着吕童进院，说出了自己要找平原君建议赵国联合魏国抗秦的主意。吕童听后心中不解，王孙和少主已经去了秦国，赵姬为什么帮助赵国攻打秦国军队呢？

赵姬笑了笑，她以为，只有联合魏国抗秦取得胜利，方能解决自己的安危问题。吕童一听，马上点头表示同意。

当天夜里，赵姬和吕童在全城戒严的情况下，千方百计地来到平原君府。

她和吕童以有紧急事情为由，请求舍人赵全引他们面见平原君。

赵全通禀后，平原君当即应允，在客厅里等候。

平原君如此平易近人，令赵姬和吕童深受感动。他俩见到平原君，首先跪地叩拜，问候晚安。平原君让他俩平身，并让赵全给赵姬赐座。但赵姬再三推辞，说啥也不落座，又经赵全的一再劝说，才坐了下来。

"夫人，是不是有人欺负你啦？还是有官兵又去打扰？"

"没有，都没有。"

"我说呢！谅他们也没有这个胆子，我已经下令全军，要保护你的安全。"

"承蒙大人关怀，赵姬在此多谢了！"赵姬欠起玉体，屈身施一拜礼。

"请坐。"平原君挥手让座。

"谢大人。"赵姬转身入座，面对平原君恭维地说，"连日来两次到贵府打扰大人，吾心中实感不安，请大人恕罪！"

"哪里哪里，夫人亲自登门相告要事，何罪之有？"平原君毫无埋怨之意。

"焉敢称为要事！我一个女流之辈，无才无识，眼光短浅，只是碰到一些问题，故前来请教大人！"赵姬婉转地说。

"夫人，请直言。"平原君笑道。

"大人既然如此坦率，赵姬就把一孔之见讲给大人听听，如有不妥之处，请大人指正！"

"讲吧。"

"当前国难当头，秦军大兵压境。而赵军兵寡势弱，实在令人担心。此乃军机要事，吾本无权过问。但有道是，国家兴亡，匹夫有责！所以，吾建议应当加强军事力量，共同抵抗秦军！"

"哦！但不知如何加强？"

"大人，您在赵国本是连任两朝的丞相，且又被赵王封为平原君，在各诸侯国家亦享有崇高威望。现在，何不以您的名义，联合他国，共同抗秦呢？"

"对！夫人，你看应该联合哪些国家？"

"联合魏国足矣！"

"魏国？！"

"是啊！"

平原君皱了皱眉头，着实为难地说："夫人，你有所不知啊！三年前，长平大战之后，秦国军队突然侵略赵国，攻击京师邯郸。我曾带人赴楚、魏两国，建立赵、楚、魏三国联盟抗秦，楚、魏联军到达赵国后，我们果然达到解围邯郸之目的。可至今，我们赵国未报答楚、魏两国之深情。我，我还能向魏国再张口吗?！"

赵姬沉思片刻说："大人，您的夫人我虽然没有见过，但我知道她是魏国公主，来自魏国，是魏国公子、信陵君无忌的姐姐。我想，这个关系对您本人、对魏国公主，乃至对魏、赵两国，都是至关重要的！您可给信陵君写一封信，陈述理由，说明要害，请他建议魏王，发兵救赵，挽救赵国的危亡。同时还要告诉他，此举对魏国有益无害。魏、赵毗邻，如果赵国灭亡了，魏国势必受到秦国的威胁。至于大人刚才谈到的赵国欠魏国的人情问题，我想不必多虑，国与国之间的交往，既是互通有无，又是彼此平等，但关键是有一个彼此相关和利益共存的问题。当今时代，强秦吞食弱小国家，弱国小国不联合起来，那结局必定是自取灭亡，魏国恐怕不会计较那点得失之利！"

平原君洗耳谛听，暗暗赞叹，顿觉赵姬不仅是貌美质丽、倾城倾国之佳人，而且是有胆有识、才华超群的高人，忍不住大加赞叹："夫人果然名不虚传。今晚交谈，见地之高，可谓英雄矣！"

"大人谬奖，赵姬实不敢当！"赵姬急忙屈身施拜。

"夫人所言中肯，道理深邃，老夫今夜即可修书一封，明天一早派信使火速前往魏国，将书信交于信陵君。"

"大人英明，赵姬告辞！"赵姬屈身施礼。

"等一等。"平原君从袍中取出一块刻有字迹的白玉，递给赵姬，"这是我的腰牌，你随身携带，以备卫兵查询。"

"谢大人！"赵姬又一屈身施拜。

"赵全，你带几个人送送夫人。"平原君命令道。

"是！"赵全应声领命，同赵姬、吕童一起走出客厅。

平原君也离开客厅，回到书房，秉烛伏案，铺帛挥毫，连夜给魏国的信陵君拟写书信。

魏公子信陵君名叫无忌，是魏昭王的小儿子、魏安釐王的异母弟弟。昭王去世后，安釐王即位，封公子为信陵君。当时范雎从魏国逃到秦国任丞相，因为怨恨魏相魏齐屈打自己，几乎致死，就派秦军围攻魏都大梁，击败了魏国驻扎在华阳的军队，使魏将芒卯战败而逃。魏王和信陵君对这件事十分焦急。因此，秦、魏两国的仇怨也就结下来了。

信陵君收到赵国信使传来的平原君亲笔书信后，立即向魏安釐王启奏，请求发兵救赵。可是，魏王害怕强大的秦国，不敢出兵。直到平原君第三次给魏王和信陵君送信来，魏王才派将军晋鄙带领十万之众的军队去救赵国。

秦昭襄王得知这个消息后，就派使臣去告诫魏王，如果诸侯中有谁敢于救助赵国，拿下赵国后，一定调兵先攻打它。

魏王又害怕了。

但是，魏王也怕惹恼赵国，更怕天下诸侯耻笑。于是，采取了一个折中方案，一方面派人阻止晋鄙，不再进军，把军队留在邺城扎营驻守；另一方面又向晋鄙下达诏书，军队暂不撤回，注意观望形势。

魏军停止不前，严重地贻误战机。这使平原君极为恼火，但他又不敢责备魏王，只好连续派使臣驱车大梁，向信陵君频频告急。使臣告诉信陵君，秦军连续攻城，赵军死伤惨重，乐乘和乐云父子俩都已登上西关城楼指挥，形势十分严峻。此次，使臣还当着信陵君的面，宣读平原君的信件——我赵胜之所以自愿依托魏国并跟魏国联姻结亲，就是因为信陵君的道义高尚，能热心帮助他人摆脱危难。如今邯郸危在旦夕，可是魏国救兵至今不来，公子能帮助他人摆脱危难表现在何处呢？再说公子即使不把我赵胜看在眼里，难道就不可怜你的姐姐吗？

使臣读完信，又把信交给信陵君，而后驱车回国了。

信陵君为这件事忧虑万分，屡次请求魏王赶快出兵，同时，还让宾客辩士们千方百计地劝说魏王。可是，魏王由于害怕秦国，始终不肯听从公子的意见。信陵君一看谏说魏王无望，就决计不能自己活着而让赵国灭亡，于是请来宾客，凑集了一百辆战车、一百匹骏马，打算带着宾客赶到战场，同秦军决一死战。

信陵君带着车队、骑兵走过大梁东门时，去见平日交往的好友侯嬴，把打算同秦军决一死战的情况告诉了侯先生，然后向侯先生诀别，准备上路。没想到侯嬴什么话也没说，只是让他努力干，恕其不能随行。

走了几里路的信陵君，心里很不痛快，自言自语道："我魏无忌对待侯先生算是够周到的了，天下无人不晓，如今我将要死难，可是侯先生竟没有一言半语来送我。难道我对待他有什么过失吗？"想到这里，他又掉转马头，驱车返回，想问问侯嬴，到底为了啥？

侯嬴一见公子回来，便笑着说："我本来就知道公子会回来的！"

"侯先生，我一向尊重您，临行前想听侯先生赐教！"信陵君心里虽然不高兴，但表现得仍然谦和。

"岂敢赐教！老臣有些愚见想告知公子。"

"侯先生请讲。"

"公子好客爱士，闻名天下，您名冠诸侯，其才德远远超过齐之孟尝君、赵之平原君、楚之春申君。如今遇到危难，竟然想不出办法来，却要赶到战场上同秦军决一死战，这就如同把肥肉扔给饥饿的老虎，能有什么用呢？如果这样的话，还用我们这些宾客干什么呢？公子待我情深意厚，公子前往赵国我却不送行，料到公子会恼恨，返回来的。"

信陵君连着两次向侯嬴施拜礼，进而请教对策。

侯嬴举目看了看其他人。信陵君向随从挥了挥手，他们会意，转身离去了。

侯嬴压低嗓音，但谈吐清晰："公子，我听说晋鄙的兵符经常放在魏王的卧室内，在妻妾中如姬最受宠爱，她出入魏王的卧室很方便，只要她尽力，是能偷出兵符来的。我还听说如姬的父亲被人杀死，如姬报仇雪恨的心志积蓄了三年之久，魏王的群臣左右都想为她报仇，但没能如愿。为此，如姬曾对公子哭诉，公子派门客斩了那个仇人的头，恭敬地献给如姬。现在，公子如果开口请求如姬帮忙，如姬必定答应，甚至为公子效命而死也在所不辞，就能得到虎符而夺了晋鄙的军权。北边可救赵国，西边能抵抗秦国，这是春秋五霸的功业啊！"

信陵君点头暗喜，听从侯嬴的计策，随之，躬身深深一拜。

他将车马带回府后，秘密进宫，求见如姬，讲明来由。如姬当即应允。

第二天，如姬果然从魏王的卧室内盗出晋鄙的兵符。她赶紧召见信陵君，秘密地把兵符交给了他。

信陵君让随行人员暂候一旁，自己又去同侯嬴商谈。侯嬴见他手握兵符，心里很高兴，但仅有此物还不足以完成任务，遂又说道："公子，常言说，将帅在外作战时，国君之命可不受也。你只要有利于国家和全局，就有果断处置的权力。公子到邺城之后，即使两符相合，验明无误，可是晋鄙仍不交给公子兵权而再请示魏王，那么事情就危险了。对此，不知公子可曾想过？"

"侯先生，再请赐教。"

"我的朋友屠夫朱亥，可以协助你完成此任。"

信陵君想起来了，朱亥是大梁城的杀猪屠夫，他曾多次前往拜见这位贤士，但朱亥从未回拜过他。这次，朱亥能去吗？可去了又怎样协助呢？侯先生继续说："朱亥跟您一起前往，您一定让他伴随左右，一齐去见晋鄙。这个人是个大力士，且侠肝义胆。如果晋鄙听从，顺利交出兵权，那是再好不过了；如果晋鄙不听从，可以让朱亥击杀嘛！"

信陵君听后却哭起来了。

"公子害怕死吗？为何哭泣呢？"侯先生见状问道。

信陵君哭后回答说："晋鄙乃是魏国勇猛强悍、富有经验的老将，我去他那里，恐怕他不会听从命令，我们必定杀死他，因此我难过地哭了，哪里是怕死？"

"哦！原来如此。"侯嬴一看信陵君并没有异议，便催促道，"公子，您快去找朱亥吧！"

"好吧，我这就去。"信陵君说罢离开东门，只身去找朱亥。

朱亥早就想寻找机会报答信陵君，听后马上决定一同前往。

朱亥笑了笑说："我只是个市场上击刀杀生的屠夫，公子竟多次登门问候我。我之所以不回拜答谢您，是因为我认为小礼小节没什么用处。如今公子有了急难，这就是我为公子杀身效命的时候了！"

朱亥简单地收拾一下，就与公子一起上路了。

信陵君又去找侯嬴辞行话别。侯先生一看万事俱备，感慨不已地说："公子啊！我本应该随您一起去，可是年老力不从心而不能成行。请允许我计算您行程的日期，您到达晋鄙军部的那一天，我面向北刎颈而死，来表达我为公子送行的一片忠心！"

"侯先生，万万使不得！您一定等我，我会回来看您的。"信陵君不愿意侯嬴表达这样的忠义之情，急忙劝止并安慰道。

"公子，请您上路吧！"侯先生神态严峻，语调深沉。

信陵君双手抱拳，深深地施拜。之后，他率领朱亥等一行，越过东门，离开大梁，朝着北方驰去。他们迅速地到达邺城。

信陵君和朱亥走向晋鄙的中军大帐。

帐内，一直待命的晋鄙听说钦差大人信陵君到了，赶忙欠身迎接。信陵君携朱亥进帐，向晋将军施礼问安。

"信陵君,您离京到此,不知有何要事?"晋鄙上前询问道。

"吾奉魏王之命,前来代替将军之职,担任抗秦将领。"信陵君直截了当地说。

晋鄙听后大吃一惊,不由得往后退了几步。

"现在兵符在此,请将军查看。"信陵君掏出兵符,递于晋鄙。

晋鄙心情紧张而又慌张,伸手接过兵符,左看看,右瞧瞧,没发现什么问题,接着又掏出临出征前带来的那块兵符,两块相合,验证无误。但心里还是怀疑这件事,临阵易帅是君王十分忌讳的,怎么来得这样突然呢?晋鄙举起手中的两块兵符,眼睛盯着信陵君,严肃质问道:"如今我统率着十万之众的大军,驻扎在边境上,这是关系到国家命运的重任。今天你只身一人来代替我,这是怎么回事呢?"

"魏王之命,焉能不实!"信陵君义正词严,毫不示弱。

"且慢!待我派人去京城请奏魏王之后,再决定是否交出军权。"

晋鄙正要拒绝接受命令,朱亥取出藏在衣袖里的大铁锥,一锥击死了晋鄙,继而对帐前将士喝道:"谁敢违命,就要遭此下场!"

将士们吓得浑身发抖,不敢动手,都乖乖地站在一旁。

信陵君从晋鄙的手里拿起两块兵符,立刻召集全军将士,自我宣布,统率大军。

然后,他整顿军队,把带来的几十名随从分了下去。他还向军中下达命令说:"父子都在军队里的,父亲回家;兄弟同在军队里的,长兄回家;没有兄弟的独生子,回家去奉养双亲。"

经过整顿选拔,余精兵八万人。信陵君率领大军向北挺进,朝着赵国的方向奔去。

信陵君与侯先生诀别之后,在到达邺城魏国军营的那天晚上,侯嬴果然面向北方,刎颈而死。

处于十万火急的赵国军队,看到魏国援军到达后,群情激奋,斗志昂扬。

邯郸城内外,魏、赵两军夹击,共同抵抗秦军。秦军死伤人数与日俱增,士气大减,王龁只好率领秦军撤离而去。

于是,邯郸解围得救,保住了赵国。

赵王和平原君亲自到邯郸郊界迎接信陵君。赵王连着两次拜谢信陵君,无限感激地说："自古以来，贤人举不胜举，但没有一个赶得上信陵君啊！"

信陵君顿觉不安地摇了摇头。

魏王恼怒公子盗出了他的兵符，假传君令击杀晋鄙。在打退秦军拯救赵国之后，信陵君就让部将带着军队返回魏国，自己则和门客留在了赵国。

平原君拜谢信陵君后，主动替信陵君背着盛满箭支的囊袋，走在前面引路。

第二十二章 呕心沥血 教子苦读书

黑色的浓云像漫天的大幕，被烈风席卷，翻上涌下，阴森恐怖。忽然，"轰隆隆"一阵雷鸣，响彻夜的丛莽，只见那枣木棍形的闪电使劲地眨着眼，撕开漆黑的云幕。冷风抖颤，寒意逼人。继而是滂沱的大雨，倾泻而下。四处漫溢的雨水淌成黑黑的溪流，注入干燥如焚的大地。

战后的邯郸浸泡在茫茫雨海之中。

子楚的宅院，空旷沉寂，除了轰鸣的雷声、哗哗的雨声，没有任何声响。

卧室的窗棂上，闪烁着微弱的烛光。

赵姬和嬴政围坐在红烛前，倾听着外边的风萧雨倾。

忽然，一阵狂风袭来，打得窗棂作响，燃烧的烛苗也被风吹得东倒西歪。紧跟着，只听窗外"啪嚓"一声怪响，不知什么东西砸碎在院里。

嬴政吓得扑向母亲的怀抱。

"政儿，别怕。"赵姬抱着儿子，嘴里虽然这样安慰，心里却有些不安。

"啪嚓！"院内又是一声怪响。

"听，同原来的响声一样。"赵姬竖起耳朵，对儿子说。

嬴政突然从母亲的怀里挣脱出来，蛮有把握地猜测道："这是房顶上的瓦，摔在院子里，两次响声，两块瓦碎裂！"

"哟嗬！我儿子年幼，却如此聪明。"赵姬认为嬴政猜对了，高兴地抱起了他。

没多大工夫，房顶上的雨水渗透下来，滴落在地板上。

赵姬放下政，取过一个脸盆，放在漏雨的地方。可是，外边的雨越下越大，不一会儿，雨水滴落了多半盆。这下可糟啦！肯定是被掀掉两块瓦的房顶处破损了，雨水从那里流渗下来。她只好端起脸盆，小心翼翼地走出卧室，泼到屋子外边去。

回到室内，又将脸盆放到原处，房顶上的漏水仍在滴落。怎么办？是坚持端来端去，还是立即上房铺上瓦块。她一狠心，冲出卧室，从外屋搬起木梯，走向院子，将木梯靠在房前的墙上，又从墙脚处拾起两块好瓦，转身登梯上房。

电闪雷鸣，大雨倾泻。

"母亲，您要小心！"嬴政跑到门前，大声喊叫。

趴伏在房顶上的赵姬，硬是坚持把瓦块铺好。

她一点一点地后退着，把双脚挨到墙头上，又蹲下身子，摸到木梯把手，开始蹭着走下木梯。

太危险了！她的心似乎吊到嗓子眼儿。

风声、雨声、雷声混杂在一起。

"母亲，要小心！"嬴政再次呼喊。

可是，她没有听到儿子的喊声。

嬴政听不到母亲的回音，不免心中有些害怕了，一下子跑到门外，钻入雨中。

老天爷保佑，她终于安全落地。

"母亲……"

她一惊，啊！嬴政冒雨站在木梯前。

她一猫腰，拉过嬴政。湿漉漉的母亲抱起了湿漉漉的儿子。

母子俩回到房间，简直都像落汤鸡一样，浑身上下都被雨水淋得湿漉漉的。

她赶紧给儿子换好衣服，又帮儿子擦干了头发。而后，她才去换衣服，拔掉簪钗，擦净青丝上的雨水。

过了一会儿，突然，嬴政直打喷嚏。

她一听，坏了，孩子可能是被雨水淋得伤风了。她拿起一块手帕，给孩子擦了擦鼻涕，又抱到床上，盖上被子。过了一会儿，政又打了几个喷嚏。她将脸颊贴在儿子的小脸蛋上，觉得一阵烫热。

她急忙去点火，给儿子熬了一大碗糖姜水。

当她端来糖姜水的时候，发现嬴政闭着眼睛，喘着粗气，脸蛋红亮亮的。病了，果真病了。她心里很难受，儿子有病还不如自己有病呢。她心底暗暗骂子楚和吕不韦：你们跑得利索，像兔子似的没了踪影，抛下我和孩子不管了，我怎么办哪？

她呼叫了一阵儿子，但儿子没吭声。

正要用手摇晃儿子时，只见嬴政睁开了那双又扁又长的眼睛，努了努小嘴，"嗷"的一声，吓了她一跳！

随即，嬴政恨恨地骂道："迟早我会杀了那个吕伯父！"

"政儿，吕伯父可杀不得！"赵姬一听儿子要杀吕不韦，吓得她手一哆嗦，姜水溢流到碗外边。

"怎么杀不得，我长大了就能杀得了他！"嬴政一骨碌从床上爬起来。

"政儿，母亲不是告诉过你吗？吕伯父是咱们家的大恩人，咱们的一切都是你吕伯父给的，包括这房子，你怎能杀害恩人呢？那不是要受天下人的耻笑吗？"她担心儿子幼小的心灵深处扎下忌恨吕不韦的根苗。

嬴政眨了眨眼睛，说："就是怪吕伯父嘛，要不父亲咋会离开咱们哪？"

"唉！你说错了，这正是为了咱们，为了咱们全家，更是为了你！现在你还不懂，等你长大了就明白了！"她又恳切地向儿子讲道。

"哼！"嬴政还是有些不服气。

"来，政儿，快把这姜水喝下去，要快喝，要猛喝。"她端着大碗，送至政唇边。

"谢谢母亲。"嬴政手抓大碗，"咕噜、咕噜"地喝下了这碗糖姜水。

"好，快躺下，一会儿你出了汗，伤风就会好了。"她放下大碗，扶嬴政躺在枕头上，又盖了盖被子。

她脱掉外衣，吹灭红烛，也上了床，同儿子一齐歇息。

嬴政患伤风，整整躺了一个多月。在这期间，赵姬给儿子请来郎中诊断，煎煮汤药，单做膳食，精心侍候，终于使得儿子病体痊愈。

一天，嬴政身体康复后，精神爽悦，伸出小手拉着母亲，说："母亲，您真好，我长大了一定孝顺您。"

"好儿子，我相信。"她高兴地抚摸着政的头。

"谁要是敢欺负您，我就收拾他！"嬴政狠狠地说。

"哎呀，我的宝贝儿子！哈哈哈哈……"她听政这么一说，不由得大笑起来，别看儿子年龄小，志气够大的呀，她心满意足地说，"对！儿子说得对，谁若是欺负母亲，你就给母亲出气！"

嬴政"呼"的一下，跑到墙旮旯儿取来一根木棍，给母亲耍起来了。

赵姬笑眯眯地看着儿子。

"母亲，这就是'宝剑'，看谁敢阻挡？"嬴政一边耍着木棍，一边说。

"对！从小就要练武，就要学会舞剑，长大了好有本领。"她鼓励儿子。

"我要让天下人都服从我管！"嬴政还在耍弄那条木棍。

赵姬一看儿子满头大汗，立刻劝止道："政儿，快歇歇吧，看你都累得流汗啦！"

"好！我听母亲的。"嬴政停下手中木棍，像一个小英雄似的站在那里。

赵姬转身到案几前，取过前些日子刻好字迹的竹签，说："政儿，过来！"

"唉！母亲。"嬴政放下木棍，走了过来。

"政儿，刚才你不是说要管天下人吗？只有识了字，才能管天下人。现在，母亲就教你识字。"她拿起其中一个竹签，准备念诵给儿子听。

"识几个字，怎么能管天下人？"嬴政翻着小眼珠说。

"读书识字，这是学文；学会宝剑，这是习武。学文习武都得要，只有文武兼备，才能管理天下事，统治天下人。"她在教儿子识字之前，进行耐心的启蒙教育。

嬴政似乎听懂了，朝着母亲不住地点头。

"三皇。"她对着竹签念道，遂又转向政，"念，跟着念。"

"三皇。"嬴政念诵道。

"念三遍。"她又提出要求。

"三皇，三皇，三皇。"嬴政复诵了三遍。

赵姬不但教儿子会念，而且还教儿子会写。每认念几个字，嬴政必须会写几个字。

隔了一天，她又把"天皇、地皇、泰皇"教给儿子。

隔了两天，她还把"五帝"乃至五帝所含的"黄帝、颛顼、帝喾、尧、舜"等字教给了儿子。

不到一年时间，她教儿子学会了许多字，同时，还尽量把含义讲给儿子听。

嬴政五岁那年，有一天放学回家，路上遇见几个同龄小孩一齐拥过来，截住他。有的骂他有娘没爹，有的骂他是小野杂种，他气急了，还口对骂他们："混蛋，我长大了宰了你们！"那几个孩子一见挨了骂，觉得不合算，就一块儿冲了过来，七手八脚地把他打翻在地。他没有屈服，躺在地上还不住地又踢又踹。但是他一个人，怎么能打得过那么多人？衣服被撕坏了，身上青一块紫一块。良久孩子们散去了，他爬起身来，并没有哭，拍拍身上的沙土就回家了。

赵姬见嬴政的衣服撕破了，问他是不是受人欺负啦？但嬴政没有告诉母亲实情，只说是和同学摔跤弄坏了衣服。

可是到了晚上脱衣睡觉的时候，赵姬发现儿子浑身是伤，又追问，到底是怎么回事？嬴政不得不说出真情。她一看儿子受了这么大的委屈，泪水扑簌簌地滚落腮下。嬴政看母亲哭了，鼻子一酸，"哇"的一声哭起来了。

儿子牵挂着赵姬的心。嬴政上学走了，她在家里放心不下，直到儿子安全回来，她的心才像一块石头似的落了地。

有一次，天到傍晚，嬴政还没放学回家，她着急了，赶紧出去寻找。她走到半路上，正好碰到两个赵国士兵阻拦嬴政。赵国士兵忽而让嬴政叫他们干爹，忽而让嬴政给他们跪下，嬴政全然不接受，并大骂他们："混蛋！"只见一位赵国士兵亦怒骂道："小崽子！"随后又是一拳，把嬴政打倒在地上。

她快步跑上前，从地上扶起儿子。

两个士兵被这位漂亮的少妇勾去了魂魄，惊呆了。过了好大一会儿，方醒悟过来，赵姬领着儿子已经走远。但他俩抑制不住内心的冲动，追到赵姬、嬴政的身后，说了些调戏侮辱的话。嬴政岂能忍受得了，回头就用牙齿去咬其中一个士兵的手背，疼得他直叫，正要举拳捶打嬴政，忽然听到身后一个男人的喊声："住手！"他俩扭头一看，是平原君府的舍人赵全走来了。

"你们两人不要命啦！没看看他们是谁，他们是秦国王孙子楚的夫人和儿子。平原君早就向全城军民下达命令，谁若是欺负她们母子，谁就被严加惩处。"出府办事归来的赵全，一直跟在他们身后，对刚才发生的一切都看到了。

"小人实在不知，赵大人饶命！"他俩赶紧赔礼致歉，慌慌张张地离去了。

赵全将母子护送到子楚宅院门前，转身离去。

儿子上学往返途中，经常碰到威胁安全的事情，作为母亲的赵姬非常担心。她要每天接儿子放学回家，但嬴政说啥也不肯，唯恐坏人侮辱母亲。她非常感动。没想到儿子虽然年未弱冠，但却懂得如此保护自己。她含着眼泪道："政儿，你年龄还小，母亲实在放心不下，你若出了事，让母亲可咋活呀？"

嬴政知道母亲的心意，但更懂得保护母亲，只要母亲健在，不受他人侮辱，就是自己死了，也心甘情愿。他安慰母亲道："母亲，请您放心，我是个男儿，谁敢把我怎样？"

她一听这话，破涕为笑，高兴万分地说："哎呀呀！我的儿啊，你快快长吧，你一定是一个顶天立地的男子汉！"

母子俩都笑了起来。

嬴政仍然坚持上学，打骂不惧，风雨无阻。

六岁当年，他学习上进，成绩优良，可乡学里有三个八九岁的男生，学习成绩很差，非常忌恨他这位年龄小的同学。下课后，他们仨把他围在院心一角，奚落羞辱他，有的说，听说你母亲长得很漂亮；还有的说，有那么漂亮的母亲，怎么没有父亲哪？……嬴政最恨的是羞辱他母亲的人，马上扑过去，用牙齿把他们仨的手背都咬得流出了血。这次，先生知道了，不问青红皂白，让他伸出右手，狠狠地打了他。他的右手掌心当时肿得老高。

他放学回到家中，右手疼痛难忍，连吃饭拿筷子都非常吃力。但他一声不吭，什么也没告诉母亲。

几天后的一个下午，他放学回家着急赶路，几乎是一溜儿小跑。突然，那三个年龄大的同学追上了他。他明白了，他们是找碴儿报复。双方一见面，他们就骂他野杂种。他豁出去了，把书袋往地上一甩，就和他们厮打起来，他们有了经验，把他的脸朝下按在地上，尽量躲着他的嘴巴，以防挨咬。他们骑在他的后背上，正要举手挥拳，一个年龄大一些的男孩子跑了过来，两手用力一推，把他们全都推倒在地，紧接着猛一顿挥拳，直到他们仨哭着求饶才罢手。

他感谢这个男孩对他的帮助，并问对方的姓名。原来，这个男孩叫丹，比他年长八岁，是燕国派到赵国的人质。从此，政和太子丹成为好朋友。

每当嬴政放学回家，太子丹就悄悄藏在路旁的大树后边，暗中保护他。只要有人敢欺负他，太子丹就冲出来，上前解围。甚至有个别大人欺负他，太子丹也不畏惧，照样挺身相助。除此之外，太子丹还特意给他买帛笔用，买东西吃。政为太子丹的性情刚直、仗义助人所感动，向他表示，长大一定重重回报。

有一天早饭后，嬴政背着书袋去上学。他行至途中，碰到一个干瘦干瘦但个子比较高的男孩子，两腿一叉，两臂一伸，挡住了去路。他左闯右闯，怎么也闯不过去。他一生气，就开口骂道："干猴儿，快闪开！"

"你敢骂大爷，你知道大爷是谁吗？"那个干瘦男孩比他年长七八岁，当然敢挑衅他了。

嬴政不认识这个男孩子，遂又骂道："反正你不是好东西！"

"大爷告诉你，我姓西门，名雨，乃抗秦英雄西门风之子也。"

嬴政一听"西门风"这个名字，忽然想起来了，母亲曾对他说过，若不是因为西门风这个坏蛋，母亲和他就逃出邯郸城去了，便挖苦说："你父亲明明是强盗，还谎称啥英雄，真是不知羞耻！"

"你个没爹的小杂种，胆敢骂老爹是强盗？"

"你也没爹了，你是个小野种！"

"我父母怎么也比你父母强多了，你父亲逃跑了，你母亲是锦香院的女子，全城谁不知道！"

啊！母亲是青楼女子！他好似被对方击了一棍，那颗自尊自强的头颅一下子蒙了！

他呆愣了一会儿，转身就往回跑，没有去上学。

但是，他也没有回家，而是穿过几条胡同，绕过西大街，跑到城西郊外去了。

金秋过后，天高云淡。纵横阡陌的绿色原野不见了，呈现在人们眼前的是一片荒芜景象。路旁的一棵棵果树，竟然消失了大部叶片，那种无花无果又无叶的枝干显得更是没有生气。长在壕边沟坎上的青草已经半绿半黄，然而生命力极强，它们遵循着春生秋灭、新陈代谢的规律，永永远远地存活下去。

趴在丘陵荒坡上的嬴政，把书袋甩得老远老远的，似乎再也不想去读书了。他嘴里嚼着一根枯草棍儿，一把一把地拔出黑褐色的湿润草根。他的脑子很乱，一时理不出头绪，他既恨父亲，又恨母亲，他们给他带来这么多的耻辱和心酸，使他生活得如此艰难和痛苦……他们到底是什么样的人呢？

想着想着，嬴政不禁鼻孔酸楚楚的，泪水"啪嗒、啪嗒"地滴在草坡上。他哭了，但觉得这种哭泣还不足以发泄内心的苦闷，索性坐起身来，面对着茫茫旷野，哇哇大哭。

不知是一股什么力量，使他猛地站起身来，他突然大吼一声："啊——"这声音如同装在炮膛的火药被击发而炸裂，他的满腔怒火立即迸发出来。他想象着，他越来越快地长成大人，变成一位英勇威武的大将军，一只手叉在腰间，另一只手挥舞着宝剑，指挥身后的千军万马，向前面的坏人冲去，无坚不摧，所向披靡。

突然，他身后回荡着一个喊声——

"政儿——政儿——政儿——"

这喊声将他的思绪拉回到现实中来。他回头一看，是母亲寻觅他跑到郊外。

"政儿，政儿！"赵姬跑得两腿有些发软，累得上气不接下气，"政儿，政儿，你，你怎么，到这儿来啦？"

嬴政仍站在那里，一动不动，也不吱声。

赵姬从沟谷里拾起儿子的书袋，登上丘坡，气喘吁吁地说："政儿，天这么晚了，放学怎么不回家呀？"

一天没有上学的嬴政，听到母亲的问话，没有表现出内疚和惭愧。但他还是没有作声。

"政儿，你咋啦？"赵姬觉得很奇怪，政儿怎么会这样呢？

她趁着夕阳光辉的映照，仔细打量自己的亲生儿子——

儿子的面孔木呆呆的，一双扁长的眼睛没有什么光亮，两颊却挂着几道清晰可辨的泪痕，嘴角紧紧地闭拢着，呈现出一副忧郁和压抑的神情。

她马上猜测到，儿子一定又受人欺辱了，她用手抚摸着儿子的头，安慰道："政儿，母亲知道你被人欺负，受了委屈，但咱们势单力薄，怎能斗过人家，还必须忍耐呀！"

她哪里知道儿子的满腹心事？

嬴政从来不怕外人欺负，甚至挨了打，受了伤，也不掉一滴泪，不喊一声疼。可是最最难以忍受的是外人说他母亲是青楼女子，青楼女子在人间谁还瞧得起，青楼女子的儿子一辈子也别想翻过身来。他越想越气，母亲你干什么不好啊，怎么偏偏去当青楼女子呀？他一下子将母亲的手从头顶上推开，并夺过书袋……

赵姬顿时愣住了！

儿子降生以来，头一次对她不恭不敬。以前，儿子对她都是有礼有节，别看他年龄小，却懂得恭维和孝顺，母子俩心心相印，相依为命，这种母子之情是在艰苦的环境中培育起来的。他怎么忽然变得这样呢？

她抬头一看，嬴政拎着书袋，独自步下丘坡，朝城内走去。

她不想喊他了，默然无语，悄悄地跟在儿子的身后。

回到家中，她将烧好的饭菜端来，又拿来一只碗、一双筷子，让儿子吃晚饭。政跑出去了一天，肚子饿极了，二话没说，就猛吃起来。但她没动碗筷，等儿子吃完后就全收拾了。

弯月的微弱光辉映在窗子上。她和儿子洗过脚就上床了。

她的思绪如同编织无序的大网又杂又乱。心中的烦恼和郁闷，除了儿子耍脾气不理睬她以外，更多的是想起了自己悲苦的命运。从十几岁起，她的家庭就没有平静过，母亲被害，父亲牺牲，她所受的磨难……她都是在同命运抗争。生活有了着落之后，吕不韦又把她转嫁给嬴异人子楚。为谋大业，先后两个丈夫狠心离去，抛下他们母子，至今秦国方面依然音信杳然。

目前，她面临着生活的拮据。王氏的老家遇到特大洪灾，亲人们缺衣少粮，难以生存。她让王氏卖掉了父母的宅院，带着房款回乡下去了。舅母和表妹那里，因连年战乱，绸缎生意早就停业了，她们母女的生活也很困难。吕府的生活当然还是很富裕的，但吕伯、吕锦他们怕受牵连，不准吕童经常来往子楚宅院，她的唯一生活来源也因此被切断了。

现在，她靠给外人浆洗赚些零钱，以供母子生活。她的一双又白又嫩的手，再次磨出了茧子，多亏在监牢里受过的煎熬和磨砺，若不然她就坚持不下去了。

这漫长的艰难岁月，熬到何时才能终了？她还得抚养孩子，这是多么重的生活担子啊！难哪，太难啦！她心如刀绞，无比沉痛，赶忙拉上被子，蒙起脑袋，偷偷地哭泣起来。

嬴政哪里睡得着，心里亦是翻上倒下。他明明看见母亲没有吃晚饭，谁让母亲当过青楼女子又不向他说实话呢，所以他不愿意搭理母亲。但一想到母亲平日对他的关怀、对他的爱，忽然觉得内心不安，为啥这般冷待母亲呢？他转过身来，看看母亲。

啊，母亲的被子在抖动。

他慢慢地掀开母亲的被子，轻轻地叫道："母亲，母亲。"

她听到儿子的呼唤声，哭得反而更厉害了。

"母亲，母亲。"

她仍没有止住哭声。

"母亲，呜，呜呜……"嬴政忽然大哭起来。

一看儿子又哭又叫，她停止哭声，并转过身来安慰儿子。

当她知道儿子一天没去上学时，怒气涌上心头，她本想严厉责备，但她又一思忖，这肯定有原因，她忍了忍，便追问，到底发生了什么事情？

嬴政不得不说出西门雨辱骂母亲是青楼女子的经过……

这几乎使她气昏了头。当年，她还是纯情少女的时候，的确去了锦香院，但那不是卖身求荣当青楼女子，而是为了找机会，杀死寻花问柳的恶豪廉厉，给母亲报仇雪耻。这又有什么不光彩的呢？即使因家贫当青楼女子，也不是什么可耻的事情啊！可是，儿子年岁这么小，又怎能跟他说得清？

但她一看，儿子满脸忧悒和愤懑的神情，使她不由得心疼起儿子来了，干吗不说呢，说出来不就让儿子解脱了吗？

她如实地向儿子讲述了她为啥去锦香院，怎样杀死恶豪廉厉，又怎样逃出锦香院，乃至去坐大牢的前前后后。

嬴政焕然冰释，疑虑全消。他一把搂住母亲的脖颈，把脸蛋儿紧紧地贴在母亲的脸颊上，小声地说："母亲，我错了，我，我对不起您，您责罚我吧！"

"不！母亲不怪你……"赵姬知道儿子的苦衷，怎舍得责罚儿子呢？她见他认了错，心里感到无比欣慰，眸子里滚出了热泪。

嬴政理解了母亲，对母亲更加尊重了。

天亮起床后，他主动帮助母亲烧火煮饭，清扫室内。赵姬非常高兴，觉得儿子突然长大了。

早饭吃罢，嬴政背起书袋，又像往常一样，愉快地上学去了。

转眼间，嬴政七岁了。

他在那家乡学读了将近三年书，虽然认识好多字，懂得许多道理，但是对孔孟学说的《论语》《孟子》不感兴趣，那些仁、义、礼、智、信的东西全是让人俯首帖耳、顺应世道，他越读越厌倦。

有一天下午，他放学回到家里，帮助母亲收拾给别人浆洗晾干的衣服。赵姬问他："政儿，你现在学读什么功课？"

"回母亲，我在读《论语》《孟子》。"

"啊，你学得怎么样？"

"没意思，我一点也不爱学。"

"啊?！为什么呢？"赵姬停下手中的活计，惊问道。

"孔子在'为政篇'讲道，'为政以德，譬如北辰，居其所而众星共之'。治理国家主张依靠道德，使用礼义。孟子也主张施行仁政王道，还提倡'仁义之师无敌于天下'。母亲，您看，不用武力去征服，不用宝剑去冲杀，岂能统治天下！"

"政儿，果真有见地，不愧是娘的好儿子！"赵姬只顾高兴地赞扬儿子敢于用武的一面，却忽视了儿子反对仁政的另一面。

她哪里知道，在幼小的政儿心中，早已种下了凶狠的种子。

母子俩吃完了晚饭。

嬴政抹了抹嘴巴，突然把书袋甩在地上："母亲，明天我不上学了！"

"胡说！"赵姬一听厉声吼道。

嬴政被母亲震慑住了，闭口不语。

"当年你还很小的时候，我怎么跟你说的，难道你都忘了？"她问道。

"记得，只有识了字，才能管天下人。"他笔直地站立在母亲面前。

"那你为什么不去读书识字呢？"

"母亲，孩儿不想再去接受仁政、仁义教育。"嬴政直率地说出不去上学的理由。

她哑然了。

尚在儿童时期的嬴政，提出了一个令大人也不敢提出的尖锐问题，这不得不使她认真思考。一个人只有从少年时期立下志向，长大成人才能干出一番惊天动地的事业。

但又一想，一旦儿子停止上学，岂不是丢了字、忘了文化，耽误自己一辈子吗？她缓和了态度，用婉转的语气说："政儿，你还得先去上学，起码多读些书，多识些字。你的要求，容缓母亲一段时间，母亲会尽快给予解决的。"

嬴政知道母亲的一片苦心。母亲为了让他安心读书，起早贪晚，给他做饭缝衣，不顾夏热冬寒，给他人浆浆洗洗、缝缝补补被褥和衣衫，用汗水和劳累挣得一些辛苦费。艰辛的生活，饱含了母亲的泪水。在极端困苦的生活条件下，他的学习是多么不易呀！如果辍学停止读书，母亲怎能受得了啊？何况母亲对他寄予莫大的期望？他猫腰拾起书袋，走到母亲跟前，说："请母亲放心，明天我还去上学。"

"好孩子！"她点了点头。

过了半个多月，她终于给儿子另找了一名老师——

这位老师，就是她十分熟悉而又非常敬仰的，八年前同她、子楚和吕不韦分手告别的郭半仙。一个风和日丽的上午，赵姬给外人送还浆洗衣衫、被褥后，在西大街东段的十字路口处，碰见郭半仙正在给几个年轻妇女占卜。她一阵惊喜，郭半仙终于从华山回来了。郭半仙占卜和相术乃雕虫小技，其胸装韬略、晓古通今、分析形势、把握全局之才识可谓世间罕见。她曾经对吕不韦、子楚说过，郭半仙是一个用得着的人。今天，如果能让政儿拜郭半仙为师，那可就是政儿的天大福分。

她待几个妇女离去后，马上过去同郭半仙施礼相见。郭半仙发现赵夫人仍然安居在赵国，不禁感到惊讶和奇怪。因为在华山隐居的这几年，早就听说过王孙子楚和吕不韦回到了秦国，但不知道子楚夫人赵姬及其子的情况。

"郭大师，吾尚有一件大事相托，不知可否应允？"她恭敬地呈请道。

郭半仙挥手说："赵夫人，但讲无妨。"于是，赵姬极其恳切地提出了让政儿拜郭为师的请求。郭半仙爽快地答应了，告诉她，他暂居钟鼓楼附近，住在平原君府大门对过的一家客馆里。她高兴极了，儿子总算有了个良师。郭半仙说，迄今为止，嬴政是他收下的第一个也是唯一的弟子。

她兴奋得健步如飞，很快回到家中。

母子俩吃午饭的时候，她就把给儿子找到一位高师的好消息告诉了嬴政。

嬴政听了高兴得不得了，恨不得马上就去拜见那位郭半仙。

她从衣柜里翻找出多年前保存下来的一块蓝田玉佩，这是宝玉，可谓无价之宝，这些年来，尽管生活艰难困苦，也没舍得变卖，一直藏存身边。这次，她把蓝田玉佩交于儿子，让儿子明天拜师时，再呈于郭半仙，以表拜师之心意。之后，她对儿子千叮咛、万嘱咐，一定要尊重师长，虚心好学，万万不可以下犯上，狂傲自大。

嬴政收好蓝田玉佩，点头记下，决心苦学。

翌日清晨，吃过早饭后，赵姬携政儿去往钟鼓楼附近的客馆里，拜见郭半仙。

当嬴政双膝跪地叩拜的时候，郭半仙仔细打量这位早熟的男孩，他的面容和身材与实际年龄不太相符，虽才七岁，却像一个十二三岁的少年。他的五官也极为特殊，长目、方口、鹰钩鼻子，两道眉毛浓重而斜立，两只耳朵长垂而有轮，尤其那高高的鸡胸脯几乎与下巴颏平行。一副威严的面孔，藏着骄横和自负。看上去独特而罕见。此人非同小可，不久的将来必成国之栋梁。郭半仙暗暗想着。

这时，嬴政从怀里掏出那块蓝田玉佩，双手呈献于郭半仙。一开始，郭半仙不想接受这块宝玉，聪明的嬴政再三表示，这是他拜师的薄礼，但可代表他的真诚心意。坐在一旁的赵姬，说明此玉来自蓝田山，还替儿子表白，洁白的宝玉象征拜师的那颗真诚的心。郭半仙接过蓝田宝玉，端详了一番，认为此玉质地纯美，胜过越国玉、华山玉，可谓玉洁如冰，玉白无瑕。遂让嬴政站起，并叮咛他要像宝玉那般纯洁诚实，表里如一，谦逊苦读，经得起考验和鉴定。

七天过去了。赵姬见儿子每天回来很晚，询问他老师在教授什么？他告诉母亲，现在什么都没学，每天在客馆里掸抹桌椅，清扫卫生，剩余的时间全是静坐。

"政儿，这也是在学习，郭大师是有意锻炼你的意志，你必须照办。"她嘱咐儿子。

"是！孩儿记下了。"嬴政点头称是。

又过了二七十四天，嬴政放学回来，打开书袋，拿出郭半仙给他的三部帛书，递给母亲。她一看，是《尚书》《左传》和《春秋公羊传》。她问道："郭大师什么时间教你？"

"再过七天才能授课呢！"嬴政从母亲手里取过《尚书》，翻到"洪范"篇，指点着说，"老师叫我晚上先自学这一篇，让我独自领会一下治国安邦的九种大法，而后他同我交谈，再进行逐句逐条的讲解。"

"啊，那就按照老师的意见办！"

"对，我一定照办！"

又过了七天，四七二十八天的清扫和静坐过去了，嬴政正式向郭半仙学习和请教功课。

可是，头一天午前，嬴政满脸沮丧地回到家中。赵姬问他发生了什么事情，他闭口不答，她立即猜测到，嬴政十有八九同师父发生了矛盾，随之厉声喝道："跪下！"

嬴政心中有愧，乖乖地跪在母亲跟前。

"你说，到底怎么回事？"她大声质问道。

"治国安邦的九种大法，其中第五种'君主的法则……'"嬴政终于开口向母亲汇报，"我对此规定的'要遵从王道'提出疑义，老师给予批驳；我心中不服，再次提出反对，老师说我，孺子不可教也！"

"你，你怎么说的？你承认错了吗？"她用手指点嬴政，气得有些发抖。

"没有。我说不可教就不必学。"嬴政如实禀告母亲。

"你，你怎么这样说话！"她大声怒斥道。

嬴政从怀中掏出那块蓝田宝玉，双手颤抖地递向母亲："母亲，老师把它退还给我了……"

"啊！"赵姬大吃一惊，浑身战栗着，走到嬴政面前，猛地挥起左手和右手，"啪、啪"狠狠地打了他两记耳光，"混蛋！你给我送回去！"

嬴政双手握住那块蓝田宝玉，紧紧地贴在胸口处，大声哭号："母亲！"

第二十三章　扫清障碍　扶子楚即位

　　渭河水由西向东，横贯于秦都咸阳城北，千年淌，万年流，冲刷着历史的岁月和人间的悲欢，也辉映着时代的更迭和崭新的历程。

　　渭河北岸，仍有依稀可辨的往昔的咸阳城垓。

　　公元前384年，秦灵公的儿子秦献公由河西回国后，杀死世子和他的母亲，登上王位，在栎阳筑城并建都。

　　公元前361年，秦献公去世，二十一岁的儿子秦孝公继位。到公元前350年，秦孝公派人修造咸阳城，筑起了公布法令的门阙，秦国迁都到咸阳。

　　秦孝公的儿子秦惠王、孙子秦武王都定都于咸阳。

　　公元前306年，武王病逝，此时秦昭襄王在燕国做人质，燕国人送他回国，他才得以继位。秦昭襄王仍沿袭先王的做法，把秦国京师定鼎于咸阳。

　　此时的咸阳在潺潺的渭河流水和沿岸白杨绿柳的掩映下，显得更有生机；坐落在渭水以南而紧靠在城北的咸阳宫，还有那渭南上林苑的巍峨朝宫，显得更加壮观和辉煌。

　　将子楚安全护送到秦国的吕不韦，一直生活在安国君给他购买的这所宅第里。他几乎是足不出户，行动严谨，唯恐过早地暴露他和子楚的关系，于将来踏上仕途不利。由于安国君和子楚向秦昭襄王俱奏吕不韦之不凡贤才和卓越功绩，秦王封他为客卿，食邑千户，并赏地五百顷。这使吕不韦为人处事更加谨慎，从不狂妄。逢年过节，吕不韦都给安国君、华阳夫人、孟姬、子楚等人送去重礼。子楚及其亲友们一谈起吕不韦，无不交口称赞。

　　吕不韦深知韬光养晦的道理。一个人在即将登上政治舞台大显身手的时候，容易遭到他人诽谤。如果过多地抛头露面，突出自己，那么势必引起人们的嫉妒和排挤。所以，除了必须参加的例行朝会外，一般场所人们很少见到这位带有传奇色彩的珠宝巨商，他深居简出，尽量回避众人。

在秦王、安国君和华阳夫人的关心下，吕不韦早就应该把父亲、妻儿等家眷从赵国邯郸接到秦国咸阳来，何况他已经具备这样的生活条件。但他考虑，秦王还没有发出谕旨，将子楚夫人赵姬及其儿子嬴政接到咸阳，只是说等到秦赵和好后再办理此事，因而他就把家眷来秦的事情暂且放置一旁。在这几年空闲时间里，他坐在自己的书房内，潜心细读《春秋》《左传》之类的书籍。除此之外，注意观察和分析各诸侯国家之间的政治形势和关系，研究和掌握朝中卿臣的思想动态，以及君臣之间的矛盾，从而耳聪目明，韬略在胸。

吕不韦一度担心他同嬴子楚的关系疏远，或者出现子楚对他不信任的状况，那么他多年的汗水和心血就要付诸东流，整个政治谋划也就无从谈起：不仅是钱财损失无法弥补，精神上所受的打击更难以承受。但他又一想，子楚怎敢毁了友谊、坏了良心、丧失道德呢？一旦让安国君、华阳夫人知道子楚是一个不守信义、不讲道德的人，他们怎么敢让这种人当他们的世子、将来有朝一日还当太子呢？这么一想，吕不韦觉得子楚是不会这么做的。

可是，吕不韦想到更深一层，单凭金钱和关系上位的卿臣大夫，是不能满足胸装天下的国君之需要的，必须保持清醒的头脑，勤奋好学，善于动脑，用自己的才智去战胜一切困难，方可赢得政治舞台上的一席之地。

在吕不韦的意识深处，除了自己苦读苦学、增长才智外，还利用子楚来访的机会，谈些国家大事，教子楚一些理政方法，以尽太傅之职责，使其开阔政治视野，提高理政能力，既能得到安国君和华阳夫人的宠信，又能在朝中站稳脚跟。

身为王孙的嬴子楚，非常感激吕不韦这位恩师，他对吕不韦更加信赖和尊崇了，两人的关系越来越密切、越来越融洽了。

一天下午，嬴子楚来到吕不韦宅第，约他去城外散步聊天。吕不韦答应了。

这恰是六月三伏的天气，大地被酷日暴晒得干燥灼烫，空气几乎停止了流动，没有一丝微风。他俩来至渭水南岸，沿着水流方向，自西向东，徜徉在林荫蔽日而又一望无际的岸柳林带的大道上。顿时，那种酷热难熬的感觉没有了。

吕不韦发现子楚满脸忧愁，似有难言之隐，委婉地问道："王孙，您的身体是否有些不适？"

子楚摇了摇头，但停下脚步，打了个唉声。

与子楚命运紧密相关的吕不韦，一见子楚如此神情，急忙催问了一句："王孙，你我心心相印，难道还有什么不便说的话吗？"

"恩师，我把您请到外边来，就是为了向您请教哩！"

"王孙言重了，请您直言！"

"父亲、母亲多次嘱咐我，让我当心一人，千万不能惹了他。"

吕不韦心里知道子楚说的是谁，肯定是丞相应侯、魏人范雎。但不能主动说出范雎的名字，吕不韦问道："您说的是……"

"丞相范雎。"子楚直言说出，"此人权倾朝野，乃一人之下、万人之上，宫廷内外无一人敢惹。这让我该怎么办呢？"

吕不韦沉思了一会儿。首先向子楚分析了范雎羽翼丰满的经过：原来是魏国人的范雎，因同须贾出使齐国，受到齐襄王的赞赏。回国后，须贾将此事报告给魏国丞相魏齐，魏齐听后大怒，就命令左右近臣用板子、荆条抽打范雎，打得范雎肋折齿断，便将其扔至茅厕。后来，范雎在魏国人郑安平的帮助下，随同秦国使臣王稽潜逃到秦国。由于王稽的大力举荐，秦昭襄王开始授给范雎客卿官职，采取范雎提出的"结交远邦而攻伐近国"的政治主张，于是秦攻打魏国，拿下怀邑，又夺取了邢丘。范雎更加得到秦昭襄王的信任，转眼间所受朝廷的信任就有几年了。一次，范雎趁昭襄王闲暇方便之时，悄悄进言谏奏，反复陈述利害，终于使昭襄王下定决心废除专权的太后，把丞相穰侯、高陵君以及华阳君、泾阳君等霸权揽政的人统统驱逐出京都咸阳。范雎则被秦昭襄王任命为相国。同时，范雎还得到封地应城，封号称应侯。

接着，吕不韦向子楚分析了范雎在权力殿堂上的软肋：秦赵长平大战之后，范雎感情用事，谏言秦王，警惕功臣谋反，害死秦国名将白起；同范雎一起从魏国逃到秦国的郑安平，由于范雎的推荐，被秦王任命为将军。这次，郑安平在协助左庶长王龁率领秦军攻打赵都邯郸时，郑安平被赵、魏两国军队团团围住，情况危急，难以逃脱，郑安平率领两万秦军投降了赵国。对此，范雎自知罪责难逃，就跪在草垫上请求惩处治罪。按照秦国法令，举荐官员而被举荐的官员犯了罪，那么举荐人也同样按被举荐官员的罪名治罪。这样范雎应判逮捕父、母、妻三族的罪刑。可是，昭襄王唯恐伤害了范雎的感情，赦免了范雎；

仅仅是个谒者的王稽，也是由于丞相应侯范雎的推荐，得以做河东郡守，没想到王稽竟与诸侯有勾结，因犯法而被诛杀。为此，范雎一天比一天懊丧。

吕不韦对范雎正反两方面的分析，使子楚的心胸豁然开朗，他虽然没有正面回答怎么办，但已经减少了恐慌感。

"王孙，看到了吧，任何事物没有一成不变的，任何东西也没有铁板一块的，任何权势大的人也不是永远如此。所以，在这个世界上，没有一个人永远叱咤风云。"

子楚伸手扯下一根柳枝，两手一折，那根柳枝断了。他感慨地说："恩师，看来权势大的人也会自觉不自觉地犯下过失。"

"所以说，范雎其人并没有什么可怕的。不过，王孙只要碰见范雎，还要以礼待之，仍需称谓'范大人'，切不可失礼。台下之人尊崇台上之人，这是一般百姓都知道的。范雎目前还在台上掌权，我们绝不能做吃亏的事情。"吕不韦说到这里，透过右侧的林带，朝着南边的秦王宫廷楼阁看了看，说，"对于居住在那里边的人，都不可惹呀！你哪知道谁跟谁又是什么关系呢？"

"对，恩师说得对！"子楚点头赞许，迈步朝前走着。

吕不韦跟在子楚的身后，又补充道："至于跟范雎保持什么样的关系，依我看，不亲不近，若即若离，这就是前进无障碍，后退可防守。"

子楚止步，转过身来又认真倾听。

"王孙，一定要清醒地认识到，你我现在还没有真正的政治实力，无论如何要回避各种矛盾和斗争。像范雎这样已经在政治上显露出来不可调和的矛盾，要留给他人去解决，你我既不介入，也不议论。在政治舞台上切忌去干那种引火烧身的勾当。"吕不韦在政治上具有独特的见解，但毫不保留地告诉了子楚。

"说得好！多谢恩师指点迷津。"

子楚说罢，同吕不韦朝着前方走去。

他俩走至林荫大道的路口处，正要往南返回城内官舍时，只见迎面驰来一辆四匹马拉的大车，车上坐着丞相范雎，车后面还尾随着八名侍卫。吕不韦悄声说："那车上坐着的人正是范雎。王孙，咱们大大方方地走过去，不要躲避他，但要有礼节。"

"好！你在前面带路。"子楚跟在吕不韦身后，落落大方地向前走着。

在离马车十多步远的地方，吕不韦就主动向前，双手抱拳，大声喊道："应侯范大人，晚生向您请安！"

范雎一看是客卿吕不韦，后边还有嬴王孙子楚，立即命车仆停下车。

"王孙、吕先生，你们也到渭水河畔乘凉来啦！"范雎早就知道嬴子楚和吕不韦之间的密切关系，但从不当着任何人议论，总是注意以礼相待。他嘴上打着招呼，身体赶忙蹿下车子。

子楚见范雎已经下了车，亦上前施礼："范大人，您好！"

"岂敢岂敢！王孙，在下愚臣范雎向您请安！"范雎几乎是与子楚同时抱拳搭躬，这在往常是不曾有过的。因为范雎的职位仅次于秦王和王后，此时的子楚与其地位还相差很远。

他们彼此之间寒暄了一阵，范雎说自己是去渭河堤岸林间大道上乘凉，而后上车离去。

说心里话，子楚碰到范雎觉得很别扭，叹了口气，说："唉！偏偏碰到了他。"

"没关系。范雎奈何不了您！"吕不韦劝说子楚。

"恩师，咱们两个在一起，我怕您受影响。"子楚担心地说。

"王孙，您不要管我，反正范雎也知道你我之间的关系。再说，我是您的太傅，咱俩在一块儿也是常理嘛！"吕不韦往南走着，又看到那片红砖绿瓦的宫宇，胸中有数地说，"您可知道，朝廷和后宫有多少人都在怨恨范雎这位权高势大的丞相呢！"

"范雎是否意识到这些？若是在从前，范雎可没有这样的礼节。"子楚回头望了望那远去的范雎车辆。

"嗯，王孙的看法不无道理。"吕不韦同意子楚的见解，但又深究一步，"一个人在权势极其显赫的时候，应该预测到危机和不幸将至。范雎这种人，何况还犯有许多罪孽和过错，怎能逃脱危机和不幸呢？最佳选择是，范雎见好就收，辞去一切职务，在秦国方可落下一个善始善终的结局。"

"范雎能这样做吗？"子楚打心底希望这位相国及早下台。

"或者范雎是一位识时务者，或者有一位门客给范雎拨开迷雾，这也许就能促使范雎走出险恶之境。"吕不韦说这番话，似乎看出范雎将要走这一步棋。

他俩走到奔往宫区和市区的三岔路口处，就告辞分手了。子楚去往自己的宫院，而吕不韦沿着市区街道，返回自己的宅第。

范雎的结局，未出吕不韦所料。

范雎一直把持着治国大权，然而这种大权直到燕国人蔡泽来到相府拜访他的那一天才准备抛弃。

胸怀大志的蔡泽，曾周游列国从师学习，确实学得了一些治国之道，从而向大小诸侯谋求官职，但没有得到信任，还是在燕王喜那里得到一个官职，虽说是腰系紫色丝带，手抱黄金大印，吃着米饭肥肉，住着深宅大院，但非是掌握国家重要权柄，所以他不甘心在燕国待下去。他离开燕国到了赵国，没想到被赵国赶了出来。随即前去韩国、魏国，偏偏被强盗抢走了锅鼎之类的炊具。这时，他听人说丞相范雎举荐的郑安平和王稽都在秦国犯下大罪，范雎深感沮丧，便向西来到秦国。

蔡泽到达咸阳之后，打听距应侯府较近的客栈设在什么地方，恰巧遇见应侯府的一位差人，把他直接领到距离应侯府不远的一家豪华客店里。他住下后，就对客栈掌柜和那位差人说："我在燕国有一位好友，他是能掐会算的神师。神师告诉我说，西方秦国的丞相应侯范雎将要面临灭顶之灾，如果有人搭救的话，尚能幸免，一旦耽搁时间过久，灾祸可就不能避免了。"

客栈掌柜是范雎的亲友，一听这话心里很着急，慌忙问道："先生，不知何人能够搭救应侯？"

蔡泽看了看掌柜和差人，极其神秘地说："二位，应侯的灾祸只有我能帮他消除，但不能往外乱传，你俩只能去告诉应侯一个人，包括他的家人也不许说。"

"先生尊姓大名？"客栈掌柜抱拳问道。

"在下燕客蔡泽也。"蔡泽抱拳还礼道。

"蔡先生，您先住下，好好歇息歇息，待我俩禀告应侯之后，再来请您去相府。"掌柜说完后给蔡泽沏了一杯香茶，转身拉着那位差人急急忙忙离去了。

傍晚，客栈掌柜从丞相应侯府回来了。

掌柜满脸愁苦和懊丧，走进蔡泽的住室，长长地叹了一口气。

"怎么，掌柜没有见到应侯吗？"蔡泽不知其因，询问道。

"见是见到了。可应侯突然病了，实在不能会见客人！"客栈掌柜胡编了一个理由。

蔡泽听后琢磨了一下，估计范雎是不想见他，大有可能说范雎面临灭顶之灾使其产生反感，若不然掌柜怎么去了大半天才回来呢！至于掌柜说应侯突然患病，很显然是掌柜自己编造的理由。干脆，给他个一针见血！蔡泽肃然说：

"应侯既然对我说的话反感生厌，不想同我会面，我只好回去了，而他面临的灭顶之灾，我也就不管了。"

"不不不，应侯绝不是这个意思！他确实病了。"客栈掌柜急忙劝解，并亲自给这位燕国客人倒上热茶。心里暗想，此人聪慧伶俐，对应侯的心思猜测得非常准确，绝非等闲之辈。

"掌柜，我蔡某人，全是为应侯着想嘛！"蔡泽一见掌柜挽留自己，其实自己也不是真心想走，随即坐在木椅上，呷了一口香茶。

"对，对，说得对！蔡先生积德行善，全是为了应侯着想。"客栈掌柜唯恐蔡泽离去，大有阿谀奉迎之势。

"好吧，那我就再等几天。"

"这才是贤哲！"

"不过，可不能等的时间过久，否则，害了应侯！"

"那是那是！只要范大人的病情一好转，我立即请蔡先生前往相府。"

这天夜里，蔡泽早早就熄灭蜡烛，躺在舒适松软的床上。

蔡泽耐着性子等了整整七天，也不见掌柜回信，看来不动真格，范雎是不会接见他了。

这天晚上，客栈静悄悄的。

装着满腹心事的蔡泽，实在感到闷倦，信步走到院内的花圃草坪处。忽然，看见掌柜从大门口方向走进来，蔡泽快步迎了过去。

范雎迟迟不表态接见蔡泽，闹得掌柜没有办法，只好躲避蔡泽。今天不凑巧，偏偏在院里与蔡泽相遇，也只好上前打招呼了。

"掌柜，你也不用为难了。"蔡泽虽然是安慰对方，但口气还是强硬的，"我已经想过了，准备去拜见秦王，陈述应侯的所作所为，秦王必定使应侯处于困境，还得剥夺他的权位！"

"蔡先生，您先别着急，我明天早饭后再去相府，看看应侯的身体怎么样，争取让他尽快与您会面。"客栈掌柜担心事态发展严重，急忙表态。

"那好，我再等一天。"蔡泽答应下来，又怕范雎耍滑头，遂补充道，"要告诉应侯，这是最后一天！"

"蔡先生，我记下了。"客栈掌柜转身朝院内走去。

第二天一大早，客栈掌柜匆匆忙忙赶到相府，走进范雎的卧室，搭躬禀告："范大人，燕国来的宾客蔡泽，是见识超群、极富辩才之士。由于您多日不见他，他准备去见秦王……"

"他想干什么？"范雎听后不由得心中一惊。

"他说他只要一见秦王，秦王必定使您处于困境而剥夺您的权位！"客栈掌柜如实转告。

范雎听罢冷笑了一声，毫不在意地说："蔡泽好大的口气！他哪里知道，五帝时代的事理，诸子百家的学说，我是都通晓的；许多人的巧言雄辩，我都能折服他们，这位燕国宾客怎么能使我难堪而剥夺我的权位呢？"

"范大人，我看您还是见见他，千万别让他去见秦王，免得给您添麻烦。"客栈掌柜还是很信服蔡泽，一再恳请范雎。

范雎思考了一下，说："你先回客栈，告诉蔡泽，我马上派人召他进相府！"

"太好啦，我这就回去。"客栈掌柜向范雎搭躬告辞，转身走出相府。

相府的两名差人登门，请蔡泽去相府叙话。

范雎坐在客厅里等候这位来自燕国的不速之客。蔡泽进得客厅，只向应侯作了揖，什么话也没说，就坐在那把空椅子上了。范雎本来就不痛快，等见了蔡泽，看他又如此傲慢，便质问道："你曾扬言要取代我做秦相，可曾有这种事？"

"有的。"蔡泽回答道。

"让我听听。"应侯说。

"你认识问题怎么这么迟钝啊！一年之中，春、夏、秋、冬四季更替，各自完成了它的使命就自动退去。人的身体各个部位都很健壮，手脚灵活，耳聪目明，心神聪慧，这难道不是善辩明智之士所期望的吗？"蔡泽道。

"是的，这没有错。"

"以仁为本，主事正义，推行正道，广施恩德，在天下实现自己的志向，天下人拥护爱戴而尊敬仰慕，都希望他做君主，这难道不是善辩明智之士所期望的吗？"

"是的，这也没有错。"

"位居显赫，治理事务，使其各得其所；活得长久，平安度过一生而不会夭折；天下都继承其传统，固守其事业，永远传下去；名与实相符完美无缺，恩泽远施千里之外，世世代代受人称赞而永不断绝，与天地一样长久，这难道不是推行正道、广施恩德而为圣人所说的吉祥善事吗？"

"是的，这还能有错！"范雎对蔡泽所述之理，似乎不以为然，几乎蔑视地说，"哼，汝之所陈这些常规，恐怕连三岁顽童也都知晓吧！"

"应侯，您早就知道，秦国之商鞅、楚国之吴起、越国之大夫文种，他们的悲惨结局也可羡慕吗？"蔡泽故意拉长声音。

范雎知道蔡泽要用这些名人的命运影射自己，便狡辩地说："我看应该羡慕。公孙鞅奉事秦孝公，终身无二心，为秦国拓疆千里之遥；吴起奉事楚悼王，坚持大义不躲避灾难，促使君主成就霸业；大夫文种奉事越王，君主即使面临断嗣亡国，仍竭尽全力挽救而不离开，越王复国大功告成。三人虽然未得其死，但大丈夫视死如归，名垂后世！"

"应侯所言差矣！"蔡泽摇头叹道，"君圣明，臣贤能，天下之大福；君明智，臣正直，一国之福气；父慈爱，儿孝顺，夫诚实，妻忠贞，乃一家之福分。然而比干忠诚却不能保住殷朝，子胥多谋却不能保全吴国，申生孝顺可是晋国大乱。这些都是忠诚的臣子、孝顺的儿子，然而国家灭亡，天下大乱。究其原因，是由于没有明智的国君、贤能的父亲听取他们的声音。现在看来，商鞅、吴起、大夫文种的确是贤能之臣，但他们的国君是错误的。所以世人称说这三位先生虽建立了功绩却不得好报，难道是羡慕他们不被国君体察而无辜死去吗？如果用这种被害之法才可以树立忠诚美名，那么微子就不能称为仁人，孔子不能称为圣人，管子也不能称为伟大人物了。人们要建功立业，难道不期望功成人在吗？性命与功名皆能保全的，方为上也；功名可传而性命不能保全的，则为次也；名声被人诟辱而性命得以保全的，乃为下矣。"

"讲得好！讲得好！"范雎倾听蔡泽说到这里，连声称赞。

"应侯，您的人主慈爱仁义信任忠臣、厚道诚实不忘旧情、情义深厚不弃功臣等，比之秦孝公、楚悼王、越王又如何呢？"

范雎不便回答，沉思片刻说："未可知也！"

"功劳显扬于万里之外，声名灿烂流传千秋万代，在这些方面您比起商鞅、吴起、大夫文种来怎么样呢？"蔡泽又问道。

范雎沉默良久，又回答道："自愧不如也！"

"您的人主亲近忠臣、不忘旧情，恐怕比不上秦孝公、楚悼王、越王勾践；而您的功绩以及受到的信任、宠爱又比不上商鞅、吴起、大夫文种，可是您的官职爵位显贵至大、自家的富有已经超过了他们三位。俗话说,'太阳升到正中就要逐渐偏斜,月亮达到圆满就要开始亏缺'。事物发展到鼎盛就要衰败,这是天地间万事万物的常规。如果您不思急流勇退,以求自我保全,恐怕您遭的祸患要比他们三位更惨重。现在,您的怨仇已经报复,恩德已经报答,功名利禄超过了任何人,但您却没有应变的谋划,岂不是太危险了吗? 是进是退,望君三思!"

"听罢先生一番长谈,我如梦方醒,如人所云,'有欲望而不知道满足,就会失去欲望,要占有而不知道节制,就会丧失占有'。承蒙先生教诲,我一定恭听从命。"范雎抱拳搭躬,将蔡泽让到上座,亲自给这位燕国贤士倒水。

天近晌午,范雎还把蔡泽让到餐厅,共进午餐,享用美酒佳肴。

几天之后,范雎上朝,拜谒秦昭襄王。

昭襄王对范雎这位十余年的相国非常尊重,不论是书谏,还是面奏,都注意倾听和采纳。今天,昭襄王主动询问道:"范爱卿,不知你有何本欲奏?"

"大王,愚臣最近结识一位从山东过来的客人,名叫蔡泽,此人学识不凡,能言善辩,对三王的典事、五霸的业绩以及世俗的变迁,他都了如指掌。我见的人多了,还没有谁能赶得上他,就连我本人也自愧不如。"范雎貌似胸怀大度,热忱推荐。

"噢! 如此贤士,应如何对待呢?"昭襄王听后,颇感兴趣。

"大王,愚臣不敢妄言。"

"爱卿直言,不必多虑。"

"那好! 我斗胆荐贤,秦国大政完全可以托付给蔡泽先生!"

昭王思索片刻后,问道:"范爱卿,蔡泽现住何处?"

"回大王,蔡泽现住在相府客栈。"范雎伏首躬身道。

"你亲自去客栈,传达寡人之口谕,让蔡泽明天上午到义贤殿。"昭襄王大喜。

"遵旨!"范雎握拳告辞,转身快步离去。

晚上,卫士们手提灯笼,跟随范雎,赶到相府客栈。范雎独自去到蔡泽的住室,传达昭王的口谕。蔡泽听了,急忙向应侯拜了两拜,并说日后一旦荣任,必定真心报答。

翌日清晨,蔡泽吃罢早膳,急急忙忙赶到义贤殿去了。

已经在义贤殿等候的秦昭襄王,一见燕国贤士蔡泽走进殿来,便欠身离开御座,并让黄门给他赐座。而后询问,当今应怎样对待各诸侯国? 蔡泽从分析各诸侯国的政治、经济、军事现状入手，提出了"先近后远、先弱后强"的吞并政策。昭襄王闻之，心中大喜，当即授给蔡泽客卿职位。蔡泽叩谢王恩，一再表示，绝不辜负秦国对他的期望。

从此，聪明的范雎托病请假，不再上朝理政，整日待在家中。昭襄王多次派人到应侯府探望，望范雎早日康复，履行相国之职。范雎理解昭襄王的心意，但一直躺卧在床，说啥也不去上朝了。一个月后，请求送回相印。昭襄王考虑到范雎对秦国有功，又是任相十余年的老臣，还是竭力让范雎执事。范雎仍称病重，昭襄王无奈下诏，免掉了范雎的相国之职。

丞相官位空缺，这对客卿蔡泽来说确实是一个千载难逢的机会。然而蔡泽装作若无其事，每当上朝议政，从不谈论此事。昭襄王初次召见蔡泽，就很赏识他的谋划，再加上近日来观察他理政勤奋、处事恭谨，又在义贤殿召集群卿，当众任命蔡泽担任秦国相国。

蔡泽终于如愿以偿，时间不长，昭襄王又赐给他封号，纲成君。但没想到任相仅仅数月，就有人恶语中伤，说他是燕王派来的奸细，等把情报彻底弄到手，他会悄悄地离去的。这种压力本来就够大的了，可昭襄王偏偏得了病，不能上朝理政。唯一信任和支持他的就是秦昭襄王了，这棵大树一旦倒下，他怎么还能在朝为相呢？他的心情沉重极了……

在此期间，太子柱安国君的肺心病又复发了，体质比以往更衰弱了。即位亦难！

这天，不是上朝议政的日子，蔡泽待在相府里看书解闷。忽然，守门卫士来报，说是客卿吕不韦前来拜见。

蔡泽听说是吕不韦来了，不由得心头荡起希望的涟漪。来秦国之前，他就听说过吕不韦与嬴子楚那种微妙而又密切的关系，安国君和华阳夫人对吕不韦也不同寻常，既赏识又器重，否则昭襄王也不会授予吕不韦客卿官职的。

将来安国君即位，只要吕不韦在安国君面前说句好话，那么他的相位大有可能保住。

想到这里，蔡泽放下相国架子，亲自到府门外迎接吕不韦，并请进款待高级朝官的中堂内。

二人寒暄过后，吕不韦开门见山地问道："大王已经病卧榻上多日，确实危在旦夕，不知丞相有何打算？"

这突如其来的问话，使蔡泽一下子难以回答。蔡泽顿了顿后说："大王病重，愚臣不安。至于我个人，还没顾得上想什么！"

"丞相，您可曾听人说，应侯让相位于您，他的诸多门客和部下卿臣是多么恼恨于您，因而他们在宫廷内外，广泛散布您的谣言恶语。在这么多的对头面前，丞相有何对策呢？"吕不韦又一次问道。

蔡泽只是摇头叹息，无话可答。

"丞相，您尽管为秦国建立殊勋，但是一朝君，一朝臣。这个简单道理，您不会不理解吧！如果安国君登上王位，您的相国职位还能保住吗？"吕不韦再次提出疑问。

蔡泽被问得再也坐不住了。原打算托付吕不韦在安国君面前疏通疏通、美言美言，看来这是完全不可能了。

吕不韦心里清楚，昭襄王若是驾崩，安国君体弱多病也是难以继承王位的，那么用不了多久，嬴子楚就有可能登基入位。他为了扫清障碍，给自己腾出位置，以便扶子楚即位，及早干一番伟业，不顾一切地向蔡泽发难。他又向蔡泽提出质问："丞相，您当初给应侯提出那些问题，难道您就不记得了？"

"吕大人，我明白您的意思，是劝我效仿应侯，把丞相职位禅让于他人！"蔡泽忍着刀绞般的心痛，说出了关键的这句话。

吕不韦一看，即将达到目的，没有正面答话，而是婉转地说了一句蔡泽曾经说过的话："人们要建功立业，难道不期望功成人在吗？性命与功名皆能保全的，方为上也！这，才是善始善终！"

蔡泽沉思良久，道："愿听大人赐教。"

"诚望丞相海涵，晚生妄言一二！"吕不韦欠身站起，抱拳作揖道，"一是丞相让出相位，此乃避开风口浪尖，并非全部退出朝政；二是丞相辞相后，尚可保留封号纲成君，继续享用所封之秉邑，照样传嗣子孙后代；三是丞相具有雄才睿智，即使不再任相，安国君也会照样任用，满朝文武将会比从前更加尊重和爱戴您！"

"多谢大人教诲！"蔡泽拱手谢道。

"岂敢，岂敢！"吕不韦急忙搭躬，并恳请道，"晚生日后如果陷入迷途，尚请丞相及时点拨和指教。"

"那是一定！"蔡泽谦逊而又诚恳地说，"蔡某愿意与大人结交，不知大人意下如何？"

吕不韦已召来一千多名宾客贤士，以备将来报国之用，像蔡泽这样的贤士在整个秦国也是罕见的，他当然愿意同蔡泽结交了，便极为诚挚地说："丞相器重晚生，焉敢不从?！"

蔡泽与吕不韦相互拜了两拜。

吕不韦一见目标已经达成，马上搭讪告辞。

蔡泽又亲自将吕不韦送至府门外。

好一个商贾吕不韦，怎么竟会如此精通时务?！将来秦国的朝政权柄一定会被吕不韦掌握在手。现在与吕不韦结了交，将来也有了依靠。

想到这里，蔡泽心里豁然开朗，精神也轻松了许多。

躺卧在病榻上的秦昭襄王，终于批准了蔡泽辞去相国的请奏，但仍保留其侯爵封号和封邑。昭襄王本想物色一名称职的丞相，但因病魔缠身，已不能完成此事了。

公元前251年八月十五日夜晚，凉风阵阵袭来，王宫坠入冷清之中。昭襄王拖着病体，在后妃、宫女们的陪伴下，到六角凉亭下赏月。可是不到半个时辰，昭襄王忽然张大了嘴，伸出了长长的舌头，流下黏黏的唾液……

就这样，在位五十六年而享年七十四岁的秦昭襄王，与世长辞。

秦国王宫举办大丧，延续一个多月。其他六国和边疆诸多小国皆派使者前来吊唁。太子柱扶着病体，强打精神，接待朝官和使者。

这一年的秋季，已经白首之年的太子柱安国君，总算摆脱了父王漫长的权力光芒照射，登得大宝，掌管秦国国政，是为孝文王。

孝文王登基后，追尊生母唐八子为唐太后，与父亲秦昭襄王合葬一处；晋封华阳夫人为王后，子楚为太子；同时，立即下诏遣使，去赵国迎接太子妃赵姬和嬴政。

华阳夫人高兴极了，她终于当上了梦寐以求的王后。同时，她和丈夫把子楚拉上太子宝座，当年刻在玉板上的盟约兑现了。

孝文王和华阳王后也是一对重义气的夫妇。他俩没有忘怀曾经施恩于子楚的吕不韦，一面下诏册封吕不韦为御史大夫，一面派使者和车辆，分头前往赵国邯郸和韩国阳翟，迎接其家眷，拉运家产和珠宝。

遗憾的是，即位不到一年的秦孝文王，因长年患肺病，医治无效，就离开人世。孝文王仅仅活了五十二岁。华阳王后万分悲痛，她扶着丈夫的灵柩，哭得死去活来。

子楚极度悲伤，痛哭不止。昔日的异人，今日的太子，怎能不感念自己的亲生父亲呢?! 子楚大礼安葬生父孝文王，披麻戴孝达三个月之久。

孝文王遗诏，太子子楚继位。

公元前249年，子楚登位，当上了秦王，是为庄王，他尊华阳王后为华阳太后，生母夏姬为夏太后，封赵姬为王后，儿子嬴政立为太子。

庄王君临天下，吕不韦一步登天，甩掉了客卿、御史大夫之职，果真当上了丞相，并被封为文信侯，食河南洛阳十万户。称王的子楚还特意为吕不韦修造了一所宽阔而豪华的丞相府邸。

居于万人之上而仅一人之下的吕不韦，终于由一个珠宝商贾登上了梦寐以求的权力殿堂，完成了自己所拟订的政治远景规划，开始了大展宏图高飞之志……

第二十四章　执政三年　病榻前托孤

公元前249年——庄王元年，在相国吕不韦的谏奏下，庄襄王下诏大赦罪人，论列表彰先王的功臣，广施德惠，厚待宗亲族属，对民众施以恩泽。秦国上下一片祥和，安定无事。

可是，东周君对庄王不服，蠢蠢欲动，企图谋反。

这一消息很快传进了吕府。吕府有三千多门客，这是吕不韦任相国后仿学战国四公子所采取的一项重要举措。吕不韦耳聪目明，闻天下事，大多数消息来自他的宾客贤士。

吕不韦担负着辅佐庄王的重任，他在第二天上朝理政的时候，就赶到德政殿向庄王汇报了这一情况——

"大王，臣闻东周君派使者和六国诸侯密谈，妄图联合反秦。"

"噢！竟有这等非义之事？！"庄襄王听后大惊失色。

"此消息可靠！"吕不韦进一步阐述道，"听周地军民说，周和六国诸侯已经达成口头协议，准备西入函谷关，进攻咸阳城，灭掉强秦。"

"吕相国，面对如此严峻之形势，应以何计粉碎敌之阴谋？"庄襄王垂询道。

"大王，周之兴始、殷之衰败值得深思。殷王纣贪色废政，抛弃贤才而不重用，却纠合四方罪恶多端的逃犯，信任他们，使用他们，让他们欺压百姓，在商国为非作歹。周武王在周公的辅佐下，广召天下贤士，严格训练军队，派师尚父率领百名勇士前去挑战，然后率领拥有战车三百五十辆、士兵两万六千二百五十人，以及三千名勇士的军队，急驱冲进殷纣的军队之中。可惜纣的军队虽有七十余万，但都没有打仗的心思，一心盼望武王赶快攻入商都，所以全军崩溃，逼得殷纣败逃，返回城中登上庶台，穿上他的宝玉衣，投火自焚而死。这说明，殷纣的天下已经到了尽头，上天又将国运赐给周朝。当然，此时的周武王尚未完全统一天下，还有一部分诸侯没能归顺。可喜的是，武王死后，其年幼的儿子成王能够听从周公辅佐，终于一步步完成周室的一统大业。"吕不韦滔滔不绝。

"吕相国，孤王明白您的苦心，尽管直言！"庄襄王欠身离开御座，恭敬地倾听吕不韦谏述。

"蒙谢大王如此开明！"吕不韦屈身一拜，"众所周知，周自帝祚以来，已有三十七代君主，享坐天下八百六十七年之久。周之目前如同殷纣当年，燃烧后的木炭已化为灰烬。六国欲用周室之名合纵反秦，这将于吾大大不利。吾强大秦国，必须树立统一天下的大志，趁其合纵未成现实，不如挥师灭之，使六国诸侯不得再用周王之名义而乱秦！"

"好！就依相国所言。孤王任你为围剿东周君的大将军，率领十万大军，即刻出征！"庄襄王递过一个黄色缎布包裹的大印。

"谢大王！"吕不韦伏地叩拜，双手接过大印。

吕不韦用兵颇有建树。他挑选了十万精锐军队，八成以上的官兵参加过实战，其中任命的左将军、右将军和押运粮草的将领，都富有作战经验且又立过战功。他率领浩浩荡荡的大军，离开京师咸阳，越过函谷关口，向东直攻东周君所居惮狐聚。

那时，东周君所辖地盘并不怎么庞大，只有河南、洛阳、谷城、平阳、偃师、巩县、缑氏等七县之地。其中，洛阳只是一个有名无实的东周君国都，东周君臣慑于秦国强大，不敢在那里居住。而且，拥有十万户左右的洛阳等地乃是吕不韦享用的封邑之源，他岂能允许东周君这个心腹隐患潜藏下去？

早在昭襄王五十二年，秦国就派兵攻打西周。西周君被逼跑到秦国来自首，叩头认罪，请求惩处，并全部献出他的三十六座城邑和三万人口。秦王接受了这些城池和人口，让西周君回西周去了。周地的民众向东方逃亡，周之传国宝器九鼎运入了秦国，周朝从这时起就走向灭亡了。

如今，周之末日即将来临，焉能允许东周君兴风作浪？吕不韦率领十万大军，出不累月，便一举克敌制胜，收复了东周的河南等七县之地。

吕不韦率勇士们冲入惮狐聚。勇士们从卧室的屏风后面抓到了东周君，并把东周君押到阶下。吕不韦一见东周君，彰善瘅恶，气愤难抑，亲自擎剑割下东周君的头。

旗开得胜的吕不韦，立即整顿军队，班师回朝。

德政殿上，庄襄王坐在御座上，文武百官侍立于大殿两厢。吕不韦抱着征讨东周君的金黄大印包裹，步入大殿，向庄襄王复命交旨。当他跪拜陈述杀死东周君和收复其所辖七县之地的胜利消息后，卿臣们立即发出一阵赞叹声，心想，这位阳翟大贾真是了不起，怎么还有带兵打仗的天赋呢？庄襄王听后心中大喜，高度赞扬吕相国披肝沥胆、英勇杀敌之精神，肯定他初次任相，就为秦国立下不朽的战功，加薪三等，赏金三万两，并下诏，犒赏出征军队。

庄襄王下朝回到永生阁，把吕不韦杀敌立功的喜讯告诉了王后赵姬。赵姬闻讯，顿感振奋，想不到吕不韦竟有非凡的军事才能，初到秦国任相，就立大功。年仅十岁的嬴政，听了这个消息后也很高兴，他向父母提出，要见见吕伯父。

庄襄王考虑吕不韦征战刚刚回来，劳顿疲乏，需要休整，又有相国要职加身，怎能随便请出，于是拉着嬴政的手说："政儿，你伯父征战得胜，刚刚回朝，理应休息解顿，现在不请为好。"

"父王，儿臣想要办的事情，您最好能够答应。"身为太子的嬴政，性情变得比从前更加固执了。

"政儿，你……"庄襄王不想放任儿子。

"大王。"赵姬向丈夫递了个恳请的眼神。她不反感儿子的个性，相反，她认为这种主观愿望强烈的人，才能干一番大的事业。但更重要的是，她自从离开赵国来到秦国后，还没有机会与吕不韦见面。她欠起玉体，笑容可掬地说，"大王，吕相国立下战功，凯旋归朝，政儿欲和他见上一面，也好向他请教啊！再说，相国对咱们全家恩深如海，也应该为他庆功洗尘才是！"

"唉呀！夫人，真有你的。"庄襄王被赵姬的一番恳谈说动了，"行啊，你这位王后讲情，就依政儿吧！"

"多谢母后！"嬴政施一拜礼。

"唉！政儿，应该谢你父王。"赵姬补充道。

"是。"嬴政转向庄襄王，又施一拜礼，"儿臣多谢父王！"

"哈哈哈哈！……政儿，一会儿你伯父来了，一定要注意谦恭礼貌、虚心学习！"庄襄王抚摸着嬴政的头，嘱咐道。

"是！儿臣记下。"嬴政嘴上这么答应着，但他心里并不怎么喜欢吕不韦，因为，他已经看出吕不韦不是一个诚实厚道的人。这次想见吕不韦，主要是想从吕不韦身上了解一些军事方面的信息。

庄襄王立即将小黄门赵高呼来，命其去相府传达大王口谕，请吕不韦午后来永生阁。

当天下午，骄阳酷热，宫内没有一丝凉风。

永生阁中堂内，设有御座，御座两旁各设有一张矮脚案几。御案、案几上摆着美酒佳肴。

阁门的竹帘已经全部卷起，灿烂的阳光折射进中堂光滑锃亮的红漆木质地板上，刺得人睁不开眼睛。

庄襄王端坐御座上。

左、右两侧案几前，分别坐着王后赵姬、相国吕不韦。嬴政坐在母后下首。

身居丞相、封号为文信侯的吕不韦，受到秦王、王后的热情款待，可谓殊荣。在王宫里，可不比邯郸，尽管他有恩于子楚和赵姬，但人家夫妇俩已今非昔比，一个是国王，一个是王后，他当然感到无限光荣了。

庄襄王不忘旧情，朴实忠义，对相国吕不韦既爱戴又尊重，尤其是对他此次出征得胜还朝，大加赞扬。

当了王后的赵姬，对吕不韦更是无比赏识。她知道吕不韦才华超群，但怎么也没想到他治国有道、军政皆通。所以，在吕不韦讲述征伐东周君的经过时，她的一双秀眸一直盯着这位相国，还流露出爱慕和思念。

嬴政却是一种狡诈和傲慢的心态。当吕不韦讲完平息东周君叛乱的前后过程时，嬴政不以为然，脑壳儿一晃，说了一句："东周君乃是惊弓之鸟、笼中之兽，不堪一击！"

庄襄王一听，心里很不高兴，瞪了一眼嬴政，继而警诫："政儿，治国治军非同小可，带兵打仗更不寻常。你小小年纪，怎能轻视此事呢？"

嬴政也意识到自己说话唐突无理，觉得父王批评得正确，只是由于讨厌吕不韦，认为他与父王不是一路人。因此，嬴政朝父王点点头，没有道歉。

"大王，依微臣愚见，太子年龄虽小，但敢想敢说、敢作敢为，将来必能驾驭国家大事！"吕不韦懂得臣子的位置，不敢越雷池半步，赶紧推崇嬴政。

"大王，我看相国说得对，政儿已是太子，应该允许他有个人的主见，相国不是外人，咱们应该请相国在大的方面，诸如治国治军的韬略和智慧方面，给政儿以教诲和训导。"

庄襄王点了点头，说："对！政儿，你母后讲的话，你听到了吗？"

"儿臣记下了！"嬴政欠起身来，向父亲打躬道。

"大王，你我应该陪同相国喝庆功酒啦！"赵姬提醒道。

"相国，请端樽，孤王为您庆功洗尘！"庄襄王端起酒樽。

"谢大王！谢王后！"吕不韦亦双手捧樽。

"干！"庄襄王和王后、吕不韦三人一同饮下。

按照庄襄王事先的安排，乐舞开始了。乐师们各自操作手中的乐器：

钟鼓架上，编钟鸣响，节鼓激昂，如惊雷般地响彻中堂大厅。随之，钟鼓渐弱，铜铃悦耳，玉磬击拍。琵琶弹来胜似潺潺流水，箜篌拨去宛如瓢泼大雨，箫管呜呜伴随诗人赏月，笙笛娓娓引来牧童骑奔……

伴随动人心弦的乐曲声，六十四个美女飘飘入堂，翩翩起舞，挥袖翻腰，五彩云集。

庄襄王、吕不韦自从来到咸阳后，还是头一次欣赏宫中舞蹈。此时他们将烦恼抛在九霄云外，享受宫廷快乐。

赵姬当上王后后，还从没有机会观赏宫廷乐舞。因为公爹为王不足一年就去世了，丈夫即位后心情不太好，所以也就没有心思安排娱乐活动。今天，她陪着丈夫、儿子，特别是一直钟爱的前夫——吕不韦，同席观赏乐舞，心中有说不出的愉快。但是，乐舞又让她想起锦香院唱歌跳舞的那段日子，生活寒苦，受人欺凌，看着看着，潸然泪下。

在舞女们表演即将结束时，赵姬命令贴身宫女孟雪、孟梅去永生阁的寝宫内，取来五百钱，当场分赠给乐师和舞女们。他们感激不尽，伏首叩拜。

舞姿，还是赵姬的舞姿美；歌声，还是赵姬的歌声甜。赵姬的舞蹈与歌曲，对于庄襄王子楚来说，实在是久违了。回到秦国京师后，庄襄王依然怀旧，尤其今天看了宫女们的舞蹈，不禁忆起当年赵姬所表演的动人歌舞，给自己的一生注入了新的血液和力量。夫妻俩的结合除了她的姿色外，与她的歌舞也是分不开的。庄襄王将目光落在赵姬身上，心中似有千言万语，过了好大工夫才说："夫人，孤王观舞兴致正浓，早在赵国就有如此爱好，不知您能否赏脸？"

"大王，看您说的！"赵姬领会丈夫的意图。进入秦国王宫本来不想重操旧业，可是当了秦王的丈夫提出要求，她怎能推卸呢？她站起身来，脱掉凤凰衫，肩搭一条曳地长绸，飘入大厅中间。

乐师们立即奏响乐器，伴随着王后的舞步，奏出八合之音。那美妙动听的乐曲声，缭绕于大厅四周。

赵姬以娴熟的舞步、优美的身姿和柔软的双臂，摆动那如龙似蛇的长绸，若曲若直，若奔若流，如同瑶池仙子飘临凡尘。

此时，瑟琴如雨，箜篌似雷，箫笛引凤。那种悠扬婉转的曲调，将人带向超凡仙境。

随着乐曲节拍的舒缓变化，赵姬的舞步放慢，长绸渐落，腰臂也渐渐趋于松弛，但她款款碎步，略挥双臂，两只传神的秀眸顺着手势转来转去，开始演唱道：

> 远古三皇五帝王，
> 尤如日月照海疆；
> 仁德盖天贤为善，
> 文祖庙内美名扬。

> 世事多端白云苍，
> 国号林立各称王；
> 夏殷周末战未止，
> 春秋诸侯唯秦王。

赵姬歌罢舞止，乐曲余音渐渐远去。

观赏赵姬歌舞的庄襄王、吕不韦已经如痴如醉，神往遐想。

他俩呆愣出神良久，忘记了感谢王后。

嬴政心里虽然称赞母后的歌舞绝伦无比，但是出于自尊，不愿意母后在大庭广众之下唱歌跳舞。嬴政暗想：自己若是当了国王，绝不让母亲给他人表演歌舞。特别是吕不韦，一双贼眼，死死地盯住母亲，失态的神情着实令人作呕。

这使嬴政极为生厌，不由得也斜着那双扁长的眼睛，眼角上挂着愤怒和鄙意。

忽然，只听嬴政的鼻腔里哼出豺叫般的声音。

吕不韦、庄襄王顿即被惊醒，马上恢复常态。他俩这才向回到座位上的王后表示感激之情，赞不绝口。

夕阳斜下，欢迎吕不韦凯旋的宴会结束了。

秦国兼并了东周的土地后，并没有断绝周朝的祭祀，而是把阳人聚这块地盘留下来，派专人祭祀周朝的祖先。秦王又派大将军蒙骜开始进攻韩国，韩国被迫献出成皋、巩县。秦国的国界伸展到大梁，从而设置三川郡。

这些都是庄襄王元年的事情。

二年，蒙骜奉秦王之命，又率兵攻打赵国。在这次攻赵大战中，平定了太原。

三年，蒙骜率军大举进攻魏国，攻克高都和汲县。继而又进攻赵国的榆次、新城、狼孟，共计攻占了三十七座城。当时，庄襄王的身体患病虚弱，但一看到这么多的辉煌战果，他立刻打起精神，马上命令左庶长王龁统率三军攻打上党，并设置太原郡。出乎意料的是，魏将无忌，也即信陵君率五国的军队反击秦军，秦军亦感到势单力薄，不得不退到黄河以南。赫赫威名的蒙骜打了败仗，费了九牛二虎之力，突破重围，返回秦国。

在永生阁静养身体的庄襄王，闻得兵败之讯后，不禁大惊失色。他一时没有主意，担心秦国大业丧失在自己的手中。身旁的王后赵姬马上提醒道："大王，此等军机大事，尚需和吕相国磋商。"

"夫人，还是您想得周全。你快去向赵高传达寡人口谕，在永生阁中堂召见吕相国！"庄襄王命令道。

中堂的西侧室是一个非常隐秘的地方。庄襄王在这里秘密召见了文信侯、相国吕不韦。

秦军战事的失利给庄襄王造成很大压力。以前也是这五个国家——魏、楚、韩、赵、燕，三次组成合纵联盟对抗秦国，但每次都被秦国军队击败，唯独这次，秦军的锋利攻势受到意想不到的挫折。王宫里一部分人议论纷纷，认为庄襄王比起昭襄王，不论是武功，还是能力，都差得太远了。

对此，吕不韦向庄襄王做中肯的分析：秦军的失利，既不表明庄襄王治国能力差，又不能说明秦军战斗力的减弱，而是由于魏、楚、韩、赵、燕五国联军的空前团结，其关键在于魏王将栖居于赵国的魏将、信陵君无忌请出来。此人声望日隆，凝聚力强。只要想出办法，离间魏王与信陵君的关系，五国联盟抗秦即可破之。

惊惶不定的庄襄王，听罢吕不韦之言，心情轻松了许多，于是让他献出大计。吕不韦韬略在胸，把事先想好的妙计告诉了庄襄王。

庄襄王立即派人携带十万两黄金，秘密前往魏国，买通了前魏国大将晋鄙的一个门客，让这位门客替秦国说话。

恰巧，这位门客受过晋鄙的器重，一直牢记着信陵君击杀主子的仇恨，也就理所当然地接受秦国的贿赂，实施其密谋。

这位门客进入王宫，向魏安釐王离间说："公子流亡到赵国十年了，现在您让他回国担任上将军，并统率五国军队，诸侯们只知道魏国有个信陵君，不知道还有个魏王。公子也要乘机称王。诸侯们害怕公子的权势声望，正打算共同出面，拥立他为王呢！"魏王听后不由得心起疑惑，难道无忌真的要篡谋王位吗？

接着，秦国又多次实行反间，利用在秦国的魏国间谍，假装不知地问，公子是否已经立为魏王了？魏国间谍们回国后，把这一情况告诉了魏王。

魏王天天听到这些毁谤公子的话，疑神疑鬼。后来，果然派人代替信陵君担任上将军。

信陵君明知这是又一次因毁谤而被废黜，于是推托有病，不再上朝。

信陵君、魏将无忌被魏王罢职后，五国联军立即失去指挥核心，土崩瓦解。

政治上、军事上的障碍除掉后，庄襄王准备发动三军，继续东征。

可是，天不如人愿。正当庄襄王踌躇满志、要干一番伟业的时候，突然力不从心，病魔扑身……

那是庄襄王三年五月的一天，庄襄王在大小黄门和侍卫们的扶持下，带病临朝，坐在德政殿的御座上。卿臣们参拜起身后，发现庄襄王面容憔悴，不禁忧心忡忡。

手捧御诏的吕不韦，刚一宣布"秦国东征计划"，只听庄襄王一阵猛烈的咳嗽，他便停止宣读，走向御座前，担心地叫道："大王，大王。"

庄襄王只觉得一种又稠又热的东西从胸膛升入喉咙，赶忙掏出手帕，不由得一吐……

鲜红的血迹沾在洁白的手帕上！

面色焦黄的庄襄王，看到这花朵般的鲜血，不禁心中一阵悲凉，往日的那种宏图大志泯灭了……赫赫威名的一代秦王，就像折断翅膀的雄鹰，心情一下子堕入万丈深渊。

"大王，请给我。"吕不韦从庄襄王手中接过沾染血迹的手帕，叠了几下，装入怀中。

大殿之内的卿臣们叹息不已。

"相国，你看我这身体……"庄襄王喘着粗气，遗憾地摇摇头，两眼淌下苍凉的泪滴。

"大王，请不必焦虑，回宫后让太医抓紧诊治，大王身体很快就会康复的。"吕不韦嘴上虽然这样安慰，但心里知道，庄襄王已经病入膏肓。

庄襄王闭上双眼，摇了摇头。

"大王，回宫吧！"吕不韦的双目已是噙满泪珠。

庄襄王睁开眼睛，两眼冒着金星，实在无力坚持下去，只好点头同意。

吕不韦转身面向群臣，宣道："散朝！"

惊慌不安的吕不韦，又赶忙回到御座前，与黄门一起将庄襄王扶下御座，一步一步地走出德政殿，登上龙辇，返回永生阁。

赵姬一见丈夫病情恶化到这种程度，吓得面如土色。她赶紧铺上被褥，放好枕头，把丈夫扶到床前，让丈夫平稳地躺在床上。她让孟雪端来一盆热水，浸过一条热气腾腾的手帕，亲自拧过手帕，热敷于丈夫的前额和头部。

这时，宫中的几位太医都赶来了。

庄襄王呼呼地喘着粗气，呼吸极为困难。

几位太医轮流切脉诊断，深感庄襄王的病情严重，不易治愈，但又不敢直言。

吕不韦掏出沾有血迹的手帕，给太医们查看了。太医们闻到一股血腥味，认为这是肺部溃烂所致。经商量，太医们决定以各种名贵珍奇的大补之药，进行挽救治疗。

一连数日，太医们每天来到庄襄王病榻前，但一直不见好转。

庄襄王病症每况愈下，已没有上朝理政的能力了。此时，他不得不把国家的重要权力交于吕不韦。吕不韦焉敢懈怠，而是日理万机、尽职尽责，以他那超凡的才识和惊人的胆略，代秦王处理各种朝务大事。他的丞相声望很快传遍秦国和其他诸侯国家。

从而，吕府的宾客贤士越来越多了。不管是秦国的贤人，还是外国的士者，都晓知吕不韦的才干，离开自己的家乡，纷纷投奔他的门下。

李斯就是在这一期间离开楚国上蔡，两赴秦国，寻找吕不韦的。

吕不韦还称得上是一个有良心的人。庄襄王的病情越来越恶化，使他的心情越来越沉重。他想起往日与子楚共同奋争的艰难历程，想起光芒四射的权力殿堂，确实来之不易。然而，没有子楚的尊位，也就不可能有他吕不韦的现在。每想到这里，吕不韦的眼圈就红了，泪水在眼眶里直晃动。只要下朝归来，吕不韦暂不回府，而是先到永生阁寝宫，探望庄襄王的病体是否好转。这使庄襄王和赵姬深受感动。

然而，他怎么也没想到，庄襄王的权力宝塔之耀眼光辉竟会很快暗淡下来，主宰苍生的力量再也难以涌现，庄襄王病入膏肓，所剩日子不多了。

吕不韦替主子深深感到遗憾和悲凉。

鉴于庄襄王时日不多，吕不韦离开永生阁寝宫后，立即赶到长寿殿，将庄襄王的严重病情告诉了华阳太后。

华阳太后闻讯大惊，当即携带贴身宫女，乘坐凤辇，赶到永生阁。

在庄襄王的病榻前，华阳太后拉着庄襄王的手，失声痛哭："子楚，我的儿啊！呜呜呜！你怎么病成这个样子？儿啊，你为啥不及时让太医诊治啊！儿啊，你咋不怜惜身体，还要带病上朝呢？你知道吗？为娘一生，就你这一个亲人哪！儿啊！你若是有个三长两短，为娘我……可怎么活呀？我的好儿啊……"

华阳太后这么一哭，赵姬、吕不韦都落泪了。

庄襄王亦淌下泪珠，想翻一下身体坐起来，但怎么也动不了。赵姬和宫女们急忙上前，把庄襄王扶起，并把枕头倚在他的身后。

这时，只见嬴政悄悄地走了进来。

嬴政立在病床前，搀扶父亲的臂膀，一双细长的眼睛默默地流下泪滴。

庄襄王深知死神在向他招手。他心里有许多话，要向亲人们叙说，但是，实在没有力气，他，艰难地喘着粗气。

一位太医端着一碗温热的人参汤走来。

赵姬、华阳太后协助太医，让庄襄王慢慢地喝下人参汤。

庄襄王有了些精神，睁开泪眼，看了看华阳太后，一股感激不尽的心情涌入脑际，抖了抖没有血色的双唇，道："母后，儿的一切……都是您和父王给的，不仅儿要永远记在心间，您的孙儿政也要永远记挂心怀！儿本想给您竭尽孝心，养老送终，可我，病魔缠身，恐怕今生今世，难以报答您的宏恩。母亲，儿对不起您，儿是不孝之子啊！"

"子楚你不能这样说呀！"华阳太后又是一阵哭泣。

庄襄王又举目看看吕不韦、赵姬和长子嬴政。他正要开口时，只见次子成蛟也哭哭啼啼走到他床前。

成蛟，是嬴政的异母弟，今年十岁，小嬴政三岁。

当年，嬴子楚和吕不韦从赵国邯郸逃归咸阳后，子楚又纳了几个嫔妃，其中一个妃子给他生下一子，取名成蛟，但其母不幸，生完孩子就去世了。成蛟是宫中奶妈将其抚养成人的。

亲人们基本都到齐了。庄襄王心事重重地说："我，我有话跟你们说！"

太医、黄门、宫女们都自动退出去了。

华阳太后、赵姬王后、嬴政太子、吕不韦相国，还有次子成蛟等五人，围拢在庄襄王子楚四周。每个人的心头都如同压了一块磐石，重负难释。庄襄王的心内便有一种凄楚之感，面对亲人，似有千言万语要倾吐……往昔邯郸落难，使他在偶然的一次机会中结识了吕不韦，并逐渐地有了其他亲人。可谓天赐良机，方有今日。他和众人的亲密感情，是在患难与共、风雨同舟之中建立起来的。无论是吕不韦，还是赵姬、嬴政，都是在他处于人下人之时出现的，即使是华阳太后，也是在他漂泊异国他乡之际情愿认他为世子的。在他短暂的一生中，怎么能忘怀赵都邯郸的艰难岁月呢？而今他要永远地与他们分手、诀别，走向另一个世界。他的心简直都要碎了……

与吕不韦的交往和感情，庄襄王更是念念不忘。没有吕不韦，就没有他的家庭，就没有他的江山。特别是在邯郸贫困潦倒之际，多亏了吕不韦的周济和关怀，使他一步步爬出深谷，登上高峰。对于他这位秦王来说，像吕不韦这样有恩于自己的卿臣，在朝中是屈指可数的，甚至是唯一的。今天，他仍然面临危难，还需要依靠和求助吕不韦，照顾赵姬，辅佐嬴政，继续完成秦国的大业。

此时，吕不韦对庄襄王子楚有着一种特殊的思念之情和难以解释的矛盾心理。之所以思念和感怀这位君主，是因为吕不韦由一个珠宝巨商，实现了"奇货可居"的夙愿，如愿以偿，终于当上了秦国的相国，得以封赐文信侯之爵位；之所以存有难以解释的矛盾心理，是因为吕不韦欺骗了子楚一生一世，明明自己是嬴政的亲生父亲，硬是以伯父自称，这哪里是子楚要拜托吕不韦照顾孤儿寡母，分明是吕不韦携妻带子向子楚告别，不只是为了安慰子楚而欺骗到底，更重要的是为了掩饰自己以保证将来的官位和荣誉，这种矛盾心理和不安心态，永远也不会得释……

赵姬的心中格外难受。她对于垂死的丈夫有着莫大的留恋，尽管她当初不怎么爱恋子楚，甚至是违心转嫁于他，但最终是子楚给了她尊位，后宫之主的身份使她改变了人生格局，踏上了辉煌仕途，并永远摆脱了受人欺凌的困境。而且，丈夫对她的爱是专一的，虽然后宫嫔妃如云，可丈夫自始至终都把她作为心上人，爱恋不舍，这在君主的历史上恐怕也是少有的。相比之下，她对于他的爱，似乎最大的问题是缺乏忠诚。除了第一个丈夫吕不韦，其他任何人都不知道，她是怀着胎儿改嫁给子楚的，直到现在，丈夫还误认为政儿是他的亲生子。在她的心灵深处，还一直装着吕不韦，这也是令她自责和愧疚的一件事情。她越想，越觉得对不起丈夫，恨不得给丈夫生一个儿子，生一个顶天立地的儿子。可是，他已经奄奄一息，再也没有这个能力了，这是无法挽回的终生憾事了。她拉着丈夫的手，什么话也说不出来，眸子里的泪水止不住地往下流……

庄襄王深深地爱着自己的妻子。她的姿色、才识、聪慧，给他带来全身心的愉快和幸福。他拥有了她，心满意足。一个男人最大的幸福，莫过于娶上一位称心如意的妻子。他虽然即将离开人世，也觉得今生今世没有白活，君主之位、娇妻、爱子，他都有了，只是人生苦短使他感到遗憾罢了。

嬴政是庄襄王子楚的未来和希望，也是他生命的延续和扩展。他用手抚摸着嬴政的头颅，不禁鼻孔一阵酸楚……他的心中，太爱嫡长子，不仅是由于嬴政身为太子的缘故，而且是因为嬴政从小受尽欺凌，在邯郸五个冬春失去父爱，衣食饱暖都不能满足，经常有人骂他是小野杂种，且又冒着生命危险，度日上学。为此，作为父亲的子楚，心里很不安宁，欠儿子的太多了。在那艰难的岁月里，儿子在母亲的敦促训导下，主动投奔郭半仙膝下，学习帝王之术、治国之道，为当好太子奠定了有力基础。回到咸阳后，儿子向吕相国学习治国治军韬略，各方面均有较大长进。但是，年仅十三岁的儿子，马上就要继承王位，其驾驭满朝文武和统治全国的能力，还是非常不够的。这些治国治军的谋略胆识和决断能力，尚需吕相国对政治不够成熟的嬴政加以垂训和教导。他本来想亲眼看一看儿子的成长和提高，但这一切都已经不可能了。他惋惜自己的年寿过短，未竟的事业将要留给嬴政去完成，辅佐嬴政的任务亦将要托付给吕不韦去执行。

亲人们泪珠滚滚，期待着子楚临终前的嘱托。

与子楚相交甚密的吕不韦，心中亦非常难受。这种难受并不亚于子楚身边的各位亲人，其内心含有更深层次的思念和痛惜。他的两腮挂满了泪水，酸痛之感难以言表。

弥留之际，庄襄王内心里有许多话要对亲人们说，可是因心力衰竭，不能多言。他万万没有想到，执政三年，就在病榻前托孤，孤儿、孤孀均需要托付给吕不韦了。他十分艰难地欠了欠身，拉住吕不韦的双手，气喘吁吁地说道："相国……孤家今生有此王位，多亏你鼎力相助；你对全家人所施宏恩大德，胜似亲人体恤，吾将终生感激，永世不忘……然孤王恐难久留人世，先王遗传大业尚未创就，但嬴政年幼力单，他们母子焉能独立主宰江山！……孤王现将辅佐嬴政之重任，委托于相国，并请相国关照他们母子的政治和生活。"

"大王，您对愚臣的关怀和垂青，吾将世世代代传记下去。大王，您对愚臣一向恩重如山，情似江水，吾尚未报答，实感愧疚，原本向您效犬马之劳，但尽忠未果，铸成憾事，恨不得随您一同去往阴曹地府，给您牵马坠镫，侍奉左右，以报王恩……"吕不韦哽咽多时，遂双膝跪地说，"大王重托之言，我吕不韦一定领命。辅佐太子、关心王后、照顾太后，系我之责也！请大王勿再担忧，愚臣谨记遵旨。倘若违逆不忠，吾请苍天惩治，愿五雷轰顶、祸灭九族！"

"好，好！多谢爱卿……一片忠心。"庄襄王点了点头。

嬴政的泪水一直流淌着。听完父王临终前的托孤，急忙下床，跪于尘埃，如泣如诉地说："父王，儿臣不孝，对不起父王！儿臣不才，让父王操心、担忧了！父王，您一定……多多保重，大秦国不能没有您，母后不能没有您，儿臣不能没有您！父王，您的嘱托，儿臣都听到了，大秦国一定要振兴，天下一定要一统……"

庄襄王放心地点点头，并拿出遗诏。

霎时，子楚合上双眸，头颅往后一仰，咽下了人生最后一口气，乘鹤西去……

身居永生阁的庄襄王，也没能永生。

第二十五章 往日爱慕 难断不了情

三十六岁的秦庄襄王嬴子楚与世长辞，比享年五十二岁的父亲秦孝文王嬴柱活的年岁还短。因此，嬴子楚留下无穷的后事，让小嬴政去做。这对嬴政来说，思想压力太大了。

秦庄襄王为人慈善、处事公允，他的去世，宫廷内外，无不流涕。为王仅仅三载，但是施厚德于骨肉，又布惠于百姓，给秦国上下留下了永远的怀念。

秦国为秦庄襄王举行大丧大礼，举国致哀持续一个月之久。

嬴政对父王万般思念。他披麻戴孝达三个月，坚持"五不"，即不吃荤、不说笑、不观舞、不会客、不游玩。

赵姬失去了丈夫，更是悲痛和思念，精神几乎崩溃。她整日闷坐在永生阁的寝宫内，饭不想吃，茶不想咽，连梳洗都非常潦草，只是淡妆轻抹。她感到一生活得真累，活得艰辛，而现在是最痛苦的时期。

吕不韦担负着庄襄王托孤辅佐嬴政的重任，国事繁忙，政务缠身，忙得焦头烂额，寝食不宁。相府内部琐事根本顾不上过问。一切均交给舍人吕锦去办，实在忙不开的话，就由吕童协助办理。近日来，夫人田欣患病卧床，吕不韦无暇探望，父亲吕伯和儿子吕强都在埋怨和嗔怪。吕不韦没有思想准备，从政竟然这么忙累，如果把从政与从商比较的话，还是从政忙累得多，艰难得多。吕不韦不知从政这条路还要走多长，走多久。

公元前247年，十三岁的嬴政开始登上王位。

正月初一那天，秦国为嬴政举行登基即位大典。那天，恰逢嬴政的生日。吕不韦以王后的名义发下旨令，命举国庆贺、万民狂欢。秦国王宫张灯挂彩，鸣响钟鼓，百官唱和。

德政殿上，一片欢腾而又庄严隆重的景象。几百名文卿武将位列大殿两厢，期待新的秦王登上王位。

不一会儿，从殿后闪出三个人影——嬴政由赵王后和吕不韦领出来，步向御座。只见嬴政端端正正地坐在茵褥上，双手扶案几，两眼环顾殿下百官。赵姬坐在嬴政旁边的御座上，双眸亦注视着殿下卿臣。吕不韦向前走了几步，首先宣读遗诏，太子政即位。

几百名卿臣立即跪伏于尘，山呼万岁。

秦王政看到文臣武将皆跪于殿前，又听到响彻大殿的山呼万岁声，只觉得心潮如海，翻腾不已，情绪振奋，激昂难抑，生平以来第一次感受到君临天下的满足。从今往后，他就要脚踏大地，头顶蓝天，主宰乾坤，整治山河。他不由得回忆起在邯郸生活的八个春秋，其中五载受辱，牛马不如。当时，他幻梦当一名大将军，手持宝剑，指挥千军万马，杀死所有坏人。如今梦想成真，他当上了指挥将军的国君，跪在大殿毡氍上的文臣武将们，不都得听从他的命令吗?！他脑海中滋生一个念头：一国之君，至高无上，统治天下，谁敢不服?！他猛地欠起身体，走下御座，面对众人挥手道："诸位爱卿，免礼平身。"

"谢大王！"卿臣们双手抱拳作揖，站立两厢。

这时，大家注意御案前的秦王政，十三岁的翩翩少年，俨然一个成人君王，但见他长着带钩儿的鹰鼻，一双扁而长的眼睛，壮硕的身躯，面色冷峻。他的着装更加显示出一国之君的威严——头戴一顶凸起二十道金梁的霸主王冠，冠沿前后各悬挂十二条珍珠冕旒，冠头上的簪缨如同火般的红艳，冠顶上的凝云似乎漆乌般的黑亮；脖颈上套一个光彩耀眼的大金项圈儿，宛如狮子张开大口欲吞头；上下黑色衮服；足蹬一双乌黑油亮的牛皮夹靴，铜钉固扣白色松软厚底儿；腰旁悬挂青铜宝剑，象征着横扫六国诸侯、欲统天下……

待群卿侍立后，秦王政扫视了一下大殿，方转身回到御座上。

吕不韦从怀中掏出一份替嬴政拟写好的诏书，走到赵姬面前，躬身请示道："太后，大王这份诏书可否宣读?"

"念！"赵姬挥手道。

"是！"吕不韦领命后，又转向御座，朝嬴政屈身搭了一躬，这才面对殿下群臣，展帛宣读，原来是宣布封号：封华阳太后为华阳太王太后，夏姬为夏太王太后，赵王后为赵太后。

群卿听罢嬴政诏书，又一次跪伏于毡罽上，山呼万岁。

坐在一旁的太后赵姬，挥手示道："诸位爱卿，平身。"

"谢太后！"众人搭躬站起。

吕不韦正要替嬴政宣布散朝，只见秦王政满脸不高兴的样子，站起身来，抢先宣布道："散朝。"

"谢大王！"百官们齐呼施拜，转身离开了朝堂。

嬴政第一次临朝，体会到君王的威严，但对于吕不韦和赵太后的辅佐和代劳，打心底感到别扭，既然称王，怎么能当傀儡？可是，这又是父王临终时的嘱托，且又有父王的遗诏在此，说啥也不能明言拒之。

吕不韦、赵姬心里清楚，嬴政从小受人欺辱，寄人篱下，铸造了刚毅挺拔的性格，也养成了刚愎自用的习惯。他和她互相看了看，就引领嬴政走出御座，下朝回宫了。

大典之后，王宫上下欢宴三天。

第四天，吕不韦准备去蕲年宫，同秦王政商议政事。自从先王驾崩后已有七个多月了，吕不韦才扶嬴政登基，辅佐新王理顺经纬。

这时候，秦国的疆域更广，已经吞并了巴郡、蜀郡和汉中，跨过宛县占据了楚国的郢都，设置了南郡；往北收取了上郡以东，占据了河东、太原和上党郡；往东到荥阳，设置了三川郡。

此时的朝中重臣，除了文信侯、宰相吕不韦以外，还有蒙骜、王龁等将军，他们都担负着处理国事的重任。

不久前，朝中信使转来晋阳密探一封密信，谈到那里政治混乱，大有可能发生政变。吕不韦本想及早派人去处理，碍于嬴政还没即位，自己唯恐担嫌，不愿抛头露面、发号施令，只好等到嬴政即位方可请奏，好在事态没再发展，一切还都来得及安排。

吕不韦将这封密信揣入怀中，正要离开书房去蕲年宫时，只见小黄门赵高走了进来，向他转达秦王口谕，请他立即到甘泉宫赵太后处，并说有要事商议，秦王在那里等候。吕不韦心想，这可能是赵太后的主意。

相府距离甘泉宫还有一大段路程。吕不韦命令舍人吕锦，通知司马里的车仆套好马车，准备进宫。他和吕锦一同乘车赶往甘泉宫。

甘泉宫是后宫中较大的一座宫舍。宫院二门内设有东暖阁、西暖阁；院中建有福寿阁，这里宽敞而豪华，乃是赵太后的寝宫；福寿阁东侧还有一个客厅，接待高贵客人和观赏歌舞；后院建有一个硕大的仙游园，园内有奇花异草、青松绿柳、六角亭榭、碧澄湖水，还有翱翔自由的百鸟。甘泉宫前后大门处都建有门房，侍卫们长年累月地居住在那里。

甘泉宫的客厅内已摆好宴席。赵姬听说儿子要请相国吕不韦议事，心里很高兴，半年多没机会同吕不韦会面叙谈，好不容易找到借口，便让儿子将议事地点由蕲年宫改在甘泉宫。

赵太后、秦王政坐在几前，等待吕相国的到来。

吕不韦来了，他进入客厅，一看赵姬、嬴政坐在上面，马上低首向前，不敢抬头正视。心想：这若是在邯郸，母子俩都得赶紧站起身，迎接他吕不韦。可如今却调了一个位置，调了一个天地之别的位置，人家是君王、君王之母，自己是臣子了，焉敢不低头呢！他在临近桌几前，撩袍跪地，大礼参拜。

赵太后请他平身，坐在席前。

吕不韦谦辞了一番，不敢入座，但在赵太后、秦王政的恳请下，他也就坐在了下首的位置上。赵太后吩咐孟雪、孟梅倒酒，她俩急忙端起酒坛，分别给太后、秦王、相国斟了酒。

"多谢太后、大王的一片盛情款待，吕不韦将终生不忘！"吕不韦双手捧樽站起。

"相国之恩德，我母子亦永不忘怀！"赵姬随之也端起酒樽。

"来吧，仲父，咱们一起干！"嬴政毫不在意地端樽饮下。

赵姬、吕不韦相继饮干。

吕不韦对于嬴政称呼他为"仲父"，心中很不痛快，以前都是叫他"伯父"，现在却称他"仲父"，突然降了一等，让人着实不解。

赵姬也听出来了，觉得嬴政这样称呼吕不韦不合适，因为吕不韦比嬴子楚还年长几岁哩！叫"伯父"不是很好吗？"仲"不如"伯"。于是，赵姬问道："政儿，你怎么把'伯父'改成'仲父'呢？"

"唉！这有什么，叫'仲父'不是也很好嘛！"嬴政漫不经心地回答道。

"一样，一样！很好，很好！"吕不韦苦笑地说。

赵姬无奈地摇摇头。

嬴政一连饮下五樽酒，又挥手让孟雪斟满。

吕不韦担心嬴政饮酒过多，且年龄又小，唯恐身体吃不消，遂微笑地劝阻道："大王，请注意节酒，保重身体！"

"父王生前说过，只要身体健壮，美酒但饮无妨！"嬴政干脆独自饮下这樽酒，不再同母后、相国共饮了。

吕不韦考虑嬴政毕竟是自己的儿子，心里还是十分挂念的，于是又一次劝阻道："大王，饮酒过多，一伤身体，二误国事。您是否少饮几樽？"

"政儿，我看相国说得对呀，你就别再喝了。"赵姬更是关心嬴政的身体。

"自古以来，哪位国君、哪位将军，不是豪饮呢?！"嬴政根本不听劝阻，挥手命令孟雪斟酒，孟雪犹豫不前，嬴政那双扁长眼睛使劲一瞪，孟雪只好再次端坛去斟酒。

"大王，您不能再……"

嬴政一挥手，打断吕不韦："仲父，我已即位，即为国君，我的事情我说了算。"

吕不韦一愣，片刻即欠身站起，恭敬道："大王，微臣谨记！"

"政儿胸怀博大，鸿志高远！"赵姬看到嬴政的霸气，心中异常喜悦。

嬴政哈哈大笑，又一连饮下三樽酒，只觉得大脑发晕，似醉非醉，眼前的桌几、盘盏在晃动。

嬴政用手一拨拉，将酒坛甩在地下，那陶质酒坛"啪"的一声碎了，米酒流洒在毡罽上。

众人不由得吓了一跳。

"你们都下去吧。我，我，我跟相国……谈事。"嬴政挥了挥手。

"是！"众黄门、宫女应声退出。

吕不韦临进宫前，准备向嬴政奏请三件事，但一听秦王要跟他谈事，只好暂且等候。

"相国，你是孤的仲父，是孤的大恩人，孤敬相国如敬父王母后。但是，孤考虑你的年纪已大，应该在相府中好好享乐，朝中政事，就不要过多操劳了！"嬴政虽然带着酒醉之意，说话却很清晰。

"政儿，你怎么能……"赵姬刚要劝解，话还没说完，就被嬴政挥手制止了。

"大王，微臣今年仅仅四十一岁，正是年富力强、政治成熟时期，怎么说就年老了呢？"吕不韦并未慌忙，也没生气，他心中有数，目前嬴政说啥也是离不开他的。

"说下去！"嬴政想听个究竟，挥手催促道。

"大王，当今秦国虽说强大，可其他六国尚存，统一天下大业乃世代先王遗愿，国家正值用人之际，我身为相国，理应辅佐大王，挑选天下贤士，完成未竟大业。操劳朝中政务，此乃本身职责。侍奉大王到了十八岁，我自然退居相府之内，任何事情也就不闻不问了。此言当否，请大王定夺！"吕不韦已经离开座席，侍立于嬴政面前。

嬴政听后思考了一会儿，眨了眨长目，道："好吧！既然相国如此竭诚尽忠，那么辅佐孤还是不可缺少的。只是侍孤不必到孤十八岁，十五岁即可！"

吕不韦无可奈何地说："大王英明！"

"相国，国事高于一切，请你务必尽职尽责！"赵姬已经看出吕不韦那不高兴的神态，从中劝慰道。

"请太后放心！微臣将把终身献给秦国。"吕不韦面向赵姬抱着双拳。

赵姬多情地望着吕不韦，发现他满脸愁容，心里不禁一阵酸楚。

"仲父，请入座！"嬴政不忍心让这位有恩于父母和自己的吕相国站着议事，便让他回到席前。

"谢大王！"吕不韦转身回到自己原来的座位上。

"你有何事，请说！"嬴政的酒劲儿似乎已经过了，头脑清醒了许多。

"微臣现有三件大事待办，望大王允奏！"

"相国，逐一奏来。"

"第一件——大王既已即位，掌管天下，应首先发布大赦令，赦免天下罪人，以示大王胸襟宽广，使万民感激王恩。"

"相国此言差矣！"嬴政摇了摇头，反问道，"所谓罪人，就是其人有罪，违犯秦律，否则何为罪人？罪人只能坐牢，不能赦免，如果随便赦免罪人，那么将来天下犯罪的人越来越多，可怎么办？"

"大王……"

"不必说了，第一条不能办。第二条？"

"第二条——当前秦国面对六国诸侯政敌，要扫除六国诸侯，必须付诸武力。为此，率兵出征的忠诚良将，乃需择善用之。现朝中将军有蒙骜、王龁、王翦、桓齮等，恳请大王亲自任用，万万不可疏远！"

"好，这条说得好。孤刚即位，急待用人，尤其那些能征善战的将军，孤一定委以重任。相国，立即传达孤之口谕，让这几位将军于明日上午赶到蕲年宫聚义阁，孤在那里召见他们！"

"微臣离宫就去办理！"

"相国，第三条呢？"

"第三条——大王即位大典之前，晋阳密探有信来报，此地政见混乱，大有可能发生政变，请大王及早派人解决。"

"应该选派良将，进行武力解决。"但嬴政不知派何人赴晋阳为宜，眼神闪烁不动。

赵姬想了想，提名道："我看派上卿蒙骜较为合适，此人既能带兵打仗，又有治国经验，只要给他五万大军、三千骑兵，就能完成任务！"

"太后高见，完全可行！"吕不韦一听，点头赞同。

"好，就依母后。"嬴政拍板决定。

"大王，微臣回府就去拟诏。"吕不韦用请示的口吻说。

在秦王政登基大典之后，吕不韦和赵姬大胆地尝试了辅佐理政。同时，他俩在嬴政面前深深感到辅佐的艰难，尤其是吕不韦，更有一种难言的苦涩。

但是吕不韦城府很深。儿子刚刚称王，表现出极大的自负和傲慢，让他处于窘迫难堪的境地。然而他沉着应答，耐心说服，不露声色。

这次辅佐议事对赵姬触动很深。她对儿子的孤傲并不反感，相反觉得儿子具有君王气质和才华，只是那种唯我独尊的神态，着实令人难以接受。吕不韦智慧过人，谋略超群，作为辅佐儿子的重卿是最理想不过的了。尽管在某些方面，他和儿子还不能达成共识，但随着儿子年龄的增长，经过一段时间的磨合，两人会逐渐好起来的。这次会面，是多么好的机会呀！只因商议正事，加之儿子又在眼前，她和他什么话都没来得及说。她不禁心中一阵怅惘、忧悒。

吕不韦代替秦王政草拟了一份诏书，宣读于朝堂，举国上下积极响应，掀起了征伐六国诸侯的热潮。

朝中税率过高，横征暴敛，逼迫晋阳官民造反。

秦王政元年，将军蒙骜奉命领兵前去讨伐。此次讨战，大动干戈，凡是参加叛乱的义军或百姓，秦军兵将就把他们全部杀死，只有数十家富户，交出了全部财产，才免遭一死，保住了性命。但是蒙骜率军费时达三个月之久，才平定了晋阳的叛乱。

蚕食六国的战争，是摆在秦国当前的首要任务。秦王政二年，麃公率兵攻打卷邑，杀了三万多人。三年，蒙骜攻打韩国，夺取十三座城邑，王齮死后，将军蒙骜又接着攻打魏国畼邑、有诡。这年发生严重灾荒，军队给养不能满足，一直到四年，才攻取了畼邑、有诡。五年，秦王政又派将军蒙骜攻打魏国，平定了酸枣、燕邑、虚邑、长平、雍丘、上阳城，夺取了二十座城邑，开始设置东郡。

在这期间，居住在深宫内的赵太后，一直过着寡居的单身生活。自从庄襄王崩逝后，她一个人空守寝宫，没有任何情趣。一个三十几岁的女人，正值鲜花盛开时期，其身体健壮、精力旺盛，怎能忍耐得住那种孤独和寂寞呢？但又不敢同任何男人接触，一国之母的尊严焉能舍弃！她精神不振，卧病在床。她，满心窝里装着前夫吕不韦。

儿子嬴政听说母亲病了，赶紧到甘泉宫探望。一见太后面容憔悴，精神恍惚，心中非常焦急，马上叫来太医诊治。太医给太后号脉，但还是弄不清病情，可也不敢向大王回话，只好开来名贵补药，并让调剂食谱，以逐渐恢复太后的健康。

儿子的孝心总算尽到了。人参、灵芝、当归等各种珍贵药品，赵姬都服用过了，但还是病如往常，不见痊愈。嬴政哪里晓知母亲的病因，而是嗔怨太医不中用，狠狠地把太医怒斥了一顿。

跟随赵太后的大黄门尹善，小黄门陆贤，贴身宫女孟雪、孟梅，还有从晋阳两户富豪人家挑选来的两对亲姊妹：柳怡、柳爽，梁文、梁涛，她们也都是她的贴身宫女。这些侍从昼夜值班，寸步不敢离开太后的寝宫——福寿阁，唯恐大王发现他们出差错，一旦怪罪下来，就要被杀头断送性命。

吕不韦早就听人说太后病了，可是在同嬴政议事的时候，嬴政闭口不谈太后病情，所以他也无法进宫探视这位寡居的太后。

赵姬何尝不渴望吕不韦进宫看望她呢?！一开始，她盼望儿子将自己的病情转告吕不韦，他必然入宫探望，但几个月来不见吕不韦的踪影，可见儿子没有提及她的病情。她对吕不韦的思念实在难以控制了，就以自己有要事相商的名义，悄悄委派大黄门尹善去请吕相国进宫。

尹善领命后，就一个人离开甘泉宫，默默地奔往丞相府。

途中，尹善见赵高从对面走来，不由得吸了口凉气。心想，这小子一肚子坏水，阴险奸诈，诡计多端，欺上压下，到处坑人。十岁进宫就当上小黄门，一直跟着大王，深受宠爱，现在还不到十六岁，就被大王提升为大黄门了。同他讲话可得多加小心，闹不好就把自己套进去，让自己身败名裂⋯⋯

赵高一看尹善疾步而行，心里也在揣摩，尹善今年已三十七八岁了，曾给华阳太王太后当大黄门，现在又给赵太后当大黄门，王宫里大黄门不计其数，可尹善这个滑头专门侍奉太后，也是一个谁有权围着谁转的主，众多宫人都不是尹善的对手。哼，有朝一日非把他铲出王宫不可。赵高冷嘲热讽地说："尹老兄，又去忙活啥呀？是不是又去给自己铺路啊？"

"赵大黄门，你在大王那里做事，地位够高了，应该安分守己地干活，怎么老盯着别人呢？"尹善来到王宫的年份已久，做事稳重，不受人欺，说出话来绝不能让对方抓住话柄。

赵高被尹善质问住了，噎得满脸通红，想了想才又问道："尹老兄，我问你又去忙活啥，这话有啥不对的？"

"这句话没错，后边那句话难听！"尹善毫不留情面，停了一会儿告诉他，"我去城里给赵太后抓药。"

"那好，你去忙吧！"赵高说着擦肩而去。

"赵大黄门，你去干啥，我可无权过问！"尹善又甩了一句。

"那好，那好！"赵高搭讪着快步离去了。

尹善急急忙忙地穿街过巷，尽量躲避熟人，偷偷地赶到相府。

吕不韦正在书房里忙着批阅奏帛，只见吕锦携尹善走来。经询问，他才知道赵太后请他进宫议事。他让尹善先回去，他随后就到。

赵太后请吕不韦入宫，这是不言而喻的事情。吕不韦心里当然明白，根本不往理政议事上考虑，脑海里立即涌显赵姬对他的情与爱⋯⋯如今赵姬被锁在深宫内，与人隔绝，与世隔绝，要想见他吕不韦一次，简直比登天还难。

他办事谨慎，初次去甘泉宫，携舍人吕锦，各乘一匹快骑出发了。

他俩进入甘泉宫大门，侍卫们没盘问，直接放行。

他落落大方地步向福寿阁，让吕锦在阁门外等候。

这里是赵太后的卧室。吕不韦在尹善的带领下，轻手轻脚地走进室内。

"太后，吕相国来啦！"尹善躬身禀道。

啊！吕不韦来啦！躺在床上的赵姬眼睛一亮，果然看见吕不韦站在床前。她的思绪在脑中翻卷，热血在周身奔涌，生活的勇气和力量重新注入她的躯体……如果吕不韦再不进宫，再不与她会面，那么她真不敢相信自己是否还能活下去。此时此刻，她似乎不能相信自己的眼睛，唯恐自己是在做梦。她伸出一只玉手，欲拉吕不韦。

吕不韦焉敢伸手亲呢?！室内除了大黄门尹善，还有小黄门陆贤，贴身宫女孟雪、孟梅、柳怡、柳爽等人都侍立在太后床前，一旦言行不适，那还了得！吕不韦急忙躬身道："太后玉体患病，微臣探望来迟，望太后恕罪！"

赵姬一看吕不韦没好意思伸手，知道他碍于众人眼睛，马上挥手让他坐下。

"谢太后！"吕不韦又一抱拳，撩起袍衫坐在椅子上。

热泪如潮涌般地充满了赵姬带有血丝的眸子，大颗大颗的泪珠默默地从她的眼眶内流出。一种难以名状的痛楚似乎受到激发，顿时在她的面颊上、心灵中肆意地冲撞起来……

尹善向小黄门和宫女们摆了摆手，悄悄退出去了。

卧室内一片寂静。但两人的内心深处，起了往日相互爱恋的波澜。

当年，恰是豆蔻年华的赵姬，在赵都邯郸城北的滏阳河畔，结识了吕不韦，羞红着脸，接过他赠给的一串珍珠项链，从此将自己暗暗地许配于他。经过万般周折，历尽风风雨雨，她和他终成眷属。

无限风流而手握万金的吕不韦，虽府邸拥有上百名美妾，但由衷倾慕邯郸娇娘赵姬。他为她费了多少心血，花了多少黄金，谁又能说得清呢？苍天有眼，他终于拥有了她。那种情意缠绵、如胶似漆的夫妻生活，他俩永生难忘……

然而，为了政治和仕途的需求，他将自己最心爱的少妻赵姬，忍痛让给了秦嬴子楚。如今，子楚病逝，他俩的亲生儿子嬴政即位，当上了秦国君王，他们终于如愿以偿。

由于身份和地位的不同，他俩一个身在相府，一个寡居深宫，他和她如隔千重山、万层岭。他和她已经埋葬了自己的爱情！

爱恋自己最爱的人，天经地义，没有任何过错。他和她都这么想着。

此时，两人没有什么言语，都在默默地期待对方的动静，哪怕是微小的信号。

他愿意她这样仰卧在床上。他看了看她相思的面容，粉白中透露着娇媚，娇媚中隐藏着深情；那隆起的胸部，仍然显示着女性特有的美，好像特意勾引着他的魂魄……他，一个掌握主动权的男人。他主动将手伸过来，拉住了她那只白嫩的玉手；他又掀开她的被子，解开她的上衣……这突如其来的情势使赵姬感到一阵慌乱，感到多年未曾有过的慌乱，但她很快意识到激情的来临。

吕不韦急切而战栗，猛地扑到赵姬身上，紧紧抱着她，她渴望地顺从他。他一遍又一遍地狂吻她的双唇，她的全身。一种久违的愉悦，笼罩着赵姬……

良久，吕不韦才坐起身来，他的额部沁出了微细的汗珠，心还在激烈地跳动，一时间难以平静下来。而赵姬的面颊上已呈现出平日少见的红晕，嘴角露出微笑，露出一种满足的微笑。十多年来，从未有过的一次相欢，她当然感到满足。她顿即精神振奋，浑身上下涌现出一种神奇的力量，那种病态已被驱逐得一干二净。

她穿好衣服，亲自下床给吕不韦倒了一杯热茶，直截了当地嘱咐道："不韦，你以后要常来，我后半生不能没有你。"

"嗯！"吕不韦接过茶杯，应了一声，但心里琢磨，能常来吗？被人发现不就没命了吗？他没有喝茶，放下茶杯，欠身告辞说，"太后，我得回去了，时间长了要被人怀疑的。"

"走吧，你要记住，不能当负心郎！"赵姬亲了亲他的面颊，又躺在了床上。

吕不韦点点额首，匆匆离去了。

他俩这次相会，并没有引起他人怀疑。小黄门陆贤心直口快，好耍小聪明。吕不韦走后，陆贤就去找尹善，论及太后与相国会面时的情景，说什么太后眼睛闪亮了，说什么太后伸手要拉相国。尹善当即制止，厉声斥责，告诉陆贤安分守己，少惹是非，闹不好脑袋就会掉了。陆贤吓得连声称是，再也不敢乱讲了。

由于赵姬的迫切要求，吕不韦只好奉陪，以满足她的情欲。为了尽量掩人耳目，吕不韦拜会赵姬的时间由白天改在了晚上。但是，宫女和宦官们照样有所察觉，认为他俩的关系非同一般。只是因为大黄门尹善懂得此事要害，经常叮嘱，万万不可胡乱议论，所以使得甘泉宫处于一片安宁的状态。

往日的深情爱慕，已在吕不韦和赵姬的心灵深处打下了深深的烙印；难以割断的情思，使他俩一直偷偷往来。

第二十六章　金蝉脱壳　嫪毐骗进宫

　　日理万机的宰相吕不韦，朝中的事、相府的事都急待他去解决，忙得他四脚朝天、寝食不宁，有时昼夜连轴转，时间都觉得不够用。尤其是甘泉宫赵太后处，七八天至少得去一趟，白天不敢去，怕人看见，趁着夜深人静，也得跑去相会。这使他感到思想压力很大，精神极为疲倦。

　　这一天，是一个盛夏的日子。咸阳城被那如同钢花般的滚烫的太阳光芒照射着，壮硕的梧桐、白杨树冠都低垂下来，就连那生命力强的垂柳也失去了鲜活，好似在苦苦挣扎；整个天空没有一丝凉风，大街小巷就像凝固了一样。

　　最使人疑惑的是，薪年宫大门外的几棵梧桐树在一夜之间全都干死了。为此，嬴政大发脾气，把内务大臣狠狠地痛骂一顿，并让立即栽上新树。六月盛夏，焉能栽活树？内务大臣不敢向嬴政请奏，多亏吕不韦讲情，才给解了围。

　　吕不韦从薪年宫内走来，踏出门外。他不由得又看了看一棵棵干枯死去的梧桐树，心里亦感蹊跷。刚才，他在薪年宫后院看了一会儿嬴政向郭半仙学习剑术。休息时，他背着嬴政，询问郭半仙宫门外梧桐树之死因，但郭半仙闭口不答。他意识到事情重大，王宫内可能潜藏着不祥之兆。

　　他步下台阶后，吕锦给他牵过一匹骏马，他俩翻身跨骑，朝着丞相府奔去。

　　丞相府的庞杂事务永远处理不完，吕不韦深知这一点，他尽量抛开琐碎事情，由相府的官吏和管家、舍人去料理。他回到相府后，没有去书房批阅奏简，而是去宾客贤士的书房检查一项重大工程——《吕氏春秋》创写的情况。

　　他走进贤士们的宅院，穿过前院的月亮门时，看见一位名叫嫪毐的门客正在月亮门西侧的大槐树下练剑。嫪毐是秦国人，投奔吕不韦做门客已经三年多了，今年三十出头，此人身材高大，皮肤白净，脖颈较长，人称"长脖雁"。嫪毐虽读书不多，但擅长武术，尤以喜好舞剑，有一身力气。其人最大的特点，喜欢吹拍，见机行事，同时，还有一个最大的特点，贪色恋情，淫乱无比，见了漂亮女人拔不动腿。吕不韦早想就把嫪毐驱逐出相府，可这小子对他无限忠诚，对相府财产尽全力保护，也是一个难得的人才。

还没等他开口，嫪毐就看见他了，立即放下宝剑向他请安，随后从盆内凉水中取出浸过的手帕，拧了拧后，上前就给他擦拭额头上的汗珠。这种过分的殷勤，让他无可奈何。他只好从嫪毐手中接过凉湿手帕，自己擦了擦脸，又将手帕还给嫪毐。

他说了些安慰的话后，就离开了嫪毐，向院内走去。

执笔《吕氏春秋》的文人学士大约有三百人，占门客总数的十分之一。他们都在各住室内紧张地忙碌着。《吕氏春秋》是吕不韦力图综合百家九流、广论天地万物的一部鸿篇巨制。因而，他对此项撰写工程极为关注。

他直接奔往李斯的住室。

李斯的住宅较为宽敞，含里间书房和外间卧室。吕不韦令李斯负责《吕氏春秋》的编排、分类、综合、定稿。李斯的案头工作非常繁重，日夜不得轻闲。

吕不韦推门进入，来到里间书房，他看到李斯正在聚精会神地伏案疾书，不便打扰，而是扫视了一下四周，只见那一摞摞帛简书稿堆放得整整齐齐。他一看便猜测出来，这项撰写工程大有可能进入尾声。他轻轻拿起一卷竹简，看了看里边的内容，觉得观点新颖，言之有物。当他把那卷竹简放回原处时，发出了声响。李斯闻声抬头一望，啊，吕相国来了。李斯急忙欠身，放下毫管，上前参见吕相国。

吕不韦让李斯免礼，询问撰写情况。李斯告诉他说，全书已经完工，现正编排目录。随后，取过"总论"和"目录"，请吕相国审阅。吕不韦展帛阅视，见"总论"指出，《吕氏春秋》出自各家各派，其内容广泛，文学色彩很浓，包括天地万物古往今来的事理；"目录"清晰，综合成为八览、六论、十二纪，共二十多万言，并对儒家、道家、墨家、法家、名家、兵家以及阴阳家、纵横家等诸子学说做了详尽分类。他高兴地称赞道："此书将载入史册，流行天下，与日月同辉！"

"相国过誉，尚请斧正！"李斯谦恭道。

吕不韦想了一会儿，把帛书交还于李斯，吩咐道："李先生，你把《吕氏春秋》之收尾工作做好，抓紧拟一份告示，刊布于咸阳城门之上，悬赏千金，遍请诸侯各国游士宾客，斧正此书，若有人能增删一字，则给予千金的奖励。"

　　"请相国放心，我一定照办！"李斯打躬应道。

　　吕不韦越是观看四周的书稿，越是感到自豪，不禁感慨地说："李先生，此鸿篇巨制凝结着尔等的心血呀！现赏给你们五千两黄金，派人找吕锦领取，及早发给各位先生！"

　　"多谢相国恩赐！吾等终生不忘！"李斯再次搭躬。

　　接着，吕不韦询问，近日因政务繁忙顾不上回相府，各位先生对他有什么想法？

　　李斯知道吕不韦是指他与赵太后的关系，当然不会讲了。他马上摇头，说没有听说。并表示一定要维护相国之威信，只有相国好，他们文贤学士才能有出头之日。

　　李斯的才华及为人，吕不韦打心底敬佩，认为此人乃是国家栋梁之材。他思忖了一下，诚意十足地说："李先生，你从楚国投奔秦国，来到我吕不韦门下，屈尊充当舍人，已经有好几年光景了。通过彼此接触，我看到了李先生的才识谋略确实超群，不愧为荀卿弟子！为了使你有游说的机会，以便展示才华，现任命你为郎官。届时我把你推荐给大王，你要敢于陈述己见，万万不可畏缩！"

　　李斯听罢吕不韦这番诚挚的话，受到很大鼓舞，背井离乡，投奔异国，就是为了能有这么一天，能够施展抱负，有所作为。李斯万分激动地表示："多谢相国信任提拔，晚生李斯没齿难忘！我一旦有展宏图、干大业之日，一定牢记相国之大恩大德，终生甘为相国效犬马之劳！"

　　李斯双膝跪地，握拳至头顶，拉长揖叩拜。

　　"李先生，快快请起。将来你我还要为秦国谋大业呢！"吕不韦急忙伏身搀扶。

　　满头大汗的吕锦，急匆匆地走进来，禀告吕不韦，有人在相府客厅里等候。

　　当着李斯的面，吕不韦没问是何人找他。心想可能是甘泉宫来人了，因为已有十来天没能进宫与赵太后会面了。

　　他离开李斯的书房，随吕锦去往相府客厅。还真让他猜着了，来人恰是甘泉宫的大黄门尹善。尹善传达赵太后口谕，请相国马上进宫，有急事商议。

　　吕不韦听后，立刻命吕锦备马，并携吕锦一起前往甘泉宫。

　　赵姬仍然处于养病服药时期，所以还是在福寿阁寝宫内接待吕不韦。

侍奉赵姬的宦官、宫女们一见吕不韦步入卧室，都陆续出去了。

"吕相国，您太忙了……"赵姬还没等吕不韦施完礼、请完安，就冷冷地甩了一句。

"太后，您……"吕不韦听罢赵姬的讽刺，犹如当头挨了一棒，不知如何回答才好。他双臂垂直，躬身侍立在床前。

"吕不韦，看把你吓得那样子！"

"太后，我……"

"吕不韦。"赵姬提高了嗓音，她不愿意他那样称谓自己。

"太后，不，夫人。"吕不韦急忙改口道。

"唉！这才是你和我的关系。"赵姬的态度缓和下来了。她向他挥手，让他过来坐在床上。

吕不韦看了看虚掩的房门，听了听窗外，没有什么动静，便走到床跟前，坐在赵姬身旁。

赵姬早已抑制不住渴望的心情，主动搂住吕不韦的脖颈，亲吻他的脸颊、胡须和那热烫的双唇，继而抚摸他的身躯。吕不韦同样忍受不了，尽管赵姬不止一次与他偷欢，但每次他似乎都有新的感受，总是激发出新的渴望……

负责为赵姬熬药的是柳怡、柳爽姐妹俩。她俩在膳房里熬好了汤药，没急于送给赵太后，考虑到吕相国正在她卧室里议事，想过一会儿再去。大约等了一个时辰，柳爽估计吕相国可能走了，于是便催促姐姐给太后送药。

柳怡犹豫不定。

柳爽继续督催姐姐，并说送药迟了，太后要怪罪的。

柳怡觉得妹妹的话有道理，提上药壶，拿起药碗，就去往福寿阁寝宫了。

一向谨慎的柳怡来到赵太后寝宫外，顿住脚步，仔细听了听，见室内没有说话声，认为吕相国已经离去，遂轻轻推开虚掩的房门，往里一看，啊！这赤身裸体的一男一女拥在一起。

柳怡愣住了！

只听"啪、啪"两声，药壶、药碗全都摔碎了，紫黑色的汤药流洒了一地。

床上两个肉体被这突如其来的暴响声吓得分开了。

这种罕见的场面，是柳怡有生以来第一次碰到的。她的眼睛闪着金星，血往头上涌，全身开始战栗，两条腿像灌了铅似的一动不动。心里在呐喊："天哪！我该怎么办哪？"

赵姬毫无羞涩地坐起身来，定眸一看，原来是柳怡送药闯进屋来，顿然怒上心头，大喝一声："柳怡——"

早已垂下头的柳怡，被这怒喝声惊醒了，"扑通"一声，双膝跪地，大声哭泣："太后，呜呜呜……"

"滚下去——"赵姬厉声吼叫。

"太后，我该死，我该死！太后，我啥也没看见，我真的啥也没看见。我，我，我该死啊！"柳怡一边哭喊，一边退出赵太后的寝宫。

少不更事的柳爽，在住室内叠放晒干的衣裙，嘴里还在哼着小曲。忽然，看见姐姐哭哭啼啼跑进房来。她焦急地询问，到底发生了什么事情？可是柳怡趴在床上，只顾不住声地哭，什么也不说。一直到晚上，晚饭也没吃。柳爽追问姐姐，出了啥事？柳怡还是一言不发。

第二天，柳怡病了，躺在床上，浑身发烧。

柳爽正要去找太医，给姐姐看病，没想到太后踏进门来，手里还端着一碗汤，亲自来看望柳怡。

柳爽从赵太后手中接过那碗汤，放在床头上。接着，把姐姐叫起来。

赵太后大驾光临，出现在宫女的房间里，令这对小姊妹受宠若惊。柳怡强打精神，拉过妹妹，一起跪在地下，给赵太后叩头。赵太后伏身将她们姐妹搀起，面带微笑地说："柳怡，我听说你病了，我很心疼。我让人给你煮了一碗莲子汤，天太热，可能引起病，喝下去就会好起来的。"

"太后，您太费心了，您对小女子的恩情，胜过亲生父母，我怎敢劳驾太后？我就是到了九泉之下，也不会忘记太后的大慈大悲！"柳怡激动万分，那双哭肿了的眸子涌动着热泪。

"唉！区区小事，何足挂齿？"赵姬拿出一块浅黄色的手帕给柳怡拭泪，以示仁慈地说，"柳怡，你是个好女孩，我打心眼儿里喜欢你，更不能没有你，怎么能谈到死呢？你要好好活着，人生的路还长着哩！"

"太后，我一定听您的话，一辈子好好侍奉您！"柳怡的心里又是一阵激动。

"来，把这碗莲子汤喝下去。"赵太后又端起那碗莲子汤。

"太后，您真好……"柳怡双手接过莲子汤碗，感激地看了看这位慈祥的太后，就"咕咚、咕咚"地把莲子汤喝下去了。

"好啦，歇着吧。"赵太后脸上掠过一层阴影，转身离去。

"恭送太后！"柳怡、柳爽朝着赵太后的背影，屈体施下一拜。

赵太后离开她们的住室还不到半个时辰，柳怡感到腹内隐隐作痛，用两只手掐着肚子还是止不住痛。柳爽慌了，马上将姐姐扶到床上。但柳怡只觉得腹中一阵阵剧痛，这种疼痛感从未发生过。柳爽觉得很奇怪，姐姐虽然病了，但是从没说过肚子痛，而肚子痛是在姐姐喝过赵太后送来的莲子汤之后出现的，赵太后她会不会在莲子汤内……

柳怡抱着肚子，疼得在床上直打滚。

"姐姐，你等着，我去找太医。"柳爽说着欲往外走。

"妹……妹，你不要……去了……"柳怡伸手劝止妹妹，喘着粗气说，"我有话说……"

"姐姐，你……"柳爽转身回到床前，看到姐姐脸色苍白，嘴唇紫黑，额头上沁出了一颗颗豆粒般大的汗珠，急忙搀扶着姐姐，靠在被子上面。

"现在我告诉你，昨天午后我给太后送药，看到，看到太后跟相国，两个人真，真不像话。所以，今天太后就给我，送来莲子汤，她在汤内下了毒！她，她好狠毒啊！"柳怡极为吃力地说完了这番话。

"太后，女妖精！大毒蛇！"柳爽狂吼怒骂着。

"妹妹，我死后，你不要管我的后事，你要赶快……逃出宫去，如果迟了，你也就被……"柳怡话没说完，身子往后一仰，立即断了气。

"姐姐——姐姐——"柳爽抱着死去的姐姐，拼命地哭号，"姐姐，姐姐，是我害了你呀。我不应该让你去送药啊！姐姐，你怎么能死呢……"

天黑后，宫中侍卫们接到太后命令，把患急病而暴亡的柳怡安葬了。

十八岁的姑娘柳怡，如同一朵刚刚盛开的鲜花，就被凛冽寒风摧毁了。

十六岁的妹妹柳爽，犹如一只落入虎口的小羊羔，怎能够摆脱噩运呢?!

尽管姐姐临死前嘱咐妹妹赶快逃生，但是陷入这深墙大院的女孩子是绝对飞不出去的。因此，柳爽没有一丝逃走的念头。相反，她在想死，在想怎么死……

还没等柳爽想出寻死的方法，赵姬就派尹善通知她去御春园，充当虎圈饲养员。喂虎的差使是很危险的，稍有不慎，就有可能被猛虎吞噬掉。柳爽看出来了，太后是想杀人灭口。她皱了皱眉头答应了，但说明天上午去御春园。

这天夜里，柳爽和衣躺在床上，脑海里急剧地翻滚着……她下了最后的决心，首先换上了一身崭新的粉红色袍裙，而后翻找出一条白色绫带。

子夜时分，宫内的男男女女都在熟睡。柳爽手持白色绫带，悄悄走出房间，像一个幽灵飘到赵太后寝宫门前。她在门前的走廊内选准了一根横梁，挥手把绫带甩搭在梁上，又把带子两头系了一个死扣。她刚要将脖颈套入带内，忽然想起晋阳老家的父母双亲，一种永别的思念涌入脑际，泪水扑簌簌地流落腮下。她双膝跪在地上，朝着晋阳方向，给父母叩了三个头。然后站起身来，从容地走向悬挂的白色绫带。

柳爽终于吊死在赵姬寝宫门前的走廊横梁上。

柳怡、柳爽姊妹俩死后，赵姬心中很不安宁，因为这是她进宫以来，第一次亲手害死宫女。也不知为什么，作为太后的赵姬，从前曾受他人的践踏和侮辱，今天却也变得如此残忍，草菅人命了。她并不是自省，而是怕人们议论，尤其是怕儿子晓知真情，不仅担心她这个做太后的面子受损，而且担心吕不韦的安全。

眼下，待办的事情很多，但主要是怎样取得儿子的欢心。她想了许久，想了一个好主意。她仍然以有急事为由，命大黄门尹善去宣召吕不韦进宫。

吕不韦与赵姬不谋而合。他也认为，当今首要任务，是要给嬴政办一两件出色的事情，以取得他的信任和支持。商量的结果，就是准备由她这位母亲出面，给嬴政推荐一名治国贤士，这样，嬴政就不会注意其他琐碎之事了。

贪图酒色几乎是每个君王的嗜好，秦王嬴政也不例外。当年，嬴政即位时仅仅十三岁，但由于身体健壮发育早，长得就像大人一样，加上宫内俊俏的少女比较多，所以他受不了这种异性的刺激。在那年四月春暖花开之时，嬴政前往御春园赏景，一双扁目只顾看穿红着绿的宫女们。他登上九曲亭，那些纯真少女上前搀扶，他趁机拽住两位俏丽宫女的裙子，毫无顾忌地说："今天晚上，你们俩就去孤的寝宫，谁能让孤欢心，就让谁当王后！"这两位宫女吓得浑身打战，急忙跪下求饶。他横眉立目地说："江山是孤的，尔等更是孤的，敢不服从？"

当天下午，这两位宫女哭着去找太后求情。意想不到的是，赵姬竟然大发雷霆："混账！大王喜欢你们，你们还不知好歹！大王是天，你们是地，地待天该当如何？大王回宫已跟我讲了，想从你们当中选立出一名王后，这是绝对不行的。但你们要去蕲年宫陪宿，就只能在今夜！"那天夜里，秦王嬴政同这两位宫女睡在了一张床上。可不久，两位宫女都被他害死了。

嬴政在不足大婚年龄之前，就肆无忌惮地选宫女同居，有时还和一些宫女"野合"。

现在，赵姬终于开始给他遴选嫔妃和王后。

嬴政见母亲关心他的婚姻大事，心里高兴得不得了。赵姬告诉儿子，只能从宫女中挑选，而不能去选大家族高门庭的闺秀，这样才能有利于训导。嬴政知道母亲的心情，她出身于普通商家，恨透了有权有势的人家，当即表示同意。

吕不韦遵照赵姬的旨意，从宫内八百名宫女中，经过七八天的认真筛选，最后初定八名，交于太后，还提出建议，选定的嫔妃不宜过多，以免影响嬴政的身体。赵姬采纳了吕不韦的建议，打算先给儿子选定四名宫女。

嬴政心中不悦，怎么才选这么几个呀，干吗一次不多娶几个呢？他辩解道："母后，您不会不知道，《礼记》上记载，周代制度是'天子后六宫，三夫、九嫔、二十七世妇、八十一女御'。除后之外，妃妾如云。我怎么只纳四个妃子呢？"

"政儿，作为一国之君，不能没有女子陪伴，但不能贪恋女色，否则，既与国不利，又糟践身体！"赵姬唯恐嬴政嫔妃过多，害己害国，故苦口婆心地劝说，"随着年龄的增长，将来还可以增选嘛！再说，一下子选多了，很有可能选不合适呢！"

嬴政觉得母亲的话有道理，没再反驳。"吕相国也是这个意思，让我嘱咐你，万万不可沉湎于酒色。"赵姬为了彻底说服儿子，又引用了吕不韦的话。

"仲父本来政务繁忙，可他最爱管这些鸡毛蒜皮的小事！"嬴政对母亲提起吕不韦，心中即产生反感。

"政儿，你不能对你仲父有偏见。你应该仔细想想，仲父所辅助你的每一件事，确实都是为了你好！"

"母亲，您就安排吧。"嬴政出于孝顺，赞同了母亲的意见。

母子俩取得共识后，赵姬从八名宫女中给儿子挑选了四名。她们是：高杨氏、臧青竹、韩翠柏、无名氏。嬴政对遴选的这四位丽人还是比较满意的。不过，赵姬没有急于选定王后，而是让她们去蕲年宫给嬴政轮流侍寝，以便让儿子有一个大概了解。

贪色恋情亦是嬴政本色。他不怕疲乏，与这四位嫔妃欢度良宵。

吕不韦见缝插针，亲自去蕲年宫给秦王政推荐贤士李斯。嬴政早就知道吕不韦仿学战国四公子，招贤纳士，宾客盈门，认定仲父所荐举的李斯是一个有用之人。一心统一天下的秦王政，为了表示求贤寻士的渴望心情，在义贤殿接见了李斯，并由文信侯、相国吕不韦陪同。

嬴政上下打量一番李斯，只见此人身高七尺有余，头扎纶巾，身着蓝袍，下穿灰裤，脚蹬黑履，白色面庞如雕玉，两道青眉似卷云，锐利目光飞急电，挺拔鼻梁呈刚强，感觉他宽阔前额展睿智，微闭口角隐奇才。

"李先生，赐座。"嬴政伸了一下手臂，命李斯坐在席前。

李斯摇头，不敢入座。

嬴政笑道："孤已有惯例，凡见贤士讲话，一概赐座。"

"谢大王恩赐！"李斯双手搭躬，撩袍坐在席前。

"孤听吕相国说，李先生原本楚国上蔡人，且精通辅佐帝王之术，但不知学于何人？"嬴政垂询道。

"先师乃名扬六国之荀卿。"李斯见秦王政询问，心里颇感自豪。

"李先生为何来投奔秦国，而不去投奔其他六国呢？"嬴政想摸清李斯来秦的意图。

"大王明鉴，吾正处年富力强之时，愿意干一番大业。然学业完成之后，估量楚王不值得侍奉，而六国国势都已衰弱，没有为他们建立功业的希望；今天下七国争强，大王欲吞六国，正是吾等布衣之辈闯荡于世的机会。这就是我李斯西行赴秦的目的。"李斯直截了当地陈述了自己的真实想法。

"嗯，说得好。"嬴政点头微笑，沉思一下，又问道，"目前六国仍与我秦国为敌，但不知以何宏韬伟略，吞并六国，一统天下？"

"大王，您有如此宏伟设想，不愧为强秦君主。"李斯由席上站起，郑重说道，"平庸之辈往往失去时机，而成大功业者，就在于能够利用机会并能够下狠心。从前秦穆公虽称霸天下，但最终未能东进吞并山东六国，其原因是诸侯人数尚多，周朝德望未衰，故五霸兴起，相继推尊周朝。自从秦孝公以来，周室卑弱衰微，诸侯之间互相兼并，函谷关以东地区化为六国，秦国乘机奴役诸侯已经六代。现如今秦国之强大、大王之贤明，足以扫平诸侯，成就霸业，使天下一统，这是万世难逢的最好时机。大王成就前无古人之大业，只在电闪雷鸣之间耳！"

"先生颇有见地，孤王听后大开眼界。"嬴政心中大喜，遂欠身走下座位，伸手拉过李斯，转向吕不韦道，"相国，你所推荐的贤士确实不凡，孤一定重用之。"

"大王知天地，贤臣遇明主！"吕不韦亦走下座位，兴致勃勃地说。

李斯又继续说道："大王，我们即日便可实施大计。但要灭六国，必须先吃其一，然后逐渐吞食。同时，要采取派间人游说、重金贿赂以及密遣刺客行刺等法，以瓦解敌国联盟。而后，命良将统率大军，扫清敌顽，彻底灭之！"

嬴政点头赞肯，当即任命李斯为长史，并听从李斯计谋，让吕相国速拟密诏，实施扫平六国诸侯之谋略。

不久，秦王政又拜李斯为客卿。李斯与嬴政的感情甚好，几乎每三两天就得见上一面。李斯所奏，嬴政尽纳之。

受恩惠于秦王的李斯，已将妻室儿女搬移到客卿府居住。但李斯不忘吕不韦恩德，不仅在政务上大力支持，还经常把吕不韦请入府邸宴饮。

一次喝酒时，吕不韦向李斯说："大王这几年进步很大，懂得不少治国之术，奖赏责罚也能分了，我心中亦感欣慰。"

"除大王本身学习上进外，主要是相国辅佐有功！"李斯插话道。

"先王有托付，我焉敢懈怠！"吕不韦说到这里，长叹了一声，"不知为什么，当我上书谏言军国大事时，他经常不耐烦，同我顶撞。"

"相国，您应该清楚，人主金口玉言、一言九鼎。刚愎自用、唯我独尊，这都不足为怪。为人臣者，欲让人主听谏，得从无限忠于人主入手，必须在小事上让他欢心，而后再请示大事，这样他才允奏听之，并采纳行事！"李斯笑了笑，劝解道。

"好，说得好。"吕不韦默然沉思。

转眼间到了给秦王选拔王后完成大婚的时期，吕不韦想起李斯的指点，立即向全国发出布告，号召天下大庆，以显示霸主之威风。同时还提出，准备与太后一起为秦王选考王后。

赵姬将吕不韦的想法告诉了嬴政，嬴政听后高兴万分，满脸堆笑："仲父这般体谅，孤焉能忘怀呢?！"

在选后那一天，嬴政坐在德政殿的御座上，赵姬坐在他一侧。吕不韦主事朝廷大典，让他大会满朝百官。太尉、御史大夫、前后左右将军、御史中丞、奉常、郎中令、廷尉、治粟内史、典客、宗正、卫尉、太仆、少府、詹事、中尉、五官中郎将等，整整齐齐地位列于大殿两厢。

吕不韦手展帛诏，向文武百官郑重地宣布了考选王后的诏书。

这时，只见后宫宫长、九嫔领着高杨氏、臧青竹、韩翠柏、无名氏等四位嫔妃，缓步行至德政殿中央。文武百官将目光一下子集中在她们身上。

四位宫女出身的嫔妃，身着不同颜色的艳丽裙衫；头上绾着初婚王妃的各种奇特发型，并且均戴秦王政倡导的凤钗，以束发髻，只是插缀的步摇和耳环有所区别；遵照圣谕，她们采取素妆，略施粉面，修眉点唇，素雅醒人；几个人的面容都很俏丽，肤色也都玉白如镜；不过，她们的身材不一，有的瘦长高挑，有的微胖，有的瘦小苗条。然而，恰是瘦小苗条的无名氏，俊如花王，两眉之间长有一点红痣，醒目动人，颇添美意。

她们的姿色无可挑剔，虽说不是倾城倾国，但也是极致美貌。嬴政和她们经过十余天的生活，没有发现什么缺憾，嬴政也一直处于幸福缠绵之中。

今天挑选王后以考问学识为主。主考人是赵太后，考官则是吕相国。吕不韦向百官宣布，只拟考《尚书》部分章节，首先提出《尧典》《禹贡》《汤誓》等三节目录，让她们回答各节的主要内容。高杨氏一节也回答不出来；臧青竹回答了前两节的主要内容；韩翠柏只说出了最后一节的大概内容；无名氏答出了后两节的基本精神。对此，吕不韦没有评判，向太后、秦王政递去请示的眼神，这母子俩都摇了摇头，感到难下决心。之后，吕不韦又提出《洪范》一节，这次考问不让回答内容，要回答《洪范》是在什么背景下形成的。

过了一会儿，高杨氏、臧青竹、韩翠柏摇头不吭，唯有无名氏沉着向前，朝御座上的秦王、太后和前面的相国施拜道："周武王战胜了殷商，杀死纣王受，立受的儿子武庚为后嗣，带着箕子返回镐京。史官据此撰作了《洪范》。女子所答不知对否，请相国裁定赐教！"

吕不韦满意地点点头。赵太后从心里愿意无名氏回答出来，因为她已经看中了这位瘦小苗条且长有红痣的嫔妃，还没等相国请示，她就表态同意了。

嬴政却摇了摇头。

对于秦王的神态，吕不韦已经看出来了，但他注意用李斯的话警诫自己，不在此时说逆耳之言，只是看着赵姬。

赵姬低声询问："政儿，怎么样？她做王后行吧？"

"唉！个头儿有些偏低，又没个正式名字。"嬴政心里喜欢瘦长高挑的高杨氏，但此人没有点滴学问，也只能观赏侍寝罢了。可从身段上，又没看中无名氏。

"政儿，你不能这么看。常言道，个头儿低而才识高，无名者而成大器。再说，无名氏眉宇间的那颗红痣，会给政儿及子孙后代带来无穷无尽的红运。"赵太后既以母亲的心意，又以太后的威严，劝说嬴政。

嬴政点头同意了。

无名氏福从天降，一步登天，转眼间当上了后宫之主。

嬴政立即向全朝卿臣宣布："无名氏为王后，高杨氏为东宫妃，臧青竹为西宫妃，韩翠柏为偏宫妃。"同时命吕相国拟造封册，准备大礼，告祭天地，昭告天下。百官跪拜，高呼称庆。

嬴政兴高采烈，向文卿武将赐宴。

有些大臣背后谈论："历代秦王也没像王政这样，专门娶下人为后妃！"

"这有啥奇怪的，华阳太王太后、赵太后，不都是舞女出身吗？无名氏在宫里就从事过乐师之职。这可好了，祖孙三代能演一台戏！"一些文官武将不太理解王宫的做法。

秦王政四年正月，赵太后、吕相国按照卜者提出的双数吉祥的要求，为秦王嬴政举行了大婚庆典。

嬴政在婚姻生活上得到了满足，心里感激母后与相国，对于他俩的接触并不怎么注意了。相反地，只要有人胆敢议论太后与相国，嬴政听到了则毫不留情，马上斩首。甘泉宫的两位小黄门、两位宫女，就是因为议论秘闻而被腰斩。

赵姬和吕不韦的秘密往来又在进行着。但是，他俩的欢爱却不能堂堂入室而来，堂堂离室而去，只能在掩人耳目的情况下背地偷情。忘情欢爱的赵姬，忘记了自己是君临天下的秦王嬴政的母亲，是强大秦国的太后，对生活在九重深宫总觉得寂寞，恨不得天天拥着吕不韦。

然而，精明过人的吕不韦却不能任其发展，他尽管喜好赵姬的美色，但他提醒自己，绝不能沉溺其中，要防患于未然。更重要的是，他看到了和太后偷情的凶险，尤其是发现秦王嬴政一天天长大，嘴巴下面冒出了毛茸茸的胡子，男女之情一旦败露，那还得了！吕不韦明确地意识到，应当当机立断，从太后的怀抱中脱身。如何既满足太后的欲望，又能巧妙地脱身？吕不韦终日盘算着。

一天午后，吕不韦到相府外院的大厅里观看门客们饮酒。这些门客多数为武师，喝起酒来什么话都敢说。酒醉之后，只见嫪毐发疯般地狂叫："各位朋友，你们不行，你们对付女人不行，你们跟我比较更不是对手了，略逊一筹，我有特异之能！"

"嫪毐，你有何特异之能？"人们觉得奇怪，便问道。

嫪毐见相国在一旁，笑而不语，一些门客则哈哈大笑，似乎颇知内情。

吕不韦心里一动，等门客散去，便找来一个方才大笑的门客："你可知道，他到底有何特异之能？"

这个门客一见是相国问询，赶紧讨好地答道："回禀相国，我也是听人说起，没有亲见，这个嫪毐确有异能。据说他的阳物威猛异常，能持续勃发。有人不服，嫪毐令其找来一个无轴车轮。那些好事之人，果真搬来一个桐木制成的车轮。车轮无轴，径有四尺。大家低头看其表演，只见嫪毐毫无羞涩地脱掉了衣裤，把他的阳物直插轮轴心里，代替车轴，绕场三周，赶着车轮飞转，阳物依然蓬勃如故……"

吕不韦听得两眼发直："真要有此事，可谓神力?！"心里不禁琢磨开了，但也不敢冒险去试。

嫪毐的伟力之说便很快传至深宫。赵姬得到奏报，一时想弄个端的。她派人将吕不韦召入寝宫，问道："相府的嫪毐，真是那么神吗？"

"我也听说了，问过门客，据说的确神乎其神！"吕不韦如实回答。

"我要见这个铁男子。"赵姬终于忍耐不住了。

吕不韦等的就是这句话，他早有此意，但不敢造次。如今赵姬亲自讨要，那就另当别论，立即遵命。

赵太后的欲求是强烈的。吕不韦深信，实施金蝉脱壳之妙计，自己定能顺利脱身，只要将嫪毐骗进宫去，不仅不会得罪太后，还会更得太后的信任。

吕不韦回府后，马上派人指控嫪毐犯有重罪，审讯结束就判以宫刑。吕不韦和赵太后拿出重金，厚赐负责行刑的官吏和寺人。官吏和寺人掩人耳目，假行宫刑，只是将嫪毐的胡子、眉毛拔尽，而保留了应阉割的东西。

于是，嫪毐以宦者的身份被吕不韦送入深宫，送到了身为太后的赵姬身边……

第二十七章　弄清真伪　嬴政讨叛军

吕不韦带着嫪毐进入甘泉宫，拜见了天下第一美人赵太后。赵太后抬起双眸，仔细打量了一番嫪毐，只见此人个头高大，皮肤不算黑，但那张脸又扁又长，特别是脖子细长细长的，一说话脑袋直晃悠。她摇了摇头，让尹善把嫪毐领下去了。

没想到嫪毐给太后的第一感觉就不如意，吕不韦心里直犯嘀咕。

寝宫内一阵沉默。

良久，赵太后的眼眶里涌出了委屈的泪珠，嗔怨地说："你看，你给我选的这个人是个啥长相？"

"夫人，嫪毐长得不错呀，你的眼光太高了！"吕不韦嘴上这么说，心里有些担忧，唯恐太后拒而不收。

"你就整天哄骗我吧！"赵姬的脸上滑下两行泪，仍带有怨责的口吻，"从前，你对我倾心降志，我听了你的话，把我的洁净身子献给了你；后来，你又让我服从大业需要，将身子转献给子楚，我二话没说，仍然听从了你的摆布；现在，你怕受牵连，回避于我，想找个替身，我又依了你。可你给我选的这人……多么不受看哪！你，你就糊弄我吧……"

吕不韦抱着赵姬的臂膀，真诚地劝解道："夫人，咱俩是停靠在同一避风港的两只小舟，患难与共，同病相怜。尔荣吾荣，尔衰吾衰，你的一切就是我的一切。我怎么能忍心欺骗你呢?！"

赵姬思考着，不再言语了。

"夫人，你对嫪毐还不十分了解，这个人有许多优点，对主人忠贞不贰，一片真心；对女人全身投入，一片真情；另外，他身上具有其他男人所欠缺的神功奇能……只要你敞开胸怀，愿意容纳他，他就一定会让你心驰神往……"吕不韦见赵姬听得入神，那颗悬吊的心放了下来，继而又说道，"至于嫪毐的长相，中等偏上，时间长了，你就会习惯了，将来越看可能会越喜欢，闹不好，喜欢他要远远地超过我吕不韦！"

"瞧你这张嘴，死人都会叫你说活了！"赵姬用拳头捶了一下吕不韦，嘴角露出了一丝微笑。

吕不韦见赵姬脸上绽开了笑容，就放心地离去了。

身为太后的赵姬，敢于打破旧俗和国法，去争取渴盼的生活，除了生理需要外，还在于她藐视历代国法和传统观念对于妇女的羁绊。男人死了妻子，可以再续另娶，有钱人家、王公贵族甚至可以拥有多房妻妾，对此，法令保护，舆论允许，而女人死了丈夫，尤其王宫里的女人死了丈夫，绝不容许改嫁或再嫁，否则，就被认为违犯国法、大逆不道。这是什么法？这是什么道义？她想不通，要以实际行动对抗。

当天夜里，赵太后洗沐完毕，赶忙回到卧室，准备上床休息。以往是孟雪、孟梅等贴身宫女铺床拉被，这次把她们都打发走了，专门叫嫪毐陪床侍寝。几个宫女没多想，以为嫪毐是经过阉割的宦者，虽然给太后侍寝不太雅观，但也没多大问题，何况前不久甘泉宫的宫人们已经有了因乱口舌而丧失性命的教训，所以，再没人敢胡言乱语了。

须眉皆无的嫪毐，实际是假大黄门。他来到甘泉宫的当天夜晚，给太后铺好被子，太后的眸子里闪出一线柔情，命他一起上床。他有些紧张、恐慌，这，这是真的吗？白天她还在冷淡他，怎么到了晚上她就……但他一看这位至尊至贵且又风韵犹存的太后，刚从浴盆洗沐出来，那似透非透的白色纱衫遮掩着赤裸松酥的玉体，简直就像出水芙蓉，不禁令他激情满怀，神游心荡，那种特异功能立即迸发出来……他忙手忙脚地脱掉衣裤，把她抱进怀里，又抱到松软而光滑的锦缎床上。倚窗而待多日的赵太后，哪里还把持得住，开始还半推半就，瞬间就顺顺从从，尤其享受到他那伟力神功，顿觉一阵令人心醉的眩晕，两人便一起卷入到旋涡汹涌的大潮之中了。

吕不韦总算给赵姬办了一件好事．赵太后和嫪毐睡在一起，快活得死去活来，她打心底感激吕不韦。即使吕不韦不常来甘泉宫，她也不在乎了。

的确，吕不韦每天忙于朝政，批阅谏书，再也顾不上去甘泉宫了。

然而，赵太后对情爱的需求有增无减。她几乎夜夜让嫪毐陪伴，嫪毐也终日不离太后左右，两人朝夕相处，日夜相随。观此情景，大小黄门和宫女们谁也不敢胡乱猜测，更不敢生编硬造。

聪明的嫪毐，注意观察朝中形势，分析群臣的政治地位，认为只有相国吕不韦、客卿李斯深受秦王器重，其他人还都抢不上槽子，除了学识不高，为人处事也不行。想到自己，没读什么书，只会耍耍剑，剑艺也不精，但有一个最大的长处，不仅忠实于主子，而且善于让主子欢心，几件事就能打动主子的心，取得主子的信任。

现在，他给太后办了三件事：第一件，用自己的俸禄给太后买来鹿角、鹿茸，用以滋补身体；第二件，他托人从华山给太后买来一件狐裘大衣，以备冬季防寒穿用；第三件，他亲自组织甘泉宫的侍卫，在后院苍老遒劲的古松下练习戟、矛、剑、棍，以警卫宫院的安全。这样，赵太后就更加喜欢嫪毐了，把他视为心腹，嫪毐那"长脖雁"的长相越看越爱了。

吕不韦和李斯在朝堂内外的影响比较大，嫪毐有意地把他俩的情况说给赵太后听，并慨叹自己远不如他俩，远不如他俩在秦王面前所受的宠信。赵太后明白了，嫪毐是想得到嬴政的宠爱和信任，企盼官爵不低于吕不韦和李斯。

嫪毐已经是我太后真正的男人了，怎么能仅仅只有个大黄门的官衔呢？赵太后想了两个主意：一个是她先找一下嬴政，把嫪毐的才能详细描述一番；另一个是让嫪毐想方设法地接触嬴政，也给嬴政做几件漂亮事情，争取在朝中享有盛誉。赵太后所想，正是嫪毐所需要的，他虔诚地跪在她的脚下，作揖叩谢。

赵太后找了个借口，就到蕲年宫跟嬴政见面了，说完正事便提及嫪毐，夸个没完，赞不绝口。嬴政知道嫪毐是吕不韦推荐的，吕不韦还经常谈到，他最信任的门客有两位，一位是李斯，治国文人；一位是嫪毐，忠诚武师。李斯现已起用，嫪毐尚未册封，既然母后、相国都很赏识嫪毐，那么不妨召见一下，也可定夺任用。嬴政答应母亲，立即召见嫪毐。

嫪毐是个福大命大造化大的人。一个偶然的机会，他在生活上突然得到一国之母太后赵姬的钟爱和体贴；又是一个偶然的机会，他在政治上竟然受到一国之君秦王嬴政的信任和器重。

他同样是被宣到义贤殿，受到嬴政的召见和款待。陪同嬴政的还有赵太后、吕相国。酒席宴前，他的表现不同于李斯。他最爱饮酒，硬说不会，并且一直侍立于席前，说啥也不入座。嬴政垂询嫪毐，入宫是为了什么？嫪毐回答得很干脆，他说入宫的目的就一个——保卫大王安全，誓死捍卫大秦！他那种无限忠诚于秦王的神态，深深地感动了嬴政，嬴政立即任命嫪毐为卫尉，负责整个后宫的安全。嫪毐高兴极了，急忙伏地，叩谢秦王政。

任何事情重要，也莫过于人的生命安危重要。嫪毐懂得这条道理，秦王政、后妃、秦王政的亲眷等人性命的警卫大权握在他的手上，责任重大，不可忽视，尤其是将秦王、王后、太后等人的安全放在首位，丝毫马虎不得。他对这些重点宫殿加强了警备力量。

嫪毐还是有一定本事的。自从他当上宫廷卫尉以来，后宫的秩序井然，没有发生安全问题。可是，嬴政表彰他还没有多久，突然在蕲年宫发生了一起刺客行刺事件，多亏他值班严谨，防备得力，及时逮捕了刺客，两男一女，没有造成任何损失。但他的右臂受了刀伤。为此，嬴政更加信任他了，还奖赏他一百两黄金。

嫪毐的忠君思想树立得越来越牢固了。他天天督查侍卫放哨，只要发现有人离岗或失职，就严加惩戒，轻者棍罚，重者杀头。而他自己则身体力行，从不懈怠。为了秦王的安全，嫪毐每宵都站在蕲年宫檐下，一站就站到天亮。当然，他也没有忘记去找赵姬偷情，晚上不得脱身，白天也要见缝插针，拐弯抹角地去趟甘泉宫，欢爱从未断过。

结果，多年未孕的赵姬又一次怀孕。赵姬知道以后并不害怕，但寡居怀孕的名声一旦传扬出去，实在难听，想了想决定吃药打掉孩子。奇怪的是，嫪毐胆大妄为，非要让太后生下他的儿子，说什么儿子长大了可以给他嫪毐家干一番大事业，而太后竟也痴痴地同意生下儿子，并为此居然不怕得罪秦王嬴政。

赵姬找到郭半仙给她占卜一卦，郭半仙根据她抽出的卦签卜算，建议她立即搬出甘泉宫，方可逢凶化吉。赵姬趁嬴政来甘泉宫看望她的时候说，卦象指示，应迁徙宫室，以避灾祸。嬴政孝顺母亲，唯诺听命，且又迷信占卜，所以当即同意，安排车辆人马，帮助母后搬迁。

京都咸阳往西两百里的雍水旁，山清水秀。秦昭襄王在那里建造了一座赏景的行宫，名曰棫阳宫。赵姬则把徙居宫室定为雍水旁的棫阳宫。在临离开甘泉宫那一天，空中飘着雪花，寒风阵阵袭来。嬴政为母后牵着双辕骏马走出秦宫，又为其扶辇百步有余，赵姬感到一阵悲酸凄楚，满腹的话无法倾吐，潮水般的泪水簌簌地流了下来。

赵姬迁走后，嫪毐更加忙碌了。他不但在王宫中行使卫尉职能，头上还有一个宦者职衔，侍奉太后是理所当然的事情，因而他得三天两头地跑一趟械阳宫。宫中侍卫们一看嫪毐经常不在岗，开始议论他，说他不关心秦王的安危。嬴政听到了反映，考虑他确实很忙，没有责备他。

嫪毐给嬴政留下最深刻的印象是除夕那天深夜——

行刺嬴政的事件虽说是偶然出现，但多数发生在某个具有特殊意义的日子里。大年三十夜晚，谁都愿意在这个时间里与家人团聚，嫪毐也不例外，当然他不是想和家中的妻室儿女团聚，而是想和赵太后共度除夕之夜。然而，嫪毐却舍弃了回家，也没去雍水械阳宫，毅然决然地在蕲年宫檐下站了一个通宵。

天亮以后，嬴政起床走出寝宫，发现嫪毐荷剑侍立于檐下，满脸冻得通红，身上的裈裆也被霜雪浸润得又黑又亮，坚硬得像铁片一样。嬴政感动得拍了拍嫪毐的臂膀，说："嫪卫尉，你为了警护孤的安全，一个人站在外边度过了除夕，孤心中十分不安。"

"回禀大王，您的安全是秦国百姓的福祉，也是我嫪毐的福祉！"嫪毐的眼眶内闪动着热泪，继而虔诚地说，"您度过一个安宁的除夕之夜，今天乃正月初一，尚可再过一个快活的诞辰之日！"

"好，好！寡人赏五百两黄金，感谢你对寡人的一片忠心。"

"谢大王！"嫪毐跪伏在挂满冰霜的石板路上，向秦王叩了三个头。

"起来吧。早膳过后，去找赵高领取。"

"是！"嫪毐的两条腿早已被冻得没了知觉，他费了好大力气才站起来。望着离去的嬴政背影，心里有一种说不出的得意。

嫪毐顾不得吃早饭，饿着肚子就去找赵高索取赏金。

满肚子花花肠子的赵高，拿着秦王政的指令，从国库里领回五百两黄金，交给嫪毐说："嫪卫尉，你小子是个大能人哪，一个肩膀靠着太后，一个肩膀靠着大王，满朝文武谁能比得了你?！"

"赵大黄门，你不能这么说呀，我嫪毐没有你那张嘴，全是靠自己的力气和汗水干出来的。"嫪毐很不服气地说。

"不过，我得提醒你一句，你不能靠太后靠得太近乎了，小心被烤煳了。"赵高话中有话。

"你，你这是胡说！"嫪毐的脸色变了，捧着黄金的那双手直打哆嗦。

"嫪卫尉，不要打肿脸充胖子。你知道吗？后宫里有不少人议论你，说你是混进宫里来的！"赵高一见嫪毐惊慌，心里更有底了，等着看他的笑话。

"赵高，你，你……"嫪毐听了赵高的这番话，犹如当头挨了一棒，气得浑身发抖，他放下黄金包裹，朝着赵高，"啪"的一声，就是一记耳光，厉声骂道，"混蛋！"

赵高摸了摸挨打的腮帮子，翻了翻白眼，转身溜走了。

窝了满肚子火的嫪毐，蹲在黄金国库门外的台阶下边，反复思考赵高甩出来的恶语，觉得有些后怕，后宫的嫔妃们一旦胡言乱传，传到秦王政的耳朵里，那他嫪毐就要受到查验，小命可就呜呼哀哉了！

他想了想，还是舍财保命吧。

夜间，他利用值勤带班的机会，把这五百两黄金分成四份，偷偷地送给了无名氏、高杨氏、臧青竹、韩翠柏。除了王后，三位嫔妃都感激嫪毐的慷慨赠送，唯独无名氏阴冷着面孔，没说一个"谢"字，但也把黄金收下了。

总算万幸，风波未起。

嫪毐反而又迎来了一件大喜事——

秦王政七年二月，嬴政坐在德政殿的御座上，当着满朝百官的面，宣诏册封嫪毐为王后卿，赐爵号长信侯，将丰饶的河西太原郡封为嫪毐的领地，雍城宫中的一切事情都听命于嫪毐，而且，雍城的一应军政也都尽委嫪毐。实际上，嫪毐成了雍城这个小小王国的国君。

嫪毐跪在大殿上，叩拜不止，感激涕零。

封卿誉侯的嫪毐，一步登天，与文信侯、相国吕不韦平起平坐。群臣们着实不解，大王因何这样重用嫪毐呢？

吕不韦当然不会讲什么，因为嫪毐是他推荐的，且又是相府的门客。

但李斯内心深处觉得不妥，秦王不应该这样漫无边际地封赏嫪毐，一旦控制不住，嫪毐将是秦国内部最大的隐患。可是，君无戏言，秦王既然出口册封，谁还能反驳呢？李斯暗暗叹气。

嫪毐富甲天下，威风凛凛。他的童仆卫士很快达数千人，投其名下、探问仕途的门客也达千余人。他万万没有想到，在这么短的时间内，自己竟然在强大的秦国国土上大红大紫起来。

嫪毐当了王后卿之后，更加忘乎所以。他经常骑马去槭阳宫，拜见赵太后。太后与嫪毐相聚欢爱，俨然一对恩爱夫妻。

五月二十八日，夏太王太后辞世。夏太王太后生了个有心计的儿子庄襄王子楚。子楚之儿是嬴政，嬴政为当朝君王。夏太王太后生前一直认为，嬴政是她的正根正叶，感到无限欣慰。

夏太王太后乘鹤归西，举国上下为之哀悼。

嬴政亲自穿起孝服，给这位一生凄苦的祖母示哀守灵。同时，还向全国发出诏命："百官百姓一律挂孝，一月之内不许欢歌。"

徙居槭阳宫的赵太后，因刚生了儿子，身体还很衰弱，不敢冒险回秦宫给婆母祭丧吊唁，假托患病卧榻，只派大黄门尹善代她到秦宫向夏太王太后致哀。

无名氏、高杨氏、臧青竹、韩翠柏等后妃们，也都穿着白色孝衫，守护在夏太王太后灵柩前。她们作为孙媳妇都前来致哀了，赵太后作为儿媳妇却不见踪影，她们窃窃私语，悄悄指责赵姬。

夏太王太后大丧过后，后宫里流传着赵太后许多坏话。居住在升龙殿的太王太后华阳夫人也听到了。宫女们告诉这位先王国母，关于赵太后的秽言秽语主要来自兴起殿的无名后。

鉴于无名氏当了王后，人们称其为无名后。

年已六旬的华阳夫人，听说是无名后挑动是非，心里很生气，家丑怎么能外扬呢？再说，证据不确凿，焉能胡乱猜疑？华阳夫人带上大小黄门、贴身宫女们，乘坐凤辇，前往兴起殿，兴师问罪。

无名后一见奶奶到了，赶紧上前搀扶，亲自沏茶倒水，殷勤接待。

华阳夫人先是夸赞了一阵无名后，说她有灵气，有智慧，这么年轻就当上了王后，接着向她指出，不应该说婆母的坏话，作为儿媳妇理应维护婆母的威信，家和万事兴。还特别说了一句，谨言慎行，方可免大祸矣！

谁都知道华阳夫人是一个厚道明理、德隆望尊的人。这位老人在宫廷里生活了几十年，什么事情没经历过呀？！所劝说的话当然很金贵。可是，无名后却说："您老是金子，永远闪光，我恨不能一天给您叩三遍头。太后是废铜烂铁，乌黑发臭，不值得我尊重！"

"你咋这么讲话呀？这哪里像王后讲的话？"华阳夫人不高兴了，但她压了压火，继续劝解道，"孩子，你还年轻，人间世故还不十分明白。太后年纪不大，寡居深宫，很不容易嘛！即使有些风言风语，你是儿媳妇，不应人云亦云，跟着声张。难道你不清楚，赵太后是大王的亲生母亲，这其中的要害有多大？另外，你也应该讲点义气，当初你能坐上王后的宝座，多亏了太后向大王讲情。这会儿咋就全忘了呢？"

"谢太王太后指教！吾听令。"无名后表面上答应下来。

华阳夫人一走，无名后就命人去找赵高。

赵高鬼鬼祟祟地来到兴起殿。宫女们把赵高领到无名后的寝宫里，都自动离去了。

"主子，奴才向您请安了。"赵高跪在青蒲上，向卧在床上的无名后叩头。

"快起来吧！"无名后说着欠身坐起，故意地问道，"赵高，你知道我叫你干啥来吗？"

"知道。"赵高眨巴了一下那双贼眼。

"那你……"

"请不要说了，我知道您现在的意图。"赵高打断了无名后的话，诡秘地说，"我正在考虑下一步的行动。"

无名后点了点额首，又问道："赵高，你听到别人对我有什么反映吗？"

"主子，只要你把嘴巴封得死死的，就不必担心什么！"赵高没有正面回答，便已经暗示无名后嘴松漏风的缺点。

无名后闭上双眸，牙齿咬住嘴唇，痛苦地考虑着：朝中有了吕不韦、嫪毐，后宫有了赵太后，我这位王后纯粹是个傀儡，只有把他们仨彻底击垮，我才会有出头之日。

好斗而又无能的无名后心急如焚，还想跟赵高说什么，可睁眼一看，不知什么时候，赵高已经离去了。

赵高进宫已有十二年了，早就喜欢上权力。他也意识到吕不韦、太后、嫪毐这三个人挡住了他前进的道路。他认为，吕不韦和太后是不可明着惹的，唯有嫪毐可以明争暗斗，只要把嫪毐的假宦者面具撕破，相国和太后也就不攻自灭了。

寻觅嫪毐的破绽，是赵高急待完成的首要任务。

嫪毐在赵姬的娇惯下，无所顾忌，这种破绽终于出现了——

秦王政九年，赵太后又给嫪毐生下第二个儿子。嫪毐得此消息后，立即骑马到櫆阳宫，看望他的儿子和太后。他万分高兴，喜不胜喜，回到咸阳后，马上在他的府邸摆了十桌酒席，并请朝臣和宾客，大肆豪饮。饮酒当中，一位名叫沈义的朝臣，看到嫪毐狂傲自大，目中无人，遂劝解道："嫪大人，您本是王后卿，又被封爵长信侯，可谓官高位显，权倾朝野，但您不可妄自尊大、骄横无理，而应以礼待人、广纳贤士、服务朝廷……"

"怎么，老子说你是'窝囊废'你不服啊。"嫪毐一连喝下三樽酒，醉意更浓了，只觉得胆气豪壮，头脑发涨，不无炫耀地说，"你，你知道不？我，我，我是当今太后的……心上人，是当世大王的……假，假，假父，像我这样的身份，你，你区区朝臣……还敢顶嘴！"

众人一听，感到十分惊讶！他们放下酒樽，面面相觑，谁也没说话。

沈义放下没有喝完的半樽酒，转身离去。

嫪毐的隐私暴露以后，这个传闻不胫而走，有人将嫪毐的酒后真言告知成年的秦王嬴政，并说嫪毐不是真宦者，而是冒充的。嬴政听后不由得心头一震，那种无名怒火在胸中燃烧起来……

又气又恨的沈义，离开王后卿府，快步去往王宫，专门求见大黄门赵高。赵高听罢沈义一五一十的叙说，心中非常高兴。嫪毐在席间露出的破绽，恰恰是他走向地狱的敲门砖。这使赵高更加坚定了信心，非将嫪毐的假宦者证据弄到手不可。

祸从口出。嫪毐酒醒之后，意识到自己这张破嘴惹下大祸。他马上命人把郭半仙请进府来，给他占卜测命。郭半仙一见嫪毐，发现他满脸横肉，并非好人，当场拒绝占卜。嫪毐心中不悦，硬是逼郭半仙道出真情。郭半仙无可奈何，只好说出内心隐言，告诉他，面带凶杀之气，大祸即将临头。嫪毐一听，怒火填胸，脱口大骂，令郭半仙滚出府门。郭半仙强忍愤怒和羞恨，默默地走出嫪毐府邸。

当时正值酷暑，骄阳暴晒，空气稀薄。郭半仙走到路旁的梧桐树下，一边纳凉，一边思考惩治嫪毐的办法。

恰巧，赵高由街道对面走来。

两人见面后，都不由自主地谈起了嫪毐。郭半仙虽然也很讨厌赵高，但相比之下，心里更恨嫪毐。因而，在商量惩治嫪毐的过程中，他俩不谋而合。最后，还是赵高的鬼点子多，想出了一个馊主意。郭半仙笑着，点头同意了。

不入虎穴，焉得虎子。处心积虑的赵高，一连几个午后，骑马赶到雍水河畔，藏在岸边的树丛里，等待嫪毐到河里洗浴。嫪毐每天必到，洗完澡以后，就去械阳宫找赵姬欢爱。赵高一个人不敢冒险捅这个马蜂窝，每次看罢，都是悄悄骑马回城。

掌握了嫪毐做事的行程，赵高这才告知郭半仙一起行动。

这天午后，骄阳仍像一个大红火球，蒸烤着大地；天空蓝得透亮，亮中泛着白光，然而没有一丝风。

赵高和郭半仙早已潜藏在雍水河畔的树丛中，焦心焦虑地等待嫪毐钻入河中。他俩的骏骑则拴在老远的山坳里。

大河两岸，十分寂静。

嫪毐走来了。只见他把衣服脱在离树丛不太远的地方，还把佩剑放在衣服旁边。光着身子，扑通一声，跳进雍水河中。

赵高、郭半仙听到嫪毐跳水的响声后，松了一口气，心想这只恶狼终于落网了。赵高悄悄地钻出树丛，手里提着根长长的竹竿，爬到衣服堆附近，伸出竹竿，将嫪毐的衣裤一件一件地挑了过来，但没有动那只佩剑。赵高抱着这身散发着汗味的潮湿衣服，提起竹竿，又猫着腰返回树丛。

不一会儿，嫪毐由河中心向岸边游来。在快接近河岸的浅滩处停止游动，"哗啦"一声，赤条条地跳出水面，登上岸滩。他感到透心凉爽，无比惬意，嘴里唱着秦腔小调，朝放衣服的地方走来……走近一看，衣服不见了，只有那把佩剑还放在原地。

嫪毐觉得很是奇怪。

这时，赵高、郭半仙已经站在堤岸上，打量了嫪毐的下身，唯见双腿交叉处阳物齐全，应有尽有，哪里是受过阉割的宦者？

嫪毐猛一抬头，发现赵高、郭半仙从对面走来，不禁吓出了一身冷汗，下意识地用双手捂住羞处，随后破口大骂道："赵高，你个挨千刀的，你缺八辈德啦！"

"嫪毐，少废话，大爷今天终于看清了你的真面目。"赵高幸灾乐祸，冷笑了一声，又将了一军道，"你敢光着屁股跟我们去见大王吗？"

"你不是人！"嫪毐一手捂着阳具，一手抽出宝剑，朝赵高杀来。

赵高赶忙闪在一边。

郭半仙亦举起手中的短剑，"当"的一声，架住对方利剑，轻蔑地说："嫪毐，你光着身子上阵，难道就不怕死吗？"

嫪毐不吭声，举剑就刺。郭半仙从容对敌，挥剑迎击，不到十个回合，只听"唰"的一声，就把嫪毐左大腿根部刺出一条血口子。郭半仙紧杀不舍，又听"嚓"的一声，将嫪毐的护身宝剑砍下半截。嫪毐吓得面如土色，往后退缩了几步，"扑通"一声，光着屁股跪在地上，不住地求饶，并再三恳求他们给他保密。

郭半仙停止击杀，把短剑插入剑鞘内，道："起来吧。"

"快，快，快给我衣服！"嫪毐的一双手仍捂着那见不得人的东西。

赵高把那身脏湿的衣服扔给嫪毐。

郭半仙、赵高转身离开雍水河岸，朝着山坳里的骏马走去。

嫪毐嘱咐他俩给他保密，这真是做梦！赵高花费了几天的时间和心血，为的就是找到真正的证据，彻底击败嫪毐。

当天夜晚，赵高先去蕲年宫的门房寻找郭半仙，准备两人一块儿面见大王。可是，郭半仙已悄悄出走，返回华山隐居去了。

心急如焚的赵高，再也不能等待，一个人快步来到蕲年宫正殿，秘密地求见秦王政。嬴政听罢赵高禀报，气得两眼直冒金星，掌击御案，咆哮怒骂，恨不能将嫪毐碎尸万段。

为了弄清嫪毐进宫的真实原因，嬴政指派一位名叫蒙毅的年轻将军，调查此事。

蒙毅是大将军蒙骜的次孙。蒙骜能征惯战，屡立战功，在七十三岁那年，不幸在战场阵亡。蒙骜原打算告老还乡，将军权交于儿子蒙武。没想到蒙骜死后，吕不韦和李斯再三谏劝秦王政，万万不可把军权专于一人。于是，嬴政将蒙氏的军权分给王龁、王翦、桓齮等将军。同时，加封蒙武为裨将军，亦是主要掌军权之人。并任命蒙武的长子蒙恬、次子蒙毅为尉将军。

当夜，蒙毅赶到蕲年宫，秘领王命。

翌日，蒙毅带领四名心腹士卒，深入后宫，秘密侦查，终于找出给嫪毐阉割掌刀的寺人：一个叫辛凡，一个叫毕仇。

开始，辛凡、毕仇拒不承认给嫪毐阉割。蒙毅很有耐心，经过三天的拷打和审讯，这两个寺人迫不得已承认下来。但是他俩死不交代背后的指使人。

穷追不舍、追根溯源，这是蒙毅领受君命的要求。蒙毅判断，辛凡、毕仇之所以能够给嫪毐这个假太监开好进宫的"通行证"，并登记入册，列为名副其实的宦者，背后肯定有一个大人物授意。查出这个大人物要比除掉嫪毐这个恶棍重要得多。忠实而可靠的蒙毅，一直替嬴政这么想着。所以，丝毫不敢松懈，天天想方设法，诱导两位寺人供出背后的指使者。

蒙毅的想法是对的。嬴政还没有动手逮捕嫪毐，主要是在等待蒙毅的审讯结果。

离开雍水河畔的那天下午，嫪毐风风火火地跑向械阳宫，去找情妇赵太后。

赵姬看他神色不对，急忙问他发生了什么事？嫪毐便把他在雍水河中洗澡受到赵高和郭半仙监视的前前后后叙说了一遍，并且说要赶紧商量对策。

赵姬闻讯，大吃一惊，口中不停地说："坏了坏了，这下子一切都坏了。"她心想，什么对策，能对付得了一国之君呢？再说，嫪毐同我的隐私暴露出来，我还给嫪毐生下两个儿子，政儿能善罢甘休吗？她愁坏了，愁得两眼"吧嗒、吧嗒"地直掉泪珠。

嫪毐气急败坏，提出起兵造反、推翻秦王嬴政的统治，让自己的儿子登基坐殿，建立嫪氏王朝。赵太后摇头反对，一个王后卿、长信侯，居然要推翻强大的秦王统治，谈何容易？她对嫪毐丧失信心，哭得更厉害了。

举兵奋战，就是战死，也比束手被擒强得多。嫪毐的决心已定，哪怕是铤而走险也要大干一场。

为了调兵遣将，他趁赵姬大哭而不留意其他事情的时候，悄悄偷出她的玉玺大印，急忙溜出械阳宫，骑马赶回咸阳城的王后卿府。

这天夜里，嫪毐没有急于找他的死党密谋，而是带领两名武士潜入德政殿的后院，待夜深人静时，又深入后院的蓬莱阁，偷出了秦王玉玺大印。同样，也是为了调动军队将士所用。

回府后，他连夜召集经他提拔的二十多人结成的死党，研究策划反秦纲领，安排部署兵力。他用秦王大印调动宫廷侍卫一万人，用太后大印调动械阳宫侍卫五千人，并把家兵、家丁编队凑够五千人，总共兵力达两万人。他任命卫尉伯竭为左先锋，率兵八千攻打德政殿；任命左弋仲竭为右先锋，率兵八千攻打雍城附近的蕲年宫；任命内史伯肆为粮草兵器使；任命中大夫令季齐为殿军，他也随殿军一齐行动，且担任总指挥。发兵进攻时间定于七天后的凌晨丑时。

第六天下午，在宫廷审讯室内，辛凡、毕仇向蒙毅提出，只要免除对他俩祸灭九族的刑律，他俩死而无憾，必定交代出背后指使者。蒙毅听后仔细想了想，觉得一人犯罪一人当符合实际，何况他俩现在交代的问题恰是嬴政所需，也就答应了。

辛凡、毕仇终于交代出幕后操纵者，是文信侯、宰相吕不韦，条件是赏给他俩每人一千两黄金。之后，辛凡、毕仇拿笔写出了供词，分别在供词上画了押。

蒙毅揣上供词，离开审讯室，往蕲年宫找嬴政复命去了。

嬴政看过两位寺人的供词，气愤不已，仲父果然参与了此事，且是主谋，这不是自寻绝路吗？嬴政不露声色，赞扬蒙毅办案有功，又令其保守机密，奖励两吊钱，嘱咐蒙毅将两个寺人就地活埋。

蒙毅自感欣慰，躬身谢过秦王。

蒙毅前脚走，赵高后脚到。

满头大汗的赵高，向秦王急报嫪毐准备明晨起兵造反的消息，并呈报嫪毐窃取太后和秦王两枚大印的消息。嬴政分析认为，嫪毐手中至多拥有两万人马，这么点兵力不可能发起全面进攻，他只需调动五万精锐军队，即可彻底粉碎嫪毐势力。于是，嬴政当即拟诏，秘令昌平君、昌文君、王翦等人率驻咸阳三万步骑兵，守卫以德政殿、升龙殿、兴起殿等为重点的王宫，战于咸阳，攻击嫪毐府；神将军蒙武、尉将军蒙恬率两万军队，潜伏在雍城四周，准备歼灭前来袭击蕲年宫的嫪毐叛军；尉将军蒙毅率五千骑兵，担任护驾任务。所有将士一律在今夜子时前做好迎战准备，同时进入潜伏地点。

军令如山。各位将军接到秦王秘令，马上行动，率军整队，按时出发。

蒙毅命人在审讯室内挖了一个大坑，把辛凡、毕仇就地活埋，然后把这间审讯室的房门封了起来。晚饭后，蒙毅感到浑身疲乏，正准备休息，忽然接到秦王政的军事密令，背着家人，立即率五千骑兵赶往蕲年宫。

嬴政见蒙毅率军赶到，立即披甲上马，手持宝剑，与其秘密潜藏在雍城北面的山谷里。

丑时刚到，双方战鼓雷鸣，杀声震天，一场叛乱与平叛的大战开始了。

雍城、咸阳城火光映照、一片火海。

大约过了两个时辰，激战逐渐平静下来，尚可听到人的哭喊声、马蹄的奔驰声。

嬴政又骑马回到蕲年宫大门前，蒙毅率领骑兵跟在身后。这里尸体横卧，血流满地。这时，只见蒙武、蒙恬父子俩骑着马走来，几个士卒押着丢盔卸甲的左弋仲竭跟在后边。

坐在马上的蒙武，向秦王政抱拳复命，雍城大战告捷，俘虏了嫪毐的右先锋左弋仲竭。

紧接着，吕不韦、王翦两人骑马赶来。吕不韦向秦王政报告了咸阳获捷的消息，并说已将嫪毐府全部封禁起来。王翦还向秦王政报告了嫪毐逃跑的消息。

嬴政知道吕不韦的来意，无非是想证明自己与嫪毐断绝了关系，心想：现在已经晚了。他没有理睬吕不韦，而是让诸将赶紧返回京城，迅速派人捉拿嫪毐。

众人离去。嬴政向蒙毅一摆手，脚磕镫，手挥鞭，率领五千骑兵，朝着雍水旁的棫阳宫奔去。棫阳宫的五千卫队都已不在。因为嫪毐偷走了赵姬的印玺，将他们全部调走，编在叛军之中。

一个月之前，嬴政就听说嫪毐有两个儿子，一直藏在地道里抚养。他心中的怒火压抑了许久，直到现在又燃烧起来，命令蒙毅派人搜查。

蒙毅带领十余名骑兵，钻到地道里搜寻，终于找出了嫪毐的两个儿子。他们遵照秦王政的旨意，将这两个男孩装入一条布袋里，用一条小绳子系住袋口，之后举起口袋使劲摔砸，仅仅几次，袋中的两个孩子便摔死了。

嬴政独自朝着棫阳宫的寝宫走去。

寝宫内，赵姬一个人躺卧在床上，面对这残酷的现实，不禁想起从前她和嬴政在邯郸度过的含诟忍辱、历尽艰辛的岁月，双眸流下了两行苍凉的清泪。

守护在寝宫门外的孟雪、孟梅，一见秦王走来，赶忙迎上前去，跪在地上，叩拜伏首道："启禀大王，太后身体患病，现正卧于床榻，让奴才转告，太后不想见大王！"

"哦！"嬴政止住脚步，了解母后此时的心情，既痛苦，又悔恨，没脸见自己。哼！这样的母后不见也罢。

他默默地离开这里。

但是，他命令蒙毅，棫阳宫内的一百余名大小黄门和一百余名宫女，除去孟雪、孟梅两位贴身宫女可以留在棫阳宫以外，其余人等一律带回京城问斩。

嬴政拽过缰绳，搬鞍上马，挥鞭策骑，朝着京师咸阳奔去。

第二十八章　政治阴险　仕途命多舛

三伏酷暑的高温笼罩着咸阳城，街道滚动着灼浪般的蒸烤，似乎宇宙里的空气已都凝固，唯有贯穿秦王宫的那条长长的渭河，还闪烁着带有凉意的波光。从空中俯视或从远处观览，犹如龙蛇盘踞在宫山殿海之中。

秦国京师咸阳城仍处于全城戒严之中。

七天前的清晨，秦王嬴政曾向全国发出逮捕嫪毐的通缉令：活捉嫪毐者，赏金五千两；杀死嫪毐者，赏金一千两。

前一天下午，裨将军蒙武带领两个儿子蒙恬、蒙毅，率三百骑兵，赶到山阳地区，在一位名叫葛胡的农妇配合下，从地窖里捉到了嫪毐。

这天清晨，所有城门和路口都张贴了车裂嫪毐昭示以循的御告。

时至午时，日上中天，正当酷热难熬之际，朝廷定在乾坤殿前的广场上车裂嫪毐。

乾坤殿位于秦王宫的西南隅，坐北朝南，敞开十八间，其中正殿为六间，东、西偏殿各六间；殿脊飞刺朝天，且塑有各种彩瓷雄姿神兽；殿顶套嵌的金黄翠绿的琉璃瓦被阳光映照得鲜艳夺目，熠熠生辉；殿廊内矗立着九对大红耀眼的文杏明柱，每根明柱下摆着一盆火焰般的石榴树；殿廊前设有七个写有歌颂历代秦王功绩铭文的铜铸大鼎，载入史册，激励后人；正殿、左右偏殿之廊下各铺就一排共八十八个玉石阶，一直延伸到广场前。

秦王政在正殿廊下设座，左边有老相国昌平君、昌文君，右边有无名后、李斯，还有几百名文官武将，就连嬴氏权贵、后宫嫔妃和各种掌权的黄门、女官们也都来了。唯独文信侯、相国吕不韦不在场。

广场东西两侧分布八千名侍卫军，他们个个明盔亮甲，人人手持长矛，俨然铁壁铜墙。

这时，只见蒙毅携八名屯卫军兵士，将嫪毐押到秦王政面前。可是，嫪毐拒不跪拜，仍然傲慢地站在那里。蒙毅走到嫪毐身后，"啪"的一声，飞起一脚，踢在嫪毐的屁股上。嫪毐来了个嘴啃地，一下子趴在地上。

嬴政挥手示意，让蒙毅准备用刑。

蒙毅领命，转身命屯卫军的五名大力士车仆，驱驾五辆马车入场。

五名车仆各牵着辕马缰绳，按五个方向，使马头朝外，车尾相对。

八名屯卫军兵士从地上揪起嫪毐，押到马车中间，又将嫪毐的脖子、左手、右手、左腿、右腿分别绑缚在五辆车上。

嬴政一看，准备就绪，命李斯宣读嫪毐罪状。

李斯两手展开布帛，大声宣念道：

秦王诏曰：

据御史查明，嫪毐胆大妄为，私隐大阴，污秽宫禁，且又偷窃大王、太后之玉玺，假令宫中侍卫，聚众反叛，袭击圣驾，罪大至极，绝不可赦。故对其五马车裂，以慑同类之胆，以显吾王之天威，以保天下之太平。

秦王政九年七月八日

李斯宣毕，站在石阶下面的大黄门赵高，展动手中的传令白旗，尖声厉喝道："车裂嫪毐！"

怒钟愤鼓齐鸣，呐喊鞭声骤起。五位力士车仆，连喊带叫挥鞭，驱赶辕马奋力前奔。五匹烈马迅猛扬蹄，拉着五辆车子朝五方拼挣。霎时，只听嫪毐一声惨叫，继而碎尸五方，广场上拖出五道鲜血踪迹。

乾坤殿前的几百名文卿武将和广场两侧的八千名侍卫军将目光一齐扫向被五马分尸的嫪毐。

接着，李斯又向百官宣布御诏。此次平息嫪毐叛党有功者，昌平君、昌文君俱赐黄金五千两，增加粟米二千石；蒙武、王翦皆晋大将军；蒙恬、蒙毅俱封卫尉将军；李斯晋封为廷尉；赵高为中车府令。凡参战并守卫宫禁的将士、宦者、女官、侍女等，均可增薪一等。智擒嫪毒者——山阳农妇葛胡，功劳卓绝，奉献突出，特赏黄金五千两。

殿阶前的百官和八千名侍卫军，以及后宫嫔妃、宫女们，一起跪拜谢恩。

第二天，嬴政又下诏，将跟随嫪毒叛乱的卫尉伯竭、内史伯肆、左弋仲竭、中大夫令季齐等二十人判处枭刑，即斩下头颅悬挂在木杆上。同时，灭其家族。对其家臣，罪轻的处以鬼薪之刑，即服为宗庙打柴三年的劳役。令四千余家剥夺官爵，迁徙到蜀郡，住在房陵县。

这些大事，嬴政都交给廷尉李斯去办。

文信侯、相国吕不韦在相府闷坐了一个多月，秦王嬴政什么事情也不让他做了。与太后的事，与嫪毒的事，使他这位聪明绝顶的大丞相居然像虎落平川、笼中困兽一般，恐怕再也无能为力，在世间再无出人头地之日了。

可是，终究秦王政还没有给他一个正式说法。他对此还抱有幻想，盼望秦王政能够回心转意，诚念他们彼此依存的父子骨血之情。

他下了下决心，准备去见儿子政。

此时，嬴政已经从咸阳西北三十里远的蕲年宫搬回到秦王宫的永寿殿居住。嬴政对吕不韦的问题早就搞清楚了，以前宫里人说三道四，自己心里忍着羞愧，硬是尽力平息，没想到仲父与母后的秘密往来，证实了自己是他俩的亲生儿子，可秦嬴子孙怎么也不能抛掉江山社稷去认仲父为亲生父亲哪！特别令人不解的是，仲父竟敢将假宦者嫪毒推荐给母后，造成后宫混乱，使自己无地自容……可惜呀，可惜仲父的才华再也没有用了！

赵高走入寝宫，向秦王政禀告，吕相国求见。

嬴政心想：他终于来了，来了就好，来了就可以把话说到明处，下一步就可以决定他的归宿。遂答应接见。

嬴政由寝宫来到大殿内等候。

如同负荆请罪的吕不韦，见了嬴政后，急忙撩袍跪地，长揖叩拜。嬴政没有谦辞，而是等吕不韦拜毕后，方赐他入座。

吕不韦谢过大王赐座，默默地坐在一旁，两眼不敢正视嬴政，待了好大工夫，他才硬着头皮，以检查反省的口吻，说："大王，愚臣衷心感谢您的宽宏大量，此生难以报答您的天恩地德！"

嬴政默默地听着。

"大王，愚臣扪心自问，以往所做之事……"

"相国，不要再说了。"嬴政打断了吕不韦的话，不愿意再听他叙说与自己脸上无光的事情，委婉地说道，"相国用心良苦，辅佐先王有功，现在年事已高，理应回府休息。国家政事，就不必操劳了，寡人和众卿会自行谋划处理。"

吕不韦叹了口气，无言以对。回想起往日邯郸旧景，珠宝商贾偶遇政治风雨，绽开仕途花蕾，到如今万事皆休，一切美好憧憬荡然化为乌有。他欠身搭躬，谢过王恩，含泪返回相府。

繁花似锦的丞相府一下子变得萧条冷落。府内人心涣散，宾客纷纷离去。卿臣侯爵的车马骤减，来访拜会的人越来越少了。那些美姜、仆人、侍女也走了许多。只有他的老父亲、结发妻室田欣、儿子吕强和一些穷苦出身的妻姜，尚且等待着他的安排，同时还不住地安慰劝解他。面对这个破败的相国府，吕不韦的那颗心彻底碎了！

他早就想过了，用不了多久，秦王嬴政就得免去他的丞相职务，罢黜他的文信侯爵位，秦朝俸禄和粟米也就不可能再享用了。遣他和他的全家归国，势在必行，只是暂等几个月罢了。既然如此，何不及早安排后事。想到这里，他和老父亲商议此事。

年已古稀的吕伯，早就听说儿子犯了错误。这位老人已经和儿媳田欣商量好几遍，做好了返回老家的准备。所以，当吕不韦找到他商议全家归宿的时候，他很快就同意了。

在吕不韦的精心安排下，准备好了四十辆马车，还以他相国的名义，写好了一封亲笔书信，交给吕童，作为途经秦、赵两国关卡的特别通行证使用。

吕不韦选择一个阴云密布的深夜，全府上下秘密行动，连人员并财物全部乘载入车。他嘱咐吕童要尽心协助老父亲，认真组织全家人安全撤离秦国。他还叮嘱老父亲和夫人，一定要多多保重，力求一帆风顺，返回阳翟。

一列浩浩荡荡的车队驶出秦国京师，悄悄奔往阳翟。

相府内，只留下了吕不韦和他的大管家吕锦。

对于吕不韦全家和吕氏贵戚提前返回故里，秦王嬴政是知道的，既没有挽留也没有阻拦。因为这符合秦嬴的意图，作为吕家迟早是要走上这条路的。

嬴政独自坐在永寿殿书房里，翻阅着《春秋》，不时皱起眉头，苦苦思考。罢黜吕不韦的职务是无可非议的，但令他头疼难办的，是如何对待身为太后的母亲？这次嫪毐扰乱宫禁和起兵叛乱，其根源在母亲和仲父身上。最让他痛恨的是，将他这个一国之君的真正身世暴露在光天化日之下，他怎么也没想到，自己血管里流淌的并非是秦嬴先王的血，自己其实是吕相国的后代。朝野上下、后宫内部议论纷纷，使他这个叱咤风云的君王羞惭汗颜、无法抬头。

怒火在胸中燃烧着，嬴政放下手中的史书，欠身站起，踱来踱去。为巩固自己的统治地位，维护君王的道德尊严，无论如何都要大义灭亲。嬴政的两只大手死死地攥在一起，掌心沁出了汗珠，他在思谋着，如何惩治母后。

赵高向嬴政禀报，无名后前来求见大王。

正在气头上的嬴政，本来不想接见来人，可一听无名后求见，考虑后宫现在正处于混乱时期，千万别再发生意外，她亲自来到永寿殿，或许有什么消息报告，于是应允召见。

多事的无名后，听了赵高的回话，大王同意单独接见她，高兴得热血在周身不断奔涌。她快步移向永寿殿书房。

无名后发现嬴政满脸怒气，瞪着那双扁长眼睛，她未敢轻易开口，参拜后拘谨地站在一旁。

须臾，嬴政看到王后默默无语，同时也意识到自己严肃带气，对方不敢说话，遂主动问道："王后，你有何事见孤？"

"大王，您日理万机，废寝忘食，妾身未能为大王排忧解难，心内实感不安，而今日唐突进见，惊扰圣驾，诚请大王开恩恕罪！"无名后先说了句自责的话，随之又屈身施拜。

嬴政挥了挥手，他还是头一次听无名后说体贴人的话，但他没有赐座，只是问道："有什么事，说吧。"

无名后眨了眨那双丹凤眼，按照来前的准备开了腔："大王，多亏您及时处置了无赖嫪毐，若不然后宫眼看着就要大乱。人们都在歌颂您的英明果断、理政有方。但是，后宫的个别人，还在偷偷议论太后与嫪毐、太后与相国之间的关系，我总觉得太后给大王丢了脸面，还觉得大王今后难以做人……"

"住口！"嬴政厉声喝止。

"大王，妾身该死，妾身该死。"无名后吓得浑身打战。

嬴政气得来回走着，他心里仍然恼恨母亲，母亲是罪恶之源，母亲是后宫之耻！

"大王，我知道您心里不好受。"无名后揣测秦王此时的心理，他对母亲的愤恨，远远超出对母亲的爱戴，这正是她向秦王谏奏的好机会，继而说道，"俗话说，当断不断，必受其乱。大王，您应该痛下决心，果断处理！"

"怎样果断处理？"面朝窗外的嬴政问道。

"立即将太后打入冷宫，免掉其太后职衔。"

"将来怎么办？"嬴政仍望着窗外。

"三个月后赐死！"无名后咬牙切齿地说。

"对！三个月后赐死！"嬴政猛一转身，面向无名后道。

"大王英明，君无戏言！"心肠歹毒的无名后，恨不得马上将赵太后处以死刑，因而用这句话将了嬴政一军。

嬴政仔细端详了一下无名后，发现她脸带凶光，狡诈有余，尤其想到她是被母亲说情当上王后的，不禁对她产生反感。心里暗骂：你比我还狠毒！

无名后看到嬴政那冰冷的面孔，心中有些发毛，急忙屈身告辞，乘辇返回兴起殿去了。

无名后走后，嬴政的思想又做了一次新的沉淀。对母亲是抓是杀、是赦是放，进行认真比较，分析其中利弊。最后，他决定放弃刚才的想法，不能让母亲死，然而他再也不想见到母亲了。

嬴政伏案提毫，拟写了一份禁止赵太后回宫的谕旨，并命赵高亲自送往棫阳宫。

赵高聪明而狡猾，对于秦王如何处理其母后从不过问，更不随便进言，双手捧过谕旨，转身离去，骑马就奔往棫阳宫了。

日夜盼望儿子接她回宫的赵姬，一见赵高来了，心里燃起希望的火苗，估计可能带来好的消息，赶紧问道："赵大黄门，王儿让你稍来什么口信？"

"太后，我这里带来大王一份谕旨。"赵高从怀中掏出一卷写有字迹的黄色帛布，双手拉开宣读。听罢宣读，赵姬心中一片悲凉，原来秦王政在诏书中指责她参与是非，未能保持自尊，致使后宫乱禁，人心浮动，让她在棫阳宫安度晚年，不得再回咸阳秦宫。

赵姬的那颗心，像坠上一块灰铅般地往下沉落，往日那种相依为命的母子深情到此全部结束了，赵姬不由得眼眶内涌出了酸楚的泪水。

她接过政儿的亲笔诏书，对赵高恳切地说："赵大黄门，请你想想办法、费费口舌，无论如何让大王来我这儿一趟，我有些心里话跟他说一说。办成此事，我将永远不忘你的好处。"

赵高一听，知道赵太后给他出了个难题，实在不好回答，但又一转念，如果拒绝办理此事，一旦他们母子之间的关系恢复如初，那么他可就要受罪了。办任何事情都要想退路，谨慎无大错，草率吃苦头。他沉思了一会儿，躬身道："太后请放心，奴才尽力而为！"

赵太后满意地点点头，目送赵高的身影远去。

赵高回到永寿殿门口，碰见升龙殿的大黄门，前来传达华阳太王太后的口谕，让秦王去她那里一趟。赵高答应，马上禀报。

嬴政听了赵高的复命，心里踏实下来，总算处理了太后的问题。但赵高没有提及太后的要求，只是把华阳太王太后请秦王的事情禀告了。嬴政不敢怠慢，马上动身，携赵高去往升龙殿。

华阳夫人在升龙殿正厅内，接待了嬴政。她发现孙儿面庞消瘦，神情疲惫，打心底疼怜，不住安慰和劝解他。她还说到，太后做事轻率，但终究是母亲，嬴政万万不可做出不孝之举，最好把太后接回宫来。

身处君王之位的嬴政，虽然能够理解祖母的心情，但更多的是考虑自己的名利。为了不惹祖母生气，他嘴上答应华阳太王太后的要求，还说了感谢祖母关怀的话，心里并不以为然。

在他们祖孙闲聊中间，赵高选择了一个空隙，委婉插话，转达了太后请秦王去械阳宫的要求。不料，挨了嬴政一顿白眼。但因碍于华阳太王太后的面子，嬴政没有训斥赵高。赵高的心里坦然了，把话已经递过来了，行与不行，将来与他赵高没关系了。

华阳太王太后的要求落空，嬴政根本没有听从。

时间不长，满朝上下、宫内宫外都知道了秦王嬴政对待其母赵太后的态度和做法。嬴政虽然不像郑庄公对他母亲武姜那样"不及黄泉，无相见也"的绝情，但也够厉害的。嬴政亲笔御诏，责令母亲长期住在离京城两百多里地的械阳宫，不得再回咸阳秦宫，同样也是断绝母子关系。嬴政还特地颁令群臣：敢有为太后事进谏求情的，当即杀戮，蒺藜其背，断其四肢，悬尸宫外。

嬴政的执法处事，朝臣们认为超出了常规常礼。赵太后秽行深宫，虽然有些过分，但毕竟尚在情理之中，一个三十几岁的女人被禁锢在高墙大院的深宫中，独寡一人，坐守空房，焉能无有越轨之举？再说，太后终归是秦王政的母亲，秦王政处死了假父嫪毐，扑杀了两个幼小弟弟，又这样绝情于母亲，似乎有些不妥，不大合乎忠孝之礼。尽管秦王政有禁令在先，但朝臣们还是婉转进谏，希望他们母子能够和好。结果，先后有二十七人被处死，并一一悬尸于宫墙阙下示众。

秦王政十年（前237年）十月，离平定嫪毐之乱，已过了一年零一个多月。秦宫仍是血雨腥风，阴气逼人。

可是，越是在危险时刻，越是会出现堪称壮士的人——

一天上午，嬴政到德政殿临朝议政。李斯、蒙武等几百名文卿武将也都位列大殿两厢，倾听秦王宣布吞并六国的谋划。嬴政宣毕，只见一名宫门侍卫匆匆走进来，直接到御座前禀报，说一位齐国人求见大王。嬴政询问因何求见，侍卫回答道，那位齐国人说是为了太后之事讲情的。

听了侍卫的回话，嬴政心中怒火燃烧。他一面命大将蒙武去殿门前的广场上架起一口大油锅，预备烹杀那位齐国说客；一面派大黄门赵高去宫门外劝阻，不要白白送死。

蒙武、赵高领命后，离殿而去。

赵高来到宫门外，见到了那位齐国人，经询问知道，此人名叫茅焦，确实是为了太后事而来。

赵高接着又问道："茅先生，你看见宫墙外悬挂的二十七人的尸首了吗？"

"看见了，看得很清楚。"茅焦不屑一顾地回答。

"这二十七个人，都是违令替赵太后说话、进谏大王的结果，你难道还想送死吗？"赵高继续问道。

茅焦笑了笑，毫不介意地说："请您告诉大王，天上有星辰二十八宿，现死者二十七人，我正好凑足二十八人之数，如果怕死，我就不来了。"

赵高从宫门外折回，穿过殿门前的广场，看见蒙武正在指挥几个侍卫架柴烧煮油锅，心想：茅焦死得会更惨。赵高进入殿内，把同茅焦的对话全部禀报给秦王政。嬴政大怒，此人可恶，居然敢来当面触犯。遂又命赵高再去广场，督催侍卫们多加干柴，把油烧沸，而后将茅焦带进殿内。

茅焦一看秦王政同意接见他，心情愉快，精神大振。

茅焦随着赵高走进了警卫森严的宫门，穿过了一个硕大的广场，看见了那口滚沸的油锅，甬道两边的花木无限眷恋地在轻轻摇曳，仿佛在向这位义士依依告别。茅焦阔步走进大殿，只见左右两厢的卿臣们都在望着他，他特别注意到秦王政一脸冰霜，威严地坐在龙椅上，怒目注视着他。

茅焦不慌不忙地走到御座前，行过叩拜大礼，然后进奏："草民之所以敢于面谒大王，是因为草民认为，自古以来，爱惜生命的人并不忌讳死；同样，一个以国家为重、明白国家兴亡道理的君主，也不会忌讳别人说国家危亡。道理很简单，如果只知道忌讳死，不一定就能够确保长生；如果只知道忌讳亡，那国家也不一定就会不亡。所以，世间生死存亡的道理，贤明智慧的君主都想知道，难道大王不想知道吗？"

秦王政听了茅焦进殿面君的第一段话，就感到此人谈吐不凡，胸有谋略，表示愿闻其详。但是，嬴政脸上依旧没有释然，而且殿门前的油锅已经沸腾，滚滚白烟飞升翻卷，狰狞恐怖，笼罩着敞开的大殿门。茅焦发现嬴政已经听进了自己的开场白，心里轻松了许多。他更有把握了，感觉自己完全能够说服这位刚愎自用、不可一世的君王。

茅焦停顿片刻，继续说道："大王虽然圣明，但有狂妄悖逆导致亡国的行为！"

嬴政道："讲！"

茅焦继而分析："大王车裂假父、囊杀二位弟弟，就已经伤了太后的心。可大王还责令太后长久居住在远离京城的棫阳宫，永远不得再回咸阳王宫，岂不是犯了不孝的罪行？大王不能倾听逆耳忠言，又残忍地杀戮直言谏士。大王三思，商纣、夏桀的行为有过于此吗？秦国现正进行着统一天下的大业，大王的这些行为，恐怕诸侯国听到后都会背弃秦国；天下臣民知道这些，能信服大王吗？臣民离心，天下崩溃，再有谁来倾心于秦国？祖宗打下的江山、经营的基业，将毁在大王手里！草民只是替大王可惜，毫无个人恩怨。草民的话只此而已，望大王裁定。"

茅焦陈述完毕，向秦王嬴政伏身叩拜，施礼辞行。他从容不迫地解去袍衫，转身走向殿门外，准备投入蒸腾滚沸的油锅就烹。

茅焦震动人心的一番谏言，使嬴政深受启迪，他混沌的大脑好似被清水冲洗过一遍，眼睛更加明亮，思维更加清晰。

嬴政再次目睹了茅焦的风采，心中悦服，感叹这真是一位顶天立地、仁义干云的英雄豪杰!

"茅先生,请留步。"嬴政大声喊道。

将要走到殿门前的茅焦,听到秦王嬴政的喊话,便停下脚步,转身面对秦王。

嬴政阴冷的面庞已有春风吹拂,他亲自走下御座,奔向茅焦。

茅焦又朝殿内走了几步,面对嬴政跪了下来。

嬴政伏身将侠义之士茅焦搀扶起来,诚恳地说:"茅先生,请起来。孤愿意听从你的忠言。"

接着,秦王嬴政又拉着茅焦的手朝御座走来。

赵高迎上前,将嬴政又搀扶到御座上。

嬴政手指着茅焦,面对殿前的左右侍卫说:"孤赦免茅先生,给他穿上衣服!"

"遵命!"左右侍卫应声后,一齐为茅焦穿戴袍衫。

百官见此情景松了一口气,齐国壮士茅焦终于脱险。

茅焦穿戴整齐,撩起袍衫,双膝跪地,两手施拜,叩头曰:"谢大王不烹之恩!"

"茅焦听宣。"嬴政随之下达口谕,"御诏命示——立茅焦为仲父,爵位列为上卿。"

"谢大王!"茅焦再次长揖叩头。

一场残酷惨烈的杀戮大戏转眼烟消云散,茅焦的义风侠胆扫却了弥漫在秦室王宫的血腥阴霾。茅焦的举动,显现出一代英杰的风骨,文武百官为之叹服,也为秦王嬴政得到这样一位人才而不住地赞叹。

嬴政回到永寿殿后,马上派人将母亲曾经居住的甘泉宫打扫干净,并将宫内彩漆剥落的文杏明柱、门扇窗棂加以粉刷。同时,还命内侍将被褥、四季衣裙、生活用品等,一概准备齐全。对太后宫内所需要的侍卫、黄门、宫女、车驾凤辇等,也都做了一一安排。

整整用了三天,一切准备就绪。嬴政随令赵高备好车马,亲自驾辇,并率领千乘万骑,大张旗鼓地前往幽囚母后的棫阳宫,去迎回亲生母亲。

从京城咸阳到雍水畔的棫阳宫,大约两百里之遥,他们行驶大半天,直到太阳偏西才到达。

嬴政命所有骑兵、车乘停候在宫门外,他携赵高去宫里迎接母亲。

棫阳宫门前的侍卫们一看秦王到了,急忙跪在门前,叩拜迎驾。嬴政看到他们，心里不是滋味，作为一国之君，却让自己的侍卫监管自己的母亲，成何体统?！他没说什么，带领赵高朝宫内走去。

院内一片萧条景象：花圃草坪全不见了，路面上生长着半枯半绿的杂草，碎石脏土到处可见，唯有假山旁边的几棵苍松显示出些许生机。

寝宫的房门虚掩着，嬴政推门踏入，赵高紧紧跟随。室内没有赵姬，也没她的贴身宫女。床铺上叠放着整齐的被褥，但已失去了鲜艳的色彩；靠近床头的桌几上，摆放着一面圆形铜镜和一把旧木梳子，桌几下的地板上扔放着一个铜制洗脸盆。可见，赵太后的住寝和洗漱全在卧室内。母亲到哪儿去了呢? 嬴政心内一阵酸楚，不禁喊了两声："母亲，母亲。"

他们退出卧室，赶忙到外边寻找。东西两侧是厢房，房门上都挂着锁，这儿，没有母亲的踪影。卧室北侧是后院，后院没有任何建筑物，而是一片开阔地。这里，人行道左边生长着一片即将成熟的谷子，右边便是一片绿油油的菜地。嬴政和赵高来到后院，观望了一会儿。

突然，嬴政看见菜地北端蹲着三个妇女，她们在用铲刀收割蔬菜，其中一个年龄大的妇女恰是母后，他拼命地跑了过去，大声喊叫："母亲——母亲——"

赵太后、孟雪、孟梅听到了喊声，都立起身来，寻看喊话的人。

"母亲，母亲，母亲。"嬴政喘着粗气，在快接近她们的地方停下了脚步。

"大王，不，政儿……"赵太后一眼就看见了嬴政，遂扔下铲刀，走出菜地，颤抖着双唇，"政儿……"

"母亲。"嬴政向前，跪倒在母亲的膝下，双手抱着母亲的双腿，流下了愧疚和思念的泪水。

"政儿。"赵姬用她那沾满泥土的双手，抚摸着儿子的身躯，一双眼眶涌满了痛苦的泪珠。赵姬又伏身拥抱儿子，在此母子相见，似乎是在梦中，她腹内有千言万语，难以倾吐……

过了好大的工夫，赵姬才将嬴政扶了起来。

"母亲，孩儿对不起您。"嬴政歉疚地说。

赵姬望着儿子，苦涩地摇摇头，但眼睛里的泪水扑簌簌地流了下来。

嬴政仔细端详着母亲——

身为太后的赵姬，身上竟然穿着一件破旧蓝色袍裙，头上卷起的发丝仅别着一只银钗，没有其他头饰，两鬓出现了一根根银丝，尤为明显的是，那前额布下了一道道皱纹……

他咬住嘴唇，为母亲感到忧伤。

随之，他用手指了指眼前的菜地、谷子地，询问道："母亲，这白菜、谷子都是您种的吗？"

"这有什么难的！"赵姬不以为然地说。

"母亲，您受委屈啦。"嬴政心酸道。

"不。这比起我在邯郸牢房里磨面的艰辛之苦，差远了。"赵姬并不畏惧生活的艰苦，这是她大半生来积累的唯一精神财富。

"母亲，这都是由于孩儿不孝，给您造成的痛苦。"

"唉！不能全怪你……不过，人活在世上，不能光为自己着想，也要为他人着想。这个道理，我要思考，政儿也要思考。"

"对，母亲说得对，请母亲饶恕孩儿不孝之罪！"嬴政说着又跪在地上，向母亲郑重施拜叩头。

"快起来，快起来。"赵姬伸手搀起儿子。

"母亲，孩儿今天特意接您回宫，请您收拾一下，咱们好启程。"嬴政向母亲道出来意。

"嗯，政儿一来，我就知道你的意图了。"赵姬脸上露出喜色，打趣地反问，"政儿，母亲如今回宫，不会给你造成不良影响吧？"

"母亲，折煞孩儿了！"嬴政抱拳一礼。

这时，孟雪、孟梅放下铲刀，拍了拍手上的泥土，也都走过来，跪在地上参拜秦王政。

嬴政知道这两名宫女一直为母后贴身所用，在母亲最困难的时期也没离去，从未在秦宫中伤诽谤母亲，看得出她俩的品德良好，他当场宣布："孟雪、孟梅，念你二人与太后具有患难之情，孤给你们每人加薪三等，仍留在太后身边，侍候左右。"

"多谢大王恩宠！"孟雪、孟梅又伏尘叩拜。

赵高也悄悄地走过来，跪在太后的膝下，口称太后千秋万岁，又长揖叩头。

赵太后了解赵高其人，阴险狡诈，工于心计，又是一个"不倒翁"。她让他平身，啥话也没说。

夕阳斜下，晚风习习。

嬴政亲自掌马驾辇，载着他的亲生母亲，由槭阳宫返回京都秦宫。

后边的大队乘骑也都奔驰在返回咸阳的古道上。

赵太后重住甘泉宫的第二天，嬴政先是腰斩了欲谋害母亲的无名后，后又下诏，免去了吕不韦的丞相之职，但保留其文信侯之爵位，以此名义遣其返国。

文信侯吕不韦的封地在洛阳。如今去洛阳，当然要比回阳翟风光得多。可是，吕不韦还不能把家眷迁往洛阳，因为嬴政脾气古怪、反复无常，说不定什么时候翻脸动怒，还得让他全家返回故里。干脆，他同吕锦两人去洛阳就任。

吕不韦已经听说，嬴政在齐国壮士茅焦的谏说下，回心转意，去槭阳宫将太后接回咸阳。但不知赵太后住在哪个宫……唉！即便知道了，他和她也不能相见。往日，他与赵姬那种相亲相爱的甜蜜生活，全被这险恶的政治仕途葬送了。他要想与赵姬相会，只能在梦中或来世了。

当天深夜，吕不韦让大管家吕锦收拾好行李和财物，备好了一辆四马四轮马车，悄悄离开了他多年居住和理政的相国府。

车辆途经永寿殿大门前，吕不韦命吕锦勒缰停车。

他下车后，让侍卫去禀报秦王，请求相见一面，侍卫听罢便去殿内寝宫禀报。

一会儿，侍卫转来，告诉他说，大王身体不适，拒绝相见。

唉！这哪里是自己的儿子?！吕不韦的双眸噙着泪珠，默默地钻进车厢。

吕锦安慰了几句，便挥鞭驱马，驾着车辆，驶出繁华的秦国京城，顺着咸阳古道，向着东方那苍茫的夜空走了。

赵姬又住在了豪华的甘泉宫，依旧做起了太后。她回到咸阳后，最大的心事，就是思念吕不韦，哪怕是见见面、说说话也就心满意足了。她在寝宫床上，半仰半卧，面对着燃烧的红烛，默默地落下相思的泪水。此时此刻，她还不知道，吕不韦正坐在东去的马车上，永远离开了咸阳。

诚然，赵姬从此过上了富贵优裕而又平静舒适的生活。但她没有料到，她这一生竟然在甘泉宫生活了十年，十年锦衣玉食，十年空落寂寞。对于身为太后的赵姬来说，十年岁月，既是三千多个阳光灿烂的日子，又是三千多个孤寂难熬的漫漫长夜。

这一年，嬴政二十三岁，吕不韦五十一岁。蜚声诸侯各国的吕不韦，虽然不再担任秦相，但他前后当了十三年的相国，秦国的许多大事都是由他决策。宾客又多，潜在势力仍然很大。各国诸侯使者到洛阳看望吕不韦的络绎不绝。

这样又隔了一年，秦王政见吕不韦声望不减，恐怕发生变乱，于是赐书一封："你有何功于秦，秦封你于洛阳，食禄十万户；你又有何亲于秦，称你为仲父……"吕不韦这才知道大事不妙，稍自检束。

　　不久，秦王政下令，撤去文信侯官爵，命他带全家迁移到西蜀去。当时，西蜀是流放罪人的所在地。吕不韦见秦王政起疑，恩信已失，知道早晚会祸事临头。在接到免爵诏书的那天深夜，吕不韦在他的书房里挥毫写就两个大条幅，"政治阴险堪丑陋，仕途险恶命多舛"。

　　然后，他手拿一个蓝花小瓷瓶，打开瓶盖，将瓶口放进嘴里，那鸩酒簌簌地流入腹内，顿时，他倒下了，永远地倒下了！

1999 年初春完稿

2001 年金秋定稿

后　记

东风送暖，万树花开。在这画船撑入柳荫凉的夏月之际，长篇历史小说《大秦帝国之赵姬传》，即将由中国文史出版社再版发行。

亲爱的读者先生，在此我告诉你们，一部展现战国末期千古大帝秦始皇生母赵姬的长篇历史小说——《从歌女到太后：赵姬》，曾由天津古籍出版社于2003年1月出版发行。值得欣喜的是，十八年后，到了2021年，竟然被中国文史出版社以长篇历史小说《大秦帝国之赵姬传》之名再版发行。

远播芳风日，深怀雨泽情。在这里，我怀着激动的心情，首先向中国文史出版社的领导和相关同志致以诚挚的敬意和衷心的感谢！随之，我要特别感谢本书责任编辑梁玉梅老师。她工作繁忙，业务缠身，尤其在抗击新冠疫情的特殊时期，克服了重重困难，硬是挤出宝贵时间，连续担任我的三部长篇历史小说的责编，即《张之洞：坐对天池一长啸》《赵飞燕：三十六宫秋夜长》《大秦帝国之赵姬传》。梁玉梅老师谦逊好学，一丝不苟，在完成前两部长篇小说编辑的基础上，马上入手第三部，抓紧时间编辑此书，使其顺利出版。在本书问世之际，我向良师益友梁玉梅表示深深的敬意和由衷的感谢！

《大秦帝国之赵姬传》，这是一部传记体裁的长篇历史小说，在创作过程中，我认真研究和阅读了《资治通鉴》第一卷、《史记》、《战国策》、《中国历代名人辞典》等正史书籍。除此之外，我还翻阅和查找了《中华野史镜鉴》《中国后妃列传》以及《情商吕不韦》等有关书籍，做了数百条读书卡片，从而丰富了我的创作积累和坚定了我的创作决心。

创作过程中，我注意把握两个方面：

一、主要人物身世、经历符合历史原貌。一些重大历史事件都来源于正史，从而使本书有了可靠依据。

二、本书属文学创作，将正史和野史、传说与故事进行巧妙的结合、合理的取舍和认真的虚构。创作中，尽量突出当时的历史特点，包括社会背景、场景描写、着装穿戴、生活习俗等。特别是对赵姬、吕不韦、嬴政这些重要人物，不仅历史化，而且文学化，力求新颖鲜活、生动感人。

亲爱的读者，由于我的历史知识和创作水平有限，作品中难免出现这样或那样的缺点错误，敬请诸君多加批评指正！

作者　拟于天津古籍出版社出版前夕　2002 年 9 月下旬
改于中国文史出版社再版之际　2021 年 5 月中旬